二見文庫

ペイシェンス　愛の服従

リサ・ヴァルデス／坂本あおい＝訳

Patience

by

Lisa Valdez

This edition published by arrangement with
The Berkley Publishing Group,
a member of
Penguin Group (USA) LLC,
a Penguin Random House Company
through Tuttle-Mori Agency, Inc., Tokyo

あまり重要でない手紙

一八五一年六月十三日
親愛なるヘンリエッタ

こちらは、あなたの想像もつかないようなスキャンダルで持ちきりです！　あなたはすっかり見逃してしまっているわ！　よりによって、こんな時期にイタリアにいっているなんて！　言っておきますけど、わたしたちが生きているあいだに、これ以上の見ものはもうないでしょうね。まずは、騒動の中心人物がだれだか聞いて。あてようったって絶対に無理よ。婚約するまでは、英国でもっとも夫にと望まれていた独身男性のひとりだったんですから。だれか思いうかべたかしら？　あなたが娘と結婚させたいと一度は考えた、あの殿方よ。そう、そのとおり、ミスター・マシュー・モーガン・ホークモア！

ああ、ヘンリエッタ、どこからお話しすればいいかしら。ともかく、ことの顛末《てんまつ》を聞いたあとでは、ミスター・ホークモアがあなたのとこのアマランサを好かなくてよかったと思うはずよ。そんなことになっていたら、あなたたちはいまごろ取り返しのつかないスキャンダルに巻きこまれていたでしょう。ええ、取り返しのつかない身の破滅よ！ 心の準備はいいこと？（もし立っているのなら、是非ともすわってちょうだい）お金があって、ハンサムで、魅力的で人気者のミスター・ホークモアは、なんと私生児だったんですって！ 本当よ！ しかも、じつの父親は庭師だとか！ 嘘《うそ》じゃないわ！ それだけではなく、本当に驚くような醜い成り行きで、こうした事柄が世間に出たんです。

前の手紙で、ミスター・ホークモアの兄（いまとなっては〝半分の兄〟と書くべきかしら？）ラングリー伯爵がシャーロット・ローレンスという平民の娘と婚約した、と書いたのを憶えているでしょう。じつはあれは娘の母親が仕組んだことで、伯爵をゆすって結婚させようとしていたんですって。なんでも、ミスター・ホークモアの出生の秘密を記した手紙を持っていたのだとか。ほかでもない、伯爵とミスター・ホークモアの母である、レディ・ルシンダ・ホークモア本人が書いたという手紙を！

ヘンリエッタ、かりにも人の母親が――それもレディが――どうしてあんな下品な手紙を書けたのか、わたしにはわかりません。一通は新聞にまで載って、ロンドンじゅうで読まれることになったわ。わたしもレディ・ウィンストンのところでこの目で見せてもらいましたけど、あれは、とんでもなくあきれた手紙でした。伯爵夫人はひとり満足して、自分の小さな私生児がホークモア家の産着《うぶぎ》にくるまっているのを見るのがうれしい、と告白しているんです。いつの日か、伯爵位を継ぐことだってあるかもしれない、とまで書いてあったわ。信じられる？

とにかく、ゆすりの筋書きは、タイムズ紙の社交面数ページにわたる記事ですっかり明らかにされました。名前はひとつも書かれてはいなかったけれど、どの人物を指しているのかはまちがいようがありません。ああ、でも真相がすっぱ抜かれたことは、その後、ミスター・ホークモアの兄、ラングリー伯爵には幸運な結果をもたらしました。なんでも伯爵は平民の娘を本気で愛しているんですって――ただし、相手はシャーロット・ローレンス嬢じゃありませんよ。リンカーンシャー出身の未亡人で、ミセス・パッションション・エリザベス・レディントン（こんな変わった名前を聞いたことがあるかしら？）という人物です。伯爵はどうやらこの女性に首ったけで、二週間のうちにも結婚するとのこと。ローレンス嬢の遠い親戚じゃないかと想像する人もいるけれど、たしかな筋から聞いた話ではありません。とにかく、とてもロマンチックな話で、だれもがその女性に興味津々よ。

でも、不幸なのはミスター・ホークモアです――婚約者のレディ・ロザリンド・ベンチリーとは破談になりました。父親のベンチリー卿は今回のことにかんかんです。ミスター・ホークモアは自分が私生児だと最初から知っていたはずだと信じているんですから。たしかに、その可能性もなくはないでしょう。だとすると、マシュー・ホークモアは私生児であるうえに、嘘つきで詐欺師だということになってしまうわ。

真相の本当のところは神さまがご存じです。目下、意見は割れているようです。ベンチリーに味方する人もいれば、態度を決めかねている人もいるけれど、だれもがミスター・ホークモアの名前を招待客のリストから削除しているので、結局はおなじことなのでしょう。ミスター・ホークモアは、いまや好ましからざる人物――見捨てられた追放の身よ。

ヘンリエッタ、いますぐ帰ってくれれば、これから起こることを見逃さずにすむわ――まだなにかあるのは、まちがいありませんからね。伯爵の花嫁というのは、どんな人物なのか？　その人に家族はいるのか？　レディ・ロザリンドは今後また婚約するのか？　するとしたら、お相手は？　それになにより、ミスター・マシュー・ホークモアは、この先どうなってしまうんでしょうね。

あなたのオーガスタ

1　ペイシェンス

わが愛する者よ、見よ、あなたは美しい、
見よ、あなたは美しい、あなたの目は鳩のようだ。
雅歌一：一五

一八五一年六月三十日
イングランド、ウィルトシャー
ラングリー伯爵夫妻の所領の居館〝ホークモア館《ハウス》〟

股間が脈打ち、血が駆けめぐった。

マシュー・モーガン・ホークモアは奥歯を嚙《か》みしめ、静かにゆっくりと息を吸いこんだ。腹立ちと憤怒《ふんぬ》で、さっきからはらわたが煮えくり返っていた。だがそのとき、彼女がはいってきて、その存在がマシューの感情をまったくべつの方向へ押し流した。

見ていると、彼女は大きな扉をくぐったところで、一瞬、足を止めた。肖像画を飾った長い廊下《ギャラリー》は、片側の窓から月明かりがはいり、真珠色のやわらかな光で照らされている。やがて、彼女はのんびり歩きだした。なめらかに光るサテンの化粧着を揺らしながら、ところどころで立ち止まっては、婚姻で親戚となったホークモア家の面々をじっと観察している。

ペイシェンス・エマリーナ・デア。マシューの新しい義理の妹だ。

そもそも気が昂《たか》ぶっていたマシューは、彼女が月影から出たりはいったりする美しい情景に、一瞬にして強烈に心奪われた。ギャラリーをのんびり歩くその動きを、飢えたように目で追う。胸の鼓動が速くなって、あそこがふくらんでくる。はぐれた羊をにらむ狼《おおかみ》のように、暗闇にじっとすわって、相手がゆっくり近づいてくるのを待った。彼女は顔をあげて、二枚の等身大の肖像画をながめた——マシューの母と、かつてマシューが父と呼んでいた男の絵だ。

二枚の肖像画のあいだには、両者を隔てるように幅の狭いテーブルがおいてある。ペイシェンスはそこに歩み寄り、さっきマシューがおいた手紙に手をのばした。それを取りあげると、月明かりにかざした。

肩に力がはいった。止めなくては。

だが、マシューはそうしなかった。なにも言わずに、頭に焼きついた言葉をペイシェンスが読むのを、ただ見ていた。

ミスター・ホークモア

このような手紙を書くのはとても不本意です。でも、わたしたちの婚約解消に関する父の申し入れをあなたが断固聞き入れようとしないので、自分で手紙を書くという嫌な役を引き受けざるを得なくなりました。どうか、わたしの嘘偽りのない、率直な意見を受け止めてください。

わたしたちの関係がうまくいかないことは、あなた自身がよくわかっているでしょう。あなたの出生にまつわる恐ろしい事実、私生児のあなたを産んだというお母さまの下品な手紙が新聞に載ったこと、それに伴うスキャンダル、それらを考えると、わたしたちの縁組みはとうてい無理だわ。わたしが庭師の息子と結婚できるはずがないことも、よくおわかりでしょう。

あなたに対して、いっとき、好意的な気持ちを持ったのはたしかですが、そうした感情はいまはいっさいありません。というより、そもそもあなたのほうが思いが強かったことに、いまに気づいてもらえるでしょう。ですから、今度のあなたの不名誉な事件は、むしろ幸運だったのよ。わたしを――それにあなたのことも――将来後悔するような結婚から救ったんですから。

最後になりますが、父も言ったように、この件に関するあなたの潔白の主張をわたしたちはまったく信用していません。名誉ある紳士なら、自分の出自を最初から知っていたと認めるはずですが、どうやら血筋がじゃまして、そうした誠実さを持てずにいるのでしょう。

ミスター・ホークモア、二度とわたしに手紙をよこしたり、訪ねてきたりしないでください。父のほうからすでに伝えたとおり、あなたも、あなたの手紙も、わが家の門をくぐることは許されません。これ以上なにかをして、わたしを困らせないで。

誠意をこめて
ロザリンド・ベンチリー

追伸：母上はオーストリアに逃げたと噂《うわさ》に聞きましたが、帰ってこないほうが賢明でしょう。あなたも、あちらへいったらいいのではないかしら。

ペイシェンスが短いため息を吐いて、ロザリンド・ベンチリーの手紙を持つ手をおろした。なぜ自分は、彼女に手紙を読ませたのだろう？「読み終わったのなら、もらっておこう」ペイシェンスは驚いて身をひるがえし、マシューをつつみこむ暗闇に目を凝らした。頭が横にかたむいたので、その瞬間に陰にいる自分を認めたのだとわかった。彼女は一歩近づいてきた。

マシューは眉をひそめた。暗がりに慣れた彼の目には、相手がよく見える。だが、彼女はなにを見ているのだろう？

私生児か？

紳士面をした庭師の息子か？

愛していると言っていたはずの女から捨てられた男か？

もう一歩、近づいてくる。

背中に肩に力がはいった。ここを去らねば。

だが、彼女がさらに一歩近づくと、マシューは動けなくなってしまったようだった。頭はいけと命じているのに、身体《からだ》のほうが動こうとしない。月光に照らされた彼女の素肌は、ふれてくれと求めている。ふっくらとしてやわらかな唇は、キスやそれ以上のものを誘っている。

　豊かな赤い巻き毛は、背中にたれて奔放に乱れ、この手につかまれるのを待っている。強烈な美しさで、隠しきれない色気が内側からにじんでいる。それにもかかわらず――さらに距離が近くなり、股間が激しく脈打った――彼女は冷静で、抑制されている。瞳をはじめて見たときから、それがわかった――のびた芝を連想させる、吸いこまれそうな緑色の瞳。月明かりでは色はわからないが、その瞳がいま、まっすぐにマシューをとらえていた。距離がせばまり、鼓動が速くなる。ペイシェンスはマシューの前に立ち、手紙を差しだした。

忌々しい手紙。マシューはそれをひったくって、横のクッションに押しあててにぎりつぶした。

「個人的な手紙を読んでしまって、ごめんなさい、マシュー」

マシューは相手を見つめた。驚いたことに、彼女の声には心を癒やす効果があった。

「マシューと呼んではいけませんか？」ペイシェンスが言った。「わたしたちはまだ一度もきちんとお話ししていないわ。でも、お兄さまと姉が今朝結婚したのだから、洗礼名で呼びあっても差し支えないでしょう」彼女はごく何気ない口調で話した。真夜中にギャラリーでふたりきりでいるのが、当たり前のことだとでもいうように。

長椅子の前に来られ、マシューの腕の筋肉が引きつった。見ているだけで手に力がはいった。耳が化粧着のやわらかな衣擦《きぬず》れの音をとらえる。口に唾があふれた。

彼女が横に腰をおろした。マシューはその姿から目をそらすことができなかった。ふたりのあいだには、人ひとりがすわれるほどの隙間もない。深く息を吸った。なんてことだ。甘く酔わせるクチナシの香りがただよってくる。

彼女は長椅子の高い背もたれに寄りかかったが、マシューを見ることはしなかった。「美しい夜だと思いませんか。寝てすごすような夜ではないわ」

長椅子のひじ掛けをにぎりしめた。そう、寝てすごすような夜ではない。

巻き毛を耳にかけた。「妹がいつも言うの。こんな夜は、秘密と魔法のためにあるって」いったん口を閉じ、ようやく彼女はマシューに顔を向けた。影の落ちた美しい顔を目の前にして、心臓が跳ねた。「妹が正しいかどうかはわからないわ。でも、正しいかもしれないから、秘密をひとつ、わたしに話してみませんか？」

いつものマシューなら笑ったにちがいない。だが、いまは無理だ。股間は硬く準備がととのい、身体は自分を抑制するあまりがちがちに緊張している。彼女が欲しい。はじめて目にしたときから、ペイシェンスが欲しいと思った。当時はまだロザリンドと婚約していたというのに。そしていまはだれとも婚約していない。胸が破裂しそうで、身体が苦痛でどうにかなりそうだった。

ペイシェンスは首をかしげた。「やはり、やめておくのね」顔をそむけた。

立ち去ろうとして腰をうかすのを見て、マシューの身体がふるえた。

「いかないでくれ、ペイシェンス」ぶっきらぼうな言い方になった。マシューは彼女の手を取り、浅く息を吸った。「いかないで」いくらか優しく言った。

ペイシェンスは動きを止めた。手におかれた手に目を落とし、それからもう一度マシューの目を見つめた。ああ、これほどあでやかで美しい顔を見たことがあるだろうか。「いかないで」マシューはもう一度ささやいた。

ペイシェンスは視線を合わせたまま、椅子の背にもたれた。マシューは手をはなさずに、指を指にからませた。手を引っこめるかと思ったが、彼女はそうしなかった。

マシューもおなじように背もたれに頭をあずけた。視線をからみあわせたまま、ふたりはじっと静かにすわっていた。

沈黙が長くつづいた。股間に血が集まり、皮膚がぴくぴくした。「僕にはもう秘密はないんだ」冷静な声を保とうとしたが、欲望の下から怒りが顔を出して、険のある言い方になった。「秘密であるべきもののすべてが、それに、個人的な事柄までが、大衆のゴシップの種にされている」

ペイシェンスのなめらかな眉間にしわが刻まれた。「ええ」手の下にある彼女の手が、わずかに動いた。「でも、ゴシップを気にしすぎないほうがいいわ。やがて消えていくものですから。ゴシップは善良な人のところには長くはとどまらないものよ」

ペイシェンスを見つめながら、胸のどこかが締めつけられた。「僕が善良な人間だと、どうしてわかる」

ペイシェンスは無言のまま長々とマシューを見つめた。「わたしには人を見る目があるから」とうとう言った。「それに、姉のパッションは、あなたのことをとても大事に思っているわ」小さな微笑が唇にうかんだ。「姉が善良で立派な人だと信じているのなら、あなたはそういう人にきまっています」

マシューの心臓が跳ねた。きみがそう思ってくれるのなら――。

相手の顔から視線を引きはがし、ずっと父だと思っていた男の、月光にうかぶ肖像画をあごで示した。「さっき魔法と言ったね。僕をあの男の実の息子に変える魔法はあるだろうか」

美しく知的な目が、じっとマシューを見つめている。「それがあなたの望みなの、マシュー？　もし、ひとつしか願いごとができないとしても？」

そのとおりだ。

だがそのとき、兄の結婚式のことを思った。マークとパッションは、手をたずさえてどんなことにも耐え抜いていくのだろう。ふたりの愛は、絶対的な愛だ。「いや、きっと、愛を望んだだろうね――愛と忠誠を」彼女の素肌を親指でなぞる。やわらかな肌だ。「それがあれば、どんなことにも耐えられただろう」

「望んだ？　もう望んではいないということ？」

ロザリンドの拒絶という残酷な棘《とげ》が全身をめぐった。

「いまは、もういい」ペイシェンスの穏やかな瞳をのぞきこんだ。肩から力が抜けた。いま望むのは、きみだけ――。「たぶん、望むのは復讐《ふくしゅう》だ」マシューは低い声で言った。

「復讐？」眉間に小さくしわが寄った。「しかし、わたしはあなたがたに言う。敵を愛し……迫害するもののために祈れ……それだから、あなたがたの天の父が完全であられるように、あなたがたも完全な者となりなさい」彼女はひと呼吸おいて、つけくわえた。「聖マシュー――聖マタイによる福音書」

マシューにそんな善き行いができると、本気で思っているのだろうか？　心を癒やすぬくもりが、身体にじんわりひろがっていく。それに、ペイシェンスは自分が――化粧着で福音書を引用するその姿が――どれだけ美しいか、わかっているのだろうか？　股間が大きく張りつめているのを意識しつつ、身体ごと彼女のほうに向いた。「僕は聖マタイじゃない、ペイシェンス」急に距離が近くなってペイシェンスが緊張したのが感じられたが、彼女は身じろぎもせず、目もそらさなかった。「僕は聖マタイじゃないし、完璧でもない」

まつげが揺れた。「完璧な人など、どこにもいません。ただ、わたしたちは完璧に近づけるよう努力しないといけないわ」彼女はマシューを見つめた。「復讐はしないと言って、マシュー。復讐には代償がつきものよ」

ペイシェンスの手はあたたかく、顔には優しい真剣な表情がうかんでいる。マシューはふっくらした色っぽい唇に目を落とした。こんな美しい唇にキスをしたら、どんな感じがするだろう。「わかった」マシューはつぶやくように言った。彼女を味わい、強く抱きしめたら、どんな気分がするだろう。

「よかった」ペイシェンスはため息を吐くと、うしろをふり返って肖像画のならぶギャラリーをながめた。沈黙が長くつづき、マシューは月光に照らされた彼女の横顔をながめた。やわらかそうな頬は、ふれてもやわらかなのだろうか。この手でさわりたい。

ようやく、ふたたびこちらを向いた。「マシュー、きっといつの日か、ロザリンドはあなたと別れたことを後悔するわ」

横にある丸めた手紙のことを思った。「それはどうかな」こたえる声に苦々しさがにじんだ。

「いいえ、きっと後悔する」ペイシェンスは優しく言い張った。マシューの先の、どこか遠くを見つめてつづけた。「いつか彼女は、あなたの姿をふと目にする。たぶん、離れた場所からね。そして、足を止めて目で追うの。すると思い出が一気によみがえってくる。あなたのそばにいて、どんな気持ちがしたか——慣れ親しんだあなたの手、あなたの笑顔。そして恋しさがつのって、〝もし、あのとき、ああしていれば〟という思いが、頭のなかをぐるぐるまわりだす。自分がふりさえしなければ、いまもいっしょにいられたかもしれないとわかっているから」

ペイシェンスは遠い先を見つめていた。やがて、まつげが揺れ、その瞬間にマシューのとなりに帰ってきたように見えた。彼女は両肩を小さくすくめた。「そして、なにも知らないあなたは、そのまま歩きつづける──その後築いた彼女抜きの人生に満足しながら」

マシューはペイシェンスを見つめながら、顔をしかめずにはいられなかった。彼女は自分の経験から語っている。だれに傷つけられたんだ？　親密な思い出を共有しているのは、だれなのか──彼女の肌のぬくもりと笑顔を知る者は、だれなんだ？　ペイシェンスはいまもその相手に思いを寄せているのだろうか？　嫉妬の波が全身にひろがっていった。

マシューはさらに深く眉間にしわを寄せた。「キスするんだ、ペイシェンス」

さぐるような目がこちらに向けられ、唇がひらいた。やわらかなため息が、その口からもれた。

血が騒ぎ、股間がうずいた。意識して眉間のしわを消して、もう一度要求をくり返した。

「さあ。キスするんだ、ペイシェンス」

ペイシェンスの愛らしい瞳が、欲望と不安で翳《かげ》った。なんて美しい対比だろう。「あまりいいことだとは思えないわ」

「なぜ？」

「わたしたちは、先々気まずくなるようなことはしてはいけないの。あなたは義理の兄なのよ、マシュー。ふたりのあいだに後悔の種はいりません」ペイシェンスは言葉を切って、その一瞬、視線がマシューの口におりた。「それに、わたしからキスしたいと思ってしても、いつもがっかりさせられるわ」

マシューは彼女の手をはなし、長椅子の背もたれにそって腕をゆっくりのばした。「いまは後悔の話なんてしたくない。キスしたいだけだ、ペイシェンス」彼女の巻き毛を指でいじった。やわらかな手ざわりがした。「もし僕とキスしてがっかりしたら……そうしたら、二度としなければいい。そうだろう?」

ペイシェンスはさぐるような目でマシューを見つめながら、そのことについて考えているようだった。

マシューは椅子の上で身をこわばらせて待った。断られるのだろうか?「キスして」もう一度ささやいた。

視線がマシューの唇に流れた。やがてペイシェンスはゆっくりとこちらに身体を向けて、そっと身を寄せてきた。

心臓が激しく打って、息が乱れた。彼女はほんの数インチのところまで近づいて、動きを止めた。彼女にまとわりつく梔子の香りを胸に吸いこんだ。はじめて姿を見てから、まだ三週間しか経っていないのか。はるかむかしから彼女を求めていたように感じるのは、なぜなのだろう?

「なにを待ってるんだ?」どうにか言葉を口にした。

ペイシェンスは首をふった。「わからない。いままで大勢の男性にキスしていいかと聞かれたわ。なにも聞かずにキスをしてきた人も大勢いた」小さく眉をひそめた。「でも、わたしにキスをしろと命令した男性は、ひとりもいなかった」

マシューは相手の美しい顔を見つめながら、自分が息を止めていたことにふと気づいた。彼女が求めているのは、命令なのだ。マシューは息を吸いこんだ。「さあ、早く」

心が迷い、揺れているのがわかる。少しして、マシューの肩にゆっくり手をあて、唇をひらいた。まつげが伏せられ、マシューの心臓が破裂しそうに高鳴った。あたたかな指がうなじにふれ、そっと引き寄せられる。そして、唇と唇がふれた——口を閉じたついばむようなキスではなく、しっかりとした、優しいさぐるようなキスだった。

燃える熱が身体じゅうをめぐり、奥深くにあるなにかに火をつけた。だが、マシューはすわったまま彫像のようにじっと動かなかった。ペイシェンスが吐息をもらし、息継ぎしながら、ひらいたやわらかな唇を何度も押しつけてくる。くり返すごとに、キスは長くなった。目を閉じていると、彼女は反対の手も巻きつけた。身体がさらに近づく。マシューは息を呑み、手がふるえだした。そして、さらに近く……。

マシューは息を吐いてペイシェンスを両腕でかき抱き、強く引き寄せてやわらかな唇をむさぼった。熱く激しい欲望が、炎のように全身にひろがっていく。抑えていた彼女への思いや、自分でも定義しがたい感情にあおられ、その炎がマシューを呑みこんだ。舌を突き入れる。唇がひらいて、ペイシェンスの腕に力がはいった。紅茶とレモンの味がする——女の味が。鼓動が激しくなる。コルセットをつけていてもなお、押しつけられた乳房の感触と身体の曲線がわかる。やわらかでありながら、しっかりした体つきをしている。彼女の梔子の香りに満たされながら、何度も何度もキスを重ね、そのたびに、あたたかな口の奥深くまで舌を差し入れた。

血がたぎり、股間が痛いほどだった。さらに強く抱きしめ、身体を押しつけながら、両手を彼女の尻の丸みに這《は》わせて、つかんだ。ペイシェンスはひらいた唇を唇に押しあてたまま、マシューの髪をにぎりしめた。声をもらしてあえいでいるが、マシューはキスをやめることができなかった。どうしても、やめられなかった……。

なぜなら、その瞬間、彼女の存在はマシューが失ったもののすべての埋めあわせになっていたからだ——ロザリンド、ずっと父だと思っていた男、めっきり会うことの減った〝友達〟、かつての人生。すべては消え去った。だが、このキスは自分のものだ——ペイシェンスとの、このキス。彼女を抱きかかえ、いっしょになって長椅子にたおれこんだ。身体を強く押しつける。ペイシェンスをはなさずにいれば、きっと……。

ペイシェンスが声をもらして身体をふるわせた。マシューは唇を引きはがし、苦しそうに息をつく彼女を見おろした。気づけば、下に組み敷くような格好になっている。なんということだ、ペイシェンスの細めた目は情熱で光り、キスで腫れた唇から小さなあえぎがもれている。両手でマシューのシャツの袖をつかんではいるが、彼女は呼吸を乱しながら、マシューの下に無抵抗に横たわっていた。明るい色の巻き毛が、あちこちへさまよっている。彼女の太ももに密着している硬くなった下半身が、物欲しそうに脈打った。ペイシェンスは大きく息を吸い、まつげをふるわせた。

いまなら奪える。いま、この長椅子で。

暗い欲望がマシューの心に忍びこむ。

やるんだ！　支配しているのはおまえだ。

彼女を奪い、征服せよ——。

マシューは顔を寄せて、手をペイシェンスの髪に差し入れた。だがその瞬間、手の甲を鋭く引っかくものがあった。忌々しい小さな痛みが淫《みだ》らな欲求に水をさし、マシューは動きを止めた。ペイシェンスの豊かな巻き毛を横にどけ、くしゃくしゃのロザリンドの手紙と、自分に切り傷を負わせた、そのとがった紙の角を見た。すぐ上には、隙間のつまった手慣れた署名の文字がのぞいている。

くそ女！

はらわたが煮えくり返った。手紙に手をたたきつけ、ペイシェンスに目をもどした。彼女を見るや、気持ちが燃えあがった。だが、それは怒りをかきたてるだけだった。自分は支配などしていない。おのれを抑えることさえ、まったくできなくなっている。どうしたらこんなに弱い男になれるのか——女の腕に抱かれたくて、哀れなほど必死になっている。手紙をつかんでいる手をきつくにぎりしめた。自分はまったく学んでいない！

「言ったでしょう」——ペイシェンスがやわらかな声でささやいた——「こんなことはしてはいけないって」

マシューは眉をひそめて相手の目を見つめた。美しい瞳には緊張がのぞいているものの、非難の色はなかった。局部が脈打ち、こんなにも欲しがっている自分に嫌気が差した。

手がマシューの身体から離れた。「さあ、いって」

そうだ、いけ。

なぜ、そうしない？

動かぬ目に見つめられながら、マシューはなんとか筋肉に命じて、身体をはなそうとした。もし肉体に声があったなら、徐々に身を引きはがそうとする自分に対し、抗議と怒りのうなりを発したにちがいない。身を引くほどに、そうした感情が大きくなっていく。とうとう立ちあがったときには、激しい怒りで身体がこわばっていた。

ゆっくりふり返って、母親の肖像画に顔を向けた——マシューを愛していると言いつづけてきた、美しい嘘つき女。母はマシューのあらゆる苦しみの根源だった。絵をめちゃくちゃに引き裂いて、窓から投げ捨ててやりたかった。

母が嫌いだった。そして、母から〝愛される〟ことが、むかしから嫌でたまらなかった。今度のスキャンダルが起こる前から、母の性格はよくわかっていた。そんな女に愛される自分とは、いったいどんな存在なのか？

マシューの人生は、母に愛されているという現実を埋めあわせることに費やされてきた。マシューはずっと正直で高潔な人間だった——礼儀正しく、陽気な人間だった。学校にいるあいだは勉学にはげみ、世に出てからは、ひと財産を築いた。最上流の社交界にも出入りするようになった。そして、その間ずっと、言い訳のいらない愛をさがし求めていたのだ——まっとうな愛、気高い愛を。誠実で、無条件の愛を。

あげた拳のなかで、ロザリンドのくしゃくしゃの手紙を固く小さくにぎりつぶした。マシューという男は、あたえられる愛に抵抗し、望む愛をさがし求めるだけの存在だったのだ。愛に牛耳《ぎゅうじ》られることを自分に許してしまった——愛を求める気持ちに支配されることを許してしまったのだ。それが、どれだけ自分の役に立ったことか。

手をおろした。もう二度とくり返すものか！

深く息を吸いこむと、ほんのりクチナシの香りがした。

相手がペイシェンスであっても？

ペイシェンス……。

心臓が一拍止まり、身体が欲望で打ちふるえた。

くそ。ともかく、いけ！　ここから去って、ふり返るな。

マシューは肩をいからせ、一歩、また一歩と、足を前に踏みだし、ついにはギャラリーが——そしてペイシェンスが——遠くうしろに消えた。


ペイシェンスは高い天井を見つめていた。手足がふるえ、脚の奥がうずいた。乳首は硬くなって、肌はざわついている。知らない種類の感覚ではなかったが、これほど強烈に感じるのははじめてだった。目を閉じて、横になったままじっとしていた。

心配することはなにもない。ひとりになったのだから、もうだいじょうぶ。

両手をにぎりしめる。

いまのはただのキス。これまでも、何度もキスをされてきたわ。ただのキス……。けれども、高鳴る胸をどうなだめても、鼓動はおさまらなかった。身体が頭の命令になぜだか反応してくれない。

どうにか身を起こし、ふるえる両脚をそろえて、こめかみをさすった。感情を整理したかった。理解しやすいよく知っている事柄に分類して、身体の反応と感情を分けて考えたかった。

でも、できない。

いらいらと息を吐き、思いきって立ちあがってギャラリーをあとにした。太ももの奥が湿り、下腹がふるえているが、その感覚を必死に無視した。しんとした舞踏の間を見おろす中二階を抜け、早足で階段まで歩いていって、一定の歩調で下までおりた。一階につくと、玄関の間をつっきって、そのままの勢いで音楽室の立派な両びらきの扉をくぐり、なかに立った。

大きなパラディオ式窓から月光が射し、広々とした室内を照らしている。自分のチェロがはっきり見える。真珠色の光に照らされて、メープル材の肩の部分がつややかに光っている。そのとなりにはケースがあった。

暖炉の上の大きな肖像画を見ないようにして、部屋を歩いていった。室内履きの靴が寄木《よせぎ》の床をたたいて、小さな音をたてる。腰を落として、化粧着をふんわりふくらませながら床にしゃがんだ。ケースの蓋をあける。ベージュ色の絹の内張りは古くなっているが、年月とともに生じた小さな裂け目は、どれも繕ってある。

ただ一カ所をのぞいて。

張り地のゆるんだところに指を入れ、折りたたんだ紙を取りだした。はじめてそこにしまったのは、七年前のことだ。ほんの一瞬ためらってから、ぼろぼろになった折り目をひらき、手紙を光にかざした。

これまで何千回と読んできた文字に目を落とした。

ペイシェンス

昨日、見られているのに気づき、その瞬間に、このところのきみの演奏が不快である理由にぴんと来た。自分では必死に隠そうとしているが、目に恋心がうかんでいた。わたしはぞっとした。わたしへの思いが、きみの音楽に影響をあたえていたのだ。最近は演奏がやわになり、気が抜けて、もはやこれ以上は聞くに堪えない。

弟子入りさせたときに忠告したように、芸術の追求と愛の追求は、たがいに相容れないものだ。きみはそれを理解していると思っていた。だが、自分のしたことを見てみろ。すばらしい才能をつぶし、しかも、わたしの人生の一年近くを盗んだのだ。そのあいだに、もっと教え甲斐《がい》のある生徒を指導できたものを。

十五の小娘を信頼したわたしが軽率だったのかもしれない。きみは女につきものの感情的な反応をこらえることができるのだと誤解して、信じてしまった。明らかにわたしはまちがっていた――結局、きみも同類だったのだ。

完璧の域に達することはできない、すなわち偉大にはなれないとみずから証明したのだから、この際、音楽はきっぱりやめて、いつも列をなして追いかけてくる、熱烈な若者のだれかと結婚するのが賢明だ。愛情をあのなかのだれかにそそぎ、女に割りあてられたもっと単純な務め――結婚と子育て――によって喜びを得るといい。

アンリ・グタール

ペイシェンスは殴り書きされた文面を見つめた。長い月日のあいだに、この手紙がもたらす苦痛は少しずつ薄らいでいった。けれども今夜は、むかし感じた苦しみがふとよみがえった。それは一瞬であらわれ、一瞬で消えたが、冷たい水を浴びせたように、マシューのキスで火照《ほて》った感情を冷やす効果があった。

深呼吸して自分をなだめ、ゆっくり手紙を折りたたんだ。隠し場所にしまいながら、アンリの手紙とレディ・ベンチリーの手紙はとてもよく似ていると思った。マシューは今後しばらく苦しむのだろう。

ケースの蓋を閉めた。

けれども、マシューはいつかは立ちなおる――ペイシェンスがそうだったように。

そして、彼はふたたび愛を見つけるはずだ。マシューが顔のない黒髪の女性を抱きしめている光景が、ふいに頭にうかんだ。とたんに不快な感情がわいて、思わず顔をしかめた。頭をからにしてチェロに目をやった。

この楽器はペイシェンスの恋人だった。床から立って、しばらくながめた。これは自分にとっての慰め。椅子に腰かけ、楽器をひざのあいだに挟む。時刻は遅いが、小さな音で弾けば……。

もう一度大きく息を吸い、吐いて、マシューを頭から消し去り、ハイドンによる弦楽四重奏曲『皇帝』の、譜面の冒頭を頭にうかべた。慎重に――的確に――指板に弦を押しつけ、弓を引く。文句なしの音が出て、最初の和音がからっぽの部屋を響きで満たした。ペイシェンスは一音ずつ先へ進めた――混じりけのない、完璧な音の連続。音楽を耳で聞きながら、同時に、あたかも一連の数学の方程式を見るように、音符を頭のなかでも見ていた――ひとつずつきっちり正確に、そして当然のこととして、正しい順序で解いていかなくてはならない。

完成された曲を汚《けが》すどんなミスも、計算まちがいも避けて進みながら演奏する。正確に演奏することが、ペイシェンスにとってはものすごく大きな喜びだった。チェロを手にすわっている一瞬一瞬、目標としてめざすのは、完璧の域に到達することはできない、とアンリに言われた完璧の域に近づくことだった。

最後の音色が静寂のなかに消えていき、ペイシェンスは満足のため息をついた。これこそ、わたしが愛しているもの――音楽と、完璧さの追求。

楽器を見た。ロマンチックな恋愛はわたしには不要なものだ。と、ふたたび、マシューの射るような美しい目が頭にうかんだ。

身体がふるえた。

でも、欲望は？

立って、チェロをスタンドにもどした。欲望は肉体の欲求を満たすもので、ペイシェンスとしてもそうした欲求を一生我慢しつづけることはできない。それに、これまでどんな男性に感じたよりも強烈に、わたしはマシューを欲している。ふたりのあいだには、なにかがある――強い、運命的ななにかが。

ふり返って、ゆっくりと目をあげ、さっき見るのを避けた等身大の肖像画をながめた。チェロを持ってすわっているマシューが、こちらを見つめ返している。姉によれば、マシューはチェロをみごとに弾きこなすという。彼を見ていると、肌が熱く火照った。

マシューは自然な構えですわり、右手を椅子の背にゆったりとかけている。力の抜けた手から弓がたれ、反対の手は、大きくひらいた脚ではさんだチェロの肩においてある。

胸がどきどきして、ペイシェンスは唇を舐《な》めた。彼は気だるげな色っぽい顔つきで、絵のなかからじっとこちらを見つめている。唇の曲線もよく描かれているが、なにより印象的なのは、あの黒っぽい瞳の美しさと強さだ。今夜はその瞳が見透かすようにペイシェンスを見つめている。今夜は、〝きみは僕のものだ〟と言っているように見える。

唇が熱くなって、ペイシェンスは深く息を吸った。そっと手で自分の唇にふれた。

ただのキスじゃない。

ちがう。息をつかせぬふたりの抱擁は前奏で……。

……さらなる展開のための、はじまりなの。

2　仮面舞踏会

わが愛する者はわたしに語って言う、
「わが愛する者よ、わが麗《うるわ》しき者よ、
立って、出てきなさい」
雅歌二：一〇

三カ月後
イングランド、ウィルトシャー
ラングリー伯爵夫妻の居館〝ホークモア館〟における仮面舞踏会

みんな、片時もペイシェンスを放っておかなかった。はぐれた雌鹿を追いかける意気盛んな牡鹿のように、彼女の賞賛者たちが周囲で跳びはねている。どこへいくにもついていって、気を引こうとでしゃばり、張りあい、彼女がふり向いてくれるのを待っている——たとえ一瞬であっても。一方のペイシェンスは、微笑んであいづちを打ち、相手に合わせてはいるが、まったく気がないのがわかる。

かわいそうなペイシェンス。どうしてあんな状況に耐えられるのか。

マシューは胸の前で腕を組んだ。二階のギャラリーの暗い隅にもたれ、ずっと彼女を目で追っていた。美しい顔は上半分を覆う仮面で隠されているが、華やかな赤毛で正体がばれる。縮れた巻き毛を背中にたらした姿は、さながら、くすんだ色のまだら模様の海で発光する、魚をおびき寄せるおとりだ。あざやかな色の頭には花輪をのせていて、白い薄布を重ねた衣裳も、たくさんの花で飾ってある。布は肩を出してふんわり背中にかかり、ほっそりしたウエストから鐘形状にふくらんでいる。

ペイシェンスは圧倒的に美しかった。

キスをしてから三カ月のあいだ、彼女を頭から追いだしていることができなかった。ほかに問題が山積しているというのに、頭のなかはペイシェンスの姿で占められていた。最初は抵抗した。だが、何週間か経《た》つうちに、いつしか抗《あらが》うのをやめ、いまでは毎日の朝のはじまりと夜の終わりに考えるのはペイシェンスのことだといっても過言ではない。夢に見るのも、想像をふくらませるのも、彼女のことだった。そして考えれば考えるほど、彼女を求める思いが強くなった。そして、強く求めるほどに、マシューを社会的にも経済的にも滅ぼそうとしているスキャンダルを生き抜くことが重要に思えてくる。ロザリンドの父により悪意をもって焚《た》きつけられ、あおられているこのスキャンダルを。

おのれ、ベンチリー。ベンチリー伯爵アーチボールド・フィリップ・ベンチリー。とても古い家柄ゆえ、いまだに爵位名と苗字がおなじなのだ。ベンチリー卿の伯爵位はあまりに輝

かし く純粋で、私生児の血で汚すなどもってのほかなのだ。

マシューは目を細め、階下でうごめく人の群れを見た。シルクやサテンで着飾っていようが、動物の群れと大差はない。この三カ月、連中は、ベンチリーがマシューをずたずたに引き裂こうとするのを見てきた。だが、マシューは死んではいない。そして、傷を舐めるのも、もう終わりだ。いずれ、あのなかの自分の居場所にもどるつもりだ——全員と闘うのではなく、ただひとりの喉を掻《か》き切ることによって。

そう。人々が見ている前で、ベンチリーを打ち倒してやる。その際、血は多く流れたほうがいい。そうすれば、ほとぼりがさめたあとも、だれも二度とマシューを切りつけようとは思わないだろう。

マシューはひとりで笑いそうになった。二週間前からベンチリーの家に密偵を送りこんである。じきに報告にくるはずだ。

ふたたび目をペイシェンスにもどした。今夜は、彼女こそが第一の目的だ。期待で下腹部が緊張する。ふたりにはまだやり終えていないことがある——そして、マシューは彼女に飢えていた。

「驚いた、やはりきみか。復活したんだな」

マシューは皮肉な顔つきをしたローク・フィッツロイを見た。ウェイバリー侯爵の末息子だ。私生児という切り口でいくならば、侯爵の家柄は、チャールズ二世の私生児からはじまった分家だといえる。「やあ、フィッツロイ」

ローク・フィッツロイは黒々した眉の片方をあげた。「ホリングズワースと賭けをして、僕はきみが来ているという噂が噂にすぎないというほうに百ポンド賭けた」

マシューは肩をすくめ、下の舞踏の間に目をもどした。「噂に賭けるものじゃない」

「まあ、そうだが……きみとグランドウエスト鉄道には気の毒な話だが、いまは大勢が噂に賭けている」

マシューは身をこわばらせた。「賭けるほうがまちがっている」

「それでも早急に噂をどうにかしないと、きみ自身がまずいことになるぞ」

マシューはフィッツロイをにらんだ。この男は女王陛下のお気に入りだ。だが、マシューは人に媚《こ》びる性質ではなかったし、いまさらそうなる気もなかった。「僕が名誉を失ってから、一度もきみを見かけなかった。それなのにいまはこうして、僕が慣れ親しんだ独りの時間をじゃましている。言いたいことがあるなら、はっきり言ったらどうだ」

フィッツロイは両手をズボンのポケットに入れて立っていた。肩を小さくすくめた。「そうだな。ただし、悪い知らせだ」

マシューはわざとらしく驚いた顔をした。「なに？　悪い知らせだって？」顔から表情を消した。「私生児の息子を出産して喜んでいる母親の手紙の写しが、いまもロンドンの溝《どぶ》に浮いてる。兄をゆする計画をすっぱ抜いた新聞記事が、かつての仲間たちのあいだでなおもまわし読みされている。兄はその策略にはめられて、僕のために最愛の人を失いかけた。さらに、元婚約者とその父親が」その単語を奥歯のあいだからしぼりだした。「僕を徹底的に拒絶し、排除し、その事実を餌として一般大衆に投げた。世間が僕の不幸という美味《うま》いゴシップをむさぼる横で」――声にしだいに力がはいった――「ベンチリー卿と娘は、僕を貶《おとし》める情報や嘘をばらまいて、せっせとご馳走《ちそう》に塩と旨《うま》みを加えている」身をのりだした。「ベンチリーは公然と僕の人格を非難し、さらに裏ではあくどい影響力を行使して、僕の共同出資者に悪い噂を吹きこんでいる。きみの言うまずい噂の発信源はあいつだというほうに、有り金のすべてを賭けてもいいぞ」マシューは身を引いた。「悪い知らせだって？　僕の人生そのものが、悪い知らせだ」

長い沈黙がつづいたが、フィッツロイの人を食ったような顔つきに変化はなかった。「まあ、自分でそう言うのなら……ついさっきウォルビー卿が言っていたんだが、きみの会社の株をすべて売りはらうつもりだそうだ」黒い眉があがった。「グランドウエスト鉄道に関係する――言い換えれば、きみに関係する――とある噂を聞いたらしく、なんでもグランドウエスト鉄道は――要するにきみは――じきに、倍の値段を払わないと石炭を売ってもらえなくなるんだとか」

血がわき返った。マシューはすでに石炭を買いつけるのに多すぎる額を支払っていて、資金繰りのぎりぎりのところで危ない綱渡りをしているのだ。ウォルビーが株を売りはらえば、それを機に、なだれをうって株の投げ売りがはじまるかもしれない。そうなれば破産だ。

「ウォルビー卿も、ここにいるあいだは行動には出ないだろう」フィッツロイが言った。

「株を売らないよう説得する時間が、わずかながら残されている」

頭のなかで考えがぐるぐるとまわり、マシューは階下でうごめく人々を見た。ダンスフロアの中央にペイシェンスがいる。下腹が小さく反応した。「株を売らないよう説得する？なんのために？」ダンスの曲はマズルカで、ペイシェンスの相手を見てマシューは顔をしかめた。モントローズ子爵が彼女の胸にふれそうなほど接近している。

ふいに独占欲に駆られて血がたぎった。マシューはフィッツロイに背を向けた。「いや、ウォルビーを説得するのためにに動く気はないよ。グランドウエスト鉄道をつくったのは、この僕だ。あれは僕のもので、株主ひとりひとりに頭をさげて、ここは我慢してくれと請うなんて冗談じゃない」緊張をほぐすために肩を持ちあげた。「グランドウエスト鉄道を――あるいは僕を――信頼してくれようが、くれまいがかまわない」ふたたび目をペイシェンスにもどす。股間が脈打ち、ただちに彼女を奪回しなくてはという思いで頭がいっぱいになった。モントローズが顔を寄せて、彼女の耳もとになにかをささやきかけているのだ。「とにかく、自分のことは自分でなんとかする」マシューは静かに言った。

「まあ、好きにすればいい」フィッツロイはひと呼吸おいた。「そういえば、クロムリー家の舞踏会の席で意外な人物が僕に近づいてきて、密《ひそ》かにきみのことを聞いてきたぞ」

「あまり興味ないな」マシューはモントローズの手をにらんだまま、おざなりに返事をした。ペイシェンスは優雅にダンスのステップを踏んで踊っている。

「そうか。じつはその人物というのは、レディ・ロザリンドだ」

マシューは身体をこわばらせてフィッツロイをふり返った。「ロザリンド？」うなるように言った。「レディ・ロザリンドなど知ったことか」

「じゃあ、きみにわたしてくれといって、こっそり託してよこした甘い手紙はいらないんだな」

マシューはフィッツロイをにらんだ。「僕の母の下品な手紙が原因でいろいろとあってからは、ロザリンドも秘密の伝言をしたためないだけの知恵をつけたと思ったが」

「それが、ちがうらしい」フィッツロイは小さくたたんだ手紙を胸のポケットから出して、差しだした。「たぶん、それだけ必死ということだろう」

マシューは折りたたまれたピンク色の紙を見つめた。受け取るべきなのだろうが、不快だった。ペイシェンスを見おろした。明るい色の美しい巻き毛が、光を受けて輝いている。モントローズの腕の下をくぐる姿を見て、動悸がし、下腹に力がはいった。マシューが求めているのはペイシェンスだ。手に入れたいのはペイシェンスだ。ロザリンドのことなど、もうどうでもいい。

それでも、手紙が強力な道具となり得ることは、マシュー自身、十分すぎるほどよく理解している――敵に対して有効な武器になる。

ペイシェンスから視線を引きはがし、気が変わる前に相手の手から手紙を奪った。フィッツロイが背を向けると、すぐに便箋をひらいた。


大事なマット、あなたはきっと、わたしに腹を立てているわよね。だから、わたしが

苦しんでいると知れば、うれしいのではないかしら。でもわたしのほうは、毎日あなたのことを考えています。父が花婿候補をひっきりなしに連れてくるけれど、あなたほどハンサムで〝大胆な〟人はひとりもいません。

もし、わたしとおなじくらい別れたことを残念に思っているなら、どうぞ連絡して。こんなことを言うのは恥ずかしいけれど、結婚できないからといって、いっしょにいられないわけじゃないでしょう。つつしんで。R

マシューは首をふり、あざけって鼻を鳴らした。見ているのがロザリンドの字間のつまった小さな文字でなければ、自分の読んでいるものが信じられなかっただろう。まったく、数カ月でなんという変わりようだ。この思いがけない手紙は、どれだけの可能性を切りひらいてくれることか。マシューは手紙をたたんで、胸のポケットにしっかりしまった。この手紙とロザリンドの両方を最大限に利用するにはどうしたらいいか、じっくり考える必要があるが——ペイシェンスに目をやった——いまはそのときではない。

彼女はモントローズとともにダンスフロアから離れた。モントローズは彼女の手をはなしたくないらしい。たちどころに男たちが彼女を取りかこんだ。どの顔も知っている。ダンフォース伯爵が必要以上に背後にぴったりくっついているのが見えて、肩に力がはいった。下腹に不快感が走る。あの男のことはハロー校時代から知っているが、むかしから好かなかった。好色で傲慢《ごうまん》なろくでなしで、賭けごとに目がなく、負け方の汚い男。おまえのいやらしい手を、あと少しでも彼女に近づけてみろ……。

その長身の無作法な男が、ふいに顔をしかめて、片脚をあげてうしろに跳びのいた。ペイシェンスはふり返り、まあ、ごめんなさい、というように首をふって、謝罪の言葉らしきものを言っている。

フィッツロイがおかしそうに笑った。「うすのろを追いはらいたいときは、足の甲を思いきり踏んづけるにかぎる」

マシューは顔をしかめた。フィッツロイがいることを忘れかけていた。

「ところで」フィッツロイがマシューをふり返った。「ダンフォースの話は聞いたかい」

今度はなんだ？「話というのは？」

「たぶん、僕は口を閉じているべきなんだろうな。ダンフォースは直接きみに伝えるところを想像して、大興奮しているだろうから」フィッツロイはつかの間、自分の爪を調べた。「だけど、僕は間抜けなやつらの喜びを奪うのが大好きだから、教えてやろう」ギャラリーの低い壁に腰をつけてもたれた。「金に窮したダンフォース伯爵は、きみの胸ポケットにある甘い手紙をしたためたレディと、つい先ごろ婚約した」

マシューは一瞬凍りつき、なにがしかの感情がわくのを待った。なにも感じなかった。

「いつの話だ」

「正式には今日の今日だ。未来のお義父《とう》さんが借金をきれいさっぱり返済して、傷んだ屋敷の補修までやってくれるということで、ダンフォースはこの婚約に有頂天になっている」

「なるほど」マシューは階下のダンフォースを見た。借金と縁の切れない男だ。ベンチリーにとって、大きな荷物になるにちがいない。顔をしかめた。あの野郎はまだペイシェンスにくっついている。「だったら、今夜はまちがいなく賭博《とばく》のテーブルにつくだろうな」マシューは力のはいった声で言った。

フィッツロイは鼻を鳴らした。「犬をソーセージから遠ざけておくことができるかと聞くようなものだ。もちろん、賭博のテーブルにつくだろう」もたれていた壁から離れ、袖口を整えた。「もういかないと。つぎのワルツで、ダンリー嬢と彼女の二百ヤードのチュールといっしょに踊ることになっている」

マシューは挨拶がわりにうなずいて、視線をペイシェンスにもどした。胸が高鳴り、股間が激しく脈打った。マシュー自身もいよいよ行動のときだ。

「そうだ」フィッツロイが足を止めた。「興味はないかもしれないが、レディ・ロザリンドから伝言をたのまれていたんだ。もし密会する気があるなら、彼女はフィルバート家の秋の狐《きつね》狩りに参加する予定だそうだ」

マシューは嫌悪感をこらえ、ペイシェンスを見つづけた。これ以上ロザリンドのことは考えたくない。いま、興味ある女性はただひとりで、その人物は自分のすぐ下にいる。「それじゃあ、フィッツロイ」

「じゃあな、ホークモア」

ペイシェンスが取り巻きのひとりをふり返り、あらわになった肩の上で赤い巻き毛がはずんだ。身体の曲線を目でなぞる。息を深く吸いながら、昂ぶる気持ちが静かな支配欲に変わるのを感じた。

今晩がはじまりとなる――ペイシェンスとの新たなはじまり。

ペイシェンスが欲しい。彼女のためにここへ来たのだ。

そして、本人はまだ知らないだろうが、ペイシェンスは僕のものだ。


「まさか、そんなことをするなんて！」ファーンズビー卿が声をあげた。

「僕はそう聞いた」

「聞いたからといって、本当のこととはかぎらないだろう、ダンフォース」

「本当だというほうに、十ポンド賭けよう」アシャー卿が申しでた。

「よし、のった」ファーンズビーが応じる。

「賭けだ！　賭けだ！」紳士のうちのだれかが叫んだ。

男たちの笑い声が場を満たした。

「それじゃあ」ダンフォース卿が一同を沈黙させ、全員の目が彼女に向いた。「あらためて聞きましょう、ミス・デア。あなたがチェロを演奏するというのは、本当ですか？」

ペイシェンスは自分をかこむ紳士の一団のために、小さな仮面の下から微笑んだ。仮装している人も、していない人もいるが、仮面だけは全員つけていた。ただし、いまはそろってそれを顔からあげて、じっとこちらに注目している。広い舞踏の間の照明で、ひとりひとりをよく観察することができた。無害そうな人もいるが、親しさを装った好色、魅力的なふりをしたうぬぼれ、自信のなさからくる虚勢、それに――ダンフォース卿に目をもどした――露骨な狼の姿も見えた。

「ダンフォースさま、あなたが正解です。わたしはたしかにチェロを演奏します。二週間後には、ロンドンへいって、高名なフェルナンド・カヴァッリ氏のもとで練習をはじめる予定です。あの方に師事する初の女生徒となることを、とても誇りに思っています」

〝ああ〟という大合唱が起こり、金の貸し借りについてのジョークが行き交うなか、ダンフォース卿が身をのりだした。「わかってましたよ。あなたは脚のあいだに大きな楽器を挟むことのできる女性だってね」

その手のジョークは何百回も聞いた。ペイシェンスは白けた顔でこの場を去りたいのをこらえた。どこへいっても男はおなじらしい――爵位を持っていたとしても。立ち去るかわりに軽く笑って、声を低く落とした。「わたしを傷つけようとしておっしゃったのなら、残念ですけど、あなたのちっちゃな槍《やり》は的をはずしましたわ」

ダンフォースの眉間にゆっくりしわが寄った。「失礼、いまなんと？」

ペイシェンスは無実を装い眉をあげた。「いいえ、こちらこそ失礼を」

ナポレオンの扮装《ぶんそう》をしたファーンズビー卿が腕に軽くふれてきたので、いやらしいダンフォース卿からそちらに顔を向けた。「疑ったことを許してください、ミス・デア。音楽の才能がなくたって、その美しさだけで十分だと思えたのでね」でっぷりした腹の下までベストを引きさげた。「ただ、チェロはずいぶん大きくて扱いにくい楽器でしょう。女性本来の慎み深さや、しとやかな性質からすると、どちらかというと不向きじゃありませんか」

ペイシェンスはうなずいた。それも前に言われた——幾度となく。女がチェロを弾いたり、馬にまたがったり、あるいは、なんにしても脚をひろげたりするというのは、とんでもないことだというのだ。ここにいる男たちはひとり残らず女の脚のあいだから生まれてきたというのに。その行為は、女性本来の慎み深さやしとやかな性質に、どんな悪影響をおよぼすと考えているのだろう。

ペイシェンスは微笑んだ。「おっしゃることはよくわかります。でも、わたしは小さなころからチェロをはじめたもので、あの当時は慎みがなんだか知りませんでしたし、やると決めたら譲らない性質でしたから。父に聞いてくだされば、よくわかります」

男たちがくすくす笑って、自分たちの少年時代の強情さについて軽口をたたきあった。そのとき、ペイシェンスの耳にうしろの会話の断片が聞こえてきた。

「マシュー・ホークモアが今夜本当にあらわれたなんて、信じられないわ」

ペイシェンスははっとした。マシューがここに、この舞踏会に来ている？　ふいに熱いキスの記憶がよみがえって、頬が火照った。

「マシュー・ホークモア？　マシュー・庭師《ガードナー》のことかしら？」

婦人たちのおしゃべりを聞いて神経が張りつめた。

「ともかく、わたくしには信じられないわ」最初の女性が言った。「また上流階級に受け入れてもらえると、本人は考えているのかしら？　つまり、だって……少なくとも、引っこんでいるだけの良識があったっていいでしょう——まわりのみんなに嘘をついていたのだから」

「でも、自分が正しい生まれでないことは知らなかったという噂よ」

「それはまちがった噂ね。ホークモアは最初から知っていたと、わたくしは直接ベンチリー卿から聞きました。ともかく、騙《だま》されるのはうれしくないわ。それもどこかの卑しい庭師の子に」

　背後の女たちへの怒りがふくらんで、取り巻きの男たちの冗談やおしゃべりが耳から遠のいていった。マシューが社会的に干されていることは、姉から聞いて知っている。けれども、このお高くとまった下品な悪口はあまりにひどい。これが貴族の礼儀なのだろうか。

「主人が言っているのを耳にしたのだけれど、今後はだれもホークモアとは仕事をしないそうよ。主人はホークモアの鉄道会社の株を売るかもしれないって」

「そうなさるべきよ。だって、嘘つきの詐欺師となんかだれが取引したがると思って？　みなさん、よく憶えておくといいわ。マシュー・ホークモアは近いうちに私生児のうえに貧民になるから」

　ペイシェンスはスカートに隠れて拳をにぎりしめた。この世に嫌いなものがあるとすれば、それは心ない態度と不当な仕打ちだ。意地悪な女たちにひとこと言ってやろうとふり返りかけたが、ちょうどそのとき、恰幅《かっぷく》のいいヘンリー八世に扮装しているつもりのひょろりとした紳士が、男たちを押しのけてやってきて、ペイシェンスの手をしっかりとにぎった。

　ペイシェンスは驚いて、尻込みした。

「ミス・デア、やっと見つけた！　あちこち、さがしましたよ。このダンスはわたしと踊ることになっているはずです」

　ワルツの前奏が聞こえる。うしろをふり返ると、そこには三人の紳士が割りこんできていた。あのひどい女たちはどこへ消えたのだろう？

　ペイシェンスは腹立ちを隠しきれないまま、目の前の熱烈な男の手から手を引っこめ、腰にさげたダンスの予定表を見た。「あら、フェントンさま、そのとおりですわ」

「フェントン、美しいミス・デアを僕らからさらっていくとは、ずいぶんじゃないか」ファーンズビー卿が文句を言った。

「そのとおりだ」モントローズ卿が口をそろえた。

「彼女を連れてあまり遠くへいくんじゃないぞ、フェントン」ダンフォース卿が釘《くぎ》をさし、夜会服についた糸くずをはらった。「この曲のつぎは、僕と踊るんだ」

「そのつぎは僕だ」アシャー卿が声をあげた。

　待ちきれないフェントンは、仮面の下からペイシェンスに皮肉っぽく笑いかけるにとどめ、取り巻きの輪から彼女を引っぱっていってダンスフロアへ連れだした。

　ペイシェンスはため息をついた。マシューは本当に来ていて、このなかで踊っているのだろうか。混みあったフロアを一瞬目でさがしたが、すぐに自分を叱った。向こうから見つけにきてくれないのだから、気にしてもしょうがない。

ワルツがはじまり、ペイシェンスはフェントン卿に向けて無理に笑顔をつくったが、何度もつま先を踏まれて、すぐにしかめっ面になった。

「大変申し訳ない、ミス・デア。気のすむまで謝ります」

この男はペイシェンスの胸もとを見ることばかりに熱心で、ダンスがおろそかになっているのだ。しかたないのでペイシェンスは自分からリードすることにした。

「ほら」フェントン卿はにんまりした。「われわれは、こつをつかんだようです」

「そのようですね」ペイシェンスは相手に合わせた。

「多少時間はかかっても、わたしは必ずこつをつかむんです」

「あら、そうですか」ペイシェンスは上の空でこたえた。

どうして自分に嘘をつくの？　マシューが来ているのなら、せめて会いたい。ほんの一瞬でもいいから。

キスをした日の翌朝、彼はホークモア館から帰っていった。三日後、ペイシェンスは父と妹と従妹《いとこ》といっしょに実家の牧師館へ帰った。マシューのことはもう考えまいと決意したのに、どうがんばっても、彼はしつこく頭にはいりこんできた。静まり返った夜のひとときは、とくにひどかった。ハンサムな顔立ちがあまりに頻繁にまぶたの裏にあらわれるので、マシューの顔が脳裏に深く刻まれてしまったほどだ――あごのすっきりしたラインに、口のやわらかな曲線。それにもちろん、あの濃い色の情熱的な瞳。

眉をひそめて記憶をたどった。彼のことを考えずにすぎた日が、一日でもあっただろうか？　たぶん、ない。

あの人はどこ？　ペイシェンスは顔をあげて、ワルツの調べに合わせてまわりながら、人のあいだを目でさがした。

仮面をつけた顔また顔。半分あらわで半分隠れた人々の顔が、色彩豊かな万華鏡のようにまわりで旋回している。ここは広い舞踏の間で、ダンスフロアの外にも仮面をつけた人たちがさらにたくさんいて、絶え間なく形を変える波のようにうごめいている。制服姿の召し使いたちも、目もとを隠す黒い仮面で仮装していて、きらめくシャンパンをのせた盆をひらひらさせながら、混みあう人のあいだを踊るようにすり抜けていく。

でも、マシューはどこ？

音楽が盛りあがってくる。なにかの気配に背中がぞくっとした。期待感が全身を駆け抜ける。ペイシェンスは身体ごとふり返った。

マシュー。

彼が決然とした足取りで、ダンスフロアを大股にやってくる。黒い射るような目は、じっとこちらを見すえている。

ペイシェンスは息を吞んだ。

キスして以来、ずっと運命のようなものを感じていたが、その感覚にさらに強烈に吞みこまれるようだった。それと同時に、身体じゅうに熱い欲望が駆けめぐった。

彼から目をそらすことができなかった。最後に会ったときより、いくらか痩せたようにも見える。すらりと背の高い身体に、きっちりとした黒い夜会服がよく映えている。彼の驚くほどきれいな顔立ちは仮面で隠されてはいない。きっと、考えがあってそうしたのだろう。事実、険しく硬い表情はこう言っているようだ――〝くそったれども、これが僕のありのままの姿だ。逃げも隠れもしないぞ〟

ペイシェンスの身体の深い場所で、なにかが反応した。感じたのはプライド？

マシューが近づいてくる。

前で踊っている男女が壁となって、彼が視界から消えた。

「ミス・デア、どうやら、いま言ったことは聞こえていなかったようですね」

ペイシェンスはあわてて注意をフェントン卿にもどした。「ごめんなさい。ええと」――目をしばたたいた――「どんなお話を……？」

「わたしたちはこんなにダンスの息がぴったりなのだから、ほかのことでも組んでみたいものだと言ったんです」フェントン卿は自分では魅力的だと思っているにちがいない表情で微笑んだ。「まちがいない、あなたとわたしは相性がぴったりだ」

「まちがいない、その逆だよ」マシューの低い声がして、ふたりの足が止まった。ペイシェンスの手を取り、フェントン卿を冷ややかに一瞥《いちべつ》した彼を見て、ペイシェンスの血がざわついた。「申し訳ないが、割りこませていただこう」

フェントン卿は顔をしかめた。「ホークモア、わたしはミス・デアと踊るために、夜の半分が過ぎるまで待っていたんだぞ」

マシューのあたたかな指が、自分のもののようにペイシェンスの手をつかんだ。「それなら、あと少し待つのもおなじでしょう」

フェントン卿は仮面を押しあげ、血相を一変させて不快そうににらんだ。「忌々しいやつめ。もっとも庭師の息子なら、割りこむのはお手のものだな」

ペイシェンスは怒りをこらえて、マシューに味方した。「洒落《しゃれ》かなにかのつもりでおっしゃったんですか？　だとしたら、あまりお上手じゃありませんね。失礼ですけど、わたしも義理の兄と意見が一致するようです。あなたとわたしは相性がよくないわ」

フェントン卿はマシューがそれを言ったかのように、彼のほうに高慢な顔を向けた。「むかしからいけ好かないやつだと思っていた。〈ホワイツ〉におまえの除名を嘆願したわたしの判断は、どうやら正しかったようだな」

マシューはこの男を無視して、ペイシェンスの腕を取ってワルツの輪のほうに向かせた。怒りで顔が険しくなっていたので、ペイシェンスは目を伏せてマシューに時間をあたえた。

いまの不愉快なやりとりにもかかわらず、喜びと安心感が身体じゅうにひろがっていく。気がつくとペイシェンスはマシューにもたれ、彼に味方すると同時に彼に支えてもらっていた。やけにそばに抱き寄せられているせいで、彼のまとっている豊かでさわやかなベチバーのにおいがぷんと香ってくる。押しつけられた下半身と、足さばきが伝わってくる。しっかりとペイシェンスをリードする彼の肩は、とても力強かった。そうしたすべてのことが、この前の記憶をよみがえらせる。ペイシェンスをつつむ腕の力強さ、押しあてられた身体の感触。

目を閉じた。このまま彼の肩に頭をあずけられたらいいのに。自分がこんなに疲れていたとは気づかなかった。男たちからの求愛という攻撃にさらされつづけて、もう、うんざりだった。それも、まちがった相手からの求愛に。

「僕を見るんだ、ペイシェンス」

マシューの声を耳にし、淫らな期待に身体がぞくっとした。目をあげて、まつげにおおわれた暗い色の瞳をのぞきこんだ。そこに見えているのは、なんだろう？ 決意？ プライド？ 欲望？

彼は記憶よりもずっと美しい目をしている。マシュー自身が記憶よりずっと美しい。ところどころ金色に光る濃い茶色の髪は、うなじで短く切ってあり、頭の上のほうはいくらか長めにのばしていた。額からうしろへ流してあるその髪を見て、ペイシェンスはふいにそれを乱したくなった――月明かりの夜に、髪がこめかみにかかっていたあのときのように。

「どうしてこんなに時間がかかったの？」ペイシェンスはたずねた。「ずっと、待っていたのよ」

そんなことを言った自分に驚いたが、本当のことだ。

マシューの鼻孔がふくらみ、目が細まったように見えた。「だが、こうして来た」彼の手が腰にあてがわれた。「僕が求めているものを差しだす用意はあるかい」

深く響く声が愛撫《あいぶ》のようにペイシェンスをなでた。

「自分でもわからないわ」ペイシェンスはこたえた。「この前のときは、求められたものを不本意ながら差しだしたのに、あなたは去っていったでしょう」

美しいこげ茶色の瞳はじっと動かなかった。「あの晩立ち去ったことを悔やまなかった日は、一日もない。求めるものを、いま、僕にあたえてほしい。後悔はさせないよ」

「あなたが求めるものというのは？」

マシューはこたえなかった。そのかわりに、花をあしらったペイシェンスの深い胸もとに視線を落とした。「美しいドレスだ。だれの仮装かな」

ペイシェンスは小さく息を吸った。「ペルセフォネよ」

「ああ、ぴったりだな。春を告げるペルセフォネ――春の女神」音楽に合わせてまわされながら、マシューの低い声にうっとり聞き入った。「ならば僕はプルート、冥府《めいふ》の神だ。僕はきみが欲しい。きみをさらって、自分の陰に隠そう。そしてそばに鎖でつなぎとめて、服従を請うんだ。きみからすべてを奪いとり、同時にきみが求めるすべてを差しだそう」

ペイシェンスの心の奥で、暗いなにかが共鳴した。共鳴は音叉《おんさ》を打ち鳴らしたように波となってペイシェンスをつつみ、下腹部に、秘部に、脈打つ芯に、言いあらわしようのない狂おしい飢えがひろがっていく。静かなため息とともにペイシェンスの唇がひらいた。

マシューの視線がその口もとにおりた。「そして、きみは――きみは僕の暗黒の世界に光をともす」

あの女たちの心ない言葉が思いだされて、胸が締めつけられた。

「どうやったら光がともせるの、マシュー？」

視線が口から目にもどったが、彼の瞳からは感情が読みとれなかった。「さあね。たぶん、いまみたいに名前を呼んでくれればいい」火花が胸から子宮へと転がり落ちていった。彼はとても傷ついた声をしている。「たぶん、僕は道を見失っているんだ」マシューはそこで言葉を切って、少しさがってペイシェンスを回転させた。「でも、そのことはべつにいいだろう？　自分の望むものが手にはいるなら」

「よくないわ」マシューから反応がないので、ペイシェンスはため息をついて、小さく微笑みかけた。「わたしがなにを望んでいるのか知っているような口ぶりね。でも、どうしてわかるの？」首をふった。「キスを一度交わしただけじゃない」

笑顔が返ってくることはなかった。「あれはただのキスじゃなかった。きみもわかっているはずだ」

血がざわついた。「ええ」静かに言った。「でも、それと、わたしの欲望がわかることとは関係ないでしょう」

マシューの目がペイシェンスの瞳をとらえた。「僕はずっときみを見ていたんだ。きみはこのパーティの華だ。会場にいるだれもが、きみをものにしたがってる。みんな、たがいを押しのけるようにしてそばに集まってくる。そうだろう？」

長いまつげをしたマシューの目を見つめた。「ええ」

「うんざりするほどにご機嫌取りが群がって、必死に自分を売りこんでくる。きみにとってはなんの意味もないお世辞を、つぎからつぎへとならべたてる。無害だが、終わりのない求愛に、きみは息がつまりそうだ」マシューの濃い色の目が心の奥深くを見通すようだった。

「そうだろう、ペイシェンス？　ずいぶん前からそんな調子だったんだろう？」

ペイシェンスは眉をひそめて、催眠術をかけるような眼差《まなざ》しに見入った。「ええ」言葉は吐息にしかならなかった。マシューに聞こえただろうか？

彼の顔が近づいてくる。「そして、きみは笑顔をふりまき、連中を舞いあがらせるが……」

ベチバーの香りを胸に深く吸いこんだ。

「……きみを熱くする男は、そのなかにはひとりとしていない……」

マシューの頬がこめかみをかすめた。「……ましてや、愛をかきたてる者は」

ペイシェンスはふるえた。愛？　愛はわたしには関係のないもの。

でも熱い思いは？　ときどき、性的な欲望を満たしたい気持ちに強く駆られることがある――それに、自分で自分の恋人役を演じるのは、そろそろ嫌になってきた。

マシューの誇り高い美しい顔を見つめた。「ほとんどすべて、あなたの言ったことは正しいわ。でも、わたしはロマンチックな愛も結婚も求めてないの。家族を愛しているし、チェロを愛している。わたしにはそれで十分だわ」

「本当かい？」眉があがった。「本気で言ってるのか？」

息を吸いこんで、そこで止まった。どうして〝そうよ〟という言葉が口からすんなり出てこないのだろう。マシューのさぐるような視線を受けて、ペイシェンスは顔をしかめた。

「芸術の追求と愛の追求は、たがいに相容れないものよ。両方を共存させるのは無理なの」

「だれがそんなことを言った?」

好きだった人が――。「むかしの音楽の師匠よ」

「それを信じているのかい?」

「知っているの」

「どうやって知った?」

「経験で」

「はぐらかすんだな」

「ええ」

マシューの口の端がほんのわずかにあがった。「わかった。とりあえずは、それで良しとしておこう」

肌がぞくっとした。ペイシェンスは眉をあげた。「良しとしておく?」

マシューはうなずいた。「そうだ。とりあえずのところは」口を挟む間もなく、彼は先をつづけた。「最初からきみは男よりチェロを選んでいるのに、それを知らないとは、取り巻きたちも哀れだな」

音楽に合わせてまわされながら、ペイシェンスは肩をすくめた。「伝えてもいいと思っているわ。あの人たちは信じようとしないでしょうけど」

「ああ、そうだろうね。みんながみんな、きみの心を勝ちとるのは自分だと信じたがっているんだ」美しい目がペイシェンスの瞳の奥をのぞきこんだ。「希望の泉は涸《か》れず、だよ、ペイシェンス」

「ええ」なんてキスしたくなる色っぽい唇なのだろう。「希望の泉は涸れず、ね」

「かなわぬ希望をいだいた、気の毒なやつらだ」マシューが頭をかたむけた。「きみをものにする男は、あのなかにはいないんだろう?」

「ええ」

「なぜなら、連中はきみがなにを求めているか知らないからだ」踊り手たちのあいだを旋回させながら、マシューの手がペイシェンスのウエストを強くつかんだ。「だが、僕は知っている。僕はきみの欲望にぴったりの相手だ」

胸の鼓動が速くなる。濃い色の瞳を見つめた――吸いこまれそうな、抗しがたい瞳。マシューからの誘惑はものすごく強かった。彼はペイシェンス自身さえ知らないなにかを知っているらしい。そのなにかが、心の奥に不思議な力でささやきかけてくる。

それでも、ギャラリーでの重苦しい別れのことを思いださずにはいられなかった。ペイシェンスにはロザリンドの代わりになる気はまったくない。「別れた恋人の後釜にすわっても、いいことはないわ、マシュー。それにさっきも言ったとおり、わたしはあなたを愛することはできないの。だから、誘うならだれかべつの相手にして」

彼のきつく結ばれた口もとがゆるみ、ゆっくりまばたきするとともに長いまつげが揺れた。

「そんなことはまるきり時間の無駄だよ、ペイシェンス。僕が求めるのはきみだけだ——僕を満足させられる女は、きみしかいない」顔が近づいて、暗い瞳がペイシェンスを見すえた。「僕のものになる運命なんだ。僕は絶対にきみを手に入れる」

太ももの奥は湿り気で濡《ぬ》れたが、口はからからに乾いた。いつかこうなる日が来るとわかっていた。けれども、いざとなると、うまく切り抜けられる自信がなかった。

「きみもそれを予感しているはずだ」マシューは優しく言った。「僕らのあいだには、その予感がずっとただよっている。ギャラリーでキスした夜も、それを感じただろう。いまもだ」

「わたしはあなたを目で見て、肌で感じているだけよ」

「そうだ」マシューは息を吸った。「だが、どうして僕なんだ？　ほかのだれかじゃなくて。モントローズやアシャーや、きみに群がる大勢のうちのだれかじゃなくて」

あなたがわたしを呼んでいるから。

「なぜ、僕だけなんだ、ペイシェンス？」

彼の眼差しに催眠術にかけられてしまいそうだった。瞳から目をはなすことができない。

「理由はわからないわ。ただ、そうなの」

マシューの手がウエストに移り、ペイシェンスをさらに自分のそばに引き寄せた。低くやわらかな声がする。「今夜を僕にあたえてほしい——今夜ひと晩でいい。そうしたら、理由を教えてあげられる」

今夜ひと晩！　ペイシェンスはどうにか彼から目をそらした。子宮に熱いものが流れこみ、心臓が跳ねた。マシューが欲しい――死ぬほど欲しい。でも……もしそれがまちがいだったら？

「ペイシェンス」

彼の射るような目をもう一度見た。

「きみはいつか必ず僕の要求に折れる」マシューがそっと言った。「そうなるまで、僕は説得をやめないからね。だとしたら、今夜手にはいる喜びを先延ばしにする意味はないだろう」彼はもっともらしい口調で言った。「愛を求めているわけじゃない。結婚を申しこみたいわけでもない」肩を小さくすくめた。「ただ、今夜だけほしいんだ」耳もとに顔を寄せた。

「今夜を僕にくれ」

ペイシェンスはふるえながら息を吸った。彼は正しい。いつの日か、ペイシェンスは折れるだろう。ただ、そのことをマシューには知られたくなかった。

マシューはペイシェンスを回転させながらダンスフロアの隅に追いこみ、手首をつかんだ。

「来るんだ」

ペイシェンスは緊張し、足を止めた。「どこに？」

スカートの襞《ひだ》の下でマシューの指が手のひらをなぞった。「僕の指示する場所に」

相手の暗い色の目を見つめた。呼吸が浅くなって、背筋にふるえが走った。予想していた答えとはちがった。マシューについていきたい――心の底からそう思う。ふたりは見えない糸で結ばれていて、彼がそれを引っぱっているようだった。でも、その糸の導く先はどこなのだろう？　ペイシェンスは周囲で踊っている男女に目をやり、最後の抵抗の言葉をささやいた。「無理よ」

マシューはさらに顔を近づけて、低く力強い声で言った。「無理じゃない。きみは、自分でも理解していないものを強烈に求めているんだ——自分では気づくことさえ恐れているあるものを。でも、僕がそれを整理して、わかりやすく教えてあげよう。きみが必要としているものは、求めて手にはいるものじゃない。奪われるしかないんだ。そして、奪う役をやるのは僕だ。僕が奪う」身体をはなした。「さあ、もうつべこべ言うな」それからマシューは腰に手をおいてペイシェンスをうしろから押し、その手のひらの加減ひとつで彼女を誘導して人のあいだを進ませた。

全身の血がさわいだ。マシューのやんわりとした命令には驚いた。けれども、それに対する自分の反応にはもっと驚いた。自分の一部は、このまま背を向けてマシューを拒否することを望んでいた。けれども、強い自分——それとも弱い自分だろうか——は、熱いスリルと彼に従いたい衝動を感じている。

マシューはペイシェンスの腕を取ってのんびり歩き、ふたりはすれちがう人々に会釈をした。訝《いぶか》しげな顔やさぐるような目がしつこく追いかけてくる。ペイシェンスはあの忌まわしいゴシップを思いだして、顔を堂々とあげた。マシューとならんで歩いているところを見られても、ちっとも恥ずかしくない。それどころか、いっしょにいたい男性はほかにはいない。

そのうえ、行動をともにしているのを見られてまずい理由もなかった。マシューは義理の兄なのだから。

それでも舞踏の間の大扉が近づくにつれて、胸の鼓動がどんどん速くなった。不安と欲望、疑念と信頼、そうしたすべてがせめぎあい、自己主張している。目の前に扉が大きく迫った。足取りがにぶった。

マシューが上から見おろし、濃い色の瞳が光った。「いくぞ、ペイシェンス」

甘いささやきでも、なだめすかす言い方でもなかった。組んだ腕をぎゅっと締めつけられ、脚の奥が強く脈打った。どう説得されてもそうはならなかっただろうが、マシューの有無を言わさない命令口調がペイシェンスの抵抗を消し去った。彼女は熱いものと動揺を感じながら扉をくぐった。

ふたりは広い廊下を横切り、三階へつづく階段をのぼった。まわりには仮面姿の客たちがいる。舞踏の間を見おろす上階のギャラリーとのあいだを行き来しているのだ。楽団席からつぎのワルツの調べが聞こえてくると同時に、ペイシェンスとマシューは上の階につき、さらに廊下を進んで家族用の区画に向かった。そこまで来ると、ふたりは足を止めた。

マシューは腕をはなし、何気ない顔つきのまま声を低くして言った。「きみのお姉さんの居間《パーラー》の横の廊下をいくと、つきあたりに花瓶ののったテーブルがある。どこかわかるかい?」

「ええ」

「よし。そこで待っているんだ」そう言うと、マシューはお休みの挨拶をするように頭《こうべ》をたれた。

ペイシェンスは火照った顔で会釈し、廊下を歩きだした。壁のろうそくの揺らめく光が行く手を照らし、舞踏の間の喧騒がしだいに遠のいていった。静かになるにつれて、不安がふくらんでくる。来た道をもどろうかとも思ったが、ここまできてそれは臆病すぎるという気もした。なにより、彼を求める気持ちが不安よりも大きかった。そこでペイシェンスは自分の部屋に向かう廊下を通りすぎて、さらに先へ進んだ。姉を訪ねるのに、これまで幾度となく通った廊下だ。でも今宵《こよい》、ペイシェンスの目的地は……どこなのだろう?

居間を過ぎ、花瓶のあるテーブルのところへ来た瞬間に、背後の扉からマシューがあらわれた。驚いて息を呑む間もなく、彼は手を取ってペイシェンスを引っぱった。角をまがってべつの廊下にはいった。見知った場所から遠ざかるにつれて、胸の鼓動が速くなる。屋敷のこの区画に足を踏み入れるのは、はじめてだった。がらんとして、静けさにつつまれている。舞踏会の音はほとんどとどかず、自分の息づかいが耳に大きくひびいた。

マシューに目をやった。ウェーブした一筋の長い髪が額に落ちている。だが、力強い横顔からは決然とした意志以外のものは読みとれなかった。彼は無言だった。やがて、またべつの角をまがると、彼はペイシェンスのうしろに立って、手をはなした。ペイシェンスは目の前の巨大なタペストリーを見つめていた。短い廊下には、扉がふたつあるだけだった。

うしろをふり返った。

マシューが手袋をはずしながら、細めた暗い目でこちらを見ていた。彼の色気のある口はひらいていたが、笑ってはいない。「手袋をはずして、ペイシェンス」

手首の内側にある小さなボタンをはずしながら、マシューの言葉に従うべきか少しも考えなかった自分に、ふと気づいた――ただ、従ったのだ。キッド革の白い手袋をそっと指からはずし、その長い手袋を腕から抜きとり、反対もおなじようにして脱いだ。それを片手に持つと、腕の素肌をさらしていることで、急に自分が少し裸になった気分がした。マシューの視線を受け、その場に根が生えたように立ちつくした。けれども、彼がゆっくり近づいてくるにつれ、手がふるえだした。

ズボンの真ん中が、おそろしいほどふくらんで出っぱっている。熱い欲望が身体にひろがった。マシューは足を止め、ペイシェンスは口にわいた唾を呑みこんで、なんとか自分の興奮を抑えようとした。マシューが無言のまま、手のひらを上にして腕をのばした。ペイシェンスはためらいつつ、その手に手袋をおいた。彼はそれをたたんでポケットにしまった。そして、さらに一歩近づいて、両手を持ちあげた。抱きしめられるのかと思ったが、そうではなく、彼はリボンをほどいてペイシェンスの仮面を顔からはずした。

射るような目が顔の上をゆっくり動いている。呼吸が浅くなる。マシューはひとつも見逃すまいとしているのだろうか。空気が止まったようだった。キスをするか、抱きしめようとしているのかもしれない。ペイシェンスは身を硬くして待った。

けれどもようやく動いたマシューは、ペイシェンスのすぐ左にある扉の側柱にもたれただけだった。ドアノブに手をのばし、押しさげ、扉をあけはなった。ペイシェンスは彼の暗い瞳をのぞきこみ、それから暗い部屋をのぞきこんだ。明かりが揺らめいて、壁に淡い影が躍っている。けれども、光に照らされた廊下からは、それ以外のものはほとんど見えなかった。

舞踏の間で聞いたマシューの言葉がよみがえる。〝自分の陰に隠そう……そばに鎖でつなぎとめ……きみが求めるすべてを差しだそう〟脚の奥が物欲しそうに脈打った。

うしろをふり返って、明るい廊下に目をやった。いましかない――心を変えるなら、いまが最後のチャンスだ。でも、引き返した先にはなにがある？　ペイシェンスに見とれるばかりでろくにリードもできない男たちとの、永遠につづくダンス？　ペイシェンスの意見を聞くより自分の意見を言うことに関心のある男たちとの、果てしないおしゃべり？　ペイシェンスの脚のあいだに分け入ることしか頭にない男たちとの、くだらない交流？

目をあげてマシューを見た。もちろん、彼だってペイシェンスの脚のあいだに分け入りたいのだ。そんなことを許せるはずがあるだろうか。姉のことを思った。今日はアフロディーテに扮していて、まちを取ったドレスは妊娠五カ月のお腹を隠しきれていない。今回の舞踏会と狐狩りが、姉にとっては出産前の最後の社交の催しとなる予定だった。

自分の平らな腹部に手をあてた。今夜ひと晩のために妊娠する危険はおかせない。マシューをふり返った。彼の美しい目は、勇気があるならやってみろと挑発しているようだ。けれども、それが逃げる勇気なのか、ここにとどまる勇気なのかはわからなかった。ペイシェンスはひと息に言った。「わたしは処女です。それを失いたくないの」

マシューは眉をあげた。「永遠に？」

「いまのところは」

彼は視線を落とし、たっぷり二秒ほど考えてからうなずいた。「わかった。きみが自分からいまの言葉を撤回しないかぎりは、そこのところは守ると約束するよ」

ペイシェンスはうなずいたが、気がかりはほかにもあった。「それから、その扉の向こうへいったとして、どんなことが起ころうとも、それはわたしたちふたりだけのことだと誓って言える？　レディ・ロザリンドのことは考えないと？」

「どこのロザリンドだ？」

「面白いことを言うのね。でも、わたしは真剣に言ってるのよ」

「僕もだ」

マシューの動かぬ目をのぞいたが、そこには冗談のかけらさえ見えなかった。もう一度暗い部屋を見た。これまでペイシェンスは大勢を拒絶し、ごくわずかな人だけを信頼してきた。さあ、はいりなさい。そして、彼が持っているという秘密がなにか、たしかめるのよ。

ひと晩だけのこと……。

目を閉じて、大きく息を吸いこんだ。父なる神と聖マタイがわたしを守ってくださる。それから、決意に目を大きくあけて、マシューの横をすり抜けて最後の境界線を踏みこえた。

3　彼女が求めるすべて

どうか、彼の左の手がわたしの頭の下にあり、
右の手がわたしを抱いてくれるように。
雅歌二：六

扉が大きな音とともに閉まって部屋が暗くなり、ペイシェンスは驚いてふり返った。黒っぽい幽霊のように、ふいにマシューが暗がりから立ちあらわれた。

「わが黄泉《よみ》の国へようこそ、ペルセフォネ」

腰をがっちりつかんで強く引き寄せられ、ペイシェンスは息を呑んだ。手が髪のなかにはいってくる。息継ぎもほとんどできないうちに、マシューの顔が迫って唇をふさいだ。彼の舌が唇のあいだから侵入し、ペイシェンスはくらくらしながら目を閉じた。頭のうしろを手で押さえられ、強引なキスから身を引こうにも身動きがとれない。

もはや引き返すことはできない。その瞬間は過ぎ去ったのだ。

ペイシェンスはあえいで、マシューにしっかりとしがみついた。彼のがっちりした身体を感じる。彼の舌が上あごをまさぐり、歯の表面をなぞる。ほんのりブランデーの味がして、

それと同時にベチバーの豊かな香りがペイシェンスの感覚を満たした。両腕で支えられて、彼の強烈な存在感につつみこまれるようだった。

湿ったものが内ももをつたった。舌が奥まではいってきて、息を吸うのもままならない。あらゆる感覚が川のようにマシューの口から流れこんで、押しとどめることのできない奔流となって、女の肉体の小さな泉へ押し寄せてくるようだった。

ペイシェンスは欲望のままに身体を押しつけて、キスにキスでこたえた。ただこうしてずっと抱きあっていたい。息を吸う間も惜しんで。頭がぼうっとして耳鳴りがしたが、マシューの深く静かなうなり声が耳に聞こえてくる。彼はペイシェンスの髪を強くにぎり、反対の手であごをつかんだ。口を大きくひらかせて、奥行きを試すようにさらに舌を突き入れる。女の芯に熱い血が流れこみ、しだいに息が苦しくなった。ようやく唇どうしが離れると、ペイシェンスは声をもらし、それからあえいだ。

彼の指がふるえる唇をなぞり、ふたりのあたたかな息がからみあった。「あのとき、きみの前から立ち去るべきじゃなかった」マシューは乱暴に吐きだした。「断じて」そう言って、あごにキスをした。

唇のあいだから彼の指がはいってきて、一瞬、胸の鼓動が止まった。ペイシェンスは本能的に舌を巻きつけて、たしかめるように淫らに吸った。

「ああ、ペイシェンス、いいぞ」マシューはささやいて、二本目を入れた。「きみの口がどれだけ熱く濡れているか、教えてくれ」マシューの腰が動いた。

ペイシェンスは彼の長い指をしゃぶりながら、熱い興奮に打ちふるえた。姉と妹といっしょに、執事のウィルソンを何度ものぞき見したときのことが頭によみがえる。ウィルソンは上階付きメイドのメアリの口のなかに、毎日せっせと精をそそぎこんでいたのだ。姉妹はその光景に驚き、興奮したが、一番熱心に見入っていたのはペイシェンスだった。なんならあのメイドの代わりを務めたいと言いだしたのも、ペイシェンスだった。家庭菜園から新鮮な胡瓜《きゅうり》をこっそり摘《つ》んで部屋に持ってきたのも、ペイシェンスだった。その胡瓜を使って、目を皿のようにして観察した行為を姉妹で大笑いしながら練習したのだ。

マシューが口の濡れた奥へと指を突き入れてくる。それを舌でしゃぶっていると、興奮が興奮に火をつけて、もっと欲しくてたまらなくなった。

マシューが長いまつげにおおわれた目をあげた。その瞳は、ペイシェンスの激しい欲望をそのまま映していた。「僕がどうされたいか理解しているんだな。いや、むしろ、きみ自身、それがしたくてしょうがないんだろう？」

そのとおりよ！　ペイシェンスはゆっくりまばたきをした。

ペイシェンスを見つめる強い眼差しとは対照的に、マシューの声は低くやわらかだった。「それはいい。ただ、不思議なのは――」指をさらに奥へ入れる。「なぜ、処女の牧師の娘が、そんなことを知っているのかということだ」口をペイシェンスの口に寄せた。「このかわいい乙女は、いったいなにをしていたんだ？　名前は忍耐《ペイシェンス》なのに、待ちきれないのか」

ペイシェンスはこたえるかわりに、口から出ていく彼の指に舌をゆっくり這わせた。そばにあった唇がペイシェンスの唇を奪った。下腹部が熱くなって脚から力が抜けてくる。

彼の足もとにくずれてしまうと思ったそのとき、マシューはキスをやめて、あえぐペイシェンスの唇に唇をつけたままささやいた。「きみの美しさは男を硬くさせる。聞かせてくれ、ペイシェンス。これまでどれだけの数の男を味わった？」声は穏やかだが、瞳はぎらぎらと燃えていた。

脚の奥が収縮した。たしかに熱烈な求婚者が大勢いたために、そうした機会がおとずれることは何度もあったが、実際行動に移したことはなかった。そこまでその気にさせる男性がいなかったのだ。「ひとりもないわ」吐息とともに言った。「いまだかつて、ひとりもない」

顔つきが険しくなって、手が髪を強くにぎりしめた。「僕に嘘をつくな。ふたりのあいだにどんなことが起ころうとも、絶対に嘘だけはつくな」

ペイシェンスは相手の暗い瞳を見つめた。「嘘じゃないわ」頬が火照った。「でも、見たことがあるの。何度も。うちの執事と……メイドが……」

マシューの表情が一瞬にしてやわらいだ。

「なるほど、使用人か。ああいう連中はありがたい教師だな」ペイシェンスの口の端にキスをした。「ふたりがしているのを見ながら、興奮したのか？」マシューは唇がふれそうな距離で言った。

「ええ」濃厚なキスをされて腰が持ちあがったが、彼は唐突にやめた。

「自分もやってみたいと憧れたのか？　想像しながら自分を慰めたのか？　硬くなった一物

をくわえるところを想像しながら、いったのか?」

ペイシェンスはうめいた。脚のあいだの芯が爆発してしまいそうだった。

「そうなんだな?」

マシューの瞳を見つめた。「ええ」ささやくようにこたえた。「ええ——何度も、何度も」

「それはよかった」彼は歯を食いしばり、ペイシェンスの手を取ってふたりのあいだに導いた。「そのかわいい口でこれをくわえられると思うかい?」

大きくなったものを手に押しつけられて、ペイシェンスは息を呑んだ。硬く、ずっしりとして、それに、ああ、なんて太いのだろう。まちがいなくウィルソンのものより太い——それどころか、ジェレミー・スナップよりも。あの陶芸工の息子の人生一番の楽しみは、自分の立派な持ち物をリンカーンシャーじゅうの若い娘に見せびらかすことだった。いまふれているものは、彼らの精力旺盛な男性器とも比べものにならない。それを興味津々に手でなでているうちに、ふいに口から唾があふれ、それ以上に太ももの奥から湿り気があふれた。

マシューはこわばった表情をして、腰を突きだした。「これが欲しいか?」

「ええ」じれったくなって、彼の唇にキスをした。「ええ、お願いします」

マシューは片手でペイシェンスの髪をまさぐりながら、反対の手で花の冠を頭からそっとはずした。「ずいぶん礼儀正しい言い方だ」彼はつぶやいた。「でも、残念だが、そうはさせない」

「どうして?」ペイシェンスはわけがわからずに、マシューから身体をはなした。「でも、わたしは……わたしは、そうしたいと思って……」

「そうしたい？」マシューの眉毛があがった。「ペイシェンス、ここに来たのは、きみが望むことをするためじゃない。僕が望むことをするためだ」

ペイシェンスはまばたきをし、酔った心地でふらつきながらも、なんとか頭を働かせようとした。「でも、あなたは言ったわ。わたしがなにを求めているか知っているって……」

彼の唇に、これ以上ないほどのものやわらかで美しい微笑がうかんだ。「ああ、言ったよ」

唇が唇にふれる。「わけがわからないだろう？」

相手のハンサムな顔を見ているうちに、胸の先端がうずいた。「理解できないわ」

マシューはペイシェンスを暖炉の前のあたたかい場所に導いた。「いいんだ。いずれ、わかる」彼はそっと言った。花の冠を炉棚にのせ、ペイシェンスの手袋もそこにいっしょにおいた。こっちをふり返ったとき、なにかがマシューの手のなかで光った。「そのうち、なにもかもはっきり理解できるようになる。じつはとても単純なことなんだ」彼が一歩近づいてくる。

ペイシェンスはキスされたくて唇を上に向けた。けれどもキスではなく、ドレスの前を強く下に引っぱられる感覚があった。胸の深くあいた身頃がふいにゆるんで肩からすべり落ち、ペイシェンスは息を呑んだ。とっさに布を押さえて自分を見おろすと、民族調の衣裳のひもが切られていた。

マシューはペイシェンスの身体に腕をまわした。またしても腰のあたりを強く引っぱられる感覚がして、今度は押さえる間もなくスカートがふんわりと床に落下した。

うしろへさがって、マシューは細いナイフを折りたたんで上着のポケットにしまった。それから手を差しだした。「ドレスをこっちへ」静かに命じた。

ペイシェンスは驚いて、肩から落ちた身頃と、足もとで輪になっている布を見おろした。拒否しようと思ったが、そうしたところでどんな意味があるというのだろう？ どっちみち、ドレスはもうなんの役にも立っていないのだ。それどころか、どうにかして繕わなければ、この部屋から出ることさえできない。

身をふるわせながらペイシェンスは身頃を脱ぎ、スカートをひろった。少なくとも、下着は身に着けている。脱いだ服をまとめてマシューにわたした。すると彼がそれをまるごと暖炉にくべたので、驚きのあまり跳びあがりそうになった。

小さな悲鳴が口からもれた。部屋はすぐに暗くなった。聞こえるのは、自分の速い息づかいの音だけだった。やがて、火がふたたび勢いを取りもどし、その炎に照らされて、マシューがすぐ前に立っていた。彼の手がのびて、コルセットカバーの薄い布地を一気に引き裂いた。その布もまた、貪欲な炎の餌となった。

ペイシェンスは衝撃を受けると同時にうっとりと魅了されて、美しいドレスが燃えて灰になるのをじっとながめた。けれどもマシューの手がパンタレットにかかると、大あわてでそれを押さえた。「だめよ」ささやくように言った。

マシューの眉があがった。「だめだって？」彼はペイシェンスの視線をとらえ、目をじっと見つめた。「僕に〝だめ〟は通じないよ、ペイシェンス。もし本当に――本当の本当に――耐えられないと思ったら、そのときは申し訳なさそうに〝今回だけは、あなたに従えません〟と言っていい。わかったかい？」

「わかりました」ペイシェンスは小声でこたえ、即答した自分に眉をひそめた。考えずに返事をしてよかったのだろうか。

「それでいい」マシューは静かに言った。それから、パンタレットの切れこみに手をかけて、真ん中の縫い目から布をふたつに切り裂いた。

驚きの悲鳴はなだめるようなキスで封じられた。あまりに優しく、穏やかなキス。やっていることと正反対のように思えたが、それでいてとても正しいように感じられる。ペイシェンスは切なくあえいでマシューにしがみついた。スカートの布の重なりがなくなると、そそり立った彼の硬い感触がよくわかった。

「ほら」マシューが唇を重ねたままささやいた。「なにも問題はない」身を引いてペイシェンスを見おろし、指で頬をなぞった。「そうだろう？」

なぜだかそのとおりだった。「ええ」ペイシェンスは認めた。

小さな笑みが、一瞬唇にうかんだ。「そうにきまってる」つぎの瞬間、彼はナイフでパンタレットをびりびりに切り裂いた。

パンタレットをすっかり破りとられたペイシェンスは、脚のつけ根の三角形の赤い巻き毛に両手をあてて、言葉を失って立ちつくした。コルセットの下から生地の切れ端がのぞいているだけで、肌を隠してくれるものは、もはやなにもない。目を見ひらいてマシューを見あげると、今度はシュミーズの肩ひもが切られ、胸のふくらみがあらわになった。

マシューを見つめ、つい訝しげに眉をひそめた。裸の肌は暖炉の熱であたたまっているのに、身体がふるえる――寒さではなく欲望のせいだ。マシューの衝撃的な行動のひとつひとつがペイシェンスの欲望をねじあげ、いまではきつく巻かれた発条《ばね》のようになって揺れている。

マシューは一歩さがってペイシェンスをながめた。ハンサムな顔は欲望で引きつり、暗い目は暖炉の火を映して内側から燃えているようだった。「手をどけて」彼は命じた。

頬がかっと熱くなり、その火照りが、すでに熱くなっている脚のあいだにおりていくのがわかった。脈打つ秘部の上で手がふるえた。どうしても手をどけることができない。ペイシェンスにはこれまでだれかに服を乱された経験はなかった。ましてや、こんなふうに裸にされるなんて。

だからこそ、わたしにはマシューが必要なのだ。マシューはだれもしないことをやろうとする。

でも……。

「できません」声がかすれた。決定的な拒絶の台詞《せりふ》を言うのは嫌でも、腕をどけることはできない。

マシューはペイシェンスを見て、目に優しい表情をうかべた。「残念だが、きみは手をどけないといけない。できないなら、無理にでもそうさせる」

ペイシェンスは目をぎゅっとつむった。当然の怒りを感じて抗議の声をあげてもいいはずだった。でも、怒りはどこに？ その感情をかき集めようとしたが、ペイシェンスのうちにあるのは、否定しようのない熱い欲望だけだった。それでも——手を見おろした——どうしてもどかせない。身体と心、欲望と自尊心が自分のなかでせめぎあって、身体がふるえた。

マシューが一歩近づいた。「そんなに難しいことか？」ささやき声で言った。

急に涙があふれてきた。これまで泣いたことなんてないのに！ けれども、こんな半分裸の無防備な姿にされているのだ。うれしいはずはない。

でも、なぜかうれしかった。

ペイシェンスは満足とスリルを感じていた。

「ええ」涙をこらえて目をあげ、マシューを見た。「難しいわ」

息を呑んだような低いうなり声が聞こえ、彼の美しい目が見惚《みほ》れるようにペイシェンスの顔に釘づけになった。「ああ、愛らしいペイシェンス。瞳にうかんだ葛藤、それに自分に許そうとしない涙を、僕は尊いと思う——簡単に手にはいらないものにこそ、僕は最大の価値を見出すんだ」彼の手がズボンの上から自分をにぎって、ゆっくりしごいている。それを見て下腹が興奮でざわついたが、彼が話しつづけるので顔に目をもどした。「僕の命令に苦しむきみのひとつひとつの感情が、僕を喜ばせる。どんな感情も僕にはうれしい。ただし究極的には——」股間から手をはなし、そっとペイシェンスの額にキスをした。「どんなときも、もがき苦しんだあげくに服従すべきだ。さあ、手をどけて」

脚の奥が痛いほどの渇きを感じて痙攣《けいれん》した――いつもは喜びをもたらしてくれる脈打つ場所が、いまは焼けつくような切なさを訴えてペイシェンスを苦しめる。マシューの発するひとことひとことが感情に火をつけ、淫らな気持ちをあおりたてる。

わたしはどうしてしまったの？　なぜ、服従しないといけないの？　なぜ、服従したいと感じているの？　さまざまな感情が自分のなかでぶつかりあい、不思議にも、その葛藤のせいでますます興奮がつのった。

ペイシェンスはもう一度手を見おろし、必死の思いで腕をどけた。緊張で筋肉がこわばるので、手を太ももに強く押しつけて耐えた。

「いいぞ」マシューがささやいた。「よくやった」

ごく静かに発せられた彼の褒め言葉が、気持ちをしずめ、元気づけてくれた。けれどもつぎの瞬間、そんな簡単な言葉が自分をこれほど揺さぶることに気づいて、またしても目に涙があふれてきた。マシューはわたしに対してどれだけの影響力を持っているというのだろう。

ペイシェンスは顔を伏せた。

「だめだ、ペイシェンス。なにも隠してはいけない」彼は指でペイシェンスの顔をあげ、優しくキスをした。「わかるだろう？　僕は反応をあまさず見たいんだ。そのいじらしい反応のすべてが、僕にとってはうれしい贈り物だ」マシューの暗い瞳が、これまでに見たことのないほどの熱い表情をうかべてペイシェンスの顔をさぐっている。こんなに激しさを帯びた目で見つめてきた相手は、かつてひとりもいなかった。「なにを求められているのか、わかってきただろう?」あたたかな手で腕をそっと愛撫されて、ぞくっとふるえが走った。「僕が要求することすべてに応えてほしい。そしてその間、なにひとつ僕に隠そうとしないこと」

狂おしい興奮が身体をめぐり、そのあとには期待と不安の入りまじった思いが残った。マシューの手が肩をなぞり、首の横をあがっていって、あごを持ってペイシェンスの顔を自分に向けさせた。「もがき苦しみ、成し遂げるようすを、逐一見たい。貴重な涙も、とびきりの笑顔も、すべて見たい」マシューは手をどけて、ゆっくりとペイシェンスの背後にまわった。手が裸のお尻をなで、そっとつかんだ。「きみのすべてが欲しい。きみのすべてを独り占めしたい」耳のうしろの敏感な部分にキスをされて、ペイシェンスは吐息をもらして目を閉じた。「どうして僕がそれを望むか、わかるかい、ペイシェンス?」

彼はペイシェンスを抱きしめ、うしろから身体を密着させた。

「わかるかい?」

ええ……。

脚の巻き毛のあいだに指がすべりこみ、ペイシェンスはマシューに身体をあずけた。彼の大きくなったものが、お尻に強くしっかりとあたっている。

「こたえるんだ、ペイシェンス」指が下のほうへはいっていく。秘部が熱くふるえた。「こたえたら、好きなだけふれてやる」

小さく泣くような声がペイシェンスの口からもれ、腰がうしろに揺れた。

「こたえろ」マシューがたたみかける。

ペイシェンスはあえぐように息を吸った。「わたしがそれを望んでいるから。わたしがそれを欲しているから」

「そうだ」彼の息が耳にかかる。「じゃあ、きみが望むものとはなんだ?」

腰をかたむけたが、マシューは動こうとしない。なぜ、わたしをじらして苦しめるの?

「どんな憧れを持っているんだ、ペイシェンス? 僕がすでに知っている、その秘密を教えてごらん。声に出して言うんだ」

ペイシェンスは唇を噛んだ。満たされたくて腰がよじれた。言いなさい。その言葉を言いさえすればいいのだから。でも、その言葉というのは?「わたしは——わたしが望むのは……」望むのは、なに?

「服従だ」マシューが耳もとでささやいたが、その言葉はペイシェンスの頭のなかで大きくふくらんで、鳴りひびいた。

マシューが背後からまわって真正面に立った。「〝服従〟だ」彼は言いきった。

そのとおりだ——。まばたきして涙をはらい、マシューの瞳をじっと見つめた。それがどんな結果を招くのかは知らないが、まさしくそれこそが正確な言葉だった。「ええ」

「自分で言え」

「服従すること」声が揺れた。「わたしが望んでいるのは、服従すること」

マシューの暗い瞳が、燃える炎で明るく輝いた。彼は両手でペイシェンスの全身をまさぐり、深くむさぼるようにキスをした。ペイシェンスはあえぎ、マシューを味わい、マシューにしがみついた。そのとき、ついに彼の指が狂おしい欲望の源である腫れた突起にふれて、身体がびくんと跳ねた。

マシューの口が離れた。「すごいぞ。こんなにふくらんで、奥もこんなに濡れている」マシューは腰をしっかりかかえて、濡れた割れ目を一度なぞった。そして二度、三度。それからこすりはじめた。強い指使いで円を描くようにして、敏感な蕾《つぼみ》をしつこく責める。

焼けるような快感が身体を貫いた。ペイシェンスは彼の荒々しい瞳を見つめながらあえいだ。うなじの短い髪にあてた手の指先に力がはいる。腰が揺れだして、ペイシェンスは唇を嚙んだ。

「さあ」マシューがあおった。「僕のためにいってくれ」彼の太いものが小刻みに突くのが感じられる。ペイシェンスがふるえだすと、彼は歯を食いしばった。「そうだ。いいぞ、いくんだ」

「ええ」ペイシェンスはあえいだ。「マシュー！」ああ！　神さま！　胸が大きく盛りあがり、脚のあいだが収縮した。マシューの身体がぴったり押しあてられている。彼の指がペイシェンスを愛撫する。身体じゅうのなにもかもが張り裂けそうだった。息を求めてあえいだ。そのとき、熱い感情がはじけた。

鋭い声をあげるとともに、頭がうしろにのけぞった——そして、マシューの手にふれられたまま腰がびくびくと痙攣し、ペイシェンスはこなごなに砕け散った。甘い恍惚《こうこつ》の余韻が全身にしみわたり、身体じゅうが脈打って熱い炎が燃えひろがっていく。あえぎながら、ふるえる身体をマシューに押しあてた。彼は愛撫する手で、なおも燻《くすぶ》る火種をすべてなかからかきだそうとしている——そこがからっぽになるまで。

ペイシェンスはマシューにもたれた。たくましい腕で腰を支えてもらっていなければ、そのまま倒れてしまったにちがいない。

息づかいがおさまってくるまで、マシューはしばらくそうやって抱いていてくれた。やがて、腰をかがめて、ペイシェンスを持ちあげて抱きかかえた。部屋のなかを移動しながら、ペイシェンスは彼の肩に頭をあずけた。驚きに圧倒されていた。「ありがとう、マシュー」マシューは目と目を合わせたまま自分のベッドの枕にペイシェンスを横たえ、彼女の両脇に手をついておおいかぶさった。「どういたしまして、ペイシェンス」あごに力がはいっていたが、声はやわらかかった。

顔が近づいてきて唇が重なった。はじめてのときとおなじくらい熱いキスだった。ペイシェンスは舌を深く受け入れて、マシューに腕を巻きつけた。下唇を噛んで吸われ、胸が高鳴り、甘い声がもれた。けれども、キスは唐突にはじまり、唐突に終わった。マシューは物足りない気持ちでいる彼女をそのまま残し、身を引いた。

ペイシェンスは横向きになって、マシューが部屋を歩いていくのを目で追った。なんて優雅な歩き方だろう。彼はある扉をあけて、一瞬、奥へ姿を消した。

ペイシェンスは待った。そこは着替えの間のようだった。服を脱いでいるのかもしれない。またしても胸がどきどきしてきた。

ふたたびあらわれたマシューは、丈の長い、黒いローブを着ていた。手には、白いスカーフかネクタイのようなものをさげている。彼は迷いのない足取りで歩いてきて、ベッドのペイシェンスのわきに腰をおろした。

「両手をこっちへ」マシューは穏やかに命じた。

ペイシェンスは目を見ひらいた。敏感な女の部分が痛いほど脈打っている。わたしを縛るつもり？　身がすくんだ。

彼の眉間に小さなしわが寄った。「両手をこっちへ」さっきより強い口調でもう一度言った。

ペイシェンスは身を起こした。心臓が激しく打ちつける。ここまではマシューを信じた。いまさらその信頼を取り消す理由があるだろうか？　ペイシェンスはゆっくりと両手を合わせ、前に差しだした。

マシューは眉間からしわを消して、両方の手のひらにキスをした。「いい子だ」

そして手早く両手を縛った。ぎゅっと絞られる感触に身体がふるえだした。

「きみはとてもよくやってるよ」マシューがささやいた。

縛った両腕を頭上に引きあげられて、ペイシェンスはそのまま枕にもたれた。目で追っていると、彼はかなりの余裕を残して、ベッドの支柱にペイシェンスを結わえつけた。

身体が緊張し、コルセットの下で乳首が硬くなる。今度はなにをしようというのだろう? 刃がきらめくのが見え、思わず息を呑み、悲鳴をあげそうになった。だが、彼はペイシェンスを縛った支柱にナイフをふりおろして固定しただけだった。それから無言で足首のほうに移って、片足を支柱に縛り、もう片方も反対の柱にくくりつけた。やはり、かなり余裕をもたせた縛り方だった。けれども、一歩さがった場所から熱い目でじっと見つめられると、ペイシェンスはどうしようもなく淫らな気持ちになって、もどかしさに身をよじらせた。

彼は身もだえるペイシェンスをその場からながめていたが、やがてとなりに来て腰をおろした。呼吸で波打っている脇腹から腰まで指を這わせると、赤い巻き毛の上に手をおいた。

「こういう夜は秘密と魔法のためにあると、前に美しい天使が教えてくれた。僕からひとつ秘密を言おうか?」

ペイシェンスの息が止まった。「そうして」

ほの暗い炉火に照らされて、マシューの暗い瞳が光った。「きみは驚きに満ちた、うるわしい女だ。それに、僕に訴えかけてくる奥深いなにかを持っている。僕がこれほどの欲望を感じた女は、いままでひとりもいない」わずかに眉根を寄せた。「聞いているかい? ひとりも、だ」

心臓の鼓動が速くなる。

マシューの身体が近づいてくる。「べつの女と婚約していたときでさえ、きみが欲しいと思った。きみと距離をおこうと努力していたときでさえ、そう思った」彼はいったん言葉を切って、ペイシェンスのまつげを指でゆっくりなぞった。「いまはきみしか目に入らない。欲しいのはきみだけだ」身をかがめて唇を寄せ、つづけた。「それに、きみの服従にはものすごい力がある。怖がることはない」

ペイシェンスは小さくあえぎ、マシューに唇をつけて、熱い口に舌を突き入れた。彼の言葉は官能的な愛撫のようで、うれしさと欲望の両方が全身にひろがって、身体がぞくぞくした。

マシューの指が脚のあいだの湿った襞をなぞりだし、ペイシェンスは彼の口に息をもらして身をのけぞらせた。なめらかに濡れた場所に押しあてられた指の感覚に、身体がふるえて、全身が脈打ちはじめる。

マシューは唇ははなしたが、視線はペイシェンスにとどめたままだった。指使いがどんどん速くなってくる。「わかったかい、ペイシェンス。ここがきみの居場所だ。僕のベッドでよがり、ここを濡らしているがいい」

彼の言葉が欲望に拍車をかける。ペイシェンスは愛撫されながら縛《いまし》めを引っぱって腰をうかせた。あえぎながら、彼の手のほうへ腰を突きだした。彼の目はじっとペイシェンスを見つめている。脚の奥が収縮しだし、そのとき、手が止まった。

立って部屋の入口に向かって歩いていくマシューを、ペイシェンスは絶句して目で追った。唐突に打ち切りにされた快感に秘部がわなないて、身体がよじれた。そのとき、マシューがローブを脱いで椅子に放り、それを見て、血の気が引いた。なかに服を着たままだ!

「どこへいくの？」ペイシェンスは叫んだ。

マシューはふり返って、カフスを整えた。「下にいって、カードをするつもりだよ。きみは僕の手があくまでここで待っているんだ」

マシューが手袋をはめ、ペイシェンスは息を呑んだ。

「あとでもどったら」彼はこともなげに言った。「メイドが執事を悦《よろこ》ばせたように、僕のことも悦ばせてくれ」

ペイシェンスが反応する間もなく、マシューは出ていった。

扉がしまり、鍵がかけられた。

4　とどまるべきか、去るべきか

あなたの愛する者はどこへ行ったか……
雅歌六：一

マシューはどうにか数歩進んだところで、足を止めて壁にもたれた。激しい動悸がして、身体じゅうがふるえている。走ったあとのように息がはずんで、しかも、股間が痛いほど硬くなっている。張りつめたペニスが脈打って、マシューは顔をゆがめた。

ペイシェンスのもとに駆けもどり、服を破り捨てて、おおいかぶさりたかった。ペイシェンスのまとう梔子の香りを吸いこんで、あたたかく濡れた口に自分のものをしずめたかった。だが、それはできない。まだ、だめだ。確信を得るのが先だ。まずはマシューが差しだしたものを拒否する機会を与えなければいけない――マシューを拒否する機会を。

壁から離れ、髪をかきあげた。彼女はすぐには気づかないかもしれないが、脱出する手立ては残してある。もどってきたときにペイシェンスがいなくなっていたら、そのときは……。

胸に嫌な締めつけを感じた。そのときは、どうする？

彼女は部屋にいるはずだ。そうでなくてはならない。

マシューは背筋をのばし、廊下を歩きだした。ペイシェンスはマシューの力強い手を必要とし、マシューは彼女の服従を必要としている。過去のどんな相手よりも、マシューには彼女の服従が必要だった。彼女は喩《たと》えるなら、マシューの欲望を美しいかたちに分解してしまうガラスのプリズムだった。自分がどんな気持ちでペイシェンスを欲しているのか、その思いのひとつひとつが一瞬にして見えてくる。そして、その欲望が全体として成すものも見える——その欲望というのは、すなわち完全なる所有だ。

自分のベッドに縛られたペイシェンスの姿を思いだして、マシューはひとりで満足げに頬をゆるめた。それにしても彼女は美しい。豊かな赤い巻き毛はふれるとシルクのようで、あざやかな緑色の瞳——あの美しく、知性あふれる緑色の瞳——は、くるくると変わる表情でマシューを虜にする。

実物の彼女は、夢のなかで築きあげた像よりはるかに美しかった。角をまがって大廊下にはいった。ペイシェンスの美しさは……。くそ。マシューはあわてて立ち止まった。半分血のつながった兄の訝しげな瞳が、目の前にあった。「マーク」

兄の視線が、いまなおはっきりとわかる股間のふくらみに一瞬おりた。「マット」マークは腕を組んで、壁に肩をつけて寄りかかった。「ペイシェンスとふたりで出ていくのを見かけた。彼女はどこだ」

マシューは両手をポケットに入れて、自分も壁にもたれた。「ベッドに連れていった」

「彼女のベッドか、それともおまえのベッドか?」

「兄さんには関係ないだろう」

マークは首をふった。「利口なこととはいえないぞ、マット」

「それはまた、どうして？」

「ペイシェンスはそこらへんの女じゃない」

「そのことはよくわかってる。だからこそ彼女が欲しいんじゃないか」わけもなく怒りがわいてきた。「僕は兄さんにまで弁解しないといけないのか？」

マークは顔をしかめた。「弁解を求めてるわけじゃない。ただ兄弟として話をしているだけだ。ずっと、そうしてきただろう」

マシューは眉間のしわをこすって消してから、兄の顔を見た。「はじめて目にしたときから、彼女が欲しかった——あれはまだスキャンダルの前のことだ。そのときからずっと、まぎれもなく彼女が欲しかった」

「なるほど」

「ただし、当時は彼女をものにするわけにはいかなかった、そうだろう？」肩の筋肉が緊張した。全身ががちがちになっている。「だから、距離をおいていたんだ。言葉を交わしたりしたら、いや、それどころか近づいただけでも、ロザリンドに恥をかかせることをしてしまうかもしれないと恐れたからだ」腹のなかで怒りが煮えたぎった。マークを見た。「だが、そうこうしているうちに、ロザリンドのほうが僕に恥をかかせてくれた」やり場のない憤りに、両手がわなわなとふるえた。「それでもまだ、距離をおきつづけた。それがどれだけ大変なことだったか、兄さんにはわからないだろう。兄さんの結婚式の日、僕はその気になれば彼女を奪えたのに、自分から立ち去ったんだ」

「どうして？　なぜ、立ち去った？」

マシューはひと呼吸おいてから、マークの青い瞳を見た。「自分があぁまで彼女を欲しているとに、我慢ならなかったからだ。相手がだれであれ、あそこまで女を欲する自分が許せなかった」

マークはゆっくりうなずいた。「だが、現におまえはこうしてここにいる――いまなお、ペイシェンスのことを激しく求めている」

マシューの眉間のしわが深くなった。「そのとおりだよ。この三カ月、兄貴は最愛の人との甘い新婚生活で幸せの絶頂にいたが、僕は去勢された宦官《かんがん》みたいな暮らしを強いられてきた。もう、たくさんだ。ペイシェンスがここにいて、僕もここにいる。彼女を避けるべき理由だったロザリンドは消えた。兄さんもじゃましないでくれ」ポケットに入れた手を固くにぎりしめた。「以前の人生には終止符が打たれたが、僕は死んだわけじゃない。男には欲求がある。僕には欲求がある」

マークが眉をあげた。「ああ。おまえの欲求がどういう方向のものかは知ってるよ。ペイシェンスがそれを満たす相手としてふさわしいと思うのか？」

彼女のきれいなうるんだ瞳を思いだした――顔にうかぶ愛らしい苦悶《くもん》、それに、絶頂に達したときの美しい恍惚の表情。「ああ、彼女は僕の理想を絵に描いたような相手だ」

「まさか」

マシューは顔をしかめた。「嘘じゃない。それに、勘ちがいじゃなければ、彼女もおなじくらい僕を求めている。だから、僕らのことはほっといてくれ」

「そうはいかないよ、マット。彼女はパッションの妹だ」

怒りを抑えている手綱《たづな》が、マシューの手から一瞬すべって、ゆるんだ。「そうだ。それに、兄さんはいまも僕の兄貴だと思っていたが」

「そのとおりだ」

「だったら、兄貴らしくふるまって、少しは弟に信頼をおいたらどうだ」

「そうしたいところだが、おまえこそ、このところ自分らしくなかった」

激しい感情をこらえるあまり、身体がこわばった。「当たり前だろう。だれも僕を僕として扱わないんだ——兄さんもね」マシューはあざけるように言った。

マークはしばらくマシューの顔をじっと見ていた。「よし、わかった、マット。ともかく、ペイシェンスがこの屋敷の客だということだけは忘れるな。つまり、僕の責任下にあるということだ。それから、ふたりの相性がどれだけいいかは知らないが、彼女はミスター・ストーンがかかえる女たちとはちがうんだ。それに、経験豊富な女でもない」

これほど腹を立てていなければ、マシューは大笑いしたかもしれない。「聞いたかい。五カ月前には自制できないほどパッションにメロメロだった男が、よく言うよ」

「いまだってメロメロだ」マークは言葉を切り、少しして眉をあげた。「だが、もう自制する理由はないからね」

マシューは壁から身をはなした。「そろそろよければ、僕は下へいって、カードをしたい」

マークが行く手をふさいだ。「信じてるぞ、マット。いろいろあったが、おまえは前と変わっていないはずだ」

それはちがう。マシューはもう以前とおなじ男ではないし、今後もむかしの自分にもどることはない。マシューは私生児で、なおかつ、社会ののけ者で、手にある財布はみるみる小さくなっている。後者のふたつの問題については、なんとかするつもりだった。だが、ひとつめの問題は、永遠に消えることはない。マシューは力んだ声で言った。「とにかく、僕は自分のやりたいようにペイシェンスを追いかける」兄をにらんだ。「だから、あれこれ指図するのはやめてくれ」

マークは道をあけたが、マシューの肩を手で小突いた。「僕はいまでもおまえの兄貴だ。指図したいと思えば、指図する」

マシューはやられた以上に強く押し返し、廊下を歩いていった。

「そういえば」うしろからマークの声がかかった。「二度と恋愛はしないと誓ったんじゃなかったのか？」

マシューは足を止めることも、ふり返ることもしなかった。「ああ、誓ったよ」

マシューが本当に去ってしまったのだと理解するのに、ペイシェンスはしばらくかかった。

最初は、ただ試されているだけで、マシューはすぐにもどってくるのだと考えていた。けれども、彼はもどってこない。ベッドの横にある時計の針がゆっくり進むにつれて、マシューが言ったのは掛け値なしの真実だったのではないかと思えてきた——ペイシェンスは彼の手があくまで、このまま待っていなければならないのだ。

でも、そんなことにどうやって耐えればいいのだろう。いまも女の芯がしつこく脈打っている。しかも、身をよじればよじるほど、切なさがつのって、つらくなった。もどってきて、マシュー。いますぐに！　こんな状態のまま放っておくなんて、どういうこと？

ベッドの上で身体をばたつかせ、縛めを引っぱった。いらいらしてため息をつき、頭をのけぞらせて、あらためて結び目を見た。ほどくのは無理そうだ。頭上のナイフに目をやる。遠くてとても手がとどきそうにない。

ペイシェンスはじっと観察した。でも、ひょっとしたら？　ひもの余裕はどのくらいあるだろう？　ヘッドボードのほうに思いきり身体を寄せたら、もしかして……。

できるだけ身体をうしろにずらして、試してみた。両手両足を結び目から強く引っぱって、身体を必死にのばすと、指がかろうじてナイフの持ち手にふれた。きっとできる。ナイフを取ることさえできれば、自由になれるのだ。

両手をベッドにおろして、光る刃を見つめた。でも、なぜマシューはナイフをおいていったのだろう。わたしに逃げてほしいから？　部屋を見まわした。マシューの着ていた黒いベルベットのローブが椅子にかけてある。もしかしたら、ペイシェンスがはおれるように、あそこに残したのかもしれない。

扉の鍵はどうなっているだろう。暗闇に目を凝らし、どうやっても見えないとあきらめかけたそのとき、暖炉の火が明るく燃えあがった。照らされたその一瞬に、ドアの内側につけられた掛け金がきらめいた。

ペイシェンスは眉をひそめた。こんなに簡単でいいの？　なぜ、マシューはこんな簡単に逃げられるようにしたのだろう。

悲しい失望がひろがった。彼はペイシェンスに立ち去ってほしいのだ。

またしても涙がこみあげた。いったい、わたしはどうしてしまったのだろう。失望には慣れっこのはずなのに。それに、身体の欲望なら、自分でちゃんと処理できるはずなのに。涙をこらえてナイフに手をのばそうとした。けれども、身体を動かした拍子に、腫れた秘部が狂おしく脈打った。目をぎゅっと閉じて、苦しい快感が去るのを待った。ああ、なんて甘い拷問だろう！

ペイシェンスははっとして目をあけた。甘い拷問――マシューが望んだのは、これなのだ。彼は簡単には手に入らないものに価値を見出すと言った。逃げるのは簡単なことだ。ここにとどまることのほうが試練なのだ。ナイフとロープに目をやった。あれは逃げるための道具じゃない――ペイシェンスの服従を試すものなのだ。

ほっとした気持ちが失望を消し去った。彼はわたしにいてほしいと思っている。じゃあ、わたし自身はどうしたいの？

ああ、きっと、そもそも問題はそこだったのだ。もう一度ナイフを見た。ペイシェンスがここを去りたいと思った場合にそなえて、マシューはその手段を残しておいた。

細い刃を見つめた。縛めを切って自由になれば、ローブを羽織って自分の部屋に引きあげることができる。そして自分を慰めて、そのまま眠りにつくだけだ。問題はいっさい片づいて、もとのふつうの人生にもどる。

でも、もしここに残るとしたら、今後のことはなにひとつ読めない――わかるのは、マシューの太いものを口に迎えるだろう、ということだけだ。身体に興奮が走った。彼はほかにどんなものを見せてくれるつもりだろう。期待でぞくぞくし、胸の先が硬くなった。いずれにしても、簡単なことではないはずだ。

まちがいない。簡単なほうを望みたいなら、ナイフ、ローブ、扉という道が用意されている。ペイシェンスはそれをたどるだけでよかった。

人々の目が追いかけてくるのが、不快でしかたなかった。遊戯室をめざして客のあいだをすり抜けながら、マシューは自分の登場に対する周囲の反応をはっきりと感じとった。会話に巻きこまれるのを恐れているのか、ほとんどの人間は顔をそらした――それは無用の心配というものだ。だが、堂々と、あるいはおずおずと、マシューと目を合わせ、会釈や挨拶をしてくる者もたくさんいた。それでもともかく、野次馬的な目や憶測するような視線を感じるのは、否定できない事実だ。

顔をしかめた。かつてはマシューと親交があること、マシューが同席すること、さらにはマシューの名前が招待客リストに載っていることさえもがありがたがられた。父親ひとりの問題で、これほどのちがいが出てくるとは。

三人の若い婦人のそばを通りすぎると、あとからひそひそ話す声が聞こえてきた。マシューはさらに顔をしかめた。陰で噂されるのは大嫌いだ。あからさまに無視されるよりなお性質が悪い。

マシューは堂々と顔をあげて胸を張り、遊戯室に近づいていった。どのみち執拗《しつよう》なゴシップを押しとどめることができないのなら、それを自分の得になるように利用するまでだ。いまから連中に本物の噂の種をあたえてやる。しかも、攻めの第一撃を加えるのに、ベンチリーがここにいる必要さえない。マシューは手の指をまげのばしし、ダンフォースのばか笑いが聞こえてくると、全身に闘志がみなぎった。やはりあの下品な気取り屋は、マシューが期待したとおりの場所にいた。

遊戯室に足を踏み入れると、最初に目にはいったのがそのダンフォースの顔だった。背が高く肩幅のないダンフォース伯爵は、部屋の真ん中のテーブルについて、椅子の後脚でバランスをとっていた。マシューを認めると、血色のいい顔に傲慢で人を見下した表情をうかべて、椅子をもとにもどした。

「これはこれは、噂のミスター・ホークモアじゃないか」ダンフォースはわざわざ部屋じゅうの注目を引く大声を出して言った。

全員の目がこっちに向いたようだった。マシューはまったく動じていない平然とした顔つきを保って、真ん中のテーブルに近づいていった。「やあ、ダンフォース」それからテーブルのほかの面々にも会釈をした。「こんばんは、みなさん」ここは兄の屋敷だ。だれもマシューの同席を断れるはずはない。「いっしょにいいですか」

ヒルズバラ卿がうなずいた。

年配のリヴァーズ卿が、ダンフォースの向かいのあいた席を指差した。「遠慮はいらんよ。さあ、かけなさい。いまやっているのは〝21〟だ」

「そうですか。じゃあ一万、お願いします」マシューは椅子にかけて言った。懐《ふところ》事情からしてそんな金を出す余裕はないが、経済的な弱みを見せるのは禁物だ。ともかく勝てばいい。

リヴァーズ卿はマシューにチップをわたして、賭け金帳に金額を書き入れ、ダンフォースはふたたび椅子をうしろにかたむけて、長くのばした口ひげをなでた。「なあ、ホークモア、デア嬢をどうした？　横はいりしてフェントンの怒りを買い、その後は、彼女をフロアからかっさらって、部屋じゅうの男の怒りを買った。そのあと、こうしておまえはもどってきた」カードが配られ、身をのりだした。「だが、彼女はどうした？」

マシューはチップを一枚テーブルに投げ、時間をかけて手持ちのカードを見た。それからようやくとぼけた顔で目をあげた。「すまない。いまなんて言った、ダンフォース？」

伯爵は目をすがめた。「デア嬢はどこにいるかと聞いたんだ」

キスで腫れたやわらかいぼってりした唇が、脳裏に一瞬うかんだ。ペイシェンスは待っているだろうか、それとも出ていくだろうか？　カードをもう一枚要求して、肩をすくめた。「ミス・デアがいまどこにいるかは、僕にはわからない。頭が痛いと言うから、家族の部屋のほうまでエスコートしたんだ」賭け金のチップを場において、ダンフォースの冷たい視線を受け止めた。「たぶん、きみらとの楽しい交わりが、少々苦痛になってきたんだろう」

ダンフォースは自分のカードを見もせずに賭け金を積み増した。「おまえにフロアからエスコートされるとき、彼女は自分がどんな卑しい交わりに身をおくか、気づいてなかったんだな」

部屋がしんとなった。怒りで身体がこわばった。マシューは歯を食いしばり、チップを積んだ山をテーブルの中央へ移動させた。「おそらく彼女は、おまえの無作法な態度より、僕との卑しい交わりを選んだんだろう」マシューは一瞬、眉を寄せた。「記憶がたしかなら、おまえは学校時代から女の子には好かれなかったな」

ダンフォースは身をのりだし、テーブルの周囲には人が集まりだした。ダンフォースは歯をむいた。「当時のおまえはたいした人気者気取りだったな。それがいまはどうだ」彼は嘲《あざ》笑った。「以前は主賓《しゆひん》だった晩餐《ばんさん》にも招かれず、まともな紳士はだれもおまえと商売したがらないときてる」山になったチップの上にさらにチップを積んだ。「要するに、いまはどっちのほうが好かれてるかって話だ」

「おいおい、ダンフォース。自分の手の内くらい、ちゃんと見たほうがいいぞ！」見物人のひとりが声をあげ、リヴァーズ卿とヒルズバラ卿はゲームをおりた。

これで勝負は一対一だ。

伯爵は自分のカードをかき集め、おざなりに目をやった。

マシューは慎重に相手を観察し、それからさらにもうひと山、チップを前にすべらせた。

「どっちのほうが好かれているかは知らないが、おまえのわけがない。なにしろ、魅力も才能もない男だからな。前者が欠けているせいで、淑女の相手には不向きだ。後者が欠けているせいで、カード遊びにも向いてない」片方の眉をつりあげた。「ここらでおりて、負けを認めたらどうだ」

「口をつつしめ、ホークモア！　淑女の相手に不向きというなら、僕がおまえの元フィアンセと婚約したのはどういうわけだ？」部屋が静まり返った。「ああ、そうだ」ダンフォースは口ひげをふるわせながら、勝ち誇ったように言った。「あの愛らしいレディ・ロザリンドは、僕のものになるんだ」

マシューはポケットに押しこまれた手紙のことを思った。ロザリンドなどダンフォースにくれてやる。きらきら光る緑色の瞳が目にうかんだ。ペイシェンス。自分にはペイシェンスだけがいればいい。

マシューが無言でいると、ダンフォースが自信満々に微笑みかけた。「そういうわけだから」――残りのチップすべてを前に押しだした――「おまえこそ、負けを認めたらどうだ？」

マシューはわざと顔をしかめて、一瞬、眉を寄せてみせた。「なぜ、そんなことをしないといけない？」チップをさらにひと山、テーブルの中央に移した。「ああ、婚約のことなら、もう知ってたよ」つづけてもうひと山。「先にそのことにふれなくて、悪かったな」マシューは気のないふうに言って、加えてひと山、そしてさらにもうひと山、チップを中央に出した。そこでようやく椅子の背にもたれ、ダンフォースの顔に目をやった。「婚約、おめでとう。まちがいない。おまえたちは似合いのふたりだ」

山と積まれたチップを見つめるダンフォースの額に、ふいに汗がにじんで光った。部屋にざわめきがひろがり、リヴァーズ卿が身をのりだした。「ダンフォース、きみは前の回までに、すでに相当負けが込んでいただろう。少々無理のしすぎじゃないか」年取った手をテーブルにおいた。「今夜は血がはやって常識がふっとんでしまったんだ。ここはミスター・ホークモアにお願いして、引き分けということにしてもらったらどうだね。両者の手の内は伏せたままにして」

全員の目がダンフォースに向いた。ダンフォースの胸が大きくふくらみ、顔つきが険しくなった。「冗談じゃない！　この男ははったりをかけているんです」彼は胸ポケットに手を入れて紙の束を取りだし、山となったチップの上にのせた。「未来の義父《ちち》ベンチリーから譲り受けたばかりのグウェネリン炭鉱だ」ダンフォースはどうにか笑いをうかべようとしたが、顔が真っ赤だった。「さあ、ホークモア、手を見せてみろ。決着をつけようじゃないか」

「カードをあける前に、署名して、権利書を場にあずける必要がある」リヴァーズが穏やかに言った。

ダンフォースは一瞬ためらったのち、権利書と賭け金帳に急いで署名した。野次馬の多くが疑わしげな目で見ているなか、彼はペンを投げて、ふてぶてしく顔をあげた。「どうってことはない」尊大に言いはなった。「すぐにこの手に返ってくるに決まってる」

マシューはダンフォースを、つぎに紙切れを見た。願ってもない思わぬ展開に圧倒されて、椅子の上で身動きできずにいた。楯と剣が同時に降ってくるという幸運は、どれだけの確率で起こるものなのか? さらに、そうした幸運が敵方のひとりからあたえられる確率は? 今夜は天使たちがマシューに味方しているにちがいない。これほどの大きな恵みが、ダンフォース伯爵という思いも寄らない相手からもたらされるのは、天の恩恵としか思えなかった。

結局のところ、マシューの人生はそこまで悪いものではないのかもしれない。まずペイシェンス、つづいてこれだ。もっとも、彼女を追って舞踏会に来なければ、いまこうして賭けのテーブルについていることもなかった。彼女はマシューの幸運の天使なのだ。

黙っているマシューを見て、ダンフォースの満面に笑みがひろがった。彼は勝ち誇った顔で見物人のひとりひとりを見やった。やがて、無関心そうに身をのりだしてきた。「どうだ、ホークモア? カードを前に出せ」

マシューはクラブの十、ハートの八、ダイヤの三の札を、しっかりした手つきでテーブルにならべた。「二十一だ」静かに言った。

全員の目がいっせいにダンフォースに向いた。顔面が真っ赤に染まった。彼は勢いよく席を立ち、マシューはその一瞬に、十の札と絵札をかろうじて見てとることができた。「この私生児野郎！」

さあ、来い！　ダンフォースがテーブルをまわってやって来るのを見て、マシューは椅子を引いた。

「おまえみたいな輩《やから》と勝負したのが、ばかだった」伯爵は怒りを爆発させた。「嘘つき女から生まれた、いかさま私生児だからな。おまえは、言ってみりゃ――」

そのあとになにを言うつもりだったかは知らないが、マシューの拳がダンフォースのあごにめりこんで、言葉がとぎれた。長身の男はうしろによろめいたが、支えようとする者はいなかった。彼はブロンズのアテネ像がのった大理石の柱にぶつかった。戦いの女神は大きく揺らぎ、やがてけたたましい音をあげて床に落ちた。

一瞬しんとなり、マシューは両手をにぎりしめた。すぐにあたりは騒然となって、ダンフォースが腕を大きくふりまわしながら前に突進してきた。マシューは呆気《あっけ》にとられたリヴァーズ卿をその場から避難させようとしたが、そのとき、斜めからのパンチがあごに命中した。身をひるがえしながら、どうにかダンフォースの腹に拳を打ちこんだものの、部屋にいた何人かの紳士がとびかかってきて、マシューを取り押さえた。ダンフォースもおなじように取り押さえられ、ぜいぜいと息をしながら敵意もあらわにマシューをにらんでいる。

「いったい、なんの騒ぎだ？」マークがマシューの姿を認め、足を止めた。押さえていた男たちはマシューを解放した。

マシューは肩をまわして上着を整えた。「この男に聞いてくれ」床から権利書をひろいあげて言った。

マークはダンフォースに顔を向け、眉をひそめた。「どういうことだ」

ダンフォースはうるんだ目と赤い顔をあげた。「あなたの半分血のつながった弟が、いかさまをしたんだ」男たちの手から身をふりほどき、髪をかきあげた。「賭けた金の返却を要求したい」

兄の口が怒りで引き結ばれるのが見えた。「ダンフォース、弟はいかさまはしない」マークは厳しい口調で言った。「要求は断る」

マシューが権利書を胸ポケットにしまうと、ダンフォースの目に激しい動揺がうかんだ。

「嘘じゃない、あれはいかさまだ！」

「それはあり得ない」

「伯爵の言葉より、庭師の息子言葉を信じるのか？」

「ろくでなしの言葉より、弟の言葉を信じるだけだ」

よく言った。マシューは顔がほころびそうになった。

「もっとも、弟の肩を持つのも不思議じゃないな。身重の妻が仮装してはしゃぎまわるのを許すような男は、紳士とはいえない」

「はしゃぎまわる？　それは僕の妻のことか？」マークは凄味のある声で言った。「今夜は一度もダンスフロアに出ていない、僕の貞淑《ていしゆく》な妻のことか？　しとやかで気品あふれる天使のような、僕の心優しい妻のことか？」

まずいぞ。兄を見ると、危険な徴候がことごとくあらわれている——怒りで引きつった頰、いかった肩、右手のぴくぴくという動き。「よく聞け、ダンフォース、僕はおまえにこれっぽっちの好意も持っていない。なぜ、ここにいる？　招待したおぼえはないぞ」マークはマシューをふり返った。「おまえが招待したのか？」

マシューは首をふった。「いや、してない」

「そうか、僕も招待していない」マークは汗をたらしているダンフォースにのんびりと近づいた。口ひげまで汗で湿っているように見える。「ああ、なるほど。招待したのは妻だな。美しく慈悲深い妻だ。お産の前の最後の機会を楽しむようにと、この僕が強く勧めた妻だ」マークはダンフォースの光る顔に顔を寄せた。「この下衆野郎、彼女は僕が一生守り抜くと神に誓った女性だ」

ダンフォースには抵抗する間もなかった。つぎの瞬間には、襟をつかまれて部屋を引きずられていった。マークは騒がしい野次馬をしたがえながら、ダンフォースを遊戯室から無理やり外へ出し、一階まで引っぱっていった。

マシューは階段の手すりから身をのりだして、ダンフォースが追いだされるのを見守った。ロザリンドの手紙に権利書の加わった胸のポケットを、上から手でなでた。元気がみなぎるのを感じる。想像していたよりもはるかにいい晩になった。

腕に軽くふれてくる手があった。マシューは兄嫁の美しい顔に笑いかけ、階下の騒動からそっと向きを変えさせた。「やあ、パッション」マシューに引っぱられながら、パッションは肩ごしにふり返った。「なにかあったの、マット?」

マシューはパッションの手を自分の腕にかけさせ、野次馬の人だかりから離れた。「なにも問題はない。マークが害虫をつまみだしたところだよ」

「あら。ここへ害虫をご招待していたなんて、気づかなかったわ」パッションは微笑み、マシューは一瞬、ペイシェンスのかすかな面影を見た気がした。

彼女のところへいきたい。階段に目をやった。マシューはもう十分すぎるほど待った。

「マット?」

パッションに注意をもどした。ふたりは大広間の外の静かな場所に来ていた。「え?」

「妹といっしょに出ていくのを見たわ」

マシューは首筋のこわばりを感じながら、パッションをまっすぐに見た。「ああ。家族の部屋のほうにエスコートしたんだ」

「そうなの」パッションはいつもの優しい目でマシューを見つめた。「じつはね、あなたと妹のあいだにはなにかがあると、前から感じていたの」

「僕もだ」

薄茶色の瞳がマシューを見つめた。「マット、妹はとても堂々としていて、なんでもこなすし、これまでに大勢の男の人をあしらってきたけれど、だからといって心が壊れないわけじゃないわ。感情豊かな一面を、自分のなかに隠しているの——喪失と失望の苦しみを味わった心を。だから、注意してほしいの。妹の扱いには、どうか注意して」

マシューは顔をしかめた。「喪失？　失望？　だれかに傷つけられたのか」

「ええ」

マシューは眉を寄せた。「だれに？　なにがあった？」

パッションの目が優しくなった。彼女はつかの間、マシューの顔からなにかを読みとろうとしているようだった。「これ以上は言わないわ。本人が嫌がるでしょうから」

マシューは緊張を覚え、身をのりだした。「そいつはだれなんだ、パッション？　むかしの音楽の師匠だな」

「わたしからお話しすることじゃないわ、マット」パッションはとび色の眉毛を片方あげた。「でも、もし妹が自分からあなたに話したら、彼女の信頼を得られた証拠だと思っていいでしょうね」

マシューは身を引いた。すべてが知りたかった——いますぐに。

パッションが腕に手をかけた。「とにかく、ペイシェンスを相手にするときには、いたわって注意してやって。妹にはいたわりが必要なの」

彼女が身をこわばらせたときの感触を思いだして、股間が反応した。パッションの穏やかな目を見た。「マーマレード、それともジャム？」

パッションは訝しげな顔をした。「なんのこと？」

「ペイシェンスがスコーンにつけるのは、どっち?」

パッションはやわらかな笑顔を見せた。「マーマレードよ」

「ああ、ここにいたか、ホークモア」リヴァーズ卿が杖《つえ》をつきながら近づいてきて、腰をまげてパッションの手にキスをした。「レディ・ラングリー、本物のアフロディーテかと見まがうばかりだ」

パッションは老紳士に笑いかけた。「ありがとうございます、リヴァーズさま。楽しんでいただいていますか? よろしければ、なにかお持ちしますわ」

「お気遣いは結構。ここにいるホークモアに礼を言いにきただけですから。遊戯室でわたしをいたわってくれたんでね」

パッションはマシューに目をやった。「義理の弟は、きっと人をいたわることがとくに上手なんでしょう」

「たったいま、その素質をみごとに発揮してくれましたよ。ホークモア、きみがいなければ、わたしはいまごろ遊戯室の床でのびていたよ」

「まあ、カードの勝ち負けをめぐって喧嘩《けんか》があったのですか?」

リヴァーズ卿が安心させるように手をふった。「なに、ただの小競り合いだ」

パッションは顔をしかめて、老紳士をまじまじと見た。「大事はありませんでしたか」

「ああ、このとおりだ。心配にはおよばん。ご主人が手際よく問題の種を処理なされたんでね」

「ああ」――パッションはマシューをふり向いた――「害虫のことね？」

マシューはうなずいて、ふたたび階段に目をもどした。「問題の害虫だ」

リヴァーズ卿はおかしそうに笑った。「そいつは滑稽だな。問題の害虫か。たしかに、あの男は害虫そっくりじゃないか」頰の横で節くれだった指をふって、ひげのかたちを描いた。「あんな口ひげを生やしおって」

パッションは笑いながらも顔を訝しげにゆがめた。

「ダンフォース伯爵だ」マシューは教えてやった。「招待客リストから名前を消すように夫が言ってくるはずだ」

「まあ、あの方！　わたしはこのへんで失礼いたしますね。お客さまの注意をほかにそらさないといけませんから。では、ごきげんよう」

パッションが去ると、リヴァーズ卿はマシューのほうを向いた。「じつにかわいらしい女性だな。ところで、まじめな話だ。さっきの賭けは公正な勝負だった。わたしはきみが勝ちとった金をきちんと記録しておきたいと考えている。勝負も賭けも正当なものだったことを証明して署名してくれるという者も何人かいる。さあ、いっしょに来たまえ。なにひとつ忘れないように、逐一、台帳に書いて記録しておこうじゃないか」

マシューは相手の淡い青い目を見つめた。たしかリヴァーズ卿は妻に先立たれて、長いこと独り身でいる。息子は乗馬か馬車の事故で亡くなった。どっちだったかは思いだせなかった。

ため息をつき、最後にもう一度階段に目をやった。ペイシェンスがすでに去ったのなら、どれだけ時間がかかろうが関係ない。もし待っているとしても、やはりおなじだ。彼女はマシューの用事がどんなに長引いても待っていることを学ばなければならないのだ。それと同時に、マシュー自身どれだけペイシェンスの誘惑が大きかろうと、用事を優先させることを学ばなければならない。

マシューはリヴァーズ卿をふり返った。「では、いきましょう」

きっと、ここから去るべきなのだ。

ペイシェンスは苦心してヘッドボードに立てかけた枕に、身体を横向きにしてもたれていた。身体を動かすと脚のあいだが優しくわなないた。さっきまでは激しく脈打つので、極力身体を動かさないようにしていたが、いまはその感触を味わうために身じろぎしたり、体勢を変えたりしている。感じ方は弱まっても、ここにいるべき理由をしっかり思いださせてくれる。

それに、本音のところでは、ペイシェンスはここに残っていたいのだ。それならどうして、ここを出ていくことを頭で考えてみたりするのだろう？　そうすべきだと思っているから？でも、そもそもだれが〝すべき〟だと決めるのだろう？

ため息をついた。スカーフの余裕のおかげで手足をまげることはできる。両腕は、身体の前の枕の上にあった。結わかれた手首を見た。白いシルクはきっちり結んであるが、痛くはなかった。両手はリラックスして重ねてそろえてある。ふと、自分がその縛めを美しいと思っていることに気づいた。時間をかけてながめているうちに、さらに美しく見えてきた。でも、いったいなぜ？

腰を揺らし、目を閉じて、敏感な場所が応えてくれる優しい感覚を味わった。なぜなら、その縛めはペイシェンスを抑制しているから。なぜなら、すべての決断を取り除いてくれるから。なぜなら、これを縛った男を待つだけでいいから。

マシュー。

自分を見つめるマシューの眼差しを思いだし、胸がどきんと跳ねた。暗い色の射るような目。その目はペイシェンスの感情のひとつひとつを見逃すまいとしているようだった。彼は要求を出して、注意深くこちらを観察する。身体にふれながら、うっとりとペイシェンスをながめる。そんなマシューを見ていると、ペイシェンスの反応のすべてが彼にとって重要で大切なものなのだと思えてくる。

脚の奥が熱くなった。

そのようすは、まるで……。

……まるで、彼のほうがペイシェンスを必要としているようだ。

愛しい縛めに目をやり、甘い気だるさにつつまれるのを感じる。

彼はどこにいるのだろう？　いまはなにをしているの？　まだカードの席についているのだろうか？

マシューがもどってくることについてはなんの不安もなく、彼の自由をうらやましいとも思わなかった。むしろ、人で混みあった舞踏の間を歩きまわる姿を思いうかべながら、ペイシェンスは両手を引き寄せて、ありがたく枕の上で身体をまるめた。ファーンズビー卿とも、アシャー卿とも、ダンフォース卿とも、ダンスの予定表にずらりと名前のならぶそれ以外の紳士たちのだれとも、踊らなくてすむ。彼らの質問やお世辞にこたえる必要もない。微笑む必要もない。笑う必要もない。彼らにかまう必要がまったくないのだ。

ペイシェンスは目を閉じて、部屋の静けさに耳をかたむけた。

ただ、いればいい。ここにいて、待っていればいい。ただひとりの大事な男性のことを。

5　はじめての服従

わたしは大きな喜びをもって、彼の陰にすわった。

彼の与える実はわたしの口に甘かった。

雅歌二：三

マシューは断固とした足取りで階段に向かって歩いた。

リヴァーズ卿の一件をすませたあとは、ヒルズバラ卿につかまり、馬の飼育についての興味深いが長たらしい会話に巻きこまれた。ヒルズバラは株主であり、かつ、議会でつねに鉄道に有利な票を投じてくれる人物であることから、マシューは多大な努力をはらって自分を抑え、会話が進むにまかせた。

もはや忍耐の限界は超えていた。ペイシェンスのところへいきたい。

彼女は部屋にいるだろうか？

「ホークモア、さっきはなかなか見ごたえのある勝負だったな」ファーンズビーから声がかかった。

マシューは足を止めた。ここまで来て、またもじゃまがはいった。ペイシェンス。いますかった。

ぐペイシェンスが欲しい。

「ダンフォースのやつには、僕も六月から二十ポンドの貸しがあるんだ」ファーンズビーはそう言いながら、手を差しだしてきた。マシューは一瞬ためらってから、自分も手を出した。名誉を失墜して以来、握手を求められるのははじめてのことだった。「しかし、それだって返ってきたら驚きだよ」

マシューはひりひりする拳をまげたりのばしたりした。「だとすれば、今晩勝った五千ポンドを回収するのは、ひと苦労だろうな」

ファーンズビーは眉をあげた。「まあ、そういうことだろう」

「じゃあ、こうしよう、ファーンズビー」マシューは懐中時計を引っぱりだした。もうすぐ夜中の二時になる。「僕の金を回収するときに、きみの分もまとめて取り返せないかやってみるよ」

「そいつは心強い。ところで、よかったら狐狩りはアシャーと僕といっしょにどうだろう」

マシューは口をつぐんだ。かつて周囲にいた仲間たちにくらべると、ファーンズビーはだいぶ格が落ちる。それでも、しばらくぶりの誘いだった。「ありがとう、ファーンズビー。ただ、狩りに参加するかどうかまだ決めてないんだ」

「まあ、期待しているよ。それじゃあ」

マシューはうなずいた。「それじゃあ」

一瞬だけ待ってから、マシューはすぐに階段に向かった。胸が高鳴り股間が脈打ったが、駆け足にならないように自分を抑えた。これはおのれのための試練だ。ペイシェンスを支配するのに、この先計り知れないほどの自制が必要になってくる。

　そのため、マシューは一段ずつ階段をあがった——ゆっくり、慎重に。そして、一段あがるごとに、彼女の赤毛のやわらかな手ざわりや、緑色の瞳や、肌にからみつく梔子の香りを思いだした。すらりとした美しい脚や、濡れてふくらんだクリトリスの手ざわりを頭に思いうかべた。

　ひとつ想像するたびに、急《せ》かされる思いだった。ひとつ思いうかべるごとに硬くなった。それでもマシューは歩調が速まったり遅くなったりしないように、ペースをきっちり守った。敏感な先端がズボンにあたってうずいたが、どうにか耐えた。

　耐えねばならないのだ——ペイシェンスが必要とするのは、強くて揺らぐことのないマシューなのだから。

　自分の部屋までの道筋をたどり、痛む手をにぎったりひらいたりしながら、今後どんな方法でペイシェンスに服従を強いるか、あらゆる案を頭のなかで練った。

　とうとうドアの前まで来ると、抑えようのない不安に呑みこまれた。マシューは腹立たしい思いでその気持ちを抑えこんだ。ペイシェンスは部屋にいて、従順に待っているはずだ。絶対に——。

　取っ手を試すことはせず、錠に鍵を挿して掛け金をまわした。カチッと音がしたかどうかもたしかめなかった。ただ、ドアをあけた。

彼女はいた。

枕を積んだ上に横たわっていて、背中をこっちに向けている――けれども、ともかく彼女はいた。

何度か深呼吸するうちに、感じていた怒りは、強い、だが穏やかな自負心に変わった。ペイシェンスについて思っていたことは正しかったのだ。

静かにドアを閉めて、上着を脱いでから、火床に薪《まき》をそっと一本足した。クラヴァットをはずしながらベッドへ近づいた。赤毛の髪がふんわりたれ、くるくるしたカールが背中に落ちている。揺らめく光のなかで見ると、それはまるで流れる炎のようで、素肌は淡い光沢を放っていた。

靴を脱ぎ、ベストを腕から抜きながら、目で身体の線をなぞる。なめらかな肩、コルセットをはめたウエストから腰、さらにくだってすらりとした裸足の脚。丸みのある尻を一瞬目で楽しみ、しっかりしたはずむような感触を思いだして、股間が熱くなった。きっと、強くたたいて赤くなった尻は、目にも美しいにちがいない。

シャツの飾りボタンをはずし、ベッドをまわっていって、枕もとのランプを灯した。やわらかな光がペイシェンスをつつみ、胸が締めつけられた。細かな巻き毛が額にたれ、眠りに合わせて長いまつげが揺れている。頰は青白いが、ふっくらした愛らしい唇はピンクに染まり、わずかに隙間があいている。腕は身体の前においていて、重ねた両手はいまもしっかりひとつに縛られたままだった。

マシューは首をふった。ペイシェンスは見ていて胸が痛くなるほど美しかった。指先で指をそっとなでた。ペイシェンスを拒絶できるのは、いったいどんな間抜けだ？それに、なにがあって彼女は恋愛や結婚と完全に距離をおくようになったんだ？ マシューはすべてを知りたかった。だが、まずその前に、自分は信頼していい相手なのだということを、こっちから彼女に示さなくてはならない。信頼しきっていい相手だということを。

テーブルのデカンターを取って、グラスにブランデーをなみなみとそそいだ。中身を口にし、観察を再開する。こうして眠っていると、いつもの美しさのなかに、起きて動いているときには見られない、はかない弱々しさがのぞき見える。もっとも、さっきの涙をうかべた瞳にも、一瞬それが垣間見られたが。

股間がうずくのを感じつつ、そっととなりに腰をおろした。彼女にはその弱さをさらけだし、さらには、それを受け入れることを学ばせるつもりだ。胸が高鳴った。そうできたあとには、彼女の信頼を――そしてさらに多くのものを――手に入れる。

ゆっくりと上におおいかぶさって唇を重ね、口に舌をすべりこませた。

ペイシェンスが目を覚ましたその瞬間がわかった。ふと身をこわばらせ、すぐに吐息とともに力が抜けた。彼女は口を大きくあけて、マシューに身体をあずけてきた。マシューは声をもらし、舌をもっと奥まで入れて彼女の息を吸った。とても甘い味がした。

下唇を舌でなぞり、口のそばで言った。「起きるんだ、僕の眠り姫。言われたとおりに待っていてくれて、とてもうれしいよ」もう一度キスをしてから、身体をはなしてペイシェンスをながめた。

大きな緑の瞳には欲望がうかんでいる。いい徴候だ。

ブランデーを差しだし、それを口にするペイシェンスの喉が動くのをながめた。自分もひと口すすり、それから下のほうへ手を這わせていって、彼女の下腹部をなでた。「待つのはつらかったかい？」

ペイシェンスはわずかに身をよじり、マシューがやわらかな襞をなぞると、頬がぽっと赤くなった。「ええ」吐息とともにこたえた。「でも、そうでもなかったわ」

さっきふれたときに、これまでに〝知った〟女たちと比較して、ペイシェンスのクリトリスが大きいことにマシューは気づいた。いまはあのときよりいくらか小さく感じられたが、脚の奥から湿り気を引きだして指で愛撫するうちに、ふたたび大きくなってきた。「どこがつらくて、どこがそうでもなかった？」

ペイシェンスは息を吐いて腰をうかせた。「自分で自分にふれられないのが、つらかったわ。それに最初は、わたしをおいて出ていったあなたに腹が立った」腰ががくんと揺れた。

さらに強く愛撫する。「じゃあ、つらくなかったのは？」

彼女は身体をふるわせた。「つらくなかったのは……わたし自身、ここにいたいと思ったから——それに、そのうちに、ありがたいと思えてきたの」

「なるほど」クリトリスが腫れて大きくなった。股間が熱くなる。喜ばせるにも責めるにも、こんなにもみずみずしい蕾をとても無視できない。「ありがたいという気持ちを持つのは、とてもいいことだ。スタートとしては上々だな。さあ」ゆったりと愛撫をつづけながら言った。「今後もいまやったように、必死にがんばって、僕の指示に従うんだ」

目に宿る欲望の奥に、ちらりとプライドがのぞいた。「なぜ？」

マシューは即座に彼女の脚のあいだから手を抜き去った。これはささやかな罰で、しかもまだはじまりにすぎなかった。「それが僕を喜ばすからだ。僕が喜べば、きみもうれしいだろう」

ペイシェンスはマシューの手を横目で見て、腰を突きだした。

マシューは手を股間にあてて、ズボンの上から自分をこすりはじめた。熱い血が押し寄せたが、どうにか平然とした声を保った。「不公平な提案だと思うかい」

ペイシェンスは唇を嚙み、マシューを見ながら身体を一瞬横に揺すった。眉間にしわが寄った。「ええ。そう思うわ」

「不公平ではない理由を話してあげよう」マシューは腫れた先端をしごき、短くあえぐことを自分に許可した。ペイシェンスが結び目を引っぱって腰を持ちあげたが、その無言の懇願は無視した。「僕のすることは――きみの求めを拒否することも含めて――なにもかも、きみのためだからだ。僕はこれから断固としてきみを支配する。ただし、すべてきみに善かれと思ってのことだ。服従がつらくなったときには、そのことを思いだすといい」ペイシェンスがプライドと欲望のあいだで激しく葛藤しているのがわかる。「いま、どんなことを考えてる？」

「あなたがいないあいだは、服従は簡単なことに思えたわ。わたし自身、それを望んでいたから」マシューを見つめる眼差しは、とても真摯《しんし》でまっすぐだった。心臓が跳ねた。「ただ、こうしてあなたがもどってきて、実際にそうしろと言われると自信がないの。言われたことに怒りを感じるのが当然だという気がする。それなのに、なぜだか腹が立たない。そのうえ気持ちが落ち着かないの」ペイシェンスの瞳がつややかに光った。「しかも、そんな感情をかかえながらも、あなたにふれてもらえなかったら死にそうだと感じている。ふれてもらうためなら、わたしはどんなことだってしかねないわ。でも、そんな自分を思うと、もっと苦しくなるの」

マシューは彼女の頬をそっとなでた。「でも、それは気持ちのいい苦しさだろう」眉根に小さくしわが寄った。「そうね」ペイシェンスはささやいた。

興奮で股間が脈打つ。「そして、きみはその苦しさに耐える。それが僕を喜ばすからだ」ペイシェンスの目は濡れたガラスのようだった。できるなら、みずみずしい唇に一物を突き入れながら、彼女の脚のあいだに顔をうずめたかった。

だがそうするかわりにベッドの横に立ち、ペイシェンスの手のそばに身体を近づけた。「ウエストは留めたままにして、ズボンの前をひらいて」静かに命じた。

ペイシェンスは一瞬ためらったが、すぐに命令に従った。マシューはブランデーをすすり、顔を赤くしてボタンをはずしている彼女の姿をながめた。ふくらんだ局部に手の力が伝わって、彼は歯を食いしばった。やがてようやく下着とズボンのなかからペニスが外に顔を出し、ついほっとして声が出そうになった。

ペイシェンスが息を呑んだ。狭い場所から解放されたそれは、最大の大きさにまで腫れあがった。太くずっしりした男性器の赤黒い先端が、彼女の前に頭をもたげている。

ペイシェンスは彼のものを一心に見つめ、唇を舐めながらそばににじり寄った。彼女の顔が自分のものの近くにあるというだけで、両腿のあいだが熱く沸きかえった。

マシューは手をおろして硬くふくらんだ嚢《ふくろ》を持った。「気に入ったかい」

「ええ」彼女は瞳にほれぼれとした表情をうかべて、マシューを見あげた。「すごく太いわ」視線を下にもどした。「ここまで太くなるものだとは知らなかった」

彼女の熱心さに、血が局部に流れこんで先端から先走った精がもれた。マシューはブランデーをおくと、手でさわれないように彼女の縛られた両手を押さえてから、腰を前に突きだした。「滴がしたたっている」マシューは言った。「舐めてくれ」

ペイシェンスは顔をあげて、目を細くした。

「やるんだ」マシューは穏やかに命じた。

彼女は目を伏せ、やがてピンク色の舌を突きだして、長年心待ちにしていた贅沢《ぜいたく》な逸品を味わう人のように、流れる汁をじっくり堪能《たんのう》しながら舐めあげた。

熱くやわらかな舌使いに身を硬くしながら、自分を味わうペイシェンスの姿をマシューはじっと観察した。どこかに不快げな表情があらわれるのではないかと待ったが、彼女は一瞬目を閉じて自分の唇を舐めた。顔をあげてふたたびマシューを見たとき、その目には輝きと飢えがうかんでいた。

マシューは息を呑み、またしても塩辛い汁がたちまちのうちにあふれて、肌をつたった。「また出てきた。全部舐めるんだ」ペイシェンスが——今度は一瞬たりともためらうことなく——それに従うと、マシューは息をつめた。張りつめた肉をゆっくりと舐めあげられるのは、天にも昇る心地だった。そのたびに、熱い先端からさらに精が誘いだされ、その都度ペイシェンスが舐めとっていく。全身が硬直する。ああ、彼女はまるでミルクの皿を前にした、腹をすかせた子猫だ。「いいぞ」マシューは声をふりしぼった。「今度は、先からしゃぶって」

ふっくらした唇が自分の真っ赤に燃えた先端をくわえこむのを見て、マシューは歯を食いしばった。彼女は突起に舌を這わせ、まぶたを閉じた。自分の脈が耳にどくどくとひびいてくる。だが、彼女が中身を吸うように口を動かしはじめたとき、マシューは一線を越えてしまったことに気づいた。

うめくとともにとっさに身を引いたが、すでに手遅れだった。マシューは根元をつかみ、ふたたび腰を前に突きだして、自分のものを強く締めあげた。「口をあけろ！」

ペイシェンスはすぐにあたたかな口で彼をつつみ、さらに奥までくわえこんで貪欲に吸いはじめた。

「だめだ。動かすな！」マシューはうなり、ペニスをさらに強くにぎりしめた。彼女は唇で突起をつつんだままじっとしている。精が股間に流れこむ。つぎの瞬間、マシューはかすれたうめき声をもらして、陶酔のうちに彼女の口に中身をそそぎこんだ。ペイシェンスは驚いたが、顔を引っこめることはしなかった。

マシューは身をふるわせながら待った。だが、それ以上はなかった。残りは押しとどめることができたのだ。

深呼吸してペイシェンスを見おろした。目は閉じていたが、ペニスの先を口にくわえた彼女の姿は美しかった。今度も嫌悪の表情があらわれないか待ってみたが、そうしたものはなかった。喉にふれた。「飲んで」マシューはささやいた。指でふれている場所がぴくりとし、やがて、彼女は敏感な突起を舌でこねはじめた。ああ、自分は死んで、天に昇ったにちがいない。

「いいぞ、ペイシェンス」彼女の髪をかきあげながらつぶやいた。「いいぞ」

彼女が目をあげ、その瞳が欲望でらんらんとしているのを見て、マシューはあらためて肉欲に突き動かされ、流されそうになった。身体を動かさないようにこらえているために、腰と太ももの筋肉が痙攣してくる。鼻からゆっくり息を吸った。身を引くべきなのに、どうしても動くことができない。「これが好きなんだな?」気づくと質問を発していた。「どのくらい好きなのか、見せてくれ」

ペイシェンスは瞳を閉じ、口をひらいてマシューをさらに受け入れた。彼女の唇が巻きついている光景を見て、下腹が緊張する。だが、彼女がさらに深くくわえ、舌で裏側をなぞったとき、マシューははっとして息を吞んだ。

くそ！　身体を思いきり引いた。ペイシェンスから弱々しい小さな声がもれた。

ブランデーのグラスをつかみ、たっぷり三口飲んだ。自制はどこへいった？　ペースを落とさなければ。

ペイシェンスを見た。彼女もだ！　手をペイシェンスの頭のうしろに差し入れて、唇にグラスをあて、残りのブランデーを口にそそぎいれた。「飲むんだ」マシューは断固とした口調で言った。

ペイシェンスはマシューの暗い瞳を見つめながら、グラスのブランデーを全部飲みほした。すぐに身体があたたまってくる。彼がグラスを枕もとの台におこうと背を向けた隙に、目を閉じた。

淫らな欲望をそそぎこまれたペイシェンスは、舌でゆっくり下唇を舐めた。ブランデーの豊かな味わいの下に、いまもマシューの精の強い風味を感じることができる。想像していた味とはまるでちがった——しょっぱくて、ほんのり苦い。牧師館の上階付きのメイドのメアリは、経験するうちに好きになる味だと前に言っていた。たぶん、そのとおりなのかもしれないが、飲んだことでエロチックな力で満たされる感じがした。まるで欲望を液体にしたものを飲んでいるようだった。脚の奥が熱くなる。もっと欲しいと思った。

目をあけると、マシューがじっとこっちを見ていた。息づかいはもうおさまってきている。「ほら」彼は優しく言った。「きみは早くも僕を喜ばせた」

マシューに褒められて、頭より先に女の部分が反応した。けれども、そのことを長く考えている暇はなかった。マシューがナイフを手に取ったのだ。

その一瞬は、ひやりとしただけだった。けれども、マシューがそのナイフを使って結び目をひとつずつ切りはじめると、なぜだか急に怖くなった。どうか、そのままにしておいて！

彼は目にうかんだ怯《おび》えを見たにちがいない。「心配することはない」ナイフをヘッドボードの上部にふりおろした。「縛りなおすだけだ」

ほっとして声がもれそうになった。ペイシェンスは自分の手首にシルクが巻かれるのを、純粋な喜びを感じながらながめた。

「縛られているほうがいろいろ楽なんだろう？」

「ええ」マシューの目を見た。「でも、どうして？」

「これがきみをつなぎとめて、ある意味で支えてくれるからだ。ベッドの真ん中にいって、枕にもたれて」彼はそっと命令した。

ペイシェンスは脚の奥のうずきを感じながら、その言葉に従った。

「それに、この縛《いまし》めが服従の苦労を取り去ってくれる」彼はそう言うと、腕を身体から大きく離して、ベッドの支柱にシルクで結びつけた。「服従にも慣れてきたら、こういうものはいらなくなる。でも当面は、手で僕のじゃまをされないためにも、これが必要だ。それに、きみにとっても、抵抗したくなったときに具体的ななにかがあるほうがいいだろう」

そのとおりだ。腕をわきにつけて立っていろと命令されたときは、すごく大変だった。服従したい思いはあるのに、つい衝動で抵抗したくなるのだ。それに、いまもし縛られていなかったら、どうしていたかわからない。

「これでよし」彼は最後の結び目をつくった。

ペイシェンスはのばされた自分の腕に目をやり、それからマシューを見た。「反対の腕も、おなじように縛るの？」

「そうだ」

「脚も？」

マシューは暗い瞳でじっとペイシェンスを見つめ、ずっしりと太いものを前でゆらゆらさせながら、ベッドの反対側にまわった。「ひざを折りまげて、腕に縛りつけるつもりだよ」

ペイシェンスは目を丸くした。

マシューは優しく笑った。「ただし、今回ははじめてだから、脚はそのままにしておこう」

ペイシェンスはほっとため息をつき、マシューははずしておいておいたクラヴァットらしきものをひろいあげた。それで手首を縛られながら、彼のものをうっとりとながめた。突きだした先端は比較的なめらかで細いが、張りだしたふちの下から急に太くなって、根元の部分は信じがたいほどの幅がある。丸いというより横に広い形をしているので、太いわりには胡瓜《きゅうり》よりくわえるのがずっと楽だった――それに、ずっとおいしかった。唇を舐めた。マシューはすばらしかった。

彼はペイシェンスの手首を固定し、手のひらにそっとキスをした。それから、じっと目を合わせたままベッドの裾にまわった。

両腕を大きくひろげられたペイシェンスは、自分が無防備になった感じがした。

「ものすごくきれいだよ」マシューはズボンのボタンをはずし、下着ごと押しさげた。長いシャツの裾のあいだから、彼のものがのぞいて揺れている。「縛られた姿を見ているとうれしくなる」

ペイシェンスは唇を舐め、自分が赤面するのがわかった。「そうなの？」

「ああ、そうだ」カフスのボタンをはずした。「縛めはきみがだれで何者であるかの象徴だ」

ペイシェンスは首をかしげた。「わたしはだれで、何者なの？」

彼はシャツのボタンをはずしながら、こっちを見つめている。「そのうちにわかるよ」

そのうちに？

「はぐらかすのね」ペイシェンスはやんわり言った。

マシューは微笑んでシャツを脱いだ。「ああ」

彼の裸体を目の前にして、ペイシェンスはゆっくり息を吐いた。なにもかもが美しくて、どこに目をやっていいのかわからない。まるで堂々とした大天使だ。広い肩に厚い胸板をした上半身は、腰にかけて細くなるが、痩せているほどではない。がっちりして重量感があるけれど、太ってはいない。身体のどの部分にも引きしまった筋肉がついている——肩から腕、胸から腹、腰から太もも。胸毛は薄く、そのかわりに股間の毛は濃かった。そして、その黒い縮れた毛のあいだから、太くずっしりしたものがそそり立っている——ズボンの内側からのぞいていたときより、さらに重そうに見えた。肌にそって血管がうき、その下の左右のものは硬そうにふくらんでいる。

見ていると、彼が自分の股間を手でつかんだ。片手で強くしごき、反対の手で嚢《ふくろ》をいじった。

ペイシェンスは息を呑んだ。下腹部に緊張をおぼえながらマシューの顔に目をもどした。彼がじっとこっちを見ていた。「きみの口は甘くあたたかくて、つつまれていると最高の気分だ」手は相変わらず自分をもてあそんでいる。

ペイシェンスは身をふるわせ、結び目を引っぱった。「だったら、もう一度味わわせて」マシューは歯を食いしばり、手をはなした。「僕がよしと言ったらだ」

ベッドにひざをついてペイシェンスの横に来た。茶色い髪が分かれて、前髪が顔にかかる。暗い色の瞳がペイシェンスの目をとらえた。彼はあごを持って、口のなかをさぐるような濃厚なキスをし、ペイシェンスはそれに応えて淫らな気持ちで身をふるわせながら、身体を突きだした。ああ、もっとマシューに近づきたい——太ももに彼のものがあたっているのがわかる。舌が奥まではいってきてペイシェンスはあえいだが、キスは唐突にやんだ。

唇のそばでマシューが言った。「つぎにこの愛らしい唇を奪うときには、腰をふって奥まで突き入れるぞ」

呼吸が乱れた。ウィルソンがメアリの口めがけて激しく腰を動かしていた姿が思いだされる。

「そのときには力を抜かないといけないよ。力を抜いたほうが呼吸も楽だ。もし奥まではいりすぎたら——それは避けられないと思うが——脚で合図してくれればやめる。わかったね？」

ペイシェンスは唾を呑みこんだ。「わかったわ」

「それから大切なことをひとつ——歯は立てないこと」

ペイシェンスはうなずいた。メアリもそう言っていたし、胡瓜の緑の薄皮を傷つけないことにかけてなら、ペイシェンスはかなり上達した。

「よし」マシューは身体をはなし、ヘッドボードに突き立ててあったナイフを引き抜いた。

「じっとしてろ」

コルセットのひもをナイフで切られて、ペイシェンスは身をふるわせた。彼はそれがすむと鋭い刃を折りたたんで枕もとの台に放り、コルセットを取りはらってシュミーズの残骸を引きちぎった。

急に居心地が悪くなって顔が熱くなった。ペイシェンスは遺伝で生まれつき乳首が大きかった。コルセットの分厚い支えの下にしまわなければ、隠すことができないほどだった。それがいまは昂ぶっているせいで、恥ずかしいほどふくらんでとがっている。彼の目が大きくなり、ペイシェンスは身をよじった。

けれども、つぎの瞬間、マシューがはっと息を呑んでペイシェンスの顔を見あげた。「ペイシェンス、きみの身体のうちで、美しさに恵まれていないところはないのかい」

熱い興奮が身体を貫き、指で乳房の外周をなぞられて、背中がぞくっとした。

「きみの身体のうちで、僕の欲望をあおらないところはないのかい」

彼の手がとがった胸の先を強くこすり、ペイシェンスの肌に激しい興奮がひろがった。すると、マシューは上体をかがめて、あたたかい口を直接あて、強く吸いはじめた。強烈な快感が走り、声がもれて背中がのけぞった。まるでマシューが身体の奥深くからその快感を吸いだしているようだった。吸われれば吸われるほど、満たされていく。ふるえが来て背中がのけぞったが、彼はやめなかった――乳首を口にふくんでしつこくしゃぶり、やがてようやく口からはなした。乳首は、これまでにないほど大きくふくらんでいる。マシューは反対の乳房を手に持ち、やはりおなじようにして、すばやく興奮に導いた。

ペイシェンスは甘い息をもらして、縛めを引っぱった。脚のあいだが収縮する。なんともいえない快感だった。マシューの貪欲な口にふれられていると、できるならそのまま食べられてしまいたくなる。その思いに応えるように、彼は大きくなった乳首を手でつまみながら、反対側の乳首を強く噛んだ。ペイシェンスは息を呑んだ。淡い痛みが脚のあいだにまっすぐに伝わって、甘い快感が走る。はっとして腰がういた。

マシューはいったん身体を引いて、今度はペイシェンスの太ももにずっしりとした嚢をこすりつけた。その重みと大きさに、胸の先端が熱く反応した。

「自分で見てみろ」マシューは唇を舐めて、上目遣いにペイシェンスを見た。「お仕置きしてくれと言わんばかりだ」そう言うと、胸の先を平手で軽くたたき、反対もおなじようにたたいた。

　ペイシェンスは小さな悲鳴をもらした。雷に打たれたような熱く鋭い感覚だった。先端が熱をおびて、肌がちりちりする。

　マシューがもう一度左右をたたいた。

　ペイシェンスは息をもらし、さらに背中をのけぞらせて彼のほうに胸を突きだした。乳首がみるみるふくらんでいくような感じがする。「お願い」懇願して、結び目を強く引っぱりながら胸をできるだけ高く持ちあげた。不思議な、なんともいえない感覚だった。

「ああ、わかった」張りつめた声だった。「そんなにかわいく懇願されたらしょうがない」

　マシューは乳房を持って、とがった先端を平手打ちにした。何度も、何度もたたかれて、口からあえぎがもれる。やがて反対の乳房に移った。軽い音があがるたびに興奮がつのる。くり返されるごとに、前よりもさらに強烈な快感が身体にひろがるのだ。自分では抑えようもなく腰が持ちあがって、脚のあいだが熱く激しく濡れるのがわかった。

　マシューは手を止め、ペイシェンスはあえいでいた。彼の目はぎらぎら光り、充血した太いものの先端からペイシェンスの太ももに露がたれている。

「このくらいにしておこう」マシューは言った。けれども、そう言いながらも左右の腫れた乳首を長々と強くつねった。

　硬くふくらんだ先端を押しつぶされて、ペイシェンスはうめき、マシューの下で身をよじらせてもがいた。赤くなった乳首は、熱をもって大きくふくらんでいる。脚のあいだの蕾が苦痛からの解放を求めて脈打ちはじめた。「お願い、マシュー……」

マシューはそそり立ったものをペイシェンスの脚にこすりつけた。「もっとちゃんと請うんだ」

心臓が跳ねて腰がよじれた。「お願い！　お願い、マシュー――なんでもするから。約束するわ。さわって――あそこに――お願い！」

「そのほうがましだ」

その瞬間、彼の手が脚のあいだに割ってはいった。甘い嗚咽《おえつ》がもれて、腰が持ちあがった。いままではあそこはぐっしょり濡れている。絶頂に達したいと、これほど強く思ったのははじめてだった。

「すごいな、欲望の露があふれでてる。わかったか、ペイシェンス？　服従はきみの性に合ってるんだ」マシューが焼きつくすような強い視線で見ている。「言っただろう。僕はきみの欲望を知っているって。きみには僕しかいないんだ、ペイシェンス。僕がただひとりの男だ」

胸の鼓動が高鳴った。手のひら全体を使って割れ目を愛撫され、口から声がもれて腰がういた。縛られていない脚を折りたたみ、縛めを強く引いた。マシューはじらされた芯に手のつけ根をおき、外側に指を這わせてから、割れ目を愛撫した。熱い淫らな興奮が全身を焦がしていく。ペイシェンスは彼に向かって身体を突きだした。「マシュー！　お願い」

彼の目に陰気で残酷ななにかが光った。「なぜ？　なぜ、そうしなきゃならない？」

わたしがそれを望んでいるから！　でも、それはまちがった答えだ。頭がまわらない。どうこたえたらいいの？「わたし——そんなこと、知らないわ！」

さっと手を引き抜かれて、涙が出そうになった。

「いや、知っているはずだ」マシューはそう言いながら腰を横にずらして、汁のしたたる自分自身を精力的にしごいた。

ペイシェンスの腰がうねりだし、自分でも止められそうになかった。急に涙があふれ、きつく目をつむってこらえた。答えはなに？　ああ神さま、なんでもしますから、いかせてください！

「だれの喜びが第一だ、ペイシェンス？」

ペイシェンスは目を見ひらいて、マシューの荒々しい眼差しをまっすぐに見た。「あなたよ」

「じゃあ、僕を喜ばすことで、きみはなにを得る？」

「自分の喜びよ」

「そうだ」マシューはこたえると、ペイシェンスの脚のあいだに顔を伏せて、濡れた割れ目の前で口を大きくあけた。

ペイシェンスははっとして、驚きと衝撃で身を引いた。だがマシューは容赦なく迫ってきて、舌で貪欲にむさぼった——彼の唇、鼻、あごが、熱をおびた場所にこすれる。腰が揺れて、身体ががくがくふるえたが、ペイシェンスは見ていることしかできなかった。逃がれようがなかった。自分が無防備な体勢でいるという甘美な感覚に、頭も心も満たされていく。

そのとき、マシューの口がじかに芯をとらえた。女の中心部に血が押し寄せてきて、息がもれ、つま先がベッドから持ちあがった。びくびくと彼女の身体が揺れ、マシューは舌を這わせながら、さらに指を濡れた割れ目に挿し入れた。

頭のなかが真っ白になった。腰がういて、ペイシェンスは縛めを引っぱった。頭のなかがぐるぐる回り、全身に力がはいる。舌と指による愛撫はなおもしつこくつづいて、緊張がどんどんつのっていく。弓の弦のように張りつめた身体が小刻みに揺れ、ペイシェンスはあえぎ、声をあげた。

もはや、解放されることしか頭になかった。

もはや、マシューのことしか頭になかった。

下半身がベッドからういて、縛めを引っぱりながら、恥じらいもなく自分をマシューにこすりつけた。

そのとき、マシューにされたことのすべて――愛撫とじらし、乳首を強くたたかれたこと、つねられた甘い痛み、彼の断固とした自制と支配――が脚のあいだでひとつにとけあい、熱い快感がおとずれた。雷が落ちたように、ペイシェンスははじけた。

目をきつく閉じて歯を食いしばる。何度も何度も恍惚の淵《ふち》に呑まれて、耳のなかで血がうねった。やがて、神経がばらばらになって、無数の快感のかけらが下腹部へ流れこんだ。

脚がゆっくりと力なくベッドにのびて、とうとう涙がこぼれ落ちた。それは、解放と快感の涙であり、また恐ろしい気づきの涙でもあった。

マシューはいまも脚のあいだにいて、内側にキスをしていたが、少ししてようやくペイシェンスの上に這いあがってきた。目が合ったとき、硬い表情をうかべたマシューの美しい顔には、支配者然とした表情がうかんでいた。けれども、ペイシェンスの心はひるむのではなく、喜びで満たされた。そのせいでますます泣きたくなった。認めたくない感情が存在することが恐ろしかったのだ。

マシューは汁のうかぶ自分のものを強くしごきながら、涙をこぼすペイシェンスを見つめた。「いいぞ、ペイシェンス。美しい光景だ。そのまま流れるにまかせればいい」彼の目に暗い光が宿ったように見えた。「涙を我慢することはない。僕がきみを導こうとしている道は、涙をとおしてしか見つけられないんだ」

マシューの強い視線にとらえられ、目をそらせなかった。彼の言葉に混乱と興奮を呼び起こされて、深い場所からさらに涙がこみあげてきた。それがこぼれ落ちたとき、なにかとてつもなく大きなことが起こっているのを感じた――いまはまだ理解できないが、ペイシェンス自身が望んでいるなにかが。

「そうだ。好きなだけ泣くがいい」マシューがささやいた。彼は上からまたがり、ペイシェンスの身体を持ちあげてヘッドボードに寄りかからせ、抱きしめた。両手両脚でペイシェンスをつつみ、太いもので下腹を淫らに突きながら、髪にキスをした。

ペイシェンスは抱擁に応えることができなかった。受けるのが精いっぱいだった――マシューの癒やし、キス、それに彼女を独占し、守るようにしておおいかぶさる身体。ペイシェンスは無力でありながら、なぜだか安心しきっていた。なんの不安もなく、心からの安《あん》堵《ど》につつまれていた。

口をあけてマシューの首筋に吸いつき、張りのある肌を舌でもてあそんだ。

彼の口から声がもれ、抱きしめる腕に力がはいった。けれどもマシューはすぐに身を引いて、欲望で光る目でペイシェンスを見た。「きみを見ていると胸が痛んで、あそこが興奮する」

マシューのキスが襲い、指が濡れた割れ目をなぞった。ペイシェンスは声をあげて腰を持ちあげたが、マシューはベッドに立って、濡れた指を舌で舐めながら上からまたがった。

「じゃあ、僕のほうが約束を果たす番だ」

血が騒ぎだした。彼はペイシェンスの髪をつかんで、腰を落とし、涙で濡れた顔に太いペニスとふくらんだ嚢をすりつけてきた。

激しい身ぶるいがして、彼女は動物のような欲情――恥も抑制も知らない感情――に呑みこまれた。頬、鼻、あごで、血管のういた彼の硬さや、嚢のやわらかな感触を堪能する。口を大きくひらいて、マシューのにおいをかぎ、味わった。

「そうだ、舌を使うんだ」マシューがかすれ声で言った。

ペイシェンスはただちに従って、濡れた舌を根元から先まで這わせた。何度も愛撫して先からしたたるしょっぱい汁を夢中で味わい、つけ根を必死に唇でつつみこんだ。

けれども、マシューは彼女の好きにはさせなかった。つかんでいた髪をはなして陰嚢《いんのう》を持つと、ペイシェンスの口にあてがった。「こっちを舐めろ」

興奮した声で命じられ、下腹部が熱くなる。ペイシェンスはすぐさま彼のものを唇でつつみ、舌でもてあそんだ。

マシューがぎらついた目でこっちを見ている。「よし、じゃあ口に入れるんだ」

ああ、神さま！　ペイシェンスは脚の奥を緊張させながら、口をひらいて丸いものを吸いこんだ。彼が身をふるわせたのがわかった。

マシューは精をしたたらせた男性器を腹に押しつけるようにして持ち、おのれの肉に舌を這わすペイシェンスを上からながめていた。荒い息をしながら、手で激しく自分をしごいている。

血がどっと流れこんで、ペイシェンスの脚の奥が熱く燃えた。片方を口から出して、反対をくわえる。舌で愛撫し、もっと深く強く吸いこんだ。汁のしたたる彼の太いものを目の前にして、くらくらするほどの欲望に突き動かされた。

「いいぞ」マシューは目を合わせたまま言った。「すごくいい」

ペイシェンスは舌に力を入れて愛撫した。脚のあいだが熱く濡れてくる。マシューは自分のものをしごきながら、腰を前に突きだしてペイシェンスをヘッドボードに押しつけた。あたたかな愛液が額に落ちる。思わず腰がういた。けれども、ペイシェンスが本当に欲しいものは、すぐ上にそそり立っている——真っ赤に染まり、汁をしたたらせながら。

「きみの望みは、わかっているよ、ペイシェンス」マシューがあえぎながら言う。「いまからかなえてあげよう」髪をつかむ手に力がはいった。「さっきの注意は忘れるな」そう言うと、マシューは陰嚢を解放し、息継ぎの間もあたえずに、赤黒い先端をペイシェンスの口に突き入れた。

ペイシェンスは長年つのらせてきた期待感から、無我夢中で濡れそぼった先端を吸い、まぶたを閉じて淫らな感覚を味わった。やわらかくて、ベルベットのようにすべすべしている。舌にふれる感触がよかった。やわらかな肌の下に硬さを感じるのもいい。先端の大きくひろがった穴から出てくる、しょっぱい味も好きだった。

マシューがうめき声をもらした。ペイシェンスの髪をつかむ手に力がはいり、そのうちに腰が小刻みに揺れだした。ペイシェンスは、メアリとウィルソンがしていたように、そして庭から摘んだ胡瓜で練習したように、唇でしっかり彼のものをくわえた。

「僕を見て、ペイシェンス」

目をあげた。彼の瞳にうかんでいる激しい炎を見て、下腹が期待でうずいた。彼は腰を突き入れ、いったん抜き、さらに奥まで突き入れたところで動きを止めた。口いっぱいにマシューを感じて、ペイシェンスはあえぎ、脚のあいだの蕾が熱い欲望にわななないた。

「いいぞ」マシューがささやいた。「もっとだ。もっと口をひらいて受け入れるんだ」

その言葉と声には媚薬のような効果があった。ペイシェンスは従順にうっとりと目でうなずいて、口を大きくひらいた。

マシューが顔をゆがませ、奥までゆっくりと腰をしずめる。太い肉でさらに口がいっぱいになり、身体がふるえ、下腹部に力がはいった。もうこれ以上無理だと思ったそのとき、彼は腰を引いた。息を吸おうとあえいだが、またも深くはいってきた。彼は何度もおなじことをくり返し、そのたびにペイシェンスの口には唾液があふれて、あごがやわらかくひらくようになった。押し入られるごとに、彼のものが奥まですべりこんでくるのがわかる。そうやってくり返しているうちに、やがてなめらかな先端部が喉の奥にふれ、マシューはそこで動きを止めた。

ペイシェンスは鼻で息をした。彼のものをくわえた唇は大きく引きのばされ、舌は精の通り道である太い管に押さえつけられている。口はマシューでいっぱいだった。それでもまだ足りなかった。

マシューは腰を引くと、下半身を揺らしながら、ペイシェンスの顔を上に向けさせた。彼の欲望で黒々と光る目と、力のはいった険しい表情を見て、胸がふるえ、脚のあいだが濡れた。「上出来だ、ペイシェンス」彼は指をペイシェンスの口にすべりこませ、それから唇をなぞった。「最高にうまいぞ。さあ、あと少しだ」

そう言うと、ペイシェンスのあごをつかんで上に引きあげ、首をまっすぐにのばした。そして片手で髪を、反対の手で自分のものをつかむと、ふたたびそれを口に突き入れ、先端が喉の奥にとどくまで腰を押しこんだ。

ペイシェンスはうめき、目が涙でうるみ、一方で、女の芯は熱く燃えて脚のあいだから蜜があふれた。

　彼がペイシェンスの動きを封じてささやく。「そうだ、いいぞ」マシューは腰を少しだけ揺らして、やわらかな喉の奥に先端を強くこすりはじめた。唾液が首にたれたが、こすられるうちにその感覚にも慣れてきた。

「いい子だ」かすれた声で言った。「さっきの指示を忘れるな」つぎの瞬間、マシューはそのまま乱暴に腰を押しこんで、太いものを喉の奥に打ちつけた。

　小刻みに抜き差しされ、抑えがたい肉欲に支配されて、ペイシェンスの身体が跳ね、腰がういた。

　マシューはいったん完全に腰を引いたが、その間、ペイシェンスはあえぐように息をするのがやっとだった。彼はすぐにまた深々と腰をしずめ、突きはじめた。

　唇が引きのばされ、口のなかが彼のものでいっぱいになる。腰がういてまわりだし、彼に所有されたいという欲求で脚の奥が熱く燃えた。

　マシューがさらに速く深く腰をふり、ペイシェンス自身の小刻みなあえぎ声を打ち消すように、彼の荒い息づかいが聞こえてくる。彼を止めることはしなかった。乱暴に突き入れられるたびに、もっと奥まで侵入してきて、喉全体が彼のものでいっぱいに満たされる。ひらいた脚に力がはいり、腰がういた。残酷で、なんともいえない最高の気持ちだった。

　そのとき、彼の息づかいがうなるような乱暴なものに変わった。ペイシェンスの髪を強くつかんで、うずくまる堕天使のように丸めた身体をふるわせ、容赦のない荒々しい力をこめて、支配の象徴を口の奥へ突き入れた。そして服従させられて身もだえるペイシェンスから抵抗と抑圧とプライドを奪い、服従と肉欲と従属を植えつけた。

マシューの野生の叫びが部屋にひびいた。ペイシェンスは口のなかに脈動する彼の精を感じ、つぎの瞬間、それが喉の奥へと放たれた。冥府の川《ステュクス》の激流のように、激しい奔流となって流れこんでくる。

それでも、かまわなかった。ペイシェンスはすでに彼の創造物なのだ。熱いぬるぬるした精を受け止めながら、血が駆けめぐり心臓が激しく打った。そして、突起した女の蕾には指一本ふれられていないというのに、彼が授けてくれる精を貪欲にむさぼるうちに、ペイシェンスは快感の極みに達していた。

6　きょうだいの意見

わたしは眠っていたが、心はさめていた。

聞きなさい、わが愛する者が……

雅歌五：二

ひとりの天使がやってきて、服や髪をつかんででもそばに引き止めようとする男たちの手から、彼女を引きはがした。男たちの不機嫌な目つきや、怒った叫び声が恐ろしくて、彼女は自分を連れて飛び去ろうとする天使に強くしがみついた。天使は力強い翼で宙をたたいて天高くへと彼女を導き、やがて周囲には惑星や月や、輝く星の光しか見えなくなった。

すると、四方八方から、そして自分の内側から彼の声がした。「きみを連れ去ってきた。さあ、きみはだれに仕えるんだ？」

「あなたに仕えます」

天使は彼女をそばへ引き寄せ、ぎゅっと抱きしめた。「じゃあ、僕はだれだ？」

「マシュー」顔をあげて、相手の暗い瞳を見つめる。

「そうだ」彼はそっと唇を重ねた。「ちゃんと仕えたなら、きみを癒やしてあげよう」

「わたしを癒やす？」

彼の眼差しは優しかった。

「痛みをともなうこともあるだろうが、やがて、それも自分のためだとわかるはずだ」

「でも、わたしは怪我《けが》をしているわけではないわ」

「心臓から血を流しているよ、ペイシェンス」

突然、彼女は胸の奥深くに痛みを感じた。でも、本当に突然なのだろうか？　すると、ふと気づいた。それはたしかに以前からあった。

「ほらね」マシューが言った。「血を止めないと、きみは死んでしまう」

ペイシェンスはあたたかな腕のなかで身をふるわせたが、彼の目から目をはなさなかった。マシューの眉間に小さくしわが寄った。「見るのを拒んでも、血が止まるわけじゃない。しっかり見るんだ」

ペイシェンスは見ようとしなかった。見ることができなかった。

彼のしかめた表情がやわらいだ。「だいじょうぶだ」手で頬にふれる。「すべて僕にまかせればいい。そのうちに見られるようにしてやる」

そう言うと、彼は腕のなかのペイシェンスを放り、ペイシェンスは下へ下へと落ちて……。

はっとして目を覚ました。夢のなかからまっすぐ自分のベッドへ落ちてきたような感じがした。

自分のベッド？　夢の記憶がぱっと散って、身体を起こして部屋を見まわした。ペイシェンスはマシューの腕のなかで、しかもマシューの部屋で眠りに落ちたはずだった。それがいまはここにいて――そして、ひとりだった。

ため息をついた。いつ、こっちの部屋へ運ばれてきたのだろう。窓のカーテンは閉じてあったが、隙間から陽の光がうっすらと射しこんでいる。時計が鳴った。午前十一時半。ベッドの反対側を見た。シーツは乱れていない。ほんの少しの時間でいいから、いっしょにいてくれればよかったのに。

もう一度枕にもたれ、甘い気だるさにつつまれながら伸びをする。どうしてマシューはここに残って、もう一度縛って夢中にさせてくれなかったのだろう。いろんなやり方でくり返し絶頂に導かれた記憶がよみがえって、身体に熱いものが走った――手で、舌で、そして口に乱暴に突き入れることで、彼はペイシェンスを高みに導いた。首をかたむけて、手で喉にふれた。思いだすだけで唾があふれてくる。口いっぱいに彼の硬いものがはいっているあの感覚が、なぜかしら興奮を誘うのだ。

それでも、なにもかもが刺激的で完璧だったのは、マシューの支配のおかげだった。

長いため息をついて、身体を横に向け、カーテンの隙間からはいる細い光を見つめた。

新たな気づきを得たような気分だった。いきなり鍵をわたされ、想像もしなかった秘密の喜びの部屋へと案内されたようだった――その部屋は前から自分のなかにあったけれど、マシューを通じてしかはいることのできない場所なのだ。

胸がふるえた。

たったひと晩が——たったひとりの男が——こんなに切ない気持ちをかきたてるなんて。

ひと晩?

顔をしかめた。マシューはひと晩を自分にくれと言った。けれども、ゆうべははじまりにすぎないということを、何度となく会話のなかでほのめかした。

もう一度身を起こして、髪に指を入れてしばらく目を閉じた。ひと晩だとしても——二晩でも三晩でも——どうでもいいことだ。どうせ永遠につづくものなど、なにひとつないのだから。

なにひとつ。

シーツを押しやってベッドから起きあがった。化粧着に袖をとおしながら、ふと、チェロに目が留まった。いつでも練習できるようにスタンドに立ててあるその楽器は、こちらに顔を向けて、まばたきを知らない目を思わせるf字形のふたつの孔から、じっとペイシェンスを見つめていた。一瞬、楽器にずっと見張られていたような妙な思いにとりつかれた。ばかな考えながら、まぎれもない動揺が心にひろがった。

いつもなら、この時間には練習をはじめている。しかも、今晩は人前で演奏する予定があった。ペイシェンスは下唇を噛んだ。けれども、すぐに弾こうという気にはならなかった。むしろ、楽器ののっぺりした顔をじっと見つづけていると、なんとはなしに腹が立った。

妙な感情を頭から追いやって、もう一度時計を見た。いつもより時間が遅いといっても、姉の部屋を訪ねるまでたっぷり二時間は練習できる。「心配しないで」ペイシェンスはチェロにささやきかけた。「いますぐ相手をしてあげるから」

楽器に背を向けて、化粧着の小さなボタンをはめながら暖炉の前へいった。すわり心地のいい読書椅子がそこに移動されているのは、きっとメイドが動かしたためだろう。けれども、大きな椅子をまわったところで、ペイシェンスはふと立ち止まった。

新しい薪をくべた暖炉のわきにあるテーブルに、小さな磁器のティーポットとカップののった盆があったのだ。上品な小さな砂糖壺とクリーム入れのとなりには、マーマレードとバターを盛ったガラス細工の皿。そして、こんがり焼けたスコーンが二個のった皿には、小さな紙が立てかけてあった。

〝Pへ　Mより〟

いくつもの感情が胸をよぎり、根が生えたようにその場に立ちつくして盆を見つめた——最初に感じたのはうれしさだったが、すぐに不愉快な気持ちがわいた。彼はなぜこんなことを？　まるで必要のないことなのに。身体の面倒を見てくれたからといって、朝食の面倒まで見てくれる必要はない。こうしたことは、自分でどうにでもできる。

むしろ、こういうことは自分でやりたいのに。

暖炉の薪がはぜた。

顔にたれてきた巻き毛を耳にかけ、ため息をついた。

そんなふうに思うのは失礼だ。

ちゃんと喜ばないといけない。ふつうの人は喜ぶのでは？　わたしも最初の一瞬は喜んだじゃないの。

テーブルに近づくと、メモにあったのとおなじ丁寧な〝P〟の文字が、バターの表面にも彫られているのが見えた。

胸が締めつけられて、目がちくちくした。

自分がこんなに涙もろいとは、まったく知らなかった。

涙がこぼれないように顔を上に向けて、意識してゆっくり深く息を吸いこんだ。そして吐きだすと同時に、お腹が鳴った。ペイシェンスは音の鳴った場所に手をおいて、まばたきして涙をはらった。

いったい、わたしはどうしてしまったのだろう。もう一度テーブルを見る。すべてがおいしそうで、しかも自分はお腹をすかせている。

ゆっくりと椅子に腰をおろした。

たかが朝食だ。大げさに考えることはない。

ナプキンを取り、ひざに丁寧にひろげた。それから両手を合わせて身をのりだし、小さな盆の上に目を泳がせた。

ううん、おいしそう――。

これまでペイシェンスのバターにイニシャルを彫った人はいなかった。

それに、ジャムよりマーマレードが好みだと、なぜ彼はわかったのだろう？

「さあ、話してくれ」――マシューはトーストにジャムを塗った――「ベンチリーの屋敷に使用人としてまぎれこんで、なにがわかった？　やつには利用できそうな秘密はあるか？　できれば、表沙汰になっては困るような、どろどろした秘密がいい」

ミッキー・ウィルクスはにやりと笑った。「秘密ならありますよ――それも、たぶんひとつじゃない。おいらには勘でわかる。けど、まださぐるとこまでいってない。あとちょいとばかり時間をください。屋敷のやつらは、あんまりおしゃべりじゃないんでね」

マシューは顔をしかめた。炭鉱を賭けで勝ちとったことは、ベンチリーには大打撃で、自分には大きな恵みだが、それだけで満足するわけにはいかない。あの男との戦いに勝利し、社交界におけるかつての地位を取りもどすには、ベンチリーを完全に破滅させるしかないのだ――それに、残念ながら、財政事情を考えるとマシューにはぐずぐずしている暇はない。トーストを皿にもどして、机にひじをついた。「時間をかけている余裕は、僕にはないんだ」

「だから言ったでしょう。ちょいとばかりって。たくさんの時間はいりません。じつは、かわいい子に目をつけてあるんです。その娘っ子はいろいろ知ってるわけじゃないけど、知ってるやつとすごく仲がいいんだ」

マシューは両手の指先を合わせた。「その、いろいろ知ってるやつっていうのは、だれなんだ？」

「ミセス・ビドルウィックっていうパン焼き頭のおばさんです。十九年前――前の伯爵が死んだその年に——ベンチリーは屋敷の雇い人を総とっかえしたんです。ミセス・ビドルウィックをのぞいてね。しかも、ゆっくりとっかえたけど、ものすごくゆっくりでもなかった。つまりおいらが思うに、ベンチリーはじつはえらく急いでて、それを隠そうとしてたってことです」

マシューは顔をしかめた。「ミセス・ビドルウィックから聞いたのか？」

「まさか」ミッキーは憤慨した顔をした。「おいらは何食わぬ顔をして、屋敷じゅうの使用人とおしゃべりしてまわった。全部自分でさぐったことだ。このオツムを使ってひねりだしたんです」

マシューは眉をあげた。「それは失礼したよ。先をつづけてくれ」

「とにかく、ベンチリーがひとりだけ残した使用人が、そのミセス・ビドルウィックだった。で、なんでやめさせなかったかっていうと、好物の苺《いちご》タルトを焼くのがものすごくうまいからですよ」ミッキーは自信たっぷりに椅子にもたれ、無意識にマシューを真似たらしく、両手の指先を合わせた。「ベンチリーには絶対に事情があったんです。それも秘密の事情がね。だって、そうでしょう？　そんなふうに知らん顔をしながら、使用人をみんな新しく変えちまうなんて」ミッキーはひと呼吸おいて、目を細くした。「ね？　だから、おいらには、まだやることがいろいろあって、しかも、こっちの役に立ってくれそうな相手は、そう簡単には見つからない」

マシューはうなずいた。たしかに妙だ。貴族の屋敷で使用人がひとりふたり入れ替わることはつねにあり得るが、たいていの家では、自分のところで使用人をいちから育てあげるのがふつうだ。親子何代にもわたって雇うことさえめずらしくはない。

机の上の、果物の砂糖煮のはいったボウルをミッキーのほうへすべらせ、椅子にもたれてコーヒーをすすった。なぜ、ベンチリーはそんなことをしたんだ？　十九年前になにがあったんだ？　先代の伯爵が死んだ年だが、それにどんな意味がある？　マシューの知るかぎり、先代の人生はとくに目立ったものではなかった。きっと、ほかになにかあるにちがいない。

「それが十九年前だというのはたしかなんだな？」

ミッキーはボウルから目をあげた。「たしかです。ミセス・ビドルウィックをのぞいて使用人をみんな首にしたのは、一八三二年の四月から八月のあいだです」

マシューは眉をひそめた。「レディ・ロザリンドが生まれたのは一八三二年だ――一八三二年の十月五日」見ると、ミッキーは口に頬ばった果物を噛んでいる途中で動きを止めていた。「つまり、亡くなったベンチリー夫人が身ごもっている最中に、古い使用人を一掃した。そんな面倒なことをするには、ずいぶんと間の悪い時期じゃないか」

ミッキーはうなずき、口のなかのものを噛んで飲みくだした。「まったくです。死んだ夫人のことは、まだよくわかってません。でも、ベンチリーの娘がえらい男好きだってことはわかりましたよ」

マシューの眉間のしわが深くなった。「本当か？」どうしてこれまで見抜けなかったのか。

「本当です。従僕《フットマン》を相手に、色っぽいとこを見せてからかうのが好きみたいで。脚をチラリ、胸をチラリってなぐあいに」

マシューは驚いて眉をあげた。

「そうなんです。いつも偶然のふりをしてんですが、フットマンが言うには、四六時中、偶然を装って見せてるって」

マシューはコーヒーカップをおいて皮肉な笑い声をあげた。ロザリンドにプロポーズする前にベンチリーの屋敷の使用人と話をしていれば、ずいぶん多くのものから救われただろうに。髪をかきあげた。だが、そうしなかった。そしていま、義父と呼ぶはずだった男による卑劣な行為から、わが身を守らねばならない境遇にいる。

ひらいた帳簿の一番下の数字に目を落とし、背中がこわばった。机の向こうのミッキーを見た。「できるかぎりさぐりだせ。そして、ベンチリー伯爵をつぶすのに利用できそうなものをつかんでくるんだ。わかったか？　やつの弱点をさがせ。娘に関することでもなんでもいい。とにかく、致命的な弱みを見つける必要がある」

ミッキーはうなずいた。「見つけますとも、オークモアの旦那。必ず見つけてみせます」

ドアを短くノックする音がして、マークの顔がのぞいた。「ベーコンのにおいがすると思ったんだ。そして、ベーコンのあるところには、必ず弟の姿がある」マークはなかにはいってドアを閉めた。「もしかして、ミスター・ウィルクスか。ずいぶん立派に見えるぞ」コーヒーの盆のあるほうへ歩きながら言った。

ミッキーは手にボウルを持ったまま、立って頭をたれた。「ありがとうございます、旦那」

マシューは果物の砂糖煮をきれいにたいらげるミッキーを見た。マークの言うとおりだ。スプーンをがちゃがちゃいわせたり、ぺちゃぺちゃ音をたてたりしなければ、この十七歳の長身の若者はそれなりの人物に見える。きれいに散髪し、新しいスーツに新しい靴できめたミッキーが、簡単にベンチリーの屋敷に雇い入れられたのも不思議ではない。セブンダイアルズ界隈《かいわい》の吹き溜まりから出てきたばかりの半年前からすると、まるで別人だ。マークがローレンス家に潜入させるスパイとしてミッキーを雇い入れたのは、たった四カ月前だが、そのときとくらべても変わった。

あの当時は、盗人《ぬすっと》や荒くれ者のなかで生きてきた者の特徴で、目を落ち着きなく動かす癖があった。だがいまは、立つ姿勢もましになったし、マシューを見るときの視線も揺るぎない。たいしたものだ。

マークがふたりのほうにやってきて、マシューの机の角に腰をのせてミッキーを見た。「厩舎《きゅうしゃ》のミスター・ピンターがおまえを恋しがっているぞ。馬の扱いがうまいんだってな」

ミッキーはボウルをおいて、にやりと笑った。「ええ、そうみたいです。ミスタ・オークモアの仕事がすんだら、すぐにもどります」

マークはコーヒーをすすった。「頼んだぞ」

「さてと」ミッキーはマシューに顔を向けた。「おいらは、明日にはまたあっちに向かいます」

「出発する前に声をかけてくれ」

ミッキーはうなずくと、上着のポケットから帽子を引っぱりだして、そそくさと部屋を出ていった。

マークは閉じたドアに目をやり、それからマシューを見た。「教えてくれ。おまえはいったいなにをしているんだ」

「話すつもりはないね」

「いいから話せ」

マシューは眉を寄せた。「いやだと言ってるじゃないか」

マークはコーヒーをおいた。「マット。僕はおまえの兄貴だ。どんなことにも手を貸すぞ」

マシューは顔を険しくした。「半分だけ血のつながった兄だ。それに、兄さんの助けは借りたくない」ソーセージにフォークを突き刺した。われながらひどいやつだ。いくらなんでもいまの言い方はない。マークの渋いしかめっ面を見た。「気持ちはありがたいが、自分でなんとかできる」

「本当か？」マークは腕組みした。「ベンチリーが裏で手をまわしたおかげで、おまえは石炭をほとんど入手できなくなっている。どうにか手にはいる分には、二倍近い値段を払わされている。列車は遅れ、物流も滞りがちだ。西部と物をやりとりしたい客は、いまじゃマーチフォード鉄道を利用している。そんな状況で、この先いつまで持ちこたえられるというんだ？」

背中がこわばった。フォークをにぎりしめた。憎たらしいことに、マークは一度にまとめて痛いところを突くのがむかしから上手だった。「持ちこたえるさ。持ちこたえて、勝ってみせる」マシューは声をしぼりだした。

マークは頭をふった。「グランドウエスト鉄道の損失を、永遠に自分ひとりでかぶりつづけるわけにはいかないだろう。エンジェルズ・マナーまで売るつもりなのか？　それに、もし株主が投げ売りに出たらどうする？　いまある問題が解決しなければ、役員もおまえを支持しないだろう。投票で、社長からおろそうとするかもしれないぞ。グランドウエスト鉄道から追いだされる可能性だってある」

「いい加減にしてくれ！」マシューは身をのりだした。首の筋が痛いほど引きつっている。「じゃあ、もし、僕の投資がすべて失敗に終わったらどうすればいい？　家も土地も焼けてなくなったら？　ベンチリーに少しずつ毒を盛られているとしたら？　あと、なにがあるかな？　僕が身を滅ぼすとしたら、ほかにどんな可能性がある？」

マークは肩をすくめ、ミッキーがすわっていた椅子に腰をおろした。「考えれば、まだいくつか思いつくさ」

「やめてくれ」乱暴にフォークをおいた。「ともかく、グランドウエスト鉄道を守るためなら、僕はどんなことでもする覚悟だ」ベンチリーだろうが、だれだろうが、思いのままにさせてたまるか。「僕はやる。どんな代償をはらってでも……」

マークはコーヒーを手に取ってうなずいた。「わかった。おまえなりの計画があるんだと理解しておこう——われらがウィルクス青年の能力が生かされるような計画がね」

マシューは迷った。以前ならどんなことも兄に話しただろう。ただし、これはマシュー自身の戦いであり、自分ひとりで戦い抜きたかった――いや、そうしなければならないのだ。それに、自分が私生児だと知って以来、半分血のつながった兄と自分とのあいだに、見えない壁ができたような気がしていた。

上着のポケットに手を入れた。さすがに胸にしまっておけない秘密もある。鉱山の権利書を出して、机の向こうへすべらせた。「だれも石炭を売ってくれないなら、自分で掘ればいい」

マークは口もとを小さくほころばせて、権利書に手をのばした。「おまえの口からなにか聞けるのを待ってたよ。ゆうべは、おまえがカードで大勝ちした話で持ちきりだった」

マシューは椅子に寄りかかった。それでいい。噂がひろまればひろまるほど好都合だ。

マークは首をふりながら権利書をながめ、マシューの顔を見てにやりと笑った。「これを知ったベンチリーは、どんな顔をするだろうな。明日のタイムズ紙にダンフォースが殺されたという記事が出ても驚くなよ」

マシューは眉をあげた。「それはいいニュースだ」

マークは権利書をたたんで机におき、マシューのほうに押しもどした。「六人の紳士が勝負に不正はなかったと署名してくれたそうだな」

「ああ」権利書をポケットにもどした。署名の数は、マシューにとって勝利の数だ。「ついでにそのタイムズ紙だが、今朝早くにロンドンに使いを送ったよ。弁護士あてに一通、それ

から タイムズ紙にあててもう一通、手紙を持たせた。僕が鉱山を手に入れたことを伝える手紙だ。ミスター・バンクスにはグウェネリン炭鉱取得の登記手続きをさっそくはじめてもらって、それが完了するまでは、新聞の発表が当面のあいだ株の売却を防いでくれると期待しているよ」

マークはうなずいた。「ベンチリーはおまえの所有権に異議を申したてるだろうな」

マシューは身をこわばらせた。「そのためには、やつは裁判で訴えるしかない。しかも、急いだほうがいい。じつは三通めの手紙をミスター・ペンワージーという、グランドウエスト鉄道の事務責任者のひとりに送ったんだ。グウェネリンにいって全帳簿を押収し、ただちにグランドウエスト鉄道の機関車に石炭が供給されるように手配しろってね」

マークは微笑ましげな顔でマシューをじっくりながめた。「僕の助けはいらないと言ったな。だがもし、炭鉱に投資する人間をさがすことになったら、いつでも手をあげるぞ」

マシューはうなずいて、意識して肩から力を抜いた。「恩に着るよ。グウェネリンの炭鉱については、村ひとつを養えるくらいの規模だということ以外、ほとんど予備知識がないんだ。帳簿を自分の目で見れば、いろいろわかってくるだろう」

マシューはナイフとフォークを取って、食事にもどった。目の前にひろがる展望には、それなりの興奮をおぼえずにはいられなかった。鉄道の事業主は長らく炭鉱経営者の言いなりになっていた。自分がそれを変えていくのだ。

ソーセージを噛みながら、マシューはコーヒーを飲んでいるマークをながめた。パッションと結婚して以来、兄の顔からは険がなくなり、いつもあった眉間のしわも消えた。いまは心安らかで、そして――幸せそうだ。パッションの愛情のおかげだ。

胸にこみあげる嫉妬心を抑えこんだ。「図書館のほうは、どうなってる?」

「いまは土地をならしているところだ。建設は春に開始される」

「新しい国立図書館の建築家になる気分は?」

「最高だよ。赤ん坊が生まれるまで、現場にいく必要がないのがとくにいい」マークの目が優しくなった。「出産を迎えるまでパッションのそばにいたいからね」

「なるほど」マシューはつぎのソーセージをフォークで刺した。兄は男が望むもののすべてを手に入れた――名声、名誉、社会での地位。それに、すべてにやりがいをあたえてくれる女性――自分を愛し、思いやり、自分の子どもを身ごもった女性を。

マシューは皿に目を落とした。ふいに、腹を丸くふくらませたペイシェンスがまぶたの裏にうかんだ。心臓の鼓動が一拍とんだ。むかしから子どもがほしかった――自分の子ども、それに自分の妻が。スキャンダルが起こる前までは、今後の人生を思い描くとき、夫や父としての自分の姿が将来像の大きな部分を占めていた。ところが、いまはどうだ? 子に授けるべき唯一の名前が、盗まれた名前だとわかったいまは?

「ゆうべの彼女はきれいだったな」マークが静かに言った。

ああ、きれいだった。マシューは目をあげた。「パッションか? たしかに。彼女はきれいだった」ナプキンを机においた。「愛しの義理の姉は立派にやってる」

「そうだな」マークは眉をあげた。「ところで、愛しの義理の妹はどうしてる？」

マシューは最後に見たペイシェンスの姿を思いだした——あざやかな色の巻き毛を枕にひろげてすやすやと眠り、美しい腕の片方を頭の上で色っぽく折りまげていた。胸がぎゅっと締めつけられた。彼女が欲しい。「すばらしく元気にやってるよ」

マークは両手でカップをつつみ、机に足をのせた。「彼女はとびきりの美人だ。モントローズはすっかり入れあげている。だが、はっきり言って、彼女をものにしたがっている男は大勢いる」

兄の顔を見た。独占欲がめらめらとわいて欲望をあおった。「だれも彼女をものにはできない」

「おまえをのぞいてか？」

マシューはうなずいた。「そうだ」

「その先はどうなる？」

コーヒーを手に取った。

「僕が彼女を独占する」

「その独占の先には、求婚があるのか？」

そうだ——。

マシューはひと呼吸おき、カップをおろした。

そうだ。ペイシェンスと結婚するのだ——。

深く息を吸うと、背中から緊張が抜けていった。

結婚して、永遠に自分のものにする。

兄の顔を見てから、肩をすくめた。「たぶんね。ただし、彼女には結婚の意思がまるでない」

マークはまっすぐマシューを見つめ、しばらく黙っていた。やがて、とうとう口をひらいた。「パッションが言うには、もしペイシェンスとの結婚を望むのなら、まずは彼女の愛を得なければならないらしい」

ペイシェンスの愛——。マシューは椅子にもたれた。考えただけで胸が高鳴り、血が騒いだ。彼女の愛を得たら、どんな気持ちがするのだろう？

「それに、ペイシェンスの愛を得るのは容易ではない、ということも言っていた」

自分にそれができるか？

マシューは椅子のひじ掛けを強くにぎりしめた。そのことは考えてはいけない。「僕らはふたりとも、愛を求めているわけじゃない」

「だからといって、愛情が生まれないとはかぎらない」

マシューは眉をひそめた。「そうなったとしても、こっちからも返さなければいけないということもないだろう」

マークは渋い表情をして足を机からおろし、身をのりだした。「もし愛を得ておきながら返さなければ、ペイシェンスが傷つく」兄の顔に力がはいった。「そしてペイシェンスが傷つけば、パッションが傷つく。いまのうちに言っておくぞ——妻を絶対に傷つけるな」

マークの警告は意外でもなんでもなかったが、それでも腹が立った。「そんな注意を受けるとは笑っちゃうね。記憶がたしかなら、ほんの数カ月前には、僕のほうが兄さんにパッションを傷つけるなと忠告していた気がするが」

「その忠告は正しかった」マークは椅子に背中をつけた。「いまこうして忠告しているのが正しいのとおなじだ」

マシューは前かがみになった。「兄さんが水晶宮《クリスタル・パレス》の間仕切りの裏にパッションを連れこんだときには、相手がだれで、その先どうなるのか、なにもわからなかった——それなのに、どうして踏みきった？　いままで、そんな行動に出たことはなかったじゃないか」

「なぜなら……」マークは自分の心を見つめるような目つきをした。「パッションにふれた瞬間——においをかいで、手で感触をたしかめた瞬間に、彼女のことが欲しくなったからだ。それまでだれに感じたよりも、強烈な気持ちだった」いったん間があった。「最初は顔さえ見えなかった。でも、パッションがこっちを見たとき、地球の回転が止まったような気がした」マークは長いこと黙っていたが、やがてマシューを見た。「僕は去ろうとした。一度は去った。ただ、そのまま離れることができなかった」頭をふった。「パッションを手に入れないではいられなかったんだ」

「まさにそういうことだよ」マシューはナプキンを机に放って立ちあがった。「じゃあ、僕は失礼する」

ドアまであと少しというところで、兄の声に呼び止められた。「マット、おまえが彼女の愛情を得たがっていることは、わかっている。たぶん、それを手に入れる方法さえ、おまえはもう知っているんだろう。だが、自分からも気持ちを返さないかぎり、彼女の愛をつなぎとめておくことはできないぞ」

愛――。身体がこわばった。その言葉にいまだに心引かれる自分が腹立たしかった。その言葉は、これまでよりももっと強烈に心に訴えてくる。

怒りがわいて、マシューはふり返って兄をじっと見た。「僕はベンチリー家に捨てられたあげくに破滅に追いやられはしたが、ロザリンドと破談になったことは残念でもなんでもない。それどころか、感謝さえしてる――ロザリンドと、あの忌々しい父親にね。ロザリンドに捨てられたおかげで、将来嫌気《ま》が差すであろう結婚から救われたんだ。それに、あの思いやりのない拒絶の態度を目のあたりにしたことで、自分が愛の幻想に溺れて哀れな愚か者になりさがっていたことに気づかされた」あごに力がはいった。「愛だ？　そんなものは僕にはいらない」ペイシェンスの誘惑がどれだけ強くとも！　「愛の話はするな」マシューはふたたびドアのほうを向いた。

「なぜだ？　自分には愛し愛される価値がないと思っているのか？」

マシューはぴたりと動きを止めた。燃えあがる怒りを感じながら、ゆっくりと兄をふり返った。「うるさい」

マークは濃い色の眉をあげた。「なるほど、図星のようだな」

身体がわなわなとふるえだし、かっとして兄をにらみつけた。「価値があるとかないとか、よく言えたな！　どうせ兄さんはすべてを持っているさ――名声もあれば、財産も社会での地位もある。ずっと愛なんか軽蔑していたくせに、いまじゃ溺れそうなほど愛につかってる」マシューは歯を食いしばった。腹をぐさりと刺されたような痛みが襲い、そのあとに気分の悪い苦々しさが残った。「子どものときからそうだ。兄さんはわが家の善良で高潔なほうの親から愛情をそそがれていた。気づいてるかい、マーク？　価値あるものを手にするのは、いつもきまって兄さんのほうだった」

マークは眉間に深いしわを寄せて立ちあがった。「人の価値は、名声や財産で測るもんじゃない。その人物の人となりできまるんだ――誠実さ、礼儀正しさ、気高さ、それに他人を愛する心。おまえがそれを教えてくれた――おまえとパッションが」

マシューは手をにぎりしめた。「ああ、そうだ。自分に名声と財産があるうちは、そういうことも簡単に言えたさ。兄さんはいま簡単に言えるだろう？　まだ名声も財産も手にしているからね」

マークがじっと見つめた。「そのとおりだ。ただし、だからといって、言葉から真実が失われるわけじゃない」一歩前に出た。「おまえには幸せになってほしいんだ、マット。もしペイシェンスが自分にふさわしい相手だと思うなら、彼女と結ばれて幸せになってほしい」

それから頭をふった。「だが、愛することを拒むなら、いつか彼女は離れていくぞ」

「もうたくさんだ！」マシューは背を向け、ドアを乱暴に引きあけた。「彼女を支配するのに愛する必要はない。僕は彼女を支配するつもりだ」

ドアが勢いよく閉まり、壁の絵画が揺れた。

「《弟子はその師以上のものではなく、僕《しもべ》はその主人以上のものではない。弟子がその師のようであり、僕がその主人のようであれば、それで十分である》」ペイシェンスは動揺して二十六節にとんだ。「《だから彼らを恐れるな。おおわれたもので、あらわれてこないものはなく、隠れているもので、知られてこないものはない》」聖書を閉じて、姉を見た。

「『マタイ《マシュー》による福音書』」

キャンバスのほうに近づいていくと、パッションが目をあげた。「キリストの使徒といっしょで、わたしたちも理解のない人たちからの軽蔑や迫害を恐れてはいけないわ。わたしたちはひたすら主の命令を受けて、主に従い、主に仕えなくてはならない。そこに救いがあるの――自分たちの救いだけでなく、ほかの人の救いもね」

ペイシェンスは姉を観察した。絵を描くために高い椅子に浅く腰かけ、淡い緑の化粧着の背中にとび色の髪を長くたらしている。とても美しく、安らかに見えた。自分の言葉がペイシェンスの心のあちこちにふれたことは、知る由もないのだろう。

「どうしてこの箇所を今日の聖句に選んだの？」ペイシェンスは質問した。

パッションは絵を描く手を止めなかった。「マシューといっしょに舞踏会から抜けだすのを見たわ」

とたんにペイシェンスの心臓の鼓動が速くなった。マシューと親しくしてはいけないと言われるのだろうか？「そう」

「そして、夜の遅い時間に、あなたの部屋はからっぽだった」

「そう」ペイシェンスはささやくように言った。

パッションがあたたかな薄茶色の瞳でこちらを見た。「彼は立派な人間よ、ペイシェンス。もしマシューがあなたの運命の人だというのなら、わたしはうれしく思うわ。ねえ、チェロを持ってくれないかしら？　ポーズを決めてしまいたいの」

ペイシェンスは紫色の化粧着の下にはいたペチコートを押しつぶして、ひざのあいだにチェロをおいた。不安な思いでパッションの顔を見た。「でも……?」

姉はペイシェンスの目を見つめ、やがて鉛筆をおいた。「わたしはマシューを信頼しているわ。それにあなたのことも。だからこそ、今日のためにあの聖句を選んだの。どうやらあなたたちふたりは、おたがいに対してなにかの意図を持っているようね。その意図がなんであるかは、神のみぞ知る、だわ」

ペイシェンスはつづきを待った。「声に警告するようなひびきを感じるのだけど。いつそれを言うの？」

姉はペイシェンスを見てため息をついた。「わたしはただ、あなたたちが危険な領域にはいろうとしているんじゃないかと、それが心配なの――当のあなたたちさえ、先の予測のできない領域にね」首をふった。「人と人が親密になると、いろいろな変化が起こってくるものよ。それに、あなたがまた傷つくのを見たくないの」

ペイシェンスは目を伏せ、所在なげに弓でチェロの弦をたたいた。アンリのことを知っているのはパッションだけだ。過去の弱さを折りにふれて思いだす必要があると自分では考えていても、姉にそれを思いださせられるのは嫌だった。「あのときとは状況がまったくちがうわ」ペイシェンスは穏やかに言った。「いまは大人の女だし、自分がなにを考えているのか、ちゃんと理解しているから」

「自分がなにを考えているかは、むかしからちゃんと理解していたでしょう。そうじゃなくて、心配なのはあなたの心よ」

ペイシェンスは夢と、夢のなかで感じた心の痛みを思いだして、顔をしかめた。適当に音を鳴らした。「わたしの心はチェロとともにあると知っているくせに」

「ねえ、ペイシェンス、マシューのような男性に身体だけ捧げて心を捧げずにいられると、本気で考えているの？」

身体がこわばった。わたしの心はわたしのものだ。過去にひどい目にあわせてしまったが、救いだして傷を癒やしたのだ。姉の目を見た「わたしが自分の心を自分で管理できないと、本気で思っているの？　とうとう肉体的な楽しみを味わうことにしたからといって、ばかみたいに心まで道連れにしないといけないの？」

パッションは動じなかった。「それはちがうわ。あなたは自分の心を守るために、まわりに高い頑丈な壁を築きあげたでしょう。でも、もしかしたらマシューの力はとても強くて、その壁をこなごなにしてしまうかもしれないわ。その覚悟はあるの?」

ペイシェンスは顔をしかめた。「ちょっと待って。わたしが心のまわりに壁を築いたって、どういうこと?」胸が締めつけられて、チェロのネックをにぎる手に力がはいった。「人とちがう人生を選んだからといって、わたしが心を閉ざしたということにはならないでしょう」

「アンリのことがあって――」

「アンリのことがあったあとだって」ペイシェンスはさえぎった。「恋愛に対して心をひらいたままでいたわ。そのことは知っているはずよ。だって、真剣に考えた相手や縁談が、どれだけあったと思って?」ペイシェンスは首をふった。「自分がまちがったものを追い求めているんだって、目を覚まさなきゃならないときがあるでしょう。恋愛を追い求めるのをやめたら、なんだか気分がさっぱりしたわ。自分のすべてを楽器に捧げることができるし、自分の決断に満足したし、それで幸せだと思った」

「幸せだと思った? いまも幸せなの?」パッションの眉間にうっすらしわが寄った。「あなたはそういうことをまったく話さないから」

「ええ、幸せよ」

「ちがう」パッションは首をふった。「あなたは幸せじゃない」

「じゃあ、なんて言ったらいいの? 幸せじゃないなら、最初からそんな決断はしなかったわ。それに、自分の人生に満足していないのなら、変えていけばいいだけでしょう」

パッションは長いことペイシェンスを見つめていた。「あまり幸せそうに見えなかったから。心から幸せだというふうにはね。このところ、しばらくずっとそうだった。わたしはそれはアンリのせいだと思っているの」

ペイシェンスは姉を見た。「あら、そう」アンリだけのせいじゃない——。急に目に涙がしみてきて、目を伏せてチェロと弓を横においた。胸の奥がずきずき痛んだ——夢のなかとおなじ痛みだ。

こんな話はたくさんだった。さまざまな感情がかきたてられるのが嫌だった。若気の至りを思いださせられるのも嫌だった。スカートの紫色のシルクに目を落とした。「どうしてアンリの話をしなくちゃいけないの？　マシューの話をしているのだと思っていたけど」

「ああ、ペイシェンス、悪かったわ。ごめんなさい」パッションがそばにやってきた。あごの下に手をあてられて、ペイシェンスは姉の目を見ないわけにはいかなかった。「自分で人生を切りひらいて、ひとりでわが道を進むのに慣れているのは知っているわ。あなたが強い人間だということも、自分で決断できることも知っている」頬にふれる姉の親指の腹はやわらかかった。「わたしはただ——あなたを愛しているから——ひとつとして悪いことが起きてほしくないの。お父さんがいつも言っていたでしょう。〝神の法が破られれば——〟「〝世界に苦しみがもたらされる〟」ペイシェンスは父の口癖を締めくくった。パッションの手をにぎって目を伏せた。悲しい気分がしたが、なぜそんな気持ちになるのかもわからなかった。マシューがそばにいてくれればいいのに。彼はどこにいるのだろう。

姉の手の甲の骨をなぞった。「わたしたちのいっときのお遊びが軽率に見えるのはわかるわ。自分でもそう思うくらいだから。でも、なるべくしてこうなったの。それに、たしかにマシューとわたしとのあいだには、なにかがあるわ――避けたり否定したりできない、なにかが」

「つまり、そういうこと？　これはいっときのお遊びなの？」

急にその言葉が的外れに思えた。ペイシェンスはべつの言い方をさがしたが、思いつかなかった。頭に思いうかぶのは、あの欲望をたたえた暗い色の瞳と、強い揺るぎない手――それに、字を彫ったバターとマーマレードのことだけだった。姉を見た。「なんなのかは、わからないわ」首をふった。「でも、わたしたちにどうさせたいの？　答えを見つけるために結婚したらいいの？　わたしは彼を愛していないし、それは向こうもおなじよ。だったら、神聖な結婚を嘘で汚すよりは、姦淫《かんいん》の罪を犯すほうを選びたいわ」

パッションはじっとペイシェンスの顔を見つめ、やがて自分の丸いお腹をなでた。「わたしみたいな姿であなたが家に帰ってきたら、お父さんはわたしを絶対に許してくれないでしょうね」

ペイシェンスは姉のお腹をさわり、ほんの短い一瞬、マシューに処女を捧げればよかったと思った。けれども、そんな自分に気づいて、すぐにその考えを押しやった。「そうはならないように注意するわ」小さく笑いをこぼした。「お姉さんも知ってのとおり、喜びを得るにはいろんな方法があるから」

パッションの笑顔は優しかった。「じゃあ、マシューは喜ばせてくれるのね」

姉の選んだ言葉に、頰が火照った。マシューのことを考えると肌がざわついた――マシューの味、ペイシェンスを二度めの絶頂に導いたときの欲望に燃えた目。身体が熱くなり、ペイシェンスは姉を見あげた。「ものすごく喜ばせてくれるわ」

パッションはペイシェンスの額に落ちた巻き毛をかきあげた。「だったら主の御心《みこころ》のまま、自分の気持ちに従いなさい。まわりがなにを言おうと、揺るがないように」そう言ってペイシェンスを抱き寄せた。

ペイシェンスは姉のふくらんだお腹に頰をのせ、緊張が解けていくとともに息を吐いた。「愛してるわ、ペイシェンス」パッションの優しい声が心をなでる。「なにかあったら、わたしはいつでもここにいるから」

またしても目に涙があふれてきて、ペイシェンスはまぶたを閉じた。姉の腕に抱かれるのは久しぶりだった。かつては双子のようにいつもいっしょだった。けれども、それははるかむかしのことだ。あれは――。

「あなたたち！　どこにいるの？」お馴染みの不協和音のような伯母の声が、次の間から聞こえてきた。

ペイシェンスは驚いて姉から身をはなした。

パッションは微笑んだ。「今朝、到着したのよ――例のごとく、予定より一日早くにね。あなたは計画どおり、二週間したらおばさんと帰るつもりなの？」

ロンドンへいって新たに音楽の指導を受けるようになれば、マシューは遠い人となる。ペイシェンスは胸にわいてくる寂しさを抑えこんだ。「もちろん、いまもそのつもりでいるわ」立ってドアのほうへ急いだ。「マッティおばさん！」

父の姉マティルダ・デアが、両手を前にのばして突進してくる姿を見て、ペイシェンスの顔がほころんだ。レースの帽子がひらめき、丸々とした頰が上下に揺れている。彼女はペイシェンスを抱きしめたが、その歳の婦人にしては意外なほどの力強さに、いつもながら驚かされた。

「まあ、見て！」伯母は声をあげ、ペイシェンスを自分から遠ざけた。「これじゃあ、殿方が先を争うようにして群がってくるわけよ」そう言ってからパッションのほうを見た。「そうでしょう、パッション。みんな、この子を放っておかないんじゃない？」

パッションは伯母のために紅茶をつぎながら、悲しげに笑った。「ええ、残念ながらそのとおりよ」ペイシェンスのほうを向いた。「舞踏会では、大勢の殿方にあなたのことを聞かれたわよ。なかでもモントローズ卿は、あなたにメロメロといった感じね」

マッティおばさんは目を輝かせて笑い、部屋を歩きながらペイシェンスの腕をたたいた。

「ほら！」

「もちろんみなさんに言っておいたわ」パッションがつづけた。「妹は独身を貫く気でいますから、どうか無意味な求婚はなさらないでくださいって」

伯母は手を胸にあてて息を吞んだ。「まさか、嘘でしょう？」

ペイシェンスは姉と楽しげに笑みを交わした。「どうして言っちゃいけないの、マッティおばさん。だって、本当のことじゃない」

「こら！」伯母はティーテーブルの横の椅子に腰をおろした。「やめてちょうだい、ペイシェンス。あたしは着いたばかりなんですよ。そんな早々に人を困らせるもんじゃないわ」

ペイシェンスは笑いをこらえて伯母の額にキスをした。

「甘えて取り入ろうとしても無駄ですからね」マッティおばさんは力強くお茶をかきまぜ、ペイシェンスとパッションもそれぞれの椅子に腰をおろした。「言ってあげなさい、パッション。だれかがはっきり言わないとだめなのよ。いいわ、あたしが言うわ」かきまわす手を止めて、ペイシェンスの顔を見た。「ペイシェンス、あなたはもうだいぶ婚期を逃しているじゃないの」

「そうかしら？」ペイシェンスは紅茶に口をつけた。

「そうですよ。早いとこ、どうにかしないことには、いずれ――いずれあなたは腐った桃になるわ」

ペイシェンスは紅茶を喉につまらせ、パッションは口を押さえて笑った。

マッティおばさんは椅子の背にもたれた。「笑いごとじゃないでしょう。あなた、腐った桃になりたいの？」

ペイシェンスは息を吸って笑いをこらえた。「そうは思わないけど、でも……ねえ、おばさんだって一度も結婚しなかったでしょう。だけど腐った桃のようには見えないわ」

パッションは伯母に目を転じて、手で押さえた下から笑いをもらした。

伯母は目を細くした。「ペイシェンス、話をそらそうとするんじゃありません。もちろんあたしは腐った桃じゃないわ」指を左右にふった。「でもそれは、最初から桃じゃなかったからよ。一方、あなたは、足の先から頭のてっぺんまで桃だわ」さあどうだ、と言わんばかりにうなずいて、紅茶をすすった。

ペイシェンスは困ったような目でパッションを見たが、姉は眉をあげて首をふっただけだった。

「それにね」マッティおばさんがティーカップをおろしてつづけた。「あなたにはこの偉大な国のために子どもを産む義務があるんですから」

「そうなの？」

マッティおばさんは、この子はなにを言っているの、と言いたげな目でパッションを見たあと、ふたたびペイシェンスに向きなおった。「もちろんですよ、ペイシェンス。あなたは女王陛下とこの国に対して、その美しさをつぎの世代に伝える義務を負っているんです。英国人の目鼻立ちを組みあわせた、まれに見る完璧な顔を、そのまま無駄に捨ててしまっていいの？　考えるだけでぞっとするわ。いいえ、これは反逆罪よ！」

ペイシェンスは頬杖をついて伯母を見つめた。どう言い返したらいいのか、まったく思いつかなかった。少しの沈黙が過ぎた。「それで」――ペイシェンスは眉をあげた――「ロンドンからの旅はどうだった？」

「ああ！」伯母は両手を打ち鳴らした。「列車の設備は、それはもうすばらしかった。ミスター・ホークモア本人にも、そう伝えておいたわ」

ペイシェンスの背筋がわずかにのびた。「ミスター・ホークモア？」

「そうなのよ、あなた。駅からここまでごいっしょしたの。まったく偶然なことに、使いの青年に手紙を託すのに駅にいらしてたの。よければ自分の馬車にどうぞって言ってくださって、おかげであたしは荷物からもメイドからも解放されたわけ。ほら、フラニーはあのとおりのだんまり屋でしょう。あれには疲れてしょうがないのよ」

「ええ、フラニーのだんまりには、だれだって神経が参るわ」パッションは微笑んで言った。

マッティおばさんはうなずいた。「まったくよ。でも、ミスター・ホークモアとはとても楽しい時間をすごせたわ」うっとりしたような顔で笑った。「いい方ね、気に入ったわ。お父上が本当のお父上じゃなくて、なんてお気の毒なこと」首をふったあと、小さく肩をすくめた。「まあ、あたしたちはそんなことは気にしないわよね？」

「まったく気にしないわ」パッションが同意した。

「そうそう」伯母はつづけた。「スウィットリ姉妹が言うには、あの人はこの国で一、二を争う大金持ちなんですって。あたしたちはそのことも気にしないわよね？」

「するもんですか」ペイシェンスは意地悪して言った。「わたしたち全員、いっさい気にしません」

伯母はペイシェンスを冷たい目でじろりとにらみ、すぐにまたうっとりした表情をうかべた。「なんてハンサムで魅力的なのかしら。それに、とにかく聞き上手で。ええ、そうなのよ」胡瓜のサンドイッチにかじりついた。「あんな楽しい移動のお仲間は、めったにいないわ。あたしたちはしゃべりにしゃべって」視線が一瞬ペイシェンスのほうに流れた。「そしてまたしゃべったわ」

ペイシェンスは紅茶をごくりと飲みこんだ。まさかわたしのことをぺらぺらと？「それで、ミスター・ホークモアとはどんな話をしたの？」

伯母は灰色の目でペイシェンスを見あげた。「どんなって、あなたのことにきまってるでしょう」

やっぱり――ペイシェンスは心のなかでため息をついた。「わたしのなにを話したの？」

マッティおばさんは輝くばかりの笑顔を見せた。「あなたの宣伝をしておいたわ。あなたがどんなに美人かっていうお話もしたし、スコーンを焼くのが上手だってことも、それとなく言っておいたから。とても美しい文字を書くってこともね。そうそう、これまでもずいぶんたくさんの結婚の申し込みを断ってきたけれど、姉が伯爵夫人になったいまでは、もっといいお話がわんさか来るにちがいないっていうことも、さりげなく伝えました」

頬が燃えるように熱くなった。「それだけでしょうね」

「いいえ、まだあるわ。もし妻をおさがしなら、まだチャンスがあるうちにすぐにも求婚したほうがいいとお勧めしておいたわ」

ペイシェンスはうめいて両手で顔をおおった。

「安心なさいな」——伯母はペイシェンスの腕をたたいた——「腐った桃の話はひとこともしなかったから」

7　訓練

わたしはわが愛する人のもの、彼はわたしを恋い慕《した》う。

雅歌七：一〇

ペイシェンスは化粧着をはおると、部屋に付属している浴室から急いで外に出た。暖炉の前に黒っぽい人影があるのに気づき、はっとして化粧着の前をかき寄せた。マシュー！彼はくつろいだ姿勢で脚をひろげてすわり、片方のひじ掛けに寄りかかって頬杖をついていた。反対の手にはブランデーのグラスがある。美しい濃い色の瞳がペイシェンスをとらえた。その目には愛《め》でるような色がうかんでいた——それに、欲望が。

胸がどきりとして、鼓動が走りだした。

「メイドをさがらせろ」マシューが静かだが厳しい声で言った。

肌が火照った。「でも、着替えの手伝いを……」彼の顔が険しくなって、ペイシェンスの声が消え入った。

「メイドをさがらせるんだ」彼は一音一音をはっきり発音して、命令をゆっくりくり返した。

寒くもないのに身体がふるえた。急いで戸口のところにいって扉を半分だけあけ、メイドをさがらせた。若いメイドがお辞儀をして去っていくのを見とどけ、ペイシェンスは扉を閉めて鍵をかけた。マシューのほうをふり返った。ドアに背中をつけると、彼の暗く美しい瞳と真正面から目が合って、肌がざわついた。

「どうやってはいったの？」ペイシェンスはたずねた。「ドアには鍵がかかっていたのに」

マシューは椅子の横の小さなテーブルにブランデーをおいた。「僕がいては迷惑か？」

「いいえ」それどころか、朝からずっと彼が来るのを待っていた。

「このすぐうしろに隠し扉があるんだ。そこから、僕の部屋の前にかかっているタペストリーの裏に抜けられるようになっている。扉を使ってほしくないなら、暖炉の彫刻のキューピッドを押せば鍵がかかる」マシューはひと呼吸おいてつづけた。「鍵をかけておきたいかい？」

わたしが？　なんのために？　こんなにも彼を求めているのに。「いいえ、わたしが鍵をかけることはないと思うわ」

マシューは手を下にさげて、ズボンのなかの位置をなおした。「こっちへおいで、ペイシェンス」

興奮で息がはずみ、ペイシェンスはほんの一瞬ためらっただけで、すぐにそちらへ歩いていった。

「もっとそばにだ」

ペイシェンスはすでに彼の前にいた。さらに一歩、二歩と前に出て、彼のひろげた脚のあいだにはいったところで、また足を止めた。大胆な気持ちになってマシューを上から見おろした。暖炉の火に照らされて、髪にまじる金髪の筋が光っている。

「化粧着を脱いで、両腕を脇につけろ」マシューが命じた。

ああ、神さま。脚の奥は欲望で脈打っているというのに、勇気がたちまち逃げていった。なぜ、こんな簡単な指示が難しく感じられるのだろう？　昨日の経験があれば、たやすいはずなのに。でも、ちがった。しかも、マシューは助け舟を出そうともしてくれない。

どうにか腕を動かして、クリーム色のベルベットをゆっくり肩からすべらせた。やわらかな音とともに布が足もとに落ちる。ペイシェンスは歯を食いしばり、嫌がる両手をわきにさげて、太ももにつけた。

マシューを見おろすと、呼吸で上下する自分の乳房が目に入った。彼は鼻腔をひろげて、ペイシェンスの裸体に目を這わせている。熱い視線を受けて胸の先が硬くなり、脚の奥がふるえた。

マシューは指を舌で舐めると、前のめりになって、その指をペイシェンスの脚のあいだにすべりこませた。力強くこすられ、甘い息がもれて身がふるえた。彼の指が襞の奥にまで侵入して、肌が熱く濡れるのが自分でもわかる。やがて、手はふたたび前にもどって、ぬるついた指で見る間に大きくなった蕾をもてあそんだ。

ペイシェンスは呼吸を乱してあえいだ。ずっとこれを待っていた――マシューを待っていた。彼のたくましい肩に手でつかまって、身体を支える。マシューの指が強く円を描くように動いている。血が身体じゅうをめぐった。こちらを見あげる瞳にうかんだ暗い残忍な表情を見て、ペイシェンスは興奮でぞくぞくした。指使いがどんどん速くなる。身体がこわばって脚がふるえた。ああ、もうだめ！　マシューの目が細められた。腰ががくんと揺れる。あと、少し！

そのとき、マシューが手を取り去った。

ペイシェンスは息を呑んで泣き声を押し殺した。腕をつかまれて身体の横に固定されてはじめて、自分の手がいつの間にか脚のあいだに来ていたことに気づいた。じらされた芯がしつこくわなないて脈打ち、ふいに涙でぼやけてきた目で、ペイシェンスはマシューを見おろした。

なぜ怒りがわいてこないのだろう？　身体は満たされたくて必死の声をあげているというのに、マシューを見ていると慕わしい気持ちしか感じない——ペイシェンスの悦びを阻止している張本人だというのに。

ちがう。彼は悦びを阻止しているのではない——悦びが高みにまで昇りつめるのを阻止しているのだ。

マシューは穏やかな目をして立ちあがった。ベチバーの香りがただよってくる。そちらに身体を寄せようとすると、またしても手を持って横に押さえつけられた。ペイシェンスは我慢できずに彼のふくらみに腰を押しあて、ふるえる唇を口へ近づけた。きっと解き放ってくれる——きっと。

そっとキスをしながらマシューは左右の手首をまとめてつかみ、うしろにまわして腰に押しつけた。ペイシェンスは彼に身体をあずけた。優しいキスは炎をかえってあおった。もっと激しくキスして。ペイシェンスは呼吸を荒くし、太く力強いふくらみに腰をさらにこすりつけた。

マシューがわずかに口をはなした。「いいかい」彼はささやいた。「今度僕がメイドをさがらせろと言ったら——次になにかを命じたら——ただちに従うこと」

ええ、もちろんよ。彼の唇にそっとふれられて、ペイシェンスは息をもらした。

「はい、マシュー、だ」彼は手をはなしてうながした。「はい、マシューと言うんだ」

ペイシェンスは彼の首に腕をまわしてつま先だった。「はい、マシュー」唇に唇をつけて言った。

強く抱きしめられ、舌があいた口のなかに侵入してくる。ペイシェンスは身体を押しつけてマシューに強くしがみついた。手がお尻のほうにおりていって、ぎゅっとつかんだ。それから、彼は舌でペイシェンスの歯をなぞり、腰を回転させながら自分のものを押しあてた。ペイシェンスは興奮の吐息をもらして身体を上に持ちあげた——彼の身体をよじのぼるようにして、腰に脚を巻きつけていた。

マシューのふるえを感じる。やがて、あたたかな手が太ももの裏の丸みにふれた。けれども、そろそろ彼も抑えが利かなくなってきたにちがいないと思ったそのとき、マシューは手をどけて身を引き、ペイシェンスを自分からはなした。

目は欲望でくすぶっていたが、顔のそれ以外の表情は、みるみるうちに冷静で落ち着いたものに変わっていった。呼吸もゆっくりになり、一度大きく息を吐きだすと、目にある激しささえ弱まった。やがて、マシューは抑制の利いた穏やかな顔でペイシェンスを見た。「さあ、おいで」なにごともなかったかのように言った。「晩餐のための着替えの時間だ」ペイシェンスは驚きに言葉を失い、彼を見つめた。けれどもマシューはなにも言わずにペイシェンスの横に来て腰に手をあて、鏡台のほうへうながした。

一歩踏みだすごとに脚の奥がふるえた。つらいけれど……でも心地よかった。マシューに目をやる。さっきよりもさらに力の抜けた表情をしていて、ペイシェンスはその自制心に感心した。

鏡台の前まで来ると、マシューはお尻をひとなでしてからペイシェンスを自分に向かせた。真正面から目を見ると、まだ情熱の火がくすぶっていて、ただ感情を抑えこんでいるだけなのがわかる。マシューは低いしっかりした声で言った。「いいかい、手はずっと身体の横につけておくように。従わないなら、また罰をあたえないといけない」

胸の鼓動が速くなった。自分にふれて、彼がどうするのか試そうかとも思った。けれども、ただでさえ脚のあいだが苦しいほどうずいているので、その考えは捨てた。それに、従ったらどうなるかにも興味があった。「はい、マシュー」

マシューはよしというようにうなずいた。

それから、着替えを準備してならべてあったベッドの前へ移動した。彼がそれらを吟味しているあいだ、ペイシェンスは彼の圧倒的なふくらみをうっとりとながめた。ズボンの布を内側から大きく押しあげているのに、本人はさしあたりはそれを無視しているようだ。ペイシェンスの腫れた芯のように、やはりつらいのだろうか。なめらかな先端を口にふくんだときの感触がよみがえってきて、生唾を呑みこんだ。もう一度手でふれて、味わいたい。

彼はシルクのストッキングとガーターを手に取った。横顔を見ていると、胸が締めつけられて下腹部が熱くなった。なんてハンサムなのだろう——優しいときには美しく、欲望に燃えているときには荒々しい顔つきになる。そしてどんなときにも、瞳には底知れない激しさがあって、その眼差しでペイシェンスの考えや欲望のすべてを見透かそうとしているようだった。

マシューはガーターとストッキングの片方を肩にのせ、もう片方のストッキングを指で手繰《たぐ》りながらこちらへもどってきた。「すわって」優しく言って、前にひざをついた。

一瞬、戸惑った。ペイシェンスは日ごろからたいていのことは自分でやる。メイドに対してさえ、ひもを絞ってもらったり、部屋を片付けてもらったりするときくらいしか、用事をたのまなかった。

とはいえ、マシューを拒否することはできない。ペイシェンスは鏡台のスツールに腰かけ、片足を持ちあげた。彼は慣れた手つきでストッキングをはかせ、最後に両手でしわをのばした。

もう片方のストッキングを手に取る彼を見て、ペイシェンスは眉をひそめた。これまでに何度、女性の足もとにひざまずいて、着替えを手伝ったのだろう？　ロザリンドにもそうしたのだろうか？

小さな嫉妬心が背筋をつたった。べつにかまわない。ペイシェンスが気にすることではな。けれども、どうしても気になった。

「マシュー」

「なんだ？」彼はつま先にストッキングを通した。

「これまでに何度……？　その、どのくらい……？」どう言葉にしていいのかわからない。

マシューは目をあげたが、その眼差しは穏やかだった。

自分の頬が赤くなるのがわかった。「聞きたかったのは、これまでに何人の女性に――」

「どうでもいいことだ」マシューが優しくさえぎった。「過去の女たちはみんな、きみのための予行演習だった――きみという別格の存在のために必要な準備だったんだ」美しい瞳がペイシェンスをとらえた。「僕はこれまでのだれよりもきみを大切に思っている。そのことを疑うな、ペイシェンス」ふくらはぎをぽんとたたいた。「さあ、立って」

ペイシェンスは一瞬彼を見おろし、やがて、力のはいらない脚でゆっくり立った。マシューは思いがけないときに驚くべき言葉を投げかける天才だ。胃がきゅんとなった。ふだんはお世辞を言われてもうれしくないが、いまの言葉はべつだった。これほど自然にこんなことを言われて、穏やかな、なんともいえない気持ちが胸にわいてくる。誇らしさと、それに――もしかしたら、幸福感？

ガーターを留められながら、マシューの髪に片手をさっと差し入れた。耳のカーブを指でなぞると、彼は一瞬目を閉じ、それからペイシェンスの手のひらに唇をあてて、立ちあがった。

ふたたびそっと手を両脇にもどされた。ああ、マシューにふれたい——マシューのあらゆる場所に。前に立つ彼の視線が、ペイシェンスの顔をさぐり、それから胸に落ちた。呼吸が乱れて胸の先がとがるのを感じる。ペイシェンスは無意識に背中をそらして胸を張った。その直後に自分のしたことに気づき、恥ずかしさで顔から火が出た。それでも、ふれてほしい気持ちがあまりに強くて、恥じらいながらもその姿勢を保った。

マシューの目が細まり、口もとには小さな笑みがうかんだ。「ああ、いいね。まさにそういう反応を、僕はきみに望んでいるんだよ、ペイシェンス」指の裏側で硬くなった乳首をそっとなでたあと、先端を強くつねってペイシェンスからあえぎを引きだした。「いつでもこんなふうに自分の欲望を示していいぞ。僕の気に入れば、それに応えてやろう」

乳首を指のあいだで転がされて、唇を嚙んだ。とても気持ちがよく、もっとやってほしくてよりいっそう胸を張りだした。と、そのとき、ペイシェンスは息を吞んだ。マシューが右の乳首を軽く三回たたき、つづけて左を三回たたいたのだ。快感と痛みの入り混じった刺激が身体をめぐって、湿り気があふれた。けれども、マシューはすぐに背を向け、ペイシェンスはがっかりしてため息をもらした。

彼はベッドのほうへ歩きながら言った。「どんなときも、僕が要求するどんな快楽に対しても、いまのように反応することを今後は学んでもらいたい」パンタレットを手に取った。

「それから、こいつは禁止だ。あそこと尻を、僕がいつでもふれられるように」マシューは下着をわきに放り、シュミーズとコルセットを手に取った。「僕だけをいつでも性的に受け入れられる状態でいるのを学ぶんだ」マシューはもどってきてスツールに服をおき、ペイシェンスに強い視線を向けた。「それには訓練と監視が必要だ。でも心配することはない。僕がしっかりつきあうから」

どうしてそう言われて興奮と慰めを感じるのか、不思議だった。「なぜそれを学ばないといけないの？」

マシューの目がゆっくりとペイシェンスの顔をさぐった。「僕が喜ぶからだ」指でペイシェンスの長い巻き毛をいじった。「だが、おなじくらい重要なのは、それがきみの喜びにもつながるという事実だよ。きみの幸せと満足のために必要なんだ、ペイシェンス。きみの心には、服従し、支配されたいという強い欲求がある。心の一部は、物事があまりにすんなりいったり、自分の思いのままに運んだりすることに、物足りなさを感じている。心の一部は、自分よりももっと強い肩にもたれたいと願っている」

胸が締めつけられて、ふいに涙がこみあげた。「そうね」ペイシェンスはささやいた。

マシューが穏やかな目でまっすぐに見つめた。「いいかい、ペイシェンス、きみが求めている喜びは、ふつうの人には手に入れることはおろか、理解すらできない種類のものなんだ。その喜びは、徹底的にきみの満足に加担してくれる相手に完全に身をゆだねて、服従することによってしか得られない」手で頬にふれ、目でペイシェンスの表情をさぐっている。「最大の満足は、苦労してこそ手に入れられる。きみは労なくして得られるものに、ありがたみを感じないだろう。だから、服従の苦しみをすばらしいと感じるのは僕だけじゃない。きみもいっしょなんだよ」暗い目つきに変わった。「たっぷり苦しませてやるから、覚悟するんだ——きみは苦しみ、身もだえし、涙を流し、床にひざまずいて、解放を請うたり、やめてくれと懇願したりするだろう。きみに快楽と罰をあたえる僕にとっては、その姿を見るのが最大の喜びになる。なぜなら、その苦悶はきみにとっても喜びだと知っているからだ」

身体がふるえて、目から涙がこぼれた。この涙は……喜びの涙？　ペイシェンスは目もとをぬぐったが、そのとき、考えが吹き飛んだ。マシューが脚のあいだに手を差し入れて、ふくらんだ芯をなでたのだ。腰が持ちあがり、三回なぞられただけで、ペイシェンスはマシューに身体をくっつけて、くねらせていた。

「ほら」彼が顔のそばで言う。「学ぶためのひとつの方法が、刺激だ——日常的な、的確な刺激」

マシューの愛撫がもたらす強い快感に、ペイシェンスは吐息をもらして目を固くつむった。けれどもマシューはすぐに愛撫をやめ、目の横の涙の筋にキスをした。「頂点に達することのない刺激だ」

ペイシェンスは勢いよく息を吐き、その瞬間、またはっと息を吸った。硬くなった乳首を強くつねられ、軽くたたかれて、身体じゅうにふるえが走った。脚の力が抜け、まるで全身の血が、胸と脚の奥で脈打つ心臓に集まってしまったかのようだった。そして、ペイシェンスの反応の一部始終を、マシューはじっと観察していた。

彼はやわらかな笑みをうかべて、シュミーズを取って頭からかぶらせた。「はじめのうちは、なんてひどいことをするのだろうと思うかもしれない――ただし、形だけではない本当の服従の域に達するには、そうでないといけないんだ」

胸の腫れた先をバチスト布がこすって、身体に痙攣が走った。ペイシェンスはマシューの言葉に魅せられ、喜びを感じていた。わたしはどんなことにおいても完璧をめざす人間だ。今度のことにしたって、なにも変わりはないはず。

マシューは胸の下でリボンを結んだ。「きみには並大抵ではない服従を求めたい。だから、きみの達成度があがれば、こっちの要求もさらにあがる」

望むところよ！

「できれば最初から強い刺激に慣れておいたほうがいい」

薄布の上から乳首を強くなぞられて、ペイシェンスは歯を食いしばった。胸を突きだすと、マシューは乳房をつかみ、話をつづけながらとがった乳首を押して引っぱった。「ああ、ペイシェンス。色っぽく苦しむきみは、見ていて美しいよ。僕はとても満足だ。甘い試練と褒美をあたえるのが、早くも楽しみでしかたない」

肌がざわつき、頭がくらくらした。これまでよりももっと強烈な喜びが待っているのだろうか。いますぐに試練とご褒美をあたえてほしい。いま、すぐに！

彼は最後にもう一度ふくらんだ先端を強くつまんで、とうとう手をはなした。自分のとがった胸の先を見おろした。乳房が張りつめ、脚のあいだが充血したようにうずいている。ペイシェンスは快感の高みをただよっていた。崖の上を危なっかしく歩いているようなものだった——恐ろしいけれども、同時に最高の気分だ。

マシューはコルセットを取った。「両手をあげて、僕の美しい人」

その呼びかけの言葉に、喜びにつつまれながら、言われたとおりに手をあげた。

マシューはコルセットを腰に巻きつけ、前面のフックをひとつひとつ留めていった。そのあいだにも、ペイシェンスは彼のふくらみに目を落とさずにはいられなかった。いまではちきれそうなほどズボンを大きく押しあげている。見ているだけで唾がわいて、脚の奥が濡れた。あの太く張りつめたものを舌に感じることができたら。その想像に、脚の奥に興奮が走った。

「ベッドの支柱の前にいって」マシューが優しく命じた。

ペイシェンスは足を踏みだすたびに感じる甘い快感に酔いしれた。あふれでた露が太ももを濡らすのがわかる。脚を少しひらいて立ち、ベッドの支柱につかまると、彼の手がひもをつかんだのがわかった。数回うしろから強く引っぱられ、胴に巻いたコルセットが心地よく締まった。

彼がそばに寄り、身体の発する熱とふくらんだ先端を、背中に感じた。「これくらいでいいかい？」耳もとでささやいた。息がかかり、肌がぞくっとした。

「いいわ」

マシューがシュミーズの上からお尻をなでて、強くもんだ。ペイシェンスは頬をベッドの支柱につけ、力強い手の心地よさに、思わず背中をのけぞらせた。

けれども、またしてもマシューはすぐにやめて、コルセットカバーを取りにいった。

ペイシェンスは気だるいため息をもらした。お尻はひりつき、胸は熱くふくらみ、脚の奥はうずいて、芯はずっと脈打ちつづけている。

「おいで、ペイシェンス」マシューが低い声で言った。

彼のところへいって、繊細な刺繡《ししゅう》をほどこした服に手をとおした。マシューは前をすべて閉じる前に、身をかがめてペイシェンスの口の端にキスをし、コルセットの上の端からすばやく指を内側にすべりこませた。唇をついばまれ、腫れた乳首をつままれながら、ペイシェンスは甘い声をあげ、キスに応えた。

彼の股間に腰を押しあてると、真ん中が鉄のようにかちかちになっていたが、やはり今度もマシューはすばやく身を引いた。ペイシェンスは身体をふるわせた。彼がコルセットカバーの前を閉じるあいだも、そそり立つ大きなふくらみに、つい、何度も目がいった。せめて、手でふれたい。けれども、彼女がどこを見ているか十分に気づいているはずなのに、マシューはなんの反応も示さなかった。

ふたりはふたたび鏡台にもどった。「すわって」マシューがささやいた。

言われたとおりにすると、充血した秘部が座面のクッションにあたって、その甘い感覚にペイシェンスはかすかに眉を寄せた。マシューがブラシを取り、奔放な巻き毛をしっかりした手つきで梳《と》かしはじめたときには、少し驚いた。その作業に没頭しているようだったので、その隙に顔の優しい曲線と鋭角なラインを、鏡ごしに観察することにした。

額はなめらかだった。鼻はほぼまっすぐだが、鼻筋に彫ったようなくぼみがあって、なぜだかそのせいでかえって完璧に見えた。キスを誘う大きな色っぽい口。あごは四角くがっちりしていて、支配しているのは自分だといっているように見える。それから、ペイシェンスの心の奥底を見つめるような、長いまつげにおおわれた表情豊かな瞳。

「あなたは天使を見本にして造られたのね」自分が声に出して言っているとは気づかなかったが、マシューのまつげがあがり、ペイシェンスは鏡ごしに彼の暗い瞳をのぞきこんでいた。目になにかの表情があらわれた。「僕は天使なんかじゃない」

ペイシェンスはあの夢のことを思った。「わたしにとっては、きっとそうよ」

マシューは櫛を手に取り、しばらくながめたあとで、顔の両側の髪をうしろに梳かしつけてそこに挿した。鏡ごしに目と目が合った。「きみこそ天使だと、おばさんが言っていたよ」

肩におかれたマシューの長い指が鎖骨をなぞった。「僕もその意見を信じかけている」

自分の白い肌にのっている彼の日焼けした手をうっとりとながめながら、マッティおばさんがペイシェンスを褒めちぎるようすを想像して、顔がほころんだ。「伯母の言うことをすべてを鵜呑《うの》みにしてはだめよ。なんでも大げさに話す人だから」

マシューは長々とペイシェンスを見つめた。それからさらに一歩近づいて、うしろから腰を密着させ、胸のふくらみを手でなでた。「じゃあ、クローケーが世界一上手だというのも嘘なのか？」

マシューにもたれると、大きな手で乳房をわしづかみにされて、興奮が走った。「それは本当のことかもしれないわ」吐息まじりに言った。

マシューが首をのばして、耳たぶにキスをする。湿った口とあたたかな息がふれて、肌が粟立《あわだ》った。手が下のほうにおりていって、太もものあいだに割りこもうとする。すぐに脚をひらくと、シュミーズの上から指でこすられて、身体が揺れだした。ペイシェンスはあえいで、うしろのマシューに身体をあずけた。火のついた場所から強烈な興奮がひろがって、腰がういた。

「きみのクリトリスはものすごく大きくなっている」マシューはささやいた。「自分で見てごらん、ペイシェンス。どれだけふくらんでいるか」

ペイシェンスは自分を見おろした。マシューがシュミーズの薄布を押しつけたので、その布ごしにとがった先が大きくふくらんでいるのが見えた。指をそっと押しあてられて、身体ががくんと揺れた――最初はうしろへ、そして前へ。

「なんてかわいらしいんだ」マシューが耳もとで言う。反対の手がコルセットの上部からなかに忍びこんだ。「いつもこうなっていてほしい――大きくふくらんで、はじけそうなのがいい」

優しい愛撫がつづいて、ペイシェンスは甘くあえいで腰を小刻みに揺らした。そのとき、彼の指が乳首を強くつねり、ペイシェンスはうめき声をこらえた。彼はとがった胸の先を強く激しく転がしてもてあそび、同時に、割れ目の芯をそっといじっている。

刺すような胸の刺激がうずく秘所に一直線に伝わり、頭がくらくらしはじめた。ふたつはつながっているのだ——片方が感じれば、一瞬にして血がめぐって、もう一方にもそれが伝わる。

「これだ——この昂ぶった準備万端な状態をつねに保つことを学ぶんだ、ペイシェンス」マシューはほかのいっさいの考えを封じるように、耳に直接語りかけた。「僕がそれに手を貸そう。きみは今後ふつうに日々をすごし、通常どおりのことをなんでもやる——ただし、あそこを腫らして僕を待っている状態でね」

ええ！　もちろんよ！　マシューが乳首を強く責め、止まらないふるえが彼女の身体をおそった。ペイシェンスはいつの間にか両脚を持ちあげていたが、脚をもっと自分に引き寄せて、鏡を見た。はっと息を呑んだ。マシューが暗く美しい悪魔のように自分をつつみこんでいる。鏡ごしに見ていると、舌が口から出てペイシェンスの耳の外側にふれた。ふいに、背中ではためく大きな金色の翼が目にうかんだ——悪魔じゃない、天使だ。わたしの天使。目を閉じて、耳もとでささやく彼の言葉に聞き入った。

「今夜夕食を食べているときも、胸の先がじんじんして、あそこがうずくだろう。そして、他人と会話を交わしているあいだにも、肉体の飢えを意識するはずだ。きみはそれをうれしく思う。なぜなら、それこそが自分のあるべき状態だと知っているからだ。なぜなら、そうすることで僕が喜ぶと知っているからだ。そうだろう？」

「ええ、マシュー」ペイシェンスはあえいだ。

マシューは唇を首筋に押しあて、彼女が椅子から落ちないように腕を押さえながら、ゆっくりと身を引いた。彼はクリノリンとドレスを取りにいき、ペイシェンスはふるえをこらえて鏡台の端をつかんだ。

もどってきたとき、彼のズボンに濡れた小さな染みがあるのに気づいた。光沢のあるグレーの布地の、彼の先端があたっている場所が、黒っぽくなっている。それを見て、口に唾があふれた。きっと、もう一度、口で味わわせてくれるにちがいない。

「おいで」マシューがきっぱりと言った。

ペイシェンスはどうにか椅子から立った。脚がぞくぞくし、部屋を横切るあいだも、太ものの奥の熱く腫れた感触が意識され、口から声がもれそうになった。

マシューはクリノリンをペイシェンスの頭から手早くかぶせ、ウエストのところで留めた。それからドレスを着せ、おなじように手際よく複雑な留め具を閉じていった。つぎに靴、そして宝飾品——繊細なカットスティールのビーズのアクセサリー一式——がつづいた。マシューは少しのあいだそれをながめてから、ひとつひとつをつけ、すべてがすむと唇にそっとキスをした。「じゃあ、ディナーの席で」

離れていこうとする彼を見て、ペイシェンスは目を丸くした。精力的なふくらみに視線をやった。「でも——あなたはそれでいいの?」

マシューは足を止めた。「なにが?」

「その」――濡れたズボンに目を落として、唇を舐めた――「わたしが手伝ったほうがいいんじゃなくて？」

マシューは腕を組んだ。「だめだ。口でさせたら、きみは絶頂に達してしまう。それは僕の目的には望ましくない」

ペイシェンスは首をふった。「達しないわ、約束します」どうしても彼を味わいたい。むかしから憧れていた欲望を満たすには、一度ではとうてい足りなかった。

彼の目が厳しくなったように見えた。「これは交渉ごとじゃないんだ、ペイシェンス。僕がだめと言ったらだめだ」

ペイシェンスは唇を噛んだ。彼は明らかに求めているのに、どうしてこれほどきっちり自分を抑えられるのだろう。濡れて熱くうずいているペイシェンスは、生殖の神《プリアポス》にでもなったようだというのに。

マシューが近寄って、ペイシェンスの頬をなでた。「きみは女神だ。僕のペルセフォネ」彼はささやいた。「だれよりも美しくて、瞳にうかぶ淫らな炎が、きみをいっそうすてきに見せる。僕の目をとおして自分の姿を見ることができたら……」彼は頭をふって、やがて顔をゆがめた。「今夜、男たちがしつこく言い寄ってくるだろうが、だれにも指一本ふれさせるんじゃないぞ。きみは僕のものだ」

独占欲をあらわにされて、ペイシェンスはプライドがふくらむのを感じた。もちろん、だれにもふれさせない。今後わたしにふれるのは、マシューだけだ。

けれども、そのことは言わなかった。
ただひとことだけ、「はい、マシュー」と言った。

8　高貴な人々

皆、つるぎをとり、戦いをよくし……

雅歌三：八

「頭痛が治って本当によかったですね、ミス・デア。ゆうべは、ダンスをごいっしょできなくて、とても残念でしたよ。会場にいた男性の少なくとも半分は、きっと僕とおなじ思いだったでしょうね」

ペイシェンスはエメラルド色のシルクのスカートを持ちあげて、ファーンズビー卿とならんで階段をおりた。招待客らは晩餐のために徐々に一階に移動しはじめている。けれども、一歩おりるごとに充血した秘部に甘い余韻が伝わって、ペイシェンスはまわりの人がほとんど目にはいらなかった。「がっかりさせてしまって、ごめんなさい」

マシューの広い肩と金髪のまじる頭をこっそり目でさがした。会いたかった――彼の目をのぞきこみ、暗い独占欲をにじませた眼差しにふれたかった。

「もちろん、あなたは悪くありませんよ」ファーンズビーは薄くなりかけた髪をかきあげた。「ああ、あそこにアシャーがいる。言いましたっけ。アシャーとは、いとこ同士なんです」

「あら、はじめてうかがいました」

アシャー卿は階段の下でべつの紳士と話をしていた。でも、マシューはどこ？　晩餐の席には来るのだろうか？　演奏を聴きにきてくれるのだろうか？

「おい、アシャー！」ファーンズビーは人々の喧騒に負けないように、大声で呼びかけた。「幸運にもだれをつかまえたと思う？　デア嬢だ」

ファーンズビーの大声は、まわりにいた全員の注意を引いたようだった。いっせいにみなの目がペイシェンスに集まり、視線がとどまった。男たちが群れをなして押し寄せてくるような錯覚さえする。一瞬ひるんだが、ペイシェンスは顔を堂々とあげた。マシューはどこだろう？　彼といっしょだと、守られているようで安心できるのに。

近づいていくと、いとこよりも背がすらりと高くて美男子のアシャーが、笑顔で手を差しだしてきた。「ミス・デア、あなたの登場で夜がぱっと明るくなりました。そんなことが可能か知りませんけど、昨日よりも今日のほうがさらにお美しい」握手をしたまま一瞬動きを止め、それから連れのほうを向いた。「フィッツロイ卿とは、たしか舞踏会のときにお会いになりましたね」

ペイシェンスは、ご多分にもれず自分をじろじろ見つめている相手に笑いかけた。ゆうべ会ったほとんどの男性については記憶が曖昧になっていたが、真っ黒い髪に極端に淡い青色の瞳をしたフィッツロイのことは、ちゃんと憶えていた。「こんばんは、フィッツロイさま」

「こんばんは、ミス・デア」彼は悠長な口調で言った。「あなたの姿を拝見して、どれだけほっとさせられることか。お気づきですか、今夜ここに来ている女性のなかで、あなたは品の良さと繊細さを理解している数少ないひとりだ」くすくす笑いながら通りすぎる若い娘たちの一行のほうに眉をあげてから、ふたたびペイシェンスに目をもどした。「いったいどんな流行病《はやりやまい》で、婦人たちは血迷って一着のドレスに十着分ものレースやふち飾りをくっつけてしまうのやら。ほら」——客人たちをまとめて身ぶりで示した——「こんな大量の安ぴかの飾りとリボンを見たことがありますか?」

フィッツロイはいい声をしていたが、さもうんざりしたような話しぶりに、ペイシェンスは笑いを誘われた。周囲を見まわしてうなずいた。「たしかに安ぴかの飾りやリボンが盛りだくさんの夜ですね」顔を相手にもどした。「わたし自身は、リボンをひとつふたつつけるのは気になりません。ただ、安ぴかの飾りのほうは、どうにも我慢できないわ」

相手の口もとがごく小さくほころんだ。

「これはこれは、ミス・デアア。あなたの言葉で、傲慢で有名なフィッツロイが歯を見せて笑いましたよ」アシャー卿はいとこのほうを向いた。「きみの『珍事件ジャーナル』に記録するにあたいする出来事だな」

ファーンズビーはうなずいた。「書いておこう」

「だったら、ついでに」フィッツロイ卿が上流階級の気取った訛《なま》りで言った。「今日のレディ・ハンフリーズの醜い姿を飾っている襞飾りの数は七百にも満たない、ということも、忘れずに書いておいてくれ。あんなすっきりしたドレスでは、一瞬だれだかわからなかったよ」

ペイシェンスは笑みをうかべて、うしろを通っていった三人の婦人をふり返った。真ん中の大柄な女性は、ウエストから裾までに、レースの襞飾りが少なくとも十ほどもついたドレスを着ていて、袖にもさらに飾りがごてごてとついていた。ペイシェンスは前を向くと、声を落として言った。「七百というのは、さすがに大げさだと思いますけど、フィッツロイさま」

「そう思うのは今晩だけですよ、ミス・デア。今晩だけ」

ペイシェンスが笑おうとしたそのとき、ゆうべ噂話をしていた女性と明らかに同一人物のものと思われる声がした。

「ホークモアは自分がいることで雰囲気が悪くなることに気づいてないのかしら？　みなさん、どう声をかけていいかわからないでいるわ。少なくとも兄上のためを思えば、出席を避けるのが当然じゃなくて？」

ファーンズビーがなにかを言いかけたが、ペイシェンスは腕に手をかけて制した。「まったく同感だわ」と応じる声。「新聞で私生児だと喧伝されてしまった人に、なにを言ったらいいのやら。それに、なんという母親かしら。生まれは貴族でも、卑しいったらありはしないわ。もしも自分の母親があんな下品で恐ろしい女だと知ってしまったら、わたしなら二度と世間に顔向けできないわ」

周囲の男たちが居たたまれないようすで視線を交わすそばで、ペイシェンスは怒りでかっかしてきた。マシューや彼の状況をあんなふうにあざけるなんて！

「でも、その母親というのは、ここの主のお母さまでもあるじゃない」三人目の声が言った。

「ええ、でも母親は明らかに私生児の息子のほうをかわいがっていたわ。若い伯爵はどんな気持ちで長年それに耐えてきたことか。しかも、その挙句に、私生児の弟を守るために最愛の人を失いかけたのよ。まったくとんでもない話ね」

ペイシェンスはスカートの陰で手をにぎりしめた。フィッツロイが前に歩きだそうとしたが、首をふってそれを止めた。

「本当に、そのとおりだわ。それに、さも自分も同じ階級の人間だという大きな顔で、どこかの庭師の息子がわたしたちのあいだを闊歩《かっぽ》していたら、ふつうならなんて声をかけるかしら」

「こう言うのよ。〝うちの薔薇《ばら》のうどん粉病を退治するにはどうしたらいいか、教えてくださる？〟」

くすくす笑いがつづいた。「ミルドレッドったら！　あなたも人が悪いわね」

もうたくさんだった。怒ったペイシェンスは、あいだにあった柱をまわっていって、下品なおしゃべり女たちに迫った。「そのとおりよ、ミルドレッド。あなたは人が悪いわ。人が悪くて、残酷だわ」

ペイシェンスが三人の貴婦人をにらみつけると、彼女たちはペイシェンスの姿を見て驚いてあとずさった。それはほかでもない、先ほどのハンフリーズ夫人とふたりの連れだった。

小柄なふたりはおびえた顔をした。ミルドレッドと呼ばれた人物にちがいないハンフリーズ夫人は、尊大な表情をうかべた。そのお高くとまった態度に、ペイシェンスははらわたが煮えくり返った。できるかぎり自分を抑えて、低い声で言った。「よくもそんなことが言えますね。あなたがたはそれでもキリスト教の信者なんですか」

「あたりまえじゃないの」ハンフリーズ夫人が言い返した。

「でしたら、主のみことばをお忘れではないですか？」三人が唖然《あぜん》とした顔をしているので、ペイシェンスはもう一歩前に進みでて、迫った。「いいでしょう。わたしは牧師の娘にすぎませんけど、お教えします。《あなたがたに言うが、審判の日には、人はその語る無益な言葉に対して、申し開きをしなければならないであろう。あなたは、自分の言葉によって正しいとされ、また自分の言葉によって罪ありとされるからである》」深く大きく息を吸った。「あなたがたは意地の悪い噂話をすることで、ほかでもない自分自身を貶めているのです。わたしはみなさんを哀れみ、みなさんの魂が救われるように祈ります」ペイシェンスはうしろを向きかけたが、すぐにもう一度ふり返った。「それから、これ以上誤った推測をめぐらす誘惑に駆られないように言っておきますが、伯爵は弟を愛しているし、わたしの姉も彼を愛しています。マシュー・ホークモアは、いつ来ても大歓迎でこの家に迎えられます」

声を低く抑えていたつもりだったが、気づくとペイシェンスの口調に周囲の注意が引きつけられていた。聞きたいなら聞けばいい。「それから、どう声をかけるかという話ですけど――これまでどおりにお話しになればいいことでしょう。あの人は以前と変わっていないのですから」

あとのふたりは驚いて言葉を失っていたが、ハンフリーズ夫人は恐ろしい形相で一歩前に進みでてきた。スカートがペイシェンスのスカートにあたった。「だれに向かって口を利いているのか、ご存じかしら、ミス・デア」かなりの大柄な女性で、その存在感だけで他人を威圧することに慣れているらしかった。

けれども姉と妹より背の高いペイシェンスは、目の高さは相手と変わらなかった。断固として引きさがらず、顔をつんと上に向けて眉をあげた。「あなたはわたしの名前をご存じのようですけど、わたしはさきほどはじめて知りました、レディ・ハンフリーズ」

ハンフリーズ夫人はビー玉のような目を細めた。「わたしくしはハンフリーズ侯爵夫人よ。ですから、話しかけるときにはこの身分にふさわしい敬意をはらっていただきたいわ。それにね、お嬢さん、あなたがだれか知っているのは、ひとえにその派手な見てくれのせいよ。これはけっして褒め言葉ではありませんから」彼女はファーンズビーとアシャーと、ペイシェンスのうしろで足を止めていた男たちの小さな一団をにらみつけたが、フィッツロイだけは除外したようだった。夫人は立派なあごをつんとあげた。「四六時中、男にかこまれている女には、品も格もあったものじゃないのよ。あなたを哀れむわ、ミス・デア。それから、ミスターなんとかという、義理の兄弟のことも」

ペイシェンスは怒りに打ちふるえた。「わたしを哀れむですって？　それよりご自身を哀れんでください。四六時中、自分の意地悪な自尊心につつまれている女性には、思いやりも礼儀もあったものではありません。それに、もしもあなたが良い血統の見本だというのなら、ミスター・ホークモアはあなたがたとおなじきらびやかな世界の一員でないことを喜ぶべきでしょう」ペイシェンスは夫人のほうに身をのりだした。「彼は善良で誠実な人間です。それから、彼の人柄が受けるにふさわしい敬意をはらうことができないのなら、彼の名前を口にしないでいただけることを、むしろありがたく思います」

ハンフリーズ夫人の顔が赤黒い色に変わった。「敬意ですって？　賭けごとの場でゆうべダンフォース卿に殴りかかった男に、敬意をはらえと言うの？　しかも、恨みと嫉妬に燃えて手を出した男に？」

ペイシェンスは身をこわばらせ、気づくと彼女自身が拳をにぎっていた。ゆうべ、マシューが喧嘩をした？「もちろん暴力はよくありませんけど、もしマシューがダンフォース卿を殴ったのだとしたら、きっとあちらから挑発したんでしょう。それに嫉妬とおっしゃいましたが、マシューがダンフォース卿のなにをうらやむというのです？　むしろ反対でしょう。ミスター・ホークモアはうらやむべき長所をたくさん持っていますから」

フィッツロイの退屈そうな声が横から割りこんできた。「レディ・ハンフリーズ、実際のところ、ダンフォース卿のほうがミスター・ホークモアに殴りかかったんですよ」

ペイシェンスは顔をあげた。「ほら」

ハンフリーズ夫人はちらりとフィッツロイに目をやったが、あとは無視をきめこんだ。彼女は唇をゆがめてペイシェンスをにらんだ。「ミス・デア、ひょっとしたらご存じないのかもしれないけれど、ダンフォース卿はつい先ごろ、レディ・ロザリンド・ベンチリーと婚約したのよ。あなたの義兄の元婚約者とね」

小さいながらものすごく不快な感覚が、背筋をつたっておりていった。

「それでも、嫉妬する理由はないと言い張るの？　ミス・デア、あなたは少々うぶなようね。だれもが知っていることがあるとすれば、それはミスター・ホークモアがレディ・ロザリンドに首ったけだったということよ。きっと、いまも変わらないわ。レディ・ロザリンドは優雅な美しさを備えた、生まれも育ちも完璧なお嬢さんですから」

侯爵夫人の言葉があおる驚くほど苦々しい感情をこらえて、ペイシェンスは背筋をのばした。「だれもが知っていることがあるとすれば、それは噂話はたいていまちがっているということです。ですから、あなたのおっしゃることはどれも、とても真に受けることはできません。それに、ダンフォース卿のほうからミスター・ホークモアに挑みかかったというなら、恨みと嫉妬を胸にいだいているのは、明らかにダンフォース卿ということになるでしょう」

「義理の兄を守ろうと必死のようね、ミス・デア」ハンフリーズ夫人が太い眉をあげてペイシェンスを品定めするように見た。「いったいそれは、どういうわけなのかしら」

「ミスター・ホークモアは家族の立派な一員です――それが十分な理由になると思います」

ペイシェンスは相手に一歩近づいて、声を落とした。「二度と悪口はやめてください」

侯爵夫人は陰険な目つきをした。「わたくしにこんな口の利き方をしたことが人に知れたらどうなるか、いまに見てなさい。身分のある人との結婚を望んでないのならいいのだけれど。今夜、その道を自分でつぶしてしまったのはたしかですから」

ペイシェンスは引かなかった。「わたしは結婚自体を望んでいませんから、あなたの脅しは無意味です」

ハンフリーズ夫人は目を細めた。「そうね、あなたは結婚向きじゃなさそうね。でも、姉君が真の上流階級に受け入れられる機会を奪ったのもたしかよ」

怒りが燃えあがった。パッションを巻きこむなんて！「姉はそんなことは少しも気にしません」

「そうだといいわね」

「わたしは知っているんです」

ハンフリーズ夫人は音をたてて息を吸いこんだ。「あなたには挨拶は不要ね」そう吐き捨てると、荒っぽい足取りで歩き去り、連れのふたりがあわててあとを追いかけた。

ペイシェンスは息を乱し、突然ふるえだした脚をどうにか抑えた。いい気分はすっかり消え去った。いっしょにいた人たちや、足を止めて聞き耳を立てていた紳士たちのほうに向きなおった。彼らは全員、畏怖のようなものを目にたたえてペイシェンスを見ていた。

なんの慰めにもならない。マシューはどこにいるの？

フィッツロイが一歩進みでて、沈黙をやぶった。「いやいや」さっきと変わらない退屈そうなしゃべり方で言った。「じつにみごとでしたよ、ミス・デア」ファーンズビーやアシャーやほかの傍観者たちもうなずき、感嘆の声がちらほらとあがった。

ペイシェンスはどうにか小さく微笑んで、胃にこみあげてきた不快感をこらえた。喉が苦しかった。わたしはいったい、どうしてしまったのだろう？

マシューはどこ？

フィッツロイに目をもどすと、淡い色の瞳がこちらに向いていた。一瞬より少しだけ長くペイシェンスを見つめてから、例の口調で周囲に話しかけた。「ダビデが巨人ゴリアテを倒した日とおなじくらい、記念すべき日だな」彼は眉をあげてペイシェンスをふり返り、腕を差しだした。「いや、それ以上かもしれない」周囲で笑いがあがり、ペイシェンスはフィッツロイのひじに手をかけた。「さてみなさん、ちょっと失礼して、われらがヒロインの元気を回復させるための短い散歩にお連れしてくる」そう言うと、彼はペイシェンスをその場から連れだした。

ペイシェンスはほっとして息をついた。大勢にかこまれていると、ときどき息ができないような苦しさをおぼえる。それに、うしろをふり返って驚きに絶句した男たちの顔に迎えられたあの恐ろしい瞬間には、泣きだしてしまいそうだった。フィッツロイを見た。「ありがとうございます。あなたが味方してくださらなかったら、きっとほかのみなさんも味方してくれなかったでしょう」

フィッツロイはペイシェンスを見て、黒い眉を片方あげた。「ミス・デア、今宵のあなたの勝利は、まぎれもなくあなたひとりのものだ。あのレディ・ハンフリーズは、われわれの世界ではとても恐れられた存在でね。ええと、なんと言ったかな？　われわれの〝きらびやかな〟世界？」

ペイシェンスは眉を寄せた。「ごめんなさい。あなたのことを指して言ったつもりはなかったのですが」

「ちっともかまわないよ。われわれ上流階級の人間は、正真正銘、ただの役立たずだ。時間と金をもてあまし、しかも、それらを使って実のあることをやろうという気力さえない。そう」――大広間の入口で足を止め、招待客の群れを見まわした――「残念ながら、中身があるどころか、ただの張りぼてと言ったほうが近いかもしれない。しゃちほこばって、空気に毛が生えた程度のものでぱんぱんにふくらんだ貴族は、自分が押しつぶされるのが怖くて、真の道徳の重みに対して尻込みをする」彼はペイシェンスのほうを向いた。「だからこそ、ミスター・ホークモアをかばったあなたの熱のこもったあざやかな弁護が、みんなを魅了したんですよ。これほどの良識と忠実さを目のあたりにするなんて、めったにあることじゃない」

ペイシェンスは顔をしかめた。それほどあざやかな弁護だったのなら、どうして敗北感がぬぐえないのだろう。マシューの姿はサロンにもなかった。ペイシェンスはフィッツロイの水色の目を見た。とても親切に接してくれているけれど……。「お許しください。わたしはつい感情的になっていたようです」

フィッツロイはうなずいてから、じっとペイシェンスの顔を見た。「ミス・デア、ミスター・ホークモアとダンフォース卿との喧嘩には、レディ・ロザリンドは関係ありません

――いっさい関わりはありませんから」

身体がこわばって、またしても目に涙がこみあげた。ペイシェンスは意識して顔をあげた。「ええ、もちろんそうでしょう」まばたきして涙をはらった。「ともかく、ありがとうございます、フィッツロイさま」

彼は頭をたれた。「どういたしまして、ミス・デア」

取り乱した自分が恥ずかしくなって、ペイシェンスは会釈した。「失礼をお許しください。少し休憩が必要なようです」


「ちょっといいか」

ペイシェンスをさがしていたマシューは、踵《きびす》を返し、兄のあとをついていった。マークは玄関の間を通り抜けて図書室に向かい、なかにはいると大きな両びらきの扉を閉めた。

「どうした?」マシューはたずねた。兄の緊張した表情から、なにか重大なことがあったのだとわかった。

「ベンチリーが来てる。おまえと話がしたいそうだ」

マシューの身体に緊張が走り、手に力がはいった。冷たい怒りが、ペイシェンスと過ごしたことで生まれた楽しい気分を跡形もなく燃やし尽くした。奥歯を嚙みしめ、声をしぼりだした。「晩餐の時間にやってくるとは、どこまで無礼なんだ」

マークはうなずいた。「つまみだしてやるか?」

「いや」マシューは首をふった。「どこにいる?」

「おまえの書斎に通しておいた」

「それはいい。家の裏手だ。あの場所なら、あいつを手にかけてもだれにも聞こえない」マシューは吐き捨てて、図書室のドアを乱暴にあけた。

広い廊下を書斎に向かって大股で歩きながら、大きく深呼吸した。冷静でいる必要がある——なにがあろうと、冷静さと自制を失ってはならない。

ためらうことなく、書斎のドアを思いきりあけた。ベンチリーは部屋の中央に立っていたが、マシューは相手の存在を無視してドアを荒っぽく閉め、机の向こう側にまわった。そこでようやく年上の男のぎらつく青い目をにらみつけた。

マシューは歯を食いしばった。戦いを前にして心臓が激しく打った。「なにが望みだ」

図体の大きな身体から上着をひるがえしながら、ベンチリーが大股に近寄ってきた。「わたしの炭鉱のことで話があって来た。今日の午後になってダンフォースから聞いたが、おまえはあの男からいかさまで炭鉱をぶんどったそうじゃないか。ただちにこちらに返せ」

マシューは机に拳をついた。「もう一度いかさまだと言ってみろ。名誉毀損《きそん》で訴えてやる。それからグウェネリン炭鉱のことだが、権利書にあったのはダンフォースの名前だ。あんたの名前じゃない」

「それがなんの意味も持たないのは、よくわかっているだろう、ダンフォースは自分のクラヴァットさえ結べない男だ。わたしの炭鉱の経営などできるはずがない。さあ、返してもらおう」

「どうして、そんなことをしないといけない?」一語一語を口からしぼりだすのがやっとだった。

ベンチリーが一歩近づいて、非難するように指を突き立てた。「おまえはわたしに借りがある」

かっとなり、マシューは両手を机についで身をのりだした。「借りがある?」ゆっくりとくり返した。飛びかかりたいのをこらえているために、腕がぶるぶるふるえた。「あんたに借りてるのは、靴底のごみくらいだ」

伯爵の顔が赤くなった。「薄汚い男め! 娘とわたしに嘘をつき、卑劣にも自分を正真正銘の貴族の血筋だと偽って、われわれの顔に泥を塗った。最悪のスキャンダルに巻きこんでおきながら、その後も厚かましくロザリンドに会おうとした。わたしみずからが、二度と会うなと忠告したにもかかわらずだ」手のひらを机にたたきつけた。「それだけじゃない。最初はよかれと思っておまえと関わりをもったが、そのおかげでわが家の評判には傷がつき、いまじゃ婿として娘に見つけてきてやれるのは――征服王までさかのぼれる由緒正しい血筋を引く、うちの娘に見つけてきてやれるのは――一文無しの博打打ちだけだ! 借りがあるというのは、そういうことだ」

机においたマシューの手が無意識に丸まって、下にあった紙が音をたてた。抑えた怒りで全身がこわばっている。「嘘は一度もついてない。知らないのに、嘘がつけるはずがないだろう」歯を食いしばり、言い返した。「だがそれにもかかわらず、あんたは僕を見捨てた——公然と非難して、あざけり、侮辱したんだ。あんたのほうこそ出生に関する嘘をひろめて僕の名誉を汚し、まさにそのおかげで僕はつまはじきにされた。だが、個人的、社会的に貶めるだけではまだ足りないのか、底なしの敵意と悪意の持ち主であるあんたは、僕を経済的にも破滅させようと執念を燃やしている！」マシューは拳を机にこすりつけた。「最初はよかれと思って関わりをもったが、その結果、あんたの存在がなければ一ですんだところを、その十倍もの痛手をこうむることになった」銀の長いペーパーナイフを手に取り、腕を大きくふりかぶって机に突き立てた。「借りがあるだと？　冗談じゃない！」マシューは怒鳴った。

ベンチリーは大きな大理石の文鎮を上からつかんだ。息づかいが速くなっている。「おまえが経済的に痛手をこうむってなにが悪い？　痛手を受けたのはこっちだ！　ダンフォースは無一文同然だが、いまとなってはそんな男しか、ロザリンドにさがしてきてやれないんだぞ。今度の結婚であの男がもたらすのは伯爵の位だけだが、わたしが娘の暮らしをなにからなにまで支え、賭博癖のある夫を借金から救うために奔走しなければいけない状況で、伯爵夫人の身分などなんの足しになる？」

マシューは身を引いた。ベンチリーが文鎮を手にしてつぎの行動に出るのを待つのだ。「申し訳ないが、あんたのために流す涙はない」あざけって言った。「こっちの味方についていれば、あんたもロザリンドも、僕の財産の恩恵にあずかっただろうに。自分で選んだ道だ。

どうなろうと自分でなんとかするんだな」

ベンチリーの身体がわなわなとふるえだした。「そのうちに、わたしに嘘をついたことを心底悔やむことになるぞ」

「嘘はついてない!」マシューは声を荒らげた。

「抜かせ! おまえは知っていたはずだ!」大理石をにぎるベンチリーの手の指が白くなる。「どんな男でも私生児の子どもを見れば——妻の裏切りの証拠である子どもを見れば、そいつにおのれの卑しい出自を知らしめて、苦しめてやりたいと思うにきまっている」ベンチリーは首をふった。「そうでない男など、いるはずがない。原因をつくったのは、おまえ自身のあばずれの母親だ——しかも、おまえばかりを贔屓《ひいき》する、あの偏愛ぶり。あんな状況にはどんな男でも我慢できるはずがない。いいか、知らなかったとは言わせないぞ」

母親を話題に出され、マシューの怒りはさらにつのった。肩の筋肉が引きつった。あの女の息子であることも、ベンチリーにそれを思いださせられることも、どちらも不愉快きわまりない。マシューは歯を強く嚙みしめた。「出ていけ」

「炭鉱を返せ!」

「地獄へ落ちろ!」

ベンチリーの目が線のように細くなった。「絶対に、おまえを破滅させてやる」

血が熱くなり、マシューは身をのりだした。「破滅するのはあんたのほうだ」

「忘れたのか?」ベンチリーは身体を引いて、嘲笑うように口をゆがめた。「おまえはもはや伯爵の息子じゃない。それに最近聞いたところじゃ、今後はみんなおまえとの取引はしないそうじゃないか。わたしを破滅させるだと？　手段もなにもない分際で」

不屈の決意でマシューの心臓が鼓動した。「あんたを葬り去ってやる」

ベンチリーは肉のついたあごをあげた。「私生児ごときのくだらん脅しに、わたしがふるえあがると思ってるのか？　屁とも思わない。おまえのことも屁とも思わないぞ！」大股に部屋を歩いていって、ドアをあけて肩ごしにふり返った。「おまえはもうおしまいだ、ホークモア。聞こえたか？　おしまいだ！」ドアが乱暴に閉まった。

重たい静寂が部屋をつつんだ。

「ならば、戦争だ」マシューはうなった。

9　演奏会

……彼はことごとく麗しい。
これがわが愛する者……
雅歌五：一六

ペイシェンスは穏やかに心を集中させて、チェロの弦にあてた弓を引いた。演奏するのはヴィヴァルディ作の交響曲『冬』の、ラルゴのパート。バイオリンのための曲ではあるけれど、チェロで弾いたときの深みのある朗々とした響きが気に入っていた。

ペイシェンスは演奏しながら、頭のなかに音楽を見ていた——音符や記号が目の前にうかび、つぎつぎに流れていく。そのひとつひとつを完璧に弾き、そうやって完成させていく各小節に、誇らしい喜びをおぼえた。そして、最後の旋律を弾きおえると、勝利の達成感が胸にわいた。

客席から拍手があがり、ペイシェンスは顔をあげて、広い音楽室の何列もの椅子を満たす聴衆に笑顔で応えた。演奏を見にくる人は、いつも二派に分かれる。心から音楽が好きで、ペイシェンスの腕前を評価する人。そして、脚をひろげないと弾けない〝淫らな〟楽器を演奏するペイシェンスを見ることのみが目的の人。それぞれの顔を見れば、二派のどちらに属するかはわかる。婦人の多くは――そのなかにはあの憎らしいハンフリーズ夫人と取り巻きもいた――あからさまな批判的な目でこちらを見ていた。フェントン卿などの昨晩ダンスをいっしょに踊った人たちや、ほかの紳士の多くは、あまり隠そうともしないいやらしい目を向けていた。

いわゆる上流階級の紳士や貴婦人がこそこそと交わす視線が、ペイシェンスは大嫌いだった。軽蔑や好色の目は無視して、心から演奏を味わった顔をしている人たちに向かって、ありがたく会釈をした。それから、一列目にかたまってすわっているマーク、パッション、マッティおばさんに笑いかけた。ファーンズビー卿とアシャー卿が部屋のうしろのほうで立ちあがって盛大に拍手をしている姿が見え、ペイシェンスの笑みが大きくなった。そのとなりにはフィッツロイ卿がいて、こちらに向かってうなずきかけると、手袋をはめた手を短く三度たたいた。

そして、ついにマシューを見つけた。心臓がどきんと打った。今夜はこれまでどこにいたのだろう？　彼はひとりで、音楽室の扉の枠にもたれて立っている。マシューがいるとわかったとたんに血が騒ぎ、脚の奥が脈打った。彼は驚くほどハンサムで、それを着て生まれてきたかのように夜会服をみごとに着こなしている。けれども、ペイシェンスの呼吸が乱れて身体がぞくっとしたのは、いつもながら、あの暗い眼差しのせいだった。

マシューは感心した誇らしげな顔でこっちを見ている。突然、ほかの人の感想はどうでもよくなった。一部の貴婦人の軽蔑や一部の紳士の卑猥な目など、なんの意味もない。大切なのはマシューだけ——夜にはペイシェンスをベッドに縛り、朝にはお茶を運んできてくれる、マシューだけ。

拍手がおさまって静かになったとき、マッティおばさんの大声が部屋にひびきわたった。

「あら、見て、ミスター・ホークモアがいらしてるじゃないの。お誘いして、いっしょに演奏したらどう、ペイシェンス？　あたしは連奏が大好きだわ」

ペイシェンスは青くなった。レディ・デアに目をやると、彼女は椅子にすわったまま身体ごとうしろを向いて、マシューを手招きしている。ペイシェンスは姉に目で助けを求めたが、彼女は〝自分になにができる？〟という表情をし、その横ではマークが声を殺して笑っていた。ざわめきが起こり、客席の人々は肩ごしにふり返って、伯母とマシューを交互に見た。

聴衆のあいだで笑いを押し殺した、あざけるような表情が交わされるのを見て、ペイシェンスの頰がかっと火照った。そのなかにはもちろん、ハンフリーズ夫人らの姿も見える。ペイシェンスは顔を堂々とあげた。伯母はいくらか洗練さに欠けるかもしれないが、美しい純粋な心の持ち主だ。

マシューは部屋に一歩はいって、ペイシェンスのことを注意深く見ていた。ペイシェンスは緊張した。彼といっしょに演奏するのは気が進まない。以前、思いを寄せる男性といっしょに演奏したときには、うまくいかなかった。マシューのことは愛していないにしても、わたしはまちがいなく——。

まちがいなく、なんなのだろう？

マシューの声が部屋の反対側からひびいてきた。「レディ・デア、あなたの熱烈なお誘いはうれしく思いますが、姪御《めいご》さんの演奏をじゃまするなど、とんでもない」

ハンフリーズ夫人が見下すような顔をして連れに目配せするのが目に映り、おかげでペイシェンスには状況がはっきり見えてきた。いまはばかげた不安をいだいている場合ではない。伯母とマシューのふたりに対する支持と忠誠を、みんなの前で示すべきときなのだ。

マシューに顔を向け、心臓が不安でどきどきするのを感じながら、全員に聞こえるように声を張りあげた。「お願いします、ミスター・ホークモア。バッハの無伴奏チェロ組曲第一番のプレリュードを、アンコールに弾こうかと思っています」スタンドに立ててあるマシューのチェロに目をやった。「あなたの名器はそこにありますし、いっしょに演奏できれば光栄です」

マシューは揺るぎのない目でじっとペイシェンスを見ていた。一瞬、断るのかもしれないと思った。けれども、少しして彼は前に進みでてきた。「わかりました、ミス・デア。あなたのためなら心から喜んで弾きましょう」

ペイシェンスの胃に緊張が走り、聴衆のあいだからささやき声がもれた。マシューがとなりの椅子に腰かけて、チェロを――美しいドメニコ・モンタニャーナを――従僕から受け取ると、場内はしんとなった。こげ茶色の髪にまじる金髪が明るく光り、ベチバーのほのかな香りがただよってくる。マシューはチェロを脚のあいだにおいて、官能的とさえいえる手つきで弦の下から上へ、長い指を這わせた。

彼はペイシェンスを見つめたが、その眼差しは優しかった。「組曲第一番だね？」

ペイシェンスは緊張と火照りをおぼえたが、性的なものが理由ではなかった。「ええ」

マシューが糸巻きをまわして音程を微調整するのを待った。やがて彼は美しい目をあげてうなずいた。

ペイシェンスは深呼吸した。自分ばかりが妙に緊張していて、マシューが平然としているのが癪《しゃく》だった。指を位置につけて弓を持った。とにかく、音楽を目で見なさい……。

組曲の冒頭の旋律を奏でると、やがてマシューが加わって、音楽が部屋を満たした。

マシューのゆるぎない目に見つめられて演奏しているうちに、胃がだんだん締めつけられた。この曲がこんなに美しく聴こえるのははじめてだったが、それはペイシェンスのせいではなかった。

マシュー。

彼はわたしより腕がいい。

でも、どこがどううまいのだろう？

眉をひそめ、耳をそばだてた。バッハのプレリュードはお気に入りの一曲で、ペイシェンスはこれを完璧に弾きこなしているはずだった。マシューに目をやり、さらに眉をひそめた。見たところ彼は、簡単そうにすらすらと弾いている。しかも、演奏が進むうちに、ペイシェンスの奏でる一音一音とぴったりとけあうような、ささやかだが挑発的な変化を加えてきた。

けれども、それほどの技量があるのに、相手より出しゃばろうとせず、旋律をリードしようともしない。ずっと低音に徹し、ペイシェンスの音に合わせて完璧な伴奏を展開した。そして、そのあいだじゅうずっと、やわらかな眼差しをこちらに向けている――ペイシェンスを見守り、ペイシェンスの演奏を見守っている。

彼の表情豊かな瞳と何度も目が合った。その瞳は、ペイシェンスと音楽に満ちているようだった。こんなにじっと目を合わせながら、どうして同時にこれほどすばらしい演奏ができるのだろう?

音をひとつはずしそうになって、背筋に緊張が走った。その焦りで、ペイシェンスの目は弓に釘づけになった。けれども、耳はなおも音楽を追いかけ、なにが理由で彼の演奏がすばらしいものに聴こえるのかをさぐろうとした。けれど、必死にさぐろうとすればするほど、答えは逃げていく。そのため、組曲の最後の音色を静けさのなかに響かせながら、いつもなら満足感をおぼえるところで、ペイシェンスは混乱とわずかな腹立たしさを感じていた。

目をあげると、彼の美しい唇にゆっくり笑みがうかび、つづいて、割れんばかりの拍手が部屋をつつんだ。従僕が進みでてふたりから楽器を受け取り、マシューは椅子から立って、手を差しだした。ペイシェンスはほとんど間をおかずに、その手のなかに手をすべりこませた。

立ちあがると、マシューが腰を折ってペイシェンスの手にキスをした。胸の鼓動が速くなる。彼の唇はしっかりとした感触がして、あたたかで、またしてもベチバーの豊かなにおいが香ってきた。

なんてことだろう。腹を立てているのに、キス以上のものが欲しいという思いで頭がいっぱいになっている。けれども、彼が一歩さがって、ひとりで聴衆の喝采を受けられるようにペイシェンスを前に押しだしたので、居心地の悪さから顔が熱くなった。

わたしにその資格はない。マシューをふり返って、ひざをかがめてお辞儀をした。彼の演奏が自分よりすばらしく聴こえる理由は、どこにあるのだろう。

目をあげると、マシューが上から見おろしていた。黒い眉が片方あがり、手を差し伸べてペイシェンスを立ちあがらせた。

拍手がやむと、マシューは指でこっそりペイシェンスの手のひらをなぞってから、手をはなした。彼にふれられて肌がぞくっとしたが、その甘い感覚を楽しんでいる暇はなかった。

レディ・デアが小走りで前に出てきたのだ。

レディ・デアは満面の笑みをうかべた。「すばらしかったわ、ペイシェンス。もう、すばらしいのひとことよ。この子はすばらしいでしょう、ね、ミスター・ホークモア？」

マシューに見つめられてペイシェンスは赤面した。「すばらしいという言葉以上です、レディ・デア」

レディ・デアの笑みはさらに大きくなり、あなたの言いたいことはわかるわと言わんばかりに、灰色の目が輝いた。「ええ……もちろん、そうでしょう。それに、なんてことかしら。ふたりいっしょの演奏もみごとだったわ。もちろん、最初からわかってましたけどね。こういうことに関しては、あたしの勘がはずれることはめったにないの」マシューに向かって白髪まじりの眉をあげた。「あたしのかわいい姪とあなたがおなじ楽器を弾くとは、なんてうれしい偶然でしょうね、ミスター・ホークモア。共通点がひとつある淑女と紳士は、ほかにもいくつも共有するものがあるらしいわ。それに、共通点がたくさんある男女についてはは諺《ことわざ》があるでしょう」

マシューが興味をそそられた顔でマッティおばさんを見た。「どんな諺です?」

マッティおばさんは肩をすくめ、扇子をひらいた。「正確には知らないわ。でも、結婚したたいていの夫婦より、あなたとあたしの自慢の姪のほうが、共有するものが多いのはたしかね」

ペイシェンスは助けを求めて姉を見たが、パッションとマークは洒落た身なりの夫婦につかまっていて、なかなか解放されそうになかった。そこでペイシェンスは、伯母と腕を組んで、たしなめるようにぎゅっと力をこめた。「もうそのへんで十分でしょう、マッティおばさん」

伯母はペイシェンスの手を扇子で打ち、先端をこちらに向けた。「腐った桃。それだけは言っておくわよ、お嬢さん」そう言うと、ふたたびマシューに顔を向けた。彼は伯母のことを神妙な顔つきで見ていられるらしかった。「この子の言うことは気にしないで、ミスター・ホークモア。実際、とても気立てのいい子なんです」声を落とし、マシューに顔を近づけた。「ただ、自分にとってなにが一番か、必ずしも理解していないの」

ペイシェンスは腹を立てて言った。「お言葉ですけど、自分にとってなにが一番かくらい、ちゃんとわかっているわ」

伯母は思いやりたっぷりの目でペイシェンスを見たが、そのあとで仲間に合図するようにマシューに小さく頭をふってみせた。

「嘘じゃないわ！」ペイシェンスは食いさがった。

マシューの口の端があがった。「レディ・デア、この話のつづきはあとにしたほうがよさそうだ。姪御さんは困っておいでのようですよ」

レディ・デアはうなずいた。「おっしゃるとおりね。この子の将来の話は、本人抜きでしたほうがいいでしょう――進むべき道と正反対の方向へいこうとしているんですから、なおさらだわ」ペイシェンスを一瞬にらみつけてから、マシューに目をもどし、彼の腕をぽんとたたいた。「おしゃべりのつづきは、またべつの機会にね、ミスター・ホークモア。でも、心配しないで」――ウィンクをした――「あたしはあなたの味方よ」

マシューはお辞儀をして、レディ・デアの手をしっかりとにぎった。「感謝します、レディ・デア」

うっとりした顔でマシューに微笑む伯母を見て、ペイシェンスは首をふった。

「ひとついいかしら」レディ・デアはため息をついて言った。「あたしのことはどうかマッティおばさんと呼んでくださいな、ミスター・ホークモア。だって、あたしたちは結婚でつながった親戚同士なんですからね。あなたのお兄さまはすばらしい判断をなさったわ。あたしの一番上の姪っこよりいい妻は、どこをさがしても見つからなかったでしょうね。パッションは平民の出ではありますけど、心の気高さと気品はだれにも負けないわ——そりゃもちろん、妹はべつよ。この子もおなじ資質に恵まれていますから」伯母はペイシェンスを見て、微笑みながらもしかめっ面をし、それからまたマシューのほうを向いた。「外からはあまりわからないかもしれませんけど」

マシューは微笑んだ。「それではマッティおばさん、あなたがそうおっしゃるなら、こちらからもおなじことをお願いしますよ。僕のことはマットと呼んでください」

マッティおばさんは扇子でまつげごと自分をあおいだ。「マット。今朝、駅からここまで馬車でごいっしょして、わかったの。あたしたちはすぐに仲良くなれるはずだってね。ほかの人がどんなことを言おうと、あたしはあなたが好きだわ」

ペイシェンスはひやりとしてマシューを見たが、伯母の皮肉にも聞こえる褒め言葉に気分を害したとしても、彼は顔には出さなかった。「ありがとう、マッティおばさん。僕もあなたが好きですよ」

伯母は少女のように頬を赤く染めた。「マットったら」

つかの間の沈黙が流れ、ペイシェンスは伯母に向かって眉をあげた。

伯母はため息をつき、それからペイシェンスの鋭い目に気づいてびくっとした。「さて」うっとりした顔つきが消えた。「あたしは失礼して、飲み物を取りにいってくるわ」眉をあげた。「あたたかいパンチでもいただこうかしらね。この部屋はちょっと冷えてきたようだから」立ち去りかけて、すぐにふり返った。「この子につけあがらせてはだめよ、マット。困ったことに、殿方を威圧するのがものすごく得意だから」

ペイシェンスは伯母の無遠慮な発言に目を丸くし、マシューはそのようすを見て口もとをほころばせた。「心配はいりません。僕はそんなことはさせませんから」

伯母は満足げにうなずいてようやく立ち去り、ペイシェンスは支配者の雰囲気をただよわせたマシューと目が合って、心臓が跳ねた。

周囲の喧騒のなかで、ふたりのあいだに一瞬沈黙が流れた。マシューは部屋を背にし、目をそらさずにじっとペイシェンスを見つめている。

ペイシェンスは息を吐いて、笑みをうかべた。「結婚に興味があると誤解させたままにしないほうがいいわよ。そうじゃないと、伯母にしつこく追いかけまわされることになるから」

マシューはペイシェンスの顔を見て、造作のひとつひとつをながめた。「知ってたかな、きみを見ているだけで硬くなる」

胸の先に強い刺激が流れた。

マシューはポケットに手を忍ばせて、密かに自分のものをしごいた。「このあとにやるべきことを言っておこう」声を抑えて言った。「つぎの演奏が終わったら、今晩はもう引きあげるんだ。明日は狐狩りだから、早めに退散してもだれも不思議には思わないだろう。人目を避けて自分の部屋にいって、服を全部脱いで僕を待つ。わかったか？」

「ええ」ペイシェンスはささやいた。

「あそこは濡れてるか？」

身体がふるえた。「ええ」

マシューは淫らな眼差しでペイシェンスを見ていた。「よし」彼女の背後にすばやく目をやった。「笑って。ファーンズビーとアシャーが来る」

ペイシェンスは深呼吸して笑みをうかべ、急ぎ足でやってくるふたりをふり返った。ファーンズビーはシャンパングラスふたつと、チーズと葡萄《ぶどう》の砂糖がけののった皿を危なっかしく持っている。すぐあとにはアシャーがつづき、彼はグラスのふちからシャンパンがあふれないように慎重に歩いていた。

ファーンズビーが肩で息をしながら、グラスのひとつをペイシェンスに差しだした。「さあ、どうぞ、ミス・デアア。すばらしい演奏のあとの一服に」

ペイシェンスは受け取った。「まあ、ありがとうございます」

アシャーはグラスをマシューにわたし、ファーンズビーはそのいとこに向かって勝ち誇ったようにうなずきかけた。「僕が一着だ――グラスふたつに、皿一枚を持ってね」彼は首をふった。「しかも、一粒の葡萄も落とさなかった」それから〝それにひきかえ、おまえはどうした？〟というように、眉をあげた。「あとで五ポンドもらってもいいぞ」

アシャーはファーンズビーを無視してグラスをあげた。「美しいミス・デアアに乾杯。すばらしい腕前だ」

ペイシェンスは笑った。「ありがとうございます。でも、すばらしい腕前はミスター・ホークモアのほうだわ」

「たしかに。伴奏者としてみごとだった。よかったよ、ホークモア」

マシューは眉をあげた。「ありがとう、アシャー」

一同が乾杯のグラスをおろすと、アシャーが満面の笑みを見せた。「じつはね、ミス・デア、僕はバイオリンを弾くんです」

「バイオリンを？」

「ええ、本当ですよ。いつかふたりで連奏したいものです」

「冗談じゃない！」ペイシェンスが応じる間もなく、ファーンズビーが声をあげた。「アシャー、おまえの演奏はひどすぎる。自分でもわかってるだろう」彼はベストをぐいと下に引っぱって、ペイシェンスとマシューのほうに顔を近づけた。「樵《きこり》が木を切るように、哀れな楽器をぎこぎこやる。腕も繊細さもあったもんじゃない」にやりと笑い、不服そうなアシャーの背中をたたいた。「この男からいっしょに演奏しようと持ちかけられたら、なにをおいても逃げるべきだ」

ペイシェンスは笑いをかろうじてこらえ、マシューは酒にむせた。「それほどの恐ろしい警告が必要だなんて信じられないわ」

アシャーは肩におかれたファーンズビーの手をはらいのけた。「そこまでひどくはありませんよ、ミス・デア」

不満顔のいとこを無視して、ファーンズビーはげらげら笑った。「嘘じゃない。ものすごいんだって！」でっぷりした男は息が切れるほど笑いだした。「そりゃもう、恐ろしいのなんの！」そう言ってさらに笑った。「一目散に逃げだしたくなるほど、ひどい！」

ペイシェンスは笑いを噛み殺し、マシューは今度はふり返って肩ごしに咳《せき》をした。ファーンズビーは発作が止まらず、ほとんど身体をふたつに折って笑い転げた。

ペイシェンスがこれ以上こらえきれないと思ったとき、アシャー本人が表情をくずし、やがてくすくす笑いだした。「まあ、それほど上手じゃないかもしれないが、きみのテニスの腕前よりは、僕のバイオリンのほうがましだ」彼は顔に大きな笑みをうかべて、なおも笑いの止まらないファーンズビーを指で差した。「ああ、まちがいない！　あれは救いがたい――おい、認めるんだ！　きみのテニスはまったくもって救いがたい」

ペイシェンスは笑い、気づくとマシューまでもが横で声をもらして笑っていた。楽しそうにしている顔は驚くほどハンサムで、胸が締めつけられる思いがした。そういえばマシューが笑うのを見るのは、これがはじめてだ。

「ああ、認めるよ」みんなの笑いがおさまると、ファーンズビーは息を切らして言った。「それは本当だ。僕のテニスは救いようがない。ただし、少なくとも僕がテニスをしても、だれの耳も汚さないだろう」

「たしかにな」アシャーはシャンパンを口にした。「ここはひとつ、新しい音楽教師を雇うことにするか」

「それを聞いて思いだした」ファーンズビーが割りこんだ。「間もなくロンドンへいってしまうんですか、ミス・デア？　例のイタリア人のところで学ぶために」

一瞬にして、マシューの顔が石のように冷たい表情に変わった。彼は凍てついた目をゆっくりペイシェンスに向けた。「なんの話だ？」

10　いろいろな決断

わが妹、わが花嫁よ、あなたはわたしの心を奪った。

あなたはただひと目で……

雅歌四：九

マシューはこわばった姿勢で立ちつくした。「どこのイタリア人だ？」

ペイシェンスがマシューを見た。「招待されて、フェルナンド・カヴァッリのところで学ぶことになっているの」まばたきした。「いまから二週間ほどあとに、ロンドンに発《た》つ予定よ」

嘘だ！　マシューは彼女のひじをつかんだ。「申し訳ないが、失礼させてもらうよ。ミス・デアに用事がある」

ファーンズビーとアシャーの返事も待たず、ペイシェンスをふり向かせ、廊下を歩いてまっすぐに図書室へ連れていった。彼女を広い室内に引っぱり入れたとき、マシューの心臓は不快なほど速く打っていた。手をはなし、ドアを閉じて鍵をかけた。マシューは磨かれた木に寄りかかって深く息を吸い、暖炉のほうへ歩いていくペイシェンスを目で追った。

オイルランプの光は小さくしぼってあったが、部屋にふたつある暖炉は赤々と燃えている。ゆらめく炎が金箔《きんぱく》で装飾された本の背表紙を照らし、壁全体が金のかけらで輝いているように見えた。だが、ペイシェンスの髪の毛は、その比ではなかった。彼女の髪は、まるで燃えさかる溶岩だった。そしてふり返ってこっちを見たとき、炎がペイシェンスを輝くばかりに照らしだし、その姿を見ているだけで胸が痛くなった。

彼女を絶対に手放したくない——。

「ロンドンとか、カヴァッリだとか、いったいなんの話だ」マシューはたずねた。

ペイシェンスは暖炉の前からマシューをじっと見つめた。「ミスター・カヴァッリは、ベルトン・ハウスのブラウンロウ家を訪ねる途中、教会でわたしの演奏を耳にする機会があったの。すいぶん褒めてくださったものだから、父が夕食にご招待して、そのとき、ロンドンへ来て自分のもとで学ばないかと声をかけてくださったの。父は慎重に検討して、照会状も何通か取り寄せたうえで、やっとロンドン行きを許可してくれたわ」胸の前で両手を合わせた。「ミスター・カヴァッリが女性の生徒をとるのは、これがはじめてのことなのよ。ものすごく光栄だわ。なにしろ、ヨーロッパ屈指のチェロの名手と謳われる人だから」

「どんな人物かはよく知っているよ。八年近く、彼について学んだから」マシューはドアから離れた。「あいつは女好きだ。それを知ってたか?」そう質問しながら、ペイシェンスとの距離をつめた。

「だって結婚しているでしょう」ペイシェンスはこたえた。

「ああ、結婚している女好きだ」

「七十三歳よ」

「七十三歳の、結婚している女好きだ」

ペイシェンスは緑色の瞳でじっとマシューを見つめ、金色に光る眉を片方あげた。「自分のところで学ぶよう誘ったのは、わたしのスカートをめくる機会をねらってのことだと暗に言いたいの？」

目の前にいるペイシェンスから、梔子のかすかな香りがただよってくる。「なにかを暗に言おうとしているわけでもないし、カヴァッリのもとで学ぶ価値があるとか、ないとかいう話でもない。たんに、フェルナンド・カヴァッリは老いてなお家じゅうの女たちを相手にできるほどの、たいした持ち物をもっているという話をしているんだ。それにもちろん、家のなかにはカヴァッリを受け入れる女たちがいる」

ペイシェンスはうなずいたが、無表情だった。「よくわかったわ。教えてくれて感謝します」

「どういたしまして」マシューは硬い口調で応じた。「その予定を、正確にはいつ僕に話すつもりだった？」

ペイシェンスは顔をあげた。「いちおう言っておきますけど、あなたといっしょにいた数少ない機会には、わたしはべつのことで気が散っていましたから」

彼女の驚くほど美しい瞳を見た。だったら、毎日、毎秒、ペイシェンスの気を散らせばいい。しつこく、永遠に気を散らせばいい。「いってほしくない」

マシューを見つめる瞳になにかがよぎったが、まばたきとともにすぐに消えた。「どうして？」

きみは僕のものだから。

いまのマシューの人生にある、すばらしくて、スキャンダルに汚されていない唯一のものだから。

きみが必要だから――きみを……。

一歩、ペイシェンスに近づいた。「きみと僕は、特別なことをやりかけたところだ――中断したり、やめたりできない特別ななにかを」彼女の目の表情が変わったように見えた。もう一歩近づくと、スカートが脚にあたった。「きみも感じているはずだ、ペイシェンス」

ペイシェンスの唇がひらき、首の脈が動いて、つけているカットビーズがきらめいた。

「そうね」

「僕らの関係ははじまったばかりだ」手の甲でやわらかな頬をなぞった。「見せたいものや教えたいことがまだまだたくさんある」手をおろした。「だが、きみがロンドンにいったら、なにもできない」

彼女の聡明な目はマシューを見つめたまま動かなかった。「ロンドンに訪ねてくればいいわ。わたしはマッティおばさんの家に厄介《やっかい》になる予定よ。あなたのお兄さんはあそこのトレリスをよじのぼって姉を抱きにきたわ」

マシューは首をふった。

ペイシェンスは顔をしかめた。「どうしてだめなの？」

「僕がきみに教えていることには時間がかかる。夜のあいだの数時間だけでは、とても足りない」あげた手をペイシェンスの胸においた。「そばにいて、いつでも会える状況が必要なんだ」

彼女の息づかいが速くなり、眉が寄った。「どのくらいの期間？」

永遠に。

「当分のあいだ」マシューは穏やかに言った。ペイシェンスの胸の鼓動が手に伝わってくる。

「わたしの音楽はどうなるの？」彼女の声は低いままだった。「音楽がわたしにとってどれだけ大切か、ちゃんと伝えきれていなかったようね」

身頃の内側に指をすべりこませた。乳首は硬くとがり、指で挟むと、ペイシェンスは息を吸いこんだ。「要するに、なによりも音楽が優先されるということだな。自分の満足よりも」

彼女は顔をしかめた。「肉体的な喜びは、ひとつの満足にすぎないわ。チェロはわたしのべつの部分を満たしてくれる」ペイシェンスはマシューから身を引いた。「絶対にチェロをやめるつもりはないから」

見ていると、用心深い顔つきに変わるのがわかった。なぜそんなに身構えるのだろう。

「やめろとは言ってない」

彼女はさらに一歩、うしろへさがった。「でも、たしかにそういうふうに聞こえたわ」

マシューは一歩追うかわりに、炉棚に肩をつけてもたれた。「ひとりの教師をあきらめろと言っているだけで、楽器の話をしているんじゃないよ」

「ミスター・カヴァッリみたいな先生に毎日出会えると思って？　わたしは女よ。あなたが当然のように考えるチャンスは、わたしにとってはちょっとした奇跡なの」

「じゃあ、僕らのことはどう考える？　こんな出会いが毎日あるとでも？」

ペイシェンスはこたえなかったが、目をそらすこともしなかった。

「きみもわかっているんだよ。僕らが共有していることこそ、ちょっとした奇跡なんだ」彼女の姿に目をゆっくり這わせる。呼吸に合わせて上下する胸のふくらみを見て脈が速くなり、濡れた太ももを想像して股間が反応した。ふたたび目を顔にもどした。「それに、きみの持つ女としての本能を、僕は強く感じている。僕らがはじめたことは、きみの女らしさに焦点をあて、光を投げかけることだ」ペイシェンスの唇がひらいて、目にはやわらかな欲望の光がうかび、マシューは股間に着々と血が流れこむのを感じた。「ペイシェンス、僕らがやりはじめたことは、単なる肉体的な悦びよりもはるかに意味のあることだと、いまに、きみもわかってくるだろう。この奇跡を追求することは、音楽の追求と少なくともおなじくらいの価値があると思わないかい？」

ペイシェンスがいくつかの考えのあいだで揺れ動いているのが、手に取るようにわかった。彼女は眉を寄せ、唇を舐めた。「もしかしたらね。でも、そのためにチェロを犠牲にすることは絶対にしないわ」

マシューは相手の顔をじっと見つめた。「だったら、僕がきみに教えよう」

ペイシェンスの目が大きくなり、暖炉の赤い光のなかでさえ、顔が白くなったのがわかった。「いやよ」

目のなかにまたしても壁があらわれたのを見て、マシューは眉をひそめた。「なぜだめなんだ？　僕はカヴァッリのもとで何年も学んだ。カヴァッリの知っていることで僕に教えられないことは、なにひとつない。いや、むしろ、それ以上のことを教えられる」

「いやだと言ったでしょう」ペイシェンスは背を向けたが、すぐにふり返った。「最初から言ったはずよ――チェロが第一だって」

マシューの心に怒りの火がともった。眉を寄せて腕を組んだ。「どうしてだ？　どうして音楽が第一なんだ？　なぜ、結婚よりも、出産よりも、それに自分自身よりも優先させるんだ？　なぜ音楽の追求という祭壇に、犠牲としてすべてのものを捧げないといけない？」

ペイシェンスは身じろぎした。スカートに押しつけた手はふるえている。「あなただって楽器を弾くんだから、わかるでしょう」

「いや」首をふった。「はっきり言ってわからないね。自分の楽器には愛情を持っている。じつを言うと、亡き父――」うっかり言いかけて口をつぐんだ。「ジョージ・ホークモアが褒めてくれた唯一のものが、チェロの演奏だった」マシューは相手の苦悶する目を見すえた。「でもいまは、僕らの関係を捨てるくらいなら、自分のチェロを火に投げ入れるほうを選ぶよ」

その宣言に驚きはなかった。本当のことだ。彼女をそばにおいておくためには、なんだってするだろう。だが、なぜペイシェンスはおなじように感じないのだ？「なぜだ、ペイシェンス？　なぜ、楽器ごときに人生を支配されるんだ？　舞台に立つことを夢見てるのか？」声がだんだんきつくなったが、どうにも抑えられなかった。「ほしいのは名声か？世界じゅうをまわって、生涯ずっと――きみとそのチェロで――あっちへいったりこっちへいったりしながら、演奏しつづけるのか？」

「ちがうわ！」ペイシェンスは拳をにぎりしめた。「どうしてみんな、わたしが楽器に身を捧げるのは名声や財産のためだと考えるの？」

「じゃあ、教えてくれよ。理由はなんなんだ？　なぜ、チェロがそんなに大事なんだ？」マシューは叫んだ。

「わたしだけのものだからよ！」ペイシェンスも大声で言い返した。「わたしが十分に愛情をそそげば、チェロはけっして、絶対に、わたしを見捨てない！」

なんの話をしている？

怒りが消えて、守ってやりたいという衝動が強くわいた。

ペイシェンスはあえぐように息を吸って、目をきつく閉じた。ようやくまたあけたときには、無理につくった冷静な顔をしていた。「わたしにとってチェロが大事なのは、やりがいをあたえてくれて、わたしを絶対に失望させないから」張りつめてはいるが静かな声で、目は濡れて光っていた。「それに、ただの木と弦にすぎないけれど、チェロはわたしを慰めて満足させてくれる」

マシューは彼女に近づいていって、その美しい顔をのぞきこんだ。下唇はふるえているが、ひと粒の涙もこぼすまいとこらえている。

胸が締めつけられた。

絶対にきみを見捨てない。

彼女のほっそりした腰に手をおいて、身をかがめてそっとキスをした。唇はやわらかで、息は甘かった。もう一度、そしてさらにもう一度唇を重ねてから、マシューは身を引いた。頰に濡れた筋が光り、身体がふるえているのが感じられる。ただの音楽教師の話よりも、もっと根深いなにかがあるのだ。マシューは残った涙を親指でぬぐった。「ともかく、僕の申し出を一度考えてみてほしい」

ペイシェンスは無言のまま、緑の瞳でマシューを長いこと見ていた。

「わかったわ、マシュー」

マシューはうなずいて、ペイシェンスを抱きしめた。

だが、彼女の頭を胸に抱き寄せながら、マシューは自分が不確実な答えをただ待つような真似はしないことを自覚していた。

ペイシェンスを手放さないためには、なんだってやる。

どんな犠牲をはらっても……。

ペイシェンスは化粧着を脱いで暖炉の前に立った。赤々と燃える火が裸の肌にあたたかく、身体をおおいたくなる衝動をこらえる助けとなってくれる。すでに何度か、いったん脱いだ化粧着を着なおした。裸で歩きまわるのにどうも違和感があったからだ。けれども、ペイシェンスの決心は固かった。

マシューの命令について、疑問を持つ余地はない。服を脱いで、彼を待つ。

けれども、申し出のほうはどうだろう。

それに、ペイシェンス自身が言った言葉は、なんだったのだろう。いつの間にか心に棲《す》みついていたあの言葉。チェロに身を捧げているのは、本当にあんな絶望的で哀れな欲求からなのだろうか。そう思うと不愉快だった。

肉体的な欲望の満足以外には、自分の人生に足りないものはないと思っていた――それもいまは、マシューが満たしてくれている。ペイシェンスは悲運を嘆いたり、恋に焦がれたりする弱い女ではない。強い女で、毎日が充実している。

暖炉の前を行き来しながら、長い巻き毛に指をからめた。たしかに失恋は経験したけれど、心の痛手からはきれいさっぱり回復した。もう傷ついていないし、切ない思いに悩まされることもない。そもそも、ペイシェンスが必要とするものはとても少なかった。愛を追い求めていた日々に発見したことのひとつが、それだ――わたしはだれのことも必要としない。自分の面倒は自分で見られる。愛と縁がないのだから、結婚する必要だってどこにもない。

チェロだけに情熱をそそいできた。そして、チェロのことはたしかに愛している。

さらに行き来しながら自問した――だれだって、なにかに情熱をそそいだり、なにかを追求したりする。極めようと努力するのでなければ、そもそも追求する意味がない。当然、なにかを極めようとすれば、それに専念して訓練するが必要で、そうなるとロマンチックな恋愛の機会が奪われるのはあたりまえのことだ。

よじれた巻き毛をはなして、うなずいた。自分の決意は、どこをとっても筋が通っているように思える。

暖炉に背を向けて、眉を寄せて唇を噛んだ。それならばなぜ、なにかがまちがっていると感じるのだろう。あの予想外の言葉が自分の口からこぼれたとき、どうしてあんな悲しみを感じたのだろう。自分を哀れむ理由など、ひとつもないのに。

眉間のしわが深くなった。できることなら、あの言葉を取り返したい。

いらいらとため息をついて、両手を太ももにこすりつけ、時計に目をやった。もうすぐ十一時になる。マシューはどこにいるの？　胸の先がとがって胃に緊張が走った。彼がおいていったデカンターから、グラスにブランデーをそそいだ。

カヴァッリのところで学ぶのをあきらめてくれというマシューの言葉は、うれしくもあり、悲しくもあった。ペイシェンスをいかせたくないという彼の気持ちを知って、喜びを感じたのはたしかだ。それでも、こんなチャンスをあきらめるなんて無理にきまっている。ヨーロッパじゅうのチェロの演奏者が、カヴァッリに師事したくてチャンスを争っているくらいなのだ。マシューとの関係は、またあとでつづければいい。

でも、あとというのは、いつのこと?

マシューが出した代替案のことを考え、筋肉がこわばった――マシューみずからが教える。ふるえが来て、ペイシェンスはブランデーを口にした。そんなことは、とうてい受け入れることはできない。それはカヴァッツリについて学ぶのとはまったくべつの話だ。ペイシェンスはチェロの名手としてのカヴァッツリの腕に客観的に惚れているだけで、個人的な思いはない。それに対して、相手がマシューでは淫らな気持ちになって、さまざまな思いがわいて……。

……あまりそばに寄られると、演奏どころではなくなってしまう。

それでも、マシューの演奏のことを考えずにはいられなかった。彼は簡単そうに、流れるように弾いていた。顔をしかめた。まちがいなくペイシェンスよりうまかった。

もしかしたら、マシューに教わっても上達できるかもしれない。

でももし、彼のせいでだめになったら?

寒気が走った。

だめだ。身体にふれることは許しても、音楽にふれることは許してはいけない。それにもし、マシューがじつはロザリンドを失った痛手から立ちなおっていないのだとしたら? 胃がきゅっと縮こまった。もうひと口ブランデーを飲んで、また部屋のなかを歩きはじめた。あの恐ろしいハンフリーズ夫人と対決して以来、ときおりその考えがペイシェンスを悩ませるのだ。

マシューはいまもまだロザリンドのことを求めているのかもしれない。〝優雅な美しさを備えた、生まれも育ちも完璧な〝ロザリンドのことを。マシューが〝首ったけだった〟と〝だれもが知っている〟ロザリンドのことを。

わたしといっしょにいるときも彼女のことを考えているのだろうか。もしかしたらペイシェンスと比べているのかもしれない。それに、ふたりはどのくらい親密だったのだろう。だめ……ペイシェンスは足を止めた。ばかなことを考えるのはやめなければ。マシューは自分のものでもなんでもなくて、ペイシェンスには嫉妬する資格はないのだ。それに、どこかの不愉快な女の言葉に惑わされるなんて、わたしはなにをしているのだろう。マシューは自身の望みを——ペイシェンスを求めているということを——自分の口で語ってくれた。〝僕はこれまでのだれよりもきみを大切に思っている。そのことを疑うな、ペイシェンス〟、そう言った。しかも、わたしは彼のことを信じている。

マシューの言葉より不愉快なハンフリーズ夫人の言葉を信じるなんて、どうかしている。彼はペイシェンスの不信を招くようなことは、なにひとつしていないのだから。たしかに、ダンフォース卿との喧嘩のことは黙っていた——でも、それがなんだというの？　マシューは気高く立派にスキャンダルをくぐり抜けようとしていて、いまはどうやら大勢の人が彼の敵になっている。このうえペイシェンスまでが背を向けることはない。「《預言者は、自分の郷里、親族、家以外では、どこででも敬われないことはない》」静かに暗唱して自分を叱った。

ブランデーの最後のひと口を飲んで、グラスをあたためるために、炉床においた。かがんだときに、胸の重みを感じた。乳房が揺れて、重力にそっと引っぱられる感覚があった。

ゆっくり身を起こした。自分の胸にこんな心地のいい重みがあるとは、これまで気づきもしなかった。

けれども、その感覚はべつの甘い刺激を思いださせた――たとえば平手で胸の先をぴしゃりとたたかれた痛み、割れ目に手を強く押しあてられた快感、口にふくんだときのマシューの太さ。

ゆっくり歩いていって、窓辺の長い姿見の前に立った。この身体のことはよく知っている。けれども、今夜は新たな目で自分をながめた。今夜そこに映っているのは、秘めた欲望を明かされた身体――突如として自分自身のことを知った身体だった。

縛めを求める長い手足。ぎゅっとつねられ、強い言葉をあびせられて赤く染まる白い肌。大きなピンク色の乳首は、ゆうべ手で強くたたかれた痕跡をなにもとどめていない。けれども、内ももの黒っぽい痣《あざ》にそっと手でふれながら、胸にもなにかの痕《あと》が残っていればよかったのにと、半ば思った。そうすればきっと、あのなんともいえない感覚の余韻を感じることができたかもしれない。ああ、またあの熱い痛みを味わえたら、どんなに幸せだろう。

欲望で敏感になった秘所が、同意するように脈打った。その熱くなった貪欲な部分に手でふれる。その気なら、いまこの場で自分を絶頂に導くこともできる。でも、そうしたいとは少しも思わなかった。ペイシェンスは手をおろした。

マシューが欲しい。

ため息をついて暖炉のほうにもどった。身体の芯はうずいていても、心は気持ちのいい穏やかな思いに満ちている。ゆうべベッドに縛られ、ひとりで横たわっていたときも、似たような気持ちになった。ただし、今夜はその思いがもっと強く、もっと深かった。今夜は、多少の理解も経験も得ている。今夜は、自分が正しい場所にいるとわかっている。

暖炉の前で、床に両ひざをついた。

女の部分が大きくなっているのがわかる。

マシューはどこにいるのだろう?

マシューは机の前で椅子に寄りかかり、書きおえたばかりの手紙を読んだ。

親愛なるマエストロ

僕の長年の金銭的な援助に対し、あなたはなんらかのかたちでお返しができないかと、これまで何度かおたずねになりましたね。その方法がようやく見つかりました。

最近あなたは、僕の義理の妹であるミス・ペイシェンス・デアの指導を引き受けられた。ところが僕は、いま現在彼女と離れることを望みません。そこで、彼女を指導することについて気が変わったという旨の手紙を書いて、出していただきたいのです。

できるかぎり穏便な内容を望んでいるので、奥方と相談した結果、美しく若い女性を指導するのは家庭のためにならないと気づいた、そこで残念ながら指導の申し出を撤回せざるを得ない、という伝え方をしてください。

恩に着ます、マエストロ。ここに五百ポンドの小切手を同封します。ミス・デアという生徒を失ったことを補って余りあり、なおかつ、あなたの財布もふくらむことでしょう。手紙がただちにミス・デアにとどくことを期待しています。

くれぐれも頼みます。

M・M・ホークモア

マシューはしばらく手紙をながめた。まちがっている。これは送るべきではない。だが、ペイシェンスが自分のもとを去ることも、絶対に許せない。フィッツロイはロザリンドがよこした手紙のことを、いみじくも必死の行為だと表現した。この手紙にしてもまったくおなじだ。

良心を追いはらい、急いで手紙と小切手をたたんで封筒に入れ、おもてにマエストロ・フェルナンド・カヴァッリと宛名書きをした。明日、ミッキー・ウィルクスにわたしてとどけさせるつもりだった。こそ泥で、ペテン師で、ごろつきだったあの男は、その足でベンチリー屋敷にもどればいい——もっとも、その前にロザリンドにも伝言をとどけさせないといけないが。

カヴァッリ宛の手紙を机の一番上の引き出しにしまう際、元婚約者からの手紙に目が留まった。それとはまたべつの一通の手紙が、今朝から放りっぱなしの郵便物の山からはみだして、角でロザリンドの手紙を矢印のように指し示している。その角のところには、だれのものか一目瞭然の、曲線の多い大きな文字が書いてあった。

マシューは苦々しいものを感じながら、母親の手紙を山から引き抜いた。スキャンダルが起こって以来、母親からもらった手紙はたったの三通だった。最初はなだめすかし、やがて突き放し、最後には怒りが書き殴られていた。どの手紙にも自分のことばかりが書いてあった――自分の言い訳、自分の不幸、自分の望み――自分、自分、自分。マシューのようすをたずねる文章は、文末のほんの二行足らずだ。一度などは、それを追伸として書いてきた。とはいえ、ほかにマシューにかける言葉があるのか？　それに、マシューにとってはどうでもいいことではないか。

あの女が大嫌いだった。母にちやほやされた子どものころの記憶がよみがえって、マシューは手紙を裏返した。母はマシューをとてもかわいがっているようだったが、実際のところ、おおげさな態度のわりには、その関心は表面的で気まぐれなものだった。

新しく愛人をつくるたびに何日も、何週間も、ときには何カ月も家をあけたことは、よく憶えている。そしていつも、マシューのために高価なお土産をかかえて帰ってくるのだが、ほとんどは子どものマシューの関心とは無関係な品だった。それに、ふたりでいるときにはそれなりの愛情でしか接しないのに、ほかの人がいるときには、とくにマークや夫の前では、マシューを大げさに猫かわいがりしているように感じられることがよくあった。あのころですら、母を嫌いだと思うことがままあった。だが、ときどき怒りをぶつけはしても、あとはそのまま放っておいた。

愛している、とくり返し言われていたからだ。

それにあの女は自分の母親だった……。

……だから、マシューはその言葉を信じた。

暖炉で揺れる炎をしばらくながめ、やがて椅子から立ち、歩いていって手紙を火に投げ入れた。手紙は見る間に丸まって、灰になった。人生のあの一時期はもう過ぎ去った。

母親の手紙が残らず灰になると、机にもどった。帳簿がひらいたままになっている。残高を見た。三カ月のあいだに、数字は三分の二近くも減ってしまった。よそでの投資で引きつづき利益をあげてはいるが、グランドウエスト鉄道をどうにか持ちこたえさせるための莫大な出費は、月々の収入をはるかに上まわっている。とはいえ、生半可な覚悟で鉄道会社を創設したのではない。危険かもしれないが、いまは財布のひもを締めるべきときではない。実情よりも、人からどう見えるか、というほうが大切なのだ。ベンチリーとの闘いに勝利するためには、まわりに信頼感をあたえなくてはならない。マシューの財布は底なしだと周囲に印象づけることが必要だ。金を使うことが必要だ。

そうやって人生を先に進めていくことが必要だ。帳簿を閉じて引き出しにしまうと、カヴァッリへの手紙がこちらを見あげていた。大きく息を吸った。自分の人生が勝手に展開するのをただ見ているだけの傍観者には、二度となるつもりはない。自分で手綱をにぎって、自分で選んだ方向へ人生を動かしていくのだ。

もちろんペイシェンスのことも例外ではない。絶対によそにはいかせない。彼女こそマシューの希望であり、マシューが求めるものなのだ。

ロザリンドからの手紙に目を移した。こいつとは大ちがいだ。マシューはピンク色の紙を取って、指でひらいた。

大事なマット、あなたはきっと、わたしに腹を立てているわよね。

そのとおりだ。

だから、わたしが苦しんでいると知れば、うれしいのではないかしら。

そのとおりだ。

でもわたしのほうは、毎日あなたのことを考えています。父が花婿候補をひっきりなしに連れてくるけれど、あなたほどハンサムで〝大胆な〟人はひとりもいません。

だが、見る目がない点では、みんなおなじだ。

もし、わたしとおなじくらい別れたことを残念に思っているなら――

別れたことを、毎日神に感謝している。

――どうぞ連絡して。

あり得ない。

結婚できないからといって、いっしょにいられないわけじゃないでしょう。つつしんで。R

最後の一行をじっと見た。もしも出生の真実が明るみに出なければ、マシューはロザリンドと結婚していた。そうなれば、いつか彼女はこれとおなじ内容の手紙をべつの男に送っていたかもしれない。ひょっとしたらマシュー自身の屋敷にいる従僕や副執事に宛てて。その日から、マシューは寝取られ男となる。ずっと〝父〟と呼んできた男とまさにおなじだ。もしかしたら亡き伯爵とおなじように、血のつながらない子を育てることになったかもしれない。そうやって、マシューの人生は一巡する。

ロザリンドが自分の母とそっくりだと、なぜもっと早くに見抜けなかったのか。胃がきりきりした。考えていると胸糞《むなくそ》が悪くなる。

手紙を机の引き出しに押しこんで乱暴に閉め、部屋を歩きまわった。元婚約者とはいっさい関わりを持ちたくない。それでも、マシューが経済的、社会的に生き延びられるかは、ベンチリーを打ち倒せるかにかかっている。使えるものはすべて使わねば——たとえそれがロザリンドでも。まずは彼女に接触する。そのうえで、どうやって利用できるか検討する。

歩きまわるのをやめて、美しい曲線を描く眉をこすった。一刻も早く終わらせたい。できるなら一足飛びに未来にいって、敗北したベンチリーと、元の威信を取りもどした自分の姿を目にしたい。

だがそれは無理な話だ。マシューは最後まで戦い抜かなければいけない。辛抱《ペイシェンス》あるのみだ。

ペイシェンス。

彼女はけっして裏切らない。

肩から力が抜けていった。ペイシェンスにはデア家の良識と善良な性質が備わっている。それは外套《がいとう》のように彼女をつつんでいて、だれの目にもはっきりと見える。レディ・デアが大声でマシューを演奏に誘ったことで客席がざわついたときの、彼女の堂々と持ちあげられた美しい顔を思った。フェントンに向かって憤然とやり返す姿や、仮面舞踏会の会場をマシューといっしょに歩いたときの、誇り高い態度を思った。ペイシェンスは誠実で裏表がない。そして正直で強い。

部屋の奥の暖炉で揺れている炎を見つめた。

彼女はいい妻になる。

心臓が大きく跳ね、鼓動が激しくなった。

いまはじめて、そう思ったのだろうか、それとも前からわかっていたことなのだろうか？　たぶん、後者だ。ふたりは運命の相手なのだ。神はマシューの手に合うようにペイシェンスを造られ、また神は、ペイシェンスの手を取るべくマシューを造られた。そして、彼女をほかのだれかと共有するつもりも、手放すつもりもないのなら、結婚が当然の道筋ということになる。

それに今朝は、自分がどれだけ家族をほしがっているかを思いだした。おのれの出生に疑いをいだく必要のない子どもたちを、疑う理由をつくることのない女性とともに育てたいと思った。

ペイシェンスこそ、その女性だ——本人が気づいているかどうかは知らないが。

11　二度めの服従

わが妹、わが花嫁は閉じた園、
閉じた園、封じた泉のようだ。
雅歌四：一二

マシューは暖炉のそばにじっと静かに立って、歩いてくるペイシェンスをながめた。部屋のランプの明かりと暖炉の淡い光が、彼女の裸体を金色に輝かせている。歩くのに合わせて、太ももの長い筋肉がうきあがる。脚のあいだの巻き毛が光り、マシューは視線を引き寄せられるままに、平らな腹とかわいい臍《へそ》から、腰のくびれ、それから目を瞠《みは》るばかりの完璧な乳房へと目を這わせた。そのてっぺんの、大きくておいしそうな乳首を見て、口に唾があふれて手に力がはいった。

ペイシェンスは最後の数歩を歩いてマシューの前で止まった。股間がふくらんで、起きあがった。マシューは美しすぎる彼女の顔を見つめ、やわらかな頬を指でなぞった。「レディ・ハンフリーズを相手に僕を弁護してくれて、ありがとう」

眉間にしわが寄った。「だれから聞いたの？」

「フィッツロイだ——ちょうど来る途中に会った」憤りとやるせなさがこみあげて、マシューは歯を食いしばってペイシェンスだけをじっと見た。「弁護されないといけない立場にあることは腹が立たしい。ただしその一方で」手でペイシェンスの髪をなでた。「きみがそこまで公然と僕の肩を持ってくれたと思うと、心強くて、だれにも負けない気がしてくるよ」

ペイシェンスはマシューの胸に手をおいた。「本当に?」

「ああ、そうだ」

「よかった。つぎもそうするつもりだから」もう一方の手をマシューのこわばったあごにあてた。「それに、べつにあなたの立場を弁護しようとしたんじゃないわ、マシュー。だって、弁護が必要なものなんてないもの。わたしはただ、性悪女の悪意からあなたを守りたかったの。あなたにはなんの罪もないのだから」

マシューはペイシェンスの澄んだ真摯な眼差しを見て、彼女の善良さと誇りと気高さに心を打たれた。こんな彼女に自分はふさわしいといえるのか——人から避けられ、破滅寸前で、音楽教師に必死の手紙を出す自分が? この汚れた自分が?

「きみは僕にとって慰めだ」マシューはささやいた。「慰めないといけないのは、こっちだというのに」

ペイシェンスが首をかしげた。「なにを慰めるの、マシュー?」

彼女の髪に両手をからめた。「ダンフォースとの喧嘩にロザリンドは無関係だ」ペイシェンスが目を伏せて瞳を隠したので、マシューは眉をひそめた。ダンフォースとの衝突が一部の人の目に——とくに女性の目に——どんなふうに映るか、よく考えるべきだった。豊かな巻き毛をにぎりしめた。ペイシェンスのまぶたがあがった。「ペイシェンス、僕はロザリンドがだれと結婚しようが——相手がダンフォースだろうが、シャムの王さまだろうが——まったく気にならない。気になる女性はきみだけだ。きみしかいない」ペイシェンスの目をさぐった。「信じるね？」

彼女は揺るぎない眼差しをしていた。「はい、マシュー。信じるわ」

マシューは息を吐きだして、やわらかな唇に短くキスをした。「それから、もうひとつ」唇をつけたまま言った。「晩餐の席に顔を出さなくて悪かった。フィッツロイに聞いたが、僕がすわるはずだったきみのとなりには、モントローズが来たそうだね」人に好かれ、金持ちで、正統な生まれのモントローズ。なにを弁護する必要もないモントローズ。

「ええ」——両手をマシューの肩においた——「とてもあなたの代わりは務まらなかったけれど」間があった。「寂しかったわ、マシュー——いっしょにいてほしかった」

彼女の甘い言葉と押しあてられた身体が、胸にあった苦々しい思いをしずめた。「悪かった」もう一度言った。「僕もできればいっしょにいたかった」

「返すことはしなかったんでしょう？」

マシューは緊張して身を引いた。「なにを？」

「炭鉱よ。モントローズ卿は、あなたは必ずベンチリー卿に炭鉱を返すことになる、と言ったわ。でもリヴァーズ卿とフィッツロイ卿が、公正な賭けで勝ちとったのだから、返す必要はないと教えてくれたの」

　ペイシェンスの美しい知的な顔を見つめた。彼女だってみんなとおなじゴシップにさらされるのだ。悪い噂が耳にはいらないように気をつけなければ。

　急に顔が不安そうにくもった「まさか、返したんじゃないんでしょう？　その必要はないもの」

　ああ、ペイシェンスの言葉を聞くと幸せな気持ちになる――それに、守りたいという気持ちになる。指で彼女のあごをなぞった。「返してないよ」炭鉱もペイシェンスのことも、絶対に手放すつもりはない。

　彼女の口もとが小さくほころんだ。「よかった。公正は公正よ」

　マシューは胸が締めつけられ、首をまげて彼女の唇に唇を重ねた。キスをしながら、図書室で無理やり言わせてしまった、あの苦しそうな台詞《せりふ》のことを思った。過去になにがペイシェンスを傷つけたのか、絶対にさぐりだしてやる。彼女が築いた壁をすべて壊し、いまこうして裸の身体をマシューの目にさらしているように、心も裸にさせるつもりだ。

　唇をはなして、きらきらと光る緑色の瞳を見つめた――期待に満ちた切なそうな瞳を。今後はペイシェンスをそばにおいて守り、この世のあらゆる苦痛からかばうのだ。大切に見守って、彼女が心から求めている強い手を差しのべる。そうしたら、ペイシェンスは正真正銘、自分のものになる。

ふっくらした彼女の下唇を親指でなぞった。

その見返りとして……。

顔を近づけると、ペイシェンスはまぶたを閉じた。

……ペイシェンスはきっと……。

……きっとなにかをあたえてくれる。

彼女の口の手前で、マシューは動きを止めた。

なにか大切なものを。

唇に感じるやわらかな息は、あたたかくふるえていた。キスしないでいるには、ものすごい忍耐を要した。マシューは低い声で、唇がふれそうな距離で言った。「さっきは僕が夕食の着替えを手伝った。今度はきみが僕の服を脱ぐのに手を貸してくれ」唇で口の端をかすめ、頬にふれた。目を閉じて彼女の香りを胸に吸いこむ――肌の優しいにおいがまじって深みを増した梔子の香り。唇で耳をなでると、ペイシェンスのふるえが伝わってきた。「そうやって世話をしながら、僕に手でふれ、かまってほしい気持ちを愛らしく従順に示すんだ」ゆっくり身体をはなして、ペイシェンスの上向きの顔をじっと見つめた。唇がひらいて、頬が上気している。美しい目が揺れてひらき、それを見て、マシューの股間が脈打った。「いいね？」

彼女は問いにこたえる前にゆっくりまばたきして、小さく身をふるわせた。「はい、マシュー」

マシューは低く声をもらし、彼女を腕で抱いて引き寄せ、貪欲に口に舌を突き入れた。ペイシェンスを味わい、腰に股間をこすりつけると、やわらかなあえぎが耳にとどいた。ほっそりしたウエストを片手できつく抱き、さらに強く自分に押しつけながら、もう一方の手で尻をつかんだ。

やわらかで、しっかりしたペイシェンスの身体を感じて、死ぬほど抱きたいと思った。きついあそこに分け入りながら、キスして抱きしめたかった。処女の血でペニスを濡らし、彼女の奥深くに種を植えつけたい。引きしまった尻を強くつかんで、腰を乱暴に押しつける。ペイシェンスはふるえて、マシューの髪に指をからめた。

けれど、我慢が大切だ——我慢し、しかし、強引に進めることが大切だ。

マシューに強引に抱きしめられて、ペイシェンスは身をくねらせた。むさぼるようにキスをされ、大きく太くなったものを強く押しつけられて、ペイシェンスのあそこに欲望の露がしたたった。手がお尻をつかみ、指が肉に食いこむ。痛いけれど心地よかった。つかむ手がゆるみ、またきつくなる。ペイシェンスは彼の口のなかにあえぎ、髪に指をからめた。

けれど突然、マシューの腕から力が抜けて、キスが勢いを失った。ペイシェンスは息をもらして、口をはなそうとする彼を押さえつけた。だが、彼の力のほうが強かった。マシューは腕をつかんでペイシェンスを自分の身体から引きはがした。

ペイシェンスは暗い瞳をのぞきこんで身をふるわせた。目は情熱で燃えている。けれども、態度は冷静そのものに見えた。

「愛らしかったよ、ペイシェンス」マシューは優しく言った。眉があがった。「ただし、褒美として悦びを得るには、まだ足りない」

ペイシェンスは相手をじっと見つめた。彼の言葉に、不満と興奮の両方をおぼえた。マシューはわたしが解放を求めているのを知っているはずだ。わたしは従順だった。それなのに、なぜお預けにされないといけないの？　血が騒いで、女の芯が熱くなった。それになぜ、わたしの身体は、自分を苦しめる拒絶の言葉に興奮するのだろう？

マシューの襟に目を落とした。なぜだかわからないが、性的な服従を要求する命令よりも、脱がすのを手伝えという命令のほうが、従うのが難しかった。彼のものを口にくわえることは喜んでするけれど、上着を脱がせるのは気が進まない。顔をしかめた。わけがわからない。こんな簡単な指示に従うことで、待ちに待った甘い快感を得られそうだというのに。

「なにを考えているんだ、ペイシェンス」

マシューの低い声を聞いてぞくっとした。暗い瞳を見つめた。「自分でも理由がわからないのだけど、着替えを手伝えという指示に従うのが、大変なことに思えるの」

「いまにわかるが、お仕置きのほうがもっと大変だ」マシューが穏やかに言った。

その断定的で冷酷な言葉に、神経にそって火花が走り、脚のあいだのふくらんだ蕾に熱いものが伝わった。全身に火がついて、抵抗する力が燃えて消え、ペイシェンスは従順な気持ちになった。どうしてそんなことが？　言葉と声の調子だけで、降伏する気にさせるなんて。

太ももの奥を濡らしながら、彼のうしろにまわった。肩から前に手をのばして、慎重に上着を脱がせる。上質な布地を手ではらい、椅子の上においた。

「そこじゃない」マシューは部屋の向こうをあごで示した。「鏡台まで持っていくんだ」

ペイシェンスはいらだちをおぼえたが、すぐにその感情を抑えつけた。いったいこの指示のなにがそんなに難しいのだろう？　鏡台のほうへ歩きながら、彼の視線がうしろ姿にじっとそそがれているのを感じ、自分が裸でいることが強く意識された。足を速めたくなったが、ゆっくりしか歩けなかった。一歩踏みだすごとに、うずいている場所に刺激がいってしまうのだ。

上着をそっとスツールにおいた。もどってくるあいだも、マシューの視線がそれることはなかった。脚の奥のうずきがどんどんひどくなる。歩き方が不自然になってはいないだろうか？　格好悪いようすをしていないだろうか？　射るような視線を向けられて顔を激しく火照らせながら、ペイシェンスはようやくマシューの前に立った。クラヴァットに目をやりながら、べつの思いがわいて顔をしかめた。無様な姿をさらしているのかもしれないと思うと、悔しかった。自分の裸を恥ずかしいと感じるのが悔しかった。こんな簡単な役割を難しく感じていることが悔しかった。ペイシェンスはつねに完璧をめざしているはずなのに。

「ペイシェンス」

警告するような声がして、ペイシェンスは顔をあげた。

マシューは眉間にしわを寄せていた。「早くしてくれ」

ペイシェンスはいらいらとため息をついた。日ごろから困っている人に手を貸すのを嫌だと思ったことはない。でも、いまはだれも困ってはいない。「どうして自分で簡単にできることを、わざわざわたしに要求するの？」

目の表情が変わり、しかめた顔が少し優しくなった。「そうされると、うれしいからだ」

「ええ、でもなぜ？」首をふった。「わたしは人に助けを求めたりはしないわ――どうしようもないとき以外は」

「本当に？」彼は強い眼差しで長々とペイシェンスを見た。「それはどうして？」

ペイシェンスは怪訝な顔をした。「どうして、そうしないといけないの？」

しかめたマシューの眉が動いた。じっと見つめられて、どうにも居心地が悪くなって身じろぎした。「そうだ、ペイシェンス」彼が低い声で言った。「今朝の朝食は喜んでもらえたかい」

ますます居心地が悪くなり、やましい気持ちも加わって顔が熱くなった。お礼を言うのを忘れていた。「どれもこれも、とてもおいしかったわ」うなずいた。「ありがとう」

マシューは首をふった。「おいしかったか聞いたんじゃない。喜んでもらえたかと聞いたんだ」

さらに居たたまれなくなった。「おいしかったんだから、もちろん喜んだということでしょう」緊張をほぐそうとして肩を持ちあげ、少しのあいだ床を見てから、マシューの顔に目をもどした。「ただ、朝はいつも練習をするから……」

マシューの眉があがった。「じゃあ、朝食は食べなかったのか」

ペイシェンスは顔をしかめた。「もちろん、食べたわ」自分の声にいらだちが出ているのがわかる。彼の何気なくさぐるような目から顔をそむけて、大きく息を吸いこみ、ふたたび視線をもどして、どうにか小さく微笑んだ。「なにも手をわずらわすことはなかったのに、と言いたかっただけよ」

「煩す？　なにが煩しいんだ、ペイシェンス？」彼の視線がペイシェンスの口もとに落ちた。「わからないか？　きみのことは、僕にはなにひとつ面倒じゃない」目と目が合った。「もしそうだとしても、きみのための苦労なら地球の果てにだっていくよ」

ペイシェンスは息を吸ったが、あわてすぎたのか、深く吸いすぎたのか、胸が鋭く痛んだ。目に涙がしみてくる。べつの方向を向いて息を吐きだし、涙をこらえる。浅い呼吸をくり返して胸の痛みを癒やそうとしたが、消えなかった。マシューに目をもどした。彼の姿を見れば痛みがやわらぐだろうか？

それとも、もっとひどくなるのだろうか？

「僕はきみにとって面倒かい、ペイシェンス？」彼はとても優しい目をしていた。

またしても涙がこみあげてくる。「いいえ」目を伏せ、彼のベストを下に向かって手でなでた。「もちろん、そんなことはないわ」クラヴァットに手をかけて結び目をほどいた。長いシルクの布をゆっくりはずすあいだに、涙が頬をつたった。ペイシェンスはそれを無視した。なぜ泣いているのか、自分でも理由がさっぱりわからなかった。

マシューがいっそう熱心に見つめている。視線が肌に感じられる。ペイシェンス自身はそう思っていなくとも、マシューは感情が外にあらわれるのをいいことだと考えているらしい。目をあげて、彼のほうに顔を向けた。

「ああ、きみはなんて美しいんだ」マシューはささやいて、頭をさげて鼻をペイシェンスの髪にすりつけた。

ペイシェンスはクラヴァットを引き抜き、うるんだ目を閉じて額にキスを受けた。

「きみに世話をやいてもらって、いい気分だ」キスの合い間に言った。「裸の姿を前にしているのがいい。その手が自分にふれるのを見ているのがうれしい」ペイシェンスをながめるためにマシューが身を引くと、ついさっきまで穏やかだった顔に淫らな表情がうかんでいた。

「そのクラヴァットをくれ」

また縛られるのかもしれない。ああ、そのほうがずっと楽だ。こうしたこと――こうした厄介で親密なこと――をやるよりも、ずっと楽だ。ペイシェンスは布をマシューの手のひらにかけた。

「髪を上にあげて、押さえて」

髪？　言われたとおりにした。すると、マシューはペイシェンスの腕のあいだから手を通して、クラヴァットを首にかけた。そのまま動かずに立っていると、彼はやわらかな布を首に巻いて結んだ。ぎゅっと縛ったが、きつすぎることはなかった。

マシューの眉があがった。「これでましかい？」

胸のあいだにたれたクラヴァットを見おろした。一方の端は長くたれて、太ももにふれている。縛られている自分の姿と、首を結わいた心地よい感触が、ゆうべの縛めとおなじように魔法のごとくペイシェンスの気分をなだめてくれた。

小さく眉をひそめてマシューを見た。「ええ。なぜだかわからないけれど、ましになったわ」

マシューの唇の端がわずかにあがった。「服従にはいくつもの段階があるんだ、ペイシェンス」優しいが、きっぱりした声だった。「まずは受け身の段階。ゆうべの経験がそうだ。僕がきみから奪い、きみにあたえ、きみは縛られて服従する。反応して、応えるだけでいいのだから、比較的簡単だ」

たしかに、ずっと簡単だった。

マシューは唇を舐めた。「だが、つぎの段階では自分から動かないといけない。ここでは僕はきみを縛らずに、僕を喜ばせることをしろと要求する——要求には性的なものも、そうでないものもある。たったいま経験したように、こっちのほうが難しく感じられることもあるだろう。でも——」親指がペイシェンスの下唇をなぞる。「それも最初のうちだけだ。自分の誤ったプライドが、幸せと満足のじゃまをしていると気づくまでのことだ。服従することに誇りをおぼえるようになれば、なにも問題はなくなる。ただし、いまのところは」——首のシルクにふれた——「この首かせの助けを利用するといい。実際には縛られていなくとも、これがあれば自分の立場を忘れないし、僕がいつでもきみを縛れることも忘れない」

ペイシェンスは夢中になって聞き入った。マシューの言うことすべてが魅力的で刺激的だった。

「さっき〝いくつもの〟段階があると言ったわね」

マシューの瞳になにかがよぎった。欲望？　興奮？「つぎは、お仕置きに従順になるという段階だ」彼の目がペイシェンスをさぐるように見た。「その段階を通じて、お仕置きが自分のためになると発見するんだ。罰をあたえられることで、きみはすなおになり、安心感を得て、従順でいられる。だが、罰はきみを強くもするんだ――焼きを入れることで鉄が強くなるようにね」手で髪をなでた。「そのうちに、快楽を愛するのとおなじくらい、お仕置きをこよなく愛するようになる」

そういえば昨日の晩、ペイシェンスが期待された返事をせずにいると、彼は愛撫するのをやめた。脚の奥がうずいた。「わたしはもう罰を経験しているのね？」

「罰には小さなものから大きなものまである。きみが経験したのは、ただの軽い懲らしめだよ」マシューはズボンのなかのふくらみの位置を調整した。「本当のお仕置きを経験すれば、ちがいがわかるだろう」

乳房の下で心臓が跳ね、脚の奥から蜜がほとばしった。どんなお仕置きのことを言っているのだろう？

「話はもうやめだ」マシューは手をのばし、目に暗い光をうかべた。「その手綱を僕にくれ。そして、自分が僕の要求と気まぐれの両方に支配されていることを、肝に銘ずるんだ」

ペイシェンスはたれた布を持ち、マシューのひらいた手を見た。背筋がぞくぞくする。シルクの布を彼の手のひらにかけた。

「よし」マシューはペイシェンスを引き寄せると、そっと唇にキスをした。「じゃあ、僕からのつぎのお願いだ。ブランデーを取ってくれ」

炉床においておいたことを忘れかけていた。しゃがもうとすると、マシューがシルクを引っぱった。彼のほうに目をやった。容赦のない表情がうかんでいる。「腰からまげるんだ。それから、うしろをふり返るな」

顔が熱く火照った。ブランデーのグラスを見おろし、あんな場所においたことを後悔した。ペイシェンスはそれ以上余計なことを考える前に、急いで腰を折って身をかがめた。手綱がゆるんで落ち、グラスをつかんだと思ったそのとき、彼がうしろに来てお尻をなでてもんだ。身を起こそうとすると、背中を押さえつけられた。彼は小さな足台を足で前に引き寄せた。

「そのままの体勢でいろ」

ペイシェンスは唇を嚙み、しぶしぶ低い小さな台に両手をついた。彼の長い指がお尻をもんで、肉を強くつかんだ。とても心地よかったが、あまりに恥ずかしい体勢に顔から火が出そうだった。けれども、愛撫は容赦なくつづき、彼の手がお尻の丸みを外側から内側までなでた。

はっと息を吞み、ペイシェンスはもう一度上体を起こそうとした。

またしても背中を押さえられた。「そのままと言ったはずだ」厳しい声だった。それからふたたびお尻への愛撫がはじまり、強くにぎられて、ペイシェンスはあえいだ。「気持ちいいかい、ペイシェンス？」

「ええ」ペイシェンスはささやいた。

「だが、恥ずかしさも感じている」マシューは手をはなし、また肉をつかんだ。「それに無防備さを」

「ええ！」

「恥ずかしさを感じる必要はない。きみはどこをとっても美しいんだ。それに僕を喜ばせることは、恥ずべきことでもなんでもない」つかむ力がゆるみ、ペイシェンスは目を閉じて身体から力を抜こうとした。「ただし、無防備でいることの弱さについては、それを受け入れるすべを学ばないといけない」手がお尻と腰の丸みを這う。「弱さは、きみを柔軟にすると同時に強くする。それに言うまでもないが――」マシューは身をかがめて、腰の曲線に唇でふれた。「弱さをさらけだす姿は、目にも美しい」肩の骨に両手をそわせ、背骨にキスをする。「そして、恐怖心に打ち勝って無防備になれる人間は、ごくひとにぎりだ」ペイシェンスの両脇を手で強くさすりながら、マシューは身体をはなした。「いいか、動くなよ」

彼が真うしろでしゃがんだので、ペイシェンスははっとして閉じていた目をひらいた。いま聞かされた言葉にもかかわらず、恥ずかしくて顔が焼けるようだった。

「ああ、ペイシェンス」かすれ声で言う。「愛らしいペイシェンス」マシューはふたたび両手でお尻をつかみ、割れ目がよく見えるように肉を押しあげた。「こんなにも腫れて、濡れている」

　ペイシェンスはうめき、一瞬頭をあげた。自分の女の部分がどんどんふくらんでいくような感覚がした。

「これほど美しく飢えたあそこは見たことがない。ながめているだけで股間が痛くなる」

　手が離れ、ペイシェンスが顔を下にもどすと、彼が床にひざをついてズボンのボタンをはずしているのが見えた。そして、大きくなったものがあらわれた。太く硬くなって、赤黒い先端から絶え間なく汁をしたたらせている。嚢は張りつめているようだった。

　頭をあげて、口にあふれた唾を飲みこんだ。マシューはペイシェンスのお尻をつかみながら、反対の手で自分の股間を力強くしごいた。けれども、すぐにそれを解放し、その手でペイシェンスのお尻の反対側をぎゅっとつかんだ。つぎの瞬間、ペイシェンスは驚いて跳びあがった。太ももの内側の近くを、舌が大きく舐めあげたのだ。息が止まり、身体がふるえた。マシューが太ももの湿り気を舐めとり、肌をついばみ、吸いついている。そのあたたかな口の感触に、欲望があおられて恥ずかしさがどこかへ消えていった。

　ペイシェンスはつっぱっていた腕をゆるめて、腰をさらに深くまげた。脚をまっすぐにのばしたまま、お尻を突きだした。髪が床をこすり、太ももの裏側の筋がのびて、胸の重みが感じられる。マシューは反対の太ももに移り、その拍子に腰がペイシェンスのほうに持ちあがって、股間が重そうに揺れた。我慢できなかった。ペイシェンスは息を呑んで、脚のあいだから腕をのばして、彼のものを手でつつみこんだ。

マシューはあえぎ声をもらし、ご褒美をあたえるかのように、濡れた舌全体を使って彼女の腫れた割れ目をじかに舐めた。ペイシェンスは甘い声をもらして身体をふるわせ、腰を突きだしながら、棍棒《こんぼう》のような彼のものをにぎってしごいた。手にずっしりと重く、美しい血管の筋がういている。ああ、こんなものに貫かれたら、どんな感じがするのだろう。

脚のあいだが痙攣して、蜜があふれた。心臓が激しく打ち、解放されたくて気が狂いそうだった。一瞬、マシューの手がゆるんだが、彼はべつの場所をあらためて強くつかみなおし、舌を割れ目に突き入れて、あふれる蜜を舐めとった。その一方で、奥にあってふれてもらえない女の蕾がますます狂おしくうずいた。

ペイシェンスは短く息をし、泣きそうになりながら彼のほうに身体を押しつけ、もっと奥まで自分をさらけだそうとした。マシューの舌が深くささり、あごがあたったが、それでもまだ足りない。腰ががくんと跳ねて、またしても涙が出てきた。急に自分が欲求だらけになった感じがした——我慢できない欲求、古い欲求、新しい欲求、自分でも知らなかった欲求。そして、奥にあってふれてもらえない芯がそれらの欲求をすべて集約していた。

身をよじらせてお尻を突きだしたが、するとマシューは、腰の丸みに舌を這わせはじめた。ペイシェンスはじれったさにうめき、夢中になって彼のものをさすっていると、今度は彼はいきなりお尻の肉に強く嚙みついてきた。はっとなり、鋭く小さな痛みがじかにふくらんだ芯に伝わって、ペイシェンスはふるえる吐息をもらした。ふれられてもいないのに、そこが激しくうずいて反応しだしたのだ。その刺激だけで果ててしまうかと思ったが、彼が口をひらいてお尻に吸いついたので、あと少しというところで絶頂はお預けになった。

身体にふるえが走った。急に彼が離れたせいで、切ない涙がとめどなくこぼれた。マシューはすばやく立ちあがってもう一度お尻を強くつかむと、足台を蹴って暖炉のそばに寄せた。「ここにあがって」ぶっきらぼうに命じた。

ペイシェンスは身体を起こしながら、忘れかけていたブランデーを取った。ずっとまっすぐにのばしていたために脚がふるえ、お尻が甘い痛みでひりひりした。腫れて大きくなったような感じさえする。ブランデーを手わたし、濡れたまつげのあいだからマシューを見た。彼の目は黒々と燃えていた。ペイシェンスが慎重に足台にのると、マシューはすばやく炉棚の端にブランデーをおいた。

足台にあがったとたんに、彼の手が腕の下に差しこまれた。「跳んで」マシューが命じた。跳ぶ？　立っているのも精いっぱいなのに。力はすべて脚のあいだに閉ざされている。ペイシェンスは首をふった。「無理よ」

「やれ」彼はうなった。

さらに涙がこぼれた。心は期待でどきどきしているのに、涙を止めることができない。ペイシェンスは力をふりしぼって跳びあがり、と同時に、マシューが彼女の身体を上へ持ちあげた。

軽いどすんという音とともに、幅の広い大理石の炉棚の上にお尻がのった。彼はそのままペイシェンスを支え、しばらくして手をはなした。脚がぶらぶらと下にたれたが、炉火は小さくなっていたので熱すぎることはなく、また、炉棚には十分な奥行きがあり、すべり落ちる心配もなかった。ペイシェンスは涙をはらい、ふるえる身体を腕でかかえてマシューを見おろした。

マシューは自分を小刻みにしごきながら、暖炉の前を歩いた。「脚をひろげて、踵《かかと》を炉棚のふちにかけろ」

自分をさらけだしたいはずなのに、急にそうする自信がなくなった。けれども、やらないわけにはいかない。ペイシェンスは抑えようもなくふるえながら、命令にしたがった。

それを見て、マシューの鼻腔がひろがった。「尻をふちに寄せて、壁に寄りかかるんだ」

ああ、神さま！　ペイシェンスは慎重に体勢をずらした。あらためて顔が熱く火照る。脚はひらき、腰は上を向いて、あそこが丸見えになっている——しかも、見やすく飾った芸術品のように、炉棚にのっているのだ。

マシューは唇を舐め、女の部分にじっと見入った。「ああ、きれいだ」かすれた声で、ペイシェンスにというより独り言のように言った。ようやく彼が暗い目をあげ、その強い視線を受け、ペイシェンスは頬がさらに熱くなるのを感じた。「そのうちに、裸でいるのが心地よくなる」マシューは話しながら嚢を引っぱり、自分のものをしごきつづけた。「たいていの女は、燃えてその気になっているときしか裸でいることに耐えられない。だが、きみはいまこそイブになるのを学ぶんだ。イブはなににおいても夫に喜びをあたえ、奉仕するために造られた。イブはあらゆる方法で夫に喜びをあたえられ、守られるために造られたんだ」

夫？

「きみの裸は完璧だ」彼がつづける。「服を着る理由は、僕のものであるきみを世間の目から隠すという目的以外にない。だが、そのうちに、ふたりでいるときには、裸でいることを誇らしく思うようになるだろう」そそり立つ巨大なものから手をはなし、険しい顔でペイシェンスをのぞきこんだ。「そしてさっきとちがって、僕の要求に喜んで応えるようになる。それが神の意思にかなったことだと自分でわかっているからだ——生まれたままの姿と、従順な心で、要求に応えることが」

神がイブをお造りになったように！　ペイシェンスは離れていくマシューに向かってうめき、腰をあげた。脚のあいだのうずきが激しすぎて、身体を動かさずにはいられない。ゆっくり腰を揺すってまわし、何時間も前から自分を苦しめている欲望をやわらげようとした。じれったくて、身も心も強烈な感覚にとらえられて、涙が流れた。身体は解放を必死に求め、それと同時に、心は服従に興奮をおぼえていた。

わたしにはそれができる——みずからの意思による、女としての服従。自分の弱さが愛おしかった。首の結び目が心地よかった。それに、性的にいくらじらされても、自分で自分にふれることは考えられなかった。

それはマシューの務めだ。それができるのはマシューだけ。

ベストのボタンをはずしながら部屋を横切る彼を目で追った。リラックスした、それでいて支配者の雰囲気をただよわせた優雅な足取りだった。見ていて心臓が跳ねた。ペイシェンスの喜びを支配するのはマシューで、彼がそうと決め、彼が許してくれたときだけ、ペイシェンスは絶頂を得ることができるのだ。そのためには、自分がどれだけ求めているかを示さないといけない。きっと、そうすれば……。

マシューはなにかの考えに没頭しているのか、こちらには目もくれずにベストを脱いだ。それを上着といっしょにおくと、鏡台の前に立って、袖口のダイアモンドのカフスをはずした。のびた髪が前にたれ、ウェーブのかかった髪が額をふちどっている。やがて彼がシャツを脱ぎ、胸と腕の筋肉が盛りあがるのを見て、ペイシェンスは息を呑んだ。靴とソックスを脱ぎ、手がズボンにかかった。彼は腰をまげてズボンを押しさげ、ほかの服といっしょにおいた。

ペイシェンスは目をそらすことができなかった。なんて美しい身体つきをしているのだろう――裸でいることになんの迷いもないようで、一糸まとわぬ肌は部屋の薄明かりに照らされて黄金色に光っている。

マシューはペイシェンスの存在を無視するかのように行動しているが、彼の美しい猛《たけ》りが、実際はそうではないことを証明していた。硬く堂々とそそり立ち、ふたたびこっちへ歩いてくるときも、太く硬直しきって、ほとんど揺れさえしなかった。

近づいてくる彼に、ペイシェンスは腰をあげて突きだし、無言のうちに自分を捧げて懇願した。

マシューはブランデーを手に取ってふたたびペイシェンスの前に立ち、グラスに口をつけながら、蜜をしたたらせた秘部をながめた。「欲情した処女を見るのははじめてだよ」唇を舐めた。「突起がふくらんで、食べごろの熟れたラズベリーみたいだ」

ペイシェンスは自分の腫れた部分が示していることを——狂おしいほどの淫らな欲望を——重ねて示すようにして、身をよじり、あえいだ。

「いいぞ、ペイシェンス」彼は興奮で張りつめた顔をしている。「もっと示せ。いま大事なのは、股のあいだのことだけだと示すんだ。すべてを忘れて、イブであることを示せ」

マシューは自分を力強くしごき、ペイシェンスはまたも涙がこぼれだすのを感じながら、腰をつきあげた。「お願い、マシュー」

マシューは暗い欲望をたたえた目をあげた。「いまのはなんだ？」

ペイシェンスは涙をこらえ、炉棚から腰を一瞬完全にうかせた。「お願い、マシュー！」しごく手の動きが速くなる。「なにをお願いしたい？」

首をふって、下唇を嚙んだ。彼はペイシェンスに懇願させると言っていた。「お願い——助けて！」

マシューは険しい顔でペイシェンスを見あげた。「なぜ僕が？」

「それができるのは、あなただけだからよ！」

彼が一歩近づく。その瞳は炎のようだった。「僕が必要だと言え、ペイシェンス」

ペイシェンスは身をこわばらせて、きつく目を閉じた。わたしは欲望に対して服従するのか、必要だから服従するのか、どっちなのだろう。後者のはずがない。ペイシェンスはだれのことも必要としていないのだから。でも――目をあけてマシューの瞳を見た――だったらなぜ、いまではそのことが嘘くさく感じられるのだろう？　胸が痛かった。

「言うんだ」マシューがうながした。

「そのとおりよ」ペイシェンスはため息とともに言った。

マシューが一歩近づいて、ブランデーを炉棚においた。彼はあらわになった股の真ん前に立っていたが、目はじっとペイシェンスの顔を見ていた。「なにが〝そのとおり〟なんだ？」

目にひりつく熱い涙があふれてきて、ふいに、自分がこなごなに砕けてしまいそうな気がした。そんなにわたしはもろいの？「そうよ」むせぶようなささやき声になった。「あなたが必要なの」

マシューの目が一瞬閉じられ、すぐにまたひらいた。「心配するな」手をのばして、指の先で涙のひと粒をぬぐった。「僕もきみが必要だ」そう言うと、手を大きくひろげて炉棚につき、頭をさげた。

ペイシェンスは息をつめたが、ふくらみきった芯に舌がじかにふれて、悲鳴がもれた。全身を貫くような熱い刺激に、身体が跳ねてよじれた。強烈すぎる！　ペイシェンスは逃れようとした。けれども、うしろにさがろうとすると、腰をつかまれて炉棚の端まで引きもどされた。

ふくらんだ場所を執拗に舌で責められ、ペイシェンスは身もだえし、あえいだ。もうこれ以上一瞬も耐えられないと思ったそのとき、責め苦のような狂おしさが突然内に向かってはじけ、子宮に、そして心に、深いところに根ざした原始的な欲望がいっぱいにひろがった。

長く低いあえぎ声をもらしながら、股を突きだし、マシューの口に強く押しつけた。脈打つ芯に舌があたったが、いまはもうそれでは物足りなかった。手をマシューの髪に差し入れて自分に引き寄せ、鼻と口とあごに濡れた女の秘部をこすりつけて、彼を独り占めした。心臓が激しく鼓動し、血が駆けめぐる。きつく目を閉じた。ペイシェンスは快楽の、そして肉欲のかたまりと化し、もっとも原始的で淫らな自分以外が消えてなくなった。

それでも、終わりはおとずれなかった。もっともっと、欲しくなるばかりだった。

反対の手もマシューの髪に入れ、炉棚から腰をうかせて、夢中になって彼にこすりつけた。息を切らしてあえぎながら、腰の動きをどんどん速める。マシューの唾が昂ぶった秘部にしたたって、ざらざらしたあごが脚のつけ根にこすれた。彼の指は、お尻の肉に強く食いこんでいる。ペイシェンスは腰を突きだした。両ひざが下においりて筋肉がのびきった。そのとき、内側のすべてのものが緊張から解き放たれ、長い悲鳴とともに砕けた――ペイシェンスという女をつくっていたものが、ばらばらになって飛んでいった。けれども、かまわなかった。身体と心が狂おしい恍惚にふるえ、快感の波が内側から甘くほとばしるのを感じながら、飛んでいった部分がいまの自分に必要ないのなら、それらはそもそも不要なものなのだと気づいた。

なぜなら、今夜、ペイシェンスはイブなのだ――頭で考えることやタブーから解放され、単純で淫らな目的を達成した喜びと奇跡に満たされた、イブなのだ。

マシューは自分自身の欲望をこらえて、身をふるわせた。心臓は早鐘を打ち、一物は鉄のようにかちかちになっている。ペイシェンスの激しく奔放な服従は、あまりにすばらしすぎた。彼女の味、におい、発した声、それらがマシューの内側にある強い野生をかきたてる。彼女の情熱的な露を最後まで飲みこんで、身を引いた。見ているだけで股間が熱くなる。細かくカールしたひと筋の髪が額にたれ、それ以外の美しい官能的な赤毛は、好き勝手に乱れて肩の白い肌に落ちている。頰には涙の筋がついて、唇は濡れている。脚はひらいたまま炉棚からたれている。そして、奔放な巻き毛のすぐ下からのぞく半びらきの目には、満足げな、それでいてなおも淫らに燃える火が灯っている。血が騒いだ。絵に描いたような服従する女の姿だ。だが、まだこれで終わりではない。

低くうなり、手綱をにぎって前に引っぱった。ペイシェンスは息を吞んでマシューの肩に落下した。マシューはそのすらりとした彼女の裸体をかついで部屋を歩くマシューは、自分の欲望が煮えたぎるのを感じた。

彼女をベッドに放った。驚きの声が唇のあいだから出きらないうちに、マシューはその上に身を投げて、美しい肢体を身体で押さえつけた。ペイシェンスは目を見ひらいて、やんわりと抗議の声をもらしたが、彼はそれを無視した。手首をつかみ、太ももの柔肌に股間をこすりつけ、口をあけてクチナシの香りのする首筋をむさぼった。

マシューに抗って身をよじろうとする彼女の身体の感触が、残忍で危険ななにかをかきたてる。このまま無理やり奪いたいという衝動が急にわいて、それをこらえているうちに、額にどっと汗がういた。いったん欲望が意識されると、あとはひどくなるばかりだった。

唇を嚙んでうなり声をこらえ、彼女の手を頭上に固定した。「じっとしてろ」マシューは乱暴に命じた。

ペイシェンスはすぐに動くのをやめて、緑色の瞳を輝かせ、胸を上下させながらこちらを見あげた。

あまりに美しすぎる。彼女のなかにはいりたくてたまらない。だが、約束した。マシューは歯を食いしばった。「身体を固定して、足首を交差させるんだ」マシューは乱暴に言った。

ペイシェンスがじっと見ている。首筋の脈が小刻みに動くのが見え、やがて、彼女の脚が動いた。片手で両手首をつかみ、もう一方の手でうずく一物を彼女の湿った太もものあいだに押しこんだ。熱く濡れた襞にペニスが根もとまで強く密着し、マシューは声をもらした。

身体の下では、ペイシェンスが身をふるわせ、唇をひらいて小さくあえいでいる。マシューは手首をはなし、彼女の顔の両側にひじをついて身体を上にずらして、勃起《ぼっき》したものを腫れた秘所にさらにしっかりと押しつけた。

「ああ、マシュー」ペイシェンスは唇を嚙んで目を閉じた。

いったんわずかに腰を引いて、方向を定めて突きさえすれば、彼女をものにできる。やわらかな巻き毛に指をからめた。だが、それはマシューの望むところではない。ペイシェンスのまつげが揺れた。「いますぐ、きみを奪うことができる」マシューは声をふりしぼり、彼女の太もものあいだに太く長いペニスを差し入れた。「きみのきつい場所にこいつをつっこんで、一瞬にして処女を奪うことができる」ペイシェンスは息を呑み、腰をうかせておずおずと目をあけた。マシューは彼女の髪を強くにぎった。「だが、実際そのときが来ても、僕はそんなふうにはしない」ゆっくりと腰をふった。「少しずつ慎重に進める。そんなにすばらしい贈り物は、あわてたらもったいないからね」

ペイシェンスは魅入られたようにじっと見ている。太ももに力がはいったのがわかった。ペニスが脈打って警告してきたが、マシューは歯を食いしばって自分に我慢を強いた。

「ゆっくりきみに侵入するんだ。きみの内側を引きのばして自分のもので満たしていく、その最高の一瞬一瞬をじっくり堪能するつもりだ。すぐには終わらせない。その一回がきみの記憶に刻まれるように、それに、僕がどれだけその機会を大事に思っているかわかってもらえるように、できるだけ時間をかける」

ペイシェンスがこちらを見あげ、腰が揺れた。瞳には欲望と服従の表情がうかんでいたが、べつのなにかも見えた——胸を刺す優しいなにかが。

心臓が跳ね、ふいに彼女の太ももに熱いものが流れだしてはっとした。これ以上の我慢は無理だ。気持ちよすぎて、どうにもたまらない。「僕の感触に慣れろ」かすれ声でささやいた。「いずれ、しょっちゅう上にのられることになる」

ペイシェンスが甘い声をもらして腕を巻きつけ、マシューは欲望を解き放った。顔を寄せて乱暴に唇をむさぼり、舌を突き入れながら、彼女の太ももでペニスを挟んで腰をふった。

ペイシェンスは苦しそうにあえいだが、マシューは唇を解放しようとはしなかった。彼女の手に力がはいり、腰が揺れだした。血が駆けめぐり、耳鳴りがする。身体の下でペイシェンスが強くのけぞり、それがますます欲望の火をあおった。深く腰をしずめるたびに、彼女のやわらかに濡れた襞を感じる。マシューの肉体と心は、もっともっとと叫んでいた――もっと征服し、支配し、そして突き入れるのだと。

彼女が絶頂に達して、マシューは唇を引きはがした。身体を痙攣させて小さな悲鳴をあげる姿が、ついに彼の自制を奪った。「くそ!」片ひざをついて身を起こし、ペイシェンスの腰をつかんでひっくり返し、腹ばいにさせた。張りのある尻の丸みにペニスをあて、動かないように親指で固定すると、飢えたように激しく、独占欲に駆られるままに腰をふった。鼓動が速まり、耳が鳴った。近いうちに――近いうちに彼女のすべてを手に入れる! 身も心も、自分のものにするのだ! 自分が彼女の尻に残した刻印をながめ、自分のものが尻の盛りあがった丸みのあいだを往復するのを見ているうちに、ついに力がマシューを圧倒した。股間にわいた精がペニスから一気にほとばしり、彼は頭をのけぞらせて解放の叫びを発した。支配と悦びの声をあげて頭をたれ、ペイシェンスのしなやかな背中に独占欲を吐きだしつづけた。

ペイシェンスはマシューのあたたかなものを受けて、身をふるわせた。目を閉じ、腰から力を抜いて、動かずじっと横になっていた。二度目の絶頂の余韻で、まだ芯がほんのりうずき、全身が音にならないざわめきを発しているようだった。シルクの上掛けのやわらかな感触を頰に感じる。マシューの荒い息づかいが聞こえ、脚の両側には彼の脚がぴったりと寄せられている。腰をなでられて、ペイシェンスは息を吐いた。ものすごく満ち足りた気分だった。こんなに満ち足りた気分になれたのは、記憶にあるかぎりはじめてだと、ふと思った。

ペイシェンスは眉をひそめた。そんなことがあるだろうか？　わたしはとても満ち足りた人生を送っているはずなのに。

それとも――？

「どうした、ペイシェンス？」

マシューの優しい声がして、目をあけた。動きを感じてふり返ると、彼は立ってシャツを取ろうとしていた。「わからないわ」ペイシェンスはささやいた。「ただ……なにもかもが、ちがって感じるの」

マシューがそばにもどってきて、シャツでペイシェンスの背中をふいた。それから、ひじをついてとなりに寝そべり、もう一方の手でペイシェンスを抱き寄せた。彼のまつげが揺れた。「なにもかもが、ちがって感じると言ったね？」

「ええ」

マシューはペイシェンスの頰をなでた。「ペイシェンス、なにもかもちがって感じるのは、きみ自身が変わったからだ。この先も、日々少しずつ変わっていくはずだ」

ペイシェンスは眉を寄せた――彼の言葉に賛成できないからではなく、真実を言っているとわかったからだ。心臓が激しく打った。「でも、わたしはどうなるの？」

彼の視線がペイシェンスにとどまったまま、やけに長い時間がすぎた。やがて、マシューはまばたきをした。「本当の自分だよ、ペイシェンス。きみは本当の自分になるんだ」

マシューの顔を見あげると、息苦しいほど胸が締めつけられた。〝本当の自分〟に生まれ変わるのだとしたら、いまの自分はだれなのだろう。それに、これまでの自分は？

彼の手が鼓動する心臓の上におかれた。「心配することはない」優しい手と声に、ペイシェンスはたちまち慰められた。「いまは違和感があるかもしれないが、変わっていくほどに自分自身が見えてくるはずだ」

マシューの視線を受け止めて、手を手でつつんだ。「あなたは？　あなたはどうなるの？」

眼差しがとても優しくなって、美しい目がベルベットのように見えた。「有頂天になる」

唇がゆっくり近づいてくる。「僕はそれを見て、有頂天になるんだ」

12　眠り姫

わたしは眠っていたが、心はさめていた……

雅歌五：二

マシューは心地よい深い眠りから目を覚ました。目をあける前から、となりにあるあたたかな身体と、ほのかな梔子の香りを感じた。

ペイシェンス。僕のかわいいペイシェンス。

華奢《きゃしゃ》な腰にまわした腕に力を入れ、しぶしぶ目をあけて眠れる美女の顔をのぞきこんだ。まだ暗いが、枕もとのテーブルの上の、つけたままにしたオイルランプの淡い光で、姿はよく見えた。彼女はあおむけに寝ていて、顔だけをこちらに向けて、あざやかな色の巻き毛に頰をのせている。まつげが繊細な扇子のように揺れるのを見て、どんな夢を見ているのだろうかとマシューは思った。赤みをおびた金色の眉の片方があがって落ち、少しして、ふっくらした唇から小さく息がもれた。

深い満足感で胸がいっぱいになった。これこそマシューが望んでいることだった――来る日も来る日も、彼女のとなりで目を覚ますこと。

深く息を吸い、ゆっくり吐きだした。ペイシェンスといっしょに千のダンスを踊りたい。百の演奏会で椅子をならべて演奏したい。みなに認められた連れとして寄りそって立っていたい。それになにより、ペイシェンスを守り、大切にしたい。マシューが自分のもとから去るのではないかと彼女が二度と不安がらないように。

巻き毛をひと房つかんで、自分の鼻にあてた。むかしの音楽の師匠とのあいだになにがあったのか、知る必要がある。その男を愛していたのだろうか？

そう思うと腹が立ち、マシューはうかんだ考えを頭から追いはらった。

どうでもいいことだ。相手がだれであれ、そいつはもういないのだ。問題は、彼女がその男から受けたことを土台にして、人生の数々の決断をしてきたという事実だ――それもまちがった決断を。

演奏さえまちがっている。技術においては完璧でも、情感に欠けているのだ。本人がチェロや音楽への愛をあんなにも熱く訴えていることを思うと、意外としか言いようがない。解せない話だ。その点も、かつての音楽の師匠に責任があるにちがいない。

シーツからのぞいている白い柔肌に目をやり、ふたたび、揺れるまつげに視線をもどした。まさに眠り姫だ。ペイシェンスを苦しめる呪縛がなんなのかはまだ謎だが、必ず答えを見つけだしてやる。なんとしても眠りから目覚めさせ、自分のものにするつもりだ。

興奮がわいてきた。彼女の守りの壁を壊していく作業は、大きな喜びをもたらしてくれることだろう。マシューはペイシェンスの征服者にして解放者になるのだ。

慎重にひじをついて身体を起こした。ペイシェンスを見おろしているうちに血が騒ぎだした。「きみを僕のものにするよ、ペイシェンス」小声でささやいた。「絶対に」

ペイシェンスの天使が耳もとでささやいたが、早口な言葉の断片しか聞こえなかった。翼を動かすばさばさという低い音で言葉がじゃまされて、中身が聞きとれなかった。でも、かまわない。彼の抱擁と声の調子がすべてを語っているから――安心していい、僕は絶対にそばを離れないよ。

「わかってる」ペイシェンスは息を吐いた。

天使の身体に抱きついて、肩に頰をつけた。こんなふうに守られていると感じたのは、いつ以来だろう？　わからない。でも、いつだったか、はるかむかしに、これと似たような腕に抱かれたことがある――ぬくぬくとした、不安から守ってくれる心地よい腕に。

額にキスされたのを感じて、ペイシェンスは息をついた。泣きたくなった。このキスさえ、ずっとむかしに記憶から消えたキスを思いださせる。

と、そのとき、天使の力強い腕がゆっくり離れていった。ペイシェンスはしがみついて、引き止めようとした。「いやよ、いかないで……」

また、断片的なささやきが聞こえる。けれども、彼はさらに離れていった。名残惜しそうにふれる感触があり、やがて、かつてペイシェンスをつつんだ腕とおなじように、彼は去っていった。そして、むかしとおなじように、安心感も幸せもいっしょに去っていってしまった。

周囲から天空が消えた。ペイシェンスはひとりぼっちで、荒涼とした丘の上に立っていた。風が吹き抜け、身体が寒くなった。

それなのに、彼女をあたためてくれる腕はない。

そこでペイシェンスは、自分で自分をきつく抱きしめた。

マシューは夜明けの空を見あげ、コートの襟《かげ》を首にしっかり巻きつけた。冷たい空気にさらされて、自分の息も、横にいる大きな鹿毛の馬の息も、白くにごっている。さいわい、ホークモア館とフィルバート一家の居館ジリハーストは、それぞれの領地が逆の方面に向かってひろがっているものの、比較的近い場所にあった。そうはいっても、フィルバート卿の屋敷までは馬で一時間以上の長旅だった。マシューは時計を見た。六時を少しまわったところだ。自分に鞭《むち》打ってペイシェンスの甘い腕から出たのが、午前三時だった。

胸が締めつけられた。彼女はいかないでと言ったが、マシューはどうせ去るならいま去るほうがいいと判断した。彼女についての計画はあとに用意してある。それに、せっかくなら最大限にロザリンドに迷惑をかけてやれと思った。

ロザリンド。マシューはポケットに手をつっこんだ。一生会いたくない相手に会うのだから、なにかしらのものをあの女から引きだささなければ。そう思いつつも、気を変えてここから立ち去りたい衝動に駆られた。

背後で烏《からす》の鳴き声がした。ふり返ってみると、くずれかけの壁に設置された朽ちて動かない古い水車に、数羽がとまっていた。この物悲しい石の小屋にもむかしは川が流れこんでいたが、フィルバート卿はずいぶん前に川の流れを変えてしまった。雑草が羽根板の下にまでのびて、たえまなく板を押しあげているが、それを永遠につづけても水車小屋に命を取りもどすことはできない。

腐りかけた水車に目をやった。

ペイシェンスはマシューの川だ。彼女の存在そのものが、マシューを生き返らせた——彼女の強さ、誠実さ、善良さ、それに彼女の閉ざされた心が。ペイシェンスはマシューの原動力となり、成功への意欲をかきたてる。だからこそ、この面会は避けられないのだ。いずれ彼女を妻にするつもりだが、そのときにはできるかぎりのものをあたえたい——富、地位、安心。貧困、蔑み、不安ではなく。

背筋をのばした。マシューを選んだことを、彼女にはけっして後悔はさせない。輝かしい人生をペイシェンスに用意するのだ。そしてだれにも——もちろん、アーチボルド・ベンチリーにも——絶対にマシューのじゃまはさせない。

静寂のなか、馬の蹄《ひづめ》のくぐもった音が近づいてきた。鳥が騒がしい声をあげて羽ばたき、飛んでいった。ふり返ると、角から馬が姿をあらわした——ミッキー・ウィルクスが前を走り、そのあとからロザリンドがついてくる。

マシューはポケットから手を出して、腕を組んで待った。奇妙な感覚だった。手紙を受け取るまでは、ロザリンドは心からはるか遠くにはなれ、ほとんど思いだすこともなかった。

むしろ、父親のほうがもっとも憎むべき敵となった。だが、顔に笑みをうかべて近づいてくる彼女の姿を見て、自分が実際どれだけロザリンドを嫌悪していたかに気づいた。彼女がマシューを捨てて去ったから嫌うのではない――そのことは、いまとなってはありがたいとさえ思う。そうではなくて、不愉快なのはその去り方だ。去ってなおマシューを罵《ののし》ったあの態度だ。そして、いまこうして笑顔でマシューのところへもどってこようとする神経に腹が立った。

ミッキーとロザリンドがそばまでやってきた。少年は馬をおり、マシューにその意思がないのを見てとると、ロザリンドに手を貸して馬からおろした。彼女はなにも言わず、笑顔のままミッキーの助けを受け入れて、手綱をあずけた。

ロザリンドははにかんだような顔でマシューを見ながら、残りの距離をつめてきた。黒っぽい髪を首のうしろでふんわり結んでいて、冷気にあたって赤らんだ頬にいく筋かの毛がこぼれている。濃い色の瞳には媚びた満足げな表情がうかび、マシューの前に立つと、彼女の笑みはさらに大きくなった。

かつてはロザリンドを美人だと思ったが、いまでは自分勝手で浅はかな食わせものだとしか見えなかった。できることならペイシェンスのベッドにもどりたい。だが、ここでロザリンドの顔を見るためだけに彼女を残してきたのではなかった。

ミッキーがマシューの馬を引きとって去っていくまで、ロザリンドは口をひらかなかった。マシューは腕を身体の横につけて、最後に別れたときのことを思いだした。あれはロザリンドのロンドンの家だった。彼女はマシューに背を向けて、無言で扉を閉めて去っていった。父親がものすごい剣幕でマシューに怒りをぶつけ、最後には彼は家の外へ放りだされた。それにもかかわらず、今朝のロザリンドの表情には、あの日のことを思って胸を痛めたり後悔したりしているようなところがまるでない。それどころか、マシューに恩を着せるような顔でこっちを見ている。

「来てくれると思ってたわ」ロザリンドは言った。

マシューは歯ぎしりした。「そうか」彼女の顔を平手で打ち、うぬぼれた笑みをはたき落とす場面を想像した。「どうしてそう思った？」

一歩近づいてきた。「あなたはわたしを愛していたからよ、マット。愛は四カ月じゃ消えないわ」まつげのあいだからマシューを見あげた。

真実を告げずにおくのが精いっぱいだった――ロザリンドの言うとおりで、愛は四カ月では消えない。要するに、マシューは彼女をまったく愛していなかったということだ。両手をにぎりしめた。自分でも愛していると思っていたことを考えると、さらに怒りがわいてくる。愚かにも、マシューは自分がロザリンドを愛しているという幻想にしがみついた――そして、彼女が自分を愛しているという幻想に。

ロザリンドの茶色い目を見つめ、憎しみをこらえて言った。「きみはどうなんだ、ロザリンド？　いまも僕を愛しているのかい」

彼女は胸に手をあてた。「ええ、大事なマット」

とんだ嘘つきめ。

「見て」ロザリンドはケープの胸もとをひらいた。「わたしがつけているものを見て」

ケープをひらいたときにさりげなく露出した胸は無視し、マシューはサファイアのネックレスに目をやった。婚約したときにマシューが贈ったものだ。首から引きちぎってやりたかった。ロザリンドはサファイアを――それもマシューが買ってやったサファイアを身につけて、一方のペイシェンスはカットビーズをつけている。

「それがなにかの証明になるとでも？」唇がゆがむのを抑えられなかった。「そうは思えないね。きみは愛の究極の試練をくぐり抜けられなかったんだ、ロザリンド」自分は私生児だと告げたときの、彼女の恐怖に引きつった顔は、いまも忘れない。「その後、きみのほうから手紙で破談を申し入れてきた」

「あの手紙は父に書かされたのよ。わたしはいやだったの」

「そうだとしても、手紙を書いたことにかわりはない」

ロザリンドは傷ついた顔をして眉をひそめた。「そんな言い方はひどいわ。わたしはものすごくショックを受けていたのよ、マット」さらに眉を寄せた。「あなたの告白はあまりに衝撃的で、わたしはひどく落ちこんだの。そうならない女がいて？」

ペイシェンス。

「それに、たしかにあなたに腹を立てたわ」ロザリンドは頭をふった。「でも、わたしを責められる？　うちは歴史ある由緒正しい家柄なのに、今度のスキャンダルでその格式に傷がつけられたのよ」下唇がふるえた。「あなたの血筋の悲しい真実が明らかになって、その結果としてわたしも散々な目にあったけれど、それでもわたしは来たわ。こうしてやってきたのよ、マット」

ロザリンドがひとことしゃべるごとに嫌悪感が増してくる。「もう一度言うが、それがなにかの証明になるというのか？　そのうえ、光栄にもきみが会いにきてくれたことに、僕は感謝しないといけないのか？」

ロザリンドの目が涙でうるんだ。

「よしてくれ」マシューは乱暴に言った。

彼女の表情は本当に後悔しているように見えた。ロザリンドはマシューの手を両手でつつみ、それを胸にあてた。「わたしはあなたを傷つけてしまったわ。でも、後悔しているの。本当よ」目に涙をためて、顔を寄せた。「あなたみたいにわたしを愛してくれる人はいないわ、マット。あなたがしてくれたみたいに、わたしに接してくれる人はいない。ふたりのあいだにあったことがそんなに特別だったなんて、知りようがなかったの。だって、あなた以外の愛を経験したことがなかったんだから。ああ、マット」――手をはなして、身体をマシューに押しつけた――「お願いよ。あなたがいなくて寂しいの」

マシューはじっと立っていた。ロザリンドはマシューがいなくなって淋しいのではない。自分をいい気分にさせてくれた人間がいなくなったのが寂しいのだ。代わりくらいすぐに見つかると思っていたのが、あてがはずれ、いまこうして自分を哀れんでいるのだ。

ロザリンドを押しのけたい気持ちをどうにかこらえた。

彼女は目をあげ、暗い色の瞳にふいに色っぽい表情をうかべた。「ねえ、キスして、マット。あのころみたいに——ありったけの力と情熱で。キスしてくれれば、なにもかもうまくいくわ」

「しない」二度と、絶対に。いまではマシューのキスはペイシェンスのためだけにある。

ロザリンドは長いことマシューをじっと見つめ、やがて目を伏せた。「いいの。わたしに腹を立ててるのはわかっているから。でも、いまも愛してくれているのは知ってるわ」言葉を切って、まつげのあいだから上目遣いにマシューを見た。「ダンフォースとの婚約に怒っていることも。喧嘩のことは聞いたわ、マット」ごくかすかな笑みが、唇にうかんだ。「わたしのために喧嘩をしたと思うと、正直に言って、ちょっとわくわくするけれど、あの人に嫉妬なんてしなくていいのよ。嫉妬しないと約束して」

マシューは笑いたいのか、相手の顔をひっぱたきたいのか、自分でもわからなかった。

「いいだろう、約束するよ」

小さな微笑みが消え、すぐに腹立たしげな表情がうかんだ。「ダンフォースはほんとにぼんくらな男よ。でも、わたしはもうじき伯爵夫人になるから、そうしたら、自分の好きなことをするわ」

相手をしばらく見ているうちに、無性に本性をあばいてやりたくなった。「なんなら、いまからいっしょにグレトナグリーンへ駆け落ちして、籍を入れてしまうこともできる」

ロザリンドの目に衝撃がうかび、つづいて動揺の表情がのぞいた。

マシューは嘲笑したいのをこらえた。

「でも……」彼女は目を伏せ、ふたたび目をあげたときには、心から残念そうな顔をしていた。「できることなら、そうしたいわ、マット――本当よ。でも、父は完全にあなたの敵になってしまった。わたしは勘当されてしまうわ。一ペニーももらえずに」手でマシューの頬にふれた。「それに、あなたは今後どうなるかわからないでしょう」

「ああ、わからない」今後はペイシェンスがいる。

「でも、不愉快でもダンフォースと結婚すれば、わたしには彼の爵位が手にはいる。それに、いまある財産も手放さずにすむわ」期待に満ちた小さな微笑を向けた。「しかも、必要なら、あなたを助ける方法だってきっと見つけられるはずよ。金銭面でね」笑みが大きくなった。「それなら父を怒らせることもないでしょう。もちろん、父には絶対に知られるわけにはいかないわ」

「ああ、そうだろう」嘘つきのおまえならお手のものだ。

「でも、大事なのは、わたしたちがいっしょにいることよ、マット――永遠の秘密の愛人として」ロザリンドはマシューを引き寄せた。「ああ、マット、きっと楽しいし、刺激的だわ。しかも、父やダンフォースが知ることは、絶対にないのよ」

「ああ、知ることはない」おまえの愛人になど死んでもならないからだ。

彼女は身体をはなすと、口もとを手で隠してくすくす笑った。「ダンフォースが賭けで炭鉱をあなたに取られて、父はかんかんになっているわ。あなたに聞かせたいくらいよ。いまだにずっと怒鳴り散らしているんだから」

ようやくこの話題が出た。「そこまで？」

「そうよ。ダンフォースを本当に部屋の反対側まで投げ飛ばしたって、知ってた？　愚か者って怒鳴りつけて、おまえのせいで計画が丸つぶれだといって責めたてたの」

マシューは緊張した。「そうか」

ロザリンドの表情が心配そうな顔つきに変わった。マシューを抱き寄せた。「ああ、ごめんなさい、マット。こんな話はすべきじゃなかったわ」腕をつかんで、マシューの胸に頰をこすりつけた。「でも、このことだけは知っておいて。もし父がグランドウエスト鉄道を本当に乗っ取ってしまったとしても、わたしは気にしないって。なにがあっても、ずっとあなたといっしょにいたい。それに、わたしは……」

マシューはその場に凍りつき、ロザリンドの声が耳から遠ざかった。

グランドウエスト鉄道を乗っ取る？　ベンチリーの野郎はグランドウエスト鉄道を乗っ取ろうとしているのか？

怒りで全身が硬直した。もちろん、あいつはその気だろう。あのくそ野郎！　ベンチリーはグランドウエスト鉄道を飢えさせておいて、あとは待つだけでいいのだ。うまい回避の手立てを思いつかないかぎり、マシューが鉄道会社の損失額を支えきれなくなるのは、結局、時間の問題だ。株主は持ち株の投げ売りに出て、破産者となったマシューは経営陣の座から追われる。そこへベンチリーと、おそらく大規模な炭坑の経営者が横からすべりこんできて、土壇場で会社を救う。その恐ろしい一撃によりマシューは完全に破滅し、一方のベンチリーは、格安でグランドウエスト鉄道を手に入れる。

血が煮えたぎるのを感じた。ベンチリーは義理の父になるはずだった男ではないか。にもかかわらず、マシューの破滅を画策し、それに便乗してみずからの繁栄をはかるとは――しかもマシューを追いつめ、マシューの玉座を狙うことで。

歯を食いしばって怒りをこらえた。ベンチリーの巨悪は限度を知らないらしい。あの男に、ほかになにがやれるだろう？　両手をきつくにぎりしめた。それをさぐっている暇はない。ベンチリーを徹底的につぶさなくては。マシューには守るべき未来がある――ペイシェンスとの未来が。

「マット、わたしの話を聞いてる？」

ロザリンドを見おろした。わいてきた感情は、彼女の父親に対するのとほぼ同等の怒りだった。「そろそろいかないといけない」

ロザリンドの顔が驚きの表情に変わった。「わたしはいま来たところよ。てっきり――てっきり、少しのあいだ、いっしょにいられるのかと思っていたわ」

マシューはロザリンドの身体を水車小屋の小道のほうに向かせた。「またべつの機会がある。今日はいっしょにいられない……」

なぜマシューはいっしょにいられなかったのだろう？

ペイシェンスはマシューが寝ていた、からっぽのシーツのほうへ腕をのばした。二晩つづけてマシューのとなりで眠りに落ち、ひとりで目を覚ました。彼がいないのに気づくのは嫌な気分だった。なぜかしら悲しい気持ちになるのだ。

目覚めたときに、マシューの凛々《りり》しく美しい顔が横にあればいいのに。手をのばして、彼のあたたかな存在を感じられればいいのに。できることなら……。

ふいに、泣く前触れのように胸が締めつけられた。どうしたことだろう、ペイシェンスはこの二日間で過去数年分よりたくさん泣いている。

自分の感情に嫌気が差し、となりのからっぽの場所に背を向けて、横向きになった。枕もとのテーブルには燭台がのっていて、そこに走り書きをした小さなカードが立てかけてあるのが見えた。どきどきしながら手に取った。

僕の眠り姫へ

キスをしたけれど、きみは目を覚まさなかった。僕はきみの王子さまだというのに、妙なことだ。またあとで、もう一度キスをすることにしよう……。

四六時中、きみのことを考えているよ。　M

追伸　朝食を用意しておいた。すなおに食べること。

最後の行を読んで、口もとがほころんだ。それからもう一度、最初から読み返した――そして、もう一度。こんな簡単な短い文章なのに、ペイシェンスの暗い気分をすっかり消し去ってくれた。

起きあがると、暖炉のところに朝食の盆があった。銀の蓋がしてあって、中身は見えない。昨日の朝食をありがたがらなかったので、今日も用意してくれたのは意外だった。けれども、ものすごくうれしかった。うれしくて、そして――とにかく、うれしかった。

転がるようにベッドをとびだし、暖炉の前へいって蓋の下をのぞいた。ポーチドエッグにトースト、それに焼きりんごのとなりには、小さなソーセージがかわいくそえてあった。料理はまだだいぶあたたかい。マシューがこれをおいていってから、それほど長くたっていないのだ。

シナモンの香りを胸に吸いこんだ。もし、キスで目を覚ましていたら、マシューは去らずにいっしょに朝食を食べていったのだろうか。それはきっと、すてきなひとときだったにちがいない。

蓋をもどし、鏡台へいった。左側の小さな引き出しをあけながら、もう一度文章を読み返し、〝僕はきみの王子さまだというのに〟というところで目を止めた。

心がふるえた。

わたしの王子さま？

本当に？

本人はそう思っているらしい。

でもペイシェンスは、自分には王子さまはいないものとずっと思ってきた。自分が自分の人生を統治するのだと確信していた——わたしはだれのことも必要としないと。

ペンできれいに書かれた文字を親指でなぞって、眉間に小さくしわを寄せた。昨日の晩、ペイシェンスは、わたしにはあなたが必要だとマシューに告げた。そして、マシューもペイシェンスのことが必要なのだと告白した。さらに眉をひそめた。けれど、おたがいになんのために相手が必要なのだろう？　快楽や肉体的な満足のため？　それはまちがいない。でも、もっとべつのなにかがあるのだ。究極的な服従に身をゆだねているときに、それを感じた——深い心の平安と慰めを。それに幸せ——心地よい、混じりけのない幸せを。

ほかのときにもそう感じた——いっしょにダンスをしたときに加えて、演奏会でマシューが戸口にもたれているのを見たときに。それから、マシューがいろいろなことを言ったとき。あっと驚くすばらしい言葉の数々は、この心にしっかり刻みこまれている。それにいまも感じている——そばにいなくても、ペイシェンスのことを考えてくれているという、いまこの瞬間も。

昨日の朝食の盆にそえてあった折った手紙といっしょに、カードをそっと引き出しにしまった。目をあげ、鏡台の鏡に映る自分の上半身を見た。片手を胸にあてて、もう一方の手で腰のくびれをなでる。マシューとペイシェンスは、生涯をともにする運命の相手なのかもしれない。そう思うと、手がふるえて心臓の鼓動が速くなった。マシューをはじめて目にしたときから感じていたなにかは、ひょっとしたら運命だったのかもしれない。

そうだとすれば、これまでたしかだと思っていたことが全部まちがいだったことになる。そんなことがあっていいのだろうか。あれほど強く確信し、心もはっきり決まっていたのに。ゆっくりうしろを向いて、腰のくびれからお尻のほうへ視線を移した。ペイシェンスは目を丸くし、肩ごしにふり返りながら、さらに身体をうしろにひねった。小さな痣がお尻に点々とついていて、左側の丸みのてっぺんには大きくてくっきりとしたキスマークがついている。脚の奥が熱くなり、唇から息がもれた。見ているだけでうれしくて、気持ちが昂揚してくる。これも、太ももの薄くなったキスマークも、ペイシェンスの服従の小さな証だ。甘い秘め事のたしかな証拠であり、マシューの強い手でふれられたたしかな証拠なのだ。

お尻を手でなで、うっすらと色づいた痣を押してみる。ほとんどなんの感覚もなくて、なぜだかそれが残念だった。小さな痣をじっとながめているうちに、見ているだけで誇りと安心感がわいてくるのに気づいた。けれども、気づいただけで、どうしてそんな気持ちになるのかは理解できなかった。

ため息をついて、小さく眉をひそめた。ペイシェンスは今後こういう女に変わっていくのだろうか。わけのわからない、奇妙で不可解な感情を持った女に。

ふり返ってチェロのケースを見た。そんな変な感情はとてもあてにできない。もしかしたら服従という濃厚な経験をしたせいで、目がくもっているのかもしれない。

顔をしかめた。それとも、むしろはっきり見えるようになってきたのだろうか？

このごろでは、すべてのものが逆に働いているように見える。服従は力で、無防備な弱さは強さ。拘束は解放。罰には喜びがある。

チェロのケースをじっと見つめながら、さらに眉を寄せた。

かつての真実が、いまは嘘に感じられる。

嘘をつくのは大嫌いだった。

マシューは机の前で椅子にもたれて、髪をかきあげた。ロザリンドは、心からの嫌悪と憎しみを顔に出して向きあっていい相手だ。ところが彼はそうするかわりに胸の悪くなるようなやりとりをつづけ、その結果、いまや自分が汚れた感じがしてならなかった。

ロザリンドは有益な情報を——打倒アーチボルド・ベンチリーの決意を新たにさせる情報を——あたえてくれはしたが、それでも、害毒にふれてしまったような感覚をどうしてもぬぐえなかった。

眉をひそめた。屋敷にもどってきて、ペイシェンスがまだ眠っているのを見たとき、キスして眠り姫を起こそうと思った。ところが、彼女は目を覚まさなかったのだ。いまあらためて考えると、自分のキスには純粋さが足りなかったのではないかと思えてくる。マシューには強さも誠実さも足りなくて、ペイシェンスの王子さまにはふさわしくないのかもしれない。

顔をゆがめた。ばかばかしい考えだ。思いすごしだ。

だが、彼はその考えをふりはらうことができなかった。

ドアをノックする音がして、思考がとぎれた。どうぞと声をかけると、ミッキー・ウィルクスがぶらぶらとはいってきた。

マシューは机の正面の椅子を指差した。「今朝はあんな早くに起こして悪かったな」

ミッキーは腰をおろした。「かまいませんよ、ミスタ・オークモア。おいらはいっつもちゃんと起きて、朝早くに馬乗りに出かけるんです」

「ミスター・ピンターの乗馬の訓練が役に立ったようだな。おまえの乗馬姿を見ても、だれもごく最近はじめたばかりだとは気づかないだろう」

「ありがとうございます」ミッキーはにんまりした。「馬はすごく楽しいです。それに先月、馬に乗っておふくろの家に帰ったら、えらいびっくりされましたよ。おふくろは牛のモリーの乳を搾るんで、家の外に出てたんですが、おいらのことを牛乳をもらいにきたどっかの酒落た旅人だと思ったみたいで」ウィンクした。「自分の息子もわからないとは、あきれたもんだ」

マシューはうなずいて、便箋にメモを書きつけた。「少しばかり作法の訓練を受けたら、若い紳士でとおるかもしれないぞ」

「ほんとですか、ミスタ・オークモア？」

マシューは目をあげてミッキーを見た。「ああ、ほんとだ。必要なものを手に入れてきてくれたら、そういう指導を受けさせてやる」

ミッキーは笑顔になった。「手に入れますよ、旦那。絶対に」身をのりだした。「で、今朝は必要なものを手に入れられたんですか？　またあのレディと、もとの鞘《さや》にもどるんですか？」

「冗談じゃない」マシューは顔をしかめて、紙を封筒に入れた。「ロザリンド・ベンチリーはたんに情報を得るための手段だ――彼女の父親との戦争における必要悪だ。できれば、二度と顔も見たくない。だからこそ、おまえにはできるだけ早く、なにか使えそうなものを見つけてきてほしい」

ミッキーはにやりと笑った。「旦那を振ったレディんとこにもどらないと聞いて、はっきり言ってほっとしました」

「ほっとした？」

ミッキーは肩をすくめた。「そうですよ。女々しい男なんて尊敬できませんから。それに、旦那は金もあるし、見てくれだってそれなりだ。すぐに新しいレディが見つかりますって」

封筒を閉じながら眉をあげた。〝金がある〟というのは比較の問題だ。「じつは、つぎに自分のものにする相手は、もう見つかった」

「ほんとに？」ミッキーは前のめりになった。「そりゃよかった、どんな人です？　美人ですか？」眉をあげた。「色白？　黒髪？」

「おまえには関係ないことだ」マシューは机の引き出しをあけて、カヴァッリに宛てた手紙を取りだした。「そのレディの名前はミス・ペイシェンス・デアだということだけ知っておけばいい。今後はいっしょにいる機会もふえるから、おまえもそのうちに顔を合わすだろう。そのときにはベンチリー家のことは話題にするんじゃないぞ」手紙を机の上においた。「彼女が喜ばないのはたしかだ」

ミッキーはうなずいた。「承知しました、ミスタ・オークモア。口をぎゅっとつぐんでます。内緒です。悪魔に聞かれたって言いません」

「いい心がけだ」マシューは贔屓《ひいき》にしている宝石商への伝言と、カヴァッリへの手紙を机の向こうにすべらせた。手から離れた瞬間に取りもどしたくなった。けれども、となりで眠る今朝のペイシェンスの姿が頭にうかんだ。心臓が激しく跳ねた。彼女をいかせるわけにはいかない。ペイシェンスはマシューのキスで目を覚ますのだ。そして、マシューのものになる。

二通の手紙を手に取ろうとするミッキーに目をもどした。「一番早い列車でロンドンに向かってくれ。まず、マエストロ・カヴァッリへの手紙を宛名の住所に持っていけ。それから、スミスフィールド宝石商会に伝言をとどけるんだ。道はどちらも駅で教えてもらえるだろう。用事がすんだら、すぐにベンチリーの屋敷にもどって、必要なものを手に入れろ。ロザリンドから聞いた感じでは、あいつらはすぐにもどる予定はなさそうだ。深くさぐりを入れるには願ってもない機会だろう。僕は僕でやるべき仕事がある。こっちの居所については、その都度使いを送って知らせる。さあ——」金庫を引きだした。「今回の事業の資金面について話しあおう。もしかしたら賄賂《わいろ》も必要になってくるだろう」

「もしかしたらね」ミッキーは笑った。「でも、口説きのうまさなら、まかせてください。とくに、相手がご婦人がたならね」

カヴァッリへの手紙が、宝石商への伝言とともにミッキー・ウィルクスの胸ポケットに消えていった。マシュー自身も口説きのうまさを発揮できるはずだ。

自分こそ彼女の王子さまなのだと、ペイシェンスに納得させてみせる——いまも、この先の将来も。

13　狩りと獲物

……見よ、彼は山をとび、丘をおどり越えて来る。

雅歌二：八

「今日は空が真っ黒じゃないの。狩りについていくなんて、とんでもなくばかな考えだわ。あたしたちといっしょに家にいたらいいじゃないの」

窓辺で空の雲をながめていたペイシェンスはふり返って、マッティおばさんとパッションのほうへ歩いていった。ふたりは家族用の居間の暖炉の前で、のんびりくつろいで朝食を食べていた。ペイシェンスは伯母のカップに新しく紅茶をついだ。「わたしならだいじょうぶよ、マッティおばさん。だって、雨でちょっと濡れるだけでしょう」

「雨でちょっと濡れるだけなら、そりゃ心配なんてしませんよ。でも、今日はまちがいなく嵐になるわ。風邪をひいたらどうするの？　馬が驚いて、あなたを振り落とすかもしれないわ。それに、おお、こわ」――目を真ん丸に見ひらいた――「雷に打たれでもしたら、どうなると思って？　ほら、パッション、あたしのお友達のミセス・ノブヒューがどんな目にあったか、ペイシェンスに話してあげて」

パッションは伯母に笑顔を向けた。「マッティおばさん、そう言われても、わたしはミセス・ノブヒューがどんな目にあったか知らないわ。ミセス・ノブヒューがだれなのかすら、知らないいんだから」

マッティおばさんはパッションをしばらく心配そうに見つめ、やがて手をぽんとたたいた。「きっと妊娠して、記憶力に影響が出はじめたのね。だって、お友達のミセス・ノブヒューのことをあなたにすっかり話したのは、まちがいないもの」

パッションはうなずいた。「きっとおばさんの言うとおりね。許して」

「いつだって許しますとも。それにもちろん、彼女の悲惨な話をあなたがすっかり忘れちゃったなんてことは、本人にはひとことも言いませんから」マッティおばさんは紅茶をすすった。「もし言ったとしても、あなたが忘れっぽい理由をちゃんとつけくわえておくわ。だって、まったく無理もないことでしょう」

ペイシェンスは頭をふって、いらいらした目で姉を見やった。この調子だと、ミセス・ノブヒューの身になにが起きたかわかるころには昼になってしまう。「おばさん、いいから、なにがあったか話して」

伯母は顔をしかめてペイシェンスを見あげた。「ねえ、ペイシェンス、名は〝忍耐〟でも、あなたにはもっと忍耐の訓練がいるわね。お願いだから、ひと息入れさせてちょうだいな」

ペイシェンスは、わざとらしく咳ばらいする伯母を腕組みしてながめた。パッションは焼きりんごで笑みを隠した。

「まあ、もうこんな時間」ペイシェンスはさりげなく言った。「そろそろいかないといけないわ」

「さて」マッティおばさんは急いで先をつづけた。「ミセス・ノブヒューの話をするわね。つい先月のこと、彼女は息子とその家族といっしょに公園にピクニックに出かけたの。楽しい時間をすごしていたところへ、にわかに嵐が近づいてきた。そこであわてて帰り支度をしたのだけれど、銀器をミセス・ノブヒューの座席の下にしまうことが、あとでどんな不運を招くはめになるか、そのときはだれも考えなかったのよ」

「まあ、大変」ペイシェンスは姉を見て眉をあげた。伯母の話のおちが悲劇なのか、笑い話なのか判断がつかなかった。

「まったくだわ」伯母は大げさに言った。「さぞや、ぎょっとして、肝をつぶしたことでしょうね。だって、すさまじい雷がミセス・ノブヒューの真うしろに落ちて、ピクニック用品がぱっと光ったんですから。それで家族全員が恐怖の目で見ている前で、ミセス・ノブヒューの髪の毛がおっ立って、ちりちりになってしまったの！」目を見ひらいた。「しかも、眉毛までちりっちり！」

ペイシェンスとパッションは伯母を見つめ、一瞬後に笑いだした。

マッティおばさんは厳しい顔でふたりを見すえた。「これは笑いごとじゃありませんよ。ほんとに恐ろしい話だわ。彼女の姿を見せてあげたいくらいよ——硬くちりちりになった毛が、あっちへ向いたりこっちへ向いたり。本人も、すっかり持て余してるわよ。前回お茶に招待されたときなんて、つい眉毛に目がいってしかたがなかったわ。どんなに自分にそうじゃないと言い聞かせても、もじゃもじゃの毛虫が二匹、おでこを這っているようにしか見えないんだもの。まったく、気が散るったらなかったわ」

ペイシェンスは笑いで喉をつまらせ、痛むわき腹を押さえて椅子の背につかまり、パッションは両手で顔をおおって、声を殺して肩をふるわせた。

マッティおばさんはお茶を飲んで、ふたりが落ち着くのを待った。二、三度ぶりかえしたものの、笑いの発作は比較的すんなりおさまった。

伯母は白髪まじりの眉毛をあげた。「もう気がすんだのなら、要点にもどるわ」

「要点って？」ペイシェンスは笑いをこらえてたずねた。

「雷は毛に恐ろしい影響をおよぼしかねないということ。それに、雷に近づくような真似はなにがあっても避けるべきだということよ」

ペイシェンスは笑いを噛み殺した。「でも、マッティおばさん、わたしの髪はもとからくるくるよ」

「まさにそこよ。当然のこと、あなたの場合には雷は逆に働いて、そのすばらしい巻き毛がまっすぐにのびてしまうにちがいないわ。それこそ悲劇じゃないの」お茶を口に運んだ。

「いいこと、ペイシェンス、あなたは絶対に家にいなさい」

ペイシェンスが反証に出ようと思ったそのとき、パッションが口をひらいた。「マッティおばさんの言うとおりかもしれないわ」姉はひと呼吸おいてつづけた。「もちろん、マットはがっかりするでしょうけど。いっしょに乗馬をするのを楽しみにしていたでしょうから」パッションは肩をすくめた。「でも、おばさんの指摘ももっともだと思うわ。だって、その巻き毛の安全のほうがずっと重要だもの」

伯母はティーカップをがちゃんと下において、咳ばらいをした。「まあなんてこと、パッション。そんなに妹を甘やかすもんじゃないわ」伯母はペイシェンスのほうを向いた。「ペイシェンス、あなたは狩りについていくべきよ。いくのをやめようか、ですって？　たかが雨でちょっと濡れるだけじゃないの」

ペイシェンスは困った顔をした。姉の助け舟はありがたいが、マシューとペイシェンスをなんとしてもくっつけようとする伯母の意気込みには参ったものだ。「雷の話はどうなったの？」

伯母は、気でも変になったのかという目でペイシェンスを見た。「まさかあなたは鞍《くら》の下にピクニックの道具をしまったりしないでしょう。だから、心配することはなにもないわ。いって楽しんできなさい」

ペイシェンスは腰に手をあてた。「マシューとわたしは結婚しませんからね、マッティおばさん」

「結婚しないですって？　だったら、あなたはだれと結婚するの？」

「だれとも結婚しません――マシューとも、だれとも！　だから、いますぐその考えを捨てて」

マッティおばさんは首をふった。「悪いけど、自分の考えというものは、おいそれと捨てられるものじゃないのよ。少し待ってなさい」

「本気で言ってるのよ、マッティおばさん」

「あたしだって本気ですよ！」伯母はお茶をわきにやって、渋い顔をした。「あたしには理解できないわ、ペイシェンス。なぜあなたは、神さまにあたえられた役割を避けたがるの？　なにが自分を幸せにするか、神さまよりあなた自身のほうが知っているとでもいうの？　女の心と、子を宿す女の身体は、あなたに無駄にくっついているとでも？」

ペイシェンスは伯母の前で身をこわばらせて立っていた。「結婚や子育てに向いていない女性がいることも否定できないでしょう」

「それは否定しませんよ。でも、そういう哀れな人たちとあなたとのあいだに、いったいどんな関係があるというの。あなたはすばらしい母親になるわ。教会学校の子どもたちを見てごらんなさい。しっかりしてて分け隔てのないあなたのことを、みんな慕って尊敬しているじゃない。それに結婚の話だけど——つい昨日、あたしはあなたを桃だと言ったわよね」マッティおばさんはそこで言葉を切って、眉をあげた。「桃はやわらかで、甘くて、みずみずしいわ。桃は食べるためにあるのよ。とてもやわらかくて、甘くて、みずみずしいものだから、もしだれにも食べてもらえなかったら、それこそ悲劇じゃない。食べられてこそ、桃本来の目的が果たされるというものでしょう——目的というのは、やわらかさと、甘さと、みずみずしさを愛されて、大切にしてもらうことよ」

ペイシェンスは伯母を見つめた。胸が少しだけ締めつけられた。教会学校では子どもたちに厳しく接してはいても、たしかに、それぞれの子を心からかわいがっている。けれども、自分がやわらかくて、甘くて、みずみずしいと思うことはめったにない。姉に目をやると、真剣な顔でこちらを見ていた。伯母に目をもどした。「でも、おばさんがまちがっていたら？　わたしが桃じゃなかったら、どうなるの？」

「あたしを信じなさい。それに、マシュー・ホークモアはあなたのことを枝からもごうと、必死になってるわ。彼が近くに来ると、あたしには結婚式の鐘の音が聞こえてくるの」

マシューと結婚？　心臓が跳ねて、やがて神経質に鼓動しはじめた。彼がペイシェンスとしばらくいっしょにいたがっているのはたしかだが、求婚の意思がないことは前にはっきり言っていた。ペイシェンスは首をふった。「マシュー・ホークモアはわたし以上に結婚に興味がないわ」

「なにを言うかと思えば。まったくこんな聡明な娘が、よくもそこまで鈍くなれたものね」

ペイシェンスは顔をしかめて姉を見た。「ねえ、なにか言って、パッション」

「わかったわ」パッションはペイシェンスの目を見つめた。「わたしも、あなたは桃だと思う」

ペイシェンスは驚いて眉をあげた。「なんですって？」

「ほうら」マッティおばさんが勝ち誇ったように言った。

パッションが身をのりだした。「それからマットのことだけど」――優しい瞳は確信に満ちていた——「彼は善良な、立派な男性で——わたしが思うに、彼はあなたのものになりたいと願っているわ」

わたしのもの?

パッションは優しく微笑んだ。「あなたを見るときの目つきでわかる——とても優しい眼差しでじっと見つめているのよ。ゆうべの演奏会では、みんながそのようすを目にしたはず」

ペイシェンスは硬直して立ちつくした。なにもかもが、ひっくり返ってしまうの? ペイシェンスには人生の計画があった——それには桃も結婚もはいる余地はなかった。けれども、伯母も姉も、彼女とはべつの見方をしているらしい。それに、なにより心乱されることに、ペイシェンス自身が、少しずつちがった見方をするようになってきた気がする。

なぜ?

〝きみ自身が変わったからだ。この先も、日々少しずつ変わっていくはずだ。心配することはない。変わっていくほどに自分自身が見えてくるはずだ〟

ペイシェンスは眉をひそめた。ゆうべはそれを信じた。しかも、その言葉はますます真実のように思えてくる。ペイシェンスをたいして知らないはずのマシューが正しいのは、どうしてなのだろう。それに、自分をよく知っているはずのペイシェンスがまちがっているのは、どうしてなのだろう。

顔をゆがめた。自分がまちがっているのは許せない。どうも居心地が悪いし、やりにくい。ペイシェンスは堂々と顔をあげて、姉を見た。「演奏会のことにふれてくれてよかったわ」

マッティおばさんのほうを見た。「それで思いだしたけど、ロンドンのマエストロ・カヴァッリに弟子入りするのに、わたしたちは近いうちにここを発たないといけないでしょう。そのときまでに、ちゃんと用意しておいてちょうだいね」

マッティおばさんは目をむいて頭をふった。「まあ、ペイシェンス。どっちが重要なの？ただの音楽のレッスン？それともあなたの一生の幸せ？」銀色の眉をあげた。「カヴァッリ？それともマシュー？」

マシュー。

ペイシェンスは拳をにぎりしめた。「ばかな話はやめて。マシューは結婚に興味がないの。自分でそう言っていたわ」テーブルにあった手袋を取った。「いい加減にいかないと。そうしないと、本当に狩りにいっしょにいけなくなるわ」

ペイシェンスは急いで部屋を出たが、扉を閉める前に伯母の声が聞こえてきた。

「腐った桃――あの子が腐った桃になったら、あたしは絶対に自分を許せないわ」

ペイシェンスは少しだけ強めに扉を閉めて、大股で廊下を歩いていった。マシューは結婚を望んでいない。彼自身、そう言っていた。でも――歩きながら手袋をはめた――走り書きには、自分はペイシェンスの王子さまだと書いた。

それはどういう意味なのだろう。

角をまがって家族用の区画から出た。きっと、意味はないにちがいない。ただの思いつきで書いたお遊びの走り書きだ。特別な意図もないし、重要なものでもない。あれはただのメモで――。

ペイシェンスの物思いはそこで断ち切られた。三階の廊下の広間に急ぎ足ではいっていったとたんに、ハンフリーズ夫人と例の仲間たちと鉢合わせしたのだ。

侯爵夫人はお高くとまった顔つきで眉をあげ、ペイシェンスを頭からつま先までながめた。仲間の片方に話しかける。「ねえ、アメリア、レディ・ロザリンドが去年の狩りで着ていたすばらしい乗馬服を憶えていて？」相手が無言でうなずくと、夫人はつづけた。「あれはたしか深みのあるオリーブ色で、金の組みひもと金のボタンの飾りがついていたわ。ありきたりの色よりも、ひかえめな色調で洒落ていたわね」――あてつけがましくペイシェンスを見た――「たとえば青なんかより」

ペイシェンスは自分のサファイア色のベルベットのスカートをにぎりしめた。とてもレディ・ハンフリーズとやりあう気分ではなかった。「たしか、ゆうべあなたは青い服をお召しでしたね。ありきたりに見えるのがお嫌なら、手持ちの服を見直したほうがよろしいのではありませんか。では、失礼します」

ペイシェンスはそれだけ言うと、婦人たちの横をすり抜けて、急いで階段をおりた。そして、顔をしかめた。あまり切れのいい応戦ではなかったけれど、いまの状況ではあれが精いっぱいだった。階段の途中で一瞬足を止めて、下の階のようすをながめた。紳士たちは狐狩り用の真っ赤な上着を着ていて、ひしめきあう人々のなかに、あざやかな色が点々と、またかたまりとなって、よく目立っている。けれども、マシューの広い肩と金色の筋のはいった髪は見えなかった——暗い色の射るような目も。どうして彼はいてほしいときにいつもいないのだろう。眉をひそめた。そもそも、どうしてわたしは彼にいてほしいと思うのだろう？

残りの階段を早足でおり、人の群れに背を向けて屋敷の奥へ歩いていった。いらいらして、気が張って、調子が出なかった。ブーツの踵が床をたたくこつこつという音を響かせながら、いくつかの部屋の前を通りすぎた。どこへ向かっているのか、自分でもわからない。ただ望むのは……。

「ペイシェンス」

ペイシェンスは立ちすくみ、心臓の鼓動が速くなった。その声は、たったいま通りすぎた部屋から聞こえてきた。むしゃくしゃしていて、無視して歩きつづけようとも思ったが、できなかった。ゆっくりふり返ると、マシューがドアの内側から美しい目でこちらをじっと見ていた。赤い上着とベージュの半ズボンという格好に、黒い乗馬ブーツをはいた姿は、言葉にならないほど凛々しかった。

彼の甘く優しい眼差しを見て、身体がふるえて息がつまった。その瞳を見ていると、このまま腕にとびこんで、一生抱かれていたいと思えてくる。その瞳を見ていると、希望をいだきたくなる。

緊張が走った。希望は危険だ。希望に溺れてはいけない。実現しないことに望みをかけるより、現状を楽しむほうがいい。

マシューの横に背の高い若者があらわれて、ペイシェンスの考えは中断された。

「びっくりだ」若者はペイシェンスを見て目を丸くした。

マシューは眉をあげて前に進みでて、ペイシェンスを部屋に引き入れた。「ミス・デア、紹介しよう。こちらはミスター・ミッキー・ウィルクスだ」

若者があわてて帽子を脱ぐと、まっすぐの黒髪があらわれて、顔にたれた。「はじめまして、デアお嬢さま」恭《うやうや》しく言った。

ペイシェンスは不愉快な気分をふりはらった。少年らしい美しさを備えた、賢そうな目をした若者だった。なんとか小さく笑いかけた。「わたしは〝お嬢様《レディ》〟じゃないわ、ミスター・ウィルクス。ただの〝ミス〟よ」

ミッキー・ウィルクスは帽子を手でつぶして、首を横にふった。「ミス・デア、言い返してすいませんけど、あなたは――あなたが〝ただの〟なんとかだなんてことは絶対にないです。その、つまり」――ペイシェンスを上から下まで見てから、ふたたび顔に目をもどして、頭をふった――「あなたは――最高だ」

ペイシェンスはあらためて小さく笑いかけた。「ありがとう、ミスター・ウィルクス」

彼はにっこり笑った。「こちらこそ、ミス・デア」

マシューは首をふった。「もういいだろう。いけ、ランスロット。ドラゴン退治が待ってるぞ」

ミッキーは眉をひそめた。「ランスロットってだれです?」

「勇ましい騎士よ」ペイシェンスが言った。

「他人の女にちょっかいを出した騎士だ」マシューが若者をひとにらみして、つけくわえた。

「さあ、仕事にかかれ」

ペイシェンスは身体があたたかくなるのを感じた。わたしはマシューの女なのだろうか？でも、そんなふうになれるはずはない。じきに彼のもとを去るのだから。去らなければいい——。

ミッキーはさらに眉を寄せて帽子を頭にもどした。「はい、すぐに」ペイシェンスに向きなおったときには、晴れやかな表情になっていた。「ばたばたしてすいません、ミス・デア。また近いうちに、あなたのその美しい顔が僕の一日を照らしてくれるのを楽しみにしています」彼はにっこり笑った。ペイシェンスとは三歳ほどしかちがわないのだろうが、急にやけに幼く見えた。「ごきげんよう、ミス・デア」

ペイシェンスはうなずいた。「ありがとう、ミスター・ウィルクス。ごきげんよう」

ミッキーが出ていくと、ペイシェンスはマシューに視線をもどした。

暗い瞳が舐めるようにペイシェンスを見ている。「ドアを閉めて」彼は静かに命じた。

興奮で胸が高鳴ったが、つぎの瞬間には、怒りがわいてきた。ペイシェンスはいらだちと欲望の板ばさみになって、その場に立ちつくした。やがて自分の優柔不断さに腹が立って、肩を怒らせ、ふり返ってドアを閉めた。

ふたたび前を向くと、マシューは机の前に移動していた。こっちを向いて机の角に腰をかけ、長い脚をのばして足首を交差させ、腕組みをした。曇り空で室内は薄暗かったが、マシューの濃い色の瞳がいつものようにペイシェンスの上をゆっくり這うのが見える。手の先に力がはいった。

「きみは美しい」マシューはそっと言った。「こんなペルセフォネなら、プルートは拒否できなかったにちがいない」少しの間があった。「こっちへおいで」

彼の声にぞくっとして、ペイシェンスは自分を止める間もなく、前へ一歩踏みだしていた。けれども、そこで足を止め、身を硬くして動くまいとがんばった。なにも、言われたことに従う必要はない。「あなたがこっちに来て」ペイシェンスは頑として言った。

マシューは美しい口の端をかすかにあげて、首をふった。「ペイシェンス、ずいぶん小さな抵抗だな」

ペイシェンスは眉をひそめた。急にばかみたいな気分になって、ますます腹が立ってきた。

「それでも、抵抗は抵抗よ」

「きみはいつも自分自身の希望に抵抗するのかい？　しかも、こんな簡単なことなのに」

ペイシェンスは歯を食いしばった。図星を指されたのが気に食わなかった。

彼女がこたえずにいると、マシューは眉をあげた。「きみはこっちに来たいんだよ。ほら、我慢しているせいで、身体ががちがちになっているじゃないか。そんな姿はあまり見たくないね」

負けるときまっている戦いに挑んだのではないかと、不安になってきた。「だったら、わたしの緊張を終わらせて。こっちに来て」

マシューは机の端に両方の手のひらをついた。「わかってるだろう。それはできない」

「どうして?」自分でもずいぶん張りつめた声に聞こえた。「あなたも言ったけど、ただの小さな抵抗でしょう。こんなささやかな頼みくらい、聞いてくれたっていいんじゃない?」

「だめだ」マシューはまっすぐにペイシェンスを見た。「それに、小さなことだから重要ではないと決めつけて、僕を言いくるめようとするな。きみは僕を試しているんだ——小さな、くだらないことを種にしてね。だが、試す行為それ自体は、重要じゃないわけではない」

〝小さな、くだらないこと〟という言い方に、ペイシェンスはむっとした。

「もし僕がそっちへいったら、きみは小さな戦いに勝ったのだと思う。勝てば、心にあるもやもやした思いもすっきり晴れると考えている。それだけでなく、これまでの二晩が完全にまちがっていたことの証明にもなるかもしれない、と」

まさにそのとおりだ。ペイシェンスは喉のつかえを呑みくだした。

「だが、真実を言うと、いまきみが戦っている相手は僕じゃない。戦っているのは、自分のプライドや古いまちがった信念だ。僕は敵じゃない。本来あるべき姿の、きみの味方だ。ただし、僕がいま、ささやかなお願いに折れれば、きみを見捨てることになる。きみはつかの間の勝利を味わうだろうが、すぐにとてつもない落胆に見舞われる」

本当に?　ペイシェンスはマシューの暗い揺るぎない目を見つめた。

「心配はいらないよ」彼はささやくように言った。「見捨てたりはしないから」

安心感が胸にどっとわくと同時に、その安心感がなにを意味するのかに気づいて、ペイシェンスは息を呑んだ。ああ、わたしはどうしてしまったのだろう?

「さあ」――マシューは両脚をひらいて、たくましい太ももに両手をのせた――「反抗は本当に耐えられないことのためにとっておいて、こっちへおいで」

最後の弱々しい抵抗を示して、ペイシェンスは一瞬、じっと動きを止めた。

マシューが手のひらを上にして、ゆっくり腕を差しだした。

胸の下で心臓が跳ねた。いきなさい。自分がそう望んでいるのだから。

つぎの瞬間にはペイシェンスの手は彼の手のなかにおさまり、身体ごと長い脚のあいだに引き寄せられた。マシューのこげ茶色の目を見つめた。このほうがいい。彼のそばにいると、とても気分がよかった。

「なにを考えてる?」マシューがたずねた。

「離れているより、近くにいるほうがずっといいって」

表情が優しくなった。「キスしてくれ、ペイシェンス」

とたんに全身の緊張が解けて、ペイシェンスは片手をマシューの首にまわし、もう一方の手を頬にあてた。首を横にかたむけ、口をあけて情熱のおもむくままにキスをする。マシューはじっとしていて、キスに応えようとしないが、それも時間の問題だとわかっていた。ペイシェンスは何度も口を押しあてて、味わい、下唇を噛んだ。マシューの目が閉じられ、頭がうしろにかたむいて、静かに息がもれた。ペイシェンスのなかに欲望が燃えひろがって、口をあけて彼のあごや頬をむさぼった。肌からベチバーの香りがして、頭がくらくらした。とうとう、マシューが低くあえぎ、自分から唇を押しあててきて、独占欲をにじませた激しいキスでペイシェンスをむさぼった。彼の舌が侵入し、腕がペイシェンスを強く抱きしめる。熱い血が身体の中心に押し寄せて、脚のあいだの別の貪欲な小さな心臓を満たした。舌が舌にからみつき、ペイシェンスはマシューのうなじの短い髪に手をあてがい、胸にもたれた。彼はスカートの布の重なりの上から手をあてて、ペイシェンスの腰を自分に近づけようとしている。朝、目覚めたときから、こうされたかった――こうして、一心不乱に抱きしめられたかった。

手が胸におかれて、ペイシェンスは口をつけたままあえいだ。コルセットに隠れた胸の先が硬くなり、服の締めつけの下でうずいている。

「僕をさわって」彼が口のそばでささやく。「きみへの欲望がどれだけ強いか、さわってたしかめるんだ」

ペイシェンスは手をふたりのあいだに差し入れて、彼の太くなったものに押しあてた。マシューのあえぎを耳にし、ふいに太ももに湿り気がつたって、脚のあいだが脈打った。たまらない感触だった。こんなものをどうやって口の奥まで入れられたのか不思議に思えるほど、ものすごく硬くて太かった。しっかり指を巻きつけると、マシューの腰が小刻みに前後しだして、ペイシェンスの興奮はさらにつのった。

彼がなかにはいったらどんな感触がするのだろう――ペイシェンスはまたしてもそのこと

を考えていた。脚の奥がきゅっと縮んで脈を打った。

強く抱きすくめられ、耳もとでマシューのささやき声がした。「さわっていると、濡れてくるか？」

「ええ」あえぎながらこたえ、手でふくらんだ嚢をつつんで、マシューのほうに身体をそらした。

彼はペイシェンスの胸をつかみながら、さらに強く腰を押しつけてきた。「さわっていると、いきたくなるか？」

「ええ。そのとおりよ！」女の芯が訴えるように脈打ちはじめ、ペイシェンスは身体をくねらせた。

マシューはペイシェンスの手に向かって腰をふりつづけている。耳を甘嚙みする彼の吐息が肌をくすぐる。「いますぐ、いかせてほしいか？」

身体が淫らな興奮でふるえた。「ええ」

「どうしても、そうしてほしいか？」

「してほしいわ！」

突然、体勢が入れ替わって机に仰向けに押し倒され、ペイシェンスは悲鳴を押し殺した。脚のあいだに分け入られ、彼の身体が敏感な女の部分にあたっているのがスカートの重なりの上からでもわかる。腰をうかせて、マシューのジャケットの襟をつかんだ。さあ早く！

マシューが厳しい顔をしておおいかぶさった。「だが、断る」

その言葉が頭にとどくまで一瞬かかった。身体が凍りついた。「いま、なんて?」

彼はじっとペイシェンスを見ていた。「断ると言ったんだ。生意気でささやかな反抗をしたことに対し、きみは罰を受けないといけない」

ペイシェンスは信じられない思いで目を見ひらいた。「本気じゃないでしょう?」

「もちろん本気だ。何事もなくすまされると思ったのか?」マシューは眉をあげて、うしろにさがった。「かわいいペイシェンス、反抗すれば必ず罰を受ける。ゆうべは大目に見たが、そろそろ学んでもらおう」

腹立ちでかっとなって、ペイシェンスは飛び起きた。彼の股間が太く硬そうにふくらんでいるのがわかる。脚のあいだが脈打った。「わたしは満足を得たいの」ペイシェンスは乱暴に言った。

マシューは上着を整えた。「きみは要求する立場じゃない。要求すれば、なにも得られないよ」

怒りと不満で頬が熱くなった。「ならいいわ」スカートをつかんで言い放った。「自分で満足させるから」

マシューが顔をあげて恐ろしい目つきでペイシェンスを見た。「その愛らしい脚に指一本でもふれてみろ、ひざの上に腹ばいに押さえつけて、死ぬほど尻をひっぱたいてやる」

身体の中心は興奮でわなないていたが、ペイシェンスはショックを受けて身を引いた。目を細めた。「まさか、そんなことはしないでしょう」

「いや、まちがいなくやる」

マシューの暗い瞳をじっと見つめたが、冗談めいた表情もふざけたところもまったく見られなかった。手をついて机から離れ、腰に手をあてた。「本気でやるつもりなのね？」

「つもりじゃない。絶対にやる」

ペイシェンスが腹を立てて絶句していると、参加者に狩りの開始を知らせるラッパの音が、遠くでひびいた。

マシューは髪を指で梳かし、袖からごみをはらった。「もう、いかないと。気持ちを落ち着けるのに少し時間がいるか？」

「気持ちを落ち着けるのに——？」ペイシェンスは言いかけて頭をふり、そのままマシューの横を足音荒くすり抜けた。ドアを力任せに引きあけ、外に出て乱暴に閉めた。

マシューは帽子を脇に挟み、顔をあげてクラヴァットを整えながら、一階まで階段をおりた。ペイシェンスのことを思うと、顔がほころんだ——かわいい抵抗、つかの間の降伏、そして不機嫌な退場。かわいそうだが、厳罰が必要だ。そのことを考えると血が騒ぐ。今日、かまってやろう。今日は、ペイシェンスとすごすのだ。胸がいっぱいになった。今日は、ふたりいっしょに時間をすごすのだ。

正面玄関のポーチに出ると、狐狩りの前のつねで、屋敷の外は大混乱になっていた。どこもかしこも人や馬であふれている。半分の客はすでに馬にまたがっているが、半分はまだで、厩舎番《きゅうしゃばん》が駆けずりまわって、手ぶらで来た客に適当な馬をあてがっている。馬は興奮しきりに跳ねて鼻を鳴らし、猟犬は名誉ある狐狩りの総責任者《マスター》に向かって吠えている。その横には猟犬指揮係《ウィッパー》が立ち、ワーキングテリア使い《テリアマン》は短く持ったリードの先にいる元気盛んなフォックステリアに、きびきびと命令を発している。参加者のうしろのほうでは、馬に乗った係がうろうろと動きまわっていた。馬に不慣れな人を手伝ってゲートをあけたり、障害の迂回路を案内したりするのが仕事だが、彼らは同時に客がコースから外れるのを防ぐ役目も担っている。しかし、どれだけがんばっても、迷子になる客はあとをたたない。こうした条件はマシューの計画にぴったりだった。大勢のなかにペイシェンスの姿を見つけ、小さく微笑んだ。彼女のためにジミーに用意させた牝馬《ひんば》に、予定どおりちゃんと乗っている。マシューは手袋をはめた。とてもいい一日になりそうだ。

　シルクハットを頭にのせ、ポーチの広々した階段をおりて、参加者の先頭のほうへと進んでいった。人のあいだを抜けると、マシューの歩みに合わせてひそひそ話の声が小さくなったり大きくなったりするのがわかった。だが気にしなかった。さっき図書室を通ったときには、ウォルビー卿などの有力者の面々が新聞に目を通している姿が見えた。彼らが経済欄の見出しを見逃したはずはない——《グランドウエスト鉄道、賭けに勝利し、逆転へ》記事はグウェネリン炭鉱を入手したマシュー個人を評価するもので、さらに踏みこんで、グランドウエスト鉄道が自前の石炭を採掘して運輸コストを削減することができれば、ほかの鉄道会社もそれに倣うにちがいないとの予測を展開していた。記事によれば〝そのことにより、まちがいなくふたつの巨大産業の勢力図と力関係が変わるだろう〟とのことだ。

　すばらしい内容だった。これによって、マシューを取り巻くゴシップの流れも変わってくるにちがいない――いまはまだだとしても。

　メイフィールド伯爵夫人とその娘とすれちがい、マシューは帽子に手をかけて挨拶をした。ふたりの婦人は笑みをうかべ、マシューもおなじく笑顔を返した。もしマシューが成功すれば、それをきっかけに鉄道業界に大変革が起きる。それもこれも、ベンチリー伯爵がろくでもない行動に出てくれたおかげだ。

　狩りの先頭集団となる乗馬の上級者らのなかに、兄の姿を見つけた。ブラムリー卿、ヒルズバラ卿、セフトン卿、その他大勢もいる。

　マークが笑いかけてきた。「よく来たな。ジミーがダンテに鞍をつけておいてくれたぞ。乗って、いっしょにいこう」

「ありがとう」マシューは兄の種馬の首をなでた。「ただ、ファーンズビーとアシャーに誘われているんだ」

「まさか、誘いを受けたんじゃないだろう」フィッツロイがマークの横にならんできて、声をあげた。「ファーンズビーもアシャーも結構な相手だが、あのふたりといっしょじゃ、うしろのほうをちんたら走るはめになるぞ」

　マシューはフィッツロイを見た。「そうだな。でも向こうから誘ってくれたんだ。僕が馬をおりて生け垣の手入れをはじめるとは心配してないらしい」

フィッツロイは動きを止め、にやにやしているマークを横目で見た。笑うべきかどうなのか、わからないのだ。マシュー自身にもよくわからなかった。まさか、僕はおのれを笑いの種にしてジョークを言ったのか？

自分の口がゆっくり笑みでほころぶのがわかった。

フィッツロイはおかしそうに笑い、すぐに肩をすくめた。「僕が誘ってもよかったが、最近じゃめっきり世捨てびと気取りで、みんなきみをどう扱っていいか困ってるんだ」

フィッツロイが前に進みだし、マシューはふざけて背中をにらみつけた。

マークが馬上から身をのりだしてきた。「ところで、ペイシェンスとレディ・ハンフリーズとのあいだに、ゆうべなにがあったか聞いたよ。ご一行には、さっき、お引き取り願った。それから、フェントンもつまみだしたぞ」マークは眉をひそめた。「〈ホワイツ〉におまえを除名する嘆願を出したのがあの男だと知ってたか？」

マシューはうなずいた。「ああ、知ってる。でも、あいつはだれもが認めるただのくずだ。あんな鼻つまみ者を相手にしてもしょうがない」

「じゃあ、帰ってくれと言わないほうがよかったか？」

「いや。鼻つまみ者はつまみだすにかぎる――洒落がきいてて、いいじゃないか」

マークは笑い声をあげた。「おまえらしさがやっともどったな」

マシューは兄の青い瞳を見て、にっこり微笑んだ。「もとの場所は居心地がいいね」

マークはにやりと笑った。「話はもどるが、ファーンズビーとアシャーも誘って、こっちはぐれる予定なんだ」

マシューは首をふった。「ふたりの命の責任はとりたくない。それに、今日は、はぐれる予定なんだ」

マークは眉をひそめた。「はぐれる予定?」

「そうだ。ある若いご婦人といっしょに」

マークは表情を険しくした。「おい、マット」静かな声で言った。「それは許可できない。ペイシェンスは、ここにいるかぎりは僕が保護者だ」

兄のマークが女の操を守る保護者だと思うと、笑いが出そうになった。愛と結婚で人は変わるものだ。「むかしは、計画を兄貴に報告しないといけないなんてことはなかった」

「だが、どっちみち話してただろう」

マシューは兄の厳しい目を見つめ返した。「僕をペイシェンスから引きはなすことはできない——僕が兄さんをパッションから引きはなせなかったようにね。それができるただひとりの人物は、ペイシェンス本人だけだ」

そのとき、ジミーがダンテを引いて近づいてきた。マシューは大きな葦毛《あしげ》の馬にすばやくとびのり、マークは鞍の上で身体を起こした。兄がこっちを見ている。いくつかの選択肢のあいだで悩んでいるのがわかる。だが、鍵をかけてマシューを監禁し、ペイシェンスを家に帰す以外に、マークにできることはほとんどない。「彼女をどこへ連れていくつもりだ」

「グウィン・ホール」

「なぜまたそんな遠くへ？」

「なににもじゃまされたくないからだ」

マークは雲を見あげた。「嵐がひどくなったら、帰ってこられないぞ」

「望むところだ」目配せした。「うまくごまかしてくれるだろう？」

マークがシルクハットのつばの下からにらみつけた。「だったら結婚すればいいじゃないか。そうしたら、おまえのためにごまかす必要もない」

「じつは、それはもう心に決めてある」マシューはダンテを方向転換させて、肩ごしに兄の驚きの目を見て、小さく笑った。「言っちゃだめだぞ。その話題になると、彼女はやけにかりかりするんだ」

馬を前に進めると、うしろからマークの高らかな笑い声がひびいてきた。マシューはひとりでにんまりと笑った。自分の計画を兄に話すつもりはなかったが、結局のところ、そうしてよかった。ペイシェンスへの求婚が格段にやりやすくなるし、どんなこともマークに話をすることでいっそう現実味が出てくる。

マシューはペイシェンスを最後に見た場所まで引き返した。彼女はすぐに見つかり、マシューは馬を止めて遠くからその姿を観察した。彼女の美しいたたずまい、それに明るい色の髪は、いまはネットにたくしこんであるが、大勢のなかでもよく目立った。横鞍に優雅にすわり、つばの狭い帽子についたヴェールがそよ風になびいて、頰をかすめている。モントローズとべつの男ふたりと会話をしているのが見えて、マシューは顔をゆがめた。彼女のいくところには必ず男たちが集まってくる。気に食わない。彼女がいるべきはマシューのとなりで、彼女はマシューのものだと全世界が知るべきだ。

いつか近いうちに……。

「来てくれたのか、ホークモア！　ほら、アシャー。言ったとおりだろう」

ファーンズビーとアシャーが前から近づいてきて、ペイシェンスの姿が視界から消えた。

マシューは会釈をした。「やあ、諸君」

「アシャーは、われわれはどうせ振られるにきまってると考えてたんだ。でも僕はそうでないほうに十ポンド賭けた。そうしたら、ほら、やっぱり来てくれたじゃないか」ファーンズビーはアシャーを見た。「支払いはあとでいいぞ」

アシャーは居心地悪そうに鞍の上で身じろぎした。

「気にするな、アシャー」マシューはダンテの筋肉の発達した肩をたたいた。「きっと自分でも、来ないほうに賭けたよ。このところはあまり社交的じゃなかったから」

アシャーは笑顔になり、ちょうどそのとき、狩りの参加者に大声で呼びかける兄の声がひびいた。マシューは兄が客人を歓迎する挨拶を述べ、狐狩りの大まかなコースを説明するのを聞いた。それがすむと、出立の酒がふるまわれた。

周囲が酒を楽しんでいるなか、マシューはペイシェンスのいる方向に目をやった。彼女がこっちを見ているのがわかり、胸の鼓動がわずかに速くなった。ああ、今日はどんな一日になることか。

軽くつばに手をかけて会釈した。ペイシェンスの頬が赤く染まったのがわかったが、彼女は目をそらそうとはしなかった。それどころか、緑色の瞳は、まるで挑むような表情をうかべている。だがそのとき、合図のラッパが鳴りひびいて全員が移動をはじめ、ペイシェンスの姿が見えなくなった。マシューはファーンズビーとアシャーとともに集団の後方につき、彼女の姿を前のほうに確認したあとは、鞍に尻を落ち着かせて、獲物があらわれるのを待った。

猟犬が狐のにおいをかぎつけるまでに、果てしなく時間がかかっているように感じられた。ファーンズビーとアシャーは、そのあいだじゅうマシューを巻きこんで他愛のない話を延々とつづけた。ほかのときなら、それももっと楽しく思えただろう。実際彼らは、常識的で愉快な人間だった。だが、マシューは狩りのことで気もそぞろで、獲物であるすっとした背中とあざやかな髪から、片時も目をはなさなかった。

ついにラッパの音がひびいて、心臓が高鳴り、全身に興奮がみなぎった。待ちに待ったときが来た！　踵でふれてダンテに前進を命じる。先頭集団があっという間にほかを引きはなして前に出ていくのが見え、マシューは全速力で走りたい衝動に駆られた。だが、今日は我慢だ。

彼らはたちまちのうちに視界から消え、残りの集団がばらばらとあとを追った。マシューの愛らしい獲物は中ほどの集団にいて、まっすぐ力強く進んでいる。マシューはファーンズビーとアシャーといっしょだったが、ふたりは彼の速度についてくるのがやっとだった。ペイシェンスとの距離がしだいにひらいたが、しばらくは彼らにつきあった。だがとうとう森のなかに彼女の姿が消えるのを見て、マシューはふたりから離れることを決めた。

遠くに高い生け垣が見える。ファーンズビーらは迂回せざるを得ないだろう。マシューはふり返って叫んだ。「ダンテを思いきり走らせてやらないといけない。またあとで会おう」

手をふるファーンズビーとアシャーに見送られて、マシューは彼らから離れた。暗さを増す空の下で、ダンテの首に上体をつけて、馬に全速力を命じた。葦毛《あしげ》の馬は一気に前へとびだし、ペースにのってくるにつれてマシューの心も逸《はや》った。生け垣がしだいに近く高く迫ってくる。マシューの胸の鼓動と呼応するように、ダンテの蹄がリズミカルに力強く地面を蹴った。遠くで雷が鳴っている。馬はぐんぐんスピードにのっていく。生け垣が近づき、やがて巨大な壁のように前方に立ちはだかった。

マシューは息をつめ、そしてジャンプした。蹄を前へのばして人馬は宙を飛び、その一瞬すべてが無音と化した。すると、あっという間に地面が目前に迫って、着地の瞬間がおとずれる。そしてふたたび、蹄の音と心臓の音がひとつに重なった。

生け垣を越え、ゲートを跳び、マシューは徐々に獲物との距離をつめていった。木立ちを抜けたところで、前方に斜面を越えようとする彼女の姿が見えてきて、熱い血が駆けめぐった。遠くで吠える猟犬のように、マシューは勝利の雄叫《おたけ》びをあげた。

遠方でホルンの音がした。ペイシェンスはその合図を追いかけて急斜面をくだり、樫《かし》と樺《かば》の茂る木立にはいった。いっしょに馬を駆っている人たちの姿が、木のあいだに見え隠れしている。婦人たちは影のようにさっと消え、紳士たちは、その色あざやかな姿がちらちらと目に映った。けれども、彼らよりも経験の浅いペイシェンスは、木深い森を進むのにかなり速度を落とさなくてはならなかった。いくらもしないうちに、どこかで進む方向をまちがえたのではないかと心配になってきた。

風が吹いて、鬱蒼《うっそう》とした緑の天井が揺れた。葉や枝ががさがさと音をたてたが、やがて揺れも止まり、重苦しい静寂がおりた。葉の積もった地面を踏む蹄のくぐもった音はするが、いやでも静けさがはっきりと意識される。動きを止めた草木から染みだした静寂が、あたりをただよっていた。

ペイシェンスは馬を急かして、暗い森の切れ間を目でさがした。そのとき、音がした――雷鳴だ。うしろのほうから聞こえてきて、しかも音はどんどん大きくなるようだ。

冷たいものが背筋を這い、ペイシェンスは馬の脇腹を踵で蹴った。やがて木がまばらになり、ペースをあげた。けれども、耳には雷鳴が鳴りひびいている。その音は、馬の地面を蹴る音をなぞるかのようだった。速く走れば走るほど、速く追いかけてくる気がする。ようやく森の終わりが見えてきて、ペイシェンスは神への感謝をつぶやいた。右方向に馬を進め、大きな切り株をのりこえて広々した牧草地に出た。

どっと安堵の気持ちにつつまれたが、二歩も進まないうちに、ペイシェンスは悲鳴をあげた。巨大な馬と乗り手が、いきなり横に姿をあらわしたのだ。恐怖にあえぎ、馬を急きたてながら、ペイシェンスは一瞬、そこに獲物を狙うような暗い目を見た。

マシュー！

心臓が跳ねた。だが、恐怖が危険な興奮に変わっても、ペイシェンスはペースを落とさなかった。それどころか手綱をゆるめて、さらにスピードをあげた。身体の下でうねる馬の胴体と一体になった。冷たい風が頰を打ったが、聞こえている蹄の音は、彼女の馬のものだけにしては大きすぎる。思いきって肩ごしにふり返ると、マシューがほんの半馬身ほどうしろを走っていた。表情は荒々しく真剣そのもので、それに、なんということだろう、彼の乗る大きな馬は、全速力を出しているようにはまったく見えなかった。

ペイシェンスは小さくうめいて、自分の乗った牝馬の脇腹にもう一度踵をあてたが、哀れな馬はすでに限界に達していた。頭上で雷が鳴り、うしろでも雷がとどろいている。どちらも、いまにもペイシェンスに迫る勢いだった。黒いたてがみをなびかせた灰色の馬の大きな首が、急に横にならんだ。ペイシェンスは方向を変えたが、相手の馬はなおもついてくる。自分の心臓の音を耳に聞きながら、必死に逃げようとした。けれども、その馬は乗り手とおなじで、あきらめることを知らなかった。彼の気配を横に感じる。身体に緊張が走った。ペイシェンスはふり向いて、マシューのぎらぎらした目をまっすぐに見た。

雷鳴がとどろき、その瞬間、マシューが馬の上からペイシェンスを抱きさらった。

14　三度めの服従

わが花嫁よ、あなたの唇は甘露をしたたらせ、
あなたの舌の下には、蜜と乳とがある……
雅歌四：一一

強く抱き寄せられて、ペイシェンスは息を呑んだ。追跡劇の余韻で顔が火照り、彼につかまえられたという事実に単純な興奮が内側からわいてきて、急に気分が舞いあがった。マシューの腕ががっちりとウエストに巻きつき、背中にはたくましい胸があたっている。彼の速く浅い息づかいが聞こえ、力強さを感じる。それがあたたかな外套のように、ペイシェンスをつつみこんでいる。

わたしの居場所はここだ。マシューといっしょの、この場所。

彼はなにも言わずに馬を方向転換させて、森との境のほうまで軽い駆け足でもどった。ペイシェンスは自分の馬が心配になって、うしろをふり返った。驚いたことに、優しい目をした美しい馬はすぐうしろをついてきていた。

耳もとでマシューの声がした。「ベアトリーチェはダンテの厩舎仲間でね。いつもダンテ

のあとを追いかけるんだ」

マシューの息がかかって、ぞくっとした。雲の向こうで稲妻が光り、頭上で雷が鳴った。空はますます暗くなっている。ふたたび森のなかにはいると、マシューはベアトリーチェを待ち、馬が横にやってくると手綱を自分の鞍のうしろにつないだ。

「嵐におびえるかもしれない」マシューはふたたび前を向き、ペイシェンスをきつく抱き寄せた。「仲間につながれていたほうが安心する」

「そうね」ペイシェンスは彼の身体のぬくもりに身をゆだねて、ささやいた。

それからふたりは木深い森を早足で駆け抜けた――さっきまでのペイシェンスのペースよりも速かった。けれども、マシューはもとの道筋をたどることはしなかった。さらに森の奥へとはいっていこうとしている。肌の下をぞくぞくする興奮が走った。彼はわたしをどこへ連れていくのだろう。

森に突風が吹き荒れ、ペイシェンスはマシューに身体を密着させて、腕にとっぷりと守られた。雷鳴がとどろき、稲妻が走ったが、それでも彼は進むことをやめなかった。とうとう雨が降りはじめた。冷たい大粒の雨が、頭上の枝葉の重なりをかいくぐって落ちてきた。

マシューはほんのわずかに速度を落として、前かがみになってペイシェンスをかばった。永遠に目的地につかないのではないかと心配になりかけたころ、木々の向こうに光が見えてきた。ほどなくふたりは森を出た。さえぎるもののない空の下に、チューダー様式のだだっ広い家が一軒立っている。年を経たレンガの外壁と一階の窓からこぼれる明かりのせいで、あたたかで魅力的に見えた。

マシューは家の横手にまわりこみ、広い庭をつっきってまっすぐに開放式の厩舎へ向かった。薄暗いが、雨はしのげる。

彼はペイシェンスを残して下にとびおりた。だが、すぐに腕を差しだし、腰をつかんで自分に引き寄せ、ペイシェンスを地面におろした。彼が張りつめているのが感じられる。

「ここにいろ」マシューが命令した。

ペイシェンスは深く息を吸った。脚の奥が脈を打っている。けれども、帽子を脱いで樽《たる》の上においた以外は、身動きひとつしなかった。

マシューはこちらに背を向けて、自分の馬とペイシェンスの牝馬を暗い奥に引いていき、ランプに火を灯した。それをふたつの馬房のあいだの梁《りょう》にかけると、ちょうどそれぞれに馬が一頭ずつおさまったのが見えた。

彼は帽子と乗馬用の上着を脱ぎ、まずはペイシェンスの馬の世話をし、それから自分の馬に取りかかった。鞍をおろし、馬具を二頭の馬からはずすあいだ、彼はペイシェンスをふり向きもしなかった。飼い葉桶《おけ》には新しい水と餌が用意してあったようで、馬はそこに向かって何度も頭をさげた。外では、相変わらず土砂降りがつづいている。

ペイシェンスはびしょ濡れだったが、そのままじっと立っていた。けれども、マシューが牝馬の背中に毛布をかけるのを見ているうちに、抑えがたい反抗心に呑みこまれはじめた。その思いは興奮の熱の下からふつふつとわいてきて、さらにはさっき傷つけられたプライドが頭をもたげ、〝さあ、やりなさい〟とけしかけた。

緊張を感じながらマシューの作業が終わるのを待った。彼は馬に毛布をかけて、なにかをささやきかけている。それからランプを手にし、馬房の扉に掛け金をかけ、ようやくペイシェンスをふり返った。

離れた場所にいる彼の暗い目と視線がぶつかった。鼓動が速くなる。そして、ペイシェンスはうしろへ大きく一歩さがった。

マシューは険しい顔をした。「そこにいろと言ったはずだ」

険悪な声色にぞっとしたが、興奮で血が騒いだ。もう一歩、大きくうしろへさがった。

脇にさげたランプの明かりで、ぴったりした乗馬用のズボンの股のところが大きく出っぱっているのがわかる。口に唾がわいた。

マシューは一段と表情を険しくし、ランプを馬房の外の釘にかけて、ゆっくり手袋をはずした。「それ以上さがると、後悔することになるぞ」

じっとマシューを見た。脚の奥が濡れた。逃げ場はない。どこへいこうとマシューにつかまる。それでも、もう、やりはじめたことだ。それに、プライドだけでは説明できないなにかのせいで、簡単には服従したくない気持ちになるのだ。そこでペイシェンスはくるりとうしろを向いて、雨のなかへ駆けだした。

胸をどきどきさせながら、スカートをたくしあげ、広い庭をつっきって、母屋のまわりを通る草の茂る小道をめざして走った。冷たい雨粒が打ちつけたが、一心不乱に駆けていると、それさえほとんど感じなかった。めざす場所は思ったより遠かった。うしろをふり返った。稲光がして、ペイシェンスは息を呑んだ。マシューが全速力で駆けてくるのが見える。

心臓が跳ね、必死に速度をあげたが、濡れたスカートが重くてじゃまだった。カーブをまがり、屋敷の正面に向かって走った。横に広く奥行の浅い入口の石段が見える。あと少しだ！　もう一度ふり返り、ペイシェンスは悲鳴をあげた。マシューが真うしろにいた。あっという間に腰を抱きかかえられ、強く引きもどされた。

嵐の音にまじって彼の荒い息が聞こえる。ふたたびつかまえられたスリルで、熱い興奮が全身を駆けめぐった。だが、マシューは屋敷にははいらず、広い車まわしを横切って、円形の前庭にペイシェンスを引きずっていった。庭は腰までの高さのレンガの塀にかこまれていて、ペイシェンスはその上におおいかぶさるように無理やり腹ばいにさせられた。

マシューは本気だ！

一瞬、高揚感につつまれたが、すぐに衝撃的な屈辱に見舞われた。マシューがスカートを背中まで大きくめくりあげて、パンタレットをびりびりに破きはじめたのだ。低い塀が腹に強くあたって、お尻と脚に冷たい空気と雨を感じる。女の中心は興奮で熱くなり、一方、顔からは火が出そうだった。もう一度逃げようかと思ったが、そのときマシューの腕が腰をがっちり押さえこみ、流れ落ちる雨とともに最初の鋭い平手打ちが裸にされたお尻を襲った。

ペイシェンスははっと息を呑み、身体が跳ねたが、マシューは間髪を容れずにもう一度たたき、さらに、二度、三度と平手打ちがつづいた。素肌のあちこちで熱がはじける。マシューの手はふりおろすたびにちがう場所をたたいて、新たにそこから炎があがった。ひりつく熱さは、あっという間にお尻全体にひろがった。脚のあいだが縮こまる。雨が降りしきり、空では雷が鳴っている。何度も平手でたたかれながらも、気づくとペイシェンスはマシューに身体をあずけていた。涙があふれた。痛みのせいではなく、約束のせいだ。平手打ちの一回一回が、約束に満ちているように感じられる。それは力強く魅惑的な美しさでペイシェンスに呼びかけ、その源である場所に——マシューに——彼女を少しずつ引き寄せる。

たたく力が急に強くなって、息がつまり、目からは涙があふれた。ふいに襲った強烈な痛みが身体いっぱいにひろがって、頭が真っ白になった。また来ると思って身構えたが、つぎはなかった。

マシューに引き起こされて、塀から身体を裏返されると、がっかりした気持ちが一瞬心をよぎった。けれども、男らしい頬やあごから雨をしたたらせた美しい顔を見て、身体にふるえが走った。顔一面に、淫らな欲望——淫らな約束——が刻まれている。

まだ終わりではないのだ。

マシューは無言でペイシェンスのベルベットの上着の襟をつかんで、引き裂いた。ボタンがはじけとび、彼はそれを腕から無理やり脱がして、塀の上に放った。ついでブラウスとコルセットカバーに手をかけたが、どちらも想像を超えた早さであっという間に身体から引きちぎられ、上着の上に放られた。

突風が吹き抜けて、周囲の森が大きく揺れた。ペイシェンスの身体はふるえていたが、マシューは手を止めなかった。マシューと嵐はひとつだった——力強くて、荒々しかった。彼は口をきつく結んで鼻腔をひろげ、コルセットのひもを乱暴に引っぱってフックをはずした。それもほかの服のところに投げ捨てられ、ペイシェンスはこのままではすぐに裸にされると気づいて恐ろしくなった。

小さな悲鳴が口からもれた。マシューはシュミーズを真ん中から引き裂いて、腰まで引きおろした。胸の素肌や硬くふくらんだ乳首に、雨が降りかかる。彼はそれには目もくれず、ペイシェンスを裏返してスカートとクリノリンの留め具を引っぱった。スカートがゆるみ、ペイシェンスははっとして落ちかけた濡れた布を手でかき寄せた。けれどもそれを乱暴に引っぱりおろされ、シュミーズとパンタレットの残骸も引きちぎられた。

全身に鳥肌が立った。ペイシェンスのまわりをまわりながら、服を残らずずたずたにしていくマシューを見ていると、彼の力と残酷な意図がひしひしと感じられる。間もなくペイシェンスはストッキングと乗馬ブーツを残して、素っ裸になって立っていた。冷たい雨が裸の身体に降り落ちる。自分を見おろした。神の涙と肌をへだてるものは、なにもなかった。しずくが肌に落ちて、タブーや抑制を洗い流し、所有し所有されたいという原始的で純粋な欲求が心を満たした。

顔をあげ、雨に目をしばたたきながら、前に立つマシューを見た。濡れた髪が顔をふちどり、ハンサムな面差しには残酷で獰猛《どうもう》な表情が刻まれている。服が身体にはりついて、半ズボンの下のふくらみが太く大きく目立っていた。彼はシュミーズの最後の切れ端を手にさげていたが、それを投げ捨てると、彼女のまわりをゆっくり歩きはじめた。

ペイシェンスは期待と緊張で身体をこわばらせながら、その動きを目で追った。胸が大きく上下し、太ももがふるえる。脚のあいだが燃えるように熱くなっているのを感じる。ペルセフォネが感じたのも、こういう気持ちだったのだろうか？　略奪にあった瞬間、プルートの荒々しい目を見て、人生が一変することを悟っただろうか？　そして、その衝撃の瞬間、悦びを感じたのだろうか？

マシューが背後にまわった。いきなり手で身体をつかまれ、スカートの山のなかから持ちあげられて、ペイシェンスは驚いて息をもらした。

彼はペイシェンスをふたたび塀まで引きずりながら、うなるような低い声で耳にささやいた。「きみは僕のものだ。僕ただひとりのものだ。それから、きみのささやかな抵抗を、もうこれ以上容赦しない」

またしても塀に押し倒され、ペイシェンスは悲鳴をこらえた。下には重ねた服があり、硬いレンガが肌に直接あたることはなかったが、たれさがった自分の乳房の重みと、素肌に降りそそぐ雨がやけに強く意識された。

マシューの腕がウエストをがっちり押さえた。腰に腰があたっている。そのとき、彼の手が上からふりおろされて、お尻に熱い痛みがひろがった。一気に目に涙があふれ、ペイシェンスは勢いよく身を起こして、悲鳴をこらえた。だが上体を押しもどされ、もう一度、乱暴な平手が見舞った。口からうめきがもれ、脚の奥が収縮した。彼の手は愛撫するように肌の上にとどまり、やがて、ふたたび持ちあがった。また乱暴にたたかれ、さらにたたかれた。強い平手打ちがつづいて、目から涙があふれた――ぶたれるごとに、はじけるような衝撃が全身にひびいて、肌にしみわたる。そうやってマシューが強く猛々しく腕をふりおろす一方で、濡れた平手打ちの音と、もはや抑えきれないペイシェンスの悲鳴に合わせるように、雷が鳴った。

ペイシェンスは泣きながら抵抗して身をよじった。マシューの強い意志と強い手に抗ったが、どちらも止めも弱めもできない。彼の腕は鉄のようにがっちり身体に巻きつき、その手は火を降らせた。ペイシェンスは逃げようとしてもがいた。けれども、自分が逃げないのはわかっていた。逃げてはいけないこともわかっていた。そしてふくらんだ彼自身を腰に押しつけられ、燃えるお尻をこれでもかと何度もぶたれているうちに、ふいに自分が割れていくような感覚にとらえられた――マシューが力いっぱい平手打ちするたびに、修復できないひびが少しずつひろがっていく感じがする。涙がとめどなく流れた。それでも、もう終わりにして、とそのつど願うのに、もっとぶってほしいという気持ちがやまなかった。自分が完全に割れてしまったら、なにが起こるのだろう?

マシューの手がさらに激しさを増して、ペイシェンスは大声で悲鳴をあげた。彼のふくらみが腰にあたっている。またもや荒々しい手がお尻をたたき、口から悲痛な声がもれた。けれどもそのあと、マシューは熱をもった肌をさすって、もんだ。ペイシェンスは泣きながら甘くあえいだ。お尻は熱く腫れているのに、これまでに感じたどれともちがう欲望がわいて、身体が打ちふるえた——マシューへの欲望。

過去にも未来にもわたる欲望。

永遠の先までつづく欲望。

胸が締めつけられ、あらためて涙があふれてきた。もう、あともどりはできない。マシューこそペイシェンスが求めていた運命の人なのだ。知りあう前から、マシューは運命の人だった。ひと目見たそのときから。そして永遠に。

ああ、彼がいなくなったらどうしたらいいのだろう？

涙がこぼれて、雨とまじりあった。雨は腰をまげた身体の上を流れ、くぼみにはいりこんだ。そして、肌をつたうしずくのように、マシューの愛撫も執拗だった。指が脚のあいだにすべりこみ、奥のほうから熱いものがほとばしって、ペイシェンスはうめいて身体をよじった。

マシューは身をふるわせて、とうとう彼女を引き起こした。腕に倒れこんで、顔をあげて彼を見たとき、こちらを見おろす熱い眼差しにペイシェンスはぞくっとした。その目には究極の確信があった——究極の所有欲に満ちていた。

マシューが身体をはなし、スカートをひろい、塀にあった残りの服を取った。それから、ふたたび横に来ると、腰をかがめてペイシェンスを肩にかつぎあげた。息がどっともれ、高揚感が全身にひろがった。彼は家に向かっている。ひざのうしろを腕でしっかり押さえられ、腰の下にはたくましい肩を感じる——そして、嵐はなおも弱まるところを知らない。

ペイシェンスは上下逆さまの奇妙な角度から、車まわしを横切って広い階段をあがる彼の長い脚をながめた。マシューは勢いよく扉をあけて玄関をはいり、ペイシェンスの胸は高鳴った。ドアはすぐに乱暴に閉まった。あたりは急にしんと静まり、自分の荒い息づかいが耳に大きくひびいた。ペイシェンスの下では赤と金の絨毯《じゅうたん》がぐるぐるまわり、それもやがて視界から遠のいた。マシューが迷いのない足取りで広い玄関の間をつっきって、廊下にはいったのだ。

幅広の硬い床板を歩く彼のブーツの音を聞きながら、ペイシェンスは待ち切れない思いに駆られた。一歩ごとに、また新たな満足に近づいている――あるいは罰に。

胸の先が硬くなった。

たぶん、満足と罰はおなじひとつのものなのだ。

明るく照らされた部屋にはいり、マシューは濡れた服を木の椅子においてから、暖炉に近づいていった。ペイシェンスは下におろされると思ったが、肩にかつがれたままお尻の左側をたたかれた。あえぎかけたところで、今度は逆をたたかれて息を呑んだ。唇を嚙んで、マシューのシャツをにぎりしめる。さっきまでにくらべればずいぶん軽いたたき方だったが、肌がひりひりして痛みに敏感になっていた。

腰に彼の唇を感じ、やがて小さな炎をあげている暖炉の前におろされた。脚がふるえ、マシューの厳しい目と視線が合って、はっとなった。

「暖炉の横に靴脱ぎ具がある」低いベルベットのような声だった。「ブーツとストッキングを脱げ。ぐずぐずするな」

太ももに露がつたい、心臓が激しく打った。すぐに道具のところにいって、それを使って乗馬用のブーツを脱いだ。急いで火の前にもどり、ざっと部屋を見まわした。ここは広い図書室で、オイルランプの明かりと快適そうな家具にかこまれた、居心地のいい部屋だった。けれども、ながめている暇はない。動くたびにお尻が熱くひりひりと痛むので、ペイシェンスはやるべきことに目をもどして、できるだけ手早くガーターの結び目をほどきはじめた。

そうしながらも、何度もマシューのほうに気がそれた。彼はクラヴァットを解くと、シャツの胸もとをあけ、たっぷり時間をかけて袖を折り返してめくりあげた――さも、大仕事が待っているというように。濡れた半ズボンの下では、彼のものが大きく硬そうにふくらんでいる。そしてマシューはずっとペイシェンスを暗い目で見ていたが、その眼差しには、なぜかしら、厳しさと優しさの両方が感じられた。

ふるえが走った。ペイシェンスはガーターを手から落とし、ストッキングをおろした。不可能だとわかっているし、逃げたいとも思わなかったが、つい、ちらちらとドアのほうに目がいった。

「考えるのも禁止だ」

静かな恐ろしい口調に、たちまち胸の先が硬くなった。身体を起こして、彼の目を見た。その口調のなにかが、激しく強くペイシェンスを惹きつけるのだ――たぶん、強硬で断固としたところだろう。恐ろしいけれども、同時に安心させてくれる。その声は、ペイシェンスのことが大事だと語っている――ペイシェンスを思い、そして、絶対にどこへもいかせないと言っているのがわかる。ストッキングを下に落として、緊張に打ちふるえながら、一糸まとわぬ姿でマシューの前に立った。

マシューはクラヴァットを首から抜きとった。「髪をおろして」

彼の手からたれて揺れる、黒いシルクに目をやった。今度もまた縛るのだろうか。わたし自身はそうされたいのか、されたくないのか、どっちなのだろう。

突然、うしろ向きにして身体を折りまげられて、ペイシェンスははっとした。マシューはその姿勢のまま彼女を腕で押さえ、上からふりおろすのではなく下からお尻を乱暴にたたいた。ペイシェンスのあえぎは悲鳴に変わった。彼の手はたたくごとに、どんどん強さを増していく。しかも、雨のなかでたたかれるより、乾いた肌を平手打ちされるほうが、手の力が強くひびいた。お尻のつけ根の柔肌があっという間に熱く火照った。けれどもこの新たな苦痛にもかかわらず、脚のあいだは腫れて、蕾がうずいている。いまではやけに涙もろくなって、欲望を内ももにしたたらせながらも、ペイシェンスは屈辱の涙を流した。

マシューはふたたびペイシェンスを自分のほうに向けて、噛んで含めるように言った。

「髪をおろすんだ」

お尻がずきずき痛み、胸が大きく上下する。ペイシェンスは急いでネットからピンを抜いて、ふるえる手で炉棚においた。手をもどして残りのピンをはずすついでに、涙をぬぐった。

「だめだ」マシューが低い声で言った。「そのままにしろ」

ペイシェンスは理解できずに眉をひそめた。

「涙だ——そのままにしろ。涙が顔を流れるのを感じるんだ。涙をぬぐったら、自分の一部を隠すことになる。それは許さない」指でペイシェンスのあごをあげた。「隠されてしまったら、どこにふれられたがっているのか、僕はどうやって知ればいいんだ？」ペイシェンスの目をのぞきこんだ。「さあ。髪をおろして」

彼の瞳を見つめ、身体がふるえた。なにひとつ、見逃してくれないのだろうか？　彼はペイシェンス自身が見たことのない場所や部分をじっと見ている。そこになにを見つけるのだろう？　胸が締めつけられて、さらに涙があふれた。

けれども、いまはそんなふうに考えているときではない。手を頭にもどしてピンをはずし、最後の一本を抜きながら、ふと、マシューの美しい圧倒的なふくらみに目が落ちた。こんなに身体がふるえ、気が張っているにもかかわらず、大きくなった彼のかたちと太さに——堂々たる男性的な力の象徴が身体の前から起きあがっているようすに——心奪われた。

髪からネットをはずし、湿った巻き毛を背中にたらした。わたしから取り去れるものは、もうこれ以上なにもない。マシューの顔に目をもどした瞬間、急に自分の裸が意識された。ペイシェンスはとっさに腕で身体をおおった。

彼は顔をしかめた。「腕を横におろして、僕がいいと言うまで動かすな」

ああ、神さま！　ペイシェンスは目を強くつむって、必死になって両腕を太ももにつけた。

「僕を見るんだ」マシューが厳しく言い放った。目をあけると、ふたたび涙があふれてきた。

けれども悲しみも後悔も感じない。あるのは必死の思いだけだった。

「きみの裸は僕の喜びのためにある」口調がいくらか優しくなった。「だから隠してはいけない。むしろ、命じられたらいつでも自分からさらけだすんだ。そうしながら、ありがたい思いで僕の姿を見る。きみに命じていることは、すべて僕の喜びのため――すなわち、きみ自身の喜びのためだとわかっているからだ」

脚のあいだの芯がふくらんで、同意した。

「きみを罰するための命令であっても、きみは僕の喜びのためにそれに耐える。そして僕を見て、感謝の印として自分の感情をさらけだす。どんなに難しくとも。わかったか?」

今回だけは、あなたには従えません。いつでもそう言えるはず……。

マシューは眉をひそめた。「わかったかと聞いたんだ」

涙がひと粒こぼれ、ペイシェンスは唇を嚙んだ。「はい、マシュー」

マシューの目はその涙の行方を追っているように見えた。「よし」彼は身をかがめて、頰の濡れた筋にキスをした。マシューが身を引き、ペイシェンスは欲望でふるえた。暗い瞳は真剣で、燃える炎が映りこんでいる。「じゃあ、髪をあげて」

ペイシェンスはすぐに従い、腕をまわしてきたマシューの香りを吸いこんだ――雨とベチバーのにおいがする。彼は上から見おろしながら、シルクの布をペイシェンスの首のうしろにゆっくり通した。手を止めた。「それに、思いだしてみろ。きみが厩舎から逃げたのは、僕を信用していたからだ。内側まで見透かすような目をして、強引な扱いを求めていて、僕がその強引さを発揮すると信じていたからだ。そうだろう？」

髪を持ったまま、火に照らされた彼の目を見つめ、涙があふれた。「ええ」ペイシェンスは静かに認めた。でも、どうして？　目を伏せた。どうして、わたしはふつうの人が嫌がるものを望むのだろう？

外で降る雨のように、涙が流れ落ちた。しずくが頬をつたい、胸に落ちるそのひと粒ずつを感じる。けれども、ぬぐうことも、隠すこともできない。涙を見られないように逃げることもできない。それに、涙が出ていないふりもできない。

マシューが許さない。

ペイシェンスは濡れた顔を彼のほうにあげた。「それでいい」彼はそっと言った。視線が愛撫するようにペイシェンスの顔を動いた。「それでこそ美しいんだ」

血が駆けめぐり、ふいに胸がいっぱいになった。

彼は指で優しくあごをなでた。「きみの涙に、僕は興奮して硬くなる。それに、けっして見飽きることもない。ただし、もちろん、泣いたからといって罰が免除されるわけではない」

自分でも説明のできない感情と欲求でがたがたと身をふるわせながら、ペイシェンスはじっと立って首をシルクで縛られた。息が乱れてくる。手綱でつながれると、少しの安心感は得られたが、昨日ほどではなかった。なにもかもが今日のほうが上だった——なにもかもが、ペイシェンスの耐えられる限界を超えている。それなのに、まだ足りなかった。

マシューは結び目の近くを持って彼女を引き寄せ、そっと唇で唇をこすった。ペイシェンスは両手を脇につけたまま彼に身体を押しあてて、もっと激しいキスを誘おうとしたが、それ以上近づけないようにマシューがうしろからシルクを引っぱった。背伸びをすると、さらに引っぱられ、ごく軽いキスにしかありつけなかった。

「脚をひらいて」マシューが唇のそばで言った。

ペイシェンスは不満げにため息をつき、命令に従った。横に来たマシューの手が、乳房にふれ、お腹をなでる。やがて、手はひろげた脚のあいだにおり、濡れた襞をこすられてペイシェンスはあえいだ。

「反抗的なお嬢さん」彼が耳もとで言う。「もうこんなに濡れてる――これっぽっちの罰で。お仕置きは、まだこれからだというのに」

まだこれから？　指が自分を押しひらくのを感じて、ふるえが走った。ペイシェンスはあえいだ。二本の指がわずかに奥にはいって、なめらかな内側をそっと愛撫している。「今朝は、ふてぶてしい態度で僕の書斎から出ていった。それに対して罰を受けずにすむと思ってるのか」指の動きがわずかに速く、深くなる。興奮がひろがって、腰が前後に揺れだした。けれどもそのとき、もう一方の手でお尻を乱暴にたたかれ、ペイシェンスは悲鳴をあげて身体をよじった。

「無謀にもベアトリーチェに乗って逃げようとしたことについては、どうだ？」お尻の反対側に、再度、平手打ちが襲った。けれども、マシューは濡れた割れ目をこする手を止めようとはしない。

ペイシェンスは身体を揺すったり、脚をまげのばししたりして、欲望をこらえた。お尻が熱くひりついたが、その痛みがなぜだか淫らな気持ちをあおった。いますぐ高みに昇りつめたいのに、彼は肝心の場所にはふれず、浅いところしかさわろうとしない。ペイシェンスはうめいて、ふしだらに腰をふった。

それに応えるように、彼は熱をおびたお尻の下側をたたくとともに、指をもう一本、なかに入れた。ペイシェンスは息を呑み、脚の奥がきゅっと縮んだ。「わかるだろう?」耳のそばでささやく。「痛みと快感はつながっている」

ペイシェンスは涙をこぼしながら息を乱し、秘部を押しつけて指をもっと深い場所に導いた。言葉は声にならず、あえいで腰を揺することしかできなかった。

「ふたつにあまり差がないことが、わかるか?」

またひりつく肌をたたきあげられた。

「ええ」ペイシェンスは叫んだ。「わかるわ!」

マシューの指に夢中になって自分を押しつけた。処女を守る壁の存在が感じられる。腰が前にかたむき、涙がこぼれた。そしてとうとう昇りつめると思った瞬間、彼は手を引き抜いて、ペイシェンスの前に立った。

抗議の声が口からもれ、どうしようもなく腰が揺れた。満たされない欲望に涙がこぼれたが、なぜだかじらされてさらに興奮がつのった。熱い頬に涙がつたう。お尻はひりひり痛み、脚の奥は濡れて腫れている。

マシューがこっちを見ていた。彼の目は欲望と賞賛で光っている。そのとき、つぎになにが来るのか想像する間もなく、軽い平手打ちが左右の胸を襲い、口から息がもれた。ひりつく痛みは、矢のように一直線に脚のあいだにつたわった。さらに平手打ちがつづき、ペイシェンスは身をふるわせながら胸を張ってそれを受け止めた。たたかれるほどに胸の先がじんじんして濃い色に染まり、脚の奥が濡れてくる。脚から力が抜けて、頭をのけぞらせてふくらんだ乳首を突きだした。腫れあがった感じがするのに、軽くぶたれるたびに、もっと欲しくなる。腰が円を描いて揺れ、秘所が収縮した。涙がこぼれて太ももがふるえたが、まだ絶頂にたどりつけない！

あと少しというところで高みに手がとどかず、残酷にもペイシェンスはぎりぎりの場所をただよった。うめいて身体をつっぱらせたが、そのとき、ぶつ手が止まり、すべてが動きを止めた。けれど、そう見えているだけで、ペイシェンスの身体だけは淫らにとぎすまされて、盛んに活動していた。くらくらして、必死になって絶頂を求め、顔をあげてマシューのぎらぎら燃える目を見た。

「罰の最悪の部分は痛みとはかぎらないんだ、ペイシェンス」――彼が一歩近づいた――「満たしてもらえない激しい欲求こそ、ときに最悪の罰になる」おろした手ごとペイシェンスを両側から押さえつけ、勃起した股間を腰にゆっくりこすりつけた。「きみの絶頂は、もはやきみだけのものじゃない。僕のものでもあるんだ」ペイシェンスは彼の硬い感触をもっと味わいたくて、無我夢中で腰を押しつけた。「僕がいいと言うまで、きみはそれを手にすることはない」そう言うと、マシューはそばを離れた。

ペイシェンスはすすり泣いて頭をたれた。身体が火照り、大きい乳首は赤くなって信じられないほど腫れている。熱をもったじんじんする感覚は、罰を受けたお尻の痛みと共鳴して、ペイシェンスを苦しめ、じらした。内ももを露がつたい、芯がうずいた。なんともいえない不思議な感覚だった。

「その姿が見たかった――興奮して顔を赤くし、たっぷりたたかれた姿を。きみにはお仕置きが似合うよ、ペイシェンス」

顔をあげるのにものすごい力が必要だった。マシューはこちらに向けたソファにすわって、もたれている。両脚が大きくひらかれていて、ふくらみが目立った。それを見て、口に唾があふれて脚の奥が収縮した。

「自分がどれだけ美しい姿をしているか、わからないだろうね」彼の手がズボンにのびて、ボタンをあけた。「罰を受けて、従順になりきっている」太いペニスがあらわれ、さらにマシューは手をなかに入れてふくらんだ囊を外へ出した。「涙と欲望で濡れに濡れている」

ペイシェンスは息を呑み、心臓が跳ねた。彼のものは赤黒く染まり、先端は紫色をおびて腫れている。マシューはこの場を支配し、冷静そのものといったようすをしているが、本当はペイシェンスとおなじくらい激しく絶頂を求めているはずだ。

「こっちへ」マシューがひろげた脚のあいだの床を指して命じた。

ペイシェンスは文字どおり彼の前にとんでいったが、うずく芯をなだめようと立って身を揺すっていると、マシューがこちらに身をのりだしてきていきなり腕をつかんだ。「そうじゃない」彼は首をふった。「脚を大きくひらいて」

従うと、彼の手が乳首を強くつまんだ。ペイシェンスは息をもらし、あわてて胸をそらした。

「いいぞ」マシューはつぶやいて、乳房を下からすくいあげ、赤くふくらんだ乳首を口にふくみ、もう一方の乳首を指で挟んで転がした。

敏感になった肌を舌が這い、愛撫され、快感のさざ波が走った。身体を持ちあげて彼のほうに胸を突きだした。手が一瞬離れたが、マシューはすぐに反対の乳房をすくって、口にふくんだ。指が脚の内側をなでている。ペイシェンスは手をおろして太ももにつけたままあえぎ、強引に愛撫を誘おうとして腰をかたむけた。お願い、脚のあいだの敏感なところにふれて。お願い……。

マシューが手をはなし、ゆっくり身を引いた。

「ああ、なんてこと……」ペイシェンスは彼の暗い瞳を強く見つめた。「お願い！」

マシューはソファの背にもたれて歯を食いしばった。太くなった彼自身の根もとをにぎって、こちらへ突きだした。「感謝の気持ちを示すんだ。そうしたら考えてやってもいい」

ペイシェンスは身をのりだしたが、たちまち阻止された。じれったい思いで、目をあげた。

彼が細めた目でペイシェンスを見つめ返した。「両手は太ももにつけたままだ。それから、許可なしに勝手に絶頂に達したら、後悔することになるぞ」

ペイシェンスはうなずき、飢えたように彼を口にふくんでむさぼった。マシューの味や、口いっぱいにひろがる太い感触に、脚の奥から蜜があふれてくる。流れる塩辛い露を吸い、つややかな先端に舌を這わせた。

その感触と味がペイシェンスの欲望に火をつけた。くらくらしながら喉深くまで飲みこみ、太いものの裏側を舌で強く愛撫する。根もとから先までゆっくりと舌を動かし、赤く腫れた先端から前触れの汁をしぼりだした。

マシューはうめき声をもらしてペイシェンスの髪に指を差し入れ、腰をうかせて太くなった自身をさらに押しこんできた。ペイシェンスは彼のために口をひらき、あたえられるものを受け入れた。するとマシューは、髪をつかんで一定の速度で深く腰をついた。先端で喉の奥をこすられ、ペイシェンスはあえいだ。脚のあいだの芯が危険なほどどくどくと脈打っている。彼が大きく息を吸い、喉のつきあたりを強く小刻みに突かれて、ペイシェンスは息をつめた。いったん解放され、やっと息継ぎをしたと思ったら、すぐにまた顔を彼に強く押しつけられた。けれども、マシューは今度は腰を前後にふるのではなく、口のなかがいっぱいになるまで、太い肉のかたまりをじわじわと深く押し入れてきた。そしてペイシェンスを押さえつけ、腰を小刻みに揺らしながら、優しく、だが容赦なく、自分の巨大なものをさらに喉の奥へ侵入させた。

背中がのけぞった。脚のあいだの心臓が張りつめて、腰がうきあがる。解放の波が一気にペイシェンスに押し寄せてくる。

それなのに甘い快感が全身をつつむ寸前に、マシューは彼女を押しのけた。ペイシェンスはくらくらしながら浅く息を吸い、もう一度顔を彼に押しつけられるのを待った。けれども、マシューはそうはしなかった。ソファから立ち、手首をつかんでペイシェンスを起こした。「いや！」ペイシェンスは叫んだ。あと少しだったのに！　手首をふりほどいて、マシューの腕にとびこみ、身体を夢中で彼にこすりつけた。力強い男の象徴が感じられる。彼のあたたかな肉体が感じられる。「お願い、もうやめて、マシュー！」

腕をつかまれて暖炉のほうを向かされた。マシューはうしろから身体を密着させて、そそり立つもので臀部を突きながら、足でペイシェンスの脚をひろげた。「いや、何度でもやる！」耳もとでささやいた。「僕が希望するかぎり、何度でもくり返す」

そう言うと、横に来て強くすばやくペイシェンスをたたいた。ペイシェンスはもがき、身構えた。だが、マシューはすぐにまたうしろにまわって、熱をもった肌を腰で突いた。「きみが得られるのは、僕を介した喜びだけだ」ひときわ強く乳首をつままれて、口からうめき声が出た。「だから、僕を満足させることだけに専念する。そして、僕の喜びのために苦しめば苦しむほど、そのぶん自分の満足が近くなると心得る。服従するんだ」

マシューの手が腫れた乳首から離れ、ペイシェンスは短くあえいだ。服従したいという狂しいほどの欲求を感じる。服従という言葉自体が、慰めと自由とおなじ意味を持っているように思えた。「服従したい」涙をこぼしながら言った。「そうしたいわ。でも身体がうずいて――それにプライドが……」

マシューが羽根のように軽く腕にふれた。「身体がうずくのは、いいことだ。ありとあらゆる感覚を、その身体に感じてほしい。それをあたえているのは僕だということを意識しながら、罰や喜びを経験してほしい」ひりつくお尻をわしづかみにした。「いいか、ペイシェンス。この美しい至福の痛みをきみにあたえられるのは、僕だけだ」痛む肉をぎゅっとつかまれ、ペイシェンスは息をもらした。「ほら、至福を感じるだろう？」

「感じるわ」身体はしつこく絶頂を求めているのに、その一方で、頑なにペイシェンスの要求をはねのける彼の厳しさに、心の深い場所が慰められた。痛みにしてもそうだ。なぜだかそれが不思議な満足感をあたえてくれる。

「きみはこれが好きなんだ」マシューが耳にキスをした。「今後もっともっと好きになって、いずれは、これなしではいられなくなる」手の力がゆるみ、ふたたびぎゅっと強くつかまれて、ペイシェンスは息をもらした。「でも問題はない。僕がそばにいる――ずっと」

涙が頬をこぼれ落ちた。

その言葉は真実なのだろうか？

ああ、どうか真実でありますように。

彼の唇が耳にふれる。「それからプライドの話だが」濡れた髪を指でなぞられ、腰がうしろにかたむいた。「そのうちに、きみは新たなプライドを発見することになる――かよわい女として服従することを、誇らしく思うようになる」肩にキスを受けて、肌にふるえが走った。「僕を喜ばせることに誇りを感じる。凛として罰に耐えることに、誇りを感じる。褒美として快感をあたえられることに誇りを感じる。さらに、服従が自分を弱くするのではなく、強くするのだと気づいて、誇りを感じる」手がゆっくり離れた。「そして、それらをすべて経たあと、新しい真実を知ることになる」

目の前に立った彼を見て、ペイシェンスは身ぶるいした。驚くほど太い根もとから、重そうな彼自身が赤黒くそそり立ち、透明な露のういた先端が揺れている。美しい光景だった。うるんだ目をあげると、マシューの黒い瞳には読みとりがたい光がうかんでいた。

「きみはこんなにも濡れている」マシューが穏やかに言った。「そして、僕はこんなにも硬くなっている。この場ですぐにもきみを奪える」

脚のあいだが収縮し、切ないあえぎが喉からもれた。そうしてほしい――マシューが欲しい！　脚がふるえだす。唇が〝奪って〟とささやいた。

けれどもペイシェンスは唇を噛んで言葉を呑みこんだ。それを彼に捧げたら、自分を守るものがなくなってしまう。マシューの天使のような目を見つめているうちに、つらくて涙があふれてきた。自分を守るものがまったくなくなって……。

「もういい」マシューが吐息とともに言った。「暖炉の椅子の前に立って、ひじ掛けに腕をついて脚をひらけ」

脈が速くなった。彼を拒否したので罰を受けるのかもしれない。命令にしたがって重厚なウィングチェアの前に移動するあいだも、脚のあいだの芯が痛いほど脈打った。

「きみはすてきだ、ペイシェンス。脚がすらりとのびて、尻がきれいに赤くなっている」

熱をおびた肌をそっとなでられ、身体がびくっと跳ねた。けれども、平手打ちは来なかった。マシューが反対側をなでる。「近いうちに、こうやってきみを奪うつもりだ。生意気な尻を真っ赤になるまでたたいて、それから、それから」――濡れた襞に彼の先端があたり、ペイシェンスの息が止まった――「それから、愛らしいきつい割れ目にこいつを押しこんで、強く激しくきみを奪う。だが、それで終わりじゃない。きみのものでびしょ濡れになっても、僕はやめない。これ以上達するのは無理だと泣きつかれても、やめない」手が腰を強くつかんだ。「さらにきみを犯しつづけ、きみの中身がからっぽになるまでやめない。そこに残るのはイブだけだ――純粋なイブ。自分が創造された理由のみを知る女だ。そうなってはじめて、満たされるべきその内側を満たす――それこそが、本来あるべき姿だ」

抵抗する気持ちが身体から外へ流れていった。けれども、その身をうしろに押しつけたが、すでにマシューはいなかった。そこから動いていたのだ。彼は少しうしろにしゃがんで、ペイシェンスの脚のあいだから手を前に出して、腰の骨をしっかりとつかんだ。

「心配いらない。落としたりはしないから」

落とす？　いきなり腰を持って上へ持ちあげられたので、ペイシェンスは悲鳴をあげた。頭が下にさがり、脚が宙に投げだされた。マシューの太ももに頬を押しつけてしがみついたが、力の強いマシューはペイシェンスの腰を持ちあげて、彼女の脚のつけ根が自分の肩の高さに来るまで上に引きあげた。

上下逆さにされて、ペイシェンスはうめいた。すぐ目の前にはマシューの濡れたペニスがあって、脚のあいだには彼の吐息を感じる。彼は片腕でペイシェンスのウエストをしっかりと抱きかかえ、反対の手で真っ赤に火照ったお尻をもんだ。ペイシェンスはあえぎ、そしてつぎの瞬間、マシューの舌が濡れた襞を這った。彼の腰がこちらにふれて、ペイシェンスはその無言の要求に興奮し、すぐに応じて、太くなったものを口にふくんだ。

マシューがあえぎ、熱い息が割れ目にかかった。彼の口が熟れた場所にキスし、舌が侵入する。ペイシェンスは声をもらしながら、彼のものをもっと深くくわえこんだ。血が駆けめぐって、つま先に力がはいる。快感をあたえ、あたえられているが、ふたつの区別は曖昧だった。どっちもおなじものに思えたし、どっちのほうが自分の淫らな気持ちを強くかきたてるのか、わからなかった。

腰をかたむけると、彼は舌を割れ目に、自身を彼女の口に突き入れた。抜き差しの速度がどんどん増してきて、めまいがした。髪が大きく揺れて、身体に緊張が走る。快感がつのっていく。

けれどもそのとき、マシューがペイシェンスの身体を持ちあげてはなした。「いやああ！」自分の叫び声が耳にとどき、ペイシェンスは床にくずれ落ちた。

満たされない欲望に弱々しくふるえながら、両手両ひざをついて身体を起こした。くらっとした。そのとき、またしても平手打ちがひりつくお尻を容赦なく襲い、ペイシェンスは悲鳴をあげた。熱い涙がこぼれたが、たたかれればたたかれるほど、脚のあいだの芯が強くうずき、やがてお尻も秘部も欲望を訴えて、おなじように脈を打ちはじめた。

マシューが縛めをつかんでペイシェンスを引き起こした。ひざ立ちになったペイシェンスは欲望でふらつきながら、彼の暗い獰猛な目をどうにか見つめた。プルートそのものだった。彼は王子さまであり、天使だった。彼はアダム――そしてわたしはイブ。身体をふるえが襲い、ペイシェンスは口から低い声を長々ともらして、解放を求めて言葉にならない必死の懇願をした。

マシューが手で頬にふれた。声がかすれていた。「いいぞ。許可しよう」そう言うと、縛めをつかんで右方向に引っぱった。「僕の脚を使え」

ペイシェンスはマシューにとびかかった。しゃがんで腰を落とし、彼の靴の上にまたがった。太ももにしがみついて腰を上下させる。短く息を吐いてあえぎながら、ブーツのなめらかな革に腫れた突起をこすりつけた。小刻みに腰をふり、絶頂を押しとどめている小さな中心を何度も押しあてた。

マシューの手がペイシェンスの髪をにぎりしめ、ペイシェンスは彼の太ももに頬をつけた。

「いいぞ、ペイシェンス。そうだ、その調子だ！」

あえぎながら何度も腰をふった。身体じゅうの筋肉が張りつめる。脚の奥が収縮して下腹がせりあがる。目をぎゅっと閉じ、長々とかすれた声をあげた。女の蕾がはじけ、全身に服従の熱く甘美な露がひろがった。

陶酔にうちふるえながら、ペイシェンスは快感が果てるまで自分をマシューにこすりつけつづけた。やがて力が抜けて身体を起こしていられなくなり、床に尻もちをついた。脚のあいだに立っているマシューを、涙で濡れた目で見あげた。腫れたお尻に絨毯がこすれたが、気にしなかった。彼がこっちを見おろし、充血した彼自身を激しくさすっている。「きみはだれのものだ？」マシューが迫った。

多すぎる血が一気に流れこんだように、心臓が跳ねた。「あなたのものです」

そして、ペイシェンスが力なくひざをひらいて涙を流して見ている前で、彼は自分を解放し、痙攣している女の部分に熱い精を打ちかけた。

ペイシェンスは息を呑み、腰を引いた。けれども、両脚をひらいて処女の割れ目をもっとさらけだした。

「そうだ」マシューは低くつぶやき、ねっとりとした液をペイシェンスのふくれた股間と腹と胸に塗りひろげた。

彼の熱いものにおおわれた蕾が脈打つのを感じながら、ペイシェンスはこれ以上ない穏やかな気持ちに満たされ、身体をふるわせて、静かに涙を流した。

息を乱したマシューが上から見つめている。目にはいまも淫らな光が燃えている。「僕の美しい人」

そう呼びかけられて、小さく声がもれた。言葉は出なかった。

マシューが横に来て、床にひざをついた。ペイシェンスの髪に手を差し入れて顔を持ちあげ、まだ半分硬さの残るものを口に押し入れた。「吸うんだ」そっと命じた。

新たな命令に胸の先が反応した。ペイシェンスはすぐに従い、彼をむさぼって、やわらかくなったものを口に深く受け入れて愛撫した。けれども、マシューが手をのばして脚のあいだのふくらんだ突起をこすりはじめたので、腰を引いて彼のものをくわえたまま不満の声をもらした。もう、無理だった——これ以上は耐えられない。けれどもマシューは手を止めようとせず、精で濡れた指をペイシェンスのなかに挿しこんだ。そうやって挿しては抜きを何度もくり返しながら、とがった蕾を親指で責めた。

口をいっぱいにしたペイシェンスは、うめいたり身をよじったりして苦痛を伝えようとした。それでも彼はペイシェンスを見おろしたまま、さらに腰を深くつき、指使いを激しくしてくる。彼女がすすり泣くのも無視し、疲れきった芯をふたたび大きくしようとしている。そして、そのあいだもずっと優しく、断固とした表情でペイシェンスを見つめている。

脚を閉じたいと思った。そうしようとして筋肉がふるえた。けれども、閉じなかった。自分を押し殺して、さらにひらいた。なぜなら、これはマシューの喜びのためで、ペイシェンスは彼を喜ばすためにどんなことにも耐えなければならないのだ。感謝をもって、堂々と。鼓動が速まって血が駆けめぐるのを感じながら、降伏に身をゆだねた。そうした瞬間、苦痛が消えて、欲望が頭をもたげた。

腰がういて、女の芯がふくらんだ。うっとりするほど幸せだった。これこそが——この女こそが——本当の自分の姿なのだ。マシューのものを口にくわえ、マシューの指を脚のあいだに受け入れている、この女。

服従の熱い涙を流し、激しく口から出入りする彼をしゃぶりながら、ペイシェンスは絶頂に昇りつめた。そしてその瞬間、マシューは薄い精を吐きだして、褒美として彼女の口を満たした。

15　彼女を愛してる

わが魂の愛する者よ……
雅歌八：七

マシューはぶるっと身をふるわせ、踵に体重をあずけた。下にいるペイシェンスの美しい姿を見おろした。目を閉じ、唇がわずかにあいていて、頬の高いところが赤く染まっている。かなり無理をさせてしまった。だが、すべてはペイシェンスのためだ。ああすることで、彼女がどこまで服従できるのかを目の表情から見極め、身体の緊張具合でそれを観察し、みずみずしい口で受け入れたときの貪欲さから手ごたえを得た。

だが、彼女の口だけでは物足りない。

身をのりだして、あざやかな色の巻き毛を額からかきあげた。まつげが揺れて、彼女は生き生きした目をこちらへ向けた。いまも涙でうるんでいるが、安らかで、慕わしげな表情がうかんでいる。

単純なプライドで胸がいっぱいになった。あと少しだ。あと少ししたら、ペイシェンスはマシューのどんな要求も拒めなくなるだろう。マシューは彼女の処女を奪い、結婚の約束を得、そして一番大事なことだが、彼女の心をものにするのだ。

そう、一番ほしいのはペイシェンスの心だ。

手をのばして彼女の手をつつむ。それを唇へと引き寄せて、脈の透けた香《かぐわ》しい肌にキスをした。その手が、そっとマシューの頬をつつんだ。ペイシェンスの顔を見て——目には優しさがうかび、顔は柔和そのものだった——ふいに、鋭い、痛いほどのなにかが心を貫いた。

しばらくそのまま見つめ、彼女の姿を胸に刻んだ。もう一度手のひらにキスをして、それを顔からペイシェンスの胸に持っていって、おいた。「そのままだ」マシューはささやいた。

マシューが立ちあがっても、ペイシェンスは動かなかった。自分をズボンにしまってボタンをしめながら、暖炉の前にいった。器具を使って乗馬ブーツを脱ぎ、靴下を引っぱって、シャツを脱いだ。ペイシェンスは無言のままじっとしているが、木の椅子を一脚、暖炉の前に運ぶあいだも、彼女の視線が感じられた。火床に薪を足した。目で追われていることを意識しながら、彼女の服を集め、乾かすために椅子の上にひろげた。

うしろを向いて、横にしゃがんで縛めをほどき、それから、ペイシェンスの身体をすくいあげた。立ちあがるときに、クチナシと性の香りが身体からふんわりただよった。なんてやわらかく、しなやかな身体だろう。巻きついてきた腕の感触や、向けられた眼差しに、マシューの心はふるえ、胸の鼓動がいくらか速くなった。

彼女をかかえて玄関の間に出ると、グウィン・ホールの大きな階段をあがった。いまも風雨が建物に激しく吹きつけている。ありがたい。このまま降りつづけば、それだけ長くペイシェンスを引き止めておける。踊り場の柱時計は十二時十五分を指していた。

小さな浴室にはいり、石炭の火鉢のおかげで銅製の浴槽からいまも湯気が立っているのを見て、マシューーは満足した。副執事のポケットにポンド紙幣を一、二枚余分に入れてやらなければ。時間が限られていたにもかかわらず、マシューーの要求のすべてにきちんと応えてくれた。

浴槽の前に立った。「お湯にさわって、熱すぎないか見てくれ」

ペイシェンスは長い脚の片方をのばして、つま先を湯につけた。「ちょうどいいわ」

マシューーはペイシェンスの脚をなかにおろし、彼女が浴槽に身をしずめるのを見守った。尻が湯につかったときには息を吞んだが、いつもはあんなにも生意気で人を見透かすような緑色の瞳も、いまは従順で穏やかな表情をうかべている。ペイシェンスは底に尻をつけると、ゆったりと息を吐いて浴槽の高い壁にもたれた。だが、その目は閉じられることはなく、ずっとマシューーに向けられていた。

胸の高鳴りを感じながら、ブランデーとグラスのおいてある小さなテーブルの前にいった。グラスに琥珀《こはく》色の液体をそそいで、ペイシェンスにわたす。彼女がそれを口にしているあいだに、マシューーは湯に浮かんだ乳房を目で堪能した。大きな乳首がちょうど水面からのぞいている。口に唾がわき、股間に緊張が走った。なんてすばらしい胸だろう——先端には、たたかれて美しく花ひらく蕾までついている。

ペイシェンスがじっとこちらを見ていた。「きみの乳首はお仕置きを求めてる」

その言葉を聞いて、彼女の胸もとがわずかに持ちあがった。「ええ」

赤くなった尻のことを思って、血が騒いだ。「身体じゅうがお仕置きを求めてる」

濡れた唇がひらいた。「ええ」

股間が脈打った。「いいことだ」

ペイシェンスがグラスを返してきた。「それは、あなたにとってうれしいこと？」

「ものすごくね」

マシューは残りのブランデーを飲み、浴槽のそばにおかれた腰掛けに移動した。彼女の髪の香りをかぎながら、腕をのばして石鹸《せっけん》を取り、泡立てた。

「マシュー？」

「なんだ」

「あなたは前からこんなふうだったの？」

ペイシェンスの胸に手をおいて、身体を洗いはじめると、股間が反応した。「そうだ」

彼女はもう一度ブランデーを口にした。「でも、どうやって気がついたの？」

「最初はわからなかった。自分の感情や衝動が理解できるようになるまでには、時間がかかったよ」首と肩の筋肉を指でもんでやると、彼女は深くため息をついた。「でも、僕をたたくはずだったベルトを女家庭教師の手から奪って、机に押し倒して裸の尻を打った日に、はっきりと見えてきたんだ」

ペイシェンスは目を丸くしてマシューをふり返った。「本当にそんなことを？」

乳首が硬くなったのを見て、笑いがこぼれそうになった。「そうだよ。しかも、もし家庭教師が悲鳴をあげて逃げていかなかったら、犯していたかもしれない。その出来事で、僕は驚くほど硬くなっていたからね」

愛らしい唇は不賛成を示すようにゆがんだが、目にはべつの表情がうかんだ。「嫉妬しちゃうわ」

股間が熱くなった。「なにに嫉妬するんだ？　家庭教師をベルトで打ったことか、それとも犯していたというほうか。どっちもまだきみは経験していないからね」

ペイシェンスは美しい目を伏せて、一瞬悩んでいるようだった。「わからないわ」困ったような表情でマシューを見た。「たぶん、両方ね」

マシューはついこらえきれずに小さく笑った。ペイシェンスの正直なところが、なんともいえずかわいかった。「嫉妬に苦しむ必要はないよ。家庭教師はきみとは比較にならないものではある。ただし、きみにふさわしい罰をあたえるときには、道具は必要ない」大きくなった乳首を一瞬強くつねった。彼女は声をもらして身体をふるわせた。マシューはペイシェンスの美しい目を見つめた。「それに、たしかにベルトは役に立つ」「それから、犯すほうについてだが——それはきみの判断にゆだねると、僕は前に約束したはずだ」

「ええ」緑色の瞳がくもり、後悔しているようにさえ見えた。「今日あなたはわたしを奪いたかった」

そうだ、そのとおりだ！「それはそれで、よかっただろうね」

「悪いことをしたわ」

まったくそのとおりだ。マシューは立ちあがり、手を取ってペイシェンスを引き起こした。

「なんとか耐えるよ。それにどっちみち、むかしから交わるより口でされるほうが好きだった」それはきみと出会うまでの話だが――。

ペイシェンスの眉があがった。「そうなの？　どうして？」

「さあね」手に石鹸を泡立てる。「きっと早教育のおかげだろう」腰をまげてペイシェンスの長くかたちのいい脚に泡をつけた。

「〝早教育〟というのは？」

身を起こすときに、太もものキスマークが消えてきているのに気づいた。それを見て、尻につけたキスマークのことを思いだし、さらに、平手打ちされた張りのある真っ赤な尻の、信じがたい美しさを思いだした。股間がかすかに脈打ちはじめた。

ペイシェンスの胸、腹、尻に石鹸をこすりつけながら、彼女の興味津々の目を見つめた。

「僕はむかしから、腹をすかして目を覚ました。子どものころは、料理人が毎朝早くに、食べ物を盆に盛って用意してくれた。それをいつもおなじ厨房付きのメイドが運んでくるんだ。ところがある日、そのメイドは寝巻きから僕の息子がとびだしているのを見つけた。少し脚をひらいて」

ペイシェンスが脚をひらくと、マシューは石鹸のついた手でやわらかな襞をなぞった。

「すると」話をつづけた。「メイドはすかさずこう言った。わたしがなんとかしてさしあげますってね。そういうわけで、その日僕はビスケットを手に、メイドに口で気持ちよく奉仕された」指を芯のほうにすべらせると、少しふくらんでいた。ペイシェンスが息を呑んだのを無視して、視線をおろし、脚のつけ根の赤い巻き毛の叢《くさむら》に指を入れた。白い肌に赤い毛が映えて美しかった。その下の、濡れた処女の割れ目も美しいとしか言いようがない。自分の股間がふくらむのがわかった。なにを言おうとしていたんだか？　ああ、思いだした。「それ以来、ほぼ毎日」マシューはつづけた。「メイドは僕が朝食を食べているあいだに、中身をしぼりだしてくれた」

「いまではだれが毎日の奉仕をしているの？」ペイシェンスが張りつめた声で言った。

見ると、腹を立てているような怒った顔をしている。心臓が強く打って、なにかが波のように全身にひろがった――強力で、優しいなにかが。「だれもしていないよ」マシューは近寄って、胸のふくらみの外周をなぞった。「なぜ聞くんだ？　その仕事を引き受けたいのかい」マシューは優しく質問した。ペイシェンスの顔から少しずつしかめっ面が消え、もう一方の手をウエストにまわすと、彼女は息を吸いこんだ。緑色の瞳を見つめた。「もししたいなら、どうぞやってくれ。もちろん」――額に唇でふれた――「それ以外にきみにどう奉仕してほしいか、それから、僕がそれにどんな奉仕で返すかについても、話しあう必要があるな」やわらかなこめかみにキスをした。彼女の腕が巻きついてきて、心臓が跳ねた。「そのあとで……」目の端の柔肌に唇をつけた。「正式な……」彼女の手がうなじをなでる。「拘束力のある……」頬にキスをした。「合意を交わす」彼女の唇がひらき、マシューは貪欲に舌を突き入れた。ペイシェンスを味わい、むさぼるうちに頭がくらくらした。ああ、なんてあたたかくて甘いのだろう。しかも、彼女の唇が情熱的にからみついてくる。庭の裏手の小さな教会に、いまも司祭がいればよかったのに。そうしたら、すぐにも彼女を引きずっていった。

そう、いますぐにだ！

キスをやめるとペイシェンスはうめいた。マシューはうしろにさがった。自分が片ひざを折ってひざまずこうとしているのを感じる。だが、そこで動きが止まった。見ているそばから彼女の顔に戸惑いの表情がゆっくりとうかんだのだ。僕はなにをしようとしていた？　彼女はさらに眉をひそめて首をかしげ、マシューはわずかにまがったひざをまっすぐにのばした。ペイシェンスを手に入れたいなら、忍耐《ペイシェンス》のなさは仇《あだ》になる。

マシューはゆっくり息を吸って、眉をあげた。「当然、なんらかの合意にいたれば、きみはロンドン行きを取りやめないといけないよ。僕はそれなりの持ち物に恵まれたと自負しているけど、どんなに欲情しても、さすがにここからロンドンまではとどかない」

ペイシェンスの表情が晴れて、一瞬、唇に小さな笑みがのぞいた。マシューがズボンの上から股間の位置を整えるしぐさをすると、彼女は身をふるわせて、乳首が小さな指のようにとがった。

「寒いのか？」マシューはさりげなく聞いた。

「ええ――いいえ」ペイシェンスは首をふった。「その、つまり、わからない」マシューは笑いをこらえ、そばに寄ってもう一度石鹸を泡立てた。「それで、どこまでいったっけ？」

「メイドの話よ」ペイシェンスが言った。

彼女の目を見つめた。「そうじゃなくて、どこまで洗ったか聞いたんだ」

まつげが揺れた。「そう」

「背中をこっちに向けて」

彼女が従うと、赤くなった尻が見えて股間が強く反応した。あざやかで、美しかった。厳しい罰を受けた痕跡はなかったが、尻のてっぺんと下側がきれいに赤く染まっている。周囲の白い肌とあまりに対照的なそのようすには、そそるものがあった。「ああ、ペイシェンス、罪な美しさだ」

彼女が肩ごしにふり返ると、頬がおなじように赤く染まったのが見えた。マシューは石鹸のついた手で精力的に尻をなでた。熱をもっているのがわかったが、かえって彼女をひざにかかえて、さらに平手打ちを食らわせたい衝動がわいた。急に喉が乾燥して、声が少しつまった。「いつでも簡単にお仕置きしてもらえると、きみは思うようになるだろうね」やわらかな肩にそってキスの雨を降らせると、彼女は息をもらした。「それだと、きみをひどく甘やかすことになる」ため息をついた。「だとしても、これほどの誘惑にどうやって抵抗すればいい？　とくに、きみにはお仕置きが抜群の効果を発揮するからね」尻をつかみ、張りのある肌に指を食いこませてもむと、ペイシェンスは背中をのけぞらせてあえいだ。

なんということだろう。すでに二度も果てていて、おまけに睡眠不足でくたくただというのに、股間が半分起きあがってきた。このへんにしておかなければ、また最初からことをはじめてしまう。マシューはペイシェンスの背中をなであげて、そのまま肩から腕に手を這わせた。「逆向きだ」

ペイシェンスがこっちを向くと、いまの言葉に欲情をあおられたのが目を見てわかった。石鹼のついた手を彼女の手にからめ、長くて華奢なその骨格をゆっくり堪能する。かわいらしい手、チェロ弾きの手だった。

「メイドの話のつづきはしないの？」

マシューは目をあげ、彼女のしつこさにため息をついた。「もう話すことはあまりないよ。その後、メイドが夕食前にマークにも奉仕していることを知った。僕と兄貴は、自分たちのことをたいした若主人だと考えたが、やがて発覚したんだ。そのメイドは料理長や副執事や、第二従僕《フットマン》や家令を相手に、日課のように交わったりしゃぶったりしていたということがね」

マシューは肩をすくめた。「その話はともかく、朝の楽しみがはじまったのは僕が十二のときで、交わるよりしゃぶられるほうを好むようになったのは、きっとそこに原点があるんだろう。ただし、正確を期して言うと、僕はフェラチオよりイラマチオのほうが好きだ」手を湯に入れてすすいだ。「すわっていいぞ」

ペイシェンスは湯を手ですくって石鹼のついた肩に適当にかけながら、顔に好奇の色をうかべた。「イラマチオ?」

股間が脈打ち、マシューは彼女の顔をしばしながめた。疲れてはいても、簡単な教育を施さずにはいられない。ズボンのボタンをひらいて、下着ごといっしょに脱いだ。半分硬くなったペニスがずっしりと揺れている。マシューはペイシェンスの貪欲な目を見つめた。「おいで」

ペイシェンスは驚いて息を呑んだが、すぐに浴槽のへりにやってきて、もたれた。ゆらゆら揺れるペニスに向きあって、舌で唇を舐めている。マシューの血が騒いだ。「さあ、いいぞ」

ペイシェンスは躊躇《ちゅうちょ》なく浴槽のへりにつかまって、マシューを口にふくんだ。ふっくらした唇が、先端から根もとまでを往復する。脚がつっぱったが、マシューはじっとこらえた。やわらかな舌が突起のふちを舐め、それからペニスの裏側を強くなぞった。ペイシェンスは緑色の大きな目でマシューを見あげながら、太さを増してきたものを上下の唇で挟んで前後にしごきはじめた。いつものように豊かな赤い巻き毛が額にたれ、勃起するペニスをしゃぶる頭の動きに合わせて揺れている。

マシューを喜ばせようとするうるわしい服従の光景に、ため息が出そうだった。だが筋肉が痙攣しはじめ、両手がしびれてきた。マシューは彼女から身を引いて、すねた下唇に指をおいた。「いまのがフェラチオだ。さあ」——マシューは両脚をさらにひろげた——「もう一度最初からだ」

ペイシェンスはやる気満々に身をのりだしたが、今度はマシューは髪をつかんで彼女を固定し、あたたかな口に自分を挿しこんだ。わずかに引いてから、さらに深く挿す。それから、喉の奥の壁につきあたるまで、長くゆったりとしたリズムで腰をふった。

息を大きく吸いこみ、いったんそこで動きを止め、それからペイシェンスの欲望に満ちた目を見つめながら彼女を押さえて腰を引き、挿し、それをまたくり返した。喉の狭い通路の奥深くへ侵入するたびに、亀頭に圧力を感じる。マシューは彼女に深くつつまれて、充足のため息をもらした——股間が快感にわくほど、彼女は奥深くまで太いものを呑みこんでいる。ああ、もう一度いきそうだ。それに、唾のあふれる口から察するに、ペイシェンスもそれを望んでいる。だが彼女も自分も、我慢が必要だ。ともかく、これはただの言葉の勉強なのだ。髪を強くにぎりしめ、最後にもう一度深く突いてから腰を引いた。

ペイシェンスが苦しそうに息を吸った。指でそっと顔を持ちあげた。頬が赤く染まり、うるんだ瞳の上で長いまつげが揺れている。「そして、いまのがイラマチオだ」マシューはかすれた声で言った。赤みのある金髪の眉毛をなぞった。「ふたつともおなじ行為を指すが、ふたりのうちのどっちが動くかという点が決定的にちがう」大きな口のふっくらしたカーブに指を這わせる。「イラマチオがなにかを知っている人自体、ほとんどいない。口内性交のどんな美しい微妙なちがいも、ふつうはフェラチオの名のもとに一緒くたにされてしまう。だけど僕はその道の通だ。そして、そのフランス流の達者な使い手であるきみも、自分がこれほど上手にこなす行為の正しい用語を知っておくべきだ」

マシューが身を引くと、ペイシェンスが上目遣いに微笑んだ。「わたしが？　上手になっているの？」

あまりの輝かしい微笑みに、マシューの胸の鼓動が速くなった。その微笑みは心からのもので、それに……満足げだ。マシューは自分の口もとにも笑みがうかぶのを感じながら、腰掛けを浴槽の横に移動させてすわった。「達人の域だよ、ペイシェンス」下唇にふれた。「口が大きくて深さがある。でもそれより重要なのは、心から喜んでやっているという事実だ。だからこそ、きみは特別なんだ」小さなタオルをわたした。「どうぞ顔をおふきください、お嬢さん」

ペイシェンスはタオルを受け取り、顔いっぱいに笑みをうかべた。「喜んでしているのはたしかね。それにきっと、ここまでうまくできるようになったのも、ひとえに練習の賜物だわ」

「なんだって？」マシューの身体がこわばり、一瞬にして全身に嫉妬の炎がひろがった。

「はじめての経験だと言っていたじゃないか」

ペイシェンスはうなずいた。「そのとおりよ。でも、あなたが想像もつかないほど、たくさんの胡瓜を口にくわえたの」

マシューの眉がはねあがった。「胡瓜？」身体から力が抜けて、笑いがこみあげた。

「そうよ」ペイシェンスはタオルに石鹸をつけた。「それに、いずれわかるでしょうけど、皮を傷つけないようにするのが、すごく上手になったの」

ペイシェンスはとても愛らしくて、誇らしげだった。マシューはあたたかいものを胸に感じて、大声で笑った。「それはよかったね、お嬢さん」笑いにあえぎながら言った。「いつか、その技を披露してほしい。いや、いまから楽しみでしょうがないよ」

「ええ」彼女が生意気そうに眉をあげた。「わかるわ」

ペイシェンスはタオルをあげて顔をこすり、マシューは声を出して笑った。けれども、笑いはすぐに引いた。またしても穏やかな、だがマシューをとらえてはなさない、あの不思議な感情が胸にこみあげてきたのだ。愛らしい巻き毛を肩や背中にたらしたペイシェンスをながめた。先の濡れた巻き毛の長いひと筋が、胸のおいしそうな乳首のすぐ上にはりついている。その姿を見ているだけで胸が締めつけられた。

ああ、きみを自分のものにしたい。

彼女が美しい顔に水をかけた。

夜も昼も、四六時中いっしょにいたい。きみの身体と心を知りつくしたい。

手探りしているペイシェンスに、タオルをわたしてやった。

きみに子を授けたい。いっしょに年を重ねたい。きみの腕のなかで息を引きとりたい。

ペイシェンスはタオルを頬にあてて水気をふきとり、愛らしい笑顔をマシューに向けた。

愛しているよ、ペイシェンス——。

マシューは緑色の瞳を見つめた。胸が張り裂けそうだった。息が吸えるだろうか？

ペイシェンスの顔からゆっくりと笑みが引いた。「どうしたの？」

愛してる。

どうしようもなく、愛してる。

マシューはふるえる息を吸った。

そして僕を愛してほしい。

ペイシェンスがこちらをじっと見つめている。瞳は磨いたガラスのようだった。「どうしたの、マシュー?」彼女はささやき声で言った。

マシューは目を伏せ、身をかがめてそっと唇にキスをした。「なんでもないよ」

そうこたえると、いっしょになって浴槽にはいり、湯に身をしずめてペイシェンスを抱きしめた。「なんでもない」

16 忘れていた夢

……心はさめていた……
雅歌五：二

「見てごらん」とペイシェンスの天使が耳にささやいた。「心臓からこんなに血が流れている」

ペイシェンスは自分の胸を見る勇気がなくて、相手の黒く優しい目を見つめた。

天使が手で頰をつつみこんだ。「見るんだ。そうじゃないとお仕置きをするよ」彼は優しく言った。

「でも、怖いの」ペイシェンスは小さな声でこたえた。

「怖がらないで。僕がそばにいる」

ゆっくり視線をおろした。胸にできた深い傷から真っ赤な血が流れている。けれども、気づいてみれば、傷はひとつではなかった。いくつもあって、見ているうちに、そのどれもから血が出てきた。

パニックになって息を喉につまらせ、両腕で胸をかかえて天使を見あげた。「わたしは死んでしまうの？」

「ある意味ではね」大きな翼が宙をたたいた。「でも、僕はきみを生き返らせることができるんだ、ペイシェンス。きみを癒やすことができる」

「どうやって？」

「きみは腕をひらくだけでいい。その胸に僕を受け入れてくれれば、あとは僕がやる」優しい目には期待と願望があふれていた。「ただし、僕を受け入れたら、それは一生のことだと覚悟するんだ。僕らのあいだに、中途半端は存在しない。すべてか――あるいは無か」彼は揺らぐことのない目でペイシェンスを見つめた。「教えてくれ、ペイシェンス。答えはどっちだ？」

ペイシェンスは迷った。そのとき雷が鳴って、重力のない夢の世界をこなごなに砕いた。ペイシェンスは押し殺した悲鳴をあげて、天使にしがみついた。

腕で抱きしめた瞬間に、目がぱっとひらいた――夢ではなく、肉とかたちのあるものを感じたのだ。

マシュー！

自分の胸の上で眠っているマシューを見て、胸が締めつけられた。やっと経験できた。目覚めてもひとりではなかった。恐ろしい夢が頭からきれいに消え去った。マシューがそばにいる。それに、本物のマシューはどんな夢よりもはるかに実体があった――重みがあり、ぬくもりが感じられる。彼の息がふれ、やわらかな髪を肌に感じる。

古い痛みと新しい幸福感で、胸がいっぱいになった。

マシューがそばにいる……。

ペイシェンスは居心地のいい寝室をながめた。屋敷の裏手の風変わりな小さな塔のなかにある、広々とした部屋だった。マシューが言うには、森のなかに立っていたチューダー朝時代の古い館のうち、この塔だけが当時から残っている部分で、晴れた日には縦仕切りの窓からホークモア館が見わたせるという。大きな暖炉で火がぱちぱちと音をたて、その前には張りぐるみの椅子が二脚ならんでいる。マシューとペイシェンスは、古いベルベットの上掛けをかけた、高い天蓋つきのベッドで身を寄せあっていた。天井を見あげると、黒っぽい梁が縦横に走って、斜めになった屋根を支えている。上には屋根裏部屋がなく、嵐の音が大きくひびいていた。

ため息が出た。夢で見るようなすてきな部屋だ。

枕もとの小さな時計のベルが二度鳴った。すでに一時間以上うとうとしたことになるが、起きるのは嫌だった。

マシューを強く抱きしめて、においを吸いこみ、額にたっぷりキスをした。彼は眠りながらもペイシェンスをつかまえたままはなそうとせず、頰を胸にのせ、腕で腰を抱き、片脚をペイシェンスの脚の上にのせている。幸せの涙がひと粒流れ、髪のなかへ落ちていった。こんなに安らかな監禁は、これまで経験したことがなかった。

もしも――。

涙がとめどなくあふれそうになって、ペイシェンスは目を閉じた。そのことを考えてはいけない。でも、どうしても考えずにはいられなかった。もしも、このあたたかな満足感、この心地よい安らぎに、四六時中つつまれていたら、どんな気分がするのだろう？

まぶたをあげて、マシューの頬とあごの輪郭を目でなぞった。彼に自分を捧げたら、どうなるのだろう？　永遠に彼のものになったら？

いまこの一瞬には、ほかのいっさいのことが無意味で無価値に思える。慎重に練りあげてきた人生の計画が、下手な思いつきで、誤った考えのように思える――カヴァッリはチャンスではなく障害だと。こうして胸の上にマシューがいると、まったくちがう人生の夢が頭にうかんでくる。夫がいて、家庭があって、子どもたちがいて、笑いがあって――。マシューに目をやり、金色の筋のはいった髪を額からはらった。そして、快感とお仕置きのある人生。

これまでとはちがって、いまの夢にはかたちと実体がある。指でマシューの頬をなぞった。いまのペイシェンスの夢には、優しい目と、天使の顔と、異教の神の力強い手が登場する。彼の黒いまつげが揺れる。「本当にわたしの王子さまなの？」

「わたしをどうしようというの、マシュー？」ペイシェンスはそっとささやいた。

マシューはすやすや眠ったままで、疑問だけがペイシェンスの頭のなかでこだました。本当にそうなのだろうか？　心はそれを信じたがっている。ふるえる唇を噛んだ。もし信じたら、どうなるのだろう？

もしいまプロポーズしたら、どうなるだろう？

マシューは広い厨房の入口に静かに立っていた。新しいズボンとシャツを着て、手にはペイシェンスのクローゼットから今朝のうちにこっそり取ってきた化粧着を持っていた。けれども、彼女の姿を目にして、それを入口の手前にあるクッション張りの長椅子にいったんおいた。

コルセットとペチコート姿のペイシェンスが、厨房の真ん中にある大きなテーブルにお茶の支度を整えている。ほっそりしたウエストにはエプロンを巻き、無造作にまとめた髪からこぼれた赤毛のカールが、ものをならべる動きに合わせて目にかかった。

彼女を愛している。どうして、その気持ちを認めようとしなかったのか？　はじめから、深く狂おしいほどに、彼女を愛していたのに。これまで経験したどんな感情ともちがったためた、そのことには前から気づいていた。心うきたつ気持ち、希望、満足、欲望、そうしたすべてが、幸せというリボンできつくひとつに結ばれている。マシューをこれ以上の高みに導くことのできるものは、あとはもうひとつしかない――ペイシェンスが返してくれる愛だ。

もうしばらくペイシェンスの姿をながめ、小さくしかめたその顔を見てマシューは微笑んだ。彼女はわかっているのだろうか――自分がどれほど美しい姿をしているかを。

「ひとつだけ聞きたいことがある」マシューが静かに言うと、彼女はすぐに顔をあげた。

「このうっとりするような香りの正体は、なにかな？」

ペイシェンスは微笑んで、髪をかきあげた。「レモンクリーム味のスコーンよ」

ペイシェンスの顔を見て、心が揺さぶられた。彼女の目にはじめて見る表情がうかんでいる。たぶん、傷つきやすい繊細さだ。わずかにあけた扉からもれる淡い光のように、ためらいがちではかかない。それでもたしかにその表情がそこに見える。マシューは息を呑んだ。

「スコーン?」

「いつもお腹をすかせて目を覚ますと言っていたでしょう」エプロンで手をふいた。「あなたはぐっすり眠っていたし……」指で布をにぎりしめ、はなした。「それに」肩をすくめた。「そろそろお茶の時間で、これまであなたは二度もわたしに朝食を運んでくれたわ。せめてこのくらいのことは、と思って」

そんなつまらない答えはやめてくれ。「なるほど」マシューはポケットに手を入れ、首をかしげた。「つまり、朝食の借りを返すためにスコーンを焼いた、と」

彼女はしばらくマシューを見つめ、やがて小さく顔をしかめた。「ちがうわ」穏やかに言った。「そういうわけじゃない」

マシューはじっと立っていた。「じゃあ、どういうわけだ?」

ペイシェンスは長いこと顔を伏せ、ひと筋の巻き毛がこめかみにたれた。とうとう顔をあげて目と目が合ったとき、マシューの心臓がよじれた。うるんで光る瞳いっぱいに、期待と恐怖がうかんでいた。

抱きしめたいという思いと欲望で、身体に力がはいったが、マシューはじっとこらえた。

もし動けば、彼女がいまにも言おうとしている言葉を追い散らしてしまう。胃が緊張でこわばった。雨の打ちつける音と、厨房の炉火のはぜる音だけが、静寂を満たした。

　ペイシェンスがわなわなと深く息を吸った。

　マシューは息を止めた。

「ただ――」声が揺れ、唇がふるえている。「ただ、あなたにすごく幸せな気持ちにさせてもらったから。しかも、自分でもよくわからないけれど、わたしはずっと幸せとは縁がなかったみたいで」涙がこぼれて、彼女はあわててぬぐった。「だから、あなたのためになにかしたかったの。喜んでもらえることを」ペイシェンスが息を吸うと、短い呼吸に合わせて胸が持ちあがった。「あなたを幸せにしたかったから、スコーンを焼いたの」声が消え入った。ペイシェンスは緊張で身を硬くし、エプロンの布地を強くにぎりしめている。

　胸が張り裂けそうだった。駆け寄って抱きしめたかった。彼女の不幸の理由を残らずさぐりだし、その不幸の種を永遠に消し去りたい。ペイシェンスに愛を誓い、あらゆるものを捧げたい――心と、家と、家族と、財産を。

　だがしばらくは、押しては引き、引いては押し、という繊細な駆け引きをつづけなければならない。ペイシェンスはいわば傷ついた鳥なのだ。こちらの手から餌を食べさせるところまで手懐《てなず》けたとしても、焦ってつかまえようとすれば、彼女は引っかいたりつついたりして、飛んで逃げていってしまう。

　そこでマシューはゆっくりとペイシェンスに近づいた。そっと手を取り、唇に寄せて恭しくキスをした。そして、それを自分の心臓にあてて、濡れた瞳を見つめた。「ものすごく幸せな気分だよ。ありがとう」

ペイシェンスのまつげが揺れ、愛らしい口の端があがった。「どういたしまして」

手の下でマシューの心臓が動いたのがわかった。それから彼はペイシェンスに笑いかけた。黒い瞳には幸せそうな屈託のない表情がうかび、つられてペイシェンスの笑みも大きくなった。

ふたりはしばらくそうして立っていて、こんなふうににこにこしながら見つめあっている自分たちのことが、ふと、恋愛中の――恋愛中の少年少女のように思えた。ペイシェンスは頭をふって、そばを離れた。けれども、オーブンの前まで移動するあいだも、笑みは消えなかった。スコーンをなかから出して、テーブルにもどって網の上にならべた。

マシューが目を見ひらいた。「ものすごくおいしそうだ」彼は唇を舐めながら長椅子にすわり、両手をこすりあわせた。「お腹がぺこぺこだよ」

ペイシェンスはうれしさを抑えきれず、軽やかに笑って、彼の反対側の椅子にすわった。お尻が少し痛かった。けれど、ペチコートの布七枚分のふくらみには感謝しつつも、そのひりひりする感覚も案外気に入っていた。動いたり、かがんだり、すわったりするたびに、痛みがマシューとのあいだの出来事を思い起こさせる――たとえ、いまだけのことだとしても、自分はマシューのものなのだと実感させてくれるのだ。「お腹がすいていて、よかったわ」

お茶の盆に手をのばした。「でも、スコーンはしばらく寝かさないと」

「しかたがない。ただし、じつは食べ物に関しては――それに、きみのことに関しても――待たされるのは大嫌いだ」マシューは笑顔で頬杖をついたが、お茶をついでいるペイシェンスに向かってわずかに眉を寄せた。

ペイシェンスは手を止めた。「どうかしたの？　お茶はほしくない？」

「いや、喜んでいただくよ」マシューはさらに顔をしかめた。「そうじゃなくて、そんなはるか遠くにすわって、なにをしているのかと思ってね」

「あら、そのこと」ペイシェンスはあいだにひろがる広いテーブルに目をやった。「でも、会話をするときには、正面にすわるのがしきたりでしょう？」

「ペイシェンス、僕らのあいだにしきたりはいらないよ。こんな遠くから、どうやってきみを見つめたり、なでたりしたらいいんだ？　このだだっ広いテーブルの不毛地帯に隔てられていては、ほとんど姿が見えないし、ふれるなんて夢のまた夢だ」

ペイシェンスは笑った。「マッティおばさんと気が合うのも不思議じゃないわね。話し方の大げさなところは、あなたも伯母に負けてないわ」

「そうだよ。さあ、時間稼ぎはやめて、すぐとなりに来てすわるんだ」

ペイシェンスはそちらへ移動しかけたが、お尻の痛みを感じて動きを止めた。すでに従順にお仕置きを受けたのだから、つぎは少しくらい大目に見てくれるかもしれない。きっと、だいじょうぶだ。胸の高鳴りを感じながら、マシューの目を見つめた。「あなたがこっちに来てくれてもいいのよ」

マシューの目にわずかに影が差したが、顔つきは穏やかなままだった。「ああ、かわいいペイシェンス。きみは安心させてほしいんだな」

わたしが？　どっちのことで安心させてほしいというのだろう？　マシューが聞き入れてくれることで？　それともマシューが断固として聞き入れないことで？

彼の口もとに小さな笑みがうかんだ。「きみからの挑戦は大歓迎だよ、ペイシェンス。こっちも受けて立つことができる。おかげで、特定の目標があたえられる」

ペイシェンスは首をかしげた。「目標というのは？」

「きみをしかるべき場所に移動させること——いまの場合は僕のとなりだ。そして、服従に慣れさせること。きみを安心させて慰めること」マシューが立ちあがると、ズボンの股間が大きく硬そうにふくらんでいた。「それに、きみを幸せにすること」

胸が大きく跳ねて、脚のあいだの小さな心臓がそれにつづいた。「それがあなたの目標なの、マシュー？　わたしを幸せにすることが？」

「あたりまえじゃないか」マシューはペイシェンスをじっと見つめて、袖をまくりはじめた。「きみの幸せは、僕の第一の願いだ。さあ、ただちにこっちへ来て、テーブルに手をつくんだ」

ペイシェンスは目を見ひらいた。脚の奥が反応する。「まさか、お仕置きをするつもり？　また罰を受けるの？　ひとつ質問しただけで？」

マシューは眉をあげて、反対側の袖もまくった。「いいからおいで、ペイシェンス。そんなに驚くのは、やめるんだ。こういう小さな反抗は許さないと、今朝、話しただろう」マシューは引き締まった腰に両手をあて、またしてもペイシェンスの目は彼の大きな出っぱりに吸い寄せられた。「それとも、尻は腫れているから勘弁してもらえると思ったのかい？」

あわてて目をマシューの顔にもどした。図星だ。まさに、そのとおりのことを考えていた。

マシューは小さく笑って首をふった。「罰を受けることで、反抗する許しが得られるのだと思っているとしたら、きみは痛いほどまちがっている」片方の眉があがった。「いまのは洒落じゃないぞ」

ペイシェンスはなんとか胸の鼓動を落ち着かせて、あごに手をおいた。「あらそう」自分が生意気な態度をとっている自覚はあった。「でも、もし従うのを拒んだら？」

マシューはしばらくペイシェンスを見つめていたが、やがて口の片側だけにゆっくりと笑みがうかんだ。「僕だったら、そんなことはしないだろうね」

胸の先が硬くなるのがわかった。ペイシェンスは確実に状況をあおっているが、やめる気はなかった。「どうして？　わたしはいつでも例の台詞を言えるんでしょう」

マシューは腕組みして、ため息をついた。「言うことはできるが、それはまちがいだ。拒絶の言葉は、口にするためにあるんじゃない、ペイシェンス。きみが安心するためにあるんだ。いつでも使える逃げ道ではあるが、実際には使わない逃げ道なんだ」

マシューの言うとおりだった。例の台詞を言おうと思ったことが何度かあったけれど、実際には言わなかった。その手があるとわかっているだけで十分なのだ。けれども、もし本当に口にしたらどうなるのだろう。ペイシェンスは首をかしげた。「じゃあ、もしわたしが例の台詞を言っても、あなたはそれを無視するの？」

「もちろん、しないよ。ただし、そんな議論をしても意味がない。僕がちゃんとしていれば、きみがその台詞を言うことはないからね」マシューはテーブルに両手をつけた。「憶えておくんだ、ペイシェンス。自分が従いたいときだけ従うのは、服従じゃない。簡単なときだけ従うのも、服従じゃない。それに、手軽なひとことを言うことで避けるようになったら、それは明らかに服従じゃない」暗い瞳でペイシェンスを見つめた。「そうだろう？」

彼の美しい目の奥を見ているうちに、脚のあいだの蕾が脈打ちはじめた。「ええ」

マシューはしばらく黙っていたが、やがてやわらかなベルベットのような声で言った。「自分にとってうれしいときも、そうでないときも、僕に服従する。従うのが簡単なときも、難しいときも、僕に服従する。快感と痛みでもって、僕に服従する。それから、服従を否定する台詞が存在しようとも、断じて僕に従う」ゆっくり身体を起こした。「おいで」

ペイシェンスは一瞬、そのままマシューを見ていたが、気がつくと立ちあがって、ゆっくりと歩いてテーブルをまわっていた。胸がどきどきして、腫れたお尻のことが少し不安になった。それでも、マシューに近づくにつれて、脚のあいだが濡れてくるのがわかる。恐怖と欲望をいっぺんに感じているのが、なんとも不思議だった。

マシューの横にならび、彼の断固とした目を見て、自分の顔が火照るのがわかった。

「腰をかがめてテーブルに手をつけ」彼が静かに言った。

言われたとおりにした。とても楽な姿勢だったが、ペチコートをまくりあげられたとたんに不安と興奮で身体がこわばった。

「ああ、ペイシェンス」――彼のあたたかな手が丸みをじかになでる――「きみの美しい尻はまだピンク色をしているよ。それでも少々の復習には耐えられるだろう」

腫れた肌を強くぴしゃりとたたかれて、ペイシェンスは驚きの悲鳴をあげそうになった。マシューはさっきああ言ったが、もう少し優しい罰がくだるものと期待していたのだ。けれども実際はそうではなく、お尻全体を速く強くぶたれて、ペイシェンスはいくらもしないうちに息をはずませ身をよじっていた。

平手打ちがやんだ瞬間に、テーブルの上に腹ばいにくずれた。なめらかな木の表面に頬を押しつけながらあえいだが、呼吸はすぐに深くゆっくりになった。お尻が熱をもって、痛んでひりひりする。その痛みが全身に伝わり、不思議な甘い感覚が内側からペイシェンスをもみほぐした。緊張がとけてすっかり穏やかな気分になった。けれども、一番驚くのは、自分がマシューのものだという、心からの強い満足感があったことだ――自分はマシューのもので、わたしには彼がついていてくれるという満足感が。

わきあがる安心と大きな感謝の念が、身体じゅうにひろがった。あらためて涙が出て、目がちくちくした。

ああ、神さま……。

いつから自分が無視されていると感じていたのだろう？　どれだけ長いこと？

マシューに引き起こされると、ペイシェンスはすぐに彼に抱きついた。肌のにおいをかぎ、あたたかな首筋となめらかな頬にそっと何度もキスをした。

マシューは全身で彼女を抱きとめてくれた。身体でペイシェンスを支え、両腕で抱き、手をそっと押しあて、おおいかぶさるように首をこちらにまげて守ってくれている。彼の包容力のある腕につつまれていると、心から安心できる――心からの幸せを感じる。

マシューの首の曲線に顔をつけた。こんな感覚が永遠につづけばいいのに。「ありがとう、マシュー」

「ペイシェンスを抱きしめる腕に力がこもり、唇が近づいた。「どういたしまして」マシューがそばでささやいた。ゆっくりとした優しいキスを受けて、ペイシェンスの身体から力が抜けていった。

17 質問と答えと説明と

……あなたの顔を見せなさい。

あなたの声を聞かせなさい。

あなたの声は愛らしく、あなたの顔は美しい。

雅歌二：一四

「ペイシェンス、こんなにおいしいスコーンは食べたことがないよ」

彼女はとなりに来て、おそらくはそれなりに痛むだろう尻をついて慎重にすわると、にっこり笑った。「気に入ってもらえてうれしいわ」

実際、そこまで強くぶったわけではなかった。だが、はじめたばかりのペイシェンスには、なにもかも実際より大変に感じられるのだ。

彼女は手の上に愛らしいあごをのせて、頰杖をついた。「もうひとつ、いかが？」

「そうだな。でも、もういくつ食べた？」

「三つよ」

マシューは眉をあげた。「まだ三つ？　だったら、もうひとつ食べないと」

スコーンのお代わりを手に取って、ひと口大きくかじると、ペイシェンスは満面の笑みを見せた。ただおいしいだけじゃない。ペイシェンスがつくってくれたスコーンだ――それもマシューのために。

長椅子にまたがってすわっていたマシューは、ふわふわしたひと口を飲みこみながら、笑みにふちどられた彼女の目を見つめた。ペイシェンスがつくってくれた。そう思えば思うほど、うれしくなった。「厨房の使用人がつくったのでも、店で買ってきたのでもない料理を食べるのは、じつは生まれてはじめてだよ」

ペイシェンスがマシューを上から下までながめまわした。「贅沢者」

マシューは砂糖クリームののったスコーンを見やり、ペイシェンスに目をもどした。きみを愛してる――。「ちがうよ」顔を寄せて、やわらかな唇にキスをした。「いまはじめて贅沢者になった」

姿勢をもどしてスコーンを平らげると、彼女の口もとにふたたび笑みがうかんだ。ものすごく愛らしい魅力的な笑顔だった――はじめて見る表情だ。胸の鼓動が速くなる。ああ、ペイシェンス、きみの壁はくずれてきている。

「そんな笑顔を見せられつづけたら、僕はじきに理性を失って、かまってほしさに、涎《よだれ》をたらして付きまとうしか脳のない男になる」

ペイシェンスは笑った。「それはどうかしらね」顔を寄せてきて頬にキスをしようとしたが、マシューはこちらを向いてそれを口で受け止めた。彼女の唇はやわらかくて、あたたかかった。長いキスののち、ペイシェンスは息をついて微笑んだ。「そんな危機にあるのは、むしろわたしのほうでしょう」

「きみが？」マシューは紅茶を飲みほした。「上等じゃないか」

ペイシェンスは軽やかに笑った。「あら、つまり、わたしは愚かでいたほうがいいの？」

「ちがうよ。愚かなのは退屈だ。そうじゃなくて、僕に付きまとうなら大歓迎だということだ。もちろん」――指で鎖骨をなぞった――「ロンドンにいったら、そんなことはできないだろうけどね」

ペイシェンスは笑って首をふった。「わたしがずっとそばにいたら、あなたは飽きるわ」

マシューは希望がわくのを感じた。取り付く島のない拒絶の言葉は出てこなかった。「ペイシェンス、僕は明けても暮れても、楽しくきみといっしょにすごすよ」

顔から笑いは消えたが、目は優しいままだった。「明けても暮れてもいっしょにすごしたことがないのに、どうしてわかるの？」

「きみを愛しているからだ。ふたりは、いっしょにいる運命だからだ――一生涯。「わかるからわかるんだ。でも、試してみればいいじゃないか」結いあげた髪からこぼれた細かな巻き毛に、そっと指でふれる。「ここに残って僕とすごすと決めたら、僕はいま言ったことを証明してみせる」

ペイシェンスはしばらく無言でマシューを見ていた。美しい瞳は優しげだった。

胸の鼓動が速くなる。彼女とのあいだのわずかな距離を、ゆっくりつめる。「イエスと言うんだ、ペイシェンス」唇のそばで言った。ペイシェンスがなにもこたえないので、短いキスをするつもりで唇を奪った。だが、その唇はとてもやわらかく、彼女の香りがマシューの脳を満たした。

イエスと言うんだ、愛しい人——さあ……。

最初のうちはキスが激しくならないようにこらえていた。だが、とうとうマシューは腕をまわして彼女をきつく抱きしめ、愛らしい唇に舌を突き入れた。頭がくらくらする。ペイシェンスがあえぎをもらして、しがみついてきた。マシューはキスを中断し、額に額をつけて脈がおさまるのを待った。

ペイシェンスが息を乱して言った。「ねえ」——マシューの頬を手でおおった——「こんなやり方はずるいわ」

彼女の腕をつかんで、手のひらにキスをした。「わかってる」その手を自分の心臓の上において、身体をはなした。「だけど、きみを引き止めるためには、僕はどんなことだってする」いまごろ、カヴァッリは手紙を受け取っているだろう。不安が背筋を這ったが、マシューはそれを抑えこんだ。「僕はどんなことだってやる」

ペイシェンスの口にやわらかな笑みがのぼった。「強引に答えを引きだすのは、あまりいいことではないと思うの」

そのとおりだ。「どうかな。きみに強引に迫るのは、案外嫌いじゃなくてね」

ペイシェンスは表情をくずした。「じつはわたしも、あなたに強引にされるのは嫌いじゃないわ」優しい笑顔でマシューを見つめる。「でも、この件については……」

「イエスだ」彼女の明るい緑色の瞳を見た。「答えはイエスだ」もうしばらく顔をじっと見てから、にぎっていた手をはなし、短気そうに聞こえるため息を吐きだした。「それにしても、待つのは苦手だ」

ペイシェンスは苦笑いした。「昨日聞かれたばかりよ」両腕をマシューの腰に巻きつけて、あごの下に頭を寄せた。「まだ全然待っていないでしょう」

彼女が自然に抱きついてきたので、マシューの心ははずんだ。両脚がひざの上にのるほど、ペイシェンスを思いきり引き寄せた。「感覚としては永遠に待っているようだ」マシューはささやいた。

ペイシェンスは彼のあごの下にキスをしただけで、なにも言わなかった。静けさのなか、炉の火がはぜ、雨が窓に打ちつけた。マシューは心満ち足りてペイシェンスを抱いていた。髪の香りを吸いこみ、腰やウエストの丸みを手でなでる。ときどき、ペイシェンスのまつげが動くのが首に感じられる。

「マシュー?」

「なんだ?」

それからまた少しの間があった。「わたしに教えていることを、これまで何人の女性に教えたの?」

彼女の額に唇を押しつけた。「ひとりもいないよ、ペイシェンス。きみがはじめてで、唯一の相手だ」

ペイシェンスは怪訝そうな顔をして、身体をはなした。「そんなことがあり得るかしら？前にも経験していなきゃおかしいわ。すべてを知りつくしているんだから」

マシューは口をつぐんだ。こういう質問が出るのは当然だ。正面から目を見て言った。

「世のなかには特定の欲望を満たすことを専門とした、いろいろな館があるんだ。それなりの年齢に達したとき、僕はさほど時間をかけることもなく、自分の特別な関心を追求する場所を見つけた」

「〝館〟というのは、娼婦の館のこと？」

「そうだ」

眉間に小さくしわが寄った。「それなら、わたしははじめての相手じゃないわね。たんに支払いのいらないはじめての相手というだけでしょう」穏やかな口調だったが、声に悲しさが聞きとれた。

「ちがう」あごを持って、緑の瞳の奥深くをのぞきこんだ。「きみがはじめてだ――僕の唯一の相手だ」くり返して言った。「僕らふたりが築いているものと、ミスター・ストーンのところで金を払ってやっていたことは、まるで次元のちがうものだ。あそこでは、若い女たちはどんな客にも服従するように訓練されている。だから肉体的な支配の域を超えることはまずない。彼女たちが期待するのは調教されて満たされることで、もちろんお気に入りの客はいても、だれから、それにどんな方法で罰を受けるかは、ふつうは問題にならない――ミスター・ストーンの決めた規則の範囲内であるかぎりね。服従する側も客の側も、自分たちの望むものを得て、それで夜が終わる。まったく表面だけの世界だし、むしろ、そうでないといけない」

彼女のやわらかな頰をなでおろした。「でも、僕らがやっていることは、もっとずっと深いものだ。それに、きみだけのものだ。僕の相手はきみだけで、望む相手もきみだけだ。僕は完全にきみに身を捧げているんだ。それに、きみにも完全な服従を求めたい。そばにいても、遠く離れた場所にいても、きみが僕のものであるように——僕に服従することで、きみがあらゆることにおいて、あらゆる方法で導かれ、幸せになるように」彼女の緑色の目がそれることは一度もなかった。ペイシェンス、きみを愛してる。しかも、その思いは深まるばかりだった。「僕が支配するのはきみだけだ」唇の端にキスをした。「そして、きみは僕だけのものだ——永遠に」

彼女の口からやわらかなため息がもれた。ひらいた唇と、悲痛にさえ見えるしかめっ面を目にして、股間が激しく脈打った。マシューが差しだしたものを、ペイシェンスは望んでいる。あと一歩で口説き落とせる。それが感じられる。

ペイシェンス。なにがなんでも彼女を手に入れたい。

どうにかふつうの表情をつくった。「そういうわけで、きみがメイドと執事のフェラチオの日課を見て学んだように、僕は大勢の若い女たちの調教と服従を見て学んだ。きみが庭の胡瓜で練習したように、僕は何人かを相手に練習した」ペイシェンスの眉間のしわを指でのばした。「ただし、きみが実際の男を相手にした経験がないのといっしょで、僕も特定のひとりを自分の女として訓練し調教した経験はない」

ペイシェンスは長いことだまったままマシューの顔を見ていた。「でも、できたんでしょう?」彼女は首をかしげた。「つまり、もしあなたにその気があれば、お金を払ってミスター・ストーンという人からそういう機会を買うこともできたんでしょう?」

一瞬ことばにつまった。彼女はマシューの口から答えを聞きたがっている。「ああ」マシューは認めた。「でも、そういうサービスがあらかじめ用意されていたわけじゃない。そうじゃなくて、ミスター・ストーンは女の服従に関して、聖書に根ざした哲学的な信念を持っていて、僕がそれを深く追究したがっているのを知っていたんだ」

ペイシェンスは驚いた顔をした。「娼館の主人が聖書に根ざした信念を持っているというの?」

マシューは笑い、自分たちが聖書の教えを破っていることについて、ひとことふれたいのを我慢した。「そうだよ」

考えこむような表情に変わった。「じゃあ、ミスター・ストーンがそういう機会を用意してくれたのなら、どうして、それを受けなかったの?」

マシューは彼女の真剣な瞳を見つめた。「きみを待っていたんだ」

まつげが揺れた。「でも、わたしのことなんて知らなかった」

「そのとおりだ」ふたりのあいだに静けさがただよった。「でも、夢できみを知っていた。

そしてはじめて会った瞬間に、きみがその人だとわかった——ずっと待っていた相手だと」

「待っていたですって、マシュー?」声は優しかった。「待ってなんかいないわ。ロザリンドと婚約していたじゃない」疑り深そうな小さな笑みが口もとにうかんだ。「ロザリンドとはそういう欲望を分かちあったことがないの?」ペイシェンスは目を伏せて、ひざのエプロンのしわをのばしはじめた。「ねえ、マシュー。あなたが彼女に夢中だったのは、みんなが知っていることよ」

マシューは顔をしかめた。「だれもなにもわかっていないんだ」ペイシェンスのあごを持ちあげると、驚いたことに目がうるんでいた。胸が痛んだ。「ロザリンドのことは、一度も愛してない」僕はきみを愛している。「彼女との関係はうわべだけのものだった」

ペイシェンスはふるえがちに微笑んで、頬を赤く染めた。「彼女の話題を出すべきではなかったわね。ロザリンドは過去の存在だとあなたは言ってくれたし、わたしはそれを信じているから」

ロザリンドが身体を押しつけてきた今朝の光景が頭にちらついて、マシューは顔をゆがめた。指一本、ふれさせるんじゃなかった。

彼女の顔から笑みが引いた。「ごめんなさい、マシュー。そんなしかめっ面をしないで。わたしがつい疑ってしまうのは……わたし自身の不安が原因よ。あなたに非があるわけじゃないの。むしろあなたは、たくさんのものをわたしにあたえてくれた。そして、それ以上のものを差しだそうとしてくれているわ」目にはなんともいえない、懺悔《ざんげ》の表情がうかんでいた。「わたしを許して」

心が揺さぶられた。ペイシェンスをそばに引き寄せ、愛と欲望から生まれたキスでマシュー自身の後悔をおおい隠した。ペイシェンスに十分に捧げれば、そして、胸にある思いを心と身体で伝えれば、きっとあとのことは問題じゃない。

息を切らしてキスを中断し、彼女の美しい顔を両手でつつみこんだ。「ペイシェンス、僕は自分がどんな人間か、人に隠したことは一度もない――自分の性癖や信念を恥じてはいないからだ。ただ、ともかくわかってほしいのは、ロザリンドと僕の関係は、きみとの関係とくらべたら、まるで実のないものだったということだ。彼女と知りあってからの何カ月かは、きみとすごした数日にさえ匹敵しない」目から真実を読みとってほしくて、マシューはまっすぐにペイシェンスを見つめた。「ペイシェンス、きみは、見つけられるとは思っていなかった僕の夢だ。だから、幾千年の月日がたとうとも、ロザリンドはきみに敵《かな》うはずがないんだ」

……幾千年の月日がたとうとも……。

……見つけられるとは思っていなかった僕の夢。

マシューの手が顔から離れ、ペイシェンスは彼の言葉が肌と魂にしみ入るのを待った。疑うことはしなかった。話半分に聞くことも、聞き流すこともしなかった。そのままを受け入れて信じ、幸せを嚙みしめた。信じられないほど、すばらしく幸せだった。

二度とロザリンドの話題は口に出すまいと心に誓いながら、マシューに微笑んだ。彼の濃い色の瞳は、ペイシェンスの目の奥底までを射抜くようだった。これまでよりもさらに美しく見えるのは、どうしてだろう？「ありがとう、マシュー」身をのりだして、唇にすばやくキスをした。「それから、質問に正直にこたえてくれて、ありがとう。わたしは真実を知りたいの。たとえ、娼婦の館の話を聞くことになったとしても。それにしても、特別な欲望に応える専門の場所があるとは、思ってもみなかったわ」

マシューの真剣な表情がやわらいで、口の両端があがった。「本当に？ そうした話題は、きみの家の夕食の席では出なかったのか」

ペイシェンスは笑った。「出なかったわ」

「そうだと思ったよ」マシューはおかしそうに笑って、頬杖をついた。「ミスター・ストーンの館は、そういう要求に応える数多くのうちの一軒にすぎない」

「数多くのうちの一軒？ そんなにふつうのことだとは知らなかった」ペイシェンスは痛むお尻を動かして身じろぎし、頬が赤くなるのを感じた。「てっきり、わたしが――わたしたちが――おかしいのかと思っていたわ」

「ペイシェンス」マシューは穏やかに笑って、ペイシェンスの頬をなでた。「僕らがおかしいわけじゃない。欲望には数限りない種類がある。それに、服従したいという女の欲望と、支配したいという男の欲望のなにがおかしいんだ。自然界のなかでは、そういう役割がふつうに演じられているだろう。根本のところでは、それが男女の自然な性質だとは考えられないかい？」

「そうね」ペイシェンスは眉をあげた。「でも、鞭で打つくらいのことができたらよかったのにと思う男の人も、たくさん見かけたわ。家禽《かきん》商のホーキング夫妻のところなんて、市場へいくときも家に帰るときも、いつもおかみさんのほうがご主人を拳骨《げんこつ》でたたいてた」

マシューは声をあげて笑った。「どんなことにも例外はあるからね。ただし、例外があるからといって、一般的な真実が嘘に変わるかい？　僕らのことが嘘になるかい？」

「もちろん、ちがうわ。でも、むしろわたしたちが例外だという気がしてならないの」

「もしかしたら、そうかもしれない。人生をちゃんと理解して、その人生を最大限に生きる人間は、ほんのひとにぎりだ――残念なことにね。しかし、だからといって、僕らがそういう人生を送っちゃいけない理由にはならないだろう」

服従という面から考えても、ふたりの関係という点から考えても、〝人生を最大限に生きる〟というのがどんなことなのか、きちんと理解する自信がなかった。それでも、自分がいまこの瞬間にどんな気持ちをいだいているかなら、よくわかる――目を覚まされ、心を満たされ、幸せで、大事にされているという思い。一生こういう気持ちでいられたら――。このままマシューといっしょにいたら、どんな深い感情を発見できるのだろう。

「ところで、ペイシェンス」マシューの声がして、注意を引きもどされた。「この世の人生は、つまり、男女が本来の性質にすなおに従って分かちあう人生というのは、神が人間のために用意した生き方ととても近いはずだ」

ペイシェンスは片眉をあげた。「議論に神を持ってきて、わたしに揺さぶりをかけようとしているの？」

マシューはにやりと笑い、やがてこたえた。「そんなことはまったくない。それが有意義な考え方じゃないかと思っているだけだ」指でペイシェンスの鎖骨をなんとなくなぞった。「神はアダムの要求と欲望に応えるためにイブを造った。そうだろう？」

手でふれられて、ぞくっとした。「たぶんね。でも、ふたりはいっしょに創造されたと考える学者もいるわ」

彼はペイシェンスの腕を手首までさすった。「個々に造られたにせよ、いっしょに造られたにせよ」――そのまま手を取って、自分の大きな手でつかんだ――「神はイブをか弱くて優しい存在として造った。アダムを拒むのではなく、アダムに従うために。そうだろう？」鼻を手首の脈にこすりつけ、一瞬目を閉じてから、暗い瞳をこちらに向けた。胸がどきどきしてくる。「なにより、神が造ったイブは、命の種を受け入れるためには、アダムに屈服して貫かれなくてはならなかった。ちがうかい？」ペイシェンスの手を持って、太く隆起した股間に押しつけた。「男は支配の杖を脚のあいだに持っているんだよ、ペイシェンス」上から手で押さえつけて、彼女の手のひらを突いた。「女が服従するのが神の御心《みこころ》だという、これ以上の証拠はないだろう」

マシューのものを指でつつみこんだが、彼がその手めがけて優しく腰をふりつづけるので、ペイシェンスの脚のあいだの芯が脈打った。

ほしい」

マシューの表情はリラックスしたままだった。「どう思う？　牧師の娘の意見を聞かせて

ペイシェンスはどうにか集中しようとした。「いま考えているところよ」

「考えているきみはきれいだ。いや、いつだってきれいだ」

ペイシェンスは笑って首をふった。「気が散るじゃない」

「悪かった」マシューは手をはなし、頬杖をついて待った。

「じゃあ言うわ」考えをまとめ、背筋をのばして深呼吸した。「あなたの意見に反対だとは言わないわ。ただし、男たちが神の御心を無視して自由にやっているのに、女ばかりがそれに縛られるのは公平とはいえないと思うの。女が夫に従うべき存在だというなら、男性は妻を守り養うべき存在だということも忘れてはいけないでしょう。権力を持ち、その権力に従えというなら、それに伴う責任も負わなくてはいけない。男性は頼もしい存在でなくてはならないし、自制できないといけない。分別を働かせて、妻にとってなにが一番かをつねに頭で考えなくてはいけない。それで、もしその権力に対して文句が出なければ、その人は文句のつけようのない善良さと心の強さを備えた男性ということになるわ」

ペイシェンスは主張を重ねながら、きっぱりとうなずいた。「そう、王さまや支配者や指導者とおなじで、夫になる男性は、とても高い目標のなかにつねに身をおいている必要があるわ。自分にふさわしい仕事をして、安全で不安のない生活を手に入れないといけない。それから、妻をいつくしんで、妻とおなじように、一生懸命、伴侶を幸せにするの。妻を大事

にして、愛情を示す。そして、神の御心にかなうなら、妻に子どもを授けないといけない。子どもというのは、この世の永遠の存在だから」

ペイシェンスは眉をひそめた。「そうやって考えていくと、男性が脚のあいだに支配の杖を持っているのだとすれば、それを使う相手は妻に限られるべきよね。だって、神聖な誓いでその杖と結ばれるのは、妻であって、妻のみなのだから。その杖に服従してひざまずくのは、妻以外にいない。その喜びを受ける資格があるのは、妻以外にいないのよ」

ペイシェンスはうしろにもたれ、勢いよく息を吐ききって、マシューの反論を待った。彼の顔にゆっくりと笑みがひろがり、突然、濃い色の柔和な瞳にこれまで以上の深く優しい表情が宿ったように見えた。「全面的に賛成だ」

ペイシェンスは驚いて眉をあげた。「賛成?」

「もちろんだ」マシューは立ちあがって、厨房の入口のところまで歩いていった。ふり返り、ドア枠にもたれた。「ひとつだけ、議論からもれているものがあるぞ」

「もれているもの?」自分の主張をあわてて頭のなかで見なおした。「なにかしら?」

「愛だ。きみは愛を議論にふくめなかった」

すべての動きが止まったように感じた。「そう?」

「そうだ」

「そこに愛はあるはずね――きっと」

「ああ」彼の眼差しが抱擁のようにペイシェンスをつつんだ。「愛はあるはずだ」

急に顔が火照って、息が吸えないほど胸がいっぱいになった。いったい、なにが起こっているのだろう？

マシューの顔つきが変わった。彼は両方の眉をあげた。「たとえば、男が妻にこう言うとする」期待する目でペイシェンスを見た。「〝おいで〟」

ペイシェンスは立って、お尻のひりつきを意識しながら彼のほうへ歩いていった。

マシューは満足そうにうなずいた。「すると妻は疑問を持たずにそれに従う。理由はなんであれ、たとえ罰のためであったとしても、夫が呼んでいるのは妻への愛情ゆえだと知っているからだ」

脚のあいだが濡れるのがわかる。身体がぞくっとして、胸の先が硬くなった。

「もちろんたいていの場合は、呼ばれていってみると、とてもうれしいことが待っている」マシューがドア枠の向こうへ手をのばし、つぎの瞬間にはペイシェンスの化粧着がそこにあらわれた。

袖をとおすばかりにしてひらいて差しだされて、ペイシェンスは驚いて眉をあげた。

「下着一式と、新しいドレスも荷物につめてきた」

背中を向けて化粧着に腕を入れながら、顔がほころんだ。「すべて考えたうえのことだったのね」

「そのとおりだよ、ペイシェンス」化粧着を彼女の肩にかけた。「きみが必要とするものをすべて考えた」

うなじにキスを受けて、ペイシェンスは息をついた。向きなおってマシューを見たとき、脚が少しふるえた。

彼の目がペイシェンスの表情をさぐった。「きみの衣裳をあさったことを、悪く思わないでくれるといいんだが」

どうだろう？　三日前だったら、不快に思ったかもしれない。でも、三日前とはなにもかもが変わった。首をふった。「なんとも思わないわ」

「よかった」マシューはささやくと、化粧着の小さなボタンを留めはじめた。ペイシェンスは彼の長い器用な指がすばやく仕事を進めるのを見守った。マシューはますます甲斐甲斐しく尽くしてくれる。ペイシェンスは彼に服を着せてもらうのが――そして脱がせてもらうのが――好きだった。

彼の顔を見あげた。視線だけを下に向けていて、髪が顔にたれていて、きれいな唇は優しく穏やかに結ばれている。額から頬骨、ついで、頬からたくましいあごへ目を這わせた。なんてハンサムな顔をしているのだろう。それに、知恵と思いやりに満ちている。

化粧着の襟を立てて整えながら、マシューはペイシェンスに目をあげた。「きみに見られているのが好きだ。あたたかい気分になる」

胸がふるえた。「おかしいと思わない？　あなたを見ていると、わたしもあたたかい気分になるの」

マシューはにっこり笑った。「じゃあ、たがいにとっていいことなら、もっとそうするべきだな」

ペイシェンスは微笑み、屋敷のどこかで時計が鳴った。

「四時だ」マシューが穏やかに言った。「帰らないといけないが、まだ嵐がひどい」指で彼女の頬をなぞった。「安全とは言えないな」

ペイシェンスは首をふった。「わたしも安全だとは思わない」いま、なによりも嫌なのは帰ることだった。ため息をついた。「でも、帰らなければ、わたしたちがいないのがわかってしまうわ」

「僕らの居場所はマークが知っている。もし、だれかに聞かれたら、適当にこたえておいてくれるだろう」

「それならよかった」マークが知っているのなら、パッションの耳にもはいる。「でも、わたしたちのために嘘をつかせるのはよくないと思うの」

「マークは嘘はつかない。曖昧なことを言ってごまかすだけだ」指でペイシェンスの下唇をなぞった。「考えがある。ひと晩ここに泊まって、明日の朝、みんなが起きだす前に帰るというのはどうだろう」

そんなことができるの？　ペイシェンスは微笑み、全身にうれしさがひろがった。その案は、ペイシェンスは拒否できなかった。マシューを拒否できなかった。「すばらしい計画だと思うわ」

彼の笑みが大きくなった。「よし、きまりだ」

またしても、ふたりはにこにこしながら向かいあっている。

視線をそらして、館の正面に通じている広い廊下に目をやった。ペイシェンスはさっきそこを通ったときに、板張りの壁を飾る風景画や狩猟画を足を止めて観賞した。「この場所が気に入ったわ」

「そうか」

「ええ。強くて頑丈な感じがするから。それでいて、あたたかみがあって居心地がいいでしょう」

マシューはうなずいて、磨り減ったドア枠の木の装飾を、指で優しくなぞった。「僕も気に入っている」

「そうでしょうね。あなたに合っているもの」

「僕に?」ペイシェンスに向かって眉をあげた。「ここは古いし、隙間風がはいるし、つぎはぎ建築だ」

「それが個性になっているわ」

「しかも、引きこもった隠れた場所にある」

「だとしたら、資格のある人だけが、ここにたどりつけるということね」

彼の表情がゆるんできた。「ところどころくたびれて、だめになっている」

「人間だれでもそうでしょう?」

マシューは笑いだし、ペイシェンスは幸せに満ちた彼のようすがうれしくて、楽しそうな声を聞いて顔がほころんだ。

彼はペイシェンスの手を取って、ゆっくり廊下を歩きだした。「ここはグウィン・ホールと呼ばれていて、一五三〇年にマーシャム伯爵が若い花嫁のために建てた館なんだ。ふたりは庭の裏にある小さな礼拝堂で結婚式を挙げた」

「ロマンチックね」

マシューが微笑んだ。「ああ、そうだね」腕を組んで、細長い食堂のなかへ案内した。「王政復古のあとに、この屋敷はホークモア家のものとなった。チャールズ二世が第四代ラングリー伯爵ホークモアに対する贈り物として、所領の西隣にあったこの屋敷と土地の所有を認めたんだ」

ペイシェンスは美しいリネンフォールド細工の羽目板を感心してながめた。

「四代めの伯爵はこの場所には見向きもしなかったが」マシューが話をつづけた。「五代めの伯爵が狩猟館として使うようになった。五百本以上の木がまわりに植えられたのは、そのときだ。そのほうが鄙《ひな》びていていいと考えたらしい。第六代伯爵は、ここを手放しはしなかったが、ほとんど利用することはなく、父――」マシューは言葉を切って言い換えた。「ジョージ・ホークモアの代になって、現代風の改良が加えられた」

彼の身体がこわばったのがわかった。ペイシェンスは笑いかけ、腕を強く引き寄せた。「だったら、ジョージ・ホークモアに感謝しないと。深さのある銅のお風呂がすごくよかったもの。それに、厨房にも感心したわ」

マシューがこちらを見おろした。顔から緊張が消えていくのが見てわかった。

「厨房をさがして歩いているとき」ペイシェンスはつづけた。「図書室の横に書斎があって、棚にたくさんの列車の模型があるのが見えたわ。あれはあなたの列車なの？」

「そうだよ。エンジェルズ・マナーを買うまでは、よくここでのんびりしてたんだ。たしか練習用のチェロもおいてあるはずだ。弾きたいかい？」

「ありがとう。でもいいわ」まったく弾きたいとは思わなかった。「だけど列車の模型を見てみたいわ。是非、見せて」

マシューはペイシェンスの手を取って引っぱっていった。

広い部屋は暖炉に火がはいっておらず、冷えきっていた。それに、大きな出窓があり、両側にもふたつの長細い窓があいていたが、激しい嵐と夕方という時間のせいで、はいってくる光は薄暗くて弱々しかった。マシューがランプに火を灯すあいだ、ペイシェンスは机のうしろの棚のほうへ歩いていった。本のあいだのあちこちに、機関車や客車や、駅の模型がおいてある。相当の数があって、そのいずれにもグランドウエスト鉄道の金の文字が光っていた――グランドウエスト鉄道はただの会社ではない。一大帝国だ。

ハンフリーズ夫人たちがしていた噂話を思いだした。いまではだれもマシューと取引をしたがらず、マシューの行き着く先は貧窮院だという。ペイシェンスはいくつもの模型を見て、首をふった。そんなばかな！　グランドウエスト鉄道は大会社で、伯母の友人のスウィットリ姉妹でさえ、マシューがひと財産持っていることを知っている。彼は賭博のテーブルに一万ポンドを用意していくような人なのだ。おまけに、いまでは炭坑の所有者にまでなった。それに――ペイシェンスはつややかに光る黒い機関車を手にした――グランドウエスト鉄道ほどの規模と実績のある鉄道会社に、だれかの出生をめぐるスキャンダルがどう影響してくるというのだろう。私生児だということが、これといった悪影響や実害をあたえるわけでもないのに。

マシューが横にならんだ。「わが社最初の機関車の模型だ」

「リンカーンシャーから乗ってきた機関車とはちがうようね」

「ああ」マシューははるかに大きくて頑丈そうな、べつの黒い機関車を指差した。「きみをここに運んできたのは、こいつだ。ブラック・ドラゴンと呼ばれている――馬力とスピードからついた愛称だ」眉をあげた。「それに、石炭を底なしに食らう食欲から」

「さいわい、あなたは炭鉱を持っているものね。ところで、今朝、新聞の記事で読んだわ。あなたを褒めて、〝まちがいなくふたつの巨大産業の勢力図と力関係が変わるだろう〟と書いてあった」彼に笑いかけた。「すごいじゃない、マシュー。成功、おめでとう」

「ありがとう」彼の暗い瞳が少しのあいだペイシェンスの顔を観察した。「カードをしにいったときには、まさかダンフォースが炭坑の権利書をポケットに持ってるとは思わなかったんだ。手ぶらで帰ることになってもおかしくなかったよ」

「わたしが舞踏会に出たとき、まさかあなたがわたしの欲望の権利書をポケットに持ってるとは思わなかった。神さまはよく、思いがけないときに幸運をくださるのよ、マシュー」

マシューはペイシェンスを引き寄せて、たっぷりと濃厚なキスをした。手でひりつくお尻をつかまれ、ペイシェンスはあえぎ、身体を強く彼に押しつけた。

キスをやめて、マシューは唇と唇がふれる距離で言った。「まだ鉄道の話をつづけたいと思っているかい?」身体を密着させて、ゆっくりペイシェンスにこすりつけた。「じつはいま、きみのためにポケットにあるものを持っている」マシューは微笑んだ。「一見の価値はあると思うよ」

ペイシェンスは身体をはなして、笑い声をあげた。「ポケットにお持ちのものなら、もうよく知っている気がしますわ」

「そうか、でもまだ十分じゃないよ、お嬢さん」

笑顔で頭をふった。「もっと仕事の話をしてくれないの?」

マシューはため息をついた。「どんな話が聞きたい?」

「たとえば、新しい炭鉱の話とか。法律はあっても、鉱山や周辺の町の状況は、たいていひどいものだと聞くわ。現地にいく予定はあるの?」

マシューがまじまじと見た。「きみは本当に牧師の娘なんだな」

ペイシェンスは笑いながら、また頰が火照るのを感じた。「そう見えないときもあるかもしれないけれど、わたしはたしかに牧師の娘よ」

マシューの腕が巻きついてきた。「鉱夫の労働環境が概してひどいものだということは知っているよ」彼は額とこめかみにキスをした。「それから、現地に足を運ぶ予定もある」

ため息をついて、マシューにもたれた。「もし状況がひどかったら？」

彼は鼻をペイシェンスの耳にすりつけた。「そうしたら改善する」

ペイシェンスは彼の首に顔をつけたまま微笑み、強く抱きしめた。「あなたは最高だわ、マシュー」身をふるわせた。「男のなかの男ね」

18　ひとつの約束と決断

園の中に住む者よ、
わたしの友だちはあなたの声に耳を傾けます……
雅歌八：一三

「教えてちょうだいな、マット。状況に変化はあるの？」マッティおばさんは庭を見晴らす広いテラスで、マットのとなりの椅子にすわっていた。前日の嵐は去って、秋の宴《うたげ》と狐狩りの催しも終わり、ほとんどの招待客は朝食後に帰っていった。屋敷は静けさを取りもどした。

「そのうちに発表があると期待していいのかしら」

そのうちに。マシューは彼女のほうに頭を小さくかたむけた。「そうは言っても、ペイシェンスをよくご存じでしょう、マッティおばさん」

婦人は目を細め、唇を結ぶと、大きな音をたてて鼻から息を吸った。「ええ、とてもよく知ってるわ」

マシューは笑いが出そうになるのをこらえて、頭をふった。「彼女を急かすことはできませんよ」

「まったく！」いらいらしたため息とともに言葉が出てきた。「あの子ときたら――こんなことなら、いっそのこと……」薔薇園の向こうにいるペイシェンスを見て、拳をにぎりしめた。

ペイシェンスはパッションとふたりで砂利敷きの小道を散歩していた。遅い午前の太陽に照らされ、髪が燃えているように見える。

マッティおばさんの手が腕にかかった。「あなたが厳しくしないとだめですよ、マット」

マシューは年上の婦人の目を見つめた。「僕が？　そう思いますか？」

「思うわ」彼女は言いきった。「あの子のためにも、だれかがそうしないといけないの。ペイシェンスはもう十分に神と常識に逆らってきたわ。そろそろやめさせないと」

「僕はなにをしたらいいと思います？」

マティルダ・デアは銀色の眉をあげた。「本当に必要なのは、お尻をひっぱたいてやることだけど、それ以外に、ということね？」

マシューはこの女性に対し、新たな尊敬の念をおぼえた。変わった人物かもしれないが、ある種の物事については的確な理解を持っている。

彼女は頭をふった。「父親がもっと前にそうするべきだったのよ。そうしたら、こんな会話をすることもなかったでしょうに。もちろん」――腹立たしげな表情が顔から消えた――

「こうしてお話しするのを、あたしはとても喜んでいるんですよ。ペイシェンスがだれと結婚するにしても、あなたのことほど好きにはなれなかったでしょうし」マシューの腕をぽんとたたいた。

「ありがとうございます、マッティおばさん」

彼女はにっこり笑った。「どういたしまして、マット。それで」――ふたたび怒った表情がもどった――「ペイシェンスをどうするか、という話ね」マシューの腕を指でたたいた。ため息をつき、もう一度たたいた。「いつだってこの問題にぶちあたるの。なにをやってもあの子には効かないものだから、いい案がうかばなくてね。なんだってお見通しで、なんだって拒否する。まったく、手に負えないったらないわ」

マシューは共感しているように見える態度でうなずいた。「ペイシェンスに関しては、われわれのほうが忍耐《ペイシェンス》を持たないといけないようですね」

マッティおばさんは目で天を仰いだ。「あたしはもう何年ペイシェンスに忍耐力を試されてきたことか。長年の苦労で、とうとうそれも尽きました。すっからかんよ、マット」指を鳴らし、口で不快げな音をたてた。「忍耐がどこにしまわれているかは知りませんけど、そこをのぞいたら、あたしの忍耐がからっぽなのがわかるはずよ。とんだ悲劇だわ。あの子にここまで忍耐を使い果たされてしまうなんて――忍耐は美徳だというのに」まったく悲劇的でない顔で庭の向こうを見やり、またすぐにマシューに目をもどした。「どうやったら、また増やすことができるかしら？　そもそも、そんなことができるかもわからないけど。あなたはどう思う？」

マシューはすっかり面白くなってうなずいた。「たしか、忍耐には秘密の蓄えがあると聞いたことがありますよ。底をついたと思ったとたんに、どこかからわいてくるらしい」

「本当に？」

「ええ。あなたもだいじょうぶですよ」

「それはよかったわ。でも、ペイシェンスには言わないでおきましょう。とても重要な美徳がいまのあたしに欠けているのは、とにもかくにも、あの子のせいなんですから。この状態のあたしに我慢してもらうのが筋でしょう」彼女は傷を負ったかのように胸に手をあてた。

「忍耐が枯渇してしまうとどうなるか、あなたには想像もつかないでしょうね、マット」

冗談じゃない！　今朝は、眠れる美女を抱きたい強い衝動とともに目覚め、彼女を奪う危険をおかさないようにベッドから出なければならないほどだった。その後、軽い朝のお仕置きをしているあいだも、欲望はふたたび勢いよく燃えあがった。ぶったのは罰ではなく、適切な状態で一日をはじめさせるためだ——女らしく、淫らで、従順でいるように。そのうちに、もっとしっかりした平手打ちが必要になってくるだろうが、いまのところは、軽くぶつだけで効き目は十分にあった。思いだすとすぐに、股間が熱くなる——ピンク色に染まった尻と、濡れた割れ目。近いうちに彼女をものにしなければ、マシューは忍耐が枯渇するどころか、もだえ苦しむことになる。

マッティおばさんは眉を寄せて、心配そうな顔つきをした。「あなたはあたしの最後の望みなのよ、マット。あきらめないと言ってちょうだい。強い信念で断固として、あの頑固な姪を口説き落とすと言ってちょうだい。どれだけ苦労があろうとも、あの子はいつか結婚であなたと結ばれると言ってちょうだい――できれば、クリスマスの前がいいわ」

マシューは微笑み、庭の向こうのペイシェンスに目をやった。姉妹は足を止めて、ペイシェンスがパッションのお腹に手をあてている。待ってるんだ、ペイシェンス。じきに僕はそのかわいい割れ目を犯し、きみもお姉さんのような大きなお腹をかかえるようになる。股間が脈打った。「あきらめませんよ、マッティおばさん。強い信念で断固としてのぞみます。どれだけ苦労があろうとも、あなたの美しい姪御さんを祭壇の前に連れていきますから」

「ああ、マット！　かけがえのないマット！」マシューの腕をつかんだ。「それで、その――クリスマスの前に？」

マシューは彼女を見た。

「ほら、クリスマスは家族ですごすときだし、それまであと三カ月しかないでしょう。だから……」目がうるんで、ふるえがちに笑った。「ごめんなさい。あの子をそれだけ愛してるってことよ。これまでずっと心配で」――目に涙が光った――「ひとり取り残されるんじゃないかと、それはもう心配で」

ハンカチを手わたしながら、マッティおばさんに対して優しい気持ちがどっとわいた。

「彼女を見捨てたりはしません、マッティおばさん。約束します」

「ありがとう、マット」彼女は目をぬぐった。「未婚でいることにも、いろいろいい点はあるけれども、ペイシェンスには勧めたくないわ。いくら林檎《りんご》になろうとしたところで、あの子が桃なのは否定しようのない事実なんですから」

マシューはその意味をくみとろうとした。まわりが考えている以上に、彼女はまともなことを言う人物だという気がしてきていた。たぶん林檎は硬くて、桃はやわらかいということが言いたかったのかもしれない。マシューはよくわからないままにうなずいた。

マッティおばさんは庭の向こうの姪たちを見た。「ふたりの仲のよさそうなこと。母親が亡くなるまで、姉妹はべったりだったのよ――いつでもどこでもいっしょにいて、くすくす、げらげらやってたわ。どっちかがひとりでいることなんてなかった。ふたりはそれほど仲良しだったの」

「仲良しだった？　いまだってそう見えますよ」

「ええ、もちろんよ――いろんな意味でね。でも、子どものときのようにはいかないわ」

マシューは身をのりだした。「どうして？」

ため息をついた。「母親が亡くなって、すべてが変わってしまったの。母親のペネロピは――彼女の魂に平安のあらんことを――それはすばらしい女性だった。彼女が亡くなって、みんなこたえたわ」

「そうでしょうね」マシューは言った。「でも、どうして母親の死が姉妹の関係に影響するんです？　父が……ジョージ・ホークモアが死んだときには、兄との関係がより深まりました。それまで以上に頼りあうようになってね」

「ふたりきりの兄弟ですからね。それに、こう言っては失礼ですけどね、マット、あなたもお兄様も、使用人がふんだんにいるわけではない家の切り盛りに追われて、いろいろと頭を悩ませたりする必要はなかったでしょう」周囲を見まわした。「いったいホークモア館には召し使いが何人いるのかしら」

「庭と厩舎の使用人もふくめれば、七十五人前後います」マシューは認めた。

彼女は白髪まじりの眉をあげた。「牧師館で働いていたのは六人よ――執事と料理人と、上階付きのメイドと下働きのメイドと、庭師と御者。彼らはみんな呼び名以上の仕事を任されていたし、娘たちでさえ、あれこれ手伝わなければならなかった――もちろん、それに加えて教会学校の務めも、地域でのお役目もあったしね」

「察しが悪くて申し訳ない」

マッティおばさんは笑って、手をぎゅっとにぎった。「そんなことはないわ、マット。あなたはむしろ鋭い人よ。ペイシェンスとても馬が合うのも、それが理由のひとつね。あの子はばかが許せないときてるんだから」顔をあげた。「もっとも、それについて言えば、あたしもおなじですけどね。それだけは、あの子と同類と言えるわ。あたしはどんな種類のばかも軽蔑するの。ばかにはばかにされないわ」ひとりでうなずいて、目を細くして庭をながめた。「あたしはばかには強いのよ」マシューのほうに顔をもどし、片方の眉をつりあげた。「絶対にばかを見たりはしないんだから」

マシューは唇を指でなぞって笑みを消した。「ええ、わかりますよ」

彼女は晴れ晴れした顔で笑った。「ほら、ごらんなさい。あなたは全然鈍くない。切れのいい鋭い人よ」指で宙をつついた。「まるで矢ね。ロビン・フッドの弓から放たれた矢」すべてを見通したようにうなずいた。「いつだって狙いどおりに的を射る。あなたなら木になった桃の実を射落とすことができるわ」

マシューはちょうどよく登場した言葉にとびついた。「桃といえば、ペイシェンスたち姉妹になにがあったのか、というお話の途中でしたね。聞いたところから想像するに、お母さんが亡くなってからは、おたがいにかまっている時間がなくなったということですか」

「そうなのよ」表情がくもった。「パッションはだれから頼まれるまでもなく、ペネロピの役割を黙って引き継いだわ。母親の死であいた穴を埋めようと、それはもう必死にがんばった。もちろんプリムローズの面倒も見た。まだ五歳と幼くて、母親なしにはいられない年齢でしたからね」頭をふって、目を細めた。「あの子はいつだってパッションのエプロンのひもをにぎりしめてたわ。パッションはなにをするにも、どこへいくにも、うしろにプリムローズをくっつけてた」

「それで、ペイシェンスは？」

「ペイシェンスと母親は特別な絆で結ばれていたの。具体的にどうとは説明できないけれど、ペネロピはだれよりもあの子を理解していたふうだった」眉間に小さくしわが寄った。「かわいそうに。ペネロピが死んだとき、ペイシェンスは十歳だった。女の子としてはとても難しい年頃でしょう――もう幼い子どもではないけれど、かといって娘という年でもない――もう母親を忘れない年齢だけれど、まだ母親を必要とする年齢よ」頭をふった。「それに、パッションは十二歳のわりにしっかりしていたとはいっても、さすがに家のことに加えて、ふたりの妹の母親役なんて、とてもひとりじゃやりきれなかった。結局、ペイシェンスは自分の面倒は自分で見なければならなかったのよ。それにもちろん、姉のことも助けなければならなかった」

パッションがプリムローズをあやす傍らで、ぽつんと立っている十歳のペイシェンスを想像して、マシューは顔をゆがめた。子どもには寂しい思いをさせてはならない。マシューは問題のある育てられ方はしたが、寂しさだけは味わわずにすんだ。兄のマークがいつもいっしょにいてくれたのだ。いまだにそばについていてくれる。「お父さんのことを聞かせてください。父親としてどんな役割を果たしたんですか？　ひとりの娘がほかの子より寂しがっていたら、気づくのが当然でしょう」

「ほかの子より寂しがっていた？」マッティおばさんは質問の意味を考えているように首をかしげた。「いいえ、ちがうの。ただ単にそういう状況だったということ。特別に問題が起こるわけでもなく、静かにそうした日々が過ぎた。パッションは子どもでいられなくなったことに文句を言ったり、泣いたりすることはなかった。ペイシェンスも文句を言ったり泣いたりすることはなかった。だって、姉があんなに必死にがんばっているのを見ていたら、そんなことはできないでしょう」

ペイシェンスの部屋ですごした晩に彼女が言った言葉を、ふと思いだした――〝わたしは人に助けを求めたりはしないわ――どうしようもないとき以外は〟それから、朝食を最初に運んだときに見せた居心地の悪そうなようすや、演奏会の晩、マシューに身支度を任せたときの、明らかに遠慮がちな態度のこと思った。さらに、チェロについてのあの痛ましい告白——十分に愛情をそそげば、チェロはけっして、絶対に、わたしを見捨てない！

庭の向こうのペイシェンスを見た。

愛しいペイシェンス。きみにまつわる疑問の答えが見えはじめてきた。心を隠そうとするのも無理はない。

マッティおばさんがマシューの視線を追った。「姉妹のあいだに諍《いさか》いがあったと想像しちゃいけませんよ、マット。そんなものはなかったんですから。あれほど仲がよくて、たがいを思いやる三姉妹は、ほかにはいないでしょう。それに、パッションもペイシェンスも、それぞれそういう役におさまる性格をしていたのね。パッションは愛情深い母親に、ペイシェンスは意志の強い自立した人間に。ああした状況になったのも不思議じゃないわ」

マシューはじっとペイシェンスを見つめた。たしかに意志が強く自立しているかもしれないが、彼女はずっと苦しんでいたのだ——それも、ひどく。しかも、そのことにだれも気づいていないのではないかと、彼は疑いはじめていた。

ペイシェンス本人でさえ。

マッティおばさんが優しく笑った。「ふたりとも両親にそっくりなのよ。パッションは見た目も性格も母親によく似ているわ。プリムを腕に抱いていると、ふとした瞬間に、ペネロピがまだ生きていると勘ちがいしそうになったものよ。もちろん、勘ちがいだけど……」ため息をついた。「それからペイシェンスは、巻き毛は母親ゆずりだけれど、あの燃えるような色は父親から受け継いだの。あの子はほんと、父親そっくり——強くてストイックで、それでいて海のように深い心を持っているわ。あまりに深いものだから、ときどき、手ごたえがつかめないように感じるくらいよ。たしかに、心はそこにあるのにね。あたしがもっと上手に泳げたら……」思いにしずむように、声がとぎれた。

マシューはマッティおばさんを見た。「ご自分で思っているより、あなたは泳ぎが上手だと思いますよ」

彼女は輝くような笑顔を見せた。「そうかしら？　あたしがなにを考えているかわかる、マット？」

「なんですか？」

「あたしが会ったなかで、あなたは一番の泳ぎ手だと思うわ。とても上手に泳ぐから、最近ものの本で読んだ、あの驚くべき南洋の真珠採りにもなれるでしょうね」彼女はうなずき、灰色の瞳に強い意気込みをのぞかせた。「深くもぐるのよ、マシュー。深くもぐって、真珠を採って、それを持って海の上へあがってきなさい。本気でペイシェンスと結婚するつもりなら、真珠を手に入れなくちゃ」

マシューは庭の向こうにいるペイシェンスを見た。呼んだわけでもないのに、彼女もこっちを見た。ペイシェンスは微笑んで手をふった。ふと、そうしたのだ。頭で考えるより前に。

マシューは笑って手をふり返した。心がうきたった。「真珠を採ってきますよ、マッティおばさん。クリスマスよりも前に」

「ねえほら、マッティおばさんを見て」ペイシェンスは興奮気味におしゃべりしている伯母を観察した。「マシューといっしょにいると、クリスマスの子どもみたいね」

パッションは微笑んだ。「それに、マシューも心からマッティおばさんを好いているわ」

「そうなの。あのふたりは似たもの同士ね」ペイシェンスは頭をふった。「どこが共通するのかは、よくわからないけれど」

パッションが眉をあげてペイシェンスを見た。

ペイシェンスもお返しに眉をあげた。「なにか？」

「あのふたりの共通点は、あなたよ」パッションがペイシェンスの腕に手をかけ、ふたりはまた歩きだした。「マッティおばさんはマシューにあなたと結婚してほしがっている。マシューはあなたと結婚したがっている」ペイシェンスはあわてて姉に目を向けたが、パッションは微笑んだだけだった。「だからふたりは連合を組んで、あなたという難攻不落の独身の城を攻め落とそうとするのよ」

胸の鼓動が少しだけ速くなった。「でも、マシューは結婚には興味がないと言っていたわ」

パッションは考えこむ顔をした。「それはいつのこと？」

「仮面舞踏会の夜」

「だったら、マシューはあの晩、顔ではなくて心を仮面で隠していたんでしょう」パッションは足を止めてペイシェンスの顔を見た。「わたしには確信があるわ。彼のあなたを見る目でわかるの。一番最初のときから、そういう目で見ていたわ」パッションは首をかしげた。薄茶色の瞳は自信に満ちていた。「マークがわたしをおなじような目で見ていたから、あの眼差しの意味するところがよくわかるの。ハンサムな夫の話題が出たついでに聞くけど、結婚に興味がないと断言した人は、マシュー以外にだれがいたと思う？」

「ハンサムな夫？」

パッションは微笑んでうなずいた。「それに、わたしも二度と結婚はしないと言っていたでしょう。それなのに、こういうことになった――そのうえ赤ちゃんもできた。無理だと思いこんでいたのに」ペイシェンスの両手をにぎった。「人はときどき自分を誤解したり、信念を見失ったりするわ。そのときには正しいと思うことを言ったつもりでも、あとからちがったと気づくことがあるでしょう」パッションのとび色の眉毛があがった。「あなただって、まちがうことはあるんじゃない？」

「まちがうのが嫌いなのは、知っているでしょう」

「ええ」

ペイシェンスは姉の優しい目を見つめた。「でも今回は、自分がまちがっていたらうれしいと思わないでもないわ」

パッションが目を丸くした。「本当に？」

日に日に魅力的を増す決断をついにくだすところを想像して、気分が舞いあがった。「ねえ、パッション、カヴァッリをあきらめるのは、ものすごく愚かなことだと思う？」姉の手から手をはなして、自分の顔を両手でつつんだ。「こんな質問をしていること自体、信じられないわ。でもマシューがいかないでくれと言うの。それに、いまとなってはわたし自身も、そこまでロンドンにいきたいとは思えなくて」

「だったら、やめればいいわ」

「でも、やめるなんてできないでしょう」手をおろした。「だってフェルナンド・カヴァッリを断る人なんている？」

パッションは肩をすくめた。「たぶん、あなたよ」

「そんなことができると思う？　わたしは頭がおかしいの？　笑いごとじゃなくて、わたしはどうかしてしまったの？」

パッションは首をかしげ、優しい目でペイシェンスの顔をさぐった。「さあ。自分でそう思うの？」

ペイシェンスはゆっくり首をふった。「わからない。でも、心の一部ではそう思ってる」

「心のべつの一部はどう思っているの？」

目を閉じた。今朝マシューから受けた平手打ちの記憶が頭を満たし、たちまち緊張をほぐしてくれた。マシューは従わなかったからたたいたのではなく、彼自身の喜びのために、それにペイシェンスにそれが必要だから、たたいたのだ。マシューの喜びはなぜだかペイシェンスの喜びでもあることが、だんだんわかってきた。そのうえ、ペイシェンスに罰が必要だったのは、痛いけれども濡れるからだ。しかも、ぶたれたあとには、従順で淫らで満ち足りた気分になった。

目をあけた。胸の先が硬くなって、脚のあいだがうずいた。ゆっくり大きく深呼吸してから、姉のまっすぐな視線を受け止めた。「心のべつの一部は、なにをするよりも、いまはマシューといっしょにいたいと思ってる」息を吸った。「この先もずっと」

パッションはゆっくりうなずいた。「だったら、ここに残りなさい、ペイシェンス」

姉の口調にマシューに似たものを感じて、ふるえが走った。「ここに残る？」ゆっくり首を動かして、マシューをふり返った。彼の目がじっとこちらにそそがれているのを見ても驚かなかった。こんなに遠くからでさえ、マシューの強い意志が感じられる。ああ、わたしはこんなにも強く彼を求めている。「マシューのところに残る」パッションにというより、自分に対してくり返した。「しばらく、ということじゃなくて、永遠に？」

「そうよ」

ふたたび姉の顔を見た。「わたしたちはなんの約束もしていないのに」

「約束は、彼の目に書いてあるわ」

そのとおりだ。「マシューはすごくきれいな目をしているわ。それに彼はいろんなことを言ってくれるのよ、パッション。ものすごくすてきなことをね」

「だったら、彼を信じなさい」

「そうしたいわ。でも、これまで〝永遠〟はいつも長続きしなかった。手にしたと思っても、そうじゃなかったとわかるの。それに、わたしは――」急にこみあげてきた涙をこらえた。

「この数日で自分が変わった気がするの――もしかしたらマシューの言うように、本来の自分にもどっているだけかもしれない。よくわからないわ。でも、たしかなのは、今回がまたまちがいだったら、もうわたしは死んでしまうということよ。だって、いまがこんなに生きている実感があるから」

パッションはマシューのほうに目をやった。マッティおばさんは屋敷にもどり、ひとり残された彼が、庭の向こうのテラスからこちらを見ている。パッションはしばらくマシューをじっと見たあと、顔をもどした。そしてペイシェンスの頬にキスをして、優しく笑った。

「残りなさい」

そのすてきな言葉は、ほぼ一瞬のうちにペイシェンスに答えを授けた。

残るわ！

ペイシェンスはにっこり笑って姉に抱きついた。幸福感と突然の確信で胸がいっぱいになった。「ここに残るわ。残って、永遠を信じてみる」

パッションの笑い声、ペイシェンスもつられて笑った。姉をさらにきつく抱きしめた。

「愛してるわ、パッション。それに寂しかった」

パッションは身体をはなして、困ったような顔で笑った。「寂しかった？」

「そう。むかしはお姉さんの一部をわたしが独り占めできていたから」ペイシェンスは姉の薄茶色の瞳を見つめた――母にそっくりの瞳を。「それに、わたしの一部を独り占めしてもらえていたから」

パッションは首をかしげた。

ペイシェンスは顔いっぱいに笑みをうかべた。「愛してるわ」もう一度言って、頬にキスをすると、向きを変えてマシューのもとへ走っていった。

ペイシェンスがこっちに駆けてくる。満面の笑みで、あざやかな赤いカールをはずませ、たくしあげた青緑のスカートのペチコートを海の泡のように波立たせている。愛しさと期待で、マシューの胸がはずんだ。彼女はとても生き生きして、幸せにあふれている。なにを言いにきたのだろう？

テラスの階段に通じる小道まで来たところで、彼女は足を止めた。従僕があらわれて、一通の手紙をわたしたのだ。ペイシェンスの顔から笑みが引くのを見て、マシューは緊張した。だれからの手紙だ？

この国の郵便は速さに定評があり、人々はこれを伝令のように使って、おなじ日のうちに町の隅から隅へ手紙を行き来させる。ミッキー・ウィルクスが自分の仕事をきちんとやりとげたとすれば、カヴァッリからの手紙がいまごろペイシェンスの手に配達されたとしてもまったく不思議ではない。

マシューは石の手すりをつかんで、ペイシェンスのほうへ足を進めた。彼女は未開封の手紙の表書きを見ている。胸に不安がわいて、マシューはゆっくり階段をおりた。彼女が封筒を裏返して、封をあけた。マシューは足を止め、胃に緊張が走った。封から一枚の紙を出したペイシェンスが、折り目をひらいて中身を読みはじめる。マシューはどうにか階段をおりながら、彼女の顔に悲しみがあらわれるのを待った。

だが顔が少し下を向いただけで、表情は変わらないように見えた。

最後の数段をおりて彼女に近づいた。「なんの知らせだい、ペイシェンス？」

ペイシェンスが目をあげた。少し戸惑った顔つきをしていたが、すぐに微笑んだ。「ミスター・ストロのカヴァッリからよ。わたしを生徒にするという申し出を撤回してきたの。教師と生徒の〝親密な関係〟を夫人が心配しだしたみたいで」ペイシェンスは肩をすくめた。「夫に女性の生徒をとってほしくないんですって」

マシューは彼女の顔を見た。呼吸が浅くなった。「がっかりしないのか？」

ペイシェンスは動きを止め、自分の気持ちを自分でさぐっているようだった。目をふたたびマシューにもどすと、にっこり笑った。「ええ、がっかりしないわ」

まさか？　ひかえめながらも安堵の気持ちが肌の下に顔をあらわした。

ペイシェンスが一歩近づいてきて、マシューは梔子の香りを吸いこんだ。「どうしてだかわかる？」彼女が聞いた。

「いや」ペイシェンスが笑顔でいるにもかかわらず、マシューは息を止めた。「どうしてだ？」

「ここに残ると、もう決めていたからよ」

つめていた息を一気に吐きだした。「本当に？」

ペイシェンスは首をかたむけ、口の両端がなんとも愛らしく持ちあがった。「本当よ。ちょうどそのことを言いにくるところだったの」

マシューは歓喜の声をあげてペイシェンスを抱きあげた。そのまま回転してふりまわすと、彼女は楽しそうに笑った。笑い声、肌のにおい、身体の感触、そうしたすべてにめまいがする。ペイシェンスは僕のものだ！　ペイシェンスは僕のもので、今後絶対に遠くへはいかせない。絶対に……。

ゆっくり回転を止めて、きつく抱きしめながら髪に手を入れた。「残ると聞いて、ものすごくうれしいよ」こめかみに口をつけて言った。きみを愛しているから――。「きみを――きみのことが必要だから」

ペイシェンスの腕が強く巻きついた。「わたしにもあなたが必要よ」

そのとおりだ。ペイシェンスはマシューを必要としている。だからこそ、この手紙がマシューの差し金だと、絶対に知られてはいけない。なぜ、あんな指示を送ってしまったのだろう。もっと自分を信じるべきだった――もっとペイシェンスを信じるべきだった。

だが、いまさら遅い――それに、なんの問題がある？　ペイシェンスは残るのだから。彼女自身の意思で残るのだから。

身体をほどいて彼女の顔を見た。「きみをエンジェルズ・マナーに連れていきたい――マッティおばさんもいっしょに」

笑みが顔一面にひろがった。「本当に？　いつ？」

「できるだけ早く。僕は仕事の用事でロンドンに出て、そこから炭鉱にいかないといけない。そのあとで、現地で落ちあおう」

「ああ、マシュー。あなたのおうちを見るのが楽しみだわ」ペイシェンスは笑い声をあげた。「マッティおばさんはきっと舞いあがってしまうわね。でもその前に、父に手紙を書いて、許可をもらわないと」

「じゃあ、書いてくれ。仕事で手があかなくても、きみにはいっしょにいてほしい」

ペイシェンスを強く抱きしめて額にキスし、目を閉じて彼女の髪のにおいを吸いこんだ。

「手紙に落ちこまなくて、よかったよ」

ペイシェンスは身体をはなしてマシューを見た。「あなたと出会う前だったら、きっと落ちこんだでしょうね。でも、いまは平気よ」手をマシューの頬にあてた。「あの手紙はただの証明よ――残ると決めたわたしの決断が正しかったことを、神さまが思いがけない美しいかたちで証明してくださったの」つま先立ちになって、やわらかな唇をマシューの唇に押しつけた。「それを受け取って、がっかりするはずはないでしょう?」

19　ダイアモンドと姉妹

……城壁を守る者らは、わたしの上着をはぎ取った。

雅歌五：七

マシューはダイアモンドの宝飾品一式を吟味した。特別にみごとな品々で、櫛とネックレス、イヤリング、ブレスレット二本、ベルトのバックル、指輪がそろっている。箱の黒いベルベットを背景にして、それぞれの金の土台に嵌《は》めたダイアモンドがきらめいていた。ペイシェンスのつけていたカットスティールの飾りを思いだす。彼女には本物の宝石がふさわしい――本人の美しさと人柄に見合う宝石が。結婚を承諾してくれさえしたら、ちゃんとした品々で飾ってやれるのだが。

箱をぱちんと閉じた。ふと気づくと、宝石職人の見習いが、いまもまだ机の前に立っていた。すでに礼をすませ、チップもわたしてある。「ありがとう」あらためて言った。「どれもすてきだ。これをいただこう」

見習いは不安そうな表情をした。「きっと気に入っていただけると、親方は自信を持っていましたよ、ミスター・ホークモア。ただひとつだけ――親方もご不便をおかけして申し訳ないと言っていますが――どうしてもこれを――あなたにお渡しするようにと」ポケットから一枚の紙をすばやく取りだして、ふるえる手で前に差しだした。

マシューは眉をひそめ、紙を受け取ってひらいた。

請求書ではないか！

急に首から熱があがってきた。長年贔屓にしてきたが、商品の受け取り時に金を請求されたことは、これまでなかった。ただの一度も！

マシューは憤慨して、見習いの顔をにらんだ。「僕の信用は完璧だ。注文した品の支払いが滞ったことは一度もないはずだ」

「もちろんです、ミスター・ホークモア！　まちがいありません。そのことはわかっています」若い男は困りきって顔を真っ赤にした。「でも親方の考えでは……今回だけは……なにしろ数も多いことですし……今回一度かぎり……支払いの保証をいただきたいと。ええ――今回一度かぎりです。状況が状況なもので」ふるえる声が消え入った。

「状況というのは？」マシューはいらいらして詰め寄った。

見習いの顔が青くなった。「わたしは――わたしは、その……」手で額をぬぐう。「ミスター・ホークモア、うちの親方がベンチリー卿からも贔屓にしていただいているのはご存じでしょう。その、ベンチリー卿ですが、あの方が……いろんなことをおっしゃってくるのです」

マシューは手をにぎりしめた。「たとえばどんなことだ」

「その……スミスフィールド宝石商会からはもう買うのをよすかもしれないとか。上流の客は離れていくだろうとか。親方が」男はごくりと唾を呑んだ。「このままあなたを客にするのなら」

ローマの皇帝がしばしば使者を斬り捨てたわけが、ふいに腑《ふ》に落ちた。マシューはこの見習いの顔に宝石箱をたたきこみたかった。

だが、こういう扱いを受けるのがこの店だけのこととはかぎらない。アーチボルド・ベンチリーとマシューがともに贔屓にしている職人や商人は少なくない。ベンチリーが彼ら全員にあることないこと吹きこんでいると思うと、屈辱感と怒りで胸がいっぱいになった。今日は信用を否定された。明日には取引自体を拒否されないともかぎらない。

黒いベルベットの箱に目をやった。

これを突き返したら、ペイシェンスの手にはなにもない。

マシューは怒りでふるえながら台帳を出して、こわばる手で全額を記した小切手を書いた。奥歯を嚙みしめ、立って小切手を差しだすと、見習いの男は急に受け取るのを遠慮するような態度を示した。

だが、ともかく受け取って指と指でそれを挟むと、あわてて手を引っこめた。「ありがとうございます。ミスター・ホークモア」

「礼は聞きたくない」マシューは乱暴に言い放った。「上流の客が離れる心配をする必要はないと、親方に伝えてくれ。僕の小切手を見ることは金輪際ないだろうから」

男はお辞儀をしながら部屋の奥のほうへ後ずさった。「わかりました、ミスター・ホークモア。申し訳ありません、ミスター・ホークモア」それから背を向け、あわててドアの奥へ消えた。

マシューは机の角をつかみ、黒いベルベットの箱を見おろした。自分の手に命じて、その箱をあけた。

きらめく宝石をながめる。

みごとなセットだ。だが、もはやなんの喜びももたらさない。これはまちがいなく、いままで買ったなかで一番高くついた買い物だった。

法外な額を支払ったからではない。

これを手に入れるのにかなりのプライドがそこなわれたからだ。

蓋を閉じた。

すべてはペイシェンスのためだ。

「ああ、ペインェンス。いつ発つの？　お父さんに手紙は書いた？　マッティおばさんはなんて言ってるの？」

ペイシェンスはテーブルの向こうの姉に笑いかけた。「手紙は書いたわ。お父さんの許可がおりることを前提に、十日後までにはここを出る予定よ。それから、マッティおばさんは興奮して有頂天になってるわ」

パッションはおかしそうに笑った。「そうでしょうね。あなたたちふたりに結婚を迫るおばさんの猛攻が見られなくて残念だわ。きっとものすごく愉快な見ものだったでしょうに」

「むしろ、もう結婚は決まったものと考えてるわ。わたしがカヴァッリのところにはいかずに、マシューの家にいくことにしたと話したとたん、おばさんは天を仰いで神に感謝してた。祈りに応えてくださって、それにペイシェンスに道理をわからせてくださって、ありがとうございますって。そのあとはさっそく結婚式の計画を練りだしたわ」

パッションは笑って、お茶のカップを手に取った。「カヴァッリが指導を断ってきた話はしたの？」

「ええ。そうしたら、わたしがマシューと結婚するように、世のなかの力が働いている証拠だって」ペイシェンスは眉をあげた。「それはものすごく幸運なことなんですって。なにしろわたしは、自分にとってなにが一番か、必ずしもよく理解していないらしいから。でも、とうとう自分が桃だと受け入れたことについては、褒めてくれたわ」

パッションは優しく笑い、お茶を口にし、カップをソーサーにもどした。「マッティおばさんの願いどおりになっているようね」

「おばさんは自分の好きなことを願っていればいいのよ」ペイシェンスは目を落とし、ひざのナプキンを整えた。マシューは結婚には関心がないと言った。それでも、彼のその後の言動はすべて、以前の言葉を否定しているように思える。パッションでさえ、マシューはペイシェンスと結婚したがっていると信じている。ペイシェンスはあとからとめどなくあふれてくる喜びをなんとか抑えようとした。先走るのは禁物だ。息を吐いて、顔に笑みを浮かべたまま肩をすくめて姉を見た。「マッティおばさんの望みでわたしたちの人生が決まるわけじゃないから」

「それはそうね」パッションは頬杖をついた。「でも、ときどき思うの。おばさんには狙いを定めた相手を結婚に導く不思議な力があるんじゃないかって。お父さんを結婚させようとしたら、お父さんはお母さんと出会った。わたしを結婚させようとしたら、わたしはマークと出会った。近所の娘さんにお相手を紹介してもうまくいったし、たしか去年の夏には、スウィットリ姉妹の双子の姪に対しても、マッティおばさんの結婚の魔法がうまく働いたわ」パッションは眉をあげた。「あなたも結婚式の準備をはじめたほうがいいのかもしれないわよ」

ペイシェンスは笑って首をふった。「一見、おばさんの力が物事を動かしているように見えたとしても、わたしを動かしているのはマシューの力だと思うの。彼が理由をあたえてくれるまでは、なんの計画も立てるつもりはないわ」

パッションの目は優しかった。「心からマシューを信頼しているのね」

「ええ」瞬時に確信をもってその言葉が口から出てきた。「最初から彼を信頼してるわ」

パッションは首をかしげた。「めずらしいわね。ふだんは、なかなか人を信じないのに」

「そうね」ティーカップからあがる湯気を見つめた。「たぶん、わたしを見る眼差しのせいだと思う——わたしの心の内側がすべて見えているようだったの」姉を見た。「わたし自身が見ようとしなかったところまでね」

パッションが小さなティーテーブルの向こうから腕をのばして、ペイシェンスの手を取った。「アンリのことで負った心の傷とか？」

「どうかしらね」ペイシェンスは紅茶に目を落として、パッションの手につつまれた手をにぎりしめた。「たぶんお姉さんのことよ」

沈黙が流れた。とうとうペイシェンスは目をあげた。

姉の眉間には深いしわが刻まれ、顔には混乱しきった驚いた表情がうかんでいた。「どういうこと？　わたしがどんなふうにあなたを傷つけたの？」

そう聞かれて、ペイシェンスの胸に一気に痛みがわいた。目がちくちくする。「どんなふうに？　お姉さんはわたしから離れていった。離れていって、わたしたちの関係は変わってしまった」

パッションの目が大きく見ひらかれ、唇がふるえた。「ペイシェンス、なんの話をしているの？」

涙が頬を流れたが、気にしなかった。「むかしのことを言っているの。むかしはあんなに仲がよかったのに。なにをするにもいっしょだった。憶えているでしょう？」姉の手をにぎった。「ねえ、パッション、憶えているでしょう？」

パッションの脈が波打ち、目がうるんだ。

心臓が鼓動し、そのたびに胸が痛んだ。「憶えているでしょう――いつもおたがいの服を選んで、髪を梳かしあった。朝になれば、いっしょに階段の手すりをすべりおりて、夜にはいっしょに階段を駆けあがったわ。歩くのに合わせて歌を口ずさんで遊んだりもしたでしょう」思い出がどっと押し寄せてきて、身体がふるえ、涙がとめどなくこぼれた。「いっしょに花環を編んで、ヒギンズさんのとこの牛の首にかけたのは憶えてる？　ふたりきりで湖にはいって、人魚ごっこをしたわね。悪い魔女にとらえられているという設定で」

姉の目から涙がこぼれ落ちた。

ペイシェンスは頭をふった。「あのころは、なにもかも話しあったし、なんの隠しごともなかった。秘密や夢を――痛みや不安を――打ち明けあった。ああ、パッション」ペイシェンスは姉の手を自分の頬にあてた。「わたしたちはおたがいが大好きだったでしょう？」

一瞬にしてパッションが横に来て、ペイシェンスの肩をしっかり抱いた。「忘れるもんですか、ペイシェンス。全部、憶えてるわ」

姉の身体に頬をつけた。なにかが起こった。なにかがペイシェンスの心をひらいて、長年、どれだけ心の底から苦しいほどに姉を求めていたのか、彼女は突然実感した。そして、感情を抑えこんだり隠したりするのではなく、ほとばしるままに外へ吐きだした。「お姉さんはわたしから離れていった」ペイシェンスはむせび泣いた。「もう、わたしにかまう時間はなくなってしまった。いつだって、わたしたちのあいだにはプリムがいたわ。お姉さんはプリムの服を選び、プリムの髪を梳かして、わたしのための時間はもうなかった――ふたりの時間はもうなかった」姉に顔をうずめて、しがみついた。「お姉さんを奪ったプリムを憎いと思ったときもあった。でも、大好きな妹を嫌うなんて、できっこないでしょう。それにプリムはまだ幼くて、ひとりじゃ無理だった」

「ああ、ペイシェンス」パッションが身をかがめてペイシェンスの髪をなでた。

けれども、愛情をこめてふれられると、ますます涙が出てきた。「お姉さんを嫌いになったこともあった。腹を立てたこともあった」涙と感情がこみあげて、ペイシェンスはぎゅっと目を閉じた。「でも、そんなふうに思った自分がすごく嫌だった。そんな身勝手になれる自分が」

パッションが床にひざをついて、ペイシェンスの両手を手でつつみこんだ。顔には涙の筋ができている。「ああ、かわいいペイシェンス。心から謝るわ」

姉の瞳にうかぶ苦しみを見て、心がよじれた。「謝る必要はないわ。お姉さんは天使――聖人よ。むかしからずっとそうだった。これはわたしの問題なの。自分自身の感情の重みに耐えられなかった。それに、その気持ちをどうしていいかわからなかった――だから、そのまま奥にしまいこんだの」姉の濡れた頰に手をあてた。「そして、お姉さんの負担にならないために、できることをなんでもした。手を借りずにすむように、自分で自分の世話をした。プリムがちゃんと面倒を見てもらえるように、わたしはじゃまにならないところに引っこんだわ。自分のことを強くて完璧な人間で、欠けているものはないと思っていた。でも、いまになって……」あらためて涙がこみあげて、先がつづかなかった。

パッションが前かがみになってペイシェンスを抱き寄せた。「ああ、ペイシェンス――わたしの大事な妹」喉をつまらせて言った。「お母さんが死んだとき、わたしたちはまだほんの子どもだったわ。わたしは十二歳で、あなたは十歳だった。あなたとふたりきりになりたいと、何度思ったことか。いっしょに楽しく自由にすごしたときが懐かしくてしかたがなかった。でも、わたしは感情を口に出すことはしなかった。口に出せばかえって、失ったものが大きく感じられそうで、怖かったの。だから、とにかく下を向いたまま、自分がやるべきだと思ったことをやった」身体をはなして、両手でペイシェンスの顔をつつみこんだ。「でもそうしているうちに、まわりが見えなくなっていたのね」

ペイシェンスは首をふった。

パッションは顔をゆがめた。「いいえ、そうだったのよ。そしてようやく顔をあげたときには、もう手遅れだった。あなたはわたしを必要としているようには見えなかった。でも、わたしは自分の役割がわかってなかったのね」涙がぼろぼろと頬をつたった。「許してくれる、ペイシェンス？　わたしを許してくれる？」

姉の顔にうかぶ深い悲しみに、これ以上耐えられなかった。子どものときとおなじ気持ちで、パッションを愛している。「許すものなんてないわ。なにもない。あるのは、分かちあうべき感情と、癒やしが必要な心だけ」

パッションがあらためてペイシェンスを強く抱き寄せた。「あなたを愛してるわ」

ペイシェンスはこぼれる涙をそのままに、姉のいる床におりて彼女の腕に抱かれた。

パッションがそっと揺すった。「愛してるわ。ものすごく愛してる」

その言葉はペイシェンスの肌の下にしみこんだ。そして心の深いところにふれて、子ども時代とおなじように彼女をすっかり癒やしてくれた。「わたしもよ」

さらに涙が頬をつたった。けれども、悲しみの涙もいくらかふくまれていたが、心が軽くなったことからくる涙もあった——それに、不思議な喜びの涙も。

20　発覚

わたしのものであるぶどう園は、わたしの前にある……
雅歌八：一二

グウェネリン炭鉱のベンチリーの執務室だった部屋で、マシューは中央に鎮座する豪華な机の先に渋い顔を向けた。「話してくれ」

ミッキー・ウィルクスは額から黒髪をかきあげて、椅子にもたれた。彼はどうもおよび腰で、さらに気がかりなことに無口だった。

マシューは顔をしかめた。「今日ミス・デアがエンジェルズ・マナーに到着する。本来なら、僕は先にいって彼女を迎える予定だった。だが、使者からおまえがなにかの情報を持ってやって来るとの知らせを受けたから、ここで待っていたんだ。僕がミス・デアと最高に楽しい時間をすごすかわりに、こうしておまえと面突きあわせている理由を聞かせてもらおうじゃないか」

「おいらのせいでミス・デアをお迎えすることができなくなって、すいませんでした。でも、エンジェルズ・マナーまでいくより、こっちに来るほうが早かったもんで。ベンチリー家をやっつけるための情報を、旦那が一刻も早く欲しがってるのを知ってましたから」

「じゃあ、話せ」

「あんまり楽しい話じゃないと思いますが」

「それはこっちで判断する」

「それに、まだ証拠もないんです。これから証拠をさがさないと」

マシューは身をのりだして、静かに机の上に手をついた。「なにを見つけたのかつぎに言わなければ、ここから腕をのばして首を絞めてやる。わかったか？」

「わかりましたよ」ミッキーはうなずきはしたものの、マシューの脅しにひるんだようすはなかった。「ミスタ・オークモア、おいらはベンチリーの悪い秘密をさぐるために雇われて、そいつを見つけました。でもそいつは、旦那が望む以上の悪い秘密かもしれない」

なにがそんなに悪いというのだ？　ベンチリーにとって悪いことは、マシューにとってはいいことのはずだ。「早く言え」

ミッキーはため息をついた。「わかりました。話しますよ。おいらはミセス・ビドルウィックにお近づきになろうとがんばって、この前の晩に、とうとういっしょに酒を飲んだんです。何杯か飲んだあと、おいらは退屈でしょうがないって顔をして、ここには面白い話はなんにもないのかと聞きました。ミセス・ビドルウィックはあると言った。で、こっちは、あるもんかと言い返した。ここはぱっとしない退屈な場所じゃないかって。そしたらあの女は、旦那とベンチリー家とのあいだにあった出来事を詳しくしゃべりだしたんです。おいらはその隙に、もっと口が軽くなって舌が動くように、さらにジンをつぎたしてやった。そしたら、旦那や、ベンチリーや、スキャンダルの話がつぎからつぎへと出てきて、この調子じゃなんの収穫もなさそうだとおいらは思った。けど、そのうちこんなことを言いだした――世のなか不思議なもんで、一生自分の過去に追っかけられる人がいる、ってね」

背筋に緊張が走った。

「おいらがどういう意味かと聞き返したら、いやべつに、とこたえた。だから、まあいいさ、どうせ、なにも知りやしないんだから、と言ってやった。そしたら、自分はなんだって知ってるって」ミッキーは身をのりだした。「それでぐっと顔を近づけてきて、ゲップして、おいらの顔にジンのにおいの息を吹きかけながら、こう言った。まちがったゆりかごに生まれてきたのはミスタ・オークモアだけじゃない」ミッキーはマシューの目を見た。「ベンチリーたちは高貴ぶってミスタ・オークモアをこきおろしてるけど、自分らの血筋にしたって変わりゃしない、って」

苦しみ。

衝撃。

まさかという思い。

苦しみ！

自分の出生の秘密を知って以来経験した感情にふたたび襲われ、マシューはあえいで息を吐いた。目がちくちくして、むさぼるように息を吸った。空気が肺を満たし、理性と強烈な認識が心を満たした。ベンチリーの家系に私生児の血がはいっている——。

拳をにぎり、紙をくしゃくしゃに丸めた。

話では、ベンチリー家は、英国でもっとも由緒正しい血筋を誇る家柄ということになっている。王家よりも生粋の英国人で、一族はひとり残らず立派な血を受け継いでいるという。それが連中の売りであり、誇りだった。アーチボルド・ベンチリーの商才によってそうした家の格にさらに富が加わったが、一族は高貴な血統という看板を一番高い場所にかかげている。

偽りなのか？

嘘に欺瞞《ぎまん》を重ねているのか？

怒りで血が煮えたぎった。

詐欺だ。許しがたい詐欺だ！

極悪だ！

マシューは目をミッキーにもどした。「つづけて」

ミッキーは椅子にすわりなおした。「楽しい話じゃないと言ったでしょう」

「いいから、つづけろ」マシューは奥歯を噛んでうなった。

「そのころにはミセス・ビドルウィックはすっかりできあがって、まぶたが落っこちてきた。でも、おいらは無理やり話をつづけさせた。そしたら、ご主人さまは真相を知って大暴れしたとか、奥さまは愛人の名を口が裂けても言わなかったとか、その後すぐに死んだとか、そんなことをしゃべった」ミッキーは目から髪をはらった。「ベンチリーが使用人を総とっかえしたのは、それが理由かってたずねたら、そうだって。で、ひとつ、笑える話があるんです」ミッキーは眉をあげた。「ベンチリーはじつは一番の事情通を家に残してたんですよ。ベンチリー夫人の愛人ってのは、なんと、ミセス・ビドルウィックのいとこだった。話の感じじゃ、そいつはベンチリー家の御者だったらしい。でも夫人に子どもができたときに、いっしょに話しあって、屋敷を出たほうがいいっていうことになった。ベンチリーの旦那にばれたのは、夫人がそいつに手紙を書いてるところを見つかったからです。ただし、手紙には名前は書いてなかった──愛しの人、ってあっただけでね」

手紙。いつだって手紙がからんでくる。「だが、おまえは名前をつかんだんだろう」

「もちろんです、ミスタ・オークモア。ロジャー・マッコーリーという名前です」

「居所もわかってるな」

「ブリントゥーグル。スコットランドの北のちいさい村です」

「いってこい」マシューは言葉をしぼりだした。「いってその男をさがしだし、なんらかの証拠を手に入れるんだ」

「承知しました、オークモアの旦那」ミッキーは席を立った。

「ミスター・ウィルクス」

ミッキーがマシューを見た。「なんですか?」

「彼女は知ってるのか?」

「ミセス・ビドルウィックが酔いつぶれる前に、最後に聞きましたよ。ロザリンドのお嬢さんは知ってるのかって」ミッキーは首をふった。「知らないそうです」

知っているはずがない。ロザリンドのあの思いあがったうぬぼれは、つくりものではあり得ない。だがベンチリーは知っていた。あの卑劣漢は、自分の家に長年私生児をかくまっておきながら、マシューのことを私生児で嘘つきだとさんざん罵ったのだ。

ロザリンドをかばって本人に真実を知らせなかったことについては、ベンチリーを責める気はない。だが、まったくおなじ真相を理由にマシューを恨み、攻撃した事実、人格に対する名誉毀損、経済的に破滅させようという企み、会社の乗っ取り計画、そうしたすべてに対して、アーチボルド・ベンチリーには報いを受けてもらわねばならない。おのれ、詐欺師の悪党め！

机に手をのばし、紙幣を数枚取りだして、机の向こうのミッキーに放った。「さあ、いって証拠を見つけてくるんだ」

ミッキーは金をさっとつかんで、ポケットにしまった。「承知しました」うなずいて、帽子を頭にのせて出ていった。

マシューは身動きせずにしばらくじっとすわっていた。やがて椅子を蹴って立ちあがり、怒りの咆哮《ほうこう》をあげてデスクランプを部屋の向こうに投げつけた。

割れた音が消えるとともにおとずれた重苦しい静けさのなかで、マシューは怒りで硬直した身体をかかえて立ちつくした。ベンチリーに対する怒り、巡りあわせの皮肉に対する怒り。

いくらマシューがロザリンドのことを憎んでいようとも、自分が受けたことをそのまま彼女にやり返せるかは、わからなかった。

これはマシューではない。

エンジェルズ・マナーは、狭間《はざま》風の飾りに装飾的な鉄細工、それに中庭が目を引きつける、重厚なネオゴシック様式の建物だった。ただし、本物の中世の城とはちがって、くずれた石も、壁を這う緑の蔓《つる》も、際立った個性も見られない。灰色の石造りの壁やスレートの屋根は、いかにも新しくてぴかぴかで、壁にそって植わっているのはきちんと刈りこまれた生け垣だけだった。高価な板ガラスをはめた無数の窓が中庭を見おろし、どこまでもつづくように見える屋根の上には、高い煙突や小塔がいくつも立っている。

これは家ではなくて、主張だ。

ちがう、主張どころではない。叫びだ——富と威信と現代主義を、これでもかと叫んでいる。

ペイシェンスは顔をしかめた。

でもこれは、マシューではない。

少なくとも、ペイシェンスの知っているマシューではない。

マシューはどこにいるの？

「あたしたちのマットはどこにいるの？」マッティおばさんが大声で言った。

ペイシェンスたちの世話についた従僕が頭をたれた。「申し訳ありませんが、お帰りが遅れております。ご主人さまから謝罪と歓迎の意をお伝えするように仰せつかっております。明日にはご到着の予定ですので」

落胆の気持ちが全身にひろがった。

「あら」マッティおばさんが口をとがらせた。「ミスター・ホークモアが迎えてくださるんだとばかり思っていたわ。あたしたちは彼抜きで明日までどうしたらいいのやら」

ペイシェンスはため息をついた。今回ばかりは伯母とまったく同意見だ。

「しかたがない。我慢するしかないわね。あたしに忍耐が残っていればいいのだけど……」

マッティおばさんは肩をすくめ、それから太陽に手をかざして屋敷を見あげた。「ねえ、ペイシェンス、これだけはたしかよ。マシューと結婚したら、部屋が足りなくて困ることは絶対にないわ」

ペイシェンスはばつが悪くなって世話係の従僕に目をやったが、伯母の言葉に反応したようすは見られなかった。ペイシェンスは伯母に顔を寄せて、そっと言った。「マッティおばさん、出すぎたことを言うのはやめて」

伯母は眉をあげて尊大な顔をした。「出すぎるもなにも、あたしは事実を言っただけですよ」いつもどおりの大きな声で言った。ペイシェンスはたしなめるように伯母をにらんでから、うしろを向いた。馬車の反対側から降りようとするリヴァーズ卿にフィッツロイ卿が手を貸している。マシューがいないのでエンジェルズ・マナーまで同乗してくれたのだが、ふたりはすばらしいエスコートをしてくれ、旅の友だった。ファーンズビーとアシャーもいっしょだった。彼らはうしろの馬車から降りてくるところだった。

「少なくとも、われらがいるじゃありませんか」リヴァーズ卿が進みでて、マッティおばさんに弱々しい腕を差しだした。「それに、お茶の前に着きましたぞ——あなたの願っていたとおりに」

背丈はリヴァーズ卿のほうが高いが、マッティおばさんのほうがよっぽど頼りがいがありそうだった。それでも彼女は笑顔で、リヴァーズ卿の腕にそっと手をかけた。「そうですわね」ふたりは屋敷に向かって歩きだした。「それに、本当によかったわ。あたしはお茶を我慢すると気絶しそうになって、もう大変なんです」

フィッツロイがペイシェンスに腕を差しだし、片方の眉をあげた。「本当に？」

ペイシェンスは彼の薄い色の目を見た。「わたしの知るかぎり、伯母は生まれてから一度も失神したことはないわ」

フィッツロイの口の両端があがり、ふたりはふり返って、ファーンズビーとアシャーが追いついてくるのを待った。

「今日は絶対に雨は降らないって、僕は言ったよな」ファーンズビーが言っていた。「あとで五ポンドもらうから、そのつもりで。おい、そろそろ勝負に勝たないと、『珍事件ジャーナル』におまえの賭けの連敗記録を載せないといけなくなる」

アシャーは歩きながらあきれた表情をした。「そんなことより、駅からここに来るまでのあいだに、きみが三十ぺんも指の関節を鳴らしたことを書けよ。そっちのほうが記録だと思うね――しかも、ものすごく神経に障る記録だ。もう一度鳴らしたら、思いきり手をぶってやる」

ファーンズビーは片手をアシャーの目の前に出して、親指でほかの指を押さえつけてぼきぼきと音を鳴らした。

アシャーが丸々としたいとこにつかみかかって小競りあいになり、笑いながら抵抗するいとこの手の甲をどうにか数回たたくことに成功した。ファーンズビーは反撃に出て、アシャーの脇腹を突いた。ふたりはなおも押したり小突いたりしながら、ペイシェンスとフィッツロイのところへやってきた。

フィッツロイは軽蔑したような目で見た。「こいつらは子どもだな」そう言うと、背を向けて、ペイシェンスを連れて屋敷までの広い歩道を歩きだした。

いとこ同士のふたりがそのあとにつづいた。「おい聞いたか、アシャー。いま、フィッツロイに子どもだって言われたぞ。どうする？」

「僕はどうもしないね。フィッツロイはきみのことを言ったんだ、僕は関係ない」

「いや、〝こいつら〟と言ったのを、この耳でたしかに聞いた」少しして言い足した。「賭けるか？」

ペイシェンスは思わず笑ったが、エンジェルズ・マナーに足を踏み入れたとたんに、そちらに注意が奪われた。入口の間は巨大で、一行の、とりわけマッティおばさんの声が、石の床から重厚な階段をあがって、丸天井にひびきわたった。その天井からは大きな鉄の照明器具がいくつもぶらさがっていて、そのひとつひとつに槍を下向きにしたような飾りがついている。シャンデリアのかたちや線を際立たせるデザインだというのはわかるけれど、ペイシェンスがまず思ったのは、落ちてきたら串刺しになるということだった。

おぞましい想像を頭から追いだして、自分を叱った。わたしはいったいどうしたの？　ここはマシューの家で、装飾だって完璧なのに。壁には一騎打ちの馬上試合を描いた大きなタペストリーが飾ってある。ほかの壁は風景画で埋めつくされている。広々とした空間には豪華な家具や美術品が点々とおいてあり、高さのある大きなガラスの窓がいくつもあるおかげで、建物の奥のほうから太陽の光が射しこんでくる。ここエンジェルズ・マナーは、まちがいなく目にもみごとな立派なお屋敷だ。

そのどこが気に入らないのだろう？

マシューがいないこと以外に。

ホークモア館を発つとき、マシューはペイシェンスが到着する前にはここに来ているつもりだと言った。きっと重要な用事ができて、グウェネリン炭鉱で足止めされているのだろう。

マシューに会いたい。

フィッツロイが執事のミスター・シムズを紹介した。それから一行は上の階に案内され、そのあいだにも、マッティおばさんはお茶の効用について雄弁にしゃべりつづけた。

「三十分後に一階の居間でお茶が飲めるように、準備を命じておきました」全員が階段の踊り場で足を止めたときにフィッツロイが言った。

「ああ、あなたは聖人だわ」マッティおばさんが声をあげた。

「本当に？」フィッツロイは驚いた顔をつくった。「そんなに簡単に聖人になれるとわかっていたら、もっと前からめざしたのに」

ペイシェンスは、紳士たちが屋敷の別棟に向かうのを笑顔で見送った。ペイシェンスと伯母は、従僕の案内で自分たちの泊まる部屋へ歩いた。それぞれの部屋は広い廊下をはさんだ向かい側にあった。

「いいこと、お茶は三十分後よ」マッティおばさんはそう言って、なかに消えていった。

ペイシェンスはうなずいて、自分も部屋にはいった。一階の玄関の間とおなじで、広々として――美しかった。とても天井が高く、大きな窓があり、藤色、すみれ色、薄灰色の色調で内装が調えられている。若いメイドがひざを折ってお辞儀をし、アニーだと名のり、ちょうどそこへ四人の従僕がペイシェンスのトランクを持ってやってきて、着替えの間に運びこんだ。

「荷物をあけましょうか？」メイドが言った。

ペイシェンスは、またべつの従僕がチェロのケースと旅行かばんを運び入れるのを見守った。従僕はそのふたつを、くつろげるように椅子を配置した窓辺のスペースにおいていった。

「お願いするわ、アニー、ありがとう」

メイドが荷解きのために着替えの間に消えると、ペイシェンスは楽器のところにいった。

音楽の指導をはじめられるように、ここへ持ってこいとマシューに言われたのだ。

ケースをながめた。どうしてあのとき、あんなにすなおに従ったのだろう。

おいてくればよかった。いまのペイシェンスには必要のないものだ。

楽器に背を向けた。

必要なのはマシューだけ。

明日には来てくれるだろうか。

ペイシェンスはマシューのいない十日間に耐えてきたが、ここへ来てすねた気分になってきた。ぶってほしかった――それに快感がほしかった。けれど、それ以上にほしいのは、マシューの存在だった。彼のにおいをかぎ、肌にふれたかった。

大きすぎる部屋を見まわして、みじめっぽくため息をついた。

早くマシューに会いたい。

早くペイシェンスに会いたい。

マシューは大急ぎで顔を洗ってひげを剃《そ》り、夕食用の服に着替えると、駆け足で階段をおりた。

ペイシェンスと離れていたのは十日だが、もう永遠のように思える。なにもかもが恋しかった。ペイシェンスの笑顔、知的な見透かすような瞳、梔子の香りのする肌。それにあの声、ともにすごす時間、会話。それから、情熱的なキスに、やわらかな身体と、愛らしい服従。だがなにより恋しいのは、たぶん彼女のぬくもりだ――ただそばにいるだけでいい。遠くではなく近くにいるという心地よい感覚が恋しかった。

実際、エンジェルズ・マナーにはいった瞬間に、ペイシェンスの存在を感じた。いまも感じる。彼女の気配があたりをただよい、呼びかけてくる。

彼女の存在は、ベンチリーの虚りの仮面と悪意に対してわきおこる激しい怒りを薄めてくれる。闇を光で、怒りを喜びで中和してくれる。彼女はマシューのペルセフォネ――心の恋人だった。

食堂の近くまで来て、歩調を落とした。数人の男の抑えた声が聞こえ、それからマッティおばさんの声がした。「男性にとって結婚しないのは、とても危険なことなんですよ」

「そうなんですか?」リヴァーズ卿の穏やかな声。

「ええ、危険ですよ。結婚しないことで、ありとあらゆる病気にかかるおそれがあるんですから」

「冗談でしょう、マッティおばさん――病気ですって?」愛する人の優しい、わずかにいらついた声がした。

「そうよ、伝染病よ」ペイシェンスをにらみつける顔つきが目に見えるようだ。「だから若い女性は――とくに、並外れた美人は」――えへん、という咳ばらいの音――「結婚する義務があるんです」

「病気の予防と美人と、どう関係があるの?」マシューの愛しい人が、さっきよりもさらにいらついた口調で言った。

「ねえ、ペイシェンス、あなた、美人の伝染病患者を見たことがある?」

「伝染病の患者自体、見たことないわ」

「あたしもよ。それもこれも、ありがたいことに、ここイギリスでは結婚という健全な制度が守られているおかげね。でも、伝染病と呼ばれるのには、ちゃんと理由があるんですからね。伝染する種類のぶつぶつや、腫れ物や、斑点《はんてん》ができてしまうのよ」

「マッティおばさん、伝染病は結婚しないこととはまったく関係がないでしょう。不潔な状態や、ねずみが原因だとされているわ」

「そのとおりですよ。それで、知ってのとおり——みなさん、お許しくださいね——男の人はもともとだらしない生き物でしょう。逆に、女性はきちんとした性質を持っているわ。つまり、男が女と結婚するということは、身のまわりを片づけて清潔に保つ存在を家に呼び入れるということよ。ほら、それこそ伝染病の予防になるでしょう」短い間があった。「単純な事実だと思わないこと?」

長い間があった。

マシューは顔に笑みをうかべて、部屋にはいった。「こんばんは、淑女——そして紳士のみなさん」

彼は足取りをゆるめ、全員の挨拶に迎えられながら、最愛の人の姿を目にやきつけた。カールした赤毛をうしろで結っているが、ひと筋の巻き毛がやわらかな胸のふくらみの上に落ちている。唇が動いて、マシューの名前を吐息とともにもらした。頬がわずかに赤くなった。目を見つめると、美しい知的な瞳に優しい切ない光がうかんだ。

「ペイシェンス」

一歩進みでた。胸が高鳴った。自分はその名を声に出して言ったのだろうか？　彼女の手を取って、お辞儀をし、やわらかなキッド革の手袋にそっと唇をつけながら、梔子の香りを吸いこんだ。手をにぎったまま、うるんだ瞳を見た。「ミス・デア。会えない不幸をまぎらわすのにその姿をいくら頭で想像していても、いつだって本物のあなたの美しさにはかなわない」

ペイシェンスの唇がひらき、きれいな鼻の先が動いた。

想像があおられて股間が反応する。唇にキスをして、それから……。

「聞いたか、アシャー」ファーンズビーが静かに言ったが、その声は全員に筒抜けだった。

「ずいぶん洒落た台詞じゃないか。僕らも憶えておこう」

マシューはペイシェンスのきらめく瞳に笑いかけた。ペイシェンスは忍び笑いをもらして咳きこんだが、やがて声をあげて笑い、それにつられてみんなも笑いだした。フィッツロイでさえ楽しそうな顔をしている。

マシューはにぎる手にそっと力をこめ、熱い視線をペイシェンスにそそぎ、手をはなした。

彼女はすぐにその手をスカートのなかにしまったが、指がふるえているのが見えた。

「メモしておいたほうがいいぞ」アシャーがいとこに言った。「でないと、必ずまちがえるから」

「なるほど、いい考えだ」ファーンズビーはこたえて、本当に小さな手帳と鉛筆を胸ポケットから取りだした。

マシューはテーブルをまわってマッティおばさんのいるほうへ移動し、かがんで手を取った。「デアさん、今夜のあなたはとくにすてきですよ」

「ありがとう、うれしいわ。でも、どうしてそんな堅苦しい言い方をするの？」彼女はマシューの手をにぎった。「だって、あたしはあなたの……あなたの」――ペイシェンスのほうを見た――「なにかしら。義伯母？」顔をしかめた。「義伯母なんてものが世のなかにあると思う、ペイシェンス？」

マシューは、彼女は伯母の言ったことを否定するだろうと思った。だがペイシェンスは微笑んだだけだった。「わからないわ、マッティおばさん。でも、どっちにしても、あってもいいはずね」そして美しい眉の片方をあげた。「おばさんはきっと新しい用語をつくりだしたのよ」

「あたしが？」マッティおばさんはマシューの手をはなし、満面の笑みをうかべた。「このあたしが新しい用語を生みだすだなんて、だれが想像したかしら。でも、やってみると、案外簡単なものね。これなら百でも思いつくわ」

「千かもしれない」フィッツロイが茶化した。

マッティおばさんはうなずいた。「ええ、千かもしれない」

マシューは笑って、テーブルの上座についた。フィッツロイ、マッティおばさん、ファーンズビーを右側に、リヴァーズ卿、ペイシェンス、アシャーを左側にながめた。マッティおばさんが新しい用語についての話をつづけ、従僕がマシューの皿にスープをよそっているあいだに、マシューはペイシェンスをながめた。今日は、肩のまわりと胸もとに細くひだを入れた、桃色のドレスを着ている。鼈甲《べっこう》の櫛を赤い髪に挿し、茶色いサテンのリボンにカメオをとおして首にさげている。

ペイシェンスはまるで秋のようだった。

21　彼女の目をひらかせて

わたしをあなたの心に置いて印《いん》のようにし……

雅歌八：六

マシューはペイシェンスを見た。彼女は庭園用の長椅子にくつろいですわり、ファーンズビーとアシャーのテニスの試合をながめている。今日はつば広の黒い麦藁《むぎわら》帽子に、空色のドレスという格好だった。ひだに折った白いオーガンジーの前襟を黒いリボンで首に結んで、四角くあいた首もとをおおっている。折り返した白いオーガンジーの袖からは、手首がのぞいている。髪をあげて顔を出しているが、長い巻き毛は帽子の下からそのまたらしてあった。豊かな髪は陽射しをあびて、赤みをおびた金色に光っている。

ため息をついた。エンジェルズ・マナーに帰ってきてからの一週間、マシューは毎夜、幸せのうちにすごした。夜のほとんどをペイシェンスといることで、たとえ数時間でも自分の問題を忘れることができた。残念ながらエンジェルズ・マナーには秘密の通路はなく、夜遅くに彼女の部屋をたずね、朝早くには帰ってこなくてはならなかった。だが、彼女とすごすためなら――たとえ、添い寝するためだけであっても――マシューはどんなことでも我慢しただろう。

その一方で、日中はあまり平穏とはいえなかった。マシューはグランドウエスト鉄道の立場を強化するために手をつくし、グウェネリン炭鉱の生産、荷積み、発送の段取りを調整した。後者のほうは、輸送の問題から一筋縄ではいかないことがわかった。さらに、いろいろと資金をやりくりしたが、結局どうにもならずに、再度グランドウエスト鉄道に自費をつぎこむことになった。もうおなじことはできない——少なくとも、あれだけの資金の投入は無理だ。それから、ベンチリーが炭鉱の所有権をめぐり、マシューを相手に訴訟を起こす準備をしているとの噂も聞こえてくる。

ミッキーはどこにいる？　ミッキーが見つけてくる証拠がなんとしても必要だった。それさえ手にはいれば、ベンチリーを完全かつ永久に排除できる。これは生死をかけた戦いなのだ。

ペイシェンスに目をやった。

マシューには生きるべき理由があまりにたくさんある。

レモネードを口にする彼女を見て、緊張をほぐした。午後にはチェロのレッスンを予定している。この一週間で三度指導をつけたが、彼女は厄介な生徒だということがわかった。とても反抗的で、そもそもチェロを弾くことさえ嫌だと文句を言うのだ——以前は毎日弾いていたのに、どうしてそんな気持ちになるのか、マシューには不思議で、解せなかった。彼女の演奏自体もまったく解せなかった。だからこそ、根本から徹底的にたたきなおす必要がある。それに、自分のせいでカヴァッリをあきらめさせたことを思うと、指導をまるきりやめてしまうのは、マシューのほうが気が進まなかった。

それから、彼女の処女を守らねばならないという問題もあった。彼女を奪いたい思いが日増しにつのって、抑制が利かなくなってきている。いつになったら、すべてを捧げてくれるのだろう。マシューはテニスの試合に目をもどした。

「ところで、レディ・ミルフォードの舞踏会に出るというのは、本気かい？」フィッツロイが試合から目をはなさずに聞いてきた。

「ああ」マシューはこたえて、ボールを目で追った。

フィッツロイがこっちを向いた。「ベンチリー親子が来るぞ」

マシューは前を向いたままうなずいた。「あいつらはいつだって来る」

「レディ・ミルフォードがきみを招待するのは、ごく身勝手な理由からだ。きみとベンチリー親子を自分の円形競技場《コロシアム》に登場させて、大物の客を集めたいんだ――そこで起こるべき大立ちまわりを見せられるようにね。僕がここにいるのを知っている友人知人は、きみが本当に招待を受けるのかと、いっせいに問いあわせてきた。どいつもこいつも好奇心を抑えられないらしい」

マシューはフィッツロイを見た。「レディ・ミルフォードの魂胆なら百も承知だ。あの婦人はどんなことでもする。シーズン一の熱い話題を集める催しにするために、この僕を家に招くような女だ」

「わかってるなら、なぜ望みどおりにしてやるんだ」

「もし出席しなければ、ベンチリーの存在が理由だと勘ぐられるからだ」マシューは顔をゆがめた。「あいつは大手をふって歩きまわり、みんなは、僕が来ないのは自分を恥じているからだとか、恐れているからだとか、そんなことを言いだすにきまっている。僕を多少なりとも信じてくれていた人も、疑いを持ちはじめる。どっちつかずだった人は、ベンチリーの側に落ちる。僕を非難していた人は、自分が正しいという顔をする。冗談じゃないね」マシューはさらに顔をしかめた。「僕が尻尾《しっぽ》を巻いて身を隠し、かたやベンチリーがレディ・ミルフォードの屋敷でもてはやされるなんてことは、断じて許さない」

フィッツロイはのんびりと拳にあごをのせた。「それぞれが自分の持ち物をズボンから出して、台にならべてみんなに大きさを測らせればいいんだ。それができたら、一発で決着がつく」

マシューは無理に笑った。「僕の勝利だ」

フィッツロイは口の端をひくつかせた。「ああ、まちがいない」

ふたりはテニスの試合に目をもどした。アシャーがいとこを一方的にやっつけているようだった。

少ししてフィッツロイが言った。「ミス・デアと伯母君もいっしょに連れていくのかい」

マシューはふたりのほうを見た。「もちろんだ」ペイシェンスがマシューと腕を組んでいる姿をみんなに見せつけたかった。彼女は自分のものだと、全員に知らしめたかった。

フィッツロイはうなずいて、テニスに顔をもどした。「この前、グウェネリンを訪問したいとミス・デアがきみに頼んでたな」

「ああ」

「女性が炭鉱にいきたいとあんなに強くせがむのを、はじめて耳にした」目で試合を追った。

「というより、女性が炭鉱にいきたいとせがむこと自体、はじめて耳にした」

「そうだな」――彼女のほうを見た――「ペイシェンスはふつうの女性とはちがう」マシューは誇らしい気持ちを感じた。ロザリンドは父親の所有する炭鉱に一度も足を運んだことはないが、ペイシェンスは是非いきたいと主張している。

「じゃあ、全員でグウェネリン見学にいくことになると理解していいんだな」

マシューはフィッツロイを見た。「僕はグウェネリンにもどって、一週間ほど滞在しないといけない。一日、みんなをまとめて招待して、あのあたりを見物して夕食を楽しみ、翌朝、きみに彼女たちをエスコートしてここにもどってきてもらえないかと考えてたんだ」

「ああ、かまわないよ」

ふたりはまた試合に目をもどした。

「ありがとう、フィッツロイ」

「どういたしまして、ホークモア」

「親切だこと」マッティおばさんはペイシェンスにコートを着せられながら言った。「でも、早くレッスンにいったほうがいいんじゃないの？　遅れてしまうわよ」

　ペイシェンスは時間をかけてコートの襟をなおした。「町までいくのに、わたし抜きで、おばさんと紳士がただけでだいじょうぶ？」

　伯母は身体をはなして、驚いた顔をした。「あたりまえでしょう！　マシューとふたりで楽しめることをして、いっしょに時間をすごすのが、あなたにはなによりも大切なのよ。そういうことをしながら男女の仲は深まるんだから」

　ため息をついた。ペイシェンスとマシューは、伯母の想像をはるかに超えるほど、ふたりで楽しめることをたくさんしている。ただし、チェロのレッスンだけは、ほかのことのように楽しくなかった。「でも、わたしもベルベットのボンネットにつける新しい青いリボンを買いたいの」

「あたしが見つくろってきてあげますよ」マッティおばさんはそう言って、ペイシェンスを押しのけてドアに向かった。

「ロイヤルブルーよ」ペイシェンスはつけくわえた。

「わかったわ」伯母は自分の部屋のドアをあけて、待った。

　ペイシェンスはむっつりした顔をして部屋から出た。伯母をふり返った。「サテンよ。サテンで、細すぎないのがいいわ」

　マッティおばさんはうなずいた。「わかりました。さあさあ、おいきなさい」追いはらうしぐさをした。

ペイシェンスは仕方なくうしろを向いて、静かな廊下を重い足取りで歩きだした。もう一度ふり返ったが、そこにはすでに伯母の姿はなかった。手をうしろに組んで、二階の居間に向かってさらに歩いた。ペイシェンスに指導をつけようとするマシューの骨折りに感謝しないわけではない——ただ、彼のやり方が理解できないのだ。最初のレッスンは、姿勢や位置を矯正することだけで終わり、結局、一度も音を鳴らさなかった。二度目のレッスンでは、頭で考えずに弾くことを求められた。そんなことは無理にきまっている。そして三度目のときは、めちゃくちゃなテンポで弾いてみろと言われた。やはり、無理にきまっている。

窓の前で足を止めて、屋敷を出発しようとする伯母をながめた。フィッツロイが馬車までの道の先頭を歩いている。リヴァーズ卿が伯母の横を歩き、ファーンズビーとアシャーがあとにつづいた。ひとりずつ馬車に吸いこまれ、やがて一行は出発した。馬車は跳ねたり揺れたりしながら速度をあげていって、長い私道のカーブをまがって、とうとう視界から消えた。

使用人をのぞけば、ペイシェンスとマシューは屋敷にふたりきりだ。もしかしたら、音楽よりももっと楽しいことに、それとなく誘いこめるかもしれない。ペイシェンスは顔をほころばせ、少し胸をどきどきさせながら居間までの残りの距離を急いだ。

マシューは腕を組んで窓辺に立っていた。「遅かったね」

ペイシェンスはうなずいた。「マッティおばさんを見送っていたの」

彼女の楽器と椅子の横に、マシューのモンタニャーナと椅子がおいてあるのが、すぐに目にはいった。

彼はペイシェンスの椅子のところにいって、背もたれに両手をのせた。「おいで」

ペイシェンスはすぐに従ったが、椅子にはすわらずにマシューの横にならんだ。ものすごくいい香りがする。ズボンの少し硬くなったふくらみをそっと手でなで、上目遣いで笑いかけた。「とてもいい天気だわ、マシュー。それに、わたしたちはふたりきりよ」

暗い色の瞳がペイシェンスを射るように見つめていたが、視線がそれることも、目に笑みがうかぶこともなかった。「ああ、そのとおりだ。服を脱いで」

ペイシェンスは目を見ひらいた。あっけないほどうまくいってしまった。前身頃の小さなボタンに手をかけながら、興奮でぞくぞくし、胸の先が硬くなった。

マシューは横にずれて上着を脱ぎ、椅子の背にかけた。シャツとベストだけの姿になると、広い肩幅と引き締まったウエストがいっそう強調される。彼は暖炉まで歩いていって石炭を足した。ありがたい。この季節にしてはめずらしくよく晴れた日だったが、空気はひんやりとしていた。

「ありがとう、マシュー」

「身体を冷やさないためだ」彼は暖炉からふり返って、奥まで見透かすような目でペイシェンスをながめた。

上衣とコルセットカバーを脱いで椅子にかけ、スカートとクリノリンをゆるめた。彼の視線を受けてスカートから足を抜きながら、脚の奥がどくどくと脈打った。マシューに決められたルールで、ペイシェンスはパンタレットをはいていないのだ。しかも彼は、シュミーズの何枚かを太ももの長さに切ってしまった。人目のない場所にペイシェンスを連れこんだり、ふたりきりの一瞬の隙を見つけて、いつでも身体にふれられるようにしたりするためだ。今日の午前中にも、彼の手で三度も昇りつめそうになった。どのときも、使用人やほかのだれかがすぐ近くにいたというのに。昨日は裏庭を散歩している最中に、木のしげみで平手打ちのお仕置きをたっぷり受けた。

脱いだ服の上にスカートをのせた。

マシューが部屋を横切りながら、ペイシェンスのストッキングの脚を舐めるように見ている。彼はうしろを向くと、両びらきのドアを閉めた。「上階付きの使用人は、今日の午後は下の階にいることになっている」そう言って、カフスをはずしながらもどってきた。

使用人がいない？　期待で小さなふるえが走った。どこもかしこもやけに静かだと思ったのは、そういうことだったのだ。それに、彼がすぐに服を脱がせたのも、それを聞いて納得がいく。最初からレッスンとはべつのなにかを計画していたのだ。

手を背中にまわしてコルセットのひもを引き、前側の留め具をひらいた。ペイシェンスはコルセットを身体からはずして脇へおき、マシューはそのあいだに袖をまくりはじめた。淫らな興奮が高まってくる。美しい腕をあらわにするその単純な動きが、多くの予感をかきたてる。

手を交差させて短く切ったシュミーズをつかみ、頭から脱いで服の山の上にのせた。こっちをじっと見つめているマシューに目をやる。黒いブーツ、黒いシルクのストッキング、青いガーター以外なにも身につけていないペイシェンスの姿に、彼の目に淫らな色がうかんだように見えた。股間は大きくふくらみきっている。

ガーターをはずそうと腰をかがめると、彼が言った。「そのままでいい」

ペイシェンスは身体を起こし、腕を両わきにおろした。脚の奥が収縮する。このところ裸でいることがだんだん心地よくなってはきたが、靴とストッキングをはいていると、いつもとは感じがちがった。それに、日中の明るい光に照らされて、真正面に立たされているのも、妙な気分だった。しかも、マシューの視線もいつもとちがう。

彼はなにかを考えこんでいる。露骨に股間をふくらませて、強い視線でこちらを見ながらも、その裏でなにかを考え、判断している。彼の顔をじっと見つめ、目と目が合ったとき、その顔にうかんでいたのは……。

なんだろう？

マシューが動きだしたので、一瞬胸がどきんと鳴ったが、彼はペイシェンスのチェロの前の椅子に近づいただけだった。「すわって」

ペイシェンスは眉をひそめ、椅子を見て、それからマシューの顔を見た。なにをしようというのだろう。ゆっくり動いて椅子にすわった。目で追っていると、マシューは横にまわってきて、となりに腰をおろした。

「チェロを持って」彼は言って、自分のチェロをズボンをはいた脚で挟んだ。

ペイシェンスは驚いて相手を見た。「まだレッスンをするつもりなの？　わたしはてっきり……」

マシューがこっちを見た。「てっきり、なんだ?」

ペイシェンスは眉をあげ、頭をふって腹立ちをあらわにした。「裸じゃ弾けないわ、マシュー」

目が優しくなった。「これは命令だよ」手の甲でそっとペイシェンスの腕をなでた。「僕がそれを望んでいる」

ふれられてぞくっとして鳥肌が立ち、胸の先がとがった。

「僕を信じるんだ、ペイシェンス」

吸いこまれそうな深い眼差しをしていた。

ペイシェンスはいらいらとため息をついて、脚をひろげて楽器を前に持ってきた。「信頼はしているわ」

「ならいい」彼はひざを大きくひらいて、目でゆっくりとペイシェンスをながめまわした。モンタニャーナを身体に寄りそわせ、指板を肩で支えた。「さあ」低い声で言った。「僕がしているみたいに、チェロを身体の近くに持って。そうやって、チェロにふれるんだ。恋人にふれるように。こんな感じだ」

マシューは左右の手を楽器の両脇において、曲線にそってゆっくりなでた——肩から腰のくびれに手を這わせ、また上にもどる。それから手はふたたび下へおりて、繊細な角やふちをなぞり、f字形の響孔に指をすべりこませた。上部の孔を指でこすり、優雅な曲線をなぞって、下の孔の内側に指を押しつけた。上から下へ、そしてまた下から上へ、指が孔を行き来する。

口のなかがからからになった。あの長い指が敏感な突起にふれ、割れ目をなぞって奥へ侵入する感覚を、ペイシェンスはよく知っている。

目をあげてマシューの顔を見ると、彼は暗い瞳に熱い炎をうかべてこっちを見ていた。その目でペイシェンスをとらえたまま、腕を下にのばし、手を楽器の下腹に平らにあてがって、自分にさらに密着させる。彼の脚はさらに大きくひらき、腰が揺れだした。

楽器の背に卑猥に腰を押しつけるマシューの姿を見て、子宮が熱くなった。彼はまぶたを閉じて、指板に顔を向けた。頬をそこにすりつける。唇がひらいた。指が下から上へ弦をなぞる。

と、動きが止まった。

マシューが目をひらき、その視線がペイシェンスをとらえた。「おなじことをやって見せてくれ、ペイシェンス」

ペイシェンスはマシューを見つめ返した。心奪われ、欲情し――そして悲しくて、みじめだった。「できないわ」

「なぜ?」

目に涙がこみあげた。「とにかく、できない」

マシューは顔をくもらせ、スタンドに楽器をおいた。ペイシェンスをふり返り、ひざにひじをついて両手を合わせた。頭が下にたれた。重苦しい沈黙が部屋を満たした。

「愛してたのか、ペイシェンス?」彼は頭をあげた。顔じゅうに緊張があらわれていた。

「きみの頭を嘘でいっぱいにしたその音楽教師のことを、愛してたのか?」

「ちがうわ」即座に確信に満ちた答えがとびだした。マシューの美しい底なしの瞳を見つめた。なぜ、アンリ・グタールを愛しているなどと、一瞬でも思ったのだろう?「愛していると思った時期もあった」ペイシェンスは首をふった。「でも、ちがったの」

「だったら、どうしてその男の嘘から離れられないんだ?」

嘘ではないから。

ひと粒の涙が頰にこぼれた。

アンリの手紙を読めば、マシューもわかってくれるかもしれない。「わたしのチェロのケースを見ると、下のほうに裏地のゆるんでいるところがあるでしょう。なかに手紙がはいっているの。よかったら読んで」

「手紙?」マシューは顔をしかめ、それをなかから取りだした。ふたたび椅子にすわり、折られた紙をひらいた。

ペイシェンスはチェロの肩に手をおいた。マシューの目が紙の上を動くのを見ながら、すっかり記憶した文章を心のなかでなぞった。

ペイシェンス

昨日、見られているのに気づき、その瞬間に、このところのきみの演奏が不快である理由にぴんと来た。自分では必死に隠そうとしているが、目に恋心がうかんでいた。わたしはぞっとした。わたしへの思いが、きみの音楽に影響をあたえていたのだ。最近は演奏がやわになり、気が抜けて、もはやこれ以上聞くに堪えない。

弟子入りさせたときに忠告したように、芸術の追求と愛の追求は、たがいに相容れないものだ。きみはそれを理解していると思っていた。だが、自分のしたことを見てみろ。すばらしい才能をつぶし、しかも、わたしの人生の一年近くを盗んだのだ。そのあいだに、もっと教え甲斐のある生徒を指導できたものを。

十五の小娘を信頼したわたしが軽率だったのかもしれない。きみには女につきものの感情的な反応をこらえることができると誤解して、信じてしまった。明らかにわたしはまちがっていた――結局、きみも同類だったのだ。

完璧の域に達することはできない、すなわち偉大にはなれないとみずから証明したのだから、この際、音楽はきっぱりやめて、いつも列をなして追いかけてくる、熱烈な若者のだれかと結婚するのが賢明だ。愛情をあのなかのだれかにそそぎ、女に割りあてられたもっと単純な務め――結婚と子育て――によって喜びを得るといい。

アンリ・グタール

マシューは手をおろしてペイシェンスの顔を見た。彼の目は怒りで燃えていた。「くだらない」

この手紙が？

もうひと粒、涙がこぼれた。

マシューの唇がゆがんだ。「どうしてこんなものを取っておいた」

どうして？「忘れないように」

「なにをだ？　薄情な、ろくでもない教師について学んでいたことを忘れないようにか？　この手紙から読みとれる真実は、それしかない」

「本当に？」

「よく聞くんだ、ペイシェンス。芸術の追求と愛の追求は、切っても切りはなせないものだ。愛を否定する人間は、絶対に偉大な芸術家にはなれない。愛を拒否する人間は、絶対に偉大な人物にはなれない。愛を拒む人間は、神をも拒むんだ。それに、結婚と子育てにしたって、それ以上の偉大な務めはないじゃないか」

マシューの言葉と、それを言っているのがマシューだという事実の両方に、ペイシェンスの胸がふるえた。「あなたはそう信じているの、マシュー？」

「信じているんじゃなくて、わかりきったことだ」身をのりだした。「疑問なのは、なぜきみがそれをわからないかだ」

ペイシェンスは目を伏せた。「わかりたいわ。でも……」首をふった。「なんだ?」ペイシェンスのあごを持って、無理やり自分を見させた。「ペイシェンス、グタールがきみの目に見たのは、愛じゃないならなんだった?」

「わからない。胸の痛みかもしれない。それに、彼が痛みを癒やしてくれるという、ばかな期待」肩をすくめて微笑んだが、おかしなことに同時に涙が流れた。

マシューが顔をしかめた。「なんの痛みだ?」

「わからないわ、マシュー。ただの痛みよ。わけもなく胸が痛むことがあるでしょう?」目を閉じてため息をつき、一瞬、自分の腕に頭をあずけた。ふたたび彼の目を見た。「わたしは十五歳で、多感な年頃だった。先生はわたしを見ていてくれた──ほかの男たちみたいな表面的な注目ではなくてね。演奏しているときには、本当にわたしのことだけを見ていたわ。ほかのものには目もくれずに。だからわたしは一生懸命に演奏した。そうやっているうちに、目をかけてもらっていることと、大事に思われていることを混同したのね」少ししてつづけた。「ばかだったわ」

「きみは若かった──それに孤独だったんだろう」

「孤独」その言葉をくり返した。ペイシェンスはずいぶんむかしから孤独を感じていた。パッションと最後に交わした会話のことを思った。アンリのことがあったのは、ちょうどパッションが最初の夫トーマス・レディントンとの婚約期間にはいったころだった。そのときペイシェンスは、姉がじきに去っていくのだと気づいた──去っていって、彼女自身の人生をはじめるのだ、と。そしてペイシェンスも、家族以外の外の世界に目を向けるようになった。自分もだれかに求婚されたいという思いもあった。そこで、アンリとの苦い失敗を経験して、いくつもの眠れぬ晩をすごしたあと、ペイシェンスは愛をさがそうと心を決めたのだ。自分だけに向けられる本物の愛をさがそうと。

マシューを見た。

彼が見つめ返してくる。

「僕が理解していることを、きみにも理解してもらおう。そして、この男の嘘と縁を切れ」

ペイシェンスは手紙に目をやった。できることならそうしたい。

マシューは立ちあがって暖炉の前にいった。手紙をかかげ、それを火のなかに落とした。

ペイシェンスは手紙が燃えるのを見守った。紙の真ん中が黒くなり、すぐに四隅が丸まって火があがった。手紙はあっという間にただの灰になった。涙が頬を流れたが、その理由はよくわからない。手紙が焼けて感じたのは、漠然とした満足感だけだった。

マシューがもどってきて、目の前にすわった。「消えてなくなった」

「ええ」ペイシェンスはうなずいた。「ありがとう」

「どういたしまして」

静けさのなかで、火がぱちぱちと音をたてた。

彼の優しい目がペイシェンスの顔の上を動いた。「さあ、またここにもどった。きみがいて、僕がいて、チェロがある」

ペイシェンスは楽器に目をやり、それから自分を見おろした。裸であることを忘れかけていた。

「僕がそばにいるよ、ペイシェンス。過去は消えてなくなったけれど、僕がついてる」

マシューの美しい穏やかな瞳を見つめた。

「永遠にそばにいるよ」彼はそっと言った。

永遠に？　永遠なんていう世界が本当にあるのだろうか。目から涙がこぼれた。「そんな約束はするものじゃないわ」ペイシェンスはささやいた。

「僕が自分で納得していることに疑問をさしはさむものじゃない」彼は言い返した。「さあ、楽器にふれるんだ、ペイシェンス」

いやよ。涙がとめどなく流れる。首をふった。「楽器のことは、もう放っておいていいでしょう」

マシューの顔が険しくなった。「そういうわけにはいかない。楽器のことも、きみのことも、放っておくわけにはいかないんだ」首をかたむけた。「きみのためにならないからだ。きみはもう十分すぎるほど、孤独のまま放っておかれた」

涙がこぼれた。胸がひどく痛んだ。「やめて」ペイシェンスはささやいた。

「僕はやめない」マシューが目をのぞきこんだ。「楽器にふれろ」

「できない」言葉が喉につかえた。身体がどうしようもなくふるえている。

「できる」容赦のない声だった。「さわるんだ、ペイシェンス」

「できない！」ペイシェンスは大声で言った。胸が割れそうだった。「できないの！」

「できないのか、やらないのか？」

「やらないわ！」ペイシェンスはわめいて、チェロを押しのけた。

マシューが手首をつかんだ。「なぜだ、ペイシェンス？」その目には天界の炎がうかんでいる。「なぜだ？」

ペイシェンスは手をふりほどこうとした。

「真実だ、ペイシェンス」彼の手は鉄のようだった。「真実を見るんだ！　見るのを拒んでも、それがなくなるわけじゃない」

ペイシェンスは咽《むせ》び泣きながら、必死になって手をふりほどいた。

「直視しろ、ペイシェンス！　見ないなら、無理にでも見せてやる！」

「いや！」ペイシェンスは叫んだ。

そのとき、マシューが強引に引っぱり、ペイシェンスは彼のひざの上に倒れこんだ。もがいて腕をふりまわしたが、力ではとてもかなわない。腕で腰をがっちり押さえつけられて、身動きがとれなかった。そのとき、雷が炸裂するように、お尻に手がふりおろされた。ペイシェンスは悲鳴をあげ、これまでに経験したことのない痛みに貫かれて身体が硬直した。さらに何度もたたかれ、そのたびに前とおなじだけの強さの平手打ちが襲った。けれども、痛みはだんだん強くなり、彼の手から逃れることもできない。ペイシェンスは叫んで、身体をふりほどこうとしたが、マシューはやめなかった——ペイシェンスをたたいて、たたいて、たたいた。そして泣いてもだえるうちに、平手打ちという外からの痛みが身体の奥深くにとどいて、内側にある痛みを解放するような感覚がした。古く、根深い、血を流している痛み。怖くて目を向けることのできない痛みを。

ペイシェンスは泣き叫び、目を固く閉じたが、逃げる場所も隠れる場所もなかった。痛みはどんどんひろがって、マシューはさらに容赦なく何度も裸の肌に手をふりおろした。平手打ちをくり返すことで、ペイシェンスの最後の壁を——最後の抵抗を——壊そうとしているのだ。

そして、それが起こった。

心の最後の扉が割れて壊れ、もはや目の前には渦巻く痛みしかなかった。マシューが下からペイシェンスを押さえ、支えてくれている。ペイシェンスは咽び泣き、彼のひざにくずおれた。腰をつかんでいた腕がゆるんだ。彼の手が腰をなで、唇が背中にふれる。

涙でなにも見えず、自分の悲鳴でなにも聞こえないまま、ペイシェンスは脚をだらりと床にのばした。けれども、腕ではしっかりマシューにしがみついた。渦を巻く感情の嵐のなかで、彼はつかまるべき岩だった。彼の太ももをにぎり、脚のあいだに身をすり寄せて、ひざの上で泣いた。マシューはペイシェンスにおおいかぶさって、身体と手で、激しい痛みから守ってくれた。

そのとき、耳のそばでマシューの優しい声がして、自分のすすり泣く声の上から言葉がとどいた。「教えてくれ、ペイシェンス。なにに苦しんでいるんだ?」手が頭のうしろをなでる。「あんなに愛してると言っていたのに、どうして楽器にさわろうとしない？」

わたしのチェロ。苦しみの嵐のなかから怒りと嫌悪があらわれて、くっきりとした姿でそこにただよった。

顔をあげ、マシューのひざの上から涙で濡れた目でチェロをにらんだ。さっきペイシェンスが押しやった場所に、いまもそのまま下向きになって倒れている。見れば見るほど、怒りがふくらんでくる。

「どうして恋人にふれるみたいに楽器にさわれないんだ」マシューが低い声で言った。

「わたしの恋人はあなただからよ」ペイシェンスは泣いてかすれた声で叫んだ。「あんなものは恋人じゃない！」そう吐き捨てると、怒りがさらに大きな感情に火をつけた。

マシューが顔を寄せた。「きみはこれをまったく愛してないんだ。そうだろう、ペイシェンス？」

「そうよ！」荒々しい炎が心に燃えあがる。

「嫌いなんだな？　だから、ふれることも、ふれられることも嫌がるんだろう？」

「そうよ、大嫌いよ！」マシューのズボンの布をにぎりしめた。「こんなもの、大嫌い！」

ペイシェンスは勢いよく立ちあがり、チェロにとびかかって指板をつかんで持ちあげた。怒りの叫びとともに、頭上にふりあげ、思いきり床にたたきつける。側板が割れて、楽器がきしみをあげた。ペイシェンスは何度もふりあげ、空虚な楽器に長年の怒りと恨みをたたきつけた。木の破片やはずれた弦が、あちこちに飛び散る。そして、大声をあげながら指板を床に投げつけると、ブーツをはいた足で壊れた残骸の上にのり、渦巻きと糸巻きを踏みにじった。乱暴に踏みつけ、蹴散らし、泣き叫んで暴れ、やがて自分のなかの炎が燃えつきることで、ようやく勢いがおさまってきた。とうとう最後の火が消えると、ペイシェンスは胸を激しく上下させながら、チェロの残骸のただなかに立ちつくした。

自分のしたことが徐々に目にはいってくる。

ああ、なんてことを……。

本当にこれが、わたしのしたこと？

割れた破片やもつれた弦に目をやった。衝撃のあまり身体がふるえだした。マシューを見た。彼は椅子のそばにじっと立ち、張りつめた表情をうかべ、ペイシェンスのことを暗い不動の目で見すえている。

ああ、なんてことを……。

目に涙があふれて、こぼれた。「なんてことをさせたの」激しい感情のなかから不安がたちあらわれて、ペイシェンスは床にひざをついた。「わたしには、もう隠れる場所がないわ。あなたがいなくなったら、どこへいけばいいの？」腰をかがめ、ふるえる手でチェロの残骸をかきあつめた。

だが、なんの意味もない。

しゃがみこみ、両手で顔をおおって泣いた。

「ペイシェンス」マシューが顔から手をはずさせた。彼は立てひざをついて前にすわっていた。陽があたり、髪にまじる金色の筋が光っている。「僕はいなくなったりしない。僕ときみは永遠だ」

その言葉を聞いて、ますます目がちくちくして涙がこぼれた。「この世に永遠なんてないかもしれないのよ、マシュー。天国やおとぎ話にしか存在しないかもしれない」わなわなと息を吸いこんだ。「わたしたちの永遠は、永遠じゃないのかもしれないのよ」

マシューの濃い色の瞳がペイシェンスをそっとなでた。「愛は不滅だよ、ペイシェンス」

動悸がして、悲しみが胸に大きく迫った。「わかってる」消えそうな声で言った。「でも、喪失だっておなじよ。わたしにとって、ふたつは切りはなせないものなの」チェロの破片に指でふれた。「だからわたしには、からっぽの場所が必要だった——嵐のなかの目のような場所が」

「ちがう。そんなものは必要ない。だから自分で壊したんじゃないか」

涙で濡れる目でマシューを見た。

「嵐の目のなかで生きることはできない。そこにはなんにもないんだ。無風でからっぽかもしれないが、それは人生じゃない。人生は嵐のなかにある」彼の眼差しは真摯そのものだった。「愛と幸せは、渦巻く風のなかにある」

「悲しみも」

「ああ、悲しみもそうだ」手でペイシェンスの顔をつつんだ。「それに涙も」親指が濡れた頬をぬぐった。「ただし、耐えられない悲しみは存在しない。孤独でないかぎり」

孤独。

その言葉とそれが意味するすべてのもの――痛み、悲しみ、不安、怒り、嫌悪、それに空虚が、ひとつひとつの記憶と共鳴した。記憶はどんどん時間をさかのぼっていって、すべての孤独のはじまりとなったある時点にいきついた――母の死だ。

立体鏡《ステレオスコープ》をのぞいたように、そのときのようすが奥行きのある本物の世界となって頭のなかにあらわれた。十二年たってはじめて見る光景だった。痛みがよみがえってくる。自分の奥深いどこかから甲高い弱々しい泣き声が出てきて、ペイシェンスはマシューの手をつかんで顔にあてた。彼の腕につつまれる。彼はペイシェンスをひざの上に抱き寄せて、額にそっとキスをした。そのとき、記憶のなかの情景が動きだし、ペイシェンスは彼に身体をあずけ、喉をつまらせてしゃくりあげながら、すべてを語った。

「母が死んだ夜、わたしたちはみんなそこにいたわ――父、パッション、プリム、それにわたし。一日じゅう、そばについていたの。刻一刻と弱っていく母のようすで、もう長くはないとわかっていたから。真っ青で弱々しくて、もしかしたら、二度と口をひらくことはないんじゃないかと思った。でも九時くらいになって、目をあけたの。母はみんなに微笑みかけて、それからわたしを見た。そして、見るからに苦労して必死に声をふりしぼって、こう言ったの――〝わたしのために弾いてちょうだい、ペイシェンス〟それでわたしは走った。チェロを取りにいったの。そのあいだに死んじゃうんじゃないかと不安で、夢中になって走ったわ。でも、もどってくると、まだ目があいていて、さっきとおなじ姿で寝ていた。それでわたしは椅子にすわって、ヘンデルの『サラバンド』を弾いたの。母の好きな曲だったから。そうやって一生懸命に演奏しながら、喜んでくれているかたしかめたくて、何度も母のほうを見たわ。でも母の目は動きもしないし、まばたきもしなかった。そしてとうとう最後まで弾ききった。そのとき――父が母のまぶたを閉じて――やっと気づいたの。もっと速く走らなきゃならなかったんだって」顔をマシューの首にうずめた。「父は母の上に泣きくずれて、プリムはパッションの腕にしがみついた。そしてわたしは〝ママ！　ママ！〟と叫んだ。なにをしていいのか、だれのところにいっていいのか、わからなかった。だれの腕も残っていなかったから。だれも抱きしめてくれなかったから。わたしにはなにもなかった。それで、ただ、突っ立っていたわ」目をあげて、苦しみと後悔の涙の向こうにマシューを見た。「最初からチェロがそこにあればよかったのに。何音か、何小節か――それだけでも母を天国へ送るのに十分だった。母はそれを望んだの。だからわたしに頼んだのよ」

マシューの首に涙を流しながら、ペイシェンスは苦しみに身をまかせた。

心に感じられるのは苦しみだけだった。目と肌と舌で感じるのは涙だけだった。耳に聞こえるのはすすり泣きだけだった。

けれども、ペイシェンスはそのすべての感覚に身をさらした。

逃げも隠れもしなかった。

涙がおさまるまで、どのくらい泣いていたのかわからない。

マシューが耳もとでささやいたが、早口な言葉の断片しか聞こえなかった。天使が翼を動かすばさばさという音で、中身がとぎれて聞きとれなかった。でも、かまわない。彼の抱擁と声の調子がすべてを語っているから――安心していい、僕は絶対にそばを離れない。

「わかってるわ」吐息とともに言った。

ペイシェンスはマシューに腕をまわし、肩に頰を押しつけた。守られていると感じるのは、ものすごく久しぶりだった。これに近いのは母の抱擁だけだ――大事にかばってくれる、それ以上望みようのないあたたかな腕。

額にキスを感じて、大きくため息を吐いた。またしても泣きたくなった。このキスでさえ、母を思い起こさせる。

でも、彼女を抱いているのはマシューの腕だった。そばに引き寄せられ、ペイシェンスはマシューにしがみついた。

またとぎれとぎれにささやきが聞こえる。けれども、マシューが抱擁をとくことはなかった。愛しそうな彼の手つきを感じ、それがペイシェンスを慰めと安らぎで満たした。

ここは天国だ。わたしはひとりじゃない。吐息がかかり、心があたたかくなった。

なぜなら、ペイシェンスには支えてくれる腕があるから――ペイシェンスから絶対に離れない、強くて美しい腕。

マシューの腕が。

22　彼を愛してる

わが魂の愛する者に出会った。
わたしは彼を引き留めて行かせず……
　雅歌三：四

マシューはペイシェンスの額にキスをして、頬から巻き毛をはらった。もう何度そうしたかわからないが、それはどうでもいいことだ。ペイシェンスが慰めを得られるのなら、永遠に額にキスし、髪をなでつづけることだろう——そうすることで、マシューの腕と心と魂が永遠に彼女のものだとわかってもらえるのなら。

ペイシェンスを守るように強く抱きしめた。彼女はいまでは落ち着いて、静かに休んでいる。だが、あの泣き崩れた姿、悲痛な告白、自分を責める涙、そして最後の苦しそうな慟哭《どうこく》には、こちらまで胸がつぶれる思いだった。

目を閉じてこめかみにキスをする。マシューが生きているかぎり、ペイシェンスには二度と孤独を感じさせない。自分の感情から逃げたいという気持ちにもさせない。それは絶対にしてはいけないことだ。

それから、ペイシェンスはチェロを弾くべきだ。

ばらばらになってそこらじゅうに散らばったチェロを見た。彼女が楽器を破壊する姿は衝撃的であり、驚きだった。だが、ペイシェンスは心で演奏する方法を、見て、感じて、学ばなくてはならない。傷口がまだひらいて傷つきやすい状態にあるいまこそ、それが必要なのだ。そうすれば、自分から隠れるためではなく、自分を癒やすために演奏することができるようになる。

「ペイシェンス」髪に口をつけて、名前を呼んだ。

「聞いてるわ、マシュー」ささやく声はふるえてはいなかった。

ペイシェンスの頰に手をあてて、顔をこっちに向けさせた。目と鼻は赤くなって、頰は火照り、唇は腫れているが、マシューはその姿をいつにも増して美しいと思った。「いっしょにおいで」マシューは言った。

彼女はうなずき、マシューのひざから床にすべりおりた。

マシューは椅子から腰をあげて、手を貸してペイシェンスを立ちあがらせた。すらりとした美しい姿態が目の前にあらわれて、胸が痛み、股間が反応した。ストッキングの片方がひざ上まで引きあげられたままになっている。反対側はくるぶしのところにたまっていた。だが、乱れた姿は色っぽい美しさをますます引き立たせた。陽の光の下で見ると、肌はクリームで、乳首はラズベリーのように見える。ペイシェンスは食べ物だ——マシューの魂の栄養だ。

手を引いて、マシューのチェロの前の椅子に導いた。マシューは背もたれに腰を押しつけて椅子に深く腰かけ、脚を大きくひらいて、自分の前のあいた場所を手で示した。「すわって」

ペイシェンスの視線がマシューからチェロへ移り、またマシューにもどった。表情は穏やかで、信頼しきっているように見える。やがて彼女は背中をこちらに向けて、おそるおそる前に腰をおろし、赤くなった尻が彼のふくらみに押しつけられた。

その感触にマシューは顔をゆがめた。欲望をこらえて彼女の肩にキスするにとどめ、チェロに手をのばした。ゆっくりと身体の前に持っていくと、ペイシェンスの脚がそれを受け入れてひらいた。彼のチェロのほうが横幅があったが、彼女は難なく位置を合わせた。どう反応するかわからないので、木が肌にふれる前にその場所を手でさすってから、ゆっくり慎重にチェロをペイシェンスの肩にたてかけた。それから両腕を上から下へなでていって、彼女の手に手を重ねた。

「いっしょにふれよう」マシューはささやいて、ペイシェンスの両手を持ってモンタニャーナの横においた。「目を閉じて」耳もとで告げると、彼女のまつげがおりた。

上から手を持ったまま、チェロの肩から腰のくびれまでの曲線の感触をたしかめさせた。「なめらかで、力強い感じがするだろう」髪の香りを吸いこんで、耳たぶにキスをする。

ペイシェンスが身体をふるわせた。

手をf字孔に導いた。「ただし、楽器は与えたぶんにしか応えてはくれない」肩に唇を這わせた。

ペイシェンスはため息をついて、首をマシューに寄せた。

手をさらに下のほうにおろしていって、楽器の下腹にふれさせる。「だからこそ、自分のすべてを楽器につぎこまないといけないんだ」彼女の手ごと楽器を——それにペイシェンス自身を——マシューのほうに引き寄せた。口からもれたあえぎと彼女の身体の感触に、血が熱くなった。「そうすることで、この楽器がもたらしてくれる最大限の喜びを知ることができる」彼女の左手を持って、弦にそって指板まであげた。

「僕を信じるかい、ペイシェンス？」

「ええ、マシュー」ひらいた唇から、その答えが吐息まじりに言った。彼女の身体がふるえているのがわかる。

マシューは身ぶるいして、弓に手をのばした。尻はうしろにすわるマシューに強くあたっている。馬の毛でペイシェンスの脚をこすり、太ももの上をなぞってから、そっと言った。「持って」

彼女が弓をつかんだ瞬間、マシューはペイシェンスの両腕をなであげた。「モンタニャーナの扱いは簡単じゃない」小声でささやいた。「力強い弓の運びと、左手のビブラートが必要だ。ただし、こちらが求めれば求めるほど応えてくれるから、思いきり弾くのがいい」両手で肩をなで、その手を脇腹から腰へおろした。「さあ、弾いてごらん、ペイシェンス。いまの一瞬だけを考えろ」甘い香りのする耳のうしろの肌にキスをした。

ペイシェンスは動きを止めた。息を吸って吐くのが感じられる。やがて、なんの前置きもなしにバッハの組曲第一番のプレリュード――演奏会でいっしょに弾いた曲――が、力強く豊かに流れだした。

マシューは目を閉じた。一般的な演奏よりもいくらか遅いテンポで弾いている。音に耳をかたむけながら、ペイシェンスの肩に唇をつけた。一音ずつが深みをもって表現されている。ときどき、さらにテンポがゆっくりになり、べつの場所では速くなった。彼女の身体の動きが伝わってきて、マシューはそこからつぎの旋律の調子を予想することができた――とても美しく、情感にあふれている。最後の音が鳴らされ、彼はペイシェンスといっしょになって身体をかたむけて、余韻に聞き入った。

それから、ヘンデルの〈サラバンド〉の最初の低音が静けさのなかにやわらかく響いて、マシューの身体にふるえが走った。目をあけた。弾きはじめは静かでおずおずとしていたが、音楽はしだいにふくらんでいった。力強く、それでいて繊細で――強さのなかに繊細さがあり、繊細さのなかに強さがある。ふたつが同時に感じられ、どうやってかそれぞれの要素がたがいを強調している。ペイシェンスそのものだった。

目を閉じた。もはや彼女を見守るのに目をあけている必要はなかった。音のひとつひとつ、休符のひとつひとつに彼女を感じる。彼女はすぐ前にいて、背中がマシューにくっついている。だが、同時にマシューはペイシェンスにつつまれていた。彼女の強さとはかなさに、美しさと荘厳さに、すばらしい不完全さにつつまれていた。

ペイシェンスの音楽が部屋を満たし――彼女を抱きしめて、彼女の腰の優しい揺れに合わせてマシューもゆっくり腰を動かした——ペイシェンスへの愛が心からあふれでて、欲求や欲望の洪水が彼女に向かって流れだした。その思いは、彼女の音楽とおなじように、力強く、繊細で、手でふれられそうなほどはっきりしていた。

いつ、ペイシェンスは演奏をやめたのだろう？　いつ、彼女はふり返ってマシューのことを見つめ、いつ、マシューは目をあけたのだろう？　マシューは恍惚につつまれながら、ペイシェンスの光る瞳を見つめた。頰に涙が流れている。けれども、目に悲しみはなかった。あるのは明るくきらめく喜びだけだ。

「あなたと寝たいわ、マシュー」

血が騒ぎ、欲望がひろがって神経がざわついた。だが、懸命にこらえた。必死にこらえるあまり、頭がくらくらしたほどだった。マシューは首をふり、自分自身の声がこう言うのがぼんやりと聞こえた。「今日はいろいろあった。明日になって後悔するようなことを、僕はしたくない」

ペイシェンスはモンタニャーナと弓をそっとスタンドにおいた。彼女がうしろをふり向き、腰がマシューのふくらみに押しつけられる。マシューは幸せな拷問に身をふるわせた。

「そうじゃないの、マシュー」彼女の声は低くやわらかだった。「自分の弱さを感じるから降伏しようとしているんじゃないわ。強さを感じるから、降伏するの」両手をマシューの頰にあて、輝く瞳で見つめた。「愛しているから降伏するの」

口のなかがからからになり、心臓が激しく打ちはじめた——あまりに速く、激しかった。

ペイシェンスが顔を近づけてくる。「愛しているわ、マシュー」やわらかな唇をマシューに押しつけた。「これまでもずっと」もう一度、キスをした。「これからもずっと愛してる。だから明日の心配はしないで」そしてまたキスをする。「永遠に愛しているから」

心臓が止まってしまったのだろうか？　鼓動が感じられない。

天国だった――ひとことひとことが天にも昇る心地にさせる。

ペイシェンスが身体をはなして、笑った。なんという笑顔だろう。「マシュー、愛してるわ」

彼女の愛しそうな眼差しを見て、マシューは息を呑んだ。心臓は止まってはいなかった。むしろ、心臓、身体、魂がひとつになって脈動している――ひとつの喜びのうちに。

愛！　やっとつかまえた愛……。

ペイシェンスの愛――それがあたえられた。

ペイシェンスの純粋で情熱的な愛――それがとうとう自分のものになった。

「僕は――」声がかすれた。「きみの口からその言葉を聞けるのを、ずっと前から待っていた」ふるえる手で彼女の顔をさわった。「こうして実際に言われると、思っていたよりもずっと重みがある」唇にふれた。「もう一度言ってほしい」

熱い真剣な眼差しがマシューをとらえた。「愛しているわ、マシュー」

マシューは微笑み、笑いだし、また微笑んだ。そしてとうとう、心のなかで何度もくり返した言葉を声にした。「愛しているよ、ペイシェンス。きみを愛してる」

目がひりついて、まぶたを閉じた。そうやって目を閉じたまま、抑える必要のない愛を解き放ち、夢中になって飢えたように熱くキスをした。

やがて、口と口がふれ、彼女の愛を吸い、自分の愛を吐きながら、ずっと言いたかったもうひとつの言葉を息にのせて発した。「結婚しよう」

マシューと結婚！

ペイシェンスは目をきつく閉じて、喜びの涙をこらえた。

「僕と結婚してほしい、ペイシェンス」、額と額をつけたまま、マシューはペイシェンスの手を取って自分の心臓にあてた。「きみの心と結婚の約束の両方がほしい。僕からも同じものを差しだそう」マシューは身体をはなし、ペイシェンスは涙に濡れた目で彼の光る瞳を見た。「結婚すると言ってくれ、ペイシェンス。きみへの愛は大きすぎて、隠したまま生きていくことは不可能だ」

心が天高く舞いあがり、ペイシェンスは笑い、泣いた。「結婚するわ、マシュー。結婚するわ。あなたと結婚する！」マシューに抱きついた。

彼の腕がしっかり巻きついた。「僕のものだ」マシューはささやいて、ペイシェンスの髪をにぎりしめた。「きみは僕のものだ」

「そして、あなたはわたしのもの」熱いキスをマシューの顔じゅうに降らせた。

そして、唇と唇が重なった。

マシューを引き寄せて、彼の貪欲なキスにキスで応えた。胸がいっぱいなって、情熱や喜びが内側からあふれだし、ペイシェンスはその美しい思いがふたりの抱擁からこぼれていかないように、マシューに強く抱きついた。

彼が立ちあがるのがわかったが、ペイシェンスはキスをしてそのままましがみついた。脚が下にすべった。腕をしっかり巻きつけて、つま先でバランスを取り、うなじに手をあてて彼の口から欲望を吸いこんだ。

マシューのあえぎが聞こえ、つぎの瞬間、彼の手がひりつくお尻をつかんで強くにぎった。大きめのふくらみを押しつけられて、頭がくらくらしてくる。ペイシェンスは彼に応えて腰を揺すった。

「愛してるわ」キスの合間にささやいた。「愛してる」

マシューが口を引きはなした。彼の目はまるで黒い炎だった。「ずっとその言葉を言いつづけてほしい」かすれた声で言った。「もう言いつくしたとか、何度も言いすぎたとか、そんなふうには絶対に思わないでほしい」手がペイシェンスの頬からあごにおりた。「きみの唇から出るその言葉は、今後一生のうちに聞くどんな言葉よりも、僕にとって意味のある言葉だ。だから、何度でもくり返して言ってくれ——一生をかけて。そして僕が年をとって耳が聞こえなくなっても、言いつづけてほしい。唇を読んで、いまも愛されていると知ることができるから」マシューはふるえていた。彼の瞳は黒いガラスのようだった。「お返しに、僕もうんざりするほど聞かせてあげるよ。朝に、昼に、夕に、きみへの愛情を告白する。そして、とうとう話すことができなくなったら、唇の動きでそれを伝えよう。そのときもきみを愛しているとわかってもらえるように」

またしてもペイシェンスの頬を涙がこぼれ、胸が痛んだ——苦しみでいっぱいになったのではなく、愛と喜びでいっぱいになったせいだ。「愛してる、マシュー。愛してる」黒い瞳に笑いかけた。「おなじことを毎日言うわ——夜明けに、日暮れに、そしてそのあいだに何度でも言うわ」

マシューの手が巻きついてきて唇をふさがれ、ペイシェンスは身体から力が抜けてあえいだ。やがて彼は身体をはなし、ペイシェンスの手を取ってうながした。「おいで」

ペイシェンスはただちに従った。

居間を出て、マシューの部屋に向かった。彼の足取りは大股で速かった。ペイシェンスも遅れないように歩調を速めた。いまのこの一瞬は、最初の夜に部屋に連れていかれたときとはまるでちがう。あのときの自分とは、まるでちがう。

足取りをゆるめることなくマシューがふり返った。「愛してる」

笑いで顔がほころんで、胸が高鳴った。「愛してるわ」

数歩いったところで、マシューはまたふり返り、ペイシェンスの身体を舐めるように見た。

「僕らの婚約期間は長くはないだろうね」

「結構なことじゃない」心が浮きたつあまり、横を歩きながらスキップしそうだった。

マシューはほとんど足を止めずに自分の部屋のドアに手をのばした。大きく押しあけてペイシェンスをなかに引き入れ、ひとつづきの流れるような動作で扉を閉めた。そのまま広い部屋を大股で横切り、一直線にベッドへ向かう。そこまで来てようやく足を止めて、ペイシェンスをふり向いた。

マシューは荒い息をしていたが、彼が手をはなしたあと、ほかのすべてが静まり返った。ペイシェンスを舐めるように見、手をのばしたものの、彼はその手をすぐに引っこめた。髪をかきあげ、息を吐きだして目を閉じた。

ペイシェンスはそばに寄って、彼の胸に手をおいた。「どうしたの、マシュー?」

伏せた目をあげると、瞳にうかぶ暗い炎がいつにも増して激しく燃えていた。「このときをずっと夢に見てた」マシューは穏やかに話した。「何度も想像した。離ればなれだった十日間は、毎朝、こうなることを頭に思い描いてベッドで自分を慰めた。きみの甘い割れ目を犯すことを想像しながら、うつ伏せになってマットレスに向かって腰をふった」

ペイシェンスはふるえた。

「でも、いまになると、ふだんどおりに自分を制御できるか自信がない」マシューは両手を持ちあげたが、その手はふるえていた。「ペイシェンス、今日はやめておこう。制御できなかったら、どうなるかわからない」

「べつにかまわないわ」手でマシューの胸をなでた。

マシューはその手に手をのせて、自分に押しあてた。

「どうなるか自分でもわからないんだ、ペイシェンス。でも、自制できなかったことは過去に一度もないから」

一度も？

マシューの燃える瞳を見て、愛情があふれて心が痛んだ。「だったら、わたしたちはふたりともある意味で初体験を迎えるのね」背伸びをしてキスをした。「あなたを信じているわ、マシュー」

彼の息が速くなり、不思議なことに、プルートと天使の表情がいっぺんに顔にうかんだ——暗い欲望と、輝く愛。それとも、輝く欲望と、暗い愛だろうか？

両方だ。マシューはその両方なのだ。

「愛してるよ」彼がささやく。

そして、マシューはペイシェンスのもの——わたしの暗黒天使。

「愛してるわ」ペイシェンスはこたえた。

彼の目に暗い光が宿った。

つぎの瞬間、ベッドに放り投げられ、ペイシェンスは息をもらした。

23　愛の契り

わたしはわが愛する人のもの、
わが愛する者はわたしのものです……
雅歌六：三

マシューは自分の服をはぎとった——クラヴァット、ベスト、シャツを適当な方向に放った。

ペイシェンスは赤毛を顔のまわりにひろげて横たわり、愛と欲望で顔を火照らせている。すらりとした色白の肢体は、ピンク色の乳首と、脚のあいだのあざやかな巻き毛に彩られ、遅い午後の光をあびて金色に輝いている。

マシューはブーツを蹴散らして、靴下を引っぱり、そのあいだにペイシェンスはほっそりした脚を片方ずつ持ちあげて、ボタンのならんだブーツを脱いだ。ひざを折るたびにのぞく彼女の女の部分に、目が吸い寄せられた。

ズボンの前をはずし、下着といっしょにまとめておろしながら、言葉にならないうめきが口からもれた。彼女が黒いストッキングの片方を脱ぐ。もう片方を脱ぎおわるのを待たずに、マシューはとびかかった――ペイシェンスを押さえつけ、脚をひらかせて組み敷いた。

くそ！

火照った甘い肌、からみついてくる腕と脚。

ガラスのような緑の瞳、梔子の香りの髪。

ペイシェンス――愛。

くそ！

「ああ、愛してる」マシューはうなった。舌を口に突き入れ、髪をつかんで、濡れた割れ目にペニスを下から上まで押しあて、彼女の身体からほとばしる情熱で自身を濡らした。「愛してる。いまからきみを奪う」みずみずしい唇のそばで言って、もう一度深くキスをした。

ペイシェンスはマシューの舌を吸いながら、あえぎ、身体を動かした――言葉の誕生よりも古くから存在する女の本能で、腰がマシューといっしょに揺れている。

それにどう応えるかなら知っている。

応えたくて、身体がじりじりと燃えている。

ふたりのあいだに手を入れてふくらんだペニスをつかみ、彼女のなめらかな割れ目に先端をこすりつけた。

唇を唇からはなして、緑色の目を見つめる――その目は愛と欲望に満ち満ちていた。イブもこういう瞳をしていたのだろうか？　欲望で濡れて光り、自分が誕生した園のような緑色をしていたのだろうか？　「僕を感じるんだ」マシューはうなり、先端をペイシェンスのほんの入口まで押しこんだ。「僕を感じて」

彼女は息を呑み、腰がういた。「ええ、マシュー」ものすごく熱くて、濡れている。根もとをつかんで、激しく小刻みに腰を揺すった。愛する人のさらに奥へ侵入すると、太く長い分身がふるえて脈動した。

彼女のまつげが揺れ、うめき声がもれて、力んだ腰が持ちあがる。

「気に入ったかい？」ささやいて、ペニスをしっかりにぎりなおし、ふたたび揺すった。目がぎゅっと閉じられ、唇がひらいた。「え……ええ」

くそ、ものすごくきつい。

そのとき、感じるものがあった――処女の壁だ。

ペイシェンスがふいに目を見ひらいた。「ああ、マシュー……」

彼女の瞳を見つめた。暗い欲望がつのってくる。股間に血が集まって野生の衝動で満たされ、頭にはもはや本能的な思考しかなかった。

ふたりのあいだから手を抜き、彼女の抵抗する肉に向かって体重をかけて、動きを止めた腰を強く押しつけた。

ペイシェンスが息を呑んだ。「マシュー……」

「僕が毎朝、股間を硬くして目を覚ます理由を知ってるか」身体の奥から声が出てきた。

「イブが誕生した朝、アダムもそうやって目を覚ましたからだ。そこで聞くが」両ひじをついて、彼女の肩の下に手をゆっくり差し入れる。「アダムがイブに気づいたあと、イブはどれだけ処女でいられたと思う？　一時間？」腰を前にすべらせた。彼女の口からあえぎがもれる。「一分？」さらに強く押しつけると、彼女は身をよじりはじめた。「どう思う、ペイシェンス？」輝く瞳を見つめながら、マシューは歯を食いしばった。「欲望でかちかちになったアダムは、どのくらいしてから、自分の目的を果たすためにイブに押し入ったか。どのくらいしてから、イブを犯し、子宮に自分の種を植えつけたか」マシューはのしかかった。「さあ、こたえろ！」

　ペイシェンスは悲鳴を押し殺した。「数秒よ——来て！」目に涙が光っている。「わたしを奪って！」

　マシューはふるえた。「きみはだれで、何者だ？」

　組み敷かれた身体がのけぞり、目から涙が流れた。「わたしはイブ。わたしはあなたのもの」

「僕のものだ！」マシューはうなり、腰を突きあげた。なおも処女の壁で守られているペイシェンスは悲鳴をあげてマシューの下でもがいたが、その激しい苦痛の訴えには、なんの哀れも感じなかった。むしろ欲望の炎があおられた。彼女は自分のもので、こうなるのが当然なのだ。「きみは僕のものだ」うるんだ目に向かって言い放ち、もう一度突いた。子猫の鳴くような甲高く切ない声があがり、ペイシェンスはゆっくりとマシューを受け入れはじめた。涙のうかぶ目の奥に、愛情あふれる服従の光が見える。マシューの心臓が愛で跳ねた。「僕のものだ」そっとささやいた。

そして思いきり腰を押しこんで貫き、ペイシェンスの血を浴びながら、自分の太い肉で彼女の身体を満たした。「永遠に僕のもの」

永遠に彼のもの。

貫かれ、固定され、ペイシェンスは涙で目を濡らし、脚の奥に感じる切ない喜びに身をよじりながらマシューにしがみついた。鋭い痛みが消えることなく残り、腫れた芯が脈打っている。快感でも苦痛でもなく、そのどちらにも転びそうな半端なところで止まっているようだった。どう身体を動かしても、達することはかなわない。「お願い、マシュー……」

こちらを見おろしている彼の目はぎらぎら光り、力強い身体は動こうとしなかった。「なにをだ、ペイシェンス？」

腕と脚でしがみついた。「お願い、もっと！　もっとなかで動いて！」

マシューは歯を食いしばった。「誘って、その気にさせろ」

ペイシェンスはマシューの身体を引き寄せて、ひらいた口で口をふさいだ。舌を突き入れ、身体を密着させて太ももやふくらはぎに脚をからめた。筋肉の張った彼の脚は太く大きく感じられる。濡れた口のぬくもりにキスしながら、ベチバーの香りを堪能する。唇に唇を重ね、何度もキスをしていると、とうとうふたりとも息が切れた。ようやく唇をはなし、たくましい腰に脚を巻きつけて、口のそばでささやいた。「脚のあいだに感じるあなたの重みが心地いいわ、マシュー。あなたの太いものがはいっている感触が好き。力強い手でさわられるのが好き。遠慮なくわたしを扱って、荒っぽく馬乗りになるあなたが好き」

マシューが身体を離した。彼の目は黒いガラス玉のようで、自分を抑えているせいで顔がこわばっている。ペイシェンスはその顔に落ちた髪にふれ、それから肉のない頬に手をあてた。「力がみなぎっているのがわかるわ、マシュー。わたしの上でふるえてる」反対の手をうなじの短い髪にあて、彼を引き寄せて、耳にささやいた。「その力を解放して」

マシューは声をもらした。燃えるようなキスでペイシェンスをむさぼりながら、身体を押しつけて、さらに奥へ侵入した。

ペイシェンスは彼の甘い息を吸いこみ、身をこわばらせた。自分のなかがこれ以上埋まるとは思っていなかったのだ。けれども、マシューはキスをしたまま、腰をさらにしずめて奥深くまで突き、ペイシェンスはなかにはいってくるものの大きさと力強さに、だんだん息ができなくなってきた。硬く太いものが内側を満たしてひろげ、破られた処女の痛みが大きくなってくる。

マシューの口から唇を引きはがし、力強い身体に突きあげられながら、涙をこらえてあえいだ。

彼の手が胸をつかんだ。乳首が硬くなる。「僕を感じるんだ」低い声で言った。マシューは歯を食いしばって、目に荒々しい光をうかべて何度も押し入ってくる。「僕の愛の激しさを感じるんだ」

声を殺して彼の背中に爪を立てた。この行為は至福であり、苦悶だった。満たされる至福と、引き裂かれる苦しみ。完璧な永遠の交わりという、一枚の硬貨の表と裏。そのふたつが織りあわさって完成された愛となる。

しかも、容赦がなかった。マシューはやめることを知らない。全身の筋肉をこわばらせて、処女の襞に硬い猛りを何度も突き入れてくる。「すごくきつい」彼はうなった。「だが、そのうちに僕に合うようになる」片手でペイシェンスの髪をつかみ、反対の手を下におろして腰を持った。そうやって押さえつける彼は、どんな縛めよりも完璧だった――身体の重みと意志が伝わってくる。マシューの目がペイシェンスをとらえた。「きみを犯して……」乱暴にささやいて、突いた。乳房がはずみ、彼の冷酷な声に身体から力が抜けていくようだった。さらに深く突いた。「何度でも貫いて……」声がいちだんと低くなり、ペイシェンスは蠟《ろう》のようにとろけた。恥骨と恥骨がぶつかる。「僕に合うようになるまで、それをくり返す」マシューは息を吐いてうなった。

ペイシェンスは胸を上下させて大きく息を吸いこんだ。それから浅くあえぎながら、うるんだ目でマシューを見あげた。彼が本当になかにはいっている――奥深くに、子宮の入口にまで迫っている。これまで経験したどんな感覚ともちがった。太いもので引きのばされた内側が、幹のようなマシュー自身をぴったりつつみこんでいる。手にはめられた手袋や、腰に巻かれたコルセットになったような感覚。そして、愛する人の顔を見ながらこうすることが、自分のもっとも淫らで、もっとも崇高な存在理由なのだと知った。満たされること――男に、精に、子種に満たされること。

肉体、心、魂がひとつになってふるえた。「マシュー、犯して、お願い」

「ああ」彼は低い声でうなった。「何度でもそうしてやる」ペイシェンスの腰を固定し、自分の腰をまわしはじめた。

脚でマシューにつかまりながら、あえいだ。彼のものが内側をかきまわし、先端が子宮の入口に円を描きながら深く押し入ってくる。またしても彼は、ペイシェンス自身の手がとどかないところにふれようとしている。けれども、もう抵抗はしなかった。なぜなら、わたしはマシューのものなのだ。だから腰をうかせて自分を捧げ、さらに奥へと導いた。

「ああ、マシュー……」

マシューが険しい顔で見おろしている。じりじりと迫ってくる力はやむことがなかった。情け容赦なくペイシェンスをとらえて燃えあがらせ、甘美な摩擦が快感へ導いていく。

身体が痙攣して、脚のつけ根が収縮した。マシューのあえぎが聞こえたが、いまは自分の空虚がはじめて満たされたことで頭がいっぱいだった。収縮は合図ではなく答えだった——その豊かで力強い答えが、外側の蕾へ、そして内側の子宮へ、欲望の波を伝えた。

「ああ、マシュー！」肩をつかんで荒々しい目を見つめた。

マシューの腰が動くたびに緊張が高まっていく。あらゆるものが身体の内側につのってくる——血やなにもかもがひとつになって渦を巻き、子宮へと押し寄せる。身体が痙攣し、丸まった。マシューの動きが速くなってペイシェンスを高みに導き、渦がどんどん深くなってペイシェンスを、そしてマシューを身体の中心へ呑みこんでいく。あえぎがもれ、とうとうペイシェンスは原始的な欲望の大波にさらわれた。

すべてが暗転して静けさにつつまれ、命と欲望と愛がとけあう場所へ吸いこまれていく。その場所は、なかにおさまるには小さすぎて、満たすには大きすぎた――だからペイシェンスははじけ、すると全身の感覚が爆発した。身体が恍惚の無数のかけらとなって砕け散り、子宮のなかの水とともにただよった。そこは指貫《ゆびぬき》におさまるほど小さいのに、宇宙を満たすほどのひろがりがあった。

ペイシェンスはぐったりとして、重さを失った身体を横たわらせた。けれどもマシューはなおも動きを止めなかった。いまでは腰を前後にふっている。彼のものを受けて渦が逆流し、砕けた自分がまたひとつになった。彼が深く、何度も押し入ってくる。そして突然、マシューのうなりと、彼女の意味をなさない叫びがひびいた。ペイシェンスは彼のお尻をつかんで、腰をうかせた。引き裂かれた肉の痛みを感じ、そのあとから突き抜けるような快感がひろがっていく。

目をあけて、黒く燃える瞳を見た。

「きみの血のにおいがする」マシューが腰をしずめる。「きみの血は僕のものだ。きみの血が僕を高みに誘う」腰の動きが速くなる。「きみがほしい。愛してる」

ペイシェンスは唇を噛んだ。貫かれるたびに、欲望の波が高さを増して全身にひろがっていく。マシューはさらに動きを速めて、何度も突いた。

ペイシェンスは涙を流した。顔を隠したり、涙をこらえたりする必要はない。だから、マシューの荒い息づかいを聞き、貫かれながら、涙が流れるにまかせた。痛みと欲情の涙。とうとう空虚が満たされたことへの涙。喜びの涙、愛の涙――血の洗礼を受けた愛、マシューの眼差しからあふれでる愛。そしてついにマシューは雄叫びをあげて、創造の精でペイシェンスを満たした。

マシューはわたしのもの。

永遠にわたしのもの。

もう一度分け入りたかった――もう一度。そして何度でも。

あまりに魅力的で悩ましいペイシェンスの姿に、マシューの胸は締めつけられた。ふたりは着替えの間についている洗面所に立ち、ペイシェンスはバスタブのふちに片足をかけている。緑色の瞳がこちらを優しく見つめ、赤い髪は奔放に乱れている。長い巻き毛が背中や肩にたれ、短い癖毛が額に落ちて、きらきらした緑の瞳の上で細かく渦を巻いている。唇はキスで腫れ、燃えあがった名残で頬がまだ赤い。左足はいまも黒いストッキングにおおわれていて、白い裸体は赤みの残る尻を魅力的にさらけだしている。ペイシェンスのことが愛しくてたまらなかった。

スポンジで彼女の太ももの血をぬぐった。うるわしい処女の血。自分のペニスにもまだついている。そして、ふきとりながら、あいた手でペイシェンスの尻の下側をそっとつかんだ。彼女はあまりに美しく、身体を――敏感な襞の部分まで――洗うという親密な行為を、マシューはとても気に入っていた。

たらいのなかでスポンジをしぼり、厚手のタオルを手に取って、尻を愛撫しながら水気をきれいにふきとった。とうとうこれ以上長引かせることができなくなって、彼は身を引いた。「ありがとう、マシュー」

ペイシェンスは足をおろし、マシューに笑いかけて、横から身体を押しつけてきた。「さあ、終わりだ」

それから彼女はスポンジを取って、マシューの股間を丁寧に――丁寧すぎるほどに――洗いはじめた。陰嚢をなで、包皮を六度目か七度目かにむいたときには、マシューは半分以上硬くなっていた。「また脚をひらく覚悟があるんだろうね。これ以上やられたら、もう一戦交えずにはすまなくなるぞ」

ペイシェンスは笑顔を赤く染め、スポンジをしぼって、タオルを手に取った。マシューはそれを受け取り、彼女に見つめられながら自分でふいた。

彼女の舌が唇をなめた。「大きくなったら、なにかお手伝いするわ」

ペイシェンスを抱き寄せ、キスをして濡れた唇を奪った。「ありがとう」

「どういたしまして」彼女は腕をマシューに巻きつけたまま、ピンク色に染まったたらいの水に目をやり、やがて誇らしげな笑顔をこちらに向けた。「わたしはとうとう一生に一度の経験をしたのね」

マシューは首をのけぞらせて笑った。「一生の経験というのはそのとおりだ。ただし、一度きりじゃすまないよ」腰からウエストまでの曲線をなぞり、さらに、美しい胸のふくらみをなぞった。「むしろ、きみのきつい場所に、僕のものがかなり頻繁におさまることになるだろうね」乳首をつねり、あえぎを引きだした。それから指をおろしていって、かわいらしい臍にふれた。

引き締まった腹をながめているうちに、ひょっとしたらたったいま子どもを授けた可能性もあると、ふと思った。心臓が大きく跳ね、マシューは彼女の平らな腹に手をあてた。

ペイシェンスがその上に手をおいた。「どうしたの、マシュー？」

マシューは緑色の瞳を見た。「子どもができたかもしれないと考えていたんだ」

ペイシェンスは頬をさらに赤く染めて、自分を見おろした。ふたたび顔をあげると、その目は輝いて光っていた。「あなたと会うまで、自分が母親になるとは考えもしなかった。でもわたしは遅かれ早かれ、そうなるのね。それにいまにしてみると、母にならないと思いこんでいたことのほうが不思議だわ」

マシューは笑った。「すぐにも結婚しないと。十二月はどうだろう」

ペイシェンスは首をかしげた。「でも、マシュー、十二月は結婚式をするには忙《せわ》しない時期よ」

「十二月が好きなんだ」

「どうして？」

肩をすくめた。「クリスマスまでに結婚するとマッティおばさんに約束したことはべつにして、僕はクリスマスが好きなんだ。しかも、きみよりも欲しいものはないんだから、クリスマスは結婚式にうってつけだろう」

ペイシェンスが上目遣いにマシューを見た。「おばさんと約束していたのね」

「ああ、約束したよ」

彼女は信じられないという目をした。「いつのこと？」

「狐狩りの翌日」

ペイシェンスは頭をふった。「あなたたちふたりは本当に仲良しね」

「きみと結婚するという共通の決意があるからね。あらためて聞くが、十二月でいいかい？」

ペイシェンスは眉をあげ、さげた。「まずはあなたが父の了承を取らないことには、なにも言えないわ」

マシューはペイシェンスの手を取り、デア牧師を訪ねたときのことを思いだした。背の高い厳格な男と面と向きあうのは、簡単なことではなかった。威圧的な存在感があり、彼はペイシェンスとおなじような人を見定める目をしていた。「お父さんの了承なら、もう、もらった」

ペイシェンスは呆気にとられた顔をした。「父の了承を――」言いかけてやめた。「いつ？」

「ホークモア館を発ったあとだ」

顔に困惑がうかんだ。「父はなんて？　いえ、その前に、あなたはなんて言ったの？」

「きみにどうしようもないほど本気で惚れた、と言ったんだ。それから、きみなしには人生を送れないし、プロポーズに一生かかったとしても、僕はあきらめず、ほかのだれにも求婚はしない、とね」手で彼女のやわらかな頬をつつんだ。「きみは希望と喜びのみなもとで、そばにいるだけで僕は幸せだ。芯の強さ、誠実さ、知性に、僕は惚れこんでいる」彼女の手を胸にあてた。「いっしょにいると、胸がどきどきして、息がはずんでしょうがない。ふたりでいると、自分の背中に翼が生えた気分になる、そう言ったんだ」

ペイシェンスの目が涙で光った。「それで、父はなんて？」

「お父さんは、きみを手放すのは大変なことだが、娘の幸せのじゃまはしたくない、とおっしゃった。それから長いこと、物思いに沈んだ顔をして黙っていたよ。そして、しまいに口にした。娘を愛してる、とね。また少しの間があり、机の向こうから手をのばして、僕の手をにぎった」

「じゃあ、父は許可してくれたのね？」

「それどころか、がんばれと言ってくれたよ。つまり結婚を許してくれるのかと聞き返したら、父親からよりも本人の承諾を得るほうが難しいだろうと言った。でも、もしきみが結婚を承諾したら、自分も許すと思ってもらっていい、と」

彼女は笑顔でマシューに抱きついた。「だったら、十二月できまりね、マシュー！」

マシューは心が舞いあがるのを感じながら、ペイシェンスを強く抱きしめた。「きみにあげたいものがある」耳もとでささやいた。

「ええ」彼女は腰を揺すった。「感じるわ」

マシューは笑みをこぼし、身体をはなしてペイシェンスを着替えの間へ引っぱっていった。

「べつのことを言ったんだが、そっちのほうも、あとで喜んで捧げるよ」簞笥《たんす》の一番上の引き出しに手をのばして、たっぷり代価を支払った黒いベルベットの箱を取った。ふり返って、ペイシェンスの両手に箱をのせた。「ミセス・マシュー・モーガン・ホークモア、きみへの贈り物だ」

ペイシェンスは驚き、半信半疑のようすで眉をくもらせた。「なんなの、マシュー？」

「あけてごらん」

ペイシェンスはベルベットの箱をなでてから、留め具をはずしてゆっくりと蓋をあけた。はっと息を呑んで目を見ひらいた。「まあ、マシュー！　すごくきれいだわ」箱を鏡台において、きらめく宝石のひとつひとつにそっと指でふれた――ネックレス、イヤリング、ブレスレット、指輪、バックル、櫛。まず指輪をはめてみるかと思ったが、彼女が手に取ったのは櫛だった。

マシューはそれを彼女から奪うと、縮れた巻き毛をうしろに持っていって、櫛をひとつずつ両側に挿し、衣裳簞笥のそばの長い姿見の前に導いた。ペイシェンスはうしろを向いたり前を向いたりしながら、櫛に見入った。

マシューは彼女に見入った。ミルフォードの舞踏会では、ペイシェンスの姿はきっとひときわ目を引くことだろう。早く見せびらかしたい。そして、彼女に選ばれた男としてとなりにいるところを、みんなに見られたい。

髪につけたダイアモンドは星のようにきらめいたが、鏡ごしにマシューを見つめる彼女の輝く瞳には勝てなかった。「こんなすばらしいものを手にしたことはないわ」

マシューは微笑んだ。「ダイアモンドよりもきみに似合うものを思いつかなかった」

ペイシェンスが鏡からふり返った。「宝石のことじゃないわ。あなたのことを言ったの」

マシューの心臓が止まり、ふたたび動きだした。

「宝石は最高にすてきだし、あなたから贈られたというだけで、わたしにはいっそうの価値がある。ありがとう。身に着けて自慢するわ」腕をマシューに巻きつけた。「でも、わたしにとって一番の贈り物は、あなたよ」つま先だって、唇で唇にふれた。「今日という日をありがとう。すべてに感謝しているわ。とりわけあなたの愛に。それに思いやりと理解にも」

彼女の目はとても穏やかで優しかった。「愛してるわ、マシュー。あなたとどまると決めたことを、わたしは一生後悔しない。心が決まるまで時間をあたえてくれて、ありがとう。我慢して、わたしを信じて誠実に接してくれたことに、感謝します。それから、一生で一番幸せな日をあたえてくれて、ありがとう」

マシューはふるえる腕でペイシェンスを抱きしめた。「こちらこそだ。ありがとう、ペイシェンス」

24 友人

わたしは今起きて、町のまわりを歩き、街路や……
雅歌三：二

グウェネリン

「彼女は労働者たちのあいだで大人気のようだな」フィッツロイが感想を述べた。

マシューは目を細め、またべつの炭鉱夫の夫人と話しているペイシェンスをながめた。

「ああ、そのようだ」

誇らしい思いで彼女を見た。今日は黒いベルベットの襟と袖口のついた、濃いグレーのシンプルなウールの服を着ていた。あざやかな色の頭には、黒いベルベットのボンネットをかぶっている。内側についた黒いレースの飾りと、あごの下で結ばれた緋色の幅広のサッシュが、彼女の美しい顔を引き立てるみごとな額縁になっていた。

「僕はあの浮浪児もいっしょに連れて帰るはめになるんだろうか。ミス・デアにしがみついて、離れる気配がまるでない」フィッツロイが言った。

マシューは無言で一行についてきた幼子を見た。ペイシェンスのスカートをしっかりにぎりしめて、いっしょになって村を歩いてきたのだ。少女の丸い青い目はペイシェンスの顔に釘づけになっていて、いまも話し相手の夫人の家へ、くっついてはいっていってしまった。マシューはため息をついた。「あの小さい女の子はミス・デアみたいな女性を見たことがないんだろう」

「なにを言ってるんだ」フィッツロイが言った。「僕だって、ミス・デアみたいな女性は見たことがなかった」

「そうだな」マシューはシルクハットをかぶりなおした。「僕もおなじだ」

ふたりは灰色の大きな石にすわっていた。

暗い寒い日だったが、一行は村を隅々まで歩いてまわった。彼らが来たという話が伝わると、村人たちがあちこちから出てきた。といっても、マシューのためではない――マシューはこの辺りでは、すでにだいぶ知られた顔になっていた。村人が出てきたのはペイシェンスを見るためだ。緋色でふちどられたボンネットをかぶった、優雅な美しさを拝むためだった。だが、姿を目におさめたあとも、村人は帰らなかった。彼女は美しいだけの存在ではなかったからだ。ペイシェンスはグウェネリンの住人を相手に、心からの関心と敬意をもって話をした。質問を投げかけ、彼らの答えに丁寧に耳をかたむけた。誘われればぼろぼろの住居にも足を踏み入れ、勧められた壊れかけの長椅子や、ささくれた腰かけにも、臆することなくすわった。子どもひとり追いはらうこともせず、汚い手でスカートをにぎられても気にしない。そして、全員に対して心からうれしそうに笑いかけた。

「彼女は本物の財産になるな」フィッツロイは自分の爪に目をやった。「ただし、きっと金もかかるぞ。僕がきみのフィアンセと、その彼女から聞かれたことを正しく理解しているとすれば、この小さな村を改善するための、長いリストを作成しているところだろうからね」

胃に緊張が走った。フィッツロイの指摘が正しいことはわかっている。「立派な牧師の娘と婚約するなら、慈善家になる覚悟がないとな」

フィッツロイはぼろ家のならぶ狭い道に目をやった。「意地悪で言うわけじゃないが、この村をまともな場所に変えるには、けたはずれの慈善の心が必要そうだな」腕を組んで、反対方向を目でさぐった。「たぶん、ひとりの慈善じゃ無理だ」

マシューひとりの慈善では、まちがいなく無理だ。「たぶんね」マシューはこたえ、おなじように通りをながめた。地面は舗装されておらず、この寒さにもかかわらず、ぼろを着た子どもたちが轍《わだち》や道にあいた穴のあいだを駆けまわり、埃《ほこり》をまきあげている。かつて炭鉱で働いていたポニーがおんぼろの荷車につながれ、朽ちかけた厩舎の前で三本足で休んでいる。四本めの足は、荒れた地面につけるのを嫌がるように、優美に上にあげてあった。家々は小さくて密集し、程度の差はあるが、どこも一様に荒れている。哀れな老いた物乞いのように、たがいに支えを求めてもたれあい、ひび割れた灰色の壁と薄くなった草葺《ぶ》きの屋根が、なかに住む者の厳しい暮らしぶりを物語っている。

ベンチリーは莫大な利益をあげながら、炭鉱夫とその家族にあたえた住居の維持には、少しの金もまわさなかったらしい。それでも――マシューは通りの逆の先まで目をやった――住む家の状態はひどいが、女たちは壊れた玄関を箒《ほうき》ではき、猫の額ほどの庭の手入れにいそしんでいる。ひとりの老人は男の子に助けられながら、革ひもの固定具に扉をかけなおそうと奮闘している。棘のある生け垣から木苺を摘むふたりの少女の姿も見える。

マシューはフィッツロイのほうを向いた。「まだ最悪とまではいかないな」

フィッツロイの眉が跳ねあがった。「最悪じゃない？」疑わしげな目で通りを見やり、やがて肩をすくめた。「きみがそう言うなら反対はしない」

ペイシェンスが家から出てきて、ふたりは立ちあがった。彼女は炭鉱夫の妻に別れを告げると、小走りにもどってきた。小さなお荷物が相変わらずいっしょだ。「ああ、マシュー」彼の手をにぎった。「今日は連れてきてくれて、ありがとう。この場所を自分の目で見て、いい人たちと出会うことができてよかった。彼らのためにやれることは、とてもたくさんあるわ」彼女は眉をあげた。「やらなくてはならないことが、たくさんあるわ」

その資金は出せない。マシューはペイシェンスの腕を取り、三人で――正確には四人で――目抜き通りのほうへぶらぶらと歩きだした。

「たとえば？」

「まず、ここには教会がないし牧師もいないわ。結婚とか、洗礼とか、お葬式とか、そういう礼拝が必要なときには、七マイルも離れたグウェンデリーまで遠出しないといけないの。それから心の導きについては――ここの人たちは、当然だけれど、グウェンデリーの牧師よりパブで助言を求めるほうがずっと多いわ」

「ペイシェンス、たとえ牧師がいても、人々はパブで助言を求めたがるものだよ」

「そうかもしれないわね」彼女は認めた。「でも、もし教会があれば、教会学校もつくれるでしょう。ああ、マシュー、年のいった子どもたちの多くは、改革で改善される以前の、地下で働かされたときのつらい経験を忘れられずにいるわ。あの子たちは何年ものあいだ、肉体労働と暗闇しか知らなかった。わたしたちはせめてもの償いとして、多少の教育を受けさせてあげる義務があると思わない？　彼らは子ども時代を失ったのだから。それに、小さな子どもたちのことは、どう思う？　わたしは五歳でチェロをはじめたわ」ペイシェンスは横を歩く少女の頭に手をおいた。「この子はこの先、楽器の演奏はおろか、楽器を見ることさえないかもしれない」

マシューはペイシェンスの熱心な目を見つめた。「ペイシェンス、ここには教会もないんだよ」

「いま話をしたミセス・ジョーンズによると、町に向かう街道の先に、石造りの古い建物があるそうよ」

マシューはうなずいた。「ああ、知っている。古いレールや、壊れたそりなんかの道具が捨ててある場所だ」

「あそこは教会なの」ペイシェンスが断言した。

マシューは眉をひそめた。「どうしてわかる？」

「ミセス・ジョーンズから聞いたの。裏手には墓地があるし、むきだしになった梁には古い鐘がぶらさがっているんですって」笑顔でマシューの腕にしがみついた。「改修して、手を入れないといけないわね。そして、ここに赴任して村人を導いてくれる人を迎えるために、ささやかなおうちを建てるの」

その資金は出せない。

彼女の指がマシューの腕をリズムよくたたいた。「ねえ、前に父のところでしばらく学んだ神学生を知っているの。身体の大きなたくましいウェールズ人で、教会の祭壇にも、居酒屋にも馴染める人よ。いまごろはたぶん仕事について、どこかの教区に赴任しているかもしれないわ……でも、ここの人たちのためになら、きっと来てくれると思うの」

フィッツロイは声を出して笑った。「ほら、言っただろう」彼は茶化した。

黙れ。

ペイシェンスが前に身をのりだしてフィッツロイを見た。「どんなことを言ったんです?」

フィッツロイは黒い眉をあげた。「この場所に対するあなたの夢は高くつくだろうと言ったんだ」

「あら、フィッツロイさま、わたしが聞いたところでは、ここの全世帯の壁と屋根の修理にかかるよりも大きなお金が、ひと晩の賭けごとのテーブルで行き交うとか」

くそ。

フィッツロイは両手をコートのポケットに入れた。「痛いところを突かれたな」

マシューの首がこわばった。「たしかにそうだ」

ペイシェンスが笑いかけてきた。「すでに賃金を値上げしたんですってね。いいことをしたわ、マシュー」

マシューは眉を寄せた。「賃金の値上げを決めたのは、善意でもなんでもない。たんに基準以下だったからだ。それに、僕のもとで働きたいと思わせるための手でもある。労働者には忠実であってもらいたいし、忠誠心を確保するてっとり早い方法は金で買うことだ」

ペイシェンスはうなずいた。少しして言った。「あなたは地下でのすべての作業に安全灯を義務づけて、その安全灯もあなたが用意していると聞いたわ。それから坑道内の換気のために、送風機の導入を検討しているとか」

くそ。マシューは立ち止まって、彼女の理知的な目をのぞきこんだ。「ペイシェンス、僕がそうしたもろもろのことをするのは、必要があってのことだ。安全な炭鉱は生産性が高い。僕には生産性の高い炭鉱が必要なんだ」

一行はふたたび歩きだし、ペイシェンスがマシューに笑いかけた。「あなたはとても賢い実業家ね。成功をおさめているのも不思議じゃないわ」

マシューは顔をゆがめた。胃が落ち着かない。

彼女は満足しきった顔をしている。

「知ってたかしら、マシュー」マシューを通りこしてフィッツロイを見た。「それにフィッツロイさま。このあたりではブラックベリーが野生で育つんですって」

マシューはうなずいた。「味もなかなかだ」

「ええ、ほんとね」ペイシェンスは同意した。「それに、近くには古い林檎園もあるらしいわ。村人が林檎とベリーの栽培を学ぶことができたら、すばらしいわね。地域全体で、二種類の作物を育てられるでしょう」あたりを見まわして息をついた。「それから、木や花を植えたら、もっときれいな場所になると思わない？　見た目にどれだけにぎやかになることか」

マシューはペイシェンスを見おろし、その熱のこもった笑顔を見て心が動揺した。彼女は貧しい人たちのために多くのことを望んでいる。意識して身体の緊張を解いた。グランドウエスト鉄道を完全に軌道にのせることができたら、すぐにもペイシェンスの希望を検討しよう——教会、学校、漆喰《しっくい》の壁、花。「愛してるよ」

ペイシェンスは頬を染め、輝く瞳が優しくなった。「愛してるわ」

ペイシェンスにキスしたい。

そして、奪いたい。

彼女はふっくらした下唇を噛み、目に欲望の色をうかべた。

フィッツロイが身をのりだして、マシューたちの注意を引いた。「ミス・デア、そうやってずっと見つめているといい。この男は、きっと、望むものをなんでもあたえてくれますよ」そう言うと、グウェネリン炭鉱の事務所にはいる階段を駆けあがっていった。

あとにつづきながら、ペイシェンスはマシューに挑発的な笑みを向けた。「本当？」

「どうだろうね」マシューはこたえた。「なんといっても僕はとても要求の厳しい男だから」

からかうような顔になった。「さいわい、わたしはどんな要求にも服従する心構えができているわ」

フィッツロイが扉を押さえて待っていた。マシューの前を通りすぎたとき、ペイシェンスの手の甲が股間をかすめた。

マシューははっとし、ふり返ってウィンクするペイシェンスに向かって、頭をふった。

「あとでお仕置きだ」小声で言った。

彼女がまつげのあいだから上目遣いに見た。「約束する?」

マシューは思わず笑い、心が隅々まで満たされた。「生意気な子だ」

「ああ、帰って来たわ!」マッティおばさんの大声がした。

ペイシェンスはいたずらっぽく笑うと、伯母の声のした正面の執務室にはいっていった。

マシューとフィッツロイはその場でコートを脱いでから、あとにつづいた。

「あなたがたふたりも、こっちへ来てお茶をおあがんなさい」マッティおばさんが手招きをしている。彼女はリヴァーズ卿といっしょに暖炉の前のテーブルにすわっていた。「こんな寒い日に外をうろついたりして、悪い風邪をひくわ」

マシューは部屋を横切りながら、ボンネットと手袋をはずすペイシェンスをながめた。彼女はそれを炉棚におくと、子どもの肩に手をおいた。「席についてお茶を飲みなさい、ルーシー」

頰に汚れをつけ、継ぎはぎの服に小さすぎるセーターを着た少女は、見るからに場ちがいだった。だがペイシェンスもマッティおばさんも、身なりの悪い浮浪児が自分たちのお茶の席にいるのが当然のことのようにふるまっている。

マシューはペイシェンスを少女の横にすわらせ、自分はフィッツロイのとなりの席についた。愛しい人を見つめた。彼女は濡らしたナプキンでさりげなく少女の頰と手をふき、その横にいるマッティおばさんは、よろず屋での驚きの体験について、お茶をそそぎながらにぎやかに語った。

「ものすごく品揃えがよかったの。ねえ、そうじゃありませんこと、リヴァーズさま？」カップをペイシェンスと少女のほうにすべらせた。

「そうでしたな」リヴァーズ卿が同意した。

「炭鉱の人たちに必要なものは、ひととおり揃っていると言っていいわね」マッティおばさんがつづけた。

ペイシェンスは興味深そうにうなずいて、ルーシーの紅茶に砂糖を入れ、スコーンを取り分けた。「家庭用品はどうだったの？」伯母に質問して、幼い女の子のひざにナプキンをひろげた。

「家庭用品ね」マッティおばさんはマシューとフィッツロイにお茶をついだ。「家に必要なものはたいていありそうよ。ただ、あたしはいつもリコリス飴《あめ》を欠かさないのだけれど、それだけはあそこじゃ手にはいらないわ——ひと粒もないのよ」

マシューはペイシェンスと笑みを交わしたが、すぐに、マッティおばさんが話しをつづけた。

「ねえ、マット、あのお店は全般的に甘いものが少ないわね」

「そうですか、マッティおばさん」

「ええ――こんなに子どもがたくさんいる村にしてはね……あたしはレモン味のドロップでも我慢するけど、それすらなかった」ため息をついた。「あるのはペパーミントだけ――あれは大嫌いよ」

フィッツロイが淡い色の目をマシューに向けた。「メモしておいたほうがいいぞ」のんびりした口調で言った。「リコリス飴とレモン味のドロップだ――ペパーミントはいらない」

マシューは彼をにらんだ。

ペイシェンスがティーカップに隠れて笑った。

「じつのところ、わたしはペパーミントが好きでしてね」リヴァーズ卿が横から言った。

マッティおばさんは驚いて身を引いた。「本当ですの?」

「リコリス飴、レモン味のドロップ、それにペパーミントだ」フィッツロイが訂正した。

テーブルの下で蹴ってやると、ものに動じない貴公子が意外なほどぎょっとした顔をした。

ペイシェンスは笑いをもらし、ルーシーはペイシェンスを観察して、自分も真似してティーカップに両手をそえた。

「本当に好きなんですよ、デアさん。じつはほら、」リヴァーズ卿はポケットに手を入れて、小さなブリキの容器を出した。「いつも持ち歩いているんです」蓋をあけた。なかには赤と白の小さなキャンディがはいっていた。

マッティおばさんは中身を見て、ふたたびリヴァーズ卿を見た。「あたしたちの意見が割れたのは、たぶんこの話題がはじめてですわね」

「われわれの友情にひびがはいらないといいのですが」リヴァーズ卿がいつもの穏やかな声で言った。

「なんの心配もいりませんわ」彼女はリヴァーズ卿の腕をたたいた。「ペパーミントを好むとか、好まないとかいったことが、あたしたちのような大人にとってどんな問題になるというんです?」

リヴァーズ卿はにこやかな顔でテーブルの向かいにすわる子どもを見た。「きみはどうだい、ミス・ルーシー? ペパーミントは好きかな?」

少女はひとこともしゃべらなかった。

「ひとつ、いかがかな?」リヴァーズ卿はあきらめずにもう一度聞いた。

ルーシーはペイシェンスの顔を見たが、彼女は笑いかけただけで、なんの助言もしなかった。

とうとう少女はうなずいた。

「全部、持っていったらどうだい」リヴァーズ卿はブリキの入れ物をテーブルの反対へ押しやった。「わたしひとりで食べるには多すぎるからね」

見ているると、ルーシーはまたもやペイシェンスに目をやった。ペイシェンスは今度も笑っただけで、自分の紅茶に口をつけた。

「家族のみんなで分けあったらいい」リヴァーズ卿が助け舟を出した。

ルーシーは最後にもう一度ペイシェンスのほうを見てから、ペパーミントの容器に手をのばした。

それを大事そうにポケットにしまうと、またペイシェンスの顔を見た。今度はペイシェンスは小さくうなずいて、顔を寄せてルーシーになにかを耳打ちした。少女は顔をあげてペイシェンスの笑顔にしばらく照らされたあと、リヴァーズ卿のほうを向いて〝ありがとう〟と口を動かした。

リヴァーズ卿が〝どういたしまして〟と口の動きで返すと、少女ははにかんでペイシェンスにしがみついた。

ペイシェンスは手でふれて安心させることはしなかったが、頭の上から見守っている優しい眼差しが多くのことを雄弁に語っていた。その瞬間、彼女がどんな母親になるかが目にうかんだ。相手を理解し、よく観察して、言葉で教える前に自分が手本を示す。必要がないかぎりは答えをあたえず、引っ込み思案や経験不足を甘やかすことはない。けれども、寛容で辛抱強い。それに、ふれる手や笑顔、言葉や態度のひとつひとつに愛がある。

ペイシェンスが優しい目を向けてマシューを見たので、胸だけでなく股間がいっぱいにふくらんだ。ここ一週間近く彼女を抱く機会がなくて、マシューは彼女のなかに精を吐きだしたいという欲求に苦しめられていた。ペイシェンスがこっちにいるあいだに、機会を見つけなければ。

「子どもの気持ちをよくわかっていらっしゃるのね」マッティおばさんの親しげな声がして、マシューは会話に引きもどされた。

「それはどうも」リヴァーズ卿はテーブルにのせたしわしわの手に反対の手を重ねた。「年を取るにつれて、子どもならではの無邪気な正直さが、あらためていいものに思えてきましてね」

フィッツロイの黒い眉があがった。「子どもの〝無邪気な正直さ〟こそ、僕は一番腹が立ちますよ。この前なんか、幼い姪がつかつかとやって来て、僕のベストを指して〝かっこわるい〟と言い放ったんです」

「それで」――マシューは片方の眉をあげた――「実際、そうだったのかい」

フィッツロイは少々気に障ったような顔をつくった。「だれを相手にしゃべってると思っているんだ」ついてもいない糸くずをマシューに向かってはらうしぐさをした。「黄緑とターコイズのチェックは、濃いグレーとてもよく合うんだ」

マシューは表情をくずし、ペイシェンスは声をあげて笑った。マシューは彼女の笑う姿が好きだった。なにをする姿も好きだった。

ペイシェンスは頭をふって、このところよく見せるようになった穏やかな眼差しをリヴァーズ卿に向けた。「妹のプリムローズはあなたに賛成するでしょうね。大人とちがって、子どもはくもりのない目で世界を見ていると、妹はむかしから言っていましたから。よい助言をもらいたいなら、子どもに聞くのがいい、というのが彼女の持論なんです」

「たしかにそんなことを言うわね」マッティおばさんが大声をあげた。「それに、あの子も子どもの扱いがとてもうまいわ」彼女はふいにフィッツロイにぴたりと目をすえた。「もしプリムローズにお会いになる機会があれば、とっても愛らしい、魅力あふれる若いレディだとわかっていただけるはずよ。天使のような性格で、美しさだってだれにも負けないわ――もちろん、ふたりの姉をのぞいてね」

フィッツロイは薄い色の瞳をマッティおばさんに向けた。「デアさん、僕は十人きょうだいの末っ子で、きょうだいのうち六人が男です。この幸運な境遇が意味するのは、どんなかたちであれ、僕には結婚の義務がまったくないということです。僕は自由の身で、今後もそれを楽しむつもりですから、縁談を勧めても労力の無駄になりますよ」

マッティおばさんは哀れむように相手を見た。「自分の家族がほしくないいんですか――自分の子どもが」

「僕には二十八人の甥《おい》と姪がいて、どいつもこいつも救いようのないおしゃべりか、救いようのない甘ったれです。僕に権限があるなら、何人かは返品してやりたいくらいだ」

マッティおばさんは動じずに微笑んだ。「本気でおっしゃってるんじゃないことは、わかりますよ。それに男の人は、よその子よりも自分の子をかわいがるのがふつうですからね。雄のライオンは我が子には羊のように優しいのに、ほかの雄の子どもを殺してしまうことがあるんですってよ」

フィッツロイは横目でマッティおばさんを見た。「やれやれ、僕はライオンではありませんよ」

「でも、もったいないわ。子どもたちは大きな喜びとなるのに」

フィッツロイが抗議する横で、マシューは頬杖をついてペイシェンスに話しかけた。「おばさんに世話を焼かれていたときのことが、そのうち懐かしくなるだろうね」

ペイシェンスはマシューにあたたかな笑顔を向けた。「そうね。婚約がすんでからは——」

「聞こえたわよ、あなたたち」マッティおばさんが割りこんできた。「それに、あたしから解放されたと思うのは、まだ早いわ。結婚式を挙げるまではまだ結婚していないのだから——」

マシューのうしろのなにかに気がそれて、陽気な表情が消えた。部屋がしんとなった。マシューはふり返った。

背の高い痩せた男が戸口に立っていた。笑顔はなく、長い黒いコートを着て、手には書類かばんをさげている。かぶっているシルクハットのせいで、男はますます背が高く痩せて見え、そして不吉に見えた。

「ミスター・マシュー・モーガン・ホークモアはどちらですか」

「ロンドンへいってきます」マシューは書類の束を机においた。「反訴するとともに、裁定

な判決が出ても、必ずや上訴するだろう」

「ベンチリーは引きのばそうとするだろうな」リヴァーズが言った。「それに、きみに有利な判決が出ても、必ずや上訴するだろう」

窓の腰板にもたれたフィッツロイは、腕を組んだだけで無言だった。

リヴァーズの言うとおりだ。裁判所の命によると、法的所有権に関する判決が出るまでは、マシューはグウェネリン炭鉱の全営業を停止しなくてはならない。ベンチリーは裁判に勝つ必要さえないのだ。ただ争いつづければいい。ものの数週間でグランドウエスト鉄道はたちゆかなくなり、マシューは破滅する。

ミッキーはどこだ?

マシューは机のうしろを行き来した。「裁判所には、採掘停止の条件を撤回してもらう必要がある。たとえ時間制限を設けられたとしても、ここでの操業をなんとしても許可させたい。そうすれば、鉄道事業もしばらくは食いつなぐことができますから」

窓のそばで足を止めた。下に見える広い野原で、ファーンズビーと淡い金髪の少年が、ファーンズビーとアシャーが村の少年たちとサッカーをしている。ふたりはボールをパスしあい、敵方をかわした。すると少年はみごとなシュートを放ち、ボールは弧を描いてゴールキーパーの頭上を抜けた。ファーンズビーはとびあがり、味方からどっと歓声があがった。金髪の少年は自分の技にあまり感心していないらしく、仲間の賞賛をしらっとした態度で受け流した。これこそ無邪気な正直さだ。

「僕とベンチリーが一騎打ちを演じているあいだ、グウェネリンの人々はどうなるというんだ」マシューは疑問を声にした。「そろそろ冬が来る。仕事なしには生きていけるはずがない。みんな村を出て、ほかの炭鉱に移らないといけなくなる」ボールを蹴って野原を走りまわる少年らを見た。「ここにいるほとんどが、村で生まれた子だ。ずっとこの土地で生きてきたんだ」リヴァーズとフィッツロイに顔を向けた。「おそらく、村の大勢がひもじい思いをして、大勢が貧窮院にはいることになる」

リヴァーズはうなずいて、椅子にすわったまま身をのりだした。「そのとおりのことを裁判所で主張するといい。彼らの情と良識に訴える——隣人の悲運に対するキリスト教的関心に訴えるんだ」リヴァーズはそろそろと立ちあがった。「わたしはきみがグウェネリンの住民を心配しているということを、あちこちでひろめよう。世論を味方につけておいたほうがなにかと好都合だからね」杖にもたれた。「たいていの人は過去に一度は思ったことがあるはずだよ——神のお恵みがなければ自分がその憂き目にあっていた、とね」

マシューは部屋を横切る弱々しい姿を目で追った。「ありがとうございます」扉を出ていこうとするうしろ姿に声をかけた。

リヴァーズはふり返り、うるんだ目でウィンクをした。「お安いことだ」

彼が出ていくと、マシューはベンチリーの訴訟の概要をまとめた書類の薄い束をぱらぱらとめくった。あの卑劣な男は、ダンフォースが賭けた時点では炭鉱を移譲する正式な手続きが完了していなかった、というのを理由に、炭鉱の所有権に異議を申し立てた。権利書の書面に、自分の手で移譲を認める署名をした事実をまったく無視している。

「その書類を貸してくれ」フィッツロイが前に来て手を出した。「僕がなんとかする」

「なんとかするって、どういう意味だ？」

「どういう意味だとはどういう意味だ？　僕がなんとかすると言ったんだ」フィッツロイはくり返した。マシューがわたさずにいると、彼は手をおろし、あきれたように目を動かした。

「裁判の判決が出るまで、炭鉱の操業を制限しないよう申し入れをする。それまでの支出と利益は、勝訴した者の責任ということにすればいいだろう」

「申し入れといったって、だれにするんだ？」

「さる有力な人物だ」

マシューは眉をあげた。「女王陛下は社会や経済の問題には関心がないのかと思っていたが」

「ああ。でも夫君のアルバート公はその逆だ」

マシューは真正面にいる、淡い目をした男をまじまじと見た。スキャンダルが起こる前までは、ローク・フィッツロイが自分のなんらかの助けになるとは夢にも思わなかった。「なぜ、僕にそこまでのことをしてくれるんだ。そもそも、きみはどうしてここにいる？　あの三人はわかる。ファーンズビーとアシャーは、つきあう相手をあまりえり好みしない、ともかく愉快なやつらだ。リヴァーズ卿は人生も後半にはいり、面倒を見るべき息子もいない。だが、きみだけは僕がもといた世界に属している人間だ。そんなきみが、なぜだ？」

フィッツロイはポケットに手を入れ、考えこむような顔つきをした。やがて肩をすくめた。「退屈だったからだ」

マシューは眉をひそめた。「要するに僕は暇つぶしということか」

フィッツロイはマシューのことを長々と見つめた。「そうだ。暇つぶしだ——やりがいのある、まともな暇つぶしだ。どちらかというとあまり価値のない僕の人生において、やる価値のある暇つぶしだ」いつもの悠長な話し方そのままだが、声色と、淡い色の目は真剣だった。「今回こういうことが起こって、最悪がさらに最悪の状況を呼ぶのを見て、きみはもはや再起不能だと思った。ところが、仮面舞踏会で言葉を交わしたときのきみは、ものすごく毅然として見えた——〝やれるものなら、やってみろ〟という気迫があった。なんと説明していいか、自分でもよくわからない。とにかく、それに触発されて、僕のなかにあった正義感の種が呼び覚まされたらしい」ふたたび肩をすくめた。「自分に流れるフィッツィ家の血のせいかもしれないな——私生児同士の親近感だとか、そんなばかげた思いこみかもしれない」

「ばかげた思いこみというのはまちがいないな。きみは王の子孫じゃないか。僕は庭師の子どもだ。そのふたつには、ずいぶんと大きなちがいがある」

「そうだとしても、世間ではきみのほうが成功をおさめている。グランドウエスト鉄道をつくりあげ、議員にもなったし、いまじゃ炭鉱の所有者じゃないか。きみは頼れる存在なんだよ、ホークモア。それに、現に頼られている」淡い瞳が値踏みするようにマシューを見た。

「きみは立派な男だ。むかしからね。この戦いに勝つべき人間だよ。そんなきみの助けになれたら、きっと、僕も立派な男になれるかもしれない」片眉があがった。「交友があるというだけでもね」

マシューはフィッツロイをじっと見た。ずいぶん古くからの知りあいだ。だが、こんなつきあいをしたことはなかった。自分がなにかのために——だれかのために——価値を発揮したいと思う気持ちは、マシューにも理解できる。

書類の束を手に取って、差しだした。「ありがとう、友よ」

25　敵

……ねたみは墓のように残酷だから……
雅歌八：六

ミルフォード家の舞踏会

「品評会で一等賞をとった豚の気持ちがわかる？」ペイシェンスが言った。「わたしにはわかるわ」

マシューは笑って、ワルツに合わせてペイシェンスを回転させた。「まさか。きみは豚には似ても似つかない。一等はわかるが、豚はないだろう」

ペイシェンスがおかしそうに笑い、マシューの胸はいっぱいになった。彼女はたしかに一等賞だ――マシューの一等賞。もう何度そうしたかわからないが、あらためてペイシェンスを上から下までながめた。彼女は金色のタフタのドレスに身をつつんでいた。襟のラインと肩のまわりに、細い襞飾りとひかえめな金のレースのフリルがついている。レースは前身頃の内側から上品に顔を出していて、下着がのぞいているような錯覚を起こさせる。おかげでマシューは何度もなかに指を入れたくなった。優美な腕にはキッド革の手袋をはめ、華やかな巻き毛はうしろで結いあげてあって、マシューが贈ったダイアモンドのネックレスとイヤリングと櫛がよく目立った。

ペイシェンスは絶世の美女で、僕のものだ。そしていまはようやく、少なくともこの場にいる全員がそれを知っている。ふたりの婚約は正式に発表された。マシューが——だれもが軽んじていたマシューが——ペイシェンスを勝ちとったのだ。財産も権力も奪われて、こそこそと逃げて姿を消すとだれもが想像し、半ばそれを期待されていたマシューが。私生児のマシューが。

ペイシェンスの顔を見つめ、自分に引き寄せた。彼女はマシューの父がだれであり、また、だれでないかということは、気にしない。「みんながじろじろ見るのは、こんな美女をはじめて目にするからだよ。ただし、きみがきれいなのはたんに外見の問題じゃなくて、もっと深いところに理由があることを、連中はわかってない。きみの持つ思いやりや強さ、行いの正しさや率直さ、誠実な心と情熱、きみの愛情……」

ペイシェンスの眼差しは優しかった。「あとどのくらい、ここにいないといけないの？」

「僕とダンスを踊るのは嫌かい」

「あなたと踊るのは大好きよ。いやらしい気分になるから。でも、ここにいるのはダンスだけが理由じゃないでしょう」

股間が反応し、マシューは息を吸った。「僕をその気にさせようとしてるのか。きみはずいぶん淫らだ」

「そうかしら?」目に大胆な表情が宿った。「でも、いっしょに踊っていると、つい、あなたの身体をよじのぼって、上にまたがりたい気分になるわ」

全身に欲望がひろがった。マシューはゆっくり首をかたむけた。「ますます淫らだ」

腕のなかのペイシェンスが身じろぎし、首もとの輝くダイアモンドの上の脈が動いた。

「マシュー……?」

人目のない近くの隅に連れていって、このまま彼女を奪いたかった。だが、今夜のふたりには、人目のない場所はない。みんながこちらに注目している。「見世物になった気分がするのはわかるが、今日のパーティにかぎっては早く帰るわけにはいかないんだ」

「それはどうしてなの?」

「前に話したとおりだ——今夜はベンチリー親子が来る」

「そのことならたしかに聞いたわ。あの人たちの来る来ないに関係なく、出席する催しを選ぶことのできるあなたはえらいと思う。でも、彼らのためにわたしたちが残っていないといけないのは、なぜ?」ペイシェンスは美しい眉をあげた。「まだ姿さえ見えないわ」

マシューは人であふれる舞踏の間をざっと見まわした。「いまに来る」ペイシェンスに目をもどした。詳しい事情を知らない彼女には、理解ができないのだ。だが、詳しいことを教えたいとは思わない。「これはビジネスなんだよ、ペイシェンス。僕はアーチボルド・ベンチリーとおなじ場にいられるということを、みんなに示さないといけない。あいつの存在は僕にはなんの意味も持たないことを示す必要があるんだ」

ペイシェンスは首をかしげた。「でも、ベンチリー卿に意味がないことを示すためにここに残ったら、意味があることを示す結果にならないかしら」

マシューは顔をしかめた。一見その指摘に反論の余地はなさそうだが、マシューは命題や論理にのっとったゲームをしているのではない。「これは認識の問題だ。われわれの認識じゃなくて、まわりがどうとらえるかという問題だ」

ペイシェンスはうなずいたが、すぐに眉を寄せた。「でも、どうして、まわりがどうとらえるかを気にしないといけないの、マシュー？　あなたが高潔にふるまって、仕事で成功しつづけることのほうが、ベンチリー卿と同席することよりよっぽど宣伝になると思うのだけれど。それに、グウェネリンはあなたのものよ。つまり、すでに勝利をおさめたということでしょう」

フィッツロイがアルバート公に面会したほんの数日後に、マシューの手もとに通知がとどいた。それには、グウェネリン炭鉱は係争中も全面的に操業をつづけ、グランドウエスト鉄道はグウェネリン炭鉱から市場価格で石炭を購入する権利を保持することとする、と書いてあった。その一週間後に、ベンチリーは訴訟を取りさげた。マシューはいまでは文句なしにグウェネリン炭鉱の所有者だ。だからこそ、ベンチリーと対決するにはいまが絶好のタイミングなのだ。この機会はマシューとしても望むところだった。

ペイシェンスのなめらかな肩が小さくあがった。「きっとベンチリー卿は今日は来ないのよ。だとしたら、ここにいてもしょうがないわ」緑色の瞳が美しくマシューに訴えかけ、指がうなじにふれた。「帰りましょう、マシュー」

彼女の魅力的な瞳を見つめめた。その目は愛と誘惑に満ちあふれている。濡れた唇がキスを誘い、彼女の身体がすり寄ってくる。

ペイシェンスは吐息にのせて言った。「愛してる――」

人々の話し声が急に大きくなって、ささやいた言葉がかき消された。マシューは眉をひそめて目をあげた。

ダンスフロアの向こうにいるアーチボルド・ベンチリーの高慢な顔を、マシューはまっすぐに見つめていた。

ペイシェンスがふり向くと、ベンチリー卿とレディ・ロザリンドと、ダンフォース卿の姿が見えた。三人は一列にならんでいて、娘と未来の義理の息子を、家長が両脇にしたがえている。あたりから音が消え、ときが止まり、それぞれがたがいを見あった――ベンチリー卿とマシューの視線が真正面からぶつかり、ペイシェンスとレディ・ロザリンドは値踏みしあった。

ペイシェンスは顔をそらし、つぎの瞬間、音がもどってきてときが進みだした。ベンチリー親子とダンフォースは右方向へ歩いていき、マシューはワルツをしながら左へ動いた。

舞踏の間は、蜂の巣をつついたように騒然となった。

帰りたいという思いはいまもあったが、こうなって闘志がわいてきたのも事実だった。ペイシェンスは脅しに屈する人間ではないのだ――マシューには屈したとしても。背筋を正し、マシューに笑いかけた。「まずまずの対決だったわね」

肩の力みが伝わってくるが、顔つきは穏やかで、彼は笑みを返してきた。「愛してるよ」

ペイシェンスは思わずにっこりと笑った。「わたしほどじゃないわ」

それから二時間がたつと、さすがのペイシェンスも消耗してきた。注目され、じろじろ見られることには慣れている。けれども、今夜はいつもとはちがった。だれもがなにかを期待するような目で見ているのだ。ただの興味や関心ではない。それはまるで……娯楽を楽しむ目だ。ベンチリー親子とダンフォース卿の到着とともに、ショーの幕があいたのはたしかだった。

とくに劇的な事件が起こるわけでもなかった。どちらの側もおたがいに避けあっているようで、進路が交差することはあっても、ぶつかることはなかった。それでもペイシェンスの緊張はつのる一方だった。だれもが飢えたような目で見ているのだ。なにか大きな事件が起こるのを待って、いや、期待して。

マシューの手が腕にふれた。邸内をぶらぶら歩いて、マッティおばさんとともに舞踏の間の入口の前にやってきたところだった。「ウォルビー卿に話があるんだ。マッティおばさんとふたりにしてだいじょうぶかい」

「もちろんよ」あまり長くマシューと離れていたくなかったが、ペイシェンスはうなずいた。

もっとも、ちょうどいい息抜きの機会かもしれない。「いったん休憩室に引きあげましょうよ、マッティおばさん」

「あたしが休憩室にいかないのを知っているでしょう、ペイシェンス。どうしてみんな引きあげたがるのか理解できないわ——もちろんお茶のためなら話はべつですけど。休んでいたら、なにか面白いことを見逃すかもしれないじゃない」扇子をひろげてぼんやりあおいだ。「休憩ですって？　まさか。そのうちに、いやでも永遠に休むことになるんですから。それまでのあいだは……」

マシューが笑いかけた。「マッティおばさん、あなたに休憩は必要ないでしょうけど、僕の頼みだと思って、ペイシェンスに付き添ってやってくれませんか。ずっと大勢のなかにいたから、少しばかり息抜きがないと」

「あら、もちろんよ、マット」伯母は扇子を勢いよく閉じて、首にかけていた単眼鏡を持ちあげ、ペイシェンスを観察した。「疲れたのなら、そう言ったらいいじゃないの」

「だって、疲れていないんだもの」ペイシェンスは反論した。

単眼鏡をおろし、ペイシェンスの腕を取って、手をたたいた。「いいえ、あなたは疲れているわ。さあ、休憩室にいくわよ。婦人がときどき引きあげて休むのは、恥ずかしいことでもなんでもないんですから。それに、あたしが元気だからといって、あなたが疲れを隠す必要はないの」

ペイシェンスはうしろをふり返って、マシューと別れの笑みをかわした。そしてそのまましばらく肩ごしに見ていた。夜会服に身をつつんだマシューは、信じられないほどすてきだった。ペイシェンスは彼のあたたかな眼差しをうっとりと見つ、やがてマッティおばさんに引っぱられて角をまがったので、彼の姿が視界から消えた。

ああ、マシューを愛してる。

「ねえ、あなた、この屋敷をどう思う？」伯母が階段をのぼりながら聞いてきた。本人は声をひそめているつもりらしかった。「エンジェルズ・マナーやホークモア館の完璧な内装にくらべたら、ここは劣るわね。そう思わないこと？」

ペイシェンスは階段ですれちがう人たちに会釈をしながら、顔をほころばせた。伯母は自分や家族の持ち物以外のものを絶対によく思わない。たとえここがバッキンガム宮殿であっても、自分の家の快適さにははるかにおよばないと断言するだろうし、姪のラングリー伯爵夫人の家にある絨毯や花や額縁のほうがみごとだと言い張るにきまっている。

広い玄関の間の天井に輝く、豪華なシャンデリアを見あげた。「洗練されたお屋敷だと思うわよ、マッティおばさん」

伯母は頭をあげて、おなじシャンデリアに目をやった。「あたしはホークモア館の玄関にあるシャンデリアのほうがよっぽど好きだわ。それにエンジェルズ・マナーの階段のほうが、ここよりずっと立派じゃない。この手すりにしたって、あまりつかみ心地がよくないわね」

ペイシェンスは伯母を休憩室へ引っぱっていって、声を落として言った。「そうかもしれないけれど、感想を言うのは、人のいない馬車にもどってからにして」

「なにを言ってるの。あたしはひそひそ声で話してたじゃない」マッティおばさんが大声で言った。「やれやれ、自分にさえ聞こえないくらいの声だったんだから、まわりに聞こえたはずがないわ。あなたに聞こえていたのも不思議なくらいよ」大きな声でこぼしながら、静かな休憩室にはいった。

照明を落とした部屋にはわずかな人数しかおらず、ほとんどが年配の婦人だったが、マッティおばさんの声に驚いて全員がふり返った。ペイシェンスは笑顔で礼儀正しくうなずきかけて、部屋の奥へ伯母を引っぱっていった。

「寝椅子と椅子とどっちがいいの、ペイシェンス？」マッティおばさんが大きなひそひそ声で言った。

ペイシェンスはバルコニーに面したフランス窓をながめた。寒さのために、だれも外に出ていない。窓には椅子のほうが近かった。「わたしは椅子にするわ」ペイシェンスはひそひそ声で返した。

「あら、そう。じゃあ、あたしは寝椅子に。全然疲れてはいないけれどね。本当ならあなたに譲るところだけれど、そうしないのはリヴァーズ卿とのダンスがまだ二回残っているからよ。そのためには、ひと休みしておかないと」

「しぃぃ！」暖炉のそばで身体を休めていた婦人がにらみつけた。

「まあ！」マッティおばさんはさらに大きな声でささやいて、少女のように寝椅子に勢いよく腰をおろした。

ペイシェンスは思わず笑いながら、伯母に手を貸して身体を横たえさせ、毛皮の上掛けをかけた。それから伯母の手を取り、自分はとなりの布張りの椅子に腰かけた。薄明かりのなかで銀髪が淡くきらめき、顔のしわが薄らいだ。伯母はとてもはかなげに見えた。

「おしゃべりがしたい？」これまで聞いたことのない小さなささやき声で、伯母が言った。

ペイシェンスは手をそっとにぎった。「いいえ。ありがとう」

マッティおばさんはうなずいて、親指でペイシェンスの手の甲をなでた。「今夜のあなたはとてもよくやってるわ。伯母として、あたしは鼻高々よ、ペイシェンス」

胸がいっぱいになった。「わたしもマッティおばさんの姪で、鼻高々よ」

伯母は微笑み、あくびを嚙み殺した。「まったく眠くないのよ」小声で言った。「でも、おしゃべりはしたくないとのことだから、あたしもちょっと目を閉じることにするわ」

「わかったわ、マッティおばさん」もう一度手をにぎった。「愛してるわ」

「あたしもよ」

三十秒後には、伯母は静かに寝息を立てはじめた。

ペイシェンスは立ちあがり、そっと腕をひっこめて、伯母の手を毛皮の下にしまった。それから頭のてっぺんにキスをすると、フランス窓をすばやくあけて、だれもいない気持ちのいいバルコニーに出た。

夜の冷たい風はいい気分転換になった。さわやかな空気を深呼吸する。やっと、ひとりになれた――いまのうちに気を落ち着けなくては。息を肺から吐きだして、白くなるのをながめた。

マッティおばさんの褒め言葉はうれしかった。みんなが——少なくとも好意的な人たちが——おなじように感じているのならいいのだが。マシューが紹介してくれた人たちはたいてい親切で礼儀正しかったけれど、軽蔑をあらわにした態度をとる人も大勢いた。レディ・ハンフリーズはその筆頭で、彼女はぺちゃぺちゃと騒々しい婦人たちを引きつれて、軽食のテーブルでペイシェンスと伯母の前に無礼にも割りこんできた。

ロザリンド・ベンチリーの登場で状況はいっそう悪くなった。彼女はレディ・ハンフリーズの一派をはじめとする多くの婦人に好かれているらしく、その存在自体がペイシェンスに対する女の敵意をあおったのだ。それまでペイシェンスを無視していた人たちは、いまではあからさまにこちらをにらみ、軽蔑の目を向けてくる。ペイシェンスはそういう不愉快な態度をきっぱり無視するように努めたが、やはりどうしたって気が滅入った。

柵にもたれて、だれもいない庭を見おろし、額に落ちてきたカールを結いあげた髪のなかにたくしこんだ。マシューがいるのが救いだった。横で守ってくれる彼の存在は、まるで楯だ。堂々とした自信を放っていて、彼がとなりにいると、意地の悪い婦人たちもいくらかは遠慮する。それに、マシューはペイシェンスを紹介していい相手や、会話のできる相手をわかっている。彼はスキャンダルが起こる前からこの世界にいたのだ。そのため、だれに近づき、だれを避けるべきか心得ているし、みずから近づいてきた人たちも何人かいた。

柵から離れてスカートを揺すった。まるでシーソーに乗っているようだ。できるなら降りてしまいたいが、ふたりのためにも事業のためにもどうするのが最善か、マシューが一番理解していることはペイシェンスもわかっている。

上衣を整え、最後にもう一度すがすがしい空気を深く吸いこんだ。いつかは、こういうくだらない駆け引きも過去のものになるだろう。けれども、いまのところは、自分には嵐を耐え抜くくらいの強さはある。

なかにもどろうとうしろを向くと、驚いたことにいきなり扉がひらいて、レディ・ロザリンドがバルコニーに出てきた。

年下の女性は扉を閉めると、ペイシェンスの前に立った。肌の下に寒気が走った。

ふたりはそのまま数秒、無言のまま立っていた。見ていて不思議だった――一階にいたときには、とてもかわいくて朗らかだったレディ・ロザリンドは、こんな愛らしい顔立ちでよくもそこまでと驚くほどの、冷たく意地悪な表情をしている。茶色い髪に輝く瞳をした美人であるのはまちがいない。けれどもいまは、人形のような顔立ちが仮面のようにういていた。

「あなたに知らせておいたほうがいいと思うことがあって、伝えにきたの」

ペイシェンスは背が高いことを利用して、自分より小さい相手を見おろし、無言を貫いた。

ロザリンドが顔をゆがませ、一歩近づいてくる。「マットはあなたのことを愛していないわ。彼が愛しているのはわたしよ」身をのりだした。「前からずっとね。あなたたちは世間的には婚約したかもしれないけれど、マットの心をつかんでいるのは、このわたしよ」

ペイシェンスは動じずに首をふった。「かわいそうな人ね」

「かわいそう?」ロザリンドは歯をむいた。「かわいそうなのは、あなたのほうでしょう」

ペイシェンスはため息をついて、相手の目を見た。「レディ・ロザリンド、こんな子どもじみたふるまいは、あなたには似合わないわ。あなたは一番必要とされているときに彼を捨てて、そのうえ、お父さまが悪口を言いつづけるのを、横で見て見ぬふりをしてきた人よ。マシューがあなたを信頼するなんて、そんなふうに思えることが不思議でしかたないわ。ましてや、彼が愛しているだなんて」ロザリンドの怒った目に涙がうかぶのが見えたが、ペイシェンスが同情を感じるのは、マシューとマシューが彼女から受けた傷に対してだけだった。

「あなたはダンフォース卿と婚約しているのよ。下の階にもどって、マシューに示すことのできなかった忠誠を彼に示したらいいでしょう。ことによれば、あなたにも幸せが待っているかもしれないわ。さあ、失礼していいかしら。愛する人が待っているから」ロザリンドの横をすり抜け、扉に手をのばした。

「わたしたちは密会したの」

ペイシェンスは凍りついた。彼女が虚勢を張るのは勝手だが、マシューが出てくるとなると話はちがう。「信じないわ」

「ホークモア館で狐狩りがあった日の明け方の五時ごろ、マットが会いにきたの。わたしはあの近くのジリハーストに滞在していた。会ったのは、古い水車小屋があったところよ。ミッキーという名前の若い使用人が、マットを案内してきたわ」

ペイシェンスはふたたびロザリンドのほうに身体を向けた。背筋に不安が走った。マシューが朝早くに姿を消した日のことだ。ペイシェンスがマシューの書斎でミッキーと会った朝。でも、あり得ない。「いま言ったとおり、あなたの話は信じないわ」

ロザリンドは顔をあげた。目が光っている。作り話で騙しているようにはまったく見えなかった。「わたしへの愛を告白して、グレトナグリーンに駆け落ちしようと言ったのよ」

胸に痛みが突き刺さった。そんなことが本当であるはずがない！ 彼はわたしを愛しているのだから。ひざがふるえだした。「嘘よ」

「わたしがそれを断ると、わたしの婚約にどんなに嫉妬しているか訴えてきたわ。それで、わたしたちは秘密の愛人になる約束をしたの――永遠に」

永遠。ペイシェンスの目の前に小さな白い点が舞いだした。「まさか」

「本人に聞いてみるといいわ――あなたの愛する人に」ロザリンドはあざ笑った。涙で濡れた目の奥が光った。「あなたは彼と婚約したかもしれないけど、わたしは彼の最初にして永遠の恋人なの」

嘘よ！「あなたは嘘つきだわ」ペイシェンスはかすれる声でどうにか言った。

「むしろ黙っていたマシューのほうが嘘つきじゃない」ロザリンドが身体を寄せた。「もちろん、わたしはマットの罪を許すわ」首をかしげた。「でも、あなたは許せる？」

「おい、あの姿は大きな軍艦さながらだな。うしろにずらりと小型艦艇をしたがえて」フィッツロイがハンフリーズ夫人とその取り巻きを指して言った。「どいつもこいつも派手に飾り立てているが、先頭の巨大船はその上をいっている」

マシューは笑った。たしかに一団は艦隊のように見えた。

「それに、だれの入れ知恵で、よりによって駝鳥《だちょう》の羽根なんかをくっつけたんだ。やれやれ、あれじゃ怪物そのものだ」

マシューはふたたび笑い、何人かがこちらを見た。気にしなかった。笑っている姿を見せつけてやれ。最高の気分だった。ベンチリー親子もいるし、陰口を言う連中も大勢いたが、マシューは今晩の勝利を確信していた。グウェネリン炭鉱も手に入れ、徐々にグランドウエスト鉄道にも石炭が流れはじめた。ウォルビー卿とも話をしたが、この二番目の大株主は、手持ちの株を売る気がないばかりか、炭鉱への投資にも興味を示してきた。古い仲間の何人かも、まるで何事もなかったかのように近づいてきた。それに、いまではフィッツロイとリヴァーズがマシューの味方についているし、存在感は劣るもののファーンズビーとアシャーもいる。さらに、となりにはペイシェンスがいるのだ。

ペイシェンスは始終じろじろ見られたり、あからさまな非難の目を向けられたりしているにもかかわらず、気丈に立派にふるまっている。彼女がそうするであろうことは、最初からわかっていた。それでも、優雅で上品な彼女の姿を見ていると、誇らしい気持ちが強くわいてくる。ペイシェンスがもどってくるのを待って、もし望むなら一、二曲ダンスを踊り、それから帰り支度をするつもりだった。マシューの用はもうすんだのだから、あとは彼女の希望をかなえてやる番だ——家に帰るのだ。

「そろそろ帰ろうと思うが、どうだろう？」フィッツロイに聞いた。

黒い眉があがり、淡い瞳が天を仰いだ。「僕はとっくのとうに帰るつもりで、気分はもう明日になってる」

マシューは笑い、階段をふり返った。「そろそろペイシェンスと」顔から笑いが消えた。「マッティおばさんが……」顔をしかめた。

フィッツロイが顔をあげた。「なにかあったようだな」

「そうらしい」マシューは階段へ急いだ。ペイシェンスが悠然とした足取りで、顔を堂々と前に向けておりてきたが、どことなく目がうるんでいて、わずかにでも動かしたら割れてしまいそうなほど表情が硬い。そこまでうまく感情を隠すことができないマッティおばさんは、気をもんだ表情をうかべ、姪の顔を心配そうに何度ものぞきこんでいる。

なにがあったのだ？　だれかに傷つけられたのか。

マシューは足を速め、階段をおりきる前にペイシェンスを迎えた。冷たい手をにぎり、まっすぐにその目を見た。「ペイシェンス、どうした？　なにがあったんだ？」

彼女は顔を伏せ、玄関の間にいる人たちに背を向けた。「ふたりで話がしたいの」

作法のうえからふたりきりになることは許されず、しかも彼らはつねに注目の的だった。だれもが出入りでき、かつ個人的な話のできる場所はないか。

「〝小作人の隠れ部屋〟がある」フィッツロイが言った。

マシューはペイシェンスの腕を取った。「いっしょに来てほしい」フィッツロイとマッティおばさんに声をかけた。それから階段の下の、天井の高い奥行きのある小部屋にペイシェンスを導いた。むかしの伯爵が、小作人と面会するときのためにこの部屋をつくったのだ。そうすれば、ぴかぴかの玄関の間をむさくるしい小作人がうろうろして夫人の怒りを買うこともない。ここは舞踏会の最中には、壁の花たちの避難場所としてよく利用されている。だが、折りよく、婦人たちの一団がちょうどなかから出てきたところだった。

全員が隠れ部屋にはいったが、マッティおばさんとフィッツロイは入口付近で足を止め、マシューはペイシェンスを奥まで引っぱっていった。

「どうしたんだ、ペイシェンス？」

ペイシェンスは目をあげてマシューを見た。瞳が涙でうるんでいる。

怒りで身体がこわばった。「だれかに傷つけられたのか」ハンカチを出して手に押しつけた。「ダンフォースか？　ベンチリーか？」

彼女は手のなかで布をひねった。「こんな質問をしてごめんなさい。でも、どうしても聞かないわけにはいけないの」息苦しそうな声で言った。

質問？「僕に？　聞かないわけにはいかない？」

彼女の唇がふるえた。「狐狩りの日の朝、レディ・ロザリンドと密かに会ったの？」

氷のように冷たいものが背筋をつたった。

彼女の顔がくしゃくしゃになった。「そうなのね！」目から涙があふれだした。

「ペイシェンス」手を取ろうとしたが、ペイシェンスはその手をあわてて引っこめた。

目には苦悶の表情がうかんでいる。「グレトナグリーンに駆け落ちしようと言ったのね？」

心臓が激しく打ちはじめた。「ちがう」

「ちがう？」ペイシェンスは不信そうに息を吐いた。「あなたの顔にはべつのことが書いてあるわ」

くそ！　マシューはペイシェンスの手首をつかんだ。「その言葉は言ったが、きみが考えているような意味で言ったんじゃない」

涙がぼろぼろ頬を流れた。「でも言ったことにはちがいないのね、マシュー」ペイシェンスは首を横にふって、手首をつかむマシューの指をはがそうとした。「秘密の愛人？　信じてたのに。あなたを信じてたのよ！　はなして」あえぎながら懇願した。

「だめだ！」マシューは乱暴に言った。反対の手もつかんだ。「聞くんだ、ペイシェンス。本当は誤解してるようなことじゃないんだ」

「誤解？　誤解もなにもないわ」彼女は喉をつまらせた。「あなたは嘘をついたのよ！」

「いいから説明を聞け！」マシューは声を荒らげた。

「ホークモア」ファーンズビーの声が割ってはいった。

「お願いだから、はなして」ペイシェンスは消え入りそうな声で言った。

「ホークモア！」

マシューは勢いよくふり返った。ファーンズビーはマッティおばさんとフィッツロイに挟まれて立っていた。「黙っててくれ」マシューは言い放った。

ファーンズビーは一瞬身を引いたが、ひどく取り乱した顔をしていた。ペイシェンスを見て、ふたたびマシューを見た。「悪いがそうはいかないんだ。大変なことが起こった」

ペイシェンスが手をふりほどいて、マシューに背を向けた。

「ペイシェンス、待て！」

彼女は一直線に駆けていってマッティおばさんの腕にとびこんだ。

「愛してる」マシューは強い口調で言った。「わかってるだろう、僕はきみを愛してる」

彼女が肩ごしにふり返った。その目にうかぶ痛みを見て、マシューの胸が張り裂けた。

マッティおばさんはおろおろした悲痛な表情をし、フィッツロイの淡い目には暗い影が差している。

マシューはペイシェンスの目をのぞきこんだ。頼むから、いかないでくれ――。「ペイシェンス……」

ペイシェンスは前を向いて、マッティおばさんを連れて部屋を出ていった。

だめだ。いってはいけない。説明がまだだ。説明をさせてくれ。「ペイシェンス！」マシューはあとを追った。

フィッツロイとファーンズビーのふたりがマシューをつかまえた。

「いかせてやれ」フィッツロイが耳のそばで言った。「他人の目がある」

「かまうものか」マシューは怒鳴って身体をふりほどいた。

「待ってくれ」ファーンズビーが声をあげた。

だがマシューは走りだし、混雑した玄関の間の中央で立ちつくした。ペイシェンスのあざやかな髪は見えない。どこへいった？

「ホークモア！」ファーンズビーが必死になって言った。フィッツロイもいっしょに追いかけてきた。「知らせがあるんだ」

「しつこいぞ、ファーンズビー！　あとにしてくれ！」マシューは乱暴に言った。人々の眉があがった。全員が注目しているのか？　だが、かまわない。ともかく、ペイシェンスを見つけださなければ。説明さえ聞いてもらえれば……。

「爆発事故があったんだ、ホークモア」

マシューはふり返って、ファーンズビーの顔を見た。皮膚の下で熱いひりつく痛みが炸裂した。「なんだって？」

「グウェネリンだ」ファーンズビーは頭をふった。「伝えてきた者の話では壊滅的だそうだ。中央の縦坑が三百フィートあたりでくずれて、その影響でふたつの横坑が崩落した」

「嘘だ」マシューはふるえだし、ファーンズビーを見ていながらも、昂ぶる感情と死の宣告に、目の前が真っ白になった。「犠牲者は？」

「事故があったのは交替の時間だったが、九人の少年が地下にいてレールの片づけをしていたそうだ。助かったのは、たったふたりだ」ファーンズビーは目を伏せた。「ひとりは遺体で発見されて、あとの少年たちも、たぶん、だめだろう」

なにが起ころうとしているのだ？　なにかがおかしい。ほんの数分前には、マシューは笑い声をあげ、勝利にひたっていた。それがいまは……。

死。

大事故。

破滅。

嘘だ！　マシューはファーンズビーを解放し、侘《わ》びの言葉もかけずに人を押しのけて出口に向かった。どうしてこんなことが？　安全灯を導入したばかりだというのに。彼らの身の安全を確保するために最善をつくしているというのに、少年たちが命を落とさないといけないとは、どんな残酷な運命が、どんな邪悪な皮肉が働いているのか。マシューが全責任を負ったとたんに……。

グウェネリンがマシューのものになったとたんに、こんなことが……。

足取りがゆっくりになり、完全に止まった。強烈な疑念が胸にわきおこった。待てよ、マシューが勝利したとたんに、彼をたたきのめす事件が起こった。

運命でも皮肉でもない――ベンチリーだ！

マシューはくるりと向きを変えて、玄関の間を見わたした。ほとんど一瞬のうちに敵と目があった。ベンチリーは一番奥の壁にもたれて、冷たい青い目でじっとこっちを見ている。

マシューがにらみ返すと、ベンチリーは口もとにゆっくりと執念深い微笑をうかべた。

「おのれ……」怒りが全身にわいた。玄関の間を歩いていくと、人々がよけて道をあけた。

マシューが一歩近づくごとに、ベンチリーはあごを高くあげた。

「用心しろ」フィッツロイの忠告が聞こえる。

だが、用心はもはや必要ない。

敵との距離をつめた。

用心など知ったことか！

拳をにぎって前にくりだしたが、ただちにうしろへ引っぱられた。周囲で驚きの悲鳴があがる。フィッツロイとファーンズビーが必死になってマシューを押さえつけている。マシューは力ずくで身をふりほどこうとした。

「いい加減にしろ。まんまとやつに訴えられて、暴行罪で逮捕されるだけだ」フィッツロイがマシューを強く押さえつけて言った。「それでいいのか」

マシューは前につんのめりながら、怒りでかすむ目でベンチリーをにらみつけた。「この野郎。炭鉱には子どもがいたんだぞ！　ひとりは死んだ。あと六人も、おそらくは命を奪われた」

ベンチリーは冷ややかな目でこっちを見た。「いったいなんの話をしているのか、わからんな」

未来の義父の横でのんびり壁にもたれていたダンフォースが、忍び笑いをもらした。

マシューはふたたび前へ突進した。ダンフォースはひるみ、婦人たちは息を呑んだが、フィッツロイとファーンズビーがなおもしっかりマシューを押さえつけていた。

「いまは我慢だ」フィッツロイがささやいた。

くそ！　マシューはゆっくりと引きさがり、ベンチリーのアイスブルーの瞳をにらみつけた。「おまえを破滅させてやる」マシューは怒りをむきだしにしてうなった。

「そいつは無理だ」ベンチリーが平然と言った。マシューのほうに身をのりだした。「おまえはもう破滅した」

26　失楽園

……そのきらめきは火のきらめき、もっともはげしい炎です。

雅歌八：六

ペイシェンスはマシューの書斎で身を硬くして立っていた。月の光でエンジェルズ・マナーの中庭に夜霧がたちこめているのが見える。細く渦を巻いた白い霧が、装飾的に刈りこまれた庭木をおおい、屋敷のほうへひたひたと忍び寄っている。炉棚の時計が鳴って、夜中の十二時を示した。

「おりてきてくれて、ありがとう」マシューが言った。「こっちを見てもくれないのか」

ペイシェンスは目を閉じた。泣きすぎて痛かった。馬車にはアシャー卿もいたのに、涙をこらえることができなかった。家に着くまでずっとマッティおばさんの手をにぎって、声を殺して泣いていた。マシューもあれから間もなく舞踏会をあとにしたにちがいない。やっと伯母とふたりきりになって自室で腰をおろしたと思ったら、すぐにメイドがあらわれて、マシューが呼んでいると伝えてきたのだ。「顔を見るとつらいから」

「お願いだ、ペイシェンス。僕の説明を聞いてくれ」

ペイシェンスは目をあけて、窓まで這いあがってこようとする霧をながめたあと、マシューに顔を向けた。彼は上着を脱いで暖炉のそばに立ち、緊張した深刻な表情を瞳にうかべていた。分かれて前にたれた髪が、額にかかっている。胸が締めつけられた。こんなにも愛している——それなのに彼は嘘をついて、わたしを裏切った。ひりつく目に涙がこみあげ、ペイシェンスはそれがこぼれないように顔をあげた。

でも、あまりうまくいかなかった。何粒かが目からあふれた。

彼が同情した顔で一歩近づいてくる。「愛しいペイシェンス——」

「やめて!」ペイシェンスは叫んであわててうしろへさがった。

マシューは表情を硬くしたが、それ以上近づいてはこなかった。

胸をなでおろした。心は傷ついても、身体と魂は彼を強く求めている。涙をこらえた。泣いていては余計に惨めになるだけだ。「言いたいことをさっさと言って」ペイシェンスはうながした。

「ペイシェンス……」マシューはしばらく無言でこちらを見ていた。「アーチボルド・ベンチリーは僕をつぶそうとしている」目には怒りが燃え、声は険しかった。「狐狩りの朝、僕は情報を得るためにロザリンドと会った。復縁を望んでいることをにおわせた手紙を、前に受け取っていたんだ。だから、それを会う口実に利用した。彼女が好きだから会ったんじゃない。駆け落ちしたいから会ったのでもない。秘密の愛人にしたくて会ったのでも、もちろんない。そんな気は、いまもあのときも毛頭ない」

ペイシェンスはマシューを見た。彼の肌の下で、なにかがふつふつと沸き返っている――彼の緊張が感じられる。正確にいえば、この部屋にはいったとたんに、ペイシェンスはそれを感じた。眉をひそめた。「いまさら言われても遅いわ」

彼は暖炉の前をいったり来たりしはじめた。「伝えるべきことを伝えただけだ、ペイシェンス。それに、いちおう言っておくと、愛してるだとか、あの愚かな女を秘密の愛人にしたいとか、そんなことは口が裂けても言ってない」暖炉に唾を吐いた。「考えただけで気分が悪くなる」

「ええ、わたしもよ」マシューが足を止めてこちらをふり向いた。ペイシェンスは腕を組んだ。「でも、いちおう聞くけれど、グレトナグリーンに駆け落ちしようと誘ったのは、本当なのね」

マシューは顔をしかめて両手を腰においた。「正確に言えば、誘ってはいない。駆け落ちすることもできると、言っただけだ。しかも嫌がらせのために言っただけで、実際ロザリンドは苦しんだよ。即座には拒否できなかったんだ」痛みを感じているように額をこすって、暖炉のほうを向いた。「ロザリンドといっしょにいるあいだ、ずっときみのことを考えていた。あいつが到着するまでも、きみのことを考えていた。正直言って、帰りたかった。耐えて待ったのは、ひょっとしたらなんらかの情報を得られるかもしれないと思ったからだ」ふたたびふり返ったとき、マシューの顔は後悔の念でゆがんでいた。「そのあと、僕は自分が薄汚れたように感じた。心と身体と魂はすでにきみのものであるのに、ロザリンドに対して本音で接しなかったことと、そもそもロザリンドに会ったことでね」暗い瞳がペイシェンスをとらえた。「ロザリンドからはその後も手紙が来る。僕はすべて開封せずに捨てている――最初に受け取った手紙もそうするべきだった」口が引き結ばれた。「仮面舞踏会のとき、僕が望む女はきみだけだと言ったね。あれはいまでも本当のことだ。この先もずっと」間をおいて、つづけた。「愛してるよ、ペイシェンス。僕を許してほしい」

許せるだろうか？　そんなに簡単に？

ペイシェンスは長くゆっくりと息を吸い、考えた。マシューのことは信じてはいるが、コップ一杯分の涙を流したあとで、いまもまだ心が痛んでいる――前ほどではないかもしれないけれど。

マシューには彼女に言いたいことがまだたくさんあった。ただし時間があまりない。「ベンチリーの悪意がどれほどのものかを知れば、たぶん、ロザリンドと会った理由を少しは理解してもらえると思う」

「ええ、たぶん」ペイシェンスは譲歩した。「今回の件で、一番引っかかっているのがそのことだから」頭をふった。「父親の情報を引きだすために、元婚約者と密会しないといけないなんて」

マシューは眉をひそめた。かろうじて内に抑えられていた怒りがこみあげた。「僕が悪者みたいな言い方だが、そもそもこれをはじめたのは僕じゃない。悪いのはアーチボルド・ベンチリーだ。軽蔑すべきはあいつだ」マシューは吐き捨てた。「僕は自分の身を守っているだけだ。私生児だろうと、そうでなかろうと、人間だれしもその権利はあるだろう！」

ペイシェンスはひどく眉を寄せ、いまでは顔に懸念がうかんでいる。「マシュー、具体的にどんなことになっているの？」

冷笑するようなため息が口からもれ、マシューは髪をかきあげた。どこからはじめたらい――最初からか、恐ろしい結末からか？

「噂ならいろいろ耳にしたわ。でも、ただの噂話だと思っていたの」

マシューは意地悪な目でペイシェンスを見た。「どんな噂にも、根っこには真実があるものだよ、ペイシェンス。だからこそ性質《たち》が悪いんだ。真実の土台が、そこから生まれた嘘に図らずも根拠をあたえてしまう。他人を踏み台にしてのしあがろうという卑劣漢がまいた嘘であっても、おなじだ」

「そういうことはすべてわかっているわ。だからこそ、噂は無視すべきなのよ」

「ああ。だが、それだと問題がある」マシューはおなじ場所を行き来しはじめた。「無視しただけでは噂は消えない。それどころか、状況はもっと悪くなる。人々は、黙っていることを罪を認めた証拠だと思うからだ」

「そうかもしれないわ。でも真実はいつか明るみに出るでしょう。大事なのは耐えることよ」

マシューは足を止めてペイシェンスを見た。「耐えること《ペイシェンス》か、ペイシェンス」冗談じゃない！「僕は耐えた」彼女のほうへ近づいた。「僕が自分の出自を最初から知っていたという嘘をひろめて、ベンチリーがスキャンダルをあおったときも、ずっと耐えた」ふたたびおなじ場所を行き来しだした。「無視され、通りで面と向かって不愉快な態度をされても、耐えた。友と呼んでいた仲間に見捨てられても、なお耐えた。そして、その忍耐を発揮しているあいだに、なにが起こったと思う、ペイシェンス?」足を止め、腰に手をあてた。「ベンチリーの悪意はますます性質の悪いものになっていったんだ。あいつの嘘が、僕に対する悪感情の高まりをさらにあおり、ついには味方についてくれそうだった人までもが、ベンチリーの有害な波に呑まれていくようだった。僕のささやかな我慢の経験のなかで、事態が格段に悪化したのはそのときだ。ベンチリーは僕を軽蔑する勢力と手を組んで、汚い影響力を行使して僕の取引相手を洗脳したんだ。みるみるうちに、僕は巨額の資金を失いはじめた」

ペイシェンスは眉間に深いしわを刻んで、無言で立っていた。

だが、まだ話は終わりではない。「さあ、ここからがロザリンドとの〝密会〟の話だ。その密会で僕は、あいつが望んでいるのは僕の破滅だけではないという情報を得た――あの男は僕の会社をほしがっているとわかったんだ。だが、それも当然じゃないか? 僕がなにごともなかったかのように人生を進めようとしているあいだに――忍耐を発揮し、ゴシップを無視しているあいだに――ベンチリーのほうは着々と計画を進める。僕がそのことに気づかないでいるうちに、あいつの息のかかった炭鉱会社は、僕への石炭の売却を拒否したり、値段をつりあげたりするようになる。そして、ようやく売ってもらえると思っても、突然配達が遅れたり、途中で石炭がなくなったと言われたりする。どうやったら十トンもの石炭がどこかへ消えるんだ、ペイシェンス？」彼女の答えを待った。

ペイシェンスは無言のままで、小刻みに上下する胸だけが彼女の動揺を示している。首につけたダイアモンドの宝石が輝きを放った。

マシューは暖炉のほうへ身をひるがえし、重たい火格子を蹴った。薪がずれて、火花がとんだ。両手で炉棚をつかみ、自分の怒りそのもののような炎を見つめた。それから声が大きくならないように必死にこらえ、話の先をつづけた。「ダンフォースから炭鉱を勝ちとったときには、これですべて問題は解決したと思った。自分で石炭を掘って、それをグランドウエスト鉄道の機関車の燃料にし、これまで手がまわらなかった客に鉄道輸送のサービスを提供する。完璧じゃないか。だが、僕がそうやってピンチを切り抜けることを、ベンチリーは見過ごすわけにはいかなかった。そんなことになれば、僕をつぶす計画が水の泡となって、会社の乗っ取りもおじゃんになる。そこで、あいつは炭鉱の所有権をめぐる訴訟を起こし、裁判が長引くうちに僕が破産することを期待した。ところがそれがうまくいかないとわかると、今度は最後の、おそらくは最強の手に出た」ペイシェンスをふり返った。「やつは炭鉱を爆破したんだ」

ペイシェンスは息を呑み、恐怖と驚きで目を見ひらいた。ふらふらと足が前に出た。「いつ？」

「今日の夜だ――正確には八時二十六分」

「なかに――」胸に手を押しあてた。「なかに人はいたの？」

「九人の少年が坑内にいた。ふたりは脱出できた。ひとりが死んだ。六人は行方不明だ」

「助かるあては？」

「あまりないだろう」

ペイシェンスの目に涙がうかび、彼女は顔を伏せて、手で口をおおった。

自分も怒り、苦しんでいるにもかかわらず、彼女のその悲痛なようすにマシューは胸がつぶれた。歩いていってペイシェンスを腕に抱いた。「明日、直接状況を見れば、もっと詳しいことがわかってくるだろう。もちろん、できるだけのことをして不明者をさがすつもりだ」生きていようと、死んでいようと。

ペイシェンスはマシューの腕のなかでうなずいて、少しして濡れた目をあげた。「ベンチリーの仕業だと言ったわね」

マシューはうなずいた。「あの男に対して、もっと早く手を打っておくべきだったんだ。僕がそうしていれば、今回のことは避けられたかもしれない」

「だめ」ペイシェンスが腕をつかんだ。「自分を責めないで。あなたが悪いんじゃないわ。それに、ちがう行動をとったとしても、その結果どうなったかは知りようがない。もっと悪いことが起きたかもしれないでしょう」

「もっとすばらしいことが起きたかもしれない」

「もっと悪いことが起きたかもしれない」ペイシェンスは重ねて言って、じっとマシューを見つめた。「グウェネリンの人たちに責任を感じるのはわかるけれど、わたしたちは仮定ではなく、現状と向き合うことしかできないの」

マシューはうなずいた。「それはそうだ」彼女の言うとおりなのはわかっているが、それでは少しも気が慰められない。「今夜、僕と対決したときのをあいつの姿を、きみにも見せたかったよ。ベンチリーは自分の手並みにいたくご満悦だった」マシューは歯を食いしばった。「それに、となりにいたダンフォースのあのしたり顔」

「訴えるところに訴えないと」

「訴えるところ？」マシューは鼻で笑った。「正式な調査はおこなわれるだろうが、証拠がなにもない。フィッツロイとファーンズビーと僕の三人で、今夜のベンチリーの言動に自分の仕業だとほのめかすところがあったと証言したとしても、やつはただ否定するだけだ」

「そうだとしても、訴えないといけないわ、マシュー。グウェネリンの人たちには正義があたえられるべきよ。あなたにもね」

「ああ、正義なら手に入れるよ」ミッキーの野郎はいったいどこにいる？

ペイシェンスは身体をはなした。「どういう意味？　どうしてそんな言い方をするの？」

マシューは彼女を見た。「そのままの意味だ、ペイシェンス」背を向けて、机の前に移動した。

「あなたは事件の中心に近すぎる場所にいるわ、マシュー。正義の女神が目隠しをしているのには理由があるのよ」彼女がうしろからついてきて言った。

「本当に？」両方の拳を机についた。「ぜひその理由を教えてほしいね――僕は正義というものが公平だとはあまり信じていないから。概念はすばらしいが、現実的には明らかに無理がある。僕の考えを聞きたいか、ペイシェンス？　正義の女神が目隠しをしている理由は、自分のあまりの無力さを見ずにすむからだ」

「じゃあ、あなたのほうが手腕に優れているというの？　わたしにはそうは思えないわ、マシュー。ギャラリーにいたときにも言ったけど、あらためて言わせて——復讐には代償がつきものよ。必ず自分もなにかを失うことになるの、マシュー——必ず。それに気づいたときには、もう手遅れなの」

「そう言われてこたえたはずだ。僕は聖マタイではないと」

重苦しい沈黙がおり、はかったようなタイミングで扉をノックする音がした。

マシューは机の引き出しをひざで閉じた。「心配はいらないよ、ペイシェンス。ベンチリーとはちがって、僕には人の命を大事にする心はある」扉のほうへいった。「あいつの罪にくらべたら、僕がくだす正義なんてちっぽけなもんだ」

「復讐にちっぽけもなにもないわ」

くそ！　マシューはドアノブをつかんで、乱暴に引きあけた。あらわれたのはミッキーだった。さあ、このときが来た！「証拠を持ってきたんだな」

ミッキーはコートのポケットから分厚い手紙の束を出して、よこした。

マシューは手紙を見ながら、うしろにさがってミッキーを部屋に通した。

彼はのんびりした足取りで部屋のなかへはいっていった。「オークモアの旦那、なんだって、みんなこんな時間に起きてんです？　家じゅう寝静まってると思ってたのに」ペイシェンスの姿を見たとたんに、背筋がしゃんとした。「これはミス・デア！」彼女の姿をむさぼるようにながめた。「まるでお姫さまだ」腰のところからわずかに身体を折った。「あなたの前では、お辞儀をしないといけない気になる」

ペイシェンスは引きつった小さな笑みをうかべた。「ありがとう、ミスター・ウィルクス。でも、わたしは相変わらずただの平民よ」

マシューはドアを勢いよく閉めて、机にもどった。「家じゅうが起きているのは、グウェネリン炭鉱で爆発事故があったからだ。みんな絶望に打ちひしがれている。それに」――ペイシェンスに目をやった。「いろいろなことが明るみに出た」

「おっと」ミッキーはうなずいた。

「ああ」この台詞を言わねばならないたびに胸が締めつけられる。「少年がひとり死に、ほかに六人の少年が行方不明だ」

ミッキーは青ざめた。「ひでえ」顔をゆがめた。「ベンチリーのやつが？」

「そうだ」マシューはペイシェンスを見た。

ペイシェンスは手紙を見た。「手に持っているのはなに？」

マシューは手紙を束ねている色あせたリボンを親指でなぞった。「ロザリンド・ベンチリーが私生児だという証拠だ」

ペイシェンスが息を呑んだ。

ミッキーが首をふった。「ロザリンドじゃありません」

背中に緊張が走った。「ロザリンドじゃない？　じゃあ、だれが私生児なんだ？」

ミッキーが顔をあげ、その目には怒りがあふれていた。「私生児はあのベンチリーのおやじだ」

マシューの目の前に赤い点が散った。「なんだと！」

「ミセス・ビドルウィックがしゃべってたのはみんな、娘じゃなくてベンチリー本人のことだったんです。マッコーリーをひと目見て、おかしいなと気づきました。ずいぶんと年寄りだったんでね。で、ちょっと親しくなって、話をさせたら、じつは自分には息子がいるんだってことを言いだした。息子は世間じゃ立派な立場にいるけど、育ての親からは実の子じゃないと憎まれたって」

マシューの首の筋肉が痛いほど引きつった。「なるほど、それを聞いていろいろと腑に落ちる」低い声で言った。

「ですね」ミッキーはうなずいた。「息子は生まれのせいでひどい仕打ちを受けて、とても哀れだったそうです。でも、自分にはなすすべがなかったって、マッコーリーは言っていました」

マシューはペイシェンスを見た。怒りで身体がふるえていたが、彼女を見ることで気持ちがいくらかおさまった。

ペイシェンスが言った。「ベンチリーは真相を知る父親に虐待されて育った。だからこそ、あなたの父上が真相を知りながらつらくあたらなかったのが信じられなかったのね。ましてや、あなたにその真相を明かさなかったとは」

「そんなのはどうでもいい」マシューは険しい声で言った。「あいつがどんなインチキ野郎か、世間はすぐに知ることになる」

ペイシェンスの顔がくもった。「なにを考えているの？」

マシューは彼女に正面から向きあった。「この手紙を公表する。こっちが完全につぶされる前に、アーチボルド・ベンチリーの息の根を止めてやる」

「つまり、やられたことをやり返すのね？」ペイシェンスは首をかたむけた。「それはいけないわ」

全身の血が怒りとなって身体を流れるようだった。「なんだって？」

「それはいけないと言ったの」

マシューはミッキーに目をやった。「はずしてくれ」

少年は頭をたれ、肩を落として部屋を出て、扉を閉めた。

マシューはペイシェンスに向きなおった。「なぜ、いけないんだ」

「不名誉だからよ、マシュー。あなたはミッキーにその手紙を盗ませた。その手紙は自分のものではないのよ。それに、もしあなたが父親のことをばらしたら、ロザリンドはどうなるの？」

「あいつのことなど知ったことか。きみだってそうだろう？　今夜はさんざんロザリンドに毒を吐かれたじゃないか。それが今度は、あいつをスキャンダルから守りたいと言うのか？」

「あなたをスキャンダルから守りたいの——それに不名誉から」

「不名誉？」荒っぽい笑いが出て、喉が痛んだ。「不名誉なのはベンチリーだ！　僕に関する嘘をひろめたのは、あいつだ。僕の会社を破産に追いこみ、そのあとで乗っ取ろうとしたのは、あいつだ」拳を机にたたきつけた。「炭鉱を爆破して死者を出したのは、あの男だ！それなのにきみは、僕を不名誉呼ばわりするのか？　とんだ見当ちがいだ、ペイシェンス」

ペイシェンスはきっと顔をあげた。「そんなことはないわ。それに、あなたとベンチリーを比較しているわけでもない。あの人の行為は不名誉どころではなくて、犯罪よ。でも、だからこそ法による正義を求めることが必要でしょう」

「ああ、わかった」マシューは手紙を机に放った。「じゃあ、僕はどうしたらいい？　きみにはどんな計画がある？」

彼女は腕を組んだ。「すべてをわかっているふりをするつもりはないわ、マシュー。でも、悪いことをするのが正義だと思えるときこそ、わたしたちはその誘惑になんとしても耐えないといけないの」近づいてきて、マシューの手をにぎった。「大変なことばかりで、不安でいっぱいなのはわかるわ。でも、わたしたちふたりなら、答えを見つけられるはずよ。わたしは正義を信じているの」

「それがきみの計画か？　正義を信じつづけることが？」マシューは首をふった。「僕の計画はこうだ。ベンチリーが大嘘つきの私生児だという事実を世間に公表すれば、世論は一転して僕の味方につくだろう。そうなれば、ほかの炭鉱経営者らも僕との取引を再開する。グランドウエスト鉄道は命拾いして、ゆっくりと、だが着実に、以前の威信を取りもどす」

ペイシェンスはふたたび腕組みした。「グウェネリンはどうするの？　あなたの計画にどうかかわってくるの？」

またしても胸が締めつけられた。「あそこは計画外だ。僕にはグウェネリンは救えない。事故の報告が実際より大げさだったとしても、あそこは救えない。いまはグラウンドウエスト鉄道に集中すべきだ。僕らが経済的、社会的に生きのびるためには、そうするしか道はないだろう」

ペイシェンスはマシューの正気を疑うような顔をした。「あの人たちを見捨てられるの？　炭鉱がなければ、村は成り立たないわ。住民はどうしたらいいの？」

「よそで仕事を見つけるしかないだろうね」

「彼らに援助の手を差しのべないなんて、信じられないわ」

くそ！「きみが状況を理解できないほうが信じられない。僕の手もとには、もうほとんどなにも残っていないんだぞ、ペイシェンス！　最後の一ポンド札までグウェネリンにつぎこめというのか？　なんのために？」帳簿をひらいて、見やすいように逆向きにした。「残った資金だけじゃ、状況を変えるにはいたらない。しかもこの金は、僕らの生活のために必要な金だ。なにをするにも金がかかるんだぞ、ペイシェンス——この家、きみの大好きな宝石、すべてだ。まさかきみを、グウェネリンの掘ったて小屋のようなところに住まわせるわけにはいかないだろう」

ペイシェンスが顔をあげると、その目には怒りと悲しみがあふれていた。彼女は帳簿を指差した。「これはなに？」

示された場所を見て、胃がひっくり返った。カヴァッリへの支払いを記録した行だった。一瞬、言葉が出なかった。少しして言った。「ペイシェンス、僕は――」

「これはたしか、演奏会があった日ね」ペイシェンスがさえぎった。目には激しい怒りがうかび、濡れて光っていた。「どうして演奏会があった夜にカヴァッリに五百ポンドを送ったの？」

怖かったからだ――。「きみをいかせたくなかった」

「わたしが決断することだったはずよ、マシュー！　わたしの意思を力で奪う権利なんてないのよ！　あなたのお金がどこへ消えていくのか、これでよくわかったわ」うなじに手をまわしてネックレスの留め具をはずし、イヤリングも取った。それらを帳簿の上に勢いよくおいたあと、髪から櫛を抜きとった。ペイシェンスはしばらく惜しそうな目でそれをながめてから、まとめていっしょにおいた。「わたしがこの宝石を気に入っていたのは、あなたがくれたものだったからよ。ガラスのビーズでも、おなじように身に着けて自慢したわ。それからこの家は」部屋を見まわした。「好きですらない。最初から好きじゃなかった」涙で目が泳いだ。「それにどうしてエンジェルズ・マナーという呼び名がついているのか、さっぱり理解できないわ。だって、ここには天使なんていないないじゃない」

「ペイシェンス……」

彼女はくるりとうしろを向いて、ドアのほうへ大股に歩いていった。

「ペイシェンス！」

ドアノブに手をかけ、扉をあけた。

「ペイシェンス、いくな！」

動きを止め、やがてゆっくりマシューをふり返った。離れた先からマシューを見つめ、顔を高くあげた。頬は濡れていて、彼女はこれまで見たことがないような冷ややかで反抗的な顔つきをしていた。「いやよ、マシュー。今度ばかりはあなたの言うことは聞かないわ」

うめき声とともに肺から息が流れでた。

ペイシェンスは背を向け、去っていった。

どうしようもなく身体がふるえ、マシューは机の小さなオイルランプをつかんで、暖炉に投げた。ランプはこなごなに割れ、奥の壁にあたって炎が燃えあがり……。

やがてマシューは暖炉の火だけがあたりを照らす暗闇の世界に、ひとり立ちつくしていた。

27　ペルセフォネなきプルート

わが愛する者はすでに帰り去った……

雅歌五：六

マシューは詩篇二十三篇を唱えるダヴィズ牧師の声を聞きながら、土を盛った七つの塚をながめた。寒い日で、あたりには町の息づかいが感じられた。グウェネリンの住人全員が命を落とした少年たちを悼《いた》むために、この古い墓地に集まってきているのだ。ダヴィズ牧師の豊かな低い声には人に安心感をあたえるものがあり、マシューは牧師が埋葬式に駆けつけてくれたことに感謝していた。彼の存在はグウェネリンの人々を大いに慰めているようだった。

ペイシェンスの意見は正しかった。ダヴィズ牧師は、きっとこの土地の強くたくましい人々と相性がぴったりだったにちがいない。

それを言うなら、ペイシェンスにしてもおなじだったろう。彼女はなぜマシューのところに帰ってきてくれないのか。

彼女はいつ帰ってくるのだろう。マシューは書斎の窓から外をながめた。マークが横にならんだ。「妻を傷つけるなと言ったはずだぞ、マット。パッションは心を痛めて、心配している——ペイシェンスとおまえのことを」兄はマシューの肩をつかんだ。「僕もだ。彼女とのあいだになにがあったにせよ、まずは償いをして、やるべきことをすべてやるんだ。とにかく、ペイシェンスを手放すな」

やるべきことをすべてやる？

つまりなんだ？　それすらわからない。

マシューは、ペイシェンスはそのうちに帰ってくると思いこんでいた——現状や問題を理解しさえすれば、きっと帰ってくると。しかも、マシューが彼女にしたようなことをしてやれるのは、マシュー以外にいないのだ。

ファーンズビーとアシャーのラケットのあいだを行き交うテニスボールを目で追いながら、ため息をついた。マーク、フィッツロイ、リヴァーズの三人も、やはりマシューとおなじように退屈そうな顔をしている。ファーンズビーとアシャーでさえ、いつもの陽気さがなかった。

はっきり言って、テニスをするには寒すぎる。

冬が近づいている。

マシューはモンタニャーナの渦巻きに手をおいた。目を閉じ、ペイシェンスが自分にもたれて演奏したときの記憶を呼び起こした。胸の鼓動が狂ったように速くなり、やがて徐々におさまった。

腰をおろして、脚のあいだに楽器を挟んだ。ペイシェンスに教えたとおりに、手で楽器を愛撫する。それから〈サラバンド〉を弾いた――ゆっくりと。

曲が終わるころには、目に涙がしみてきた。空っぽの部屋を見まわし、チェロを見おろした。腕で楽器を抱きしめた。

もしもエンジェルズ・マナーが炎上したら、マシューはこの楽器だけを持って逃げるだろう。この楽器と、ふたりが一番幸せだった日に彼女が残していった、黒いシルクのストッキングの片方だけを持って。

「冴《さ》えない顔をしてるな、ミスター・ウィルクス」マシューは言って、エンジェルズ・マナーの中庭の中央にすえられたベンチにいるミッキーの横に腰をおろした。屋敷の建物がふたりをぐるりと取りかこんでいた。

ミッキーがマシューを見た。「あれからずっと考えてるんです。もし、おいらが手紙をもっと早くここに持ってきてたら、旦那はなにか手を打てたんじゃないかって。爆発の前に間にあってれば」目に涙がにじんだ。「おいらは字が読めないから――あの手紙を友達んとこに持ってってったんです。手紙になんにも書いてなかったら困ると思って」両手で頭をかかえた。「おいらはとんだばか野郎だ！」

「いや、それはちがう」胸が締めつけられた。気持ちは痛いほどわかる。「自分を責めるな。爆発事故はおまえのせいじゃないんだ。それに、もし状況がちがっていたとしても、その後どうなっていたかは知りようがない」

ペイシェンスの真摯な顔を思いうかべ、それからミッキーを見た。「われわれは仮定じゃなく、現状に向きあうことしかできないんだよ、ミスター・ウィルクス」

ミッキーはうなずいた。

彼の肩をたたきながら言った。「まだ無理かもしれないが、そのうちにいまの言葉が慰めになってくれるはずだ」

マシューは立ちあがり、エンジェルズ・マナーの巨大な壁を見まわした。どの面も中心を向いていて、板ガラスの窓に窓が映りこんでいる。なんて窮屈な場所だ。

もしかしたら、これがマシューの姿なのかもしれない。巨大な自我はつねに内側だけを向いていて、結局なにも見えていないのかもしれない。

マシューは家に駆けこんだ。

一度も足を止めずに、着替えの間まで走った。肩で息をしながら長い姿見の前に立った。鏡の両脇をつかんで、自分だけが見えるようにそばに近づいた。背景をなくした自分がどんな姿をしているのか、急に不安になってきたのだ。自分ひとりでは――うしろになにもなければ――おまえはどう見える？

暗い色の瞳で自分自身をさぐるように見た。

おまえはだれで、何者なんだ、マシュー・モーガン・ホークモア？

自分で自分の背景を描いてみろ。

突然、子どものころの情景が目にうかんだ。マシューは長い姿見の前に立って、うしろでひげを剃っている男の姿を注意深く真似していた。ジョージ・ホークモアは毎日自分でひげを剃った。長身の彼は剃刀《かみそり》を手にいつもそこに立って、無言のまま滑稽で大げさな顔をつくり、それをいちいちマシューが真似た。ふたりはけっしてしゃべらず、ただひたすら、ひげを剃った。

われわれは現状に向きあうことしかできない。仮定の世界を思い描いてもしかたがない――。

マシューは私生児で、それは事実だ。だがベンチリーのように生まれたときから虐待されたのとはちがう。ジョージ・ホークモアはマシューを褒め、愛情をもって接してくれた。彼はマシューを創造はしなかったが、マシューの形成に一役買ってくれた。

自分の顔をつたう涙をじっと見つめた。ぬぐうことも、こらえることもしなかった。それは仮定の世界ではなく、現実に対する感謝の涙だった。

そのとき、突然なにもかもが単純かつ明快に見えてきた。胸に幸せがあふれ、心が軽くなった。

やるべきことがわかった。

自分がだれで何者かわかったからだ。

マシューはジョージ・ホークモアの〝息子〟であり、ジョージ・ホークモアは尊敬すべき立派な男だった。

28　復楽園

愛は大水も消すことができない、
洪水も溺れさせることができない……
雅歌八：七

一カ月後

「そろそろなかにはいって、軽くお茶にする？」プリムがたずねた。

ペイシェンスは読んでいたパッションからの手紙を折りたたんで、目をあげて妹を見た。

プリムは太い切り株に寄りかかり、ペイシェンスはその横にすわってプリムに寄りかかっていた。この季節にしてはあたたかい日で、ふたりは子どものころからの避難場所だった大きな池まで足をのばし、岸辺に毛布をひろげていた。

「そうしないといけない？」

「べつに」プリムは笑い、ふたたび手を動かしてペイシェンスの巻き毛を指で梳いた。「好きなだけここにいていいのよ」

ペイシェンスはため息をついて、妹に身体をくっつけた――以前はこんなことを自分に許しはしなかった。プリムを抱きしめることはよくあったけれど、それは妹を慰めるためで、自分が慰めを得るためではなかった。

ペイシェンスはすっかりべつの女になった。

目をつむって、妹の身体のぬくもりと、冬の太陽の淡いあたたかさに安らぎを求める。そして、まぶたを閉じると、いつものように一瞬のうちにマシューの思い出が、頭と、そして心を満たした。

「僕の美しい人」

「なに、マシュー？」

彼の唇を唇に感じる。「目を覚まして」

まぶたをひらいて、マシューの暗い目を見つめる。縦仕切りの窓から日の光が射しこんで、金色の筋のはいった髪を照らしだしている。マシューは微笑んで、光のほうに身体を向けた。彼の背中はなめらかで完璧だった。彼の翼が空気をたたいた。

「マシュー」ペイシェンスは呼びかけた。

彼が肩越しにふり返る。「起きて、愛しい人」

「起きて、ペイシェンス、ねえ、起きて」

プリムが肩をつかむのを感じた。重いまぶたをひらいた。「どうしたの？」

妹が優しく笑っている。「だれかが会いにきたわよ」

「え？」ペイシェンスは眠気の覚めやらぬまま顔をしかめて、起きあがった。「だれ？」うしろをふり返り、池に反射する太陽に目を細めた。太陽に手をかざして目もとをおおう。マシュー！

「ああ、神さま」背筋がのび、胸が高鳴った。

池のほとりの小道を歩きながら、マシューの目はじっとふたりを見すえている。ペイシェンスは彼のすらりとした優雅な姿に見入った。脱いだ上着を肩にかけ、ぴったりしたベストがたくましい肩と引き締まったウエストを強調している。帽子はかぶっておらず、金の筋の入った髪がペイシェンスの好きなように額にたれている。

プリムが立ちあがった。ペイシェンスは脚がふるえて、立つのに少し時間がかかった。マシューがさらに近づいてきて、彼の美しい目でじっと見つめられて、全身がふるえだした。

プリムが笑顔で前に進みでる。「こんにちは、マシュー」まるでいつも彼を迎えているかのように短く抱擁して、頬にキスをした。「お会いできてとてもうれしいです」

マシューの口の端があがった。「やあ、プリムローズ。そう言ってくれてありがとう」マシューの視線がふたたびペイシェンスにもどった。「ここはいいところだ」

プリムはふり返ると、毛布からボンネットをひろいあげた。ペイシェンスの横で立ち止まり、優しく手をにぎった。「今度こそ、お茶の準備をしに帰るわね」

プリムのキスを頬に受け、ペイシェンスはうなずいた。プリムは小道をめざして歩きだし、マシューに最後に笑顔を向けて去っていった。

ふたりは五、六歩離れた場所に、じっと静かに立っていた。マシューがペイシェンスをくまなくながめ、ペイシェンスも思う存分マシューを味わった。けれども、とうとうペイシェンスは目を伏せた。これ以上見ていたら、こらえきれずに泣いてしまいそうだった。いま考えられるのは、かつてふたりで分かちあった希望と幸せと、愛のことだけだった。けれども、それは壊れてしまったのだ。

「きみに会いたかった」マシューが思いをこめて言った。

深呼吸して自分を落ち着かせてから、ふたたび目をあげた。「わたしも会いたかったわ」どうにか冷静な声でこたえた。

マシューの目は光っていた。「チェロは弾いてたかい?」

エンジェルズ・マナーにいたとき、マシューは自分のグァルネリをペイシェンスにプレゼントしてくれた——グウィン・ホールにあった、赤みのあるオレンジ色をしたチェロだ。ペイシェンスは彼のもとを去ったときに、楽器もいっしょにおいてきた。けれども、彼がそれを送ってくれたのだ。〝これはきみのものだ〟という手紙をつけて。ペイシェンスはそのチェロを弾くのが好きだった。「ええ。グァルネリはすばらしいチェロね。送ってくれてありがとう。毎日弾いているわ」スカートに手を押しつけた。「あなたは?」

マシューは首をふった。「残念ながら、僕のモンタニャーナはこのところ黙ったままだ。すごく忙しかったから」

ペイシェンスは眉をあげた。「そうなの?」

「とてもね」彼の目がゆっくりペイシェンスの顔をさぐった。「だから、なかなか来られなかった」

ペイシェンスはうなずいて、腕を組んだ。「それで、あなたの計画は進んでいるの？　手紙が新聞に載ったのを、まだ見てないわ」

「手紙はミッキーに返させた」

組んだ腕をゆっくりほどいた。「返させた？」

マシューは首を縦にふった。「そうだ。全部ね」

背筋にうれしい衝撃が走った。「でも、グランドウエスト鉄道はどうなるの？　ベンチリーを倒さないで、どうやって会社を守るの？」

「会社は守らない。自分の株はすべてウォルビー卿に売った」

ペイシェンスは考えを整理しようとして頭をふった。いま、たしかに株を売ったと聞こえたけれど。「よく——よく呑みこめないわ」

マシューはポケットに手を入れ、口の端に笑みを一瞬のぞかせた。「みずから対策が講じられるように、ウォルビー卿にはベンチリーの乗っ取り計画を伝えて、僕は役員からしりぞいた。グランドウエスト鉄道とは、もうきれいに縁が切れたというわけだ」マシューは肩をすくめた。「それに僕の存在がなくなれば、ベンチリーも炭鉱の経営者を味方につけておくのが難しくなる。庭師の私生児を相手に取引を渋るのと、この国きっての有力者を向こうにまわすのとでは、話がちがうからね」

ペイシェンスは高鳴る胸をなんとか落ち着かせようとした。「でも、あなたにとって、グランドウエスト鉄道は人生のすべてだったでしょう」

「かつてはそうだった」マシューがまっすぐに見つめた。優しさあふれる瞳をしていた。「でも結局わかったんだ。それは一番大切なことにくらべたら、たいしたことじゃないって」

一歩、また一歩とマシューが近づいてくる。彼のまつげが揺れた。「僕が一番大切に感じていることはなにか、聞きたいかい」

希望が胸にあふれて肺が押しつぶされ、息をするのが苦しかった。「聞きたいわ」

「きみにふさわしい人間になることだ」

ペイシェンスはわなわなと息を吸った。

マシューがもう一歩近づいた。「そして自分にふさわしい人間になること」

目に涙がこみあげた。マシューの腕にとびこみたいのに、身体が動かない。もし動けば、魔法がとけてしまいそうで怖かった。夢から醒めるのが怖かった。だって、これは夢にきまっている。

彼の手がペイシェンスの手をつつんだ。「エンジェルズ・マナーは売ったよ、ペイシェンス——家具も、絵画も、すべてまとめて。それから、マークとフィッツロイとリヴァーズを口説き落として、共同でグウェネリン炭鉱に投資することが決まった。爆発事故の現場を掘り起こすんだ。きっと何カ月もかかるだろうが、もとの状態にまで回復できれば、わりとすぐに利益があがるようになるはずだ」

マシューの穏やかな瞳を見て、涙が頬に流れ落ちた。

彼はペイシェンスの手を持ちあげて、指に優しくふれた。「きみが紹介してくれたダヴィズ牧師は、村にとどまることを承諾してくれた。さっそくミッキー・ウィルクスといっしょに古い教会を掃除して、なかをからにしたよ。ミッキーは読み書きを教えてもらうかわりに、そこで働いている。じつは、前からずっと習いたかったそうだ。ファーンズビーとアシャーは、学校に資金を出してくれた。ふたりが年じゅうやっている賭けは、じつは口だけじゃなく本物だったらしい。小さいときからその金をべつにして貯めていたんだ。おかげで教会を使うんじゃなく、新たに学校を建てられそうだ。それから、よろず屋では、いまではあらゆる種類のキャンディを売っているとマッティおばさんに伝えてほしい――リコリス飴とレモン味のドロップは絶対に欠かさない。だから、一度足を運んで、買ってくれってね。ああ、それからグゥイン・ホールをマークから買いとったよ、ペイシェンス」

ペイシェンスはすすり泣いた。

マシューは彼女の手にハンカチを押しつけ、そして地面に跪いた。「ミス・ペイシェンス・エマリーナ・デア。僕はきみにどうしようもないほど本気で惚れているんだ。きみなしには人生を送れないし、プロポーズに一生かかったとしても、僕はあきらめず、ほかのだれにも求婚はしないよ」ペイシェンスの手を自分の頬にあてた。「きみは希望と喜びのみなもとで、そばにいるだけで僕は幸せだ。芯《しん》の強さ、誠実さ、知性に、惚れこんでいるんだ」指にキスをした。「いっしょにいると、胸がどきどきして、息がはずんでしょうがない。それに、ふたりでいると、僕は自分の背中に翼が生えた気分になる」

彼の瞳が涙のなかで揺れている。「僕と結婚してほしい、ペイシェンス。けっして多くのものをあげることはできない。でも、善良で高潔な男をきみに捧げたい。きみを永遠に愛しつづける、この僕を」

ペイシェンスは泣きながら地面にひざを落とし、マシューの腕にとびこんだ。「ええ！もちろんよ！　結婚するわ！」彼の身体の感触、肌についたベチバーの森のような香り、手に感じる髪のやわらかさ、そうしたすべての感覚につつまれて、ペイシェンスは切なさに打ちふるえた。

マシューはむさぼるように熱いキスをして、やがて身体をはなした。「きみにあげたいものがある」唇のそばで言った。

小箱と封筒をポケットから出して、両方をペイシェンスの手にのせた。「これをきみに、ミセス・マシュー・モーガン・ホークモア」

ペイシェンスは箱をあけた。なかにはクリーム色のサテンのリボンにくるまれた、あのダイアモンドの櫛がはいっていた。心が舞いあがり、もうこれ以上の涙も、これ以上の幸せも存在しないように思えた。

「あとの宝石は売ったんだ。その金が封筒にはいってる」

なかを見た。数百ポンドある。

「きみが望んでいた屋根と漆喰《しっくい》の壁と、木と花のために使う金だよ」

ペイシェンスは小箱と封筒を胸に押しあてた。それから、マシューの頰を手でつつん。「どうしてこんなに時間がかかったの、マシュー？　ずっと、待っていたのよ」

マシューがペイシェンスの瞳をじっと見つめた。彼の目も濡れていた。「でも、こうして来た」髪に差し入れたてきた手はふるえていた。「僕が求めているものを差しだす用意はあるかい」

ペイシェンスは微笑んだ。「あなたが求めるものというのは？」

マシューの目から涙がこぼれたが、その瞳には支配者然とした輝きがあった。「僕が求めるのは、きみだ、ペイシェンス。きみは僕の暗黒の世界に光を灯してくれた」

ペイシェンスは身をのりだして、彼の涙にキスをした。「だったら、わたしをさらってあなたの陰に隠して。そばに鎖でつなぎとめて、わたしに服従を請うの」愛しい唇にキスをする。「わたしからすべてを奪いとって、そうしながらも、わたしの求めるものをなにもかも全部あたえて」

マシューはペイシェンスを強く抱きしめた。「永遠にそれを誓うよ、愛しい人——永遠に！」

エピローグ

一八五二年一月十六日
親愛なるヘンリエッタ

冬のあいだはイギリスにいなさいと言ったでしょう! 〝ヘンリエッタ、あなたの生まれた楽しい故郷、イギリスにいなさい〟と言ったわよね? それなのに、あなたは聞き入れなかった! ああ、まったく! わたしがどう逆立ちしても思いつかないほどの衝撃的な事実が、いま、ぞくぞくと明らかになりつつあるというのに。

どんな事実だかあててみてと言いたいところですけど、絶対にあたらないでしょうから、いちからお話しすることにするわ。その前に、気つけ用に濃い紅茶をそばに用意してちょうだい。聞いてどうなるか、知りませんから……。

さあ、いいかしら――なんと、ベンチリー卿が陰謀罪と殺人罪で逮捕されたの!

嘘じゃないわ。本当の話よ! ミスター・ホークモアの炭鉱で起こった恐ろしい事故のことは憶えているでしょう――哀れな少年たちが命を落としたあの事故です。じつは、あれは事故ではなかったの! ベンチリー卿が悪い人を雇って炭鉱を爆破させたことが明らかになったんです。グランドウエスト鉄道に供給する石炭がなくなれば、ミスター・ホークモアは破産して、社会から完全に消えると計算したうえでね。しかも、ベンチリー卿はグランドウエスト鉄道を倒産寸前まで追いこんでおいて、そのあとで、会社を乗っ取る腹づもりだったらしいわ。こんな卑劣きわまる陰謀が考えられる?

もちろん、復讐の矢はまっすぐには飛ばないと相場がきまっている、そうでしょう?ベンチリー卿は自分の計画で無実の子どもが犠牲になるとは、知るよしもなかったわ。そうだとしても、大変危険な計画だということは承知していたはずです——怪我人や死者が出るかもしれないと。それに、炭鉱で生計を立てている哀れな人たちはどうなると思って。あの人の心には悪魔が棲《す》みついているのよ、ヘンリエッタ。

それはともかく、どうやってこれらの事柄が明らかになったのか興味があるでしょう?ベンチリー卿は、義理の息子となったダンフォース卿にすべてを打ち明け、そしてその婿殿は、恐ろしい秘密を胸にとどめておくことができなくなって、当局に相談しにいったというわけ。もしもそれが、ことが起こる前だったら、少年たちが犠牲になるのを防ぐことができたかもしれないのに。でも、ダンフォース卿が詳しい情報を提供できて、ベンチリーが雇った犯人数人の名前を挙げることができたのは、せめてもの救いだわ(その犯人たちも無事に逮捕されました)。

もちろん、そんな悪い一家と結婚してしまったダンフォース卿のショックと動揺は大きいでしょうけれど、レディ・ロザリンドの夫としてベンチリー家の地所とあがりを管理する立場におさまり、いまやそれらの実権はすっかり彼の手に譲られました。でも、ここだけの話ですけど、賭けごとに目がないという悪い癖があるかぎり、いまにベンチリー家の財産は大きく目減りして、やがて底をつくでしょうね。ベンチリーの逮捕以来、すでにかなりの贅沢三昧をしているようだし、レディ・ロザリンドもおなじ熱にうかされているみたいです。ついこのあいだは、手持ちの衣裳をまるごと一新したという噂を耳にしたし、この夏にはベンチリー屋敷で一週間もつづく豪勢な大パーティを催す予定だそうよ。タトルワース卿とわたしは、参加するかどうかきめかねていますけど。

でも、ダンフォース卿夫妻のことはこのへんにしておきましょう。なおも一番話題の夫婦といえば、マシュー・モーガン・ホークモア夫妻です。ごく内輪だけで挙げられた結婚式の詳しいようすをできれば知りたい、と前の手紙に書いたけれど、それを仕入れてきたわ――話してくれたのは、ほかでもない、花嫁自身の伯母です！　そうなのよ、ヘンリエッタ。たまたまセント・ジェイムズの喫茶室にはいったら、そこに彼女がリヴァーズ卿といっしょにいたの。ですから、いまから書くのは、じかに見聞きしたも同然の情報よ。

ふたりが結婚式を挙げたのは、彼らの新しい住まいとなったグウィン・ホールの小さな礼拝堂です。曇り空の寒い日で、式に出席したのは家族と近しい友人だけ。

ラングリー伯爵の結婚式とおなじように、今回も特別な許可のもと、花嫁の父親が式を執《と》りおこなったそう。花嫁の妹（そうなの、デア姉妹には三人目がいるみたいよ）が歌をうたい、ラングリー伯爵夫妻が、それぞれのきょうだいの付き添いを務めました。

花嫁（これまたものすごい美人なの）のドレスは、クリーム色のミルクのファイユを使ったシンプルなもので、その上から長袖のぴったりした上着をはおり、ヴェールの代わりに顔の隠れるフードをかぶったそうです。ブーケは葉と石榴《ざくろ》の花を束ねたもので、それは芍薬《しやくやく》に似た花らしく、花嫁の明るい赤毛とそっくりの色だったとか。花婿は、あなたも知ってのとおり、黒っぽい髪と目をした美男子で、あちこちから聞いた噂によると、愛し、慈しみ、付き従いますという、あの誓いの言葉を花嫁が述べるあいだ、その姿から一瞬も目をはなすことができなかったそうです。

式が終わると、ひらひらと雪が舞い落ちるなか（なんてロマンチックでしょう）、新郎新婦と参列者は屋敷へ歩いて移動しました。祝宴になると、花嫁は上着を脱いで、肩を出した美しいドレス姿に。ウエストをV字にしぼった、金糸で彩った襞レースを何段も重ねたドレスで、襟ぐりには真珠がちりばめられていました。それ以外の装飾は、首に巻いたクリーム色のリボンと、髪に挿したダイアモンドの櫛のみだったそう。

祝宴には冬のご馳走がならび、全員が食堂でひとつのテーブルについて晩餐を楽しみました。ウェディングケーキは、香辛料とマディラ酒で香りづけしたものだったそうよ（なんとかレシピを手に入れたいと思っています）。

最後には、フィッツロイ卿のピアノの演奏に合わせて、新郎新婦も、家族や列席者も、みんないっしょになってダンスを踊ったとか。わたしが聞いてまわったかぎりでは、演奏を聞いたという人はいないけれど、きっとフィッツロイ卿はとてもお上手なんでしょう。そして、その後は全員でクリスマスキャロルを歌って、祝宴はおひらきに。

とてもすてきな結婚式だと思わないこと、ヘンリエッタ？　この話をするとみんながそう言うわ。わたしは光栄にもダンフォース卿夫妻のお招きを受けて結婚式に出ましたけど、あの派手で豪勢な式とはまるで正反対ね。あれはたしかに立派だったけれど、本音を言うと、できれば森のなかの小ぢんまりした式のほうに出席したかったわ。

それはさておき……。

今後、ホークモア風の結婚式が新しい流行になると言う人もいます。それだけではなく、ホークモア夫妻はいろんな新しい風潮を生みだしそうで、たとえば、改革への関心があらためて高まるとか、善き行いがよい商売につながるという考えが広まるとか、そんなことが起こるかもしれません。マシュー・ホークモアがグウェネリン炭鉱を救うためにグランドウエスト鉄道の経営から手を引いて、私財をほとんどすべて売りはらってしまったのには、だれもが度肝を抜かれました。

でも、その判断を理解も賛成もできない人たちでさえ、そういう決断をしたミスター・ホークモアを賞賛しています。それに、新しい事業もさっそくいくらか進展しているようです。炭鉱では臨時の縦坑が掘られているし、投資家も集めたそうよ。それから、ホークモア夫人は町全体の環境の改善にのりだし、教会をひとつ建てなおしてしまったとか。村の子どもたちのために、音楽と勉学の奨学金制度をつくることもめざしていて、すでに資金集めに成功しています。あの夫婦は、一見どうでもいいような小さな村を救って改善するために、大変な労力と私財をつぎこんでいます――常識からすれば、見捨てるのが当然だったでしょうに。わたし自身は、そんなふたりの努力が経済的にもそれ以外の面でも報われることを願っています。もちろん、彼らに味方しているのはわたしだけではありません。

ホークモア夫妻の名は、すでに有力者たちの招待客リストに載りはじめているわ。ベンチリーが逮捕されたいまでは、世間の風向きは完全に彼らの側に変わりました。みんな、夫妻を自分の家に呼びたがっています。でも、問題は、新婚のふたりは誘いを受けるより断るほうが多いということで、だれと親しくおつきあいするか、とても慎重に選んでいるようです――おかげでますます引っぱりだこ、というわけ。

それから、彼らの晩餐パーティも話題になっています。聞いたところでは、にぎやかでくだけた会らしいわ。なんと、女王陛下ご夫妻もお客さまとして遊びにきたんですって！　これはまったくの予定外のことだったそうで、なんでもフィッツロイ卿といっしょにひょっこりいらしたのだとか。でも、噂によると、そこですごした時間がとても楽しかったので、陛下ご夫妻も、人里離れた森に家を買うことにしたそうよ――おふたりがよく訪れているバルモラルにね。

さあ、話はこれで終わりです。ほんの数カ月前にはだれが想像できたかしら。あのマシュー・モーガン・ホークモアの身に起きたスキャンダルにこんなすばらしい結末が用意されていたなんて。あのころは、彼のお先は真っ暗だと思われていたのに。

それがいまでは……

そう、いまでは、森にたたずむチューダー朝時代の古い屋敷にお茶か夕食に招待されたら、みんなからうらやまれるほどよ。小ぢんまりした集まりかもしれないけれど、親密ななごやかな会です。それになにより、人柄も品格も、だれよりも気高いご夫婦が迎えてくれるんですから……。

あなたのオーガスタ

訳者あとがき

読者のみなさま、大変お待たせいたしました。二〇〇八年に熱烈なファンを獲得した話題作『パッション』の続編、『ペイシェンス　愛の服従』を、あれから六年たったいま、ようやくおとどけいたします。

デア家の三姉妹の長女パッションを主役にした前作では、彼女はたくさんの涙を流したすえに、心から愛するラングリー伯爵マーク・ホークモアと無事に結ばれました。そして、そのふたりの結婚式の晩から、本作のストーリーがはじまります。マークの弟マシューは、自身の築きあげた鉄道会社は大成功をおさめ、名家の伯爵令嬢との婚約もきまり、つい先日までは、自分を待っているのは、この先にひろがっているのは輝かしい未来以外にあり得ないと思っていました。ところが、とある騒動により、彼が貴婦人の母と庭師とのあいだにできた私生児だという事実が発覚し、人生が一変します。社交界はそのスキャンダルで持ちきりとなり、婚約者にも捨てられてしまいます。マシューはもはやだれのことも信じられず、暗い恨みを胸にくすぶらせ、世間への復讐に燃えていました。そんなとき、パッションの妹ペイシェンスと出会うのです。人を信じ、愛することに臆病になっていた彼は、ペイシェンスの嘘偽りのない心にふれて、あらためて人生に生きる価値を見出し、一方、おのれの弱さを殺し、強く気高く生きてきたペイシェンスは、彼の前で女らしく従順に生きることを学んでいくのですが……。

前作のパッションの物語を読んだときには、その印象から「官能と清純」というキーワードが思いうかびましたが、今回の作品をおなじくふたつの単語であらわすなら、「破壊と癒し」ではないでしょうか。ヒーローとヒロインがこれまで築いてきた人生は、それぞれ強烈な体験によっていったん破壊されます。そしてその後、魂にふれるような深く濃密な交流によって、ふたりは自分を根源的に見つめなおし、ついには癒しを得ていくのです。マークとペイシェンスはともにチェロ弾きで、そんなことから作品の重要なところでヘンデルの〈サラバンド〉が登場します。その曲が奏でられるとき、ぜひ読者のみなさんも、あの名曲をお聴きになってみてください。自身の暗部を深く見つめる主人公たちの心が、この曲の重厚な物悲しい調べと美しく重なって、胸にしみじみと響いてくることと思います。

ところで、冒頭に前作の出版から六年と書きましたが、本書が出るまでにそんなに時間がかかったのには、いくつか理由がありました。まず、原作自体が難産だったこと。二〇〇五年に『パッション』で鮮烈なデビューを飾った著者リサ・ヴァルデスは、期待に押しつぶされて慎重になってしまったのか、シリーズの二作目のこの作品を出すまでに、五年という長い時間をかけました。「近日刊行」と発表されるのに、それが何度ものびのびになり、原書の読者はそのタイトルどおり忍耐《ペイシェンス》を試されることになりました。

そして、つぎに、官能シーンの激しさが日本語版出版の若干のネックになっていた、ということも理由としてあったと思います。前作もなかなか衝撃的でしたが、本作もハードさにかけては期待を裏切りません。邦訳の刊行を待ちあぐねて原書のレビューを読んだ方はよくご存じでしょうが、そうしたエロチックな要素は本シリーズのひとつの売りではありながら、やはり賛否のわかれているところです。しかも、サブタイトルからもおわかりのとおり、今回は支配と服従のシーンも多く出てきますので、前作同様賛否がわかれるかもしれません。

そんなような事情から翻訳はしばらく見送られ、じつは、わたし自身は、これはもうお蔵入りになってしまうのではないかと思っていました。ところが、『パッション』の出版から何年もたっているのに、二作目はまだかという問い合わせが、最近までぱらぱらと編集部のほうに寄せられたそうです。そうした読者の方々の熱意《パッション》がなかったら、この日本語版はついぞ出されることはなかったかもしれません。そんな経緯を思うと訳者としては感慨ひとしおであり、また熱い支持を得た『パッション』とおなじように、この作品がみなさんに愛されることを願ってやみません。

そして、お節介ながら、まだ中身を読んでいない方にはあらためて警告させてください。本書は大変に官能的です。最近は日本でも服従をテーマにしたロマンスがぞくぞく翻訳、出版され、だいぶ抵抗は薄れてきていることとは思いますが、読んでいて「やはり、そっち系はちょっと……」と感じたら、なにもそこで忍耐を発揮する必要はありません。前作のあとがきでも書いたのですが、読者のみなさんが持っている〝読み飛ばし〟や〝斜め読み〟の特権を使いつつ、ご自分のペースで楽しんでください。読んでいくうちに、あの懐かしいデア家のぬくもりにふれることができ、また、ペイシェンスの真っすぐな心が胸にしみてくることでしょう。

さて、原作*Patience*の出版からも、じつははや四年。そろそろ三姉妹の末っ子プリムローズの物語のようすが気になるところです。刊行がいつになるかは不明ですが、著者のウェブサイトにはすでに冒頭の抜粋が載せられていて、それによると今度のヒーローの名前はルークのようです。マシュー、マーク、ルーク。そう、聖書でいうマタイ、マルコ、ルカです。姉妹でこんな相手にたてつづけに出会うとは、これは運命、いえ、著者の遊び心でしょうか。

日本の読者のみなさんは、まずはともかく、このペイシェンスの物語をお楽しみください。ようやく世に出た本書が、ひとりでも多くの方の心にとどきますように。

二〇一四年九月

ザ・ミステリ・コレクション

ペイシェンス　愛《あい》の服従《ふくじゅう》

著者　リサ・ヴァルデス
訳者　坂本《さかもと》あおい

発行所　株式会社 二見書房
東京都千代田区三崎町2-18-11
電話 03(3515)2311 [営業]
03(3515)2313 [編集]
振替 00170-4-2639

印刷　株式会社 堀内印刷所
製本　株式会社 村上製本所

落丁・乱丁本はお取り替えいたします。
定価は、カバーに表示してあります。

ISBN978-4-576-14122-0
http://www.futami.co.jp/

パッション
リサ・ヴァルデス
坂本あおい［訳］

ロンドンの万博で出会った、未亡人パッションと建築家マーク。抗いがたいほど惹かれあい、互いに名を明かさぬまま熱い関係が始まるが…。官能のヒストリカルロマンス！

許されぬ愛の続きを
シャロン・ペイジ
鈴木美朋［訳］

伯爵令嬢マデリーンと調馬頭のジャックは惹かれあいながらも、身分違いの恋と想いを抑えていた。そんな折、ある事件が起き……全米絶賛のセンシュアル・ロマンス

黒い悦びに包まれて
アナ・キャンベル
森嶋マリ［訳］

名うての放蕩者であるラネロー侯爵は過去のある出来事の復讐のため、カッサンドラ嬢を誘惑しようとする。が、彼女には手強そうな付添い女性ミス・スミスがついていて…

危険な愛のいざない
アナ・キャンベル
森嶋マリ［訳］

故郷の領主との取引のため、悪名高い放蕩者アッシュクロフト伯爵の愛人となったダイアナ。しかし実際の伯爵は噂と違う誠実な青年で、心惹かれてしまった彼女は…

密会はお望みのとおりに
クリスティーナ・ブルック
村山美雪［訳］

夫が急死し、若き未亡人となったジェイン。今後は再婚せず、ひっそりと過ごすつもりだった。が、ある事情から、悪名高き貴族に契約結婚を申し出ることになって？

約束のワルツをあなたと
クリスティーナ・ブルック
小林さゆり［訳］

愛と結婚をめぐり紳士淑女の思惑が行き交うロンドン社交界。比類なき美女と顔と心に傷を持つ若伯爵の恋のゆくえは——。新鋭作家が描くリージェンシー・ラブ！